**Алла РЕПИНА**

# ДЕВУШКА С ПРОШЛЫМ

Санкт-Петербург
«Издательский Дом „Нева"»

Москва
Издательство «ОЛМА-ПРЕСС»

1999

ББК 84. (2Рос-Рус)6
Р41

**Репина А.**

Р41    Девушка с прошлым: Повести. — СПб.: «Издательский Дом „НЕВА"», М.: «ОЛМА-ПРЕСС», 1999. — 512 с. — («Русский проект» — «Женский клуб»).

ISBN 5-7654-0279-8
ISBN 5-224-00238-9

Жизнь Марины, провинциальной девушки, приехавшей в Питер искать удачи, поначалу складывается вполне стандартно: институт, работа в больнице, угол внаем — пока в нее не влюбляется знаменитый некогда актер, любовницей которого она становится. Это событие круто меняет ее судьбу. Криминальные структуры, с которыми она оказывается повязана после убийства любимого, пытаются превратить девушку в киллера, используя ее виртуозное владение оружием.

Героиня второй повести, Светлана, неожиданно получает предложение от лучшей подруги съездить вместо нее в Турцию и передать там кое-кому пакет из Питера. Светлана, конечно, не подозревает, к каким неприятностям это приведет. Подруги оказываются втянуты в авантюры и мистификации, разворачивающиеся вокруг произведений искусства — подлинных и поддельных...

Эти детективные повести будут интересны любителям книг с быстро разворачивающимся сюжетом, с юмором, узнаваемыми характерами и героями, умеющими выходить из самых запутанных жизненных ситуаций.

ISBN 5-7654-0279-8
ISBN 5-224-00238-9

# ДЕВУШКА С ПРОШЛЫМ

# ГЛАВА ПЕРВАЯ

## МАРИНА

Ранним зимним утром, по еще нерастоптанному снегу Кузнечного переулка Марина возвращалась домой с ночного дежурства в больнице. Лишь кое-где начинали зажигать свет в окнах, и он обнажал унылую нищету коммуналок — стеклянные банки и грязные коробки на подоконниках, чахлые столетники, допотопную посуду, коврики с оленями...

Марина прибавила шаг. Поскорее бы проскочить это место, в котором в этот час кто только не болтается. Грязные растрепанные старухи, низкорослые небритые продавцы с Кузнечного рынка, как раз вываливающие на тротуар, чтобы перекладывать и пересчитывать свои ящики и мешки. Неожиданно Марина споткнулась и чуть было не растянулась, ступая с поребрика, но какой-то парень в ушанке, блеснув золотыми зубами, подхватил ее под руку.

— Гы... — довольно засмеялся этот малый, что был едва ли не по плечо Марине. Он и подставил ей подножку — обычный трюк рыночной публики.

— Идиот! — она выдернула руку.

Разозленный парень вцепился в рукав пальто и рванул на себя:

— Ну ты, овца! Поговори мне!

Марина молча посмотрела на него. Перевела взгляд на копошащихся у стены в свой поклаже людей. Они даже и не обернулись в их сторону. Марина с облегчением поняла, что им и дела нет ни до нее самой, ни до этого расшалившегося мерзавца. Только бесформенная женщина в толстом платке и коротком пальто что-то сказала парню, тряся ладонью в ее сторону. Парень не отцеплялся.

— Ну-ну. Овца, говоришь? — усмехнулась Марина.

Мгновенно развернув его за плечи, она пнула парня к серой стене. Тот упал на четвереньки. Женщина сипло засмеялась.

Марина побежала, увязая в снегу. Мимо рынка, мимо дома Достоевского... Обернувшись, убедилась, что за ней никто не гонится. «Рискованно выделывать такие штучки, — сказала она себе, переводя дыхание. Что гласит нам первое правило безопасного поведения? Никогда не провоцируй нападение и не зли преступника — не подталкивай события к худшему из сценариев. Смирись и покорно исполни свою роль жертвы — без тех эксцессов, что способны повлечь за собою непредсказуемое...»

«Блистательный Петербург, однако», — как обычно, пробормотала Марина, минуя угловой дом Федора Михайловича. Бедные соблазненные сиротки, убийцы в подворотне, фиглярствующие актеры, развратные старички — долгоиграющий сериал, вид на который почтенный писатель и имел из своих окон. Вечный сериал — с одной эпизодической ролью, выделенной теперь на исполнение и Марине.

Ей надо было на Свечной. Днем путь до этого нового пристанища, которое она нашла у подружки в коммуналке, был короток — дворами. В темноте на такой маршрут решаться не стоило. Все эти ближние к Лиговке кварталы имели давнюю и прочную репутацию — известно какую: одного из самых опасных мест в городе.

Еще не войдя в парадную, Марина привычно — всетаки за пару месяцев приспособилась — достала из сумочки маленький фонарик размером с авторучку и крепко надушенный платок. Фонари и газовые баллончики были непременным атрибутом сумочек всех девиц, с которыми она работала в больнице. Сменная работа, возвращение домой то поздно вечером, то рано утром приучили медсестер и санитарок всегда быть готовыми к неприятностям большого города.

Из темноты подъезда на Марину дохнуло застоявшимся смрадом — она прижала платок к лицу. Света на лестнице никогда не было — в ЖЭКе говорили, что устанавливать его нет смысла, потому как все равно все растащат. «Лиговка»,— поясняли в ЖЭКе.

Слабый и тонкий луч фонарика, освещавший идущие наверх ступени, создавал иллюзию защищенности. Но в спину все равно неприятно давила темнота.

«Бояться не надо, бояться мне нечего, опасности нет»,— повторяла она по одной успокоительной строчке на каждую ступеньку. Из-под ног с визгом вырвался крысеныш.

Ну, вот и последний этаж, добралась. «Теперь спать и спать, а уж потом как следует поговорить с Катькой, из-за которой мы чуть не влипли в эту дикую историю»,— сонно подумала Марина. Роясь в сумочке в поисках ключей, она в очередной раз проговаривала подготовленную для Катьки тираду.

От ступенек до дверей было ровно шесть шагов — столько раз считала в темноте, пока, по совету девчонок из отделения, не обзавелась этим дешевым китайским фонариком. Свет скользил по медным табличкам под кнопками звонков, по выгравированным фамилиям давно несуществующих жильцов.

Раз, два, три... И тут она споткнулась о какой-то мешок, обо что-то мягкое. Посветив под ноги, увидела спящего вонючего мужика бомжатного вида.

— Спозаранку к Сильве Петровне! Или с вечера. Свежий кавалер, называется,— без особого удивления пробормотала Марина, уже привыкшая к этим колоритным типам, то ли просто гостям, то ли клиентам своей соседки по коммуналке, алкоголичке неясного возраста и невнятного происхождения.

Седой растрепанный дядька дремал на лестничной площадке, прислонившись спиной к дверям квартиры. Лица было не разглядеть — голова безвольно свешивалась на грудь. Ноги-руки в стороны, распахнутая куртка... С перегородившим дорогу утренним сюрпризом надо было что-то делать, и Марина, не испытывавшая больших проблем в общении не только с таким, но и совсем с бессловесным людом (как-никак, но работа в больнице санитаркой помогла избавиться от брезгливости), обхватила дядьку, чтобы оттащить его к противоположной, глухой стене лестничной площадки. Голова гостя откинулась, тюкнулась о каменные плиты площадки и безвольно замоталась из стороны в сторону.

Марина посветила фонариком в его лицо: ничто не изменилось в застывшей гримасе. Как улыбался, так и улыбается расплющенными синими губами. Странно — и характерно... Ее передернуло. Оттянув верхнее веко, направила луч на зрачок. Так и есть — зрачок на свет не реагировал. Гость Сильвы Петровны был скорее мертв, чем пьян. Черты его лица уже приобрели расплывчатую безмятежность и сложились в глумливую усмешку, что ясно давало понять: умер он не сейчас, не в эту ночь. Труп был не первой свежести.

Покойничек где-то попутешествовал, прежде чем оказаться на лестничной площадке последнего, пятого этажа. Если его вытащили на лестницу из их квартиры, то он должен был погостить в ней в таком неудачном состоянии минимум два дня. Но где же это, интересно, могли прятать труп в этой квартире — в кладовке, в комнате Сильвы? «Ну, дела, — подумала Марина.— Дичь какая-то». В голой ободранной комнате Сильвы прятать труп было бы негде — там даже обоев-то нет, не то что мебели, и алкоголичка спала на матрасе прямо на полу. Маленькая кладовка вся была забита ее банками и коробками — щели для веника там не было, не то что для этого мужика-мертвяка. Выходит, кто-то специально затащил его на пятый этаж. Ну и штучки!

Марина еще раз прошлась лучом по лицу покойника. Приметила запекшуюся у уха кровь... Ей стало нехорошо. Быстрее в квартиру, но где ключи? Дрожащими руками перебрала в темноте то, что лежало в сумочке. Ключей не было. «Из сумочки я их доставала, а дальше что?» — пыталась сообразить она. Дальше она, конечно, же, выронила их из рук, когда перетаскивала этого человека. Фонарик осветил пространство от дверей до стены — ключи не блеснули в луче света.

Марина с опаской сделала шаг к покойнику. Присела, развернула на бок... Так и есть. Маленькая связка на изящном брелке из теплого сердолика была под ним. Тело покойника протащило за собою по плитам лестничной площадки не только ключи, но и какой-то ободранный полиэтиленовый мешок.

Марина схватила ключи и потянулась к двери. Страх уже немного отпустил ее, и она вновь посветила на покойника, на пакет. Черт его знает, может, в нем какие-нибудь документы этого дядьки? Бомжи вечно таскают с собой все свои справки, анкеты ночлежек, медкарты — по бумажной части они, как примечала Марина, были людьми сообразительными, всегда страховались на случай стычек с ментами.

Марина наклонилась и подняла мешок, посветила внутрь фонариком. Заглянув, обомлела: там лежали деньги, да еще какие — перетянутые резинкой белесовато-зеленые купюры с надменным стариком. Откуда взялись баксы у этого бомжа? Ночлежку свою он, что ли, обчистил?

Задавать вопросы было некому. Думай не думай, а деньги эти были ничьи. Марина растерялась: ситуация сама спровоцировала ее на черное дело. Ясно было, что деньги надо брать и не церемониться.

Ну, примчатся сейчас сюда менты по ее вызову — оприходуют доллары вместе со стариком. И что, отдадут они эти вещдоки сироткам? Как бы не так! Последняя история с Катькой окончательно разуверила ее в чистоте нравов милицейского племени. Уже на следующий день после того случая Марина выучилась внятно произносить прежде резавшее ее интеллигентский слух слово «мент». «Ментам — не положено»,— со злостью к самой себе, умудрившейся влипнуть в эту переделку с милицией, проговорила Марина.

Она запихнула пакет бомжа в сумку со своим рабочим халатом, открыла дверь, влетела в квартиру и тихо повернула защелку замка. Потом быстро скинула пальто — темно-изумрудную трапецию тонкого сукна, подбитую мягким черным козьим мехом. Остаток комфорта недавних дней... Ну, да что сейчас об этом...

Было всего семь утра. Квартира еще спала. Марина на цыпочках проскочила с сумкой в ванную комнату. Накинула крючок. Присев на склизкий край ванны, достала мешок бомжа и принялась пересчитывать купюры. Не веря свалившемуся на нее счастью, обнаружила, что стала владелицей целого состояния. В пакете было пять тысяч долларов! Сумма, способная решить все ее проблемы. Достаточная для того, чтобы обзавестись комнаткой — очень небольшой и не в лучшей коммуналке, но все-таки своей. Избавиться, наконец, от тяжкого житья приживалкой у Катьки. Отчалить и от самой Катьки — славной подружки, приютившей Марину в трудные для нее дни, но уже начавшей тяготиться теми ограничениями, которые накладывала на нее жизнь с правильной девочкой Маней, как любила она, подзадоривая, называть Марину. Дружба дружбой, но кое-какие дела надо бы делать врозь.

Марина выглянула в коридор — никто ее возвращения с работы не заметил. Она подошла к телефону, чтобы набрать «02», но передумала: пусть на этот труп наткнется дворничиха. Она прибирается на лестнице как раз в восемь утра.

Марина глянула в зеркало над телефоном — мутное, с потрескавшейся по краям амальгамой. Осталась недовольна своим торжествующим видом и, сделав сонное выражение лица, пошла в комнату.

Катька спала крепчайшим сном, дыша духами и туманами — в сизом угаре от выкуренных сигарет, в облаке дрожжевого запаха дешевого шампанского. Марина открыла окно.

Улица уже заполнялась звуками большого города, которые к полудню здесь становились просто нестерпимыми. Вот он, большой город — Петербург, наивная мечта

9

девочки из провинции, которую все десять школьных лет готовили к чему-то прекрасному и неведомому, муштровали «музыкалкой», иностранными языками и морочили детскую голову разговорами о великом поприще... Марина, как это бывало с ней всегда, когда она принималась рассуждать о своей незадавшейся жизни, перешла на отстраненное третье лицо.

За окном падал снег, большими хлопьями. Этот снег был невыносим для нее. В который раз в голову полезла все так же строка: «А наутро выпал снег — после долгого дождя. Этот снег убил меня...» Марина, не сдержавшись, заплакала. Вновь нахлынули воспоминания о событиях последних лет...

\* \* \*

— Мариша, я должна познакомить тебя со Станиславом Трофимовичем. Это очень порядочный человек,— сказала ей однажды мама с такой выразительной интонацией, что она все поняла. Комментарии не требовались.

Прежде мать ее ни с кем не знакомила. Время от времени у нее появлялись-таки друзья-мужчины, но в дом к Войцеховским — маленькой семье, состоящей из Анны Леопольдовны, учительницы русского языка и литературы, и ее дочери-школьницы Маришки — они не заглядывали. Анна Леопольдовна всегда боялась «нанести психологическую травму своему ребенку», как говорила она своим подругам. Она искренне желала быть идеальной и безупречной матерью, не дающей дочери ни малейшего повода для сомнений в своей нравственности.

Отношения между матерью и дочерью трудно было назвать искренними и открытыми. Точнее, они были просто фальшивыми: Анна Леопольдовна скрывала от дочери абсолютно все, вплоть до ее происхождения. Когда в положенный период любознательного отроческого возраста Мариша задала вопрос о своем отце, мать поджала губы и заявила, что имя этого человека недостойно даже произнесения.

10

— Мам, а как же тогда с моим отчеством Андреевна? Его что, тоже нельзя называть вслух, а?

— Я повторяю,— отрезала Анна Леопольдовна, не отреагировав на остроту,— твой отец был недостойный человек, и я не хочу о нем говорить! Надеюсь, что ты не пойдешь в него.

— Слушай, а если он был таким недостойным, на фига ты меня от него родила?

— Перестань говорить такие вещи о своей матери! — Анна Леопольдовна перешла на визгливый учительский крик. У нее, кстати, и в школе была кличка: «Электричка». Всегда заводилась с места в карьер и начинала кричать дурным голосом.— Я и так пожертвовала собою ради тебя. Я ночей не спала, когда ты родилась, сколько я с тобой натерпелась!

— Отстань ты со своей жертвенностью,— заорала уже и Марина.— Ты невыносима со своими упреками: родила, не спала, пеленки стирала... Никто не заставлял! Могла бы и аборт сделать!

— Я из католической семьи,— гордо оскорбилась мать.

После нескольких таких стычек обе окончательно поставили крест на задушевных разговорах.

Назойливая жертвенность матери была самой ужасной чертой ее характера. Поэтому, когда после летних каникул перед седьмым классом Анна Леопольдовна со значением сообщила своей дочери о каком-то очень порядочном человеке, особо отчетливо выговаривая слово «очень», Марина испытала небывалое облегчение: наконец-то мать перестанет врать и изображать из себя нечто исключительное. Наконец она нашла кого-то, достойного своей высокой нравственности.

Мать, смущаясь — что было просто невероятно! — добавила, что Станислав Трофимович работает военруком в их школе (Марину она из педагогических соображений в свою школу не отдала), но вообще-то у него, только что вышедшего в отставку из неких органов, есть шансы на другие перспективы, и он их непременно реализует.

В назначенный день Станислав Трофимович заявился знакомиться с дочерью невесты. В квартиру вошел полноватый сорокалетний дядька с висячими усами не совсем симметричной длины и маленькой, какой-то плюшевой головой, складчатой на затылке. Примечательной особенностью этой головы было то, что она вращалась едва ли не вокруг своей оси, оставляя при этом совершенно неподвижной шею. К разочарованию Марины, весь вид жениха свидетельствовал не столько о его гениальности, сколько о железном медицинском алиби, так определила она для себя. Выгнув грудь и втянув живот, жених с заблестевшими глазами стал озирать свой будущий дом.

Марина невольно фыркнула, представив, как стоит такое чучело посреди класса. Можно догадаться, что говорят по поводу матери и военрука в их школе. Ей уже насплетничали знакомые девчонки. Кличка у этого военрука — «Трофей». Станислав Трофимович недовольно посмотрел на смешливую девчонку.

Сели за стол. За праздничным столом жених навел тоску на Маришу. Ел, склонясь над тарелкой и озираясь по сторонам — торопливо, роняя крошки изо рта.

— Армейская привычка,— радостно доложил он, отодвигая пустую тарелку в сторону.— Сметаю все варево в две минуты.

— Угу,— прокомментировала Марина: то-то мать старалась со своими вычурными деликатесами, рецепты которых накануне вызнавала по телефону у семейных подруг-учительниц.

Распаренный едой, Станислав Трофимович откинулся на стуле. Закатал рукава рубашки — вместе с желтоватым, плохо простиранным нижним бельем. Марина едва не прыснула: гость был безупречен в своем казарменном стиле. Фуражка, положенная рядом на пустой стул, портфель в ногах, белье с начесом в теплый день бабьего лета — блеск! «Прямо-таки человек в армейском футляре»,— сказала она про себя, довольная словесной находкой. Марина, как и многие старательные девочки ее возраста, вела дневник, в который заносила все свои остроты и наблюдения. Через пару лет этот дневник, как и тому положено, был сожжен, о чем после, став взрослой, Марина несказанно жалела...

Расположение падчерицы Станислав Трофимович пытался завоевывать веселыми историями из курсантской юности во Львовском военно-политическом училище. Истории получались долгими, с обильным перечислением имен и нынешних званий сокурсников. Порой Станислав Трофимович переходил на рассказы о своем босоногом детстве, и все они были связаны с набегами на колхозные бахчи или на сады соседей. Детские воспоминания мужа заставляли страдать Анну Леопольдовну, и вскоре они попали под суровый запрет. Выпив, Станислав Трофимович впадал в рассуждения о славном казацком прошлом своей семьи. Но и этот аспект также не находил отклика в душе Анны Леопольдовны — польки, гордой происхождением из какой-то якобы знатной семьи города Лемберга, то есть Львова. Марине, конечно, тоже были милы те воспоминания о старом Лемберге, которые она в далеком детстве слышала от своей бабушки, но все это была такая давняя история, что семейные дебаты об украинско-польских раздорах и обидах казались ей вздорными и скучными.

У Станислава Трофимовича были «понятия» — свои представления о семейной жизни. Поэтому вскоре в их доме установился неистребимый тяжелый запах украинского борща с пережаренным салом. Впрочем, это можно было пережить, как и казарменные экскурсы в прошлое. Невыносимыми были три вещи: скрип кровати в спальне молодоженов, линялые кальсонные рубахи, в которых Станислав Трофимович по вечерам усаживался хлебать свой борщ с рюмкой водки, и тот тяжелый взгляд, которым отчим разглядывал Марину. К двенадцати годам Марина выглядела далеко уже не хрупкой девчушкой...

Выпив, Станислав Трофимович, обычно нудный и пресный, резко оживлялся, начинал что-то быстро рассказывать, но, не докончив фразы, тут же перескакивал на другую тему. Веселье сменялось раздражительностью, и они вместе с Анной Леопольдовной принимались перебирать какие-то конфликты с завучем и директором. Марина, кажется, начинала понимать, что же объединило простецкого военрука и ее высокодуховную мать. Повышенная требовательность и критичность Анны Леопольдовны нашли, наконец, благодарный отклик.

Чтобы сделать приятное матери и поднять авторитет тусклого Станислава Трофимовича, Марина согласилась ходить на его занятия по стрельбе, которые он вел в одном из львовских спортклубов. Все удивлялись тому, каких быстрых результатов удалось ей достичь. Ее хвалили за педантизм, за крепкую руку. Через пару лет она вышла в мастера спорта.

У нее была семья... Через год молодожены обзавелись крепышом Петенькой — славным мальчуганом, которого Марина любила больше его собственной матери. Слишком ответственная и серьезная Анна Леопольдовна не сумела, как с некоторым изумлением убедилась Марина, насладиться радостью этого позднего материнства. На первом месте для нее были режим и порядок. Она с железным хладнокровием выдерживала положенные часы кормления малыша — ни минутой позже или раньше, пока тот надрывался от крика в своей колыбельке. Мать и отец были для Петруши суровыми педагогами, а сестра была доброй и ласковой нянюшкой. Похоже, только одна Марина в этом доме и наслаждалась его гуканьем, его смехом. Марина гуляла с Петенькой, рассказывала ему по вечерам сказки, без которых он не мог заснуть. Постепенно эта любовь малыша к Марине стала даже раздражать Станислава Трофимовича, он явно ревновал своего сына к падчерице, так что обстановочка в доме была еще какой напряженной.

Но все-таки у нее была семья — до поры до времени. До летних спортивных сборов после десятого класса. Через неделю после того, как они уехали на сборы, Станислава Трофимовича вдруг вызвали в город: мать попала в больницу, но звонила почему-то не она сама, а врач. В лагерь он вернулся только к вечеру следующего дня — осунувшийся, с черными кругами под глазами:

— Понимаешь, Мариша, нам надо подготовиться к самому страшному. Сказали, что дольше, чем до весны, Аннушка не проживет... Рак... Такая молодая, такая молодая, и вот тебе... За что?

До последних дней Анна Леопольдовна верила в то, что выздоровеет. Правду ей не говорили. Обманывали, что в онкологическую клинику кладут только оттого, что там есть какая-то особая аппаратура и работают самые опытные в городе хирурги. В перерывах между операциями, которые все равно не могли продлить жизнь, ее отпускали домой, и она шутила о том, сколь приятно чувствовать себя здоровой в палате смертников: «У одной рак груди, у другой рак легкого, а я лежу себе, здоровая баба».

В феврале врач позвал на беседу одну Маришу:

— Боюсь, что Станислав Трофимович всего не поймет. Меня уже начинает беспокоить его состояние. Последите за ним. Он очень неустойчивый человек. Может не справиться.

— Что? — зачем-то спросила Марина.

— Терминальная стадия...

Маму выписали из больницы, сказав ей, что у нее грипп. В клинике была такая традиция: отпускать больного умирать дома, в кругу родных.

В день похорон Марина была безучастна ко всему. Она не понимала, зачем говорят свои длинные речи учителя из маминой школы. Зачем голосят над гробом взявшиеся откуда-то многочисленные родственницы Станислава Трофимовича. Почему после кладбища все эти незнакомые ей люди пришли в их дом и принялись с аппетитом поедать сало и огурчики, привезенные тетками отчима из деревни. Еле удерживала себя, чтобы не прогнать всех этих людей из дома.

Но и остаться здесь, наедине с портретом мамы... Почти что наедине со Станиславом Трофимовичем... В этом было что-то странное, тревожное, что-то противоестественное.

Где-то с месяц после похорон у них пожила деревенская тетка отчима, взявшая на себя все хлопоты о Петеньке — садик, стирку, завтраки и ужины. Она искренне жалела Маришку, которой в шестнадцать лет предстояло заменить мать малышу, называла ее Манечкой, звала к себе в деревню. С нею Марина понемногу отошла, оттаяла. На прощание тетка сказала о недобрых предчувствиях насчет «Стася»: «Вроде как заговаривается он порой, а? Ты уж последи за ним».

Со Станиславом Трофимовичем и в самом деле стало твориться неладное. Первые недели он молчал. Если и заговаривал, то это были какие-то обрывки фраз без начала и конца. Каждую ночь ему снилась Анна Леопольдовна.

— Иду я, Мариша, из школы, а она сидит тут у дома на скамеечке, меня рукой манит. Мол, не бойся, подойди. Подхожу, а губы-то у нее синие, синие. А сегодня наяву привиделось — стоит в школьном коридоре у окна и вдруг вся оплывает... Вроде бы как надо в церковь пойти, свечку поставить, а? Ты знаешь,— переходил он на шепот,— она ведь все время со мной разговаривает...

Потом Станислав Трофимович запил. Дома не пил. Уходил куда-то с утра, и ближе к ночи раздавался его звонок в дверь: «Мариша, рыженькая,. пусти папулю. Не обижай папулю». Бывало, что в затуманенном сознании он смотрел на нее мутными невидящими глазами и называл Аннушкой...

Как-то ночью Марина проснулась от кошмара. Снилось, что ей на плечи, на шею набрасывается отвратительная собака — породистая, рыжая то ли колли, то ли сеттер, но вся грязная, со сбитой в клочья шерстью, с гнилым запахом из пасти. Собака валила ее на землю, впиваясь клыками в затылок. Перевернув ее через себя и выхватив откуда-то карабин, Марина начала стрелять по уже скулящей, распластывающейся по окровавленной грязи собаке...

Она с трудом очнулась. Дышать было тяжело — кто-то навалился на нее. К своему непередаваемому ужасу, она увидела, что это Станислав Трофимович. Уткнув-

16

шись мокрым от слез лицом и усами в ее шею, он бормотал что-то пьяное, бессвязное.

С колотящимся сердцем Марина выбралась из его объятий — отчим спал, продолжая стонать и всхлипывать. Она оделась дрожащими руками, собрала кое-какие вещи, растолкала сонного Петеньку и, ничего не понимающего, вывела из квартиры на ночную улицу. Оставаться в доме со Станиславом Трофимовичем было уже не только страшно, но и опасно. Куда было идти им в такой час?

До пяти утра они, обнявшись, проспали на жесткой скамье на автовокзале, а уже в полдень были в деревне у той доброй тетки. Бегство из дома Марина объяснила коротко: отчим запил. Деревне это было понятно, так что больше Марине никаких вопросов не задавали. Петенька стал любимцем всей родни, он быстро освоился на вольном воздухе, среди чадолюбивых теток и бабушек. Деревня привела его в восторг, и Марина нисколько не переживала о том, что вырвала брата из городской жизни. В деревне она закончила среднюю школу, благо до экзаменов на аттестат зрелости оставалась лишь пара месяцев.

Марина никогда и ни за что не хотела больше вспоминать о Львове. Все светлое из детства, связанное с этим городом, в один момент было перечеркнуто тем страшным ночным кошмаром.

После выпускных экзаменов Марина решила уехать в Петербург — поступать на филологический факультет университета. Тетка успокоила ее, уверив, что будет следить за Петенькой не хуже родной матери, да Марина в этом и не сомневалась. Новая родня собрала сироте деньги. Во Львове Марина даже не стала заглядывать в свою квартиру. Старого уже не существовало. Начиналась новая, другая жизнь.

Из старой жизни в Питер была захвачена только одна плотно набитая фотографиями коробка — весь семейный архив Войцеховских. Марина знать не знала многих людей, изображенных на снимках, но что-то остановило ее от того, чтобы выбросить эти пожелтевшие карточки.

В снимках было свое очарование. Вот молодая бабушка с уложенными вокруг головы косами, смеющаяся, в расшитой украинской кофточке. Она же — в широкополой шляпе, кокетливо сдвинутой набок, под руку с каким-то военным, но не с дедушкой. Маленькая мама в матроске и плиссированной юбочке; гольфик, трогательно сползший на лакированную туфельку. Мама-школьница, мама-студентка в стройотрядовской куртке, веселая компания однокурсников, позирующая где-то в Варшаве, где никогда не была Марина. Свадебное фото: Анна Леопольдовна и Станислав Трофимович, додумавшийся-таки снять свою форму и сменить ее на гражданский костюм в тот день. Мама с кружевным кульком наперевес, на фоне таблички родильного дома. Последние, уже цветные снимки — пергаментное лицо, большие и потухшие глаза... Марина взяла с собою всю память о семье, которая когда-то была у нее во Львове.

## ГЛАВА ВТОРАЯ

# КАРЬЕРА ПОМПРОКУРОРА

В то утро, когда Марина в радостном предчувствии новой жизни проснулась в поезде, потихоньку сбавлявшем скорость на подходах к Петербургу, на перрон Московского вокзала сошел высокий молодой человек со спортивной сумкой на плече — всем своим нехитрым холостяцким багажом.

«Европа, понимаешь ли»,— с нескрываемым удовольствием произнес он, выйдя на просторную площадь перед вокзалом, и направился к телефону-автомату. Час был ранний — то-то Светка удивится... Обрадуется или рассердится? Как бы там ни было, но сейчас он мог позвонить только ей, своей бывшей супруге по краткосрочному студенческому браку, с которой они расстались без обид друг на друга — добрыми приятелями, какими им, судя по всему, и надо было быть, без всяких там дурацких регистраций отношений в госорганах, чего, увы, никак не могла понять Светкина мамаша, настоявшая в свое время на глупой свадьбе. К досаде Алексея — так звали молодого человека — трубку сняла бывшая теща.

— Лешенька, это ты? — вдруг притворно ласково, будто и в самом деле только и ждала его звонка, заговорила Нина Семеновна.— Видишь ли, Лешенька, Светочки нет дома.

— Нина Семеновна, я перезвоню попозже.

Теща отчего-то замялась:

— Леша, она сейчас здесь не живет. Она в другом месте... Я даже не знаю, давать ли тебе ее телефон, вдруг она рассердится?

— Нина Семеновна, я что, похож на семейного скандалиста?

— Ладно-ладно, только не говори ей, что это я. Понимаешь, она сейчас... — Нина Семеновна опять запнулась.— Светочка только начала устраивать свою жизнь, и я бы не хотела, чтобы ты ей помешал. Да и у тебя, наверное, кто-нибудь уж появился, а?

— Конечно,— соврал Алексей, с мрачным юмором припомнив про себя сразу двух особ: одну майоршу и одну полковничью дочурку, из-за которой он, собственно, и стоял сейчас на Невском.

Теща продиктовала номер, который Алексей тут же и набрал.

— Нертов? — охнула Светлана.— Ты где?.. На Невском? Я тебя жду.

— А это удобно?

— Тебе — всегда,— рассмеялась Светка.— Пройди двести метров...

Она назвала адрес, заставивший его присвистнуть — дворянское гнездышко, дом новой городской номенклатуры:

— Ну, ты даешь!

Эти же слова он повторил и войдя в ее квартиру, отделанную, как было видно с первого взгляда, по самому что ни на есть «евростандарту»:

— Светка, ты что, ограбила банк?

— Бери круче...

Бывшая законная супруга в нескольких словах поведала о кардинальных переменах в своей жизни — со свойственной ей прямотой, которую Алексей, по следовательской привычке, обозвал про себя циничной.

После того как они оба закончили юридический факультет университета и Алексей отправился служить двухгодичником — в военную прокуратуру одного из родов войск, по документам числящуюся в Москве, а на самом деле находящуюся в сибирской глухомани, а Светка не без протекции родни устроилась юрисконсультом на довольно «теплое» место — в фонд госсобственности, дела ее пошли круто в гору. Взяла Светка свои вершины отнюдь не высоким юридическим профессионализмом, а старым женским способом. Так получилось, пояснила она с кокетливым вздохом, что ее шефа-вдовца, начальника одного из отделов фонда, охватила запоздалая любовная лихорадка, а тут и Светка вовремя подвернулась. Они еще не расписаны, но намерения у шефа самые серьезные — брака ему не миновать. Ведь кто уже только не намекал ему на все неприличие этой ситуации с юной любовницей-подчиненной. «Ситуация», как назло, получилась весьма скандальной: шеф устроил Светке эту девичью светелку на Невском за счет какой-то фирмы, кровно заинтересованной в его услугах, а история непостижимым образом (видно, коллеги постарались) попала в одну газетку. Шефу стоило больших трудов замять это дело и сделать так, чтобы его и Светкино имя не трепали все, кому ни попадя. Ради этого пришлось ему организовать еще пару квартир для нужных людей — каких-то редакторов. Один даже поселился в этом доме, и теперь Светка злорадно раскланивается на лестнице с новым соседом, страстно вещающим по вечерам о честности и неподкупности по одному из телеканалов... Да, нынче шеф-жених как раз убыл с делегацией за границу, а потому Светлана милостиво предложила Алексею пожить у нее пару-тройку деньков, пока он не подыщет себе какое-нибудь жилье, коли уж надумал вернуться в

20

Питер. А там, глядишь, она ему поможет и с работой, благо связи у нее теперь мощные.

— Светлан, ты обо мне не беспокойся, я сегодня же отчалю. Дай только приведу себя в божеский вид, чтобы предки в обморок не упали, а то за три дня дороги весь портянками провонял — с какими-то дембелями возвращался.

Светка отвела его в просторную ванную, заставившую тихо чертыхнуться Алексея:

— Слушай, а это что такое?

— Джакузи, милый,— снисходительно улыбнулась она, как будто бы и не было в ее жизни тех времен, когда они вместе жили в коммуналках с единственной ржавой раковиной на кухне.

— Ты хоть подскажи, как в ней улечься-то,— уставился Алексей на мощную треугольную бадью, пока Светка забрасывала в нее разноцветные шарики.

— Чао, не засни,— закрыла она за собою дверь ванной комнаты.

Он с наслаждением растянулся в бурлящей воде. Первая ванна за последние два года! В гарнизоне он не знал ничего, кроме фыркающего душа, то шпарящего кипятком, то обдающего ледяной водой. «Ну вот, хоть помоюсь»,— грустно подумал Алексей.

На пороге вновь появилась Светка:

— Чисто символически, а? — заговорщицки бросила она Алексею фразу, понятную только им двоим.

Когда-то в одной из коммуналок им достался соседмент, упорно домогавшийся Светки со словами: «Отдайся хотя бы чисто символически, по-соседски — что тебе стоит?» Светка всегда с хохотом отвечала, что символически ей не надо, на что милиционер правдиво сообщал, что иначе у него может и не получиться...

Алексей только и успел посмотреть на нее с недоверием — никогда не поймешь, когда она шутит, а когда всерьез,— как Светка скинула с себя халатик и плюхнулась в воду.

Давным-давно Алексей не испытывал такого сладкого и томительного блаженства. Светка была на высоте, и ему, явно подрастерявшему все навыки общения с гражданскими дамами, приходилось только подчиняться ее прихотям...

— Ты что же, и с шефом тут своим так бултыхаешься? — ревниво спросил он ее, когда все было закончено, и они, утомленные, сидели напротив друг друга в остывающей воде.

— Куда ему... Он у меня простой, как брёвно. Ух-бух, и захрапел.

— Бедная ты моя,— притянул ее к себе Алексей, с понятным удовольствием ощутив новый прилив сил.

Пиршество плоти было продолжено в спальне невесты. Уже под вечер, когда они проснулись после недолгого забытья, Алексей почувствовал нарастающее раздражение от всех этих радостей: Светка будто с цепи сорвалась — а он тут так, прохожий, первый встречный. Подвернулся, чтобы заполнить ее тоску...

— Свет, я, пожалуй, пойду...

— Останься, а? Хотя бы еще на денек,— жалостливо проговорила она.

Ночью спать ей не пришлось. Рухнувший в беспробудный и тяжелый сон, Алексей что-то вскрикивал и бормотал, а Светке только и оставалось, что с изумлением всматриваться в его изменившееся похудевшее лицо, по которому пробегали гримасы страдания, и догадываться, что же это такое случилось там у Алексея в армии, почему вернулся он нежданно-негаданно, завязав, как уже успела понять она, с неплохо начинавшейся карьерой в военной прокуратуре.

— Керимбаев,— вдруг четко проговорил во сне Алексей, и Светке стало вовсе не по себе.

* * *

Ох, уж эти нумерованные Арзамасы, Семипалатински и прочие Крыжопли, глубоко законспирированные от потенциального противника... Два года тому назад, в таком же знойном июле, Алексей, следуя к месту службы, добрался наконец до какого-то полу-

22

станка, от которого еще километров пятьдесят надо было неизвестно на чем пилить по тайге до его Вологды-20. Придумают же специально переместить северное название на юг, чтобы никто не догадался о страшной военной тайне. Он остановился в растерянности на дощатых мостках, изображавших железнодорожную платформу. Где та «колючка», в которой находится его прокуратура?

Ответ на этот вопрос знала первая же попавшаяся старушка. Бабуля изложила всю дислокацию воинских частей в округе и отрапортовала, что к ракетчикам надо ехать на рейсовом автобусе, который будет через час, что на радиолокационную станцию сегодня и не попадешь — поезда нет, а вот до его конторы можно добраться по шоссе на попутке, правда потом еще придется протопать несколько километров пешком по бетонке.

Вот тебе и тайны, хлеб с маслом для особистов! Еще на военной кафедре университета они с друзьями-однокурсниками дивились тому усердию, с которым их отставники-преподаватели нагоняли туман секретности вокруг известных всем вещей. Чего стоили одни их «секретные тетради», запрещенные к выносу с кафедры — действительно, попади такой конспектик в руки шпиона, сразу бы увидел, какой ерунде учат студентов. Но во всех поездках по подопечным частям первый визит был — непременно к особистам, ради великой дипломатии. А попробуй иначе, ежели только особисты и выручат тебя при случае — информацией. В военной прокуратуре почему-то не удосужились предусмотреть оперативный аппарат, а потому следователям и помощникам военных прокуроров приходится самим выполнять те действия, что в любой нормальной конторе поручаются зубастым сыщикам, у которых и агентура, и спецтехника. А тут тыркаешься во все носом, как слепой котенок, из подручных средств сам не бог весть что мастеришь — оттого и приходится идти на поклон к друзьям-чекистам, что помогут тебе от своих щедрот...

Уже через год военной службы Алексей вконец понял, что эта карьера — не для него, слишком много вокруг дури и вранья. К тому же постоянная работа в одиночку основательно измотала его нервы. Ерунду говорят, будто бы военная прокуратура — рай по сравнению с гражданской. Да, понятых здесь хоть поротно можно строить. Свидетелей отцы-командиры в назначенный час прямо к кабинету доставляют, и солдатики, очевидцы по делам, счастливы проторчать у него под дверью: все лучше в прокурорском коридоре подремать, чем где-нибудь в наряде дерьмо грести с места на место. С транспортом — нет проблем. Но попробуй постоянно работать за пятерых: ты и следователь, и эксперт, и фотограф, и опер, и прокурор. Удивительно, отчего это держава не додумалась предусмотреть сыскной аппарат в военной юстиции.

Особистам проще — ловят помаленьку шпионов, информацию кушают и живут припеваючи от проверки до проверки. Спасибо, если словечко из любезности по твоим делам подскажут. Но, конечно, подскажут. А ты за это, когда придешь к ним «надзор осуществлять», посмотришь на аккуратные папочки, положенные сверху в сейфе, и сделаешь резюме: «Замечаний нет». Одним словом, союз нерушимый.

Куда там комиссару Каттани до «следаков» и помощников военных прокуроров! Этого итальянца да на российскую армейскую мафию бы напустить. Отцы-командиры за очередную звездочку, за перевод в город с населением побольше миллиона сами готовы вместо солдатиков «дедушкам» челюсти подставлять. А если уж случится неувязка, так запугают солдатика до смерти: «Смотри, прокурор приехал и уехал, а тебе еще служить как медному котелку». Что тут возразит бедолага? Куда ему податься? Дальше части не убежишь.

Как-то помпрокурора Нертову довелось проверять законность отказа в возбуждении одного дела в одной такой части. Ну, ударился парень об умывальник, когда зубы чистил — у них, мол, такое бывает. Только шеф засомневался отчего-то. И правильно сделал. К приезду Алексея отцы-командиры покаялись: недосмотрели. Не личной гигиеной, оказывается, занимался боец Тютькин, а подвиг совершил: разнимал в палатке на учениях поссорившихся товарищей, а при этом благом деле оступился и упал на кровать. Устроили тогда для Алексея и следственный эксперимент. Поставили палатку, досочек на пол настелили, коечки притащили — солдатик красиво так падает и при этом показывает, как он челюсть сломал. Свидетели подтверждают, что так все оно и было. А пока суд да дело, уже и срок увольнения свидетелей подошел, прозвучал призывный: «Даешь ДМБ» и для самого потерпевшего. Взятки гладки. Лишь через год проговорился один из полковников, исключительно по пьянке, как они всю ночь, пока помпрокурора сладко спал в лучшем номере гостиницы, репетировали, ставили спектакль для следственного эксперимента, дабы показатели отличной части не испортить.

На двадцатом месяце службы (счет оставшимся до «воли» дням он вел с тем же трепетом, что и обычный солдатик) Алексей, отправляясь в командировку в очередной Дивномайск, сказал себе: эта будет последней. «Вернусь,— думал он,— сразу же пошлю всех подальше, и фиг они увидят от меня, а не рапорт с просьбой оказать великую честь — оставить на всю жизнь вылавливать дезертиров и разглядывать ломаные солдатские челюсти». В тот раз, после жалобы родителей солдатика-первогодка, надо было проверить, сам ли тот ушибся до сотрясения мозга, случайно поскользнувшись у очередного умывальника, либо помогли ему в том товарищи по оружию. В часть Алексей прибыл только поздно вечером, кое-как устроился в неуютной и ободранной квартире для командированных. Не успел и заснуть, как его разбудила барабанная дробь в дверь. Ошибся, что ли, кто этажом? В дверь стучали все громче. Открыв ее, он увидел ошалевшего полковника, командира части — в расстегнутой шинели (это при сорокаградусном-то морозе!) и почему-то с галстуком в руках.

— Нападение на караул! — выдохнул грузный полковник.

— Когда?

— Только что звонил оперативный. Есть жертвы, а больше ничего не знаю,— замотал головой полковник, вливая в себя полграфина воды.

— Милиции местной сообщили? — дежурно осведомился Алексей, натягивая одежду.

— Какая, к черту, милиция!

Действительно, при чем здесь милиция, сообразил окончательно проснувшийся Алексей, если на эту территорию никогда, никому, никакому постороннему — хода нет. Закрытая зона... Помпрокурора уже готов был расписаться в том, что не столь уж плоха та секретность, которой окружили особисты эту территорию: ясно, что напавшие на караул вряд ли выберутся отсюда в город. Однако прорваться к объекту они вполне могли, тогда бы этому городу тоже мало не показалось...

След от кровавых пятен на дороге, на которой и был расстрелян разводящий со сменой караула, вел вглубь, внутрь этой проклятой территории, по полуметровому снегу, сквозь цеплявшиеся за полы шинели кусты. Пыхтевшие в затылок полковник и пара сержантов, выделенных для осмотра места происшествия, как могли, вместе и сбивчиво, выкрикивали Алексею, бежавшему впереди с фонарем, детали этого ЧП.

Во время смены дежурных до тех, кто находился в караулке, донеслись вдруг три короткие очереди со стороны четвертого и пятого постов. Тут же рванувшаяся к месту дежурная группа обнаружила на дороге двух убитых — разводящего и караульного, сменившегося с поста. Еще один караульный, который должен был находиться тут же, исчез. Стрелял, судя по всему, этот третий. И, по первой же прикидке Алексея, у этого «отморозка» должно было оставаться еще около пятидесяти патронов. Куда он с ними рванул по этому морозу да по сугробам в полметра?

— Сержант, а куда мы вышли-то? — Нертов осветил накатанный путь внезапно появившейся под ногами дороги.

26

— Так в караулку он, гад, дернул! — дошло сразу и до сержантов, и до полковника. «Только этого не хватало,— успел подумать Алексей.— Сколько он там еще народу положит?»

Четыре часа отцы-командиры и Алексей просидели у блиндажа, пытаясь уговорить солдата бросить автомат и сдаться. Но Керимбаев, так звали этого психа, требовал почему-то немедленно вызвать его родителей. При этом он судорожно сжимал свой АК-74.

Как положено в таких случаях, были запрошены «верхи». Они-то и дали добро на штурм.

В часть из города доставили милицейский наряд с овчаркой. Псина грозно клацала зубами на опасливо расступавшихся военных. Получив команду, рванулась к блиндажу, но внезапно начала пятиться, заскулила, забилась под ноги к кинологу.

— Другой жучки не нашлось? — с издевкой спросили военные у милиционеров.

— Да это зверь, а не собака. Утром на хулигана ее пустили — руку вместе с ножом откусила. Устала — не восстановилась. Придется, однако, за Волком ехать.

Доставленный Волк оказался кавказцем с гиенообразной мордой. Эта тварь и вовсе не пожелала вылезать из милицейского «уазика». Ни тварь, ни милиционеры не собирались принимать на себя огонь из АК-74.

Алексей понял — брать Керимбаева придется самому. На пятом часу противостояния у того уже окончательно могли сдать нервы, а дожидаться, когда он сам выскочит под автоматы оцепления да еще сдуру прикончит здесь тех офицеров и прапорщиков, которыми заменили беспомощных солдат, было ни к чему. Алексей с надеждой посмотрел на прапорщика Тишко — тоже питерского парня. В глазах у того был немой вопрос: решаемся, мол, или будем торчать здесь мишенями?

Не выдержал командир части, за свои тридцать лет военной службы навидавшийся всякого и пользовавшийся непререкаемым авторитетом, что среди офицеров, что среди солдат. Батя, как звали его и за глаза и в глаза, шагнул к спуску в блиндаж:

— Сынок, ты подожди стрелять. Опусти автомат. Скажи, кто тебя обидел. Выходи, поговорим. Слово даю: только поговорим.

— Нет. Отца хочу сюда. Зови отца. Или стрелять буду,— отчаянно и отрешенно проговорил Керимбаев.

Алексей понял: сейчас или никогда. Если он сумеет подойти к полковнику, то с этого места можно успеть — резко рвануть вперед, автомат в сторону бруствера отбить, а там уже все просто...

Алексей решительно шагнул в сторону окопчика, пытаясь встать к Керимбаеву ближе, чем стоял Батя.

— Я исполняю обязанности военного прокурора. Мне, Керимбаев, плевать, кто там тебя обидел — дедушки-бабушки или офицеры...

— Никто не обидел. Вызывай отца — только с ним говорить буду. Не позовешь — стрелять буду!

— Будешь? Так посажу твоего командира — за то, что у него здесь чер-те что происходит. Батя под трибунал пойдет. Его дети останутся одни. Ты этого хочешь?

— Не надо. Он не виноват.

— А не виноват, так убери автомат в сторону, а то пальнешь случайно.

Полковник сокрушенно кивнул головой:

— Да-да, сынок. Прокурор меня посадит. Дочка без отца... — полковник подхватил игру Алексея.

Керимбаев неожиданно четко произнес:

— Тогда в себя стрелять буду. Стреляю.

— Нет!..

Но этот крик Алексея слился с сухим выстрелом, раздавшимся откуда-то сзади. Голова Керимбаева дернулась, и он стал валиться в темноту блиндажа....

Алексей обернулся. Позади Тишко деловито ставил свой автомат на предохранитель:

— Вот сука, сейчас бы выстрелил. Слава богу, я успел... — Тишко самодовольно улыбнулся.

— Тишко, кто дал вам право стрелять?! — Алексей почувствовал, с каким напряжением ждали все вокруг его первых слов. Он подбирал слова тщательно.

— Так у него же патрон в патроннике был. Пока вы со своими разговорами, положил бы он и вас, и других. Я действовал, как положено. А он, сволочь, двоих угробил. Что теперь их матерям говорить?

— Хорош, Тишко,— услышал Алексей чей-то голос со стороны.— Еще один труп в части...

Дело Керимбаева оказалось не из простых. Зачем, скажите на милость, солдат, которому до дембеля оставалось всего четыре месяца, задумал бежать с оружием с той территории, с которой и выбраться-то невозможно? Вся она в считанные минуты перекрывалась по плану «Кольцо», и он не мог не знать этого. Крыша что ли, у парня поехала? Но все говорили о нем как о ровном, дружелюбном пареньке, ни в чем таком не примеченном.

Один из знакомых офицеров посоветовал Нертову:

— Не въезжай ты в это дело. Набросай справку: мол, сослуживцы сказали, что в последнее время ходил он мрачный, вроде бы как письма плохие от девушки своей получал, вроде бы уединялся без причин и так далее. Кто проверит? Не мудри, Леха.

Однако кое-что настораживало Алексея в этой вроде бы нехитрой истории с сорвавшимся солдатиком. Неясным было, что произошло на складе оружия, который сдал под охрану своему сменщику Керимбаев за несколько минут до роковых выстрелов. Почему, например, была повреждена пломба на одном из хранилищ.

Алексей потребовал произвести ревизию хранилища. С понятыми и прапорщиком Тишко, в ведении которого находился склад, они принялись за проверку. Понятые перекладывали с места на место ящики с оружием, Тишко с Алексеем сверяли номера автоматов и винтовок.

Тишко был временно отстранен от несения службы — считалось, что он на обследовании из-за нервной перегрузки. Скорее всего, ему предстояло перейти в другую часть. Прокурор уже намекнул Алексею, что по Тишко никаких последствий лучше не устраивать: мол, спишем на необходимую самооборону и только.

— Не мудри, и так Москва на ушах стоит. По этому эпизоду выноси постановление о прекращении дела за отсутствием состава и все силы давай-ка на Керимбаева,— посоветовал прокурор.

Легко сказать... Когда открывали последний ящик со снайперскими винтовками, Тишко выдохнул:

— Ну, вроде все в порядке. Керимбаев, конечно, сволочь, но вряд ли он успел залезть в склад.

— Диктуйте номера,— прекратил разговоры Алексей.

— 22-19.

— Отметил.

— 22-20.

— Имеется.

— 22-21.

— Есть. Следующий?

— Это все,— Тишко выпрямился.— Была последняя.

— А номер 22-22 пропустили? Где номер «четыре двойки»?

Этой снайперской винтовки на складе не оказалось...

Теперь поведение Керимбаева хоть как-то да поддавалось объяснению. Утащил, значит, сдуру солдат винтовку, чтобы потом попытаться продать. Разводящий при смене постов мог заметить срыв печати и пообещать разобраться. Возможно, вспыхнула ссора, вот и разрядил Керимбаев свой автомат. Версия складывалась довольно внятная... А то, что не было в поведении Керимбаева никакой логики — куда это он, интересное дело, мог рвануть с территории? — так это Алексея не слишком смущало. Немало он уже навидался похожих случаев, когда солдаты срывались, нисколько не думая о последствиях. Взять хотя бы тех двух свеженьких дезертиров, за которыми он в прошлом месяце гонялся по тайге. Поймали деток — узнали от них, что они, оказывается, намеревались прожить четыре года в лесу, а потом идти сдаваться, потому как, по их представлениям, к этому времени должен был истечь срок привлечения дезертиров к уголовной ответственности. Детский лепет!

На следующее утро он для порядка заехал в местную милицию, чтобы снять показания у одного из тех оперов, что приезжал вместе с кинологами на задержание Керимбаева. Тот обрадовался:

— Слышь, мы тебе хорошую халтурку нашли. Представляешь, на днях тут бандиты крутую разборку учинили. «Братва» из большого Дивномайска понаехала. Коллеги наши узнали слишком поздно. Думали, что перестреляют бандиты друг друга. Так нет, ты и представить не можешь: какие-то вояки на танке подкатили и развели всех мирно. Правда, «папе» их, Федоту, кто-то шею сломал, задавил-таки чмура. Вот такая тебе информация. Вояки, старлей, твои — не отказывайся. Т-80 только в вашей части и водятся, так что выясняй, все равно это дело вам перешлют. Запомни сразу номерок машинки — 150-й.

«Бандиты, разборки, танк — ахинея какая-то»,— подумал Алексей.

— Чушь,— сказал ему уверенно и полковник Батя. Однако Алексей попросил его представить все документы, касающиеся учений, список членов экипажа этого 150-го, выяснить, кто давал команду на выезд.

— Сынок,— доверительно склонился к нему полковник.— Ты что, не понимаешь, куда ты лезешь?

— Я-то понимаю. Я понимаю, что надо бы хорошенько разобраться, что тут к чему в вашей части. Слишком много странных совпадений,— сказал он уж совсем лишнее.

Полковник побагровел:

— Ты учти, что сам себе шею свернешь. Что ты докажешь? Только то, что по случайному совпадению в районе учений, в то самое время, которое было определено приказом по части, бандиты устроили свою разборку. А наш танк, слава богу, их спугнул, вот и разбежались они по кустам. Все. Нам еще благодарность надо вынести, что мы не допустили стрельбы поблизости от особо охраняемого объекта, вторжение на который создало бы угрозу... И так далее, сам знаешь.

— Послушайте, у меня есть информация о том, что в танке с бортовым номером 150 в тот момент находились те, кому там находиться было не положено, вовсе не члены этого экипажа.

— Товарищ военный юрист, что это вы тут пытаетесь опорочить честных людей? Мало того, что вы раздуваете эпизод с Тишко по Керимбаеву, так теперь и эта небылица. Подумайте, старший лейтенант. Утро-то вечера мудренее... — заключил полковник.

Перекусив в офицерском кафе, а потом застряв по дороге в разговоре с одной из офицерских жен, совершенно не по адресу начавшей жаловаться ему на тяготы захолустной жизни, Алексей, к своей досаде, не скоро добрался до квартиры для приезжих, в которой ему надо было прихватить папку с бланками протоколов.

Дверь почему-то оказалась не заперта — в квартире прибиралась незнакомая девица, мало похожая на обычно замызганных уборщиц. «Видно, дочка какой-нибудь из них», — машинально подумал Алексей.

Он уселся перебирать свои бумаги, пока девица лениво шаркала тряпкой по подоконнику.

— Я думаю, вы на сегодня свободны, здесь уже и так достаточно чисто, — уборщица начала раздражать Алексея, и он хотел побыстрее выпроводить ее, чтобы сосредоточиться на делах, еще раз понять, что же следовало из его разговора с начальником части, внезапно обернувшимся далеко не тем безобидным стариканом-батяней, каким его представлял себе Алексей.

Вместо ответа юная особа переместилась к письменному столу, не мигая, уставилась в глаза Алексею и принялась вытирать пепел вокруг банки из-под пива, служившей пепельницей в этой квартире. Барышня выглядела неоднозначно. Несмотря на трескучий мороз на улице и холод в квартире, эта знойная особа была в прозрачной обтягивающей блузочке, под которой, как не составляло труда убедиться Алексею, вовсе не оказалось никакого белья. К тому же она была в шлепанцах на босу ногу, из которых выглядывали розовые пяточки. «Нимфоманка какая-то. Все они здесь, что ли, чокнутые, в этой части?» — подумал он.

В глубокой задумчивости девица пораскачивала свой бюст перед носом Алексея и замерла в таком непонятом состоянии.

— Вы, видимо, дочка Марьи Степановны,— заполнил паузу Алексей, к счастью, вспомнивший, как звали ту безликую тетку, что вваливалась в квартиру по утрам и не столько убиралась, сколько пачкала все и вся своими грязными тряпками.

— Нет, я дочка... — начала девица и запнулась.

«Господи, какая мне разница, чья она тут дочка, только бы поскорее выматывалась»,— уже с нескрываемой тоской посмотрел на нее Алексей, так и не привыкший к разудалым замашкам офицерских жен и дочерей, с энтузиазмом бросавшихся на всякого первого встречного. Иметь дела с этими скучающими гарнизонными дамочками он зарекся еще в первые месяцы своей службы. И сейчас, глядя на откровенно призывный вид девицы, Алексей с понятным содроганием припомнил жену одного майора, не удовлетворившуюся скоротечным флиртом, а устроившую целое светопреставление со вскрытием вен и прочими эксцентричными эскападами. Слава богу, майор оказался нормальным мужиком — после отправки супруги в госпиталь сам заявился к Алексею, распил вместе с ним положенную в таких случаях бутылочку да посоветовал никогда и ни при каких обстоятельствах не связываться с этими гарнизонными шлюхами, к разряду которых он критически причислил и свою драгоценную. Выяснилось, что случай с помпрокурора был еще не самым клиническим в послужном списке этой майорши — до того она пыталась вешаться из-за страстной любви к шоферу, двадцатилетнему парню, уволенному из рядов в соответствии с приказом. Отъезд дембеля на родину подкосил тридцатилетнюю красавицу...

Глянув на девицу с понятным раздражением, Нертов откровенно зевнул:

— Милая, повторяю еще раз: ты свободна. Гарнизон большой — поищи другой объект. Сочувствую, но мне не до этого. Дела!

Дальше произошло нечто, крайне озадачившее Алексея и еще раз заставившее его подумать о .какой-то здешней аномалии. Оглянувшись на дверь, девица вдруг опрокинулась навзничь, прямо на письменный стол, сминая тощим задом все бумаги и протоколы.

— Чокнутая! — вскричал Алексей, пытаясь оторвать ее от стола, в края которого она впилась железной хваткой. От таких усилий застежка на груди особы лопнула, обнажив синюшную грудь. Алексей запихнул руку под задницу красотки, чтобы хотя бы вытянуть бумаги. Почувствовав его руку на своем мягком месте, девица с неподдельным испугом завизжала, а потом с несколько вопросительной интонацией выкрикнула: «Насилуют!»

— Насилуют! — сообщила она еще раз, уже погромче.

И тут дверь в квартиру распахнулась, и в нее в театральном гневе ввалились... полковник-батяня и прапорщик Тишко. За их спинами подпрыгивали в любопытстве вахтерша и уборщица — понятые.

— Папочка!

— Деточка! Что он, негодяй, с тобою сделал?

Все было расписано, как по нотам. Прямо-таки спектакль «Западня для прокурора»... Юная особа оказалась несовершеннолетней дочерью полковника. Алексей предстал коварным растлителем, обманом заманившим дитя в вышеуказанную квартиру и предпринявшим попытку его изнасилования.

— Что, Алексей Юрьевич, теперь делать будем? — участливо осведомился полковник, накидывая свою необъятную шинель на плечи слегка засмущавшейся дочурки. — Полюбовно решим или ваших коллег вызывать? Состав, понимаете ли, налицо, девочка все подтвердит. Как там у вас в УК? Статьи 15, 117 и 120... Начнем перетирать вопрос? Или так решим? — батяня отчего-то заговорил по бандитским понятиям.

Алексею очень хотелось со всей силы въехать по лоснящемуся, расплывающемуся лицу полковника. Но слишком умело все было обставлено...

— Ну-ну,— пробормотал сухо Алексей.— Въезжаю. Давайте прямо: что вы от меня хотите?

— Вот это, сынок, другой разговор. Ты парень не дурак. Поэтому говорю по-простому: вали отсюда. И немедленно. Согласен? Я прокурору позвоню, скажу, что ты просто сорвался, нахамил командованию, а ты подтвердишь, покаешься. Гордыню-то свою успокой — тебе карьера нужна, жизнь нормальная. Думай...

Как ни гадко все складывалось, а полковник был прав. Лучше замять происшествие и отчаливать. Они выиграли. Следивший за выражением лица Алексея полковник тихо подсказал:

— Дело бы почитать... Пройтись, так сказать, отеческой рукой.

Алексей начал догадываться, что они — или один полковник? — явно переоценили его возможности. Они были убеждены в том, что он докопался до истины, а он, пинкертон армейский, на самом деле ничего еще не понял. Впрочем, теперь ему уже не составляло труда сделать вывод о том, что полковничек-то, батяня этот, был с душком, а Тишко, получалось, при нем и состоял. Ох, суки, а как удачно провели представление с Керимбаевым... Пришили ведь паренька, приговорили... Сидят тут в своей вотчинке, с бандитами дела ворочают... Полковник ведь взъерепенился именно после того, как Нертов стал въезжать в бандитскую разборку с танком! Да, тут бы стоило покопать...

Вновь угадав ход мыслей Алексея, полковник вкрадчиво произнес:

— Звездочки на погонах замерещились? Имя себе хочешь сделать? Давай-давай, со сто двадцатой статьей. «Петухом» тебе, милок, быть в тюряге — зэки оч-чень любят таких нежных мальчиков, опустят тебя, глазом моргнуть не успеешь. А мог бы ведь нас послушать, сынок. Ствол тот — на Керимбаева. Танка ты в глаза не видел. Мало ли что кому померещилось. Кстати, у тебя тут твой двухгодичный срок заканчивается — и адью к мамочке и папочкой. У папочки-то, я в газетах читал, очень неплохое дельце, и сынка бы к нему пристроил. К чему бы тебе, молодому, в армейскую лямку впрягаться? Юристы-то сейчас на гражданке в большой цене...

Алексей подавленно кивнул.

— Вот и славно. А теперь одевайся и поехали в часть начальству звонить, — удовлетворенно сказал полковник. — А с этими я сам разберусь.

Впрочем, «эти» — девица, прапорщик и тетки-понятые — давно куда-то улетучились. Алексей даже не заметил, когда они ушли.

Все оставшееся время, пока он находился в части, рядом с ним кто-нибудь да маячил, так что связаться с особистами, чтобы доложить им о случившемся, не было никакой возможности. Тем не менее, он успел шепнуть прикомандированному к нему шоферу Васе (пареньку, когда-то отмазанному им от гауптвахты), чтобы тот позвонил особистам: «Нужно встретиться срочно и незаметно».

Под конвоем полковника Алексея довезли до поезда, проводили до места и подождали, пока состав тронется. Мимо за окном проплыл самодовольный батяня...

Батяня, думавший о том, как неплохо ему удалось избавиться от настырного помпрокурора, не заметил невзрачного мужичонку в ватнике, в последний момент вскочившего в вагон.

А мужичонка, дойдя до тамбура, в котором закурил Алексей, улыбнулся ему, как старому знакомому:

— Ну что, Каттани, говорят, тобою Спрут сегодня славно позавтракал? Не подавился, а?..

Через час на каком-то полустанке мужичок выпрыгнул из поезда, поспешил к станции, влез в замызганную «Ниву» и, по-хозяйски развалившись на заднем сиденье, скомандовал водителю:

— Езжай на базу.

Вот так и пришлось Алексею распрощаться с карьерой военного юриста. Прибыв в контору, он отказался писать рапорт о зачислении в кадровый состав, однако шеф-прокурор не очень-то и настаивал на этом. Вскоре пришел и приказ: уволить в связи с окончанием срока службы. И через два года после того, как он ступил на хлипкую дощатую платформу таежного полустанка, Алексей вернулся в Петербург.

За эти два года его однокурсники крепко рванули вперед, а он был никем. Пристраиваться к делу отца, который управлял одним металлургическим комбинатом в области, ему не хотелось. Да и отец всегда старался держать сына подальше от своего бизнеса, почему — догадаться Алексею было нетрудно. К тому же после двух лет захолустья хотелось осесть в Питере, а не погружаться снова в сонную дремоту провинции. Питер был Европой, а тот городок в полутора часах езды от северной столицы, где стоял комбинат отца, каким-то Бхопалом: скопище обветшалых деревянных бараков и облезлых панельных трущоб вокруг денно и нощно дымящихся труб. Южносибирский Дивномайск казался даже райским местечком в сравнении с городом его детства. Алексей собирался съездить туда, погостить у родителей день-другой, а потом возвращаться в Питер на поиски работы.

Вчера Светка уже обещала ему помочь. Нехорошо, конечно, извлекать выгоды из пылкой страсти, но что поделать?

— Леша,— появилась в спальне Светка.— Ты меня вчера утомил.

Алексей самодовольно хмыкнул.

— Я бы на твоем месте так не веселилась. Ты же невменяемый: всю ночь что-то бормотал, кричал, кого-то звал, псих ненормальный. Страшно с тобой. И кто такой Керимбаев?

Алексей, всегда доверявший Светке, вкратце рассказал ту историю, из-за которой он и вылетел из военной прокуратуры. Светка выслушала ее, скучая и пропуская мимо ушей перечисления имен, дат, событий.

— Ох, Лешенька, детский сад это все. Считай, что ничего не произошло. Эти твои полковники да прапорщики — сущая мелюзга. У нас же тут кругом, как говорит одна мудрая старушенция-коллега, акулы пожирают акул. С потрохами съедают при первой возможности. Сам таким станешь — никуда не денешься.

* * *

— Ну что, пинкертон, выперли тебя из твоего Мухосранска? — вернувшийся вечером с комбината отец довольно хохотнул, похлопав Леху по спине.— Ничего, наследничек. Как говорят мои немецкие партнеры, в каждом большом свинстве есть маленький такой кусочек ветчины. Привыкай к дерьму.

— Юра... — укоризненно вздохнула мать,— мальчик два года не был дома, а ты ему с порога про свое дерьмо.

— Вот видишь — она у нас не меняется. Все воспитывает меня. Теперь за тебя возьмется, да и правильно сделает,— отец неожиданно посерьезнел.— Чего ж сразу-то к нам не приехал? Зачем к Светлане попёрся?

— Так, захотелось себя в божеский вид привести,— Алексей смутился.— А ты-то откуда знаешь?

— Питер — город маленький. Тебе сегодня одним местом захотелось — завтра тебя в другом месте поимеют.

— Юра! — вновь одернула отца мать.

— Ладно-ладно, я ничего не говорил. Но к Светке больше не суйся. Владимир Иванович Лишков, ее будущий супруг, мужик на редкость пакостный. Но очень нужный.

На следующий день Юрий Алексеевич устроил для своих компаньонов основательный ужин с банькой — по случаю возвращения наследника. Леша с некоторым удивлением увидел, что то почтительно-заискивающее отношение, которое всегда окружало его отца в этом городке, теперь было перенесено и на него. Наследник есть наследник: контрольный пакет акций комбината принадлежал Юрию Алексеевичу. Еще какие-то доли были у области и у одной германской фирмы. Поэтому в баньку на знакомство с Алексеем прибыл и здоровущий немец — господин Раупах, не без удовольствия вку-

38

шавший местную экзотику. Немец отлично говорил по-русски.

— Да наш он, этот немчура, гэдээровский. В Москве учился,— пояснил Лехе отец.— Отличный мужик. После девяносто первого года приватизировал там у себя кое-что, так что теперь трудимся вместе. В поте лица, ха-ха...

Отец был в отличном настроении. И сам, расцвечивая повествование все новыми пикантными подробностями, под хохот распаренных банькой и водкой мужиков рассказывал собравшимся о Лешкиных злоключениях, о которых тот поведал ему накануне, не предполагая, что ради острого словца отец не пожалеет и родного сына.

— Представляете, пяточки розовые, грудь цыплячья — этакая Мата Хари гарнизонная,— утирал слезы Юрий Алексеевич...

— Алексей, мне очень жаль, что у вас там были такие большие проблемы,— сокрушенно качал головой герр Раупах, начисто лишенный, как и многие его соотечественники, чувства юмора.— Юрий, мы должны помочь мальчику.

— Да уж, не обидим наследничка! Только он, неблагодарный, здесь оставаться не желает. Манят его, понимаешь ли, огни большого города.

— Юрий, мы с тобой как-то говорили о банке Андрея Артуровича,— не желал сворачивать с деловой стези немец.— Это есть хорошая ситуация...

— Ох, и хитер ты, мин херц!

— Алексей, с его опытом и образованием, мог бы работать в секьюрити банка. Свой человек у Андрея Артуровича — это очень, очень хорошо...

Леша, к приятному удивлению отца, упрямиться не стал. «Служба безопасности солидного банка — это не так уж плохо»,— решил он сам для себя. Не в прокуратуру же ему было идти или в ментовку — по нынешним временам там, по его мнению, могли работать только сумасшедшие энтузиасты или отпетые взяточники: на таком-то безденежье! Вольные адвокатские хлеба его пугали. Все-таки за два года он, хотя и сам не желал в

39

том себе сознаваться, умудрился пропитаться армейским духом: ему нужно было стабильное место, стабильное жалованье, рост по службе. Звездочки маячили-таки в его голове... Подобранное отцом место работы выглядело вполне весомо, и Алексей не без удовольствия думал о том, что он теперь на равных вернется в круг своих знакомых. Хуже не было для него, чем слыть несостоявшимся и неудачником.

На новом месте его первым делом отправили на «повышение квалификации» — на стажировку в Финляндию, на курсы телохранителей при одном институте, готовившем кадры для служб безопасности самых разных охранных структур. Там, в настоящей Европе, он окончательно забыл о своей Вологде-20, о Дивномайске и прочих Мухосрансках, коими окрещивали такие бывшие вояки, как он, все те места, где довелось им послужить. Публика на курсах подобралась прелюбопытная — было даже несколько слушателей из СНГ, ребята из разных бывших советских республик, от Украины до Таджикистана. У всех была за плечами служба в армии — советской армии, конечно. У некоторых — даже в особо элитных частях. Нертов энергично завязывал знакомства с коллегами. Никогда не угадаешь, кто и когда тебе пригодится.

# ГЛАВА ТРЕТЬЯ

## ВЕЧНЫЙ ПАША

Позже Марина сама улыбалась своей наивной самонадеянности. Кто ждал ее в этом большом и холодном городе?

Эффектная дама в приемной комиссии, высокая шатенка в дорогущем костюме, снисходительно растолковывала:

— Голубушка, вы извините, вам вообще не стоило приезжать. У вас там теперь независимое государство.

У вас есть свои вузы — университет, пединститут. Мы даже не можем платить вам стипендию.

— Но мне некуда возвращаться...

— Милая, это ваши проблемы! Вы взрослая женщина. Привыкайте решать свои дела самостоятельно.

Увидев слезы, навернувшиеся на глаза Марины, она еще раз пролистала ее документы. Остановилась на графе «родители». Уже немного виновато глянула на Марину:

— Кажется, понимаю... знаете, Марина Андреевна, я тоже когда-то начинала одна в этом городе. Конечно, мне было проще, мои родители были живы, но они жили далеко и мне не помогали. Все равно приходилось все делать самой. Мне очень жаль, что у вас так все сложилось. Да вы присядьте, попробуем что-нибудь сообразить...

Марина посмотрела на нее с надеждой.

— Знаете что... Найдите-ка себе работу с временной пропиской и попробуйте поступать на вечернее или заочное. Что там у вас с языком?

— Английский и немецкий.

— Я не о том. Украинским владеете?

— И украинским, и польским.

— Ну, тогда у вас есть шансы. У нас с этого года как раз открывается украинское отделение. Иностранный язык, понимаете ли,— подняв глаза к потолку и ухмыльнувшись, сказала дама.— Попробуйте.

Здесь же, в приемной комиссии, Марина познакомилась с такой же, как она, неудачницей — Катей из белорусского города Борисова. У Кати была уйма питерских родственников. Прописывать к себе племянницу они не захотели, но чем смогли — помогли: нашли ей работу с общежитием — санитаркой в больнице. Деловая Катерина смогла замолвить словечко и за новую подругу. Так в этой же больнице на Большом проспекте Васильевского острова оказалась и Марина.

Днем — судна и грязные простыни, вечером — лекции. Не сказать, чтобы ее подружка была очень усердной студенткой. У Катьки были другие задачи.

— Маня, для нас главное что? — воспитывала она свою чересчур интеллигентную, на ее взгляд, подругу.— Для нас главное — закрепиться в Питере. Найдем кого покруче и заживем.

Марина с любопытством наблюдала Катькины маневры вокруг молодых докторов и пациентов импозантного вида. Катька мгновенно оценивала ситуацию и принимала тот облик, который, по ее мнению, был наиболее подходящ для соблазнения. Для одного приглянувшегося пациента она была заботливой нянюшкой, нарочито подчеркивающей свою провинциальность, для другого — бросающей откровенные взгляды томной красоткой. В охоте на Льва Борисовича, тридцатилетнего завотделением, Катька избрала имидж примерной и любознательной студентки. Она ходила за ним по пятам и задавала уйму вопросов по методикам санобработки, а Лев Борисович простодушно распалялся на тему помывки рук по схеме Спасо-Кукоцкого и Кочергина. Но как она ни старалась, ничего у нее не получалось. Лев Борисович и не думал оступаться с пути примерного семьянина. Лишь один раз Катьке удалось раскрутить на непоправимое одного достойного кандидата — прихворнувшего писателя. Но телефона он ей своего не оставил — только одарил при выписке книжечкой стихов с надписью о приятно проведенном времени. Стихи оказались плохими, да и сам писатель, как поделилась потом с подругой Катька, был мужчиной так себе.

— Не там ищем,— сделала мрачный вывод Катька.

Через несколько недель она уже еле передвигалась на работе: с присущей ей одержимостью Катерина ринулась в жизнь ночных клубов. По вечерам у общежития стали появляться крутые ребята на стареньких иномарках, а в речи Катьки, и так-то неисправимой росянке, на которой говорят русские белорусы, появились новые словечки, смешившие Марину.

— Как ты говоришь: медуза? — переспрашивала Марина, задумавшая написать курсовую по «новоязу» бандитов.

— Медуза — это питерские говорят. Южные скажут: «Ты че скворчишь, сковородка?»

— А еще? Как они представляются?

— «Обозначься, бычара, и спусти с ручника»,— Катька сама расхохоталась.

— Чего-чего?

— Назови, значит, свои имя и группировку, а также приди в себя, успокойся.

— А потом?

— Это уже по обстоятельствам. Могут сказать: «Двигай тему», а могут: «Ша, планшет».

— А что такое этот «планшет»?

— Как что? Фильтруй базар, значит,— Катерина никак не могла избавиться от своей дивной родной речи...

— Что ты сказала?

— Господи, да выбирай выражения — как еще сказать?

И они обе хохотали — до стука в стену от других девчонок-медсестер, уже утомленных такими буйными соседками.

Вскоре Катька перекочевала жить к кому-то из новых знакомых, потом опять объявилась в общаге...

Так и металась она месяц за месяцем — от одного приятеля к другому, причем каждый раз ее романы были чистыми и возвышенными: с сияющим от счастья лицом Катька сообщала Марине, что вот теперь-то она, наконец, нашла то, что искала. «Маришечка, ты не думай, что я пошла по рукам»,— всегда смущенно добавляла она при этом и принималась перечислять достоинства нового избранника. Уже за первый год жизни в Питере этих избранников у Екатерины набралось, пожалуй, с полдюжины. Коллекция была представительная: от барменов и милиционеров до фирмачей и чиновников. На второй полудюжине Катька уже перестала говорить о романах и безумной любви — теперь она называла своих новых мужчин просто «спонсорами» или «папиками», причем могла совмещать и того и другого, а для передышки в столь интенсивной жизни она возникала на пороге Марининой комнаты в общаге. Переночевать да поболтать «о девичьем, о потаенном», как говорила сентиментальная Катерина...

Марина никого и ничего не искала. То ли давала себя знать заложенная Анной Леопольдовной пуританская щепетильность, то ли еще что, но мальчики с филфака и соседнего восточного были, как гласила старая университетская мудрость, тем же самым, что девочки с матмеха — то есть существами абсолютно бесполыми, а больные с отделения — тут и вовсе не о чем было говорить, одно слово: клиника, поэтому не было и поводов для раздумий. К тому же в каждом мужчине она находила черты своего отчима. Кто-то напоминал его жестами, кто-то словами.

Так было до тех пор, пока... Пока не наступил один октябрь — дождливый, с мокрыми тротуарами и прилипающими к каблукам желтыми листьями.

Как всегда невыспавшаяся — вечерние лекции давались непросто, к тому же накануне к ней заявилась Катерина с очередной историей о своих похождениях,— Марина, опаздывая, прибежала на отделение. В сестринской кое-как заколола на макушке распавшиеся волосы. Глянула в зеркало. Нечего сказать, красавица: без косметики, бледная, с веснушками, с покрасневшим от холода носом. «Такую только к швабре и приставляй»,— с грустью подумала она и, звякнув ведром, пошла набирать воду.

В дверях она уткнулась в какого-то мужчину. Видно, нового пациента, еще только осваивавшегося в этих коридорах.

— Боже мой, Николь Кидман? Какая роскошная девушка с прошлым,— игриво протянул пациент, лицо которого показалось Марине знакомым.— Ну, не смотрите на меня так. Вы не ошиблись.

— Что? — не поняла Марина.

— Амплуа такое — именно для вас... Вот, понимаете ли, попал в объятия эскулапов. Надеюсь скоро выбраться. Хотя, смотрю, здесь есть некоторые прелести и прелестницы. Так как вас зовут, моя прелестница?

44

За спиной пациента Марине уже делал круглые глаза завотделением, неизвестно откуда взявшийся здесь в столь ранний час.

Всполошился Лев Борисович оттого, что ночью на отделение на «скорой» привезли самого Павла Македонского. К утру больной оправился от сердечного приступа и не без удовольствия внимал комплиментам польщенных присутствием столь высокого пациента врачей и медсестер.

— Павел Сергеевич, весь коллектив нашей Покровской больницы... Рады, рады... Всегда поможем, — гудел завотделением. — Моя жена, я, моя теща — мы поклонники вашего таланта. Я помню все ваши фильмы. Как там? «Позови меня в даль ясную» — так, да? Вот лет двадцать назад, да, точно, я еще школьником был, мы прически под вас носили, — обрадовал актера лысоватый Лев Борисович.

Последняя фраза заставила поморщиться Павла Сергеевича.

Лет двадцать тому назад он и в самом деле был бешено популярен, играя всего одну и ту же роль — бессменного героя-любовника, не суть важно, были ли это фильмы про колхоз или костюмные мелодрамы. Фильмов ставили много, спрос на Пашу был великий и, незаметно для самого себя, он протянул в одном амплуа и десять лет, и еще пять. Его сокурсники старились, былые подруги юности с травести начинали переходить на характерные роли, а то и в билетерши. Лишь он один по какому-то капризу природы оставался юн и свеж. Ему не давали больше тридцати — несмотря на его давно стукнувшие сорок, заполненные отнюдь не монашеским образом жизни. Павел Сергеевич по-прежнему был великолепен — проблема заключалась только в том, что теперь он был никому не нужен, кроме, разумеется, его родного театра, охотно принявшего назад, из кинематографа, своего блудного сына, согласившегося играть много и играть практически бесплатно. Никаких новых лент в Питере уже давно не снимали, в Москву, где кино еще теплилось, Павла Сергеевича не звали — он

45

был слишком породист, а новая эстетика требовала неврастенической простоты...

Поэтому упоминания о том, что он когда-то был и кто-то когда-то его обожал, выводили актера из себя.

Вчера, после концерта и банкета на юбилее очередного банка, на котором он за греющую сердце сумму создавал ауру светского салона для меценатов в цепях и их жен, почему-то сплошь в черных кружевах, это сердце-то и прихватило. Да так, что вмиг пришли тоскливые мысли о возрасте. О том, что ничего не достигнуто. Что нет и не будет уже того старого доброго кино, в котором всегда было место для Паши Македонского. Кто он теперь? Так, нанятый фигляр. «Спойте, пожалуйста... Прочтите, пожалуйста... Ах, мы ваши поклонники! Такой гонорар вас устроит?..»

Что за глупость ляпнул он той милой рыжеволосой девчушке? «Трепло старое, мышиный жеребчик, мне уже давно пора благородных отцов семейств играть. Только как их играть, если у самого — ни семьи, ни детей. Вечный Паша»,— ворчал он, пытаясь устроиться на продавленной койке.

Уже днем ему стал невыносим душный и тошнотворный запах больницы, помятые мужики, ответственно бренчавшие банками для анализов и отпускавшие сальные шуточки в адрес медсестер.

Завотделением был искренне расстроен:

— Павел Сергеевич, вам надо подлечиться. Вы уж извините, но я напрямую: у вас опасный возраст, так сказать, переходный. С сердцем в этом возрасте не шутят. Пить уже нельзя. С женщинами тоже — поаккуратней...

Паша улыбнулся представлениям доктора о богемной жизни:

— Лев Борисович, актеры — самые обыкновенные люди. Днем — репетиции, вечером спектакль, потом еле ноги до дома дотащишь, какой-нибудь бутерброд перехватишь, а утром все сначала. Все, как у вас. Смены, дежурства...

— В любом случае. Всегда рассчитывайте на нас.

И, смущаясь, завотделением попросил автограф для тещи.

В коридоре Павел Сергеевич, уже одетый в концертный смокинг — а что поделать, в чем привезли, в том и выходил,— вновь столкнулся с Мариной. Отчего-то он вдруг заговорил с этой девочкой:

— Простите меня за ту глупость. Сам не знаю... Я уже не молод, но иногда по привычке... Да, послушайте, может быть, вы бы пришли к нам на спектакль,— нашелся он.— Как вас найти?

— Найти? — Марина растерялась.— Я живу в общежитии. Днем здесь. Вечером в университете.

— Приходите завтра, да? Я встречу вас у служебного подъезда.

— Завтра я могу. Завтра суббота.

— Приходите. Пожалуйста.

На следующий вечер она пришла к нему на спектакль. Не только потому, что отказываться было неудобно. Все-таки Павел Македонский был личностью легендарной, кумиром юности ее матери. Да и в театр, в котором он играл, попасть было не так-то просто. К тому же что-то тронуло ее в его словах, в его просьбе...

В тот день давали «Братьев Карамазовых». Македонский играл Митю и как раз в этот вечер — запутавшийся, отчаявшийся, простодушный, как ребенок Митя — был им самим. Марина едва ли не дословно знала «Карамазовых», но только в этот вечер, на спектакле, она внезапно поняла, что вся эта выдуманная история — это история о том, что пришлось ей пережить не так давно, там, в своем доме. В старике Карамазове она вдруг с отвращением увидела своего отчима... А Митя? Боже мой, она страдала вместе с ним. И она любила этого Митю.

Так произошло то, что никогда не поддается никакому разумному объяснению. Есть ли логика в том, почему один полюбил другого? Позднее, когда Марина пыталась разобраться, почему, отчего и за что, она не находила ответа на свои вопросы: никакой мотивации — просто душевный порыв. Или, как сказала бы Катька, слепая страсть.

После спектакля она, как и договорились, прошла к нему за кулисы. Было темно и пыльно. Волнующий мир театра... Первой встретилась актриса, только что игравшая светскую львицу — в помятом ситцевом халатике, едва сходившемся на мощном торсе. Марина и не узнала бы ее — с уже стертым гримом, уставшую и ссутулившуюся,— приняла бы за уборщицу.

— Это Ольга Круглова,— подсказал Македонский, подметив растерянность Марины и спешно увлекая ее в свою гримуборную. После небольшой экскурсии по закулисью он предложил:

— Может, пойдем перекусим где-нибудь? А то у меня дома хоть шаром покати.— Он располагающе улыбнулся.

Не прошло и десяти минут, как они уже вошли в один экзотический ресторанчик, расположившийся на той же набережной, что и театр. Македонского здесь, судя по всему, ждали. Встретивший их мужчина был не похож на официанта, но он сам принес и меню, и карту вин. Не заглядывая в них, Павел Сергеевич распорядился:

— Баранью котлету и... лягушачьи лапки. Идет? — переспросил он у Марины.

Марина округлила глаза.

— А мы что, состоим в обществе защиты земноводных? — усмехнулся Македонский.

Она невольно засмеялась.

Ужин прошел почти в молчании. Марина чувствовала себя неловко — ей казалось, что любое из сказанных ею слов будет звучать несусветной глупостью. Спектакль еще продолжал давить на нее. Как бы угадав ход ее мыслей, Павел Сергеевич усмехнулся:

— Раскрепощайтесь.

— Что? — переспросила Марина.

Македонский начал сомневаться, стоило ли тащить сюда эту девчонку, явно перепугавшуюся непривычной ей обстановки. Пауза затянулась.

— Годится — снимаю с ручника,— вдруг проговорила Марина, запивая жгучий рис бокалом легкого вина.

— Чего-чего? — удивился уже Павел Сергеевич.

— Прихожу, значит, в себя. Сленг такой.

— Ясно: пропасть поколений! — засмеялся Македонский.

— Да нет, меня только вчера саму научили,— улыбнулась Марина. Чтобы заполнить разговор, она принялась рассказывать о больнице, о своей подруге и о филфаке. Беседа потянулась сама собой, и они не заметили, как уже подали кофе. Пора было уходить.

— Где ваше общежитие? — спросил Македонский, когда они садились в его машину.

— На Васильевском.

— Значит, соседи. Знаете что, а поехали-ка ко мне,— ляпнул он наугад, сам не слишком уверенный в том, что следовало поступать именно так.

Марина, даже не желая сознаться себе в том, как именно хочет поступить она сама, молча кивнула. Они долго ехали по каким-то линиям, номера которых Марина так и не усвоила за все это время, и вырулили к странному месту, притормозив у самого входа перед Смоленским кладбищем.

— Это дом священников кладбищенской церкви,— пояснил Павел Сергеевич, вводя Марину в подъезд.— Здесь жил еще мой прадед. У меня странная фамилия, да? Это не псевдоним. Обычная поповская фамилия. Когда крестьянские дети попадали в семинарию, они всегда выбирали что-нибудь позвучнее.

— Я знаю.

— Ты все знаешь... я так и понял, когда увидел тебя в первый раз.

— Сегодня — только второй.

— А это важно для нас?

Они уже стояли на лестничной площадке, перед самым входом в квартиру. Совсем по-детски вздохнув, Марина тихо спросила:

— Можно, я подумаю?

— У тебя нет и минуты. Мы уже пришли.

— Я вхожу...

Все случилось само собой, как будто они оба уже давным-давно были готовы к тому, чтобы встретиться друг с другом. На счастье, оба были не слишком разговорчивы, а потому им и не пришлось изобретать каких-либо слов, подыскивая оправдание тому, что произошло. Эта природная мудрость Марины потом тихо восхищала Павла Сергеевича, по правде говоря, давно уже зарекшегося иметь дело с юными и незамужними особами. Через месяц-другой после знакомства эти особы непременно превращались в заурядных и пошлых теток, кокетливо заводивших разговоры о детках и замужестве. Марина была иная. А потому она осталась здесь надолго — в этой квартире у нее прошла вся осень. Миновала зима. Наступила весна.

Квартира Павла Сергеевича была старой и запущенной. В ней, как с удивлением открыла для себя Марина, легко расставшаяся со своим прошлым, десятилетиями не выбрасывалось ни одного пустяка. То ли Паше было некогда заниматься разбором всякого старого хлама, старых книг и вещей. То ли ему, одному, было уютнее так жить — окруженному тем, что принадлежало еще его прадеду и прабабке.

Он любил это неведомое Марине прошлое. Любил показывать ей старые открытки, которые какие-то родственницы-гимназистки посылали друг другу с дачи в Петербург: «Дорогая Нюся, приезжай к нам завтра вечером в Сиверскую, мы вышлем извозчика». Вместе они листали старые книги городских адресов и, загадав страницу и строчку, натыкались на редкостную фамилию, а потом додумывали историю про какого-нибудь фон Дервиза. У Паши была забавная страсть: готовя какие-нибудь роли из пьес минувших времен, он, всегда неожиданно для самого себя, настолько погружался в прошлое, что зачем-то начинал бродить по антикварным лавкам, покупать без разбору вот эти старые открытки, тусклые чернильницы толстого стекла, какие-то бронзовые безделицы, бисерные кошельки, замусоленные колоды карт, серебряные кольца для салфеток, фарфоровые шишечки для уголков скатертей, тяжелые веера из перьев, перчатки, рамки для миниатюр... Иногда он с радостью предъявлял Марине что-то, предназначения чего она и вовсе не понимала. А иногда, чтобы полюбоваться ее трогательной радостью, приносил ей какую-нибудь дивную старинную куклу.

Паша не был коллекционером — в его страсти к собиранию вещей не было никакой системы. Просто покупал то, что приглянется. Но знатоки говорили, что с годами из его вещиц сложилась коллекция, отмеченная весьма неплохим вкусом и солидной стоимостью. Он и Марину втянул в свою тихую страсть, и вскоре она безошибочно подсказывала ему в антикварной лавочке, на что бы стоило обратить внимание.

Окна их квартиры выходили на набережную Смоленки. Мрачноватое место. Слева — Смоленское кладбище, прямо — армянское, справа — немецкое. По вечерам на улице — ни души, но постепенно Марина привыкла к этой пустынности, и она ее больше не тревожила.

К тому же в этой квартире вовсе не было тихих ночей. Почти каждую они устраивали довольно бурные, как говорил Паша, «бдения Александра Македонского» и только под утро засыпали...

Все равно ей уже не надо было по утрам бежать в больницу. У нее остались только Паша и университет. Иногда к ней заходила Катька, потрясенная бешеной, по ее представлениям, переменой в судьбе подруги. «Мариша, ну как же тебе повезло!.. А вот я упустила»,— и Катька, цепко оглядывая старинную мебель и безделушки, не без юмора делилась очередной драмой из своей жизни.

— Маришка, ну откуда у тебя такая прыть взялась, кто тебя научил? — иногда притворно и грозно удивлялся Паша ее проснувшейся чувственности.

— Дорогой, изучая античность, я почерпнула много полезного,— передразнивала Марина интонации той противной дамы из приемной комиссии, которая на самом деле оказалась отличной теткой, специалисткой по русскому фольклору, со смаком цитировавшей на лекциях непотребные частушки и приворотные заговоры.

— Сегодня ты узнала что-нибудь новенькое?

— О, да. Сегодня мы как раз проходили весенние вакханалии.

— Ты меня погубишь. Лев Борисович предупреждал: не увлекайтесь, Пал Сергеич, барышнями...

Они редко куда выходили вместе. Паша не хотел, чтобы на Марину смотрели как на его очередную глупенькую подругу, он оберегал ее от шуточек своих приятелей-актеров, которые не преминули бы пройтись по поводу его амплуа героя-любовника. Честно говоря, он боялся показывать ее и своим былым приятельницам: щадил не Марину, а их самих. Что бы испытали они, увидев эту цветущую особу двадцати лет?

Марина и в самом деле стала необыкновенно хороша. Куда-то исчезла ее спортивная угловатость, она похудела, и сходство с той актрисой, вроде бы ирландкой, именем которой он назвал ее еще при первой встрече, стало просто удивительным. Так что теперь он только так ее и называл — моя ирландка. Марина отвечала, что, вообще-то, она полька, которой, кстати, как и ирландке, весьма грешно заниматься тем, что они оба так любят...

— Ах, так! А знаешь ли ты, ревностная католичка, что тебе положено любить и плодить детей? — как-то раз отважился произнести он то, о чем уже давно думал.

— Ты это серьезно?

— Ну, мне уже давно пора стать отцом. Пал Палыч — почему тебе не нравится такое имя для твоего будущего сына?

— А что, если я подумаю?

— Пожалуй, на этот раз я отпущу тебе две минуты...

— Нет. Я не люблю маленьких детей.

На самом деле Марина не любила того, что называется семьей. Воспоминания о семейной жизни во Львове были отвратительны. Да и то, что она видела еще в домах своих школьных подруг, не вызывало ни малейшей симпатии. Семья — это всегда что-то нервное, истеричное, тупо сосредоточенное на еде и заунывном быте.

Подчинить себя, свою жизнь кому-либо, пусть даже и Паше? Ценить постоянство она еще не научилась...

* * *

Как-то летом, когда были сданы все экзамены и в театре тоже наступили недели замечательного летнего безделья, Паша предложил Марине съездить на пикник к одному своему старому приятелю — банкиру.

— Черт его знает, что там за публика будет, но развеемся, да и тебе после твоей зубрежки полезно подышать свежим воздухом. Лес, взморье — ты ведь еще ничего этого не видела, сидишь у меня затворницей. Пора и в люди выбираться. Должен же я, наконец, познакомить тебя со своими друзьями.

Утром Марина с удовольствием надела просторную футболку, хлопчатобумажный джемпер, натянула легинсы, влезла в кроссовки и в таком очаровательно-небрежном виде предстала перед сонным Пашей:

— Годится?

— А черт его знает,— честно ответил Павел Сергеевич.

Они выехали из города на просторное шоссе, ведущее к Выборгу, и только через час Павел Сергеевич приметил нужный им поворот. Попетляв по проселочной дороге в лесу, они неожиданно уткнулись в перегородившие путь мощные сварные ворота. У ворот стоял немолодой мужчина в камуфляже. Только после того, как он сверил номер их «пятерки» с каким-то списком, мужчина перевел взгляд на Павла Сергеевича, узнал, простецки улыбнулся и пожелал хорошего отдыха.

Минут через пять они вырулили еще на одного охранника, который по рации передал кому-то, что Македонский прибыл. Все это начинало не нравиться Марине, но Паша бросил небрежно: «Да брось ты ворчать. Наблюдай, как я — в жизни все пригодится. Просто отдыхай. Короче, не задумывайся, о'кей?»

Дача банкира стояла на берегу тихой бухты Финского залива, а точнее, даже не на берегу, а на выходящем в залив полуостровке, перешеек которого был столь узок, что по нему не могли бы разъехаться две машины. Не составляло труда догадаться, почему банкир присмотрел для своего дома именно такое местечко. Сюда было невозможно проникнуть нежеланному гостю.

Дом, вопреки ожиданиям Марины, уже насмотревшейся вдоль дороги на массивные особняки-крепости новых русских, был не красно-кирпичным, а деревянным, каким-то легким снаружи и очень комфортным внутри. Обшитый белыми досками внахлест, он походил на приставший к берегу корабль. Теплое дерево — светлые паркеты в комнатах, сосновая мебель, некрашеные рамы, обрамлявшие слегка затененные стекла, камин в гостиной — все это создавало ощущение еще не испытанного Мариной уюта.

Она не сразу приметила, сколь сиротливо смотрелась Пашина «пятерка» среди сияющих лаком джипов и представительных «вольво». Как и не обратила внимания на выразительные взгляды женщин, скептически оценивших ее студенческий вид.

— Мариша, моя спутница,— представил ее Паша высокому черноволосому мужчине лет пятидесяти.

— Андрей Артурович,— галантно склонился над ее по-деловому протянутой рукой хозяин пикника.— Что же ты, Павел Сергеевич, скрывал от нас такое сокровище? Ну, чистая ирландка. Ах, где мои семнадцать лет... Завидую тебе, Паша. Все люди, как люди: старимся, лысеем, толстеем. А ты, охо-хо, всегда молодой. Теперь-то я знаю, откуда это. Вы, надеюсь, не обиделись? Вам еще не скучно с нами, стариками?

Вскоре Марине и в самом деле стало нестерпимо скучно. Гости за столом, поставленном на просторной веранде, вели деловые разговоры — про таможню, про кредиты и поставки.

Сегодня Паша вызывал в ней досаду. Он рассказывал актерские анекдоты и байки, исправно отвечая ожиданиям гостей Андрея Артуровича. В тихом мире своей квартиры они были только вдвоем, и Марина никогда не задумывалась о той пропасти в возрасте, что разделяла ее и Пашу. Здесь же она с разочарованием видела, что ее Паша скорее принадлежит этим немолодым, пошловатым мужчинам, чем ей самой... Как и у них, через час застолья у него погрузнело и покраснело лицо, как и у них, речь стала немного смазанной...

Расслабившись, Павел Сергеевич стал не то чтобы пьян, но выглядел не совсем удачно, отметила про себя Марина. А также, видимо, и сидевшая напротив суховатая дама, потому что внезапно она прошипела Марине:

— Деточка, надо уметь следить за мужчинами.

Марина резко встала.

— Пойду посмотрю залив,— сказала она. Паша, кажется, даже и не заметил подступившего к ней тоскливого настроения.

Андрей Артурович взглядом позвал стоявшего поодаль, у мангала на полянке перед домом, какого-то молодого парня, по виду охранника. Высокий спортивный парень лет двадцати пяти подошел к хозяину.

— Леша, прогуляйся с барышней.

— Да что вы, я одна...

— Нет-нет, у нас так не принято. Мы гостье скучать не дадим. Хотите, идите в теннис поиграйте, хотите — попалите немного, если умеете. Леша, возьми у меня в багажнике-то ружьишко.

Когда молодой человек подошел к хозяину за ключами от багажника, Андрей Артурович добавил тихо:

— Порасспроси-ка ее, кто такая. Чего Пашка это пугало притащил — впервые вижу. Кто его знает, что у нее на уме и от кого тут она, а?

— Проверим, Андрей Артурович, не беспокойтесь.

И парень припустил за Мариной к берегу.

— Эскорт прибыл,— весело доложил он.

Марина обернулась, и догнавший не без раздражения приметил уже начавший припухать носик и слезы на глазах девицы. Впрочем, еще одно мгновение, и он вдруг почувствовал странное волнение. Дело было не в девице, а в воспоминаниях, внезапно нахлынувших на него. Бывает так: какой-то поворот головы, взгляд, заложенная за ухо прядь непослушных волос — и оторопь узнавания, близкая к обморочной слабости, подступила к Алексею. Когда-то точно такой же он впервые увидел и с ходу полюбил свою непутевую Светку. Светка стояла на лестнице юрфака и всхлипывала — тогда ее еще мог расстроить провал на экзамене...

Марина не смогла не увидеть замешательства охранника. Истолковав его по-своему, она с некоторым удовольствием улыбнулась:

— Что ж, показывайте ваши красоты. Мне здесь и в самом деле нравится,— искренне добавила она.

Слово за слово, и она разговорилась. Парень умело выспрашивал ее про житье-бытье в Петербурге, про то, что было до того, про семью и про Львов. А она, ничего не подозревая, была с ним откровенна — не только потому, что ей стало тяжко в эту минуту, но и оттого, что она уже давным-давно ни с кем не говорила о своем прошлом.

Так получилось, что они с Пашей наложили полный запрет на разговоры об этом прошлом. В этом табу была своя прелесть. Они существуют сейчас, теперь, только вдвоем, их не окружают тени умерших, тени ушедших близких. Прошлое есть — но только в тех милых вещицах, которыми заполонил свой дом Паша...

Марина была рада вспомнить забавные школьные истории. Собеседник попался благодарный — он весело фыркал, когда она изображала даму из приемной комиссии университета, Катькины ухаживания за Львом Борисовичем. А когда Леша, прознавший про Маринино спортивное прошлое, предложил ей испробовать помповый «ремингтон», Марина охотно согласилась.

— Ну-ка... — и она ловким движением перехватила приклад. Столь ловким, что Алексею пришлось поднять ладонь, чтобы успокоить насторожившихся было охранников, все это время следивших за болтавшей на берегу парочкой.

На выстрелы на берегу стянулась и вся застольная компания. Деловые разговоры прекратились, все загудели, зашумели, Марина уже оказалась в центре восхищенного внимания, которое польстило и Паше. Превзойти ее в стрельбе не мог никто.

— Ничего особенного,— тихо доложил Андрею Артуровичу, стоявшему в стороне наблюдателем, охранник Леша.— Обычная дуреха из провинции, из Львова. С артистом живет с осени, у него на квартире, учится, имеет только одну подругу.

— А эти успехи откуда?

— Сказала, что мастер спорта по стрельбе. Занималась у себя дома.

— Гляди-ка, какая ирландочка... Террористочка,— задумчиво протянул Андрей Артурович.

Гости разъехались на следующий день. Отоспавшийся Павел Сергеевич уже с утра вошел в форму и перестал раздражать Марину. Обида куда-то улетучилась, и Марина с легкостью забыла вчерашний день — вспышку своего гнева, разговор с охранником. Леша на следующий день на глаза ей уже не попадался, и Марина даже не могла припомнить его лица. Какое-то оно было никакое: глаза светлые, брови вроде бы есть, а вроде бы и нет, губы бесцветные, легкие залысины. «В общем, профессиональное лицо охранника,— решила она.— Абсолютно незапоминающееся».

* * *

— Ну, миленькая, ты тут без меня не скучай. Через недельку точно прилечу,— Павел Сергеевич собирал вещи перед концертным турне. За лето все деньги улетучились, и он был рад возможности подзаработать. Летел куда-то в Сибирь. Главреж театра был не зверь: всегда отпускал актеров на заработки.

— Паша, я, пожалуй, поживу у Катьки.

Катька уже перебралась из общежития в комнату у «Владимирской», купленную на какие-то деньги, о происхождении которых предпочитала не распространяться. Говорила, что «спонсор выручил».

Паша поморщился:

— Крутые мальчики, веселые девочки...

— Да мне просто страшно тут вдоль этих покойников по вечерам ходить. А у Катьки метро под боком. Сильва Петровна, раскрасавица, мне свою жизнь будет рассказывать, а потом я — тебе...

— Сильва Петровна — это сила,— улыбнулся Паша. Он называл Катькину соседку «синеглазкой» за неизбывный фингал, кочующий с одной скулы на другую. Сильву Петровну он ценил — за прикольные истории, сыплющиеся из нее, как горох.— Ладно, валяй,— согласился Паша.— Прилечу раньше — отзвонюсь.

В эту неделю как раз начинались занятия в университете, время летело быстро. Катька дома почти не появлялась: у не был бурный роман с тем самым «спонсором». Как-то, чтобы скоротать вечер, Марина взяла в киоске проката видеокассету со старой комедией, в которой играл Паша. Тот, конечно, был в своем амплуа героя-любовника. И Марина с грустью думала о том, что она не застала его таким — совсем молодым.

— «Ах, какой был мужчина»,— напевала она наутро привязавшуюся глупую песню, разогревая чайник на коммунальной кухне.

— Маришенька, как твоя фамилия? — появилась в дверном проеме всклокоченная химией голова Сильвы Петровны.

— Войцеховская, а что? — переспросила Марина.

— Да тут тебя к телефону,— отчего-то перешла на загадочный шепот Катькина соседка.

Марина взяла теплую трубку.

— Марина Андреевна?

— Да, я слушаю,— ответила она, не узнавая голоса. Кто бы это мог называть ее по отчеству? В деканате факультета она вроде бы не оставляла этого номера. «Кстати,— спохватилась она,— а найдет ли его Паша, когда приедет?» Но тут же припомнила, что прилепила записку с номером на зеркало в коридоре...

— Марина Андреевна, вас беспокоят из Василеостровского РУВД, оперуполномоченный Фалеев.

— Очень приятно,— ответила она машинально, удивившись скорее редкой фамилии, чем тому, что ей звонили из милиции.

— Приятного-то мало. Вы были знакомы с Павлом Сергеевичем Македонским?

— Была? Да мы и сейчас некоторым образом...

— Так, Марина Андреевна, мне придется задать вам некоторые вопросы. Записывайте адрес, я жду вас сегодня в отделении... — милиционер продиктовал линию и дом.

— А что случилось?

— Вы что же, еще ничего не знаете?

— Нет,— с каким-то замиранием ответила Марина.

— Павел Сергеевич Македонский обнаружен мертвым в своей квартире на Камской улице. Смерть наступила в результате нанесения побоев неизвестными лицами. Квартира, судя по всему, ограблена. Короче, это не телефонный разговор. Я вынужден задать вам вопросы... Думаю, вам будет лучше явиться к нам самой, без приводов. Вы женщина молодая, у вас еще все впереди, так что не устраивайте себе неприятности.

Голос опера звучал как сквозь вату. Трубка выпала из дрожащих рук Марины...

— Что, милая, что с тобой? — увидела она через какое-то время всплывшее перед нею лицо соседки. Марина сидела на полу, прислонившись к стене. Ее всю колотило.— Кто это тебя так перепугал?

Марина беззвучно зарыдала, уткнувшись в грязный халат Сильвы Петровны.

* * *

Загадочная смерть актера потрясла весь город, в общем-то, давно привыкший к сообщениям о заказных убийствах, киллерах, грабежах и покушениях. Убивали банкиров, стреляли в депутатов, нападали на журналистов. Каждое такое покушение можно было хоть как-то, но объяснить: под пулю и под нож убийцы попадал кто-то, в чем-то замешанный. Но Павел Македонский?

Актер — ни к чему не причастный человек, принадлежавший только искусству, к тому же всеми любимый — у кого могла подняться на него рука? Смерть его была дикой и непонятной...

Ничего не видя перед собой, натыкаясь на людей, заполонивших к этому времени Кузнечный переулок, сквозь всю эту бестолковую рыночную толчею Марина вышла к метро. Первым делом купила газету. Листы дрожали в руках, строчки были едва различимы в полутьме эскалатора. Перевернув все страницы, она ничего не нашла... Вернулась на первую: ага, вот раздел криминальной хроники... «Убит по заказу» — то или нет? «Стреляли с чердака дома, стоявшего во дворе напротив... Если это не сделано специально для того, чтобы пустить следствие по ложному следу, то стрелял, судя по всему, новичок. С пятидесяти метров он попал в него лишь с третьего выстрела — две первые пули ударились об асфальт у ног банкира...» Нет, не то... «Убит в своем доме»: «Вчера в 8.45 утра неизвестными в подъезде своего дома четырьмя выстрелами в упор убит главный бухгалтер...» Безумный город! А вот и об этом... Заголовок больно резанул Марину своей глумливостью: «Последняя гастроль артиста».

«Обнаружен мертвым, в коем виде и пробыл в своей квартире уже несколько дней... Хотя коллеги и заметили его исчезновение еще в аэропорту — Павел Македонский не пришел на посадку,— лишь в середине недели театральная общественность снарядила делегацию для визита к актеру... Как стало известно нашему корреспонденту из компетентных источников в театре, первоначально друзья предполагали, что у Македонского наступил очередной запой, а потому и не обеспокоились судьбой актера, ведшего известный образ богемной жизни...»

Господи, какая чушь! Из всего напечатанного Марине стало ясно лишь то, что Паша в аэропорт не приехал. «Почему,— лихорадочно размышляла она,— если мы вместе вышли из дома в этот вечер?» Поймали частника, Паша забросил ее на Свечной, к Катьке, а сам поехал дальше в аэропорт. Конечно, он мог забыть что-то дома и вернуться, все может быть...

Что же произошло в эти дни на самом деле? Кто-то из провожавших, знавший о том, что Паша не улетел, на следующий же день принялся названивать Македонскому, но телефон молчал. Коллеги знали Пашину обязательность, а потому были несколько удивлены тем, что он не появился и в театре. Кто-то с сомнением предположил, что Паша мог запить, хотя такого греха за ним не водилось уже лет десять. Но в жизни все бывает, и тогда на всякий случай решили съездить к нему домой, проведать. Поговорить об этом поговорили, но только на четвертый день после Пашиного исчезновения к нему вызвалась съездить Оленька Круглова, его давняя партнерша и сокурсница, полагавшая, что она-то сумеет повлиять на непутевого Пашу.

Квартира не была закрыта. Оленька нерешительно прошла в коридор, поморщилась от нехорошего запаха. «Вот насвинячил-то», — успела подумать она. Оленька приоткрыла дверь в комнату... и завизжала от ужаса... Первое, что она увидела, была синяя расплывшаяся гримаса вместо лица Паши. Паша, привязанный, свисал со стула, поставленного посередине комнаты. Ее Пашка, ее старый славный друг, с которым они были знакомы еще со своих семнадцати лет, был мертв и мертв давно!

Уже через час после того, как артистка Круглова набрала «02» и вызвала милицию, выехавшему на место преступления оперуполномоченному Фалееву стала ясна картина происшедшего. С определенной степенью вероятности он мог утверждать, что Македонский, намереваясь вылететь в тот день на гастроли, покинул квартиру, но затем по каким-то причинам вернулся домой и там стал нежеланным свидетелем ограбления. То, что ограбление имело место, было очевидно. Артистка Круглова указала на исчезновение некоторых картин и старинной бронзы. В версию простой кражи несколько не вписывалось то обстоятельство, что актер был привязан к стулу. Возможно, его пытали, намереваясь что-то узнать. Но зачем, если все ценные вещи были на виду? Это несколько осложняло дело.

Фалееву предстояло проверить весь круг знакомых покойного. Взялся он за это поутру с некоторой неохотой, потому как, с одной стороны, знал, что столь громкое убийство все равно заберут в главк, но, с другой стороны, именно его, Фалеева, и будут потом трясти за упущенное. Первой он решил вызвать некую Войцеховскую, уже год как сожительствовавшую с Македонским. О существовании этой гражданочки ему поведали соседи покойного. Бдительная бабуля с первого этажа, этакая старая чекистка в окошке, доложилась оперу, что девушка вышла с Македонским из дома как раз в день его убийства и больше не возвращалась. Это уже было интересно, хотя оставленный самой девицей на видном месте номер телефона не заставлял предполагать, что у нее было желание скрыться.

К досаде Фалеева, о которой он поведал потом шефу, допрос Войцеховской ничего не дал. Зареванная девица твердила, что ушли они из квартиры вместе, что больше она туда не возвращалась и все это время жила у подруги, предполагая, что Македонский на гастролях. В квартире, куда ее повезли для опознания вещей, она несколько раз едва не падала в обморок. Но хотя бы смогла перечислить, что пропало. Вещички и в самом деле были ценные. Опер разрешил Войцеховской забрать ее личные носильные вещи — не пропадать же в самом деле девчонке без своей обувки-одежки. Но собирала она их по квартире томительно долго, то и дело останавливаясь в ступоре у распахнутого шкафа, в котором висели рубашки и костюмы покойного.

В то, что эта девица была причастна к убийству, никому не верилось. Хотя ведь могла, дуреха, растрепать своим друзьям о коллекциях актера. Теперь, получалось, Фалееву надо было проверять не только круг знакомых самого актера, но и еще подруг-приятелей этой девчонки. «Если дело останется у меня — растянется оно на долгие месяцы,— поделился он с другими операми в отделении, заинтересованно расспрашивавшими об обстоятельствах убийства звезды. – А потом будут кричать: где результаты, где убийцы?» Безрадостная вырисовывалась перспектива...

* * *

Марину еще несколько раз вызывали в милицию для уточнения каких-то деталей. Она, не вчитываясь особенно, подписывала подкладываемые ей бумаги. Потом про нее как будто забыли, и она сама время от времени названивала Фалееву, но тот лаконично отвечал: «Работаем. Дело сложное и объемное».

Квартира Македонского, как рассказывал ей этот опер, должна была отойти его младшему брату, о существовании которого Марина с некоторым изумлением узнала только сейчас. Почему-то Паша никогда даже не упоминал о нем. Почему, она поняла из истории двух братьев, вкратце поведанной Фалеевым.

Оказывается, у отца Македонского, Сергея Александровича, была вторая негласная семья, в которой рос брат Павла – Виктор. Он был на пятнадцать лет младше Павла. Впервые братья встретились только после смерти законной жены Сергея Александровича, когда отец решился сказать сыну о своей тайной семье. Паша Македонский к этому времени был уже известным актером, баловнем судьбы и любимцем публики, а Виктор еще только заканчивал школу и был, как говорят, подростком с проблемами. Он, кажется, ненавидел отца, даже не удосужившегося дать ему свою фамилию. Вместе с матерью он жил в многонаселенной коммуналке в центре города. Короче, ему было за что держать обиду и на судьбу, и на благополучных Македонских.

Паша, как удалось без труда установить оперу, не раз вытаскивал своего сводного брата из разных переделок. После того как умер и отец, Паша практически содержал брата и его мать, он даже сумел выменять им скромную двухкомнатную квартирку в новостройках. Но благодарности мальчишки он не дождался. Разрыв произошел после того, как Витюша обворовал квартиру Македон-

63

ского — в милиции сей факт зафиксирован не был, однако об этом рассказала следствию артистка Круглова. В год разрыва братьев она как раз была... Тут Фалеев задумался, как бы сказать, чтобы не задеть Марину? В общем, в это время они как раз были в очень близких отношениях, и показаниям Кругловой нельзя не доверять. Вот этот милый двадцатипятилетний Витюша, которого Марина не видела даже и на похоронах, становился наследником движимого и недвижимого имущества Павла Македонского — квартиры, машины, коллекций и даже тех вещиц, что еще недавно с такой любовью находила для Паши в антикварных лавочках Марина.

— Вы, конечно, могли бы попробовать доказать по суду, что являлись фактической женой Македонского, а потом претендовать на то, что нажили за время совместной жизни,— сказал опер Марине.— Но надо ли это вам?

— Нет-нет, я не буду ничем таким заниматься,— твердо сказала Марина.

Ей это и в самом деле не приходило в голову, хотя жизнь приживалкой у Катьки была отнюдь не сладкой и лишние деньги совсем бы не помешали. То ли «спонсор» надоел Катьке, то ли она ему, но подруга вернулась в коммуналку. Марина вновь пошла работать в больницу, все на то же отделение. О занятиях Катьки, давно бросившей университет, ей приходилось только догадываться. Днем Катерина спала, а по вечерам, наложив яркий грим и облачась в короткую кожаную юбочку и черные колготки с жирным швом, со вздохом говорила: «Чао, иду работать». Сильва Петровна провожала ее в коридоре смачным непечатным словцом...

Катерина трудилась в «Невском Паласе», шикарном отеле на Невском. В последнее время она уже не в шутку, как бывало раньше, а на полном серьезе уговаривала присоединиться к своему бизнесу и Марину.

— Что ты там в этой больнице заработаешь? Это пока ты еще одета-обута, а как сносишь все, ничего уже себе и не купишь. У тебя же денег только на еду и хватает,— надоедала она.— Ты не думай, что у нас там какие-то

64

шлюхи подзаборные, у нас девочки с университетским образованием работают, с языками. И менты нас не трогают. Знаешь, почему? Мы там у них глаза и уши. Так что считай, что будешь выполнять свой патриотический долг.

— Отстань, Катька.

— Ну, ты хоть сходи разок, посмотри, тогда и решай — отставать мне или нет.

Дело кончилось тем, что как-то Марина сдалась перед назойливостью Катьки и согласилась «только сходить и посмотреть».

— Вот и молодец, хотя бы развеешься,— обрадовалась подруга.— Не все же тебе, дорогуша, вдовой тут сидеть.— Этим Катя больно задела Марину за живое.

— Кать, вот об этом больше ни слова, я прошу...

— Хорошо-хорошо!

И, поддавшись на Катькину игру, она даже навела зеленые тени над черной обводкой глаз. Зачесав пышные волосы на сторону, соорудила асимметричную прическу. Катька выделила ей широкий лаковый пояс. Сильва Петровна только ахнула, увидев такую неописуемую красоту, и с хохотом закрыла за девицами дверь, припечатав уже обеих своим любимым словцом.

В «Невском Паласе» к ним в мгновение ока подплыли два парня с характерными стрижеными затылками:

— Девочки, не разделите ли с нами наш тихий холостяцкий ужин?

— А деньги у вас, мальчики, есть? — кокетливо поинтересовалась Катька.

— Обижаете. У нас не только на ужин, у нас и на прочие удовольствия кое-что имеется.

Марине стала забавна эта новая роль и, решив про себя, что после ужина она как-нибудь да ускользнет, она согласилась выйти из гостиницы вместе с новыми знакомцами, лица которых, правда, несколько озадачили своей узнаваемостью. Где бы она могла их видеть? Да нет, пожалуй что не встречались... Узнаваемость была в самой незапоминаемости таких лиц. Блекловатые, гладко выбритые, с прозрачными светлыми глазами, с ранними залысинами... «Нет, не вспомнить»,— решила Марина.

— Экипаж прибыл, барышни,— весело воскликнул один из парней, и что-то в его интонации вновь насторожило Марину. Ну, где же она это слышала?

Мальчики как-то очень проворно усадили подружек на заднее сиденье черной «девятки», и машина тронулась. С Невского они на малой скорости свернули на Марата.

— Куда едем, ребята? — поинтересовалась наконец Катька.

— Да есть тут кабак один...

Машина въехала на тротуар возле дома с глухим цоколем.

— Что-то я тут ничего такого не знаю... — начала проявлять беспокойство Катька.

— А тебе и не надо, барышня, знать. Ужин отменяется, девочки. Полиция нравов, лапоньки!

— Что?! — уже в один голос изумились подруги.

Катька, конечно, не могла знать о том, что на этот вечер ее конкурентки по тяжкой девичьей службе в гостинице наметили свою маленькую разборку. За несколько дней до этого Катька неразумно послала подальше «мамочку», вдруг объявившую о повышении комиссионных. С «мамочкой» никто ссориться не хотел. И тогда девицы решили проучить Катерину. Скинувшись, они вручили конвертик одной своей коллеге, а та уже наняла знакомых ей ментов для того, чтобы припугнуть непокорную Катьку. Та и не заметила того, как в дверях на выходе из отеля один из парней неприметно опустил ей в карман накинутого на плечи пальто маленький белый пакетик.

Появление Катерины вместе с какой-то новенькой не вписывалось в условия поставленной задачи, но уж заодно решили припугнуть и эту девицу.

— Документики, барышни,— потребовал тот, что был за рулем.

— Ты что, сдурел, мент поганый! — прошипела Катька, скинув с себя всякий лоск.

— А за оскорбление при исполнении тебе, знаешь, что причитается? — отчетливо проговорил рассвирепевший парень и, развернувшись, схватил Катьку за полу пальто.

Катька, рассудив, что сейчас будут бить, принялась отпихиваться кулаками. Но парень, выхватив что-то из ее кармана, вновь плюхнулся на сиденье и начал торжественно разворачивать пакетик:

— Наркотиками балуешься! Скажешь, что для личного потребления? Или как иначе запишем в протоколе?

— Да ты, гад, еще и провокатор! — взвизгнула остервенело Катька.

— Что, сука? — тяжело отозвался молчавший до того напарник.

Сидевшая в онемении от всей этой сцены Марина очнулась. Она перевела взгляд на Катьку, показала ей глазами на свою и на ее дверцу. Катька еле заметно кивнула головой, протянула руку к дверце, и они вмиг вылетели из машины, опрометью и не оглядываясь помчавшись по Марата к своему Свечному переулку.

— Догонять? — вяло спросил тот, что был за рулем.

— Ну их, дур. Нам за это не платили,— отозвался второй.

В кромешной тьме лестницы подруги, не помня себя от страха, взлетели на свой последний, пятый этаж. Захлопнув дверь и закрыв ее на все засовы, предстали перед уже пьяненькой Сильвой Петровной.

— Нагулялись, девоньки мои? — притворно осклабилась соседка.

Потом Сильва Петровна еще долго пыталась разобрать, что там кричали друг на дружку Катерина и Марина. Устав подслушивать бурные выяснения отношений, она зевнула и пошлепала в свою комнату в другом конце коридора.

Весь следующий день подруги между собой не разговаривали, и на второй день тоже, и на третий. На третий у Марины было дежурство в больнице, и она отправилась хлопотать об общежитии. Там, как назло, свободных мест не было. Так что утром, вконец отчаявшись, она возвращалась с дежурства домой и думала, думала, как же ей теперь быть в этом большом городе, обернувшемся такими большими бедами... Каждый шаг по заснеженным улицам отдавался болью воспоминаний...

* * *

Внезапная и немыслимая находка вмиг решала все проблемы. Марина сразу отрезала от себя все мысли об этом покойнике — уже третьей смерти, встреченной ею на своем пути. «Забудь его лицо,— приказала она себе.— Не думай, кто он, почему был здесь, откуда у него эти деньги. Никто не видел, никто не знает». Так успокаивала она сама себя, точно уверенная в том, что в этот ранний час на всей лестнице были только двое: она, Марина, и этот мертвец с пьяной усмешкой на лице.

У Марины не было вопросов о том, на что потратить внезапно свалившиеся на нее деньги — конечно, на жилье. Комнату она нашла себе довольно быстро и удачно: на любимом ею Васильевском острове. Денег хватило с лихвой — комнатка была небольшая, да к тому же на первом этаже, а потому недорогая. Зарешеченные окна и вид на какие-то бетонные обломки, некогда бывшие фонтаном в этом дворе-колодце, Марину не смущали. Своя комната — это уже прекрасно, а что там за окном, какое ей до этого дело?

Катьке, чтобы не вдаваться в ненужные и опасные подробности, Марина объяснила на понятном той языке: мол, нашелся «спонсор» — снимает ей эту комнатуху. Катька, конечно, разочарованно поцокала языком, оглядывая новое прибежище своей подруги и, уходя, пробормотала что-то вроде: «Из князи да в грязи». А Марина осталась довольна тем, что Катька приняла ее вранье за чистую монету.

Марина подыскала почти такие же обои, какие были в гостиной того, уже закрытого для нее дома на тихой набережной — болотно-зеленоватые, с гирляндами мелких цветов, спускающихся среди четкой геометрии полос. Она подобрала похожие портьеры — плотные, через которые не проникала даже тень решеток. В комиссионке довольно дешево ей удалось купить старый письменный стол, пару этажерок с резными балясинами и даже диван со спинкой под орех — с вырезанными по дереву дивными лилиями на длинных стеблях. Она любила этот стиль модерн — ценить его томность и негу ее научил Павел Сергеевич. Несколько гравюр и старых открыток в рамочках, которые она развесила по стенам, завершили иллюзию. Ей казалось, что она воссоздала тот дивный мир, в который на целый год забросила ее недавно добрая судьба...

Но предчувствие того, что все это ненадолго, что дремлющая где-то злая судьба все равно ее настигнет, не оставляло Марину. По ночам ее преследовали кошмары, и, чтобы не спать, она смотрела его фильмы — со временем Марине удалось купить и записать многие из тех старых лент. Видеть Павла Сергеевича живым и молодым было еще мучительнее, однако она вновь и вновь прокручивала эти ленты.

Как-то среди ночи в коридоре раздался резкий звонок. «Три часа»,— машинально отметила она и пошла к телефону.

— Как поживаешь, лапонька, как тебе твоя комнатка? — вкрадчиво спросили на том конце провода.

— Вы, наверное, ошиблись номером,— отнюдь не сонным голосом проговорила Марина. Что-то заставило ее насторожиться: какая-то узнаваемость то ли голоса, то ли слов...

— Не вешай трубку! — рявкнул собеседник.— Мы-то не ошиблись. Хорошо живется в новой комнатке, а?

Марина замерла — она в мгновение поняла, что неминуемое, наконец, настигло ее.

— Молчишь? Так как насчет должка, лапонька? Пора и отдавать.

— Что я должна делать? — сухо переспросила Марина.

— Думать — это раз. А потом не перечить — это два...

После паузы голос по-деловому произнес:

— Из дома не выходить. Никому не звонить. Ждать, дорогуша, ждать.

— А что, если я скажу, что мне надо время, чтобы подумать?

— Думать надо было раньше. Там, на лестнице, когда ты, лапонька, по покойничку шарила, из-за пазухи мертвеца денежки доставала.

— Я?!

— А кто сможет доказать обратное?

В трубке что-то защелкало, а потом и загудело.

Марина ринулась назад в комнату. Погасив свет, кинулась к окну. На улице никого не было. В прихожей тотчас вновь зазвонил телефон:

— Э, так не пойдет. Ты нас не ищи. Мы сами тебя найдем. Или братца твоего, Петеньку... — в трубке гадко засмеялись.

Марина поняла, что западня захлопнулась.

# ГЛАВА ЧЕТВЕРТАЯ

## КАТЬКИН БИЗНЕС

В этот вечер, как обычно, Катька восседала за стойкой бара в «Невском Паласе». Недоразумения с «мамочкой» закончились Катькиными отступными — а куда ей еще было деваться, не идти же работать на улицу или в какую-нибудь «Анжелу», из которой уже не выберешься во веки веков (контролировавшие этот бизнес бандиты, как известно, никого из своих объятий не выпускали).

Подсевший клиент восторга у нее не вызвал — такому бы куда-нибудь к вокзалу, к пьяненьким малолеткам-бомжихам, обслуживающим на лавочке да в кустах. Невзрачный, с усиками — откуда только деньги у таких берутся? «Наверное, гаишник... Или ларечник»,— оценила она клиента по одежде, явно приобретенной на вещевом рынке. Но работа есть работа...

— Местная? — зачем-то спросил этот парень, в говоре которого Катька тут же распознала родимую речь: только земляка ей и не хватало!

— А ты-то сам откуда?

— Откуда бы ни был... Ты прям здесь обслуживаешь или как? — парень был явно пьян, что не входило в число недостатков. Тепленькие клиенты вполне устраивали Катерину. Минимум работы — максимум спущенных денежек...

Катька повела его к себе на Свечной. По пути парень протрезвел и уже довольно проворно вскарабкался на пятый этаж.

— Ну, ты и забралась,— выдохнул он в темноте лестничной площадки.

Войдя с ней в комнату, он тут же приступил к решительному штурму, но Катька его осадила:

— Про СПИД слышал?

— Угу.

— Тогда облачайся,— и выдала ему презерватив.

Парень, увы, был явно не в ладах с новыми технологиями, а потому, повозившись с презервативом, тем и удовлетворился, а затем и вовсе обмяк, захрапев и зачмокав в свои жидкие усики.

Катька, уже отбывшая пару номеров в этот вечер, нисколько не огорчилась: пусть себе спит, бедолага-неудачник, к утру разберемся... Измаявшаяся, она заснула прямо в кресле.

Наутро ее растолкал опозорившийся клиент, замерзший в своей единственной одежке.

— Слушай, неудобно-то как получилось...

— Не расстраивайся, со всеми бывает. Не ты первый, не ты последний. Может, тебя покормить? — почему-то вдруг прониклась она сочувствием к недотепе. С тех пор как ее покинула Марина, Катьке не с кем было и поговорить, а новая «подружка», пускай и в таком обличии, ее вполне устраивала. Катька с удовольствием отметила, что чутье ее не подвело: «подружка» оказалась милиционером какого-то районного отделения, что было вовсе не лишним в тяготах ее непростой жизни. Кто знает, когда и что пригодится?

71

Вместе они с аппетитом умяли яичницу. Освоившийся паренек поведал Катьке о том, что лишь недавно демобилизовался из армии, что служил он где-то на границе с суверенным Казахстаном, что вернулся в Питер, потому что здесь после деревни пытался учиться в институте, да вылетел. После армии со своим полуобразованием инженера мог бы пойти и на базовый завод, но тот стоял без зарплаты и работы, так что паренек оказался в итоге в милиции. Звали его, конечно, не Денисом, как он сказал Катерине в баре, а Колей.

Коля-Денис повадился приходить к ней запросто, когда Катьки и дома не было. Так что иногда по вечерам она с удовольствием заставала его с Сильвой Петровной, с которой они резались в карты в дурачка. Коленька готовил ужин, а потом, довольный, получал оставшуюся ему порцию Катькиных ласк. Мент он и есть мент, что с него возьмешь?

У Катьки он как-то раз застал роскошную рыжеволосую девицу — явно не из тех, с которыми она работала при отеле.

— Марина, моя подруга,— представила ее Катька, довольная произведенным впечатлением.— А это Колян, мой охранник,— и они оба засмеялись.— Можешь звать его просто Шварценеггером, ему так больше нравится.

Когда Марина ушла, Катька, с некоторой гордостью за такое знакомство, поведала Коленьке о том, что подружка ее стала любовницей одного очень и очень известного актера, а до того, как и все смертные, выносила судна в больнице да жила в общаге. И что ему, Коленьке, на эту подругу лучше и не заглядываться, потому как эта пташка высокого полета, к тому же еще и большая мастерица по части стрельбы.

— Это сокровище не для тебя,— заключила Катька, с чем милиционер и согласился молча.

Через некоторое время Коля, увы, был отправлен в безоговорочную отставку. Катька нашла себе состоятельного «спонсора», к которому она и перекочевала, забросив комнатку на Свечном. Время от времени Коленька наведывался к ее соседке Сильве Петровне, общение с которой, судя по всему, уже давно вышло за рамки подкидного дурачка...

* * *

Когда с Маришей случилась та беда, Катька, уже расставшаяся с очередным «папиком», сказала просто:

— Живи у меня, сколько надо, и ни о чем не думай.

Однако через месяц-другой она начала тяготиться этой совместной жизнью: все-таки клиентов надо было принимать и у себя дома. Решившись, она предложила Марине позабыть все благородные замашки да вступить в ее нехитрый девичий бизнес. «Стыд не стыд, а все-таки деньги — не чета тем, что в больнице»,— растолковывала она чересчур интеллигентной подружке. Первый опыт, как назло, закончился той неудачей.

Через месяц Марина сообщила о новых переменах в своей жизни, и Катька, довольная, что все так обернулось, рассталась со своей подругой, на прощание сказав ей, что двери этой квартиры для нее всегда открыты:

— Возвращайся, если будет надо.

— Спасибо, дружок,— и подруги разошлись до поры до времени...

Иногда у Катьки вновь появлялся уже поднадоевший ей Коля. Раздобревший, приодевшийся, он, к счастью, хоть не приставал к ней со своими малосильными ласками. Посидит-поговорит, да и откланяется...

К весне Катерина познакомилась с удачным клиентом. Проведя с ней всего пару часов в номере гостиницы, представительный мужчина с ходу предложил перебраться к нему, куда-то на Ржевку. Новый «папик» имел какой-то бизнес на железной дороге — Катька в него не вникала, как и в застольные разговоры компаньонов своего дружка. Она быстренько освоилась с новой ролью хозяйки дома и даже с некоторым удовольствием готовила завтраки-ужины своему «папику», который щедро отплачивал ей за заботы. Катька понакупила шмоток, начала ходить по соляриям и косметичкам, заглаживая следы тяжких трудов, проделанных в последний год.

Черт ее дернул поддаться на заманчивую рекламу, подсунутую как-то в почтовый ящик. Реклама сулила полное избавление от морщин. Морщин, собственно, и не было, однако Катьке хотелось взять от жизни все (пока «папик» платил), и она отправилась в одну медсанчасть на Гражданке. Там ей в назначенный день зверски выскоблили всю физиономию. К вечеру «папик» забрал ее из больницы с марлевой маской на все лицо. Катька пообещала, что уже через неделю будет как новенькая — младенцем с упругой кожей.

Снятая через неделю маска обнажила нечто из фильмов ужасов — Катька предстала перед «папиком» картинкой из учебника анатомии: сплошное красное мясо без всяких следов кожных покровов. Таким анатомическим пособием она оставалась еще с месяц. Потом посинела, пожелтела. У «папика» уже срывалась их поездка в Хургаду, где он, согласно новой крутой моде, намеревался понырять с аквалангом за медузами. «Папик» снарядил бандитов, чтобы разобраться с этой проклятой больницей. Но прибывшим для разборки мальчикам продемонстрировали собственноручно подписанный Катькой договор, из которого следовало, что всю ответственность за неудачу она берет на свою физиологию и анатомию. «Ну, не получилось», — пояснил им босс косметологов, и бандиты ретировались из недр клиники, в которой дамочки просаживали тысячи баксов — неправедные результаты трудов их супругов и любовников.

В таком жутком виде Катька и встретила на пороге своей квартиры заехавшую навестить ее Марину. «Папик» все-таки уехал в свой Египет, и скучающая в вынужденном затворничестве Катерина сама позвала к себе Марину, чтобы скрасить свое полное безделье.

Подруги вдоволь посмеялись над очередной переделкой, в которую попала Катька, посидели, повспоминали житье в коммуналке.

74

— Ой, — спохватилась Катька, — а ты знаешь, Сильва Петровна-то наша гикнулась? Нашли ее с месяц назад мертвую в подвале. Видно, напилась да замерзла. Черт ее дернул в этот подвал тащиться! Ко мне после даже из милиции приходили, расспрашивали, не знаю уж, как разнюхали, где я живу.

Марина насторожилась.

— Комнату ее опечатали. Стоит квартирка пустая. Ни тебя, ни меня, ни Сильвы... Колян тут ее вспоминал — славная старуха была.

— Колян... — будто бы и не могла припомнить Марина этого имени.

— Ну да, помнишь, ко мне такой мент все ходил, еще и Сильву Петровну ублажал.

— И что он теперь?

— Понятия не имею. Объявился как-то раз. Про тебя, кстати, спрашивал. Как там, мол, поживает наша красавица — очень уж ты ему понравилась... Ой, вспомнила, я ему и твой телефон дала: так он просил, хотел что-то у тебя узнать. Звонил он?

— Нет, не дозвонился. Я мало бываю дома. Может, мне самой его отыскать?

Катька порылась в клочках бумаги у телефона, но номера своего приятеля не нашла. Марина отложила приготовленную было записную книжечку. Еще немного посидела и, пожелав подруге скорейшего возвращения к божескому виду, засветло уехала.

Катька с тоской глянула на себя в зеркало, вздохнула и поплелась к холодильнику на кухне. Выудив из его недр баночку пива, она рухнула на диван и принялась в который раз листать дамские журналы — кладезь полезных советов: как найти состоятельного мужа, вывести пятно от соуса «тартар» и не обгореть на Канарах. На этот раз ее взгляд остановился на разделе «Всегда готовьтесь к худшему». Советовали не тратить с ходу все бешеные деньги, свалившиеся в результате удачной сделки партнера по жизни, не приобретать без разбору недвижимость на Кипре и не начинать строительство нового особняка не будучи уверенной в том, что и следующие сделки принесут такую же прибыль. Рекомендовали всегда быть готовой к тяжелым в материальном плане временам, когда, возможно, придется делать непростой выбор между сотовым телефоном и абонементом к косметичке.

— Дожили,— пробормотала сквозь дрему Катька и заснула блаженным и безмятежным сном.

# ГЛАВА ПЯТАЯ

## РАСПЛАТА

Это был тяжкий, жуткий и липкий страх. Страх сковал Марину в ту ночь, когда в ее квартире раздался звонок с требованием расплаты. Конечно, ей с самого начала казалась более чем странной та история с покойником, подброшенным под двери коммуналки на Свечном. Тогда она подавила все сомнения единственной фразой: «О мертвеце — забыть». Но теперь мертвец возвращался. Стоило только зажмуриться, и перед глазами вставало его расплывшееся, уже начавшее пухнуть лицо, растрепанные седые волосы, засаленная куртка. Итого: третья смерть, к которой она прикоснулась в своей жизни. Многовато для двадцати с небольшим лет.

Кем все-таки был этот человек? И кому принадлежал вкрадчивый голос на том конце провода? Марина уже не сомневалась, что слышала его прежде. Но где? Когда? Она лихорадочно перебирала всех знакомых — ответ не приходил. Звонивший знал, что она жила на Свечном — это раз. Звонившему была известна ее жизнь — это два. Кому она говорила о маленьком брате, которым шантажировал ее этот мерзавец? Паше, Катьке, девчонкам-медсестрам в больнице, кому-то из однокурсниц, оперу Фалееву, когда тот зачем-то расспрашивал ее об украинской родне, а она зачем-то рассказывала... С кем-то она была откровенна, с кем-то не очень. Были всего две истории, о которых она никогда и никому ничего не говорила. История с мертвецом и история с отчимом...

Так, но кому же еще она могла сказать о своем маленьком брате?

Перебирая все встречи последних месяцев, Марина вдруг вспомнила о парне-охраннике, с которым она разоткровенничалась тогда на пикнике у банкира. Как его звали? Кажется, Лешей. Да, Алексей. А еще, кто еще? Откуда она слышала это слово «лапонька», этот говорок?

— Дура, филолог называется,— злилась она сама на себя.— Вспоминай, вспоминай...

Устав задавать себе вопросы, она забылась в тяжелом сне, в котором вокруг нее носился хоровод расплывчатых лиц. Мама с Пашей («Почему они вместе? Господи, конечно, им так и положено быть!»), Петя и тетка, черный банкир и опер Фалеев, Катька и Лев Борисович в белой докторской шапочке — и над всем этим какой-то перезвон, а потом тяжелый грохот... Лица рухнули куда-то в пропасть. Марина очнулась ото сна. В дверь барабанили что есть силы:

— Эй, соседка, ты к телефону-то собираешься подходить? Третий раз уже звонят, а тебя не добудишься! Одиннадцатый час, слава богу,— ругливо отчитывал ее сосед Боря.

— Боренька, скажите, что меня нет.

— Просыпайся-просыпайся. Но в следующий раз, чтобы сама со своими кавалерами разговаривала.

Марина натянула одеяло на голову — совсем как в детстве, когда порой в темноте комнаты она пугалась передвигающихся по обоям теней, бросаемых уличным фонарем. Вновь — звонок, и опять — недовольный стук соседа...

— Иду,— вскочила Марина, еще не зная, что сможет она ответить на этот раз. И что скажут ей...

Звонила Катька:

— Мань, сколько можно дрыхнуть! Ты сегодня свободна? Приезжай ко мне. Посидим, поболтаем. Я по тебе уже соскучилась.

— А твой «папик»?

— Уехал. На неделю я опять свободная женщина, но ты бы видела мою физиономию. Так ничего и не рассосалось. Непреходящая жуть — просто какой-то кошмар на улице Стачек! — Катька рассмеялась.

Марина с облегчением повесила трубку. Но тут же очнулась.

— Господи! — вспомнила она кошмар ночных разговоров по телефону.

Ей не надо было размышлять о том, что делать. Конечно, срочно лететь домой, во Львов. Звонивший сказал о Петеньке... Что, если...

Она как раз поспевала на дневной рейс. И билеты, к счастью, еще оставались.

— Как ваша фамилия пишется? — переспросила кассирша за окошком. «Господи, ну что же здесь сложного?» — с раздражением подумала Марина, а вслух отчетливо и громко произнесла:

— Войцеховская.

Кассирша долго выводила ее имя...

Марина схватила билет и помчалась к стойке регистрации. Она и не заметила того, что следом за ней, оторвавшись от стены, поспешил какой-то человек.

— Девушка, меня тут просили вам передать,— подошел он к ней, когда она уже оформила все документы.

— Что?

— А вот этот пакет. На, держи. Сказали, что дальше сама все знаешь. Короче, чтоб ждала звонка...

Марина в недоумении взяла в руки небольшой пластиковый мешок, перевязанный пышным бантом, каким скрепляют букеты цветов. Кто бы это мог ей что-то передать? Быстро сорвав бант, она открыла пакет и замерла. В пакете был игрушечный медвежонок — точно такой же, какого она недавно посылала в деревню на день рождения Петеньке. Под игрушкой лежала какая-то цветная фотография — с маленьким мальчиком на качелях. Снимок был сделан летом, сквозь буйство ярких георгинов и мальв, растущих вдоль забора, окружавшего дом ее тетки. И качели эти были оттуда же — из сада при теткином доме. А мальчик на качелях был братом Марины — Петенькой...

Марина подняла глаза на мужчину, передавшего ей это нежданное послание, но того и след простыл. Бежать за ним? Рваться в самолет? Ни то ни другое. Ничего уже не имело смысла. Понятно, что теперь она и сама должна была искать звонившего ей ночью человека. Но как? Сидеть и ждать? «Да,— вдруг спохватилась Марина,— а как они смогли раздобыть эту фотографию?» Ладно там мишка — близняшками посланной ею в деревню игрушки забиты все ларьки. Но этот снимок, которого она и сама никогда не видела...

Неужели тут какие-то безумные дела свихнувшегося Станислава Трофимовича? В последних письмах деревенская тетка сообщала лишь о том, что отчим окончательно спился, бросил работу в школе, кочует теперь целыми днями из одной распивочной в другую, в компании таких же беспутных. Зачем понадобилась ему Марина? Неужели простоватый и недалекий отставник смог затеять всю эту странную игру? Если это так, то откуда же у него взялись столь умопомрачительные деньги? Вопрос о деньгах почти снимал все предложения о причастности отчима... Конечно, это не он. Но кто же?

Марина выбежала из здания аэропорта. Куда теперь ехать? Домой, чтобы ждать страшного звонка? «К Катьке»,— вдруг появилась спасительная мысль. Может быть, эта подружка поможет что-нибудь понять?..

Катька по-прежнему выглядела неописуемо — картинкой с плакатов по гражданской обороне, что-то из раздела о химических поражениях.

Марина как бы невзначай напомнила ей о случае с засланными к косметологам бандитами.

— Катерина, тебе пора романы писать. Что-нибудь дамско-криминальное: такой опыт, такие познания! Слушай, ты ведь и в самом деле с этими бандитами...

— Что я? — Катька насторожилась.

— Ну, знакома,— Марина пыталась вывести разговор на нужную ей тему.

— Никого я не знаю! — отрезала подруга.

— Но ты же сама рассказывала мне про всякие там баньки...

— Глупости. Забудь. И никакие это не бандиты. Так, собираются у «папика» разные коллеги. У всех свой бизнес. Чем-то торгуют, что-то перевозят. Я не вникаю, мне это ни к чему. А что до банек, так это просто анекдот. Поехали как-то раз — у входа «мерсы» стоят, в раздевалке — сплошные меха. Внутрь захожу — там тетки толстые с геркулесом на лицах сидят, клюкают и обсуждают: где, что, почем. Мебель, знаете ли, лучше в Финляндии брать, а шубы дешевле в Греции... Это только в романах у них юные грации-массажисточки, а по жизни их ничего, кроме денег, не волнует. Целыми днями только и слышу: деньги, деньги, кто-то нагрел, кто-то увел, на кого-то наехали, кого-то посадили... Сегодня он весь в цепях, баба его в брюликах, а назавтра она уже прибегает, лица на ней нет: скидывайтесь, мол, на адвоката, засадили моего родимого. За что? Да так, говорит, поехал он за одним должком да погорячился...

— Это как?

— Как-как? Пришил, значит, кого-то.

— Кать, а тебе не страшно с ними?

— Милая, а куда же я теперь денусь? Назад в коммуналку? Ой, слушай, а мне опять насчет тебя Колян звонил, но что ему надо, не сказал.

Значит, мент разыскивал Марину. Неожиданно она четко вспомнила лицо этого человека. Его голос. Кажется, дело прояснялось. Неужели он? Стараясь не выдать своего волнения, она что-то еще весело пообсуждала с Катькой, а потом под предлогом срочных дел в университете оставила подружку одну — горевать над своим усовершенствованным имиджем.

Вроде бы, она уже догадывалась, кто ее подставил, но от этого было не легче. Зачем это было сделано? Что ждет ее, Марину, дальше? Чего они от нее хотят — именно «они», Марина точно помнила, что звонивший говорил «мы»: «Мы тебя найдем...» Или просто запугивал? Что за всем этим стоит?

Вопросы эти не оставляли Марину и тогда, когда вечером прямо от Катьки она все-таки поехала на лекции в университет — только бы не оставаться дома одной, в этой комнате, еще вчера бывшей уютным и надежным убежищем от всех невзгод и неприятностей.

Народу, как обычно, было немного. Вечерники не отличались особым рвением.

На последней лекции она и не заметила, как к ней подсел какой-то высокий парень.

— Марина... — тихо позвал он ее.

\* \* \*

Она вздрогнула от неожиданности.

— Вы меня не узнаете?

— Н-нет,— испуганно ответила она.

— Мы встречались с вами на даче у Андрея Артуровича Чеглокова. Помните, вы приезжали туда с Павлом Сергеевичем?

— Да, помню.

Конечно, это был тот охранник Леша, которого она вспоминала еще сегодня ночью, перебирая всех знакомых...

— Господи, а что вы тут делаете? — с заметно огорчившей его оторопью спросила она, как будто чего-то испугавшись.

И Леша вполне убедительно, как показалось Марине, рассказал ей о том, что у банка был небольшой долг — банк не успел отдать Павлу Сергеевичу, теперь уже покойному, гонорар за одно выступление. Пока деньги оформляли, Павла Сергеевича-то не стало, вот и рассудили члены правления передать их Марине — как-никак, а она была его последней сожительницей, извините, женой, неважно, что и не оформленной по всем правилам. (От этого милицейско-юридического жаргона Марину, как всегда, передернуло, да и упоминание о деньгах вновь повергло ее в смятение.) Заметив, что она нахмурилась — еще разревется от воспоминаний,—

Алексей принялся закруглять затянувшуюся вводную часть:

— Да бросьте вы стесняться, берите, не такие уж это и деньги для банка. Обычная такса за выступление.

«Дернуло же меня за язык,— успел подумать он.— Пошел, называется, выполнять деликатное поручение».

Передать Марине деньги велел Андрей Артурович. Алексей даже не мог припомнить, когда это Македонский выступал у кого-либо из банкиров в последний раз — Павел Сергеевич слишком явно чурался всяких городских тусовок, так что и гонораров ему, судя по всему, не причиталось. Однако желание Андрея Артуровича помочь этой попавшей в переплет девчонке, подкинуть ей денег под видом возвращения долга — оно было вполне понятным. «Знаешь,— объяснил шеф Алексею,— когда-то моей матери точно так же помогли коллеги и друзья моего покойного отца. После его смерти вдруг выяснилось, что всем-то он умудрился нараздавать тьму денег. И нам возвращали эти деньги год, два и даже на третий год».

«Юная любовница покойной знаменитости — это, конечно, не нищая вдова с малолетками»,— отметил тогда про себя Алексей, однако возражать шефу не стал. Не тот случай, чтобы вступать в дискуссии.

Контакт с руководителем банка и так-то давался непросто. Андрей Артурович упорно не хотел следовать главной заповеди отношений «клиент и охрана» — заповеди беспрекословного подчинения рекомендациям службы безопасности. Он был слишком самоуверен — не понимая того, что за его уверенностью нет того профессионализма, которым обладают ребята из службы Алексея: все как на подбор вышколенные постоянными тренировками, почти все прошедшие курсы телохранителей в солидных полицейских школах.

Андрей Артурович легкомысленно отмахивался от всех их советов и совершал массу опрометчивых поступков. Он требовал не вмешиваться в его личную жизнь, а для охраны головной болью были постоянные увлечения шефа «девушками от искусства», как определил для себя эту категорию юных и не очень юных девиц Алексей. Какие-то актрисы неведомых театров, неизвестно где выставляющиеся художницы, издающиеся за счет банка поэтессы, готовые пойти на край света с банкиром журналистки — где он их только находил? Впрочем, где находил, охрана знала — на всяких тусовках, которые едва ли не через день собирались в городе, стягивая одну и ту же армию завсегдатаев. То фестиваль, то юбилей дружественного банка, то прием по случаю и без, и так далее, и тому подобное. Выученная ни на что не реагировать (внешне, конечно) охрана — а в ней, в основном, работали ребята, вышедшие из правоохранительных органов — тихо материлась, когда видела весь этот светский коктейль, не поддающийся никакому учету и контролю. Общество без сословных предрассудков сводило в одной компании генерала МВД и бандита, непорочную ученую даму и отпетую аферистку — именно такими были эти новые благородные собрания, в которых шеф обычно и находил своих пассий. Кто такие, зачем, для чего? Иди потом, ломай голову, карауль, крадучись за кусточками...

Андрей Артурович жил в просторной квартире на Фонтанке, в одном из тех старых домов, что несколько лет назад были вычищены и выскоблены изнутри финскими строителями, а потом заново начинены роскошными апартаментами, вмиг раскупленными «узким кругом лучших людей города», как любил говорить сам босс. Банкир поселился в этой необъятной квартире вдвоем со старой тетушкой — двоюродной сестрой своей покойной матери. Своей семьи у него не было. Тетушка заменяла ему и компаньонку, и экономку, и... охранника. Банкир категорически отказался от того, чтобы при нем постоянно был кто-либо из охраны. На все увещевания он отвечал, что ему вполне хватит и тех общих «гвардейцев», что постоянно дежурили внизу, при входе в подъезд. Тетушка и слышать не хотела о том, чтобы у них по квартире шастал кто-то посторонний да совал свой нос в их семейные дела. По ее авторитетному мнению, никого и никогда еще не спасали никакие охранники:

захотят убить — все равно убьют (что, в общем-то, подтверждалось едва ли не каждодневными сообщениями об отстрелянных и подорванных). На все эти сообщения тетя банкира реагировала довольно спокойно: «Сами нарвались».

Иногда, впрочем, Андрей Артурович впадал в кратковременные припадки бдительности, если не сказать шпиономании. Алексей знал, что он устроил основательную проверку этой девицы, Марины, сразу после того, как прозвучали те озадачившие многих гостей выстрелы на берегу залива — когда актер приезжал к нему вместе с ней на пикник. Больно уж ловко управлялась она с оружием... Случай этот, кажется, перепугал шефа: вот каким милым может быть лицо поджидающего тебя киллера. Идет себе студенточка по улице, глазками стреляет, не успеешь опомниться — уже не только глазками.

В то лето на слуху как раз были два заказных убийства, в каждом из которых киллерами выступали женщины — по крайней мере, именно так утверждали очевидцы-свидетели. Лимузин одного банкира был обстрелян юной мамашей, прогуливавшейся с колясочкой по аллее напротив банка. Никто и опомниться не успел, как киллерша выхватила автомат из коляски, выпустила роковую очередь по подъехавшему к офису автомобилю и, молниеносно запрыгнув в стоящий на обочине пыльный «форд», скрылась. Позднее никто даже не мог связно сказать, как выглядела эта особа: обычная городская девчонка — в шортах, кроссовках, в бейсболке с большим козырьком и солнечных стрекозьих очках.

Вторая киллерша (или та же самая?) проявилась через месяц. Был убит лидер одной из влиятельнейших преступных группировок города, державший монополию на контрабанду металла. Палили опять по автомобилю, в который на этот раз жертва только успела сесть, выйдя из дома. Шла в этот момент мимо одна непрезентабельная парочка, волоча за собою на тележке классическую челночную сумку. Тщедушный парень и тетка в трениках, переругивавшиеся между собой, конечно, не вызвали никакого интереса у охраны. И когда они наклонились к своему скарбу, чтобы подтянуть опоясывавшие его ремни, это тоже никого не озадачило. Накачанные охранники — туповатые парни, взятые на службу лишь оттого, что приходились родней авторитету — очнулись лишь тогда, когда тетка-челночница, присев на одно колено, уже стреляла по автомобилю. А дальше шло все по тому же сценарию: бросив поклажу, парочка нырнула в притормозившую резко перед нею машину, след простыл — примет никто не помнил.

Женщины-киллеры — это было нечто новенькое, и об этом говорили едва ли не больше, чем о самих убийствах. Видно, интерес Андрея Артуровича к актерской пассии был порожден именно этими случаями и нагромоздившимися вокруг них слухами.

Проверка студенточки была поручена кому-то из «исполнителей деликатных поручений» шефа, с которым Алексей, к своей досаде, даже не смог пообщаться: на этот раз банкир почему-то не стал доверять своей официальной службе безопасности. Алексей лишь, как попросил Андрей Артурович, набросал для проверяющего справку о своем разговоре с Мариной: кто она, откуда, мать, отец... впрочем, там вроде бы фигурировал отчим... увлечения, связи, которых было негусто, и прочее. Итог проверки отчего-то остался тайной. «Никаких комментариев»,— услышал Алексей от босса, с которого уже вскоре спала вся подозрительность, и он вернулся в прежнее деловито-веселое расположение духа.

И все равно не понравилось что-то Алексею в этом интересе шефа к Марине. Что именно — он сказать не мог. Но чутье подсказывало, что даже за просьбой «помочь нуждающейся» был еще какой-то второй план. То ли шеф чувствовал исходящую от нее тайную угрозу — и явно в этом перебарщивал. То ли, будь он неладен со своими запоздало взыгравшими гормонами, решил не упустить случая и пополнить коллекцию свежих жизненных впечатлений. Как бы там ни было, какой бы вариант ни просматривался за этим повышенным вниманием Андрея Артуровича к Марине, Алексею эта новая «связь», как по привычке определил он ее на своем профессиональном языке, была только еще одной обузой. Что за штучка эта Мариночка? Наверняка тем же мазана, что и его бывшая законная, Светлана,— пристроиться к кому под бочок, покрепче да покруче... Светка это дельце провернула успешно — уже и замуж за своего дедулю вышла, а у этой студенточки — облом. Хотя — как сказать... Может, и прибыль. Говорят, что-то там не стыкуется в этом убийстве ее Македонского...

Поджидая окончания лекции, после которой он собирался подойти к Марине, Алексей по старой привычке перебирал разные варианты: ее поведения, мотивов... Короче, к концу лекции он уже смотрел на эту рыжеволосую девицу как на исчадие ада — далеко завела его фантазия.

Рыжее исчадие само перепугалось Алексея, да так, что и ему стало неловко — будто прочла она его нелестные мысли о себе.

— Вы уж простите, что заявился к вам прямо на лекцию, но телефон вашей подруги не отвечал. Несколько дней пытался дозвониться.

— А откуда вы знаете этот телефон? — почему-то насторожилась она.

— Работа у нас такая,— уклончиво ответил он.

— Понятно.

— Вы от денег-то не отказывайтесь. Ей-богу, нам их даже и некому отдать, кроме вас.

— У Павла Сергеевича есть младший брат...

— Про брата я ничего не знаю. Мне сказано отдать их вам — я это и делаю. Кстати, Марина, мне вас придется и до дома проводить, не идти же вам вечером одной с такими деньгами. Время беспокойное.

— Что ж, я близко живу. Я опять здесь, на Васильевском...

После десяти вечера Васильевский, как обычно, был уже пустынным. Редкие прохожие, редкие машины. Темными дворами между линиями они вышли к Марининому дому.

— Я буду нахалом, если напрошусь к вам в гости? — наверное, излишне игриво спросил Алексей, когда они в молчании дошли до ее подъезда. Мысль о том, что с этой девчонкой не все так просто, не оставляла его.

— Пожалуй, нет. И даже очень хорошо, если зайдете. У меня есть серьезный разговор,— вдруг решилась она, видно, припомнив ту доверительность, что возникла между ними тем летом.

Комнатка Марины приятно удивила Алексея: у девчонки хороший вкус. Он успел как следует осмотреться в этом небольшом пространстве, пока она ходила на кухню ставить чайник.

— Вы сказали мне, что заканчивали юридический факультет... — начала она, по-школьному присев на краешек стула.

— Давай на «ты».

— Хорошо. На «ты», так на «ты». У тебя наверняка есть какие-то знакомые в милиции... Леша, тебе не кажется странным убийство Павла Сергеевича? Я не верю в то, что это был просто грабеж. Зачем убивать человека из-за каких-то безделушек, картинок? Я точно знаю: особой цены у этих вещей не было, мы многое вместе покупали. Там было что-то другое... Но как бы узнать, что? Прошло столько времени, а до сих пор ничего не известно. Следователь этот милицейский со мной уже разговаривать не хочет. Он свои протоколы составил, а теперь одно твердит: дело сложное, ищем, опрашиваем. Кого они там опрашивают? Я к соседям по дому ходила, думала, они хоть что-то слышали в тот вечер. Так, представь, этот Фалеев к ним даже и не заглядывал. Как бы узнать, что там происходит?

— Надо подумать,— ответил Алексей, прекрасно понимая, что такие дела становятся только «глухарями» или, как говорят еще в Москве, «висяками». Висит такое сокровище на шее опера, которому и с живыми-то делами разобраться ни времени, ни сил не хватает. Лишь справками обрастает: «Не установлено», «Не представилось возможным»... Что и кого здесь искать? Разве что всплывет где-нибудь какой-нибудь пустяк...

На том они и расстались в этот вечер. Все сомнения Марины Алексей, что называется, истолковал в ее пользу — девчонка выглядела вполне искренней. Переживает, на что-то надеется. Нет, явно не чета его Светланке, не прав он был...

Выйдя из подъезда, Алексей пошел по темному двору, размышляя, стоит ли ввязываться в это глухое, как подсказывал его опыт, дело. Вдруг из ниши в подворотне вынырнула темная фигура. Обычный вопрос на ночной улице:

— Закурить не найдется?

Алексей полез в карман за сигаретами и зажигалкой, не особо разглядывая подошедшего. Надвинутая на лоб кепка и толстый шарф затеняли лицо прохожего. Огонек зажигалки высветил лишь светлую щетину над губой. Прохожий тотчас же отвернулся от выпущенного сигаретного дыма и закашлялся:

— Благодарю, кхе-кхе...

Алексей поспешил дальше. «Как эта девчонка ходит тут одна по этим темным дворам? — подумал он.— Будешь бояться собственной тени, не то что такого невинного прохожего-незнакомца».

* * *

— Алло! Я слушаю,— Марина подошла к телефону, зазвонившему сразу после ухода Алексея.

— Ты что же, лапонька, телохранителем обзавелась? А ведь тебе говорили: из дома не выходить, ни с кем не встречаться. Да узнала ли ты меня?

— Узнала.

— То-то же. Так что не ломайся, барышня. Открывай-ка дверь.

Марина тупо продолжала стоять у телефона, забыв повесить трубку, когда на короткие гудки отбоя наложился длинный и резкий звонок из входной двери. Она медленно и покорно пошла открывать. Долго возилась с замком, как всегда, жирным и грязным от многих рук...

Что будет с ней сейчас? Схватят, увезут? Она бы не удивилась сейчас ничему и никому. Но за открывшейся дверью никого не оказалось. Лишь на площадке, у самого порога, белел какой-то сложенный пополам листочек. Оглядываясь, она наклонилась, схватила его и отпрянула назад в квартиру, что есть силы захлопнув дверь.

«ВСТРЕЧА ЗАВТРА 10 УТРА СОБАЧЬЯ ПЛОЩАДКА НА СИКЕЙРОСА»,— прочитала она написанное печатными буквами. «Чем дальше — тем страньше,— вспомнила Марина присказку из „Алисы в стране чудес“.— При чем здесь собачья площадка и где эта улица Сикейроса? В любом случае, собачья площадка и утром — это что-то с людьми, это не в темной подворотне. Значит, не так уж страшно»,— решила Марина.

Утром она отправилась на Гражданку, нашла указанную в записке улицу. На вопрос о площадке прохожие едва ли не шарахались от Марины... Наконец, пройдя всю улицу, она выбрела на место встречи. Там-то ей и стало понятно, отчего так странно смотрели на нее прохожие. То был не скверик, в котором аккуратные петербургские старушки выгуливают своих пудельков. Это было место собачьих боев со своей, весьма своеобразной публикой, подъезжавшей на забаву в мощных автомобилях с затененными стеклами. Марина в недоумении встала поодаль. К ней никто не подходил.

Публика — сплошь крутые ребята, Катькина мечта — азартно окружила пятачок, на котором сцеплялись в припадке злобы и ярости странные собаки, больше похожие на гигантских белых крыс. Рядом с Мариной оказалась проворная старушка — из тех, что обожают вступать в разговоры с первым встречным.

— Безобразие, а? — заглянула женщина в лицо Марине.

— Да, мне тоже все это не очень нравится,— вяло и без особой охоты поддержала она.

— Вы знаете, сколько эти собаки стоят? А вы знаете, что недавно один такой бультерьер прокусил голову ребенку? Об этом все газеты писали. Принесла, значит, родная тетка ребеночка в гости, совсем махонького, положила на диванчик, а гадина эта в один момент набросилась, так что никто и оттащить не успел. Самой хозяйке палец откусила, когда та пыталась хоть что-то сделать.

— И что было потом? — Марине стало нехорошо.

— Что там могло быть? Страшные вещи, даже повторить не могу. Головенку прокусила, мозг ребенку выгрызла. За одну секунду. Никто, никто ничего не смог поделать! Запретить надо этих собак. А они тут их, гляди, милая, только растравливают. Вот кровушки-то почувствуют — кто их потом остановит?

Дурнота накатилась на Марину, но она, не отрываясь, смотрела, как вгрызаются в загривки друг другу эти собаки-крысы... Прошел час, другой, но к ней никто не подходил. Похоже, что никто и не обращал на нее внимания. Как ни пыталась она вычислить того человека, что назначил ей встречу, сделать этого не удавалось. Ни одного обращенного на нее взгляда, ни одного движения в ее сторону.

Марина не видела, что все это время за ней наблюдал еще один, тоже стоящий в стороне от зрителей, человек. Он, кажется, пребывал в таком же недоумении, как и она сама. Это был Алексей.

Вернувшись вчера вечером от Марины, он, как и обещал, отзвонился Андрею Артуровичу: мол, деньги переданы, и девчонке они явно пригодятся — живет она скромненько. Голос шефа был оживленным.

— А как там она сама? — спросил шеф чересчур уж заинтересованно, как показалось Алексею. Вот ведь, неймется человеку...

— Андрей Артурович, я думаю, там есть проблемы. Нервная она какая-то, дерганая. Я понимаю: смерть близкого человека и так далее. Но все же что-то она не договаривает.

— Алексей, окажи мне услугу: последи за ней, посмотри, что там к чему.

— В каком смысле последи? — переспросил Алексей. Все-таки слежка за девицами явно не входила в круг его обязанностей. Как и поставка девиц шефу.

Расслышав недовольство в ответе Алексея, Андрей Артурович мягко поправил его:

— Леша, Павел Сергеевич Македонский был моим хорошим, очень хорошим другом. И теперь я, так сказать, чувствую некоторую ответственность. Думаешь, мне легко далось то, что с ним произошло? Да я сто раз себя спрашивал: почему Пашку-то мы не уберегли, не защитили?

— Андрей Артурович, там же, судя по всему, банальная кража была — просто хозяин не ко времени вернулся, вот и все... Что себя корить?

— Правильно, Леша. Но последний-то долг перед ним надо выполнить. Понимаешь, об этой девочке больше некому позаботиться, кроме меня,— совсем уж загадками стал говорить шеф.

— Как скажете. Но что я должен делать: прикрытие организовать или просто походить?

— Думай сам, не маленький. Я тебе русским языком говорю: присмотри. Очень прошу. Завтра выходной, ты мне не нужен. Вот и побудь где-то рядом. Просто понаблюдай. Потом мне расскажешь.

— Отчет нужен?

— Вот дурь армейская! На кой мне твой рапорт! Ладно, Леша, не телефонный это разговор.

Отчасти заинтересованный такой необычной настойчивостью шефа, Алексей с утра пораньше лично двинулся на Васильевский. Группу наружки пока, видимо, дергать не стоило — у ребят и так забот хватало, чтобы с ходу переключаться на всякую блажь шефа. Вот и решил он на первый раз поотдуваться сам. С Мариной едва не столкнулся нос к носу у станции метро — еле успел отвернуться. Ее прогулка на эту собачью площадку озадачила Алексея. Марина, судя по всему, не была ни завсегдатаем (слишком долго плутала в поисках площадки), ни любительницей собачьих боев. Что она здесь делала? Она озиралась по сторонам, как будто кого-то поджидая. Оригинальное, надо сказать, место встречи — уж очень острые ощущения! Но, простояв неподвижно почти три часа, она так ни с кем и не заговорила. Назойливая бабуля в беретке была не в счет.

Лицо Марины было столь тоскливым и горестным, что только идиот не понял бы, что с нею нечто происходит. Или вокруг нее. Девчонка явно оказалась в какой-то беде. А если эта девчонка еще каким-то боком прошла по касательной к его шефу, то ему, Алексею, и карты в руки: выяснить, что здесь кроется. Убит ее любовник — этот любовник был большим другом его шефа — никто не может исключать того, что первое убийство не стало и последним, что странности этой истории не заденут и Андрея Артуровича. Как ни крути, а девчонкой заняться надо. Слава богу, она и сама облегчила теперь эту задачу: если он по ее просьбе возьмется за выяснение обстоятельств убийства Македонского, ему придется прощупать все ее связи, значит, она же сама и поможет Алексею раскрутить все эти запутанные странности. «Такая вот будет двойная игра — очень удобная штука»,— прикидывал Алексей. И кто знает, на что он еще выйдет в этой своей проверке.

В понедельник он под предлогом «уточнения деталей» по делу Македонского заглянул к Марине вечером, предусмотрительно захватив с собою тортик. На чай он не согласился — попросил кофе, да не какой-нибудь, а сваренный в джезве, на медленном томительном огне. Пока Марина управлялась на кухне, Алексей сноровисто снял со стены одну из гравюр, вскрыл канцелярским резаком обои, сделал неглубокую бороздку в старой сыплющейся штукатурке и плотно уложил в нее небольшую капсулу — «жучок» для прослушки. На все это ему не потребовалось и минуты. Так же быстро он подклеил обои вынутым из кармана пиджака клеем из миниатюрного тюбика, повесил на место рамку и уселся на диван в ожидании кофе.

Кофе прибыл через две минуты. «Неплохо»,— подумал про себя Алексей, накануне изрезавший не один кусок обоев за секретером в своей квартире. А уж сколько раз пришлось ему вчера стоять у плиты, держа в одной руке джезву с кофе, а в другой секундомер, отлично знал его истерзанный изжогой желудок, которому и при-

92

шлось принять в себя супердозу этой изощренной отравы по-восточному.

Второго «клопа» Алексей поставил в коридоре этой коммунальной квартиры — под пыльным календарем над телефоном,— когда отлучился позвонить. Короче, все приготовления к наблюдению за Мариной прошли успешно, и Алексей остался доволен. Сказал бы ему кто, какой улов принесут эти закинутые им крючки уже через несколько дней — сам бы ни за что не поверил.

\* \* \*

Ноги еле удерживались на обледенелом выступе цоколя. Слава богу, что у нее первый этаж — хорош бы был Алексей, сорвись он хоть со второго. Старый фонд — это не приземистые новостройки. Слетишь со стены — никакая военно-полевая хирургия не спасет.

Рвануться к окну его заставила последняя реплика, как назло, не слишком членораздельная. Так чисто записывали ребята все разговоры в этой квартире целый день, но ничего, кроме дремучей бытовухи, в их сети не попадалось. Утром — переругивания вокруг занятой ванной, днем — чьи-то ахи и охи, выносившиеся аж в коридор, вечером — сообщения о закипевших чайниках, звонки в дверь, главный объект включает телевизор, объект идет к телефону...

Алексей пришел к ребятам в «пикап» удачно. После 23.00 началось самое интересное и самое странное. Звонок в коридоре — объект выходит из комнаты, его зовет мужской голос, понятно, сосед,— затем какое-то замешательство в коридоре, слушаем комнату — объект и гость вместе. «Как обращаться — знаешь. Дело сделаешь — бросай на месте. Смотри сюда, запоминай: улица... „вольво"... номера...»

Алексей вылетел из машины и метнулся к окну, благо оно было на первом этаже, чтобы увидеть гостя. Еле удерживаясь у стены на обледенелом цоколе высокого первого этажа, он дотянулся до решетки окна, вцепился в нее рукой, чтобы подтянуться, и тут из кармана его куртки предательски выпал мобильник. Слабый стук, оченьслабый, однако в комнате его услышали. Алексей вжался в стену. Открыли форточку, выглянули, снова закрыли... Алексей обхватил прутья решетки, вновь пытаясь подтянуться. Ничего — перед глазами была лишь плотная зеленая ткань, сквозь которую можно было разглядеть только силуэты. Один — Маринин, другой — мужской. Комплекцией человек был, как Марина,— средний мужчина, не худой и не толстый. Говорившие стояли друг напротив друга. Потом осталась только одна тень. Алексей спрыгнул, перебежал к парадной, вжался в нишу под лестницей в надежде заприметить этого человека. Минула не одна минута — дверь квартиры первого этажа хлопнула. Вниз, по короткому пролету, никто так и не спустился. Зашаркали ноги — кто-то поднимался наверх. Алексей мягко и бесшумно вылетел на лестницу, глянул в пролет — услышал лишь хлопнувшую на верхних этажах дверь. Гость исчез в какой-то из квартир.

Разговор Марины с этим поздним гостем заставлял предполагать худшее. Очень короткий разговор, но достаточный для того, чтобы понять, о чем шла речь. В милицейском протоколе это звучало бы просто: гражданин N подговаривал... гражданку М на... На что? На то, чтобы та на некой улице, название которой осталось неизвестным, использовала свои некие знания, а также еще нечто, что надо было бросить на месте, и что-то сделала с человеком, приехавшим на эту улицу на «вольво-940». Уже можно начинать вычислять, о чем шла речь. И даже о ком. При всем обилии иномарок на улицах, «вольво-940» — не такая уж частая птица. Хозяева подобных машин относительно на виду. А что у нас бросают на месте, знает едва ли не каждый школьник.

«Но — по порядку»,— размышлял Алексей, конечно, раздосадованный тем, что ему пришлось упустить гостя (не пойдешь же, в самом деле, искать его по всем квартирам этого многоэтажного, забитого сотами коммуналок, дома). Алексей сидел в «пикапчике» и пил вместе с ребятами кофе из термоса. Настроенный на «жучков» приемник шуршал какими-то шагами, хлопаньем и скрипом дверей, в комнате у Марины все звуки перебивались включенным телевизором. «По порядку...»

94

С чем могла уметь обращаться эта барышня? Ответ на этот вопрос приходил сам собой: барышня еще летом потрясла Алексея своим обращением с оружием. Он припомнил, как ловко перехватила она тогда тяжелый ствол из его рук — четко, будто играючи, с автоматизмом профессионала. Не здесь ли крылась разгадка? Не это ли умение должна была применить студенточка — рыжеволосый ангел и невинная страдалица-вдовушка? Если это так, то оставалось вычислить лишь объект: кого это ей заказали? Прижать ее прямо сейчас и вытрясти из нее все? Простой ход. Но простота — она, ведь, как известно, хуже воровства. Что, если она уже не в первый раз в таких делах — станет ли с ходу раскалываться? Поднажать на девицу, конечно, можно, но не обрубит ли он тем самым все пути к разгадке? «Надо было бы,— думал Алексей,— отследить ситуацию да выяснить, кто там кого заказал, но при этом еще и не дать девице возможности осуществить затеянный план». Как знать, не входила ли будущая жертва в его близкий круг? И как бы распознать, кому это все будет выгодно...

Приемник продолжал исправно выдавать шумы коммунальной квартиры. Напарник Игорь — парень, только недавно поступивший в службу безопасности банка после увольнения из органов — будто отгадал ход мыслей Алексея и бросил:

— Как бы ее аккуратно изолировать да повыяснять, что там к чему? Вы же сами все слышали.

— Игорек, тут у нас другие нравы...

— Да аккуратно, Алексей Юрьевич!

— Нет. Исключено.

— Ну, как знаете. Тогда я вам ничего не говорил.

— Лады.

И «пикап» тронулся с места.

* * *

На следующий день на одной из тишайших улиц Васильевского острова произошло дорожно-транспортное происшествие. Какой-то лихой рокер умудрился не справиться с управлением, заехал на тротуар и сбил выходившую в тот момент из подворотни медсестру Покровской больницы. Медсестра была доставлена в свою больницу, благо она находилась здесь же, на Большом проспекте Васильевского острова. Мотоциклист скрылся с места происшествия, даже не подумав помочь потерпевшей. У пострадавшей оказалось сотрясение мозга. Врачи определили ее положение как «состояние средней тяжести».

— Ну что, Маришка, месяцок-то тебе придется полежать,— склонился над нею завотделением Лев Борисович.— Покой и только покой. Других рецептов еще не изобрели.

Тело было в синяках, страшно болел бок. Но Марина была даже рада этому происшествию: сбивший ее мотоциклист счастливо избавил от того страшного, что грозил принести ночной визит человека, знавшего о ней, пожалуй, больше, чем она сама.

Человек этот, оказавшийся вовсе не незнакомцем, требовал немногого: один выстрел. Только один. Маленькая такая расплата за большую услугу.

— Все, что я тебе говорю, должно остаться между нами. И о том, что ты сделаешь, будут знать только двое — ты и я.

— Почему я? Зачем ты это все придумал? Ты один, или...

— Ай-яй-яй, зачем же так плохо думать о людях? Кто тебе что сказал? Ты имеешь дело только со мной и больше ни с кем. Поняла? Сама клюнула — сама и виновата. За все, лапонька, надо расплачиваться. Вызвала бы тогда сразу милицию, оприходовали бы жмурика — и гуляла бы на свободе с чистой совестью. А теперь уж извини, сама напросилась.

— Кто тебе сказал, что я это могу? Я не умею.

— Люди видели. Питер — город маленький... Так что не чуди.

— Вы что же там, профессионалов не можете нанять?

— С профессионалами, душа моя, хлопот больше,— неопределенно хмыкнул гость.

96

Спасти Марину от этой расплаты могло только чудо. И оно свалилось на нее, пусть даже и в образе промчавшегося мимо мотоциклиста, сбившего ее с ног на булыжную мостовую. За это больничное время можно было что-нибудь да придумать. Мысль о том, что этот случайный мотоциклист был как-то связан с ночным гостем, Марине казалась невозможной. Марина была нужна этому гостю живой и невредимой — до поры до времени, конечно. До рокового выстрела.

Очнувшись к вечеру, она увидела на своей тумбочке роскошную корзину с цветами и фруктами. Позвала медсестру — та ничего объяснить не смогла. Мол, принес какой-то парень. Какой? Да никакой. Сунул ей десятку, да и все.

— Лежи, лежи, барыня, отдыхай,— посмеялась над нею знакомая медсестричка.— Выздоровеешь — отработаешь.

И Марина вновь погрузилась в тяжелый сон — карусель каких-то впечатлений, обрывков разговоров и лиц. Карусель крутилась все быстрее, до дурноты и тошноты. Уже откуда-то издалека, как сквозь вату, Марина слышала голос Льва Борисовича...

* * *

Известие о том, что их подопечная угодила в больницу, искренне расстроило Андрея Артуровича.

— И это твой хваленый профессионализм? — набросился он на Алексея.— Я же тебе русским языком сказал: последи, присмотри, а у тебя под носом девчонку едва не убили. Спецы хреновы! Плетете там про себя невесть что: армия, спецназ, гэбэ, а ни одного дела поручить вам нельзя! Это вы там в своих органах могли туфту гнать, а со мной этот номер не пройдет. Набрал штат дармоедов — чем они там у тебя занимаются?

Андрей Артурович был раздражен.

Алексей отмолчался. Он решил ничего не говорить своему шефу — ни про позднего гостя Марины, ни про этот странный и слишком однозначный разговор. Надо ли сообщать обо всем этом шефу, если и он вполне может оказаться в числе подозреваемых — слишком уж активно интересовался он этой девицей.

Искать мотивы предстоящего убийства было делом неблагодарным. Алексей хорошо это знал — что по своей практике в военной прокуратуре, что по усвоенной за университетские годы теории. Можно долго блуждать в хитросплетениях отношений между партнерами и конкурентами, вычислять интерес одного к ликвидации другого, а в итоге упереться во что-нибудь банальное вроде ревности. Хотя, конечно, за заказными убийствами обычно стоят деньги — большие деньги, к которым не подобраться никаким другим путем. И даже за семейными разборками и драмами не так уж редко кроются все те же финансовые интересы. Алексей вспомнил недавнюю загадочную смерть жены одного банкира — бедняжка утонула прямо в бассейне сауны. Якобы от сердечного приступа: перегрелась, окунулась в ледяную воду, а сердце-то, уже немолодое, и не выдержало. И все бы славно было в этой истории, если бы потом случайно, из разговора Андрея Артуровича с одним его приятелем, Алексей не узнал, что женщина эта, оказывается, вроде бы как собиралась разводиться со своим мужем. Ее смерть счастливо спасла супруга от вполне реальной угрозы раздела имущества — не каких-то там тряпок и мебели, которые в долгих тяжбах делят между собой рядовые граждане, и даже не квартир, которым по банкирским масштабам грош цена, а всей доли этого банкира в его банке, плюс недвижимого имущества в виде «заводов, газет, пароходов». Так что назвать смерть жены банкира трагической случайностью Алексей никак не мог.

* * *

— Женщина, вы куда? — крикливо окликнула Марину незнакомая тетка в мятом белом халате, восседавшая за столом на сестринском посту.

— К Льву Борисовичу.

— Он сейчас на конференции. А вам вообще нельзя ходить. После такой травмы надо лежать.

— Какой сегодня день?

— Вроде как среда.

— Среда?

Получалось, что в беспамятстве своем она пролежала целую неделю, удивилась Марина. Позднее и завотделением поведал ей — как медик медику, сказал он при этом,— что травма ее оказалась гораздо серьезнее, чем показалось поначалу: «Еле вытянули тебя, дорогуша».— «А что со мной было?» — «Что-что? Отек мозга, судороги, весь букет. Кстати, скажи спасибо своему поклоннику. Он не только тебя лекарствами выручил — все отделение снабдил».— «Какому поклоннику?» — «Ну, молодой такой. Будто не знаешь, кто?»

В тусклом зеркале над раковиной прокуренного туалета на Марину глянуло незнакомое лицо: осунувшееся, черные круги под глазами. От такого ли вида когда-то перехватило дыхание у ее Паши? Марина перевела взгляд на застиранный больничный халат, темно-синюю вылинявшую байку, которую они с медсестрами всегда называли арестантской. Подходящий наряд для той барышни, что еще неделю тому назад сватали стать киллершей... Уж не этот ли сват навещал ее в больнице?

Когда он заявился к ней вечером, как раз накануне этого происшествия с больничным исходом, Марина сразу узнала его и лишь сама себе удивилась: почему еще прежде не распознала его по голосу?

— Ну, встречай старых знакомых, детка,— сказал он, входя в комнату.— Не думала, что увидимся при таких обстоятельствах? А я, вот, как видишь, про тебя не забыл. С жильем тебе, получается, помог. Работку хочу подбросить. Что ж, не рада?

Гость сделал круг по комнате, цепко оглядывая все нехитрое Маринино имущество.

Он скорчил гримасу неудовольствия, когда Марина назвала его по имени:

— Детка, зови меня просто Шварц. Мне так больше нравится.

4*

— И все же?

— Много не надо. Послезавтра поедешь... — он назвал улицу и дом.— Завтра целый день отдыхай, выспись хорошенько, чтобы рука не дрожала. А послезавтра в восемь утра поднимешься по лестнице на площадку последнего этажа, глянешь вниз. На другой стороне улицы будет стоять «вольво». Человек, вот этот, смотри,— и он показал фотографию выходящего из машины немолодого мужчины, сделанную сверху,— в точности так же выйдет из этой машины. С тебя — один выстрел. Всего ничего. Бросишь винтовку, иди сразу в квартиру, она одна на площадке, дверь будет открыта. По коридору прямо на кухню, там черный ход. Дальше твои проблемы. Через двор можешь выйти на проспект и попасть прямо на троллейбусную остановку. И адью!

— А после? Не с тебя же брать слово, что ты оставишь меня в покое!

— А там, дорогая, по обстоятельствам. Может, ты нам еще на что сгодишься.

— Я продам эту комнату, отдам тебе деньги, еще добавлю,— принялась умолять Марина. У нее были две тысячи от банкира, можно было бы попросить еще у Катьки...

— Не интересует,— отрезал Шварц.— А братика-то, братика куда ты денешь? Нет у тебя выбора, дорогая.

Выбора не было — она ответила согласием, слабо надеясь на то, что как-нибудь да удастся выкрутиться. В то утро, когда ее сбил мотоциклист, она едва ли не собралась отправиться в милицию к Фалееву — чтобы рассказать ему всю эту невероятную и дикую историю.

Шварц вчера намекал ей на какие-то особые интересы, на некую справедливость и неотвратимость наказания, что последуют за ее выстрелом. Прежде Марина что-то читала о разных темных методах «органов», но все это относилось к давним временам — все эти детективные сюжеты с отравленными зонтиками, с девушками-убийцами, которым потом придумывали хорошие биографии, меняли внешность и оставляли в покое, да так, что новые близкие уже ни за что и не могли догадаться

100

о боевом прошлом их подруг, почтенных матерей семейств. Неужели и ее собирались втянуть в такие дела? Поверить в это трудно, почти невозможно. Если ее и хотели использовать в неких «высших интересах», то почему шли к этому столь сложным путем — через покойника, через деньги, через шантаж? Не проще ли было сделать это иначе? Да и метких стрелков могли бы подыскать в других местах. Как-то Паша, вернувшись с выступлений, на которые он ездил на Кавказ, с изумлением рассказывал ей о женщинах, прошедших огонь и воду горячих точек. Слышала она, что немало там было бывших спортсменок, снайперш. Нужна ли кому-то при таком раскладе Марина из Львова? Хотя, как сказать... Исчезни она хоть сегодня — кто ее хватится? В университете и больнице решат, что уехала к себе на Украину. На Украине и вовсе о ней не вспомнят. Получалось, что одинокая девушка без роду без племени как нельзя лучше подходила на роль этакого «терминатора».

«Фантазии все это, дурацкие фантазии», — остановила себя Марина. Что теперь толку гадать, если через неделю-другую после выписки из больницы к ней вновь придет этот гость и потребует свое? Идти ли к Фалееву, который вряд ли ей поверит, делать то, что велит Шварц, или искать какое-то иное решение? Марина вспомнила об Алексее: что, если рассказать ему? Он хотя бы сможет оценить, что к чему, он лучше знает этот город, в котором происходят такие странные истории. Что, если ему удастся выйти на того, кому понадобился этот выстрел, выяснить, почему этот некто остановил свой выбор именно на Марине? Ведь Шварц этот все время говорил «мы» и «нам» — он действовал явно не сам по себе. Если, конечно, это «мы» не было чистейшим блефом.

Однако пока Марина лежала в больнице, у нее созрел и другой план...

Выписавшись, она первым делом отправилась по названному Шварцем адресу. Это была небольшая улица под номером, отходившая от одного из проспектов в центре города. Напротив указанного Шварцем углового дома стояло здание, к которому ее когда-то специально подвозил Паша, чтобы продемонстрировать дивный образец любимого им модерна. Прекрасный дом с большими окнами без переплетов, с затейливыми орнаментами на фасаде, сияющий свежим ремонтом, столь отличавшим его от остальных зданий по соседству, мутные окошки которых выдавали скопища коммуналок. В этом доме было какое-то солидное учреждение.

Марина перешла улицу, чтобы прочесть, что же написано на сияющей медной табличке. Оказалось, фирма с длинным зашифрованным названием, состоящим из почти ничего не говорящих слогов. Какая-то абракадабра: «Метэксимптранс»... Марина в недоумении встала около входа, пытаясь запомнить это название. Крепкий молодой человек в отглаженном костюме и с характерным выбритым затылком тотчас же возник за массивной дверью из толстого стекла. Он с явным неудовольствием оглядел изучавшую табличку девицу, всем своим видом давая понять, что ей сюда вход заказан. Марина перевела взгляд на двери, за которыми открывался просторный вестибюль, украшенный матово мерцавшими бронзовыми светильниками. Интерьер выдавал размах и процветание этой загадочной фирмы. Встретившись глазами с охранником угрожающего вида, Марина отвернулась и поспешила за угол здания, на широкий проспект, в перспективе которого пряничной глазурованной игрушкой блистал в лучах первого весеннего солнца легкий и веселый собор.

Слякоть расползлась под ногами. Середина марта — во Львове в это время уже зеленеют газоны. Вырваться, что ли, из этого тяжкого города уже сегодня? Уехать во Львов, добраться до деревни... Пора, пора, хватит ждать чего-то неотвратимого. Но не сегодня — сегодня так кружится голова...

Ничего не видя перед собой, не различая лиц идущих навстречу людей, Марина вышла на Невский, добрела до метро. Страшно кружилась голова. Еле дойдя до своего дома от «Василеостровской», Марина с облегчением открыла дверь квартиры, быстро прошмыгнула в комнату, чтобы не встретиться ни с кем из соседей — только разговоров ей сейчас и не хватало,— и упала на диван.

Проснулась она лишь к вечеру. В комнате было уже темно. Вдруг скрипнули половицы паркета — в углу у окна. Марина вскрикнула от мгновенно подступившего ужаса: у портьеры был явно различим чей-то силуэт.

— Тихо, тихо,— метнулся к ней человек.

Она протянула руку к настольной лампе, чтобы включить свет. Человек с ходу пережал ей кисть — видимо, решив, что она собралась швырнуть в него тяжелой лампой. Зажег свет сам.

Откинув Марину на диван и наклонившись над ней — лицо в лицо,— он проговорил:

— С возвращением, детка.

Это был Шварц.

Шварц не знал о том, что сегодня он встретит в этой комнате отнюдь не то беспомощное и перепуганное им создание, которое он оставил здесь несколько недель назад. Пауза, которую позволили сделать мотоциклист и больница, вдруг придали решительности Марине. Она поняла, что не все потеряно: надо искать выход, надо что-то предпринимать, в конце концов просто бежать куда-нибудь вместе с Петенькой — страна-то большая, затеряться нетрудно. Бежать было не обязательно на восток — в глубь России. С украинским паспортом можно скрыться и в другом направлении. Был и вовсе запредельный для Шварца вариант: на деньги, которые передал ей Андрей Артурович за Пашу, купить турпутевки для нее и брата в Канаду, а там-то уж как-нибудь пристроиться — украинская община, слышала она, всегда помогала тем, кто решил остаться. Кстати, до отъезда она успела бы продать и эту комнату — значит, хватило бы и на путевки, и на жизнь в Канаде (или где бы там ни было) на первых порах.

Но Шварц не догадывался, что за решительные настроения были у этой девушки. Как всегда, вкрадчиво, он начал нагнетать...

— Лапонька моя... Нам надо продолжить. Здоровьишко поправила?.. Отлично. Теперь готовься.

Марина попыталась отпихнуть от себя гостя.

— Что? — зашипел он. — Ты что это брыкаешься?

— Слушай, вали отсюда, а? Я сейчас закричу.

— Ой-ой-ой... Может, стерва, и милицию позовешь?

— Позову. Посторонний человек в квартире — приедут сразу.

Шварц резко переменил тактику — перешел к доверительности.

— Детка, пойми раз и навсегда: деваться тебе уже некуда, будешь с нами работать. Деньги ты чужие взяла? Взяла. Истратила? Истратила. На каких условиях деньги тебе давались, спросить забыла. Но это уже не мои проблемы — твои. А значит делай, что я велю.

Он вновь наклонился к ней — она инстинктивно сжалась.

— Да не трясись ты так, дуреха, — поглядел он на нее уже покровительственно. — Сработаешь нормально — и жить будешь, и братец твой будет цел, и денег тебе еще дам. Гляди, и вместе заживем, а? — Он хохотнул от этой внезапно пришедшей ему в голову мысли. — Ты спасибо мне скажи, что я сам к тебе по знакомству зашел. Мог бы и «быков» прислать, и был бы у тебя сейчас та-акой товарный вид... Молчу-молчу — ты нам нужна целехонькая и невредимая. Детка, мало ли чего тебе делать не хочется. Мне, может, тоже. Но надо. Поверь, лапонька, так надо. Суку эту давно пристрелить пора — я бы тебе порассказал, сколько людей от него настрадались, — Шварц перешел на крик. — Он у людей деньги отнимал, не мы! Тебе тут братика жалко, а он сотни таких братиков голодными оставил! Должна быть и справедливость.

Марина подняла голову и умоляюще посмотрела на него:

— Почему я? Я прошу: отстаньте от меня. Я верну эти деньги. Еще добавлю...

Он посмотрел ей в лицо холодным взглядом:

— Так, базар свой кончай, да? Заткнулась? Завтра поедешь со мной в... — он назвал какое-то место, о котором Марина никогда не слышала.

— А если не поеду?

— Так ведь жизнь, лапонька, дается нам только раз,— с обычной вкрадчивостью ответил Шварц.— Как ты с нами, так и мы с тобой, да не с одной. Братец твой еще сумеет оценить наш воспитательный процесс.— Шварц гаденько хихикнул.— Маленький, нежный мальчик... Любители найдутся. Короче, перерезать всех твоих — дело нехитрое. Простое. Хватит — шутки кончились. Утром я вернусь...

Марина не знала о том, что в этот же вечер Алексею стало известно о ее малопонятном для посторонних ушей разговоре с гостем. Он еще и еще раз прокручивал запись этого разговора, записанного с прослушки в Марининой комнате. Насторожили его две вещи. Первая — это название городка, в который гость намеревался везти Марину, и точное указание на жертву... Вторая — голос гостя, который он толком не смог распознать при первой прослушке трехнедельной давности. Несомненно, этот голос был ему знаком — теперь Алексей понял это со всей очевидностью. Но где и когда он его слышал, вспомнить не мог.

Речь шла о каких-то деньгах, о брате девушки. Немалые деньги Марина получила недавно от него, Алексея. Неужели они и упоминались? Или это были другие деньги? «Предположим,— тотчас же скакнула его мысль,— деньги, вырученные после ограбления квартиры актера?» Как бы там ни было, а наутро Алексей намеревался поехать вслед за этой странной парочкой в названный гостем городок, который и был городом его детства.

# ГЛАВА ШЕСТАЯ

## СТРАННЫЕ ДЕЛА

Игорек связался с ним по мобильному:
— Алексей Юрьевич, там такие дела, такие дела!
Было около полуночи, но Алексей еще и не собирался спать. Он пытался разобраться в ворохе газетных вырезок и ксерокопий: сегодня девчонки из банковской

пресс-службы наконец выдали ему все публикации об убийствах банкиров и предпринимателей, прошедшие в питерской и московской прессе за последние два года. Вал информации впечатлял, и впечатления эти были исключительно неприятными. Выходило, что киллеры редко застигали своих жертв на чужой им территории. Большинство убийств совершалось прямо по месту работы или жительства — и никакая охрана не могла спасти своих боссов, коли кто-то положил на них глаз. Хуже того, сама охрана нередко была задействована в этих убийствах. Ну и ну... Вспомнил он, как инструктор из «Эм-Би-Ай» — международной ассоциации телохранителей, основанной еще личным руководителем охраны Шарля де Голля — говорил Алексею во время стажировки: «Мы изучаем ситуацию в России. Уверен, все те убийства, о которых писали ваши газеты, можно было бы предотвратить при нормально организованной охране». Алексей тогда отнесся к словам спеца с некоторым недоверием: киллер киллеру тоже рознь, квалификация убийцы может оказаться выше, чем у бодигарда. Вот и получается, что...

Получается, что не так уж далека от истины старая и мудрая тетушка Андрея Артуровича: надумают убить — всегда достанут, несмотря ни на какие ухищрения даже самой первоклассной охраны. И убьют-то всегда «за дело» — просто так палить не будут. Как говорится, выстрел за выстрел.

Сегодня Алексей как раз собирался плотно посидеть над этими материалами — проанализировать, вычислить тенденции и традиции... Как вдруг этот звонок ошалевшего Игорька.

— Игорь, ты давай по порядку,— призвал он возбужденного чем-то новичка.

— Какой там порядок! Это слышать надо. Ну и в историю мы влипли!

Алексей знал, что сегодня Марина должна была выйти из больницы — сам зарядил ребят на вечернюю работу и, конечно, не спал не только из-за этих вот газет.

Интуиция подсказывала ему, что гость не преминет воспользоваться возвращением Марины.

— Что, этот снова проклюнулся?

— Еще как!

— Вы его отследили?

— Полный порядок. Петр в наружке, за ним поехал.

— Ладно, ты дуй ко мне, расскажешь...

Новый подслушанный разговор привел в возбуждение и Алексея: он ощутил в себе азарт охотника, вышедшего на след зверя. Вот это уже была информация, да еще какая: она явно проливала свет на предстоящие большие события.

Пока Марина была в больнице, Алексей, как мог, пытался составлять связную картину — но безуспешно. Разрозненные обрывки фраз и эпизоды никак не составлялись не только в единое целое, но даже в сколько-нибудь четко различимый фрагмент мозаики.

Поначалу Алексей полагал, что может быть связь между ночным гостем и утренним мотоциклистом. То, что Марину сбил мотоциклист, казалось ему неслучайным. Видно. гость тот решил как следует припугнуть девчонку. И если гостя этого было найти нелегко — разве что под видом монтера или сантехника обойти все квартиры в подъезде да вычислить его по голосу, но где гарантия, что он находится в какой-нибудь из этих квартир до сих пор? — то мотоциклиста стоило поискать. Жильцы коммуналок — в основном старики-пенсионеры, любители понаблюдать из окон за проносящейся мимо жизнью. Не может быть, чтобы в этот день кто-нибудь чего-нибудь да не приметил. В конце концов, не так часто на этой тихой улочке что-то происходит, а уж случай со сбитой мотоциклом девушкой наверняка обсуждался в этих домах.

Алексей отпечатал несколько объявлений: «Свидетелей происшедшего... прошу откликнуться... вознаграждение гарантирую». Звонки раздались в тот же день, но надежд не оправдали. Звонили просто любопытные: сами ничего не видели, но слышали, что такое произошло. От кого слышали? Обещали разузнать первоисточник.

Так только на третий день добровольцы-общест-
венники свели его со старушкой, и в самом деле неот-
рывно просидевшей то утро у окна. Бабушка превзошла
все ожидания. Вытянув для начала из него полтинник,
она спросила:

— А ты кем этой девушке приходишься?

— Считай, бабуля, что жених.

— Жених? Не милиционер?

— Разве похож?

— Вроде нет. Больно приличный. Ладно, я грех на
душу возьму, скажу, но ты этого паренька не обижай и в
милицию на него не говори. Я видела: она сама ему чуть
не под колеса бросилась, вот так вдруг выскочила из
подворотни-то. А парень здесь при чем? Конечно, испу-
гался.

— Бабушка, припомните, какой у него был мотоцикл?

— Чего это был? Что с этим мотоциклом случилось?
Вовка как гонял на нем, так и гоняет, вчерась опять
видела.

— Какой такой Вовка?

— Я ж тебе говорю: парень этот, Веркин сын. Верка
что с отцом его, пьянью, мучилась. Что теперь с этим,
хотя он, вроде, и не пьет. Вот в армию его весной
заберут, так она хоть, хорошая женщина я тебе скажу,
передохнет. Как ей его одной прокормить? Он же ни-ни,
не работает, только и гоняет на своем этом мотоцикле,
сам его с помоек да со свалок собрал.

— Бабушка, давайте по порядку,— Алексей потянул-
ся в карман за кошельком.

— Порядок я понимаю. Ты по-хорошему — и я все
тебе скажу...— бабуля выждала, пока из кармана не была
извлечена следующая купюра.— Ступай, он в двадцать
седьмой квартире живет, это с того двора вход. Только
про меня — ни слова. Не подведи!

— Да что вы, бабушка!

— А если немного Володьку потреплешь, так Верка
тебе только спасибо скажет. Давно пора этого поганца

108

приструнить. Гоняет здесь, гоняет, а какой шум-треск от него...

— Ничего, бабуля, армия его воспитает.

— Вот и я говорю, дай-то бог.

* * *

— Открывайте, военкомат,— пришлось пробарабанить Алексею в дверь двадцать седьмой квартиры. На месте звонка торчали вырванные провода. За дверью послышалась какая-то суета, выкрики, пьяный хохот.

— Вовка, никак за тобой пришли, сейчас под ружье возьмут!

Дверь открыл заспанный парень:

— А че?

— Лейтенант Прокторов, Василеостровский райвоенкомат,— скороговоркой отрапортовал Алексей, зная, что из-за этих сплошных «р» никто все равно не запомнит и не разберет названной наугад фамилии.

— А че? — переспросил тот, кто, видимо, и был Вовкой.

— Ну, что, сокол, в армию пойдем или в тюрьму сядем?

— Говорила я тебе! — запричитала возникшая в коридоре не старая еще женщина — наверное, та самая Верка.

— Гражданочка, вы не волнуйтесь так. Мы с вашим отделением попробуем договориться. У них свой план, а у нас свой. Однако план призыва — он, как вы понимаете, на первом месте.

— Вот и забирайте его, да поскорее!

— Приказ еще не вышел. Так что давай, Владимир, рассказывай, как было дело.

— Какое такое дело? Я ничего не знаю.

— Ой ли? Ну, а как мотоцикл твой поживает после наезда на девушку? Не поломался?

Парень остолбенел. Алексей продолжал напирать:

— Есть одна очень славная статья в Уголовном кодексе. Не знаком? 264-я. «Нарушение правил дорожного движения» называется. Сядешь ты по ней лет этак на пять — если девушка, конечно, не умрет.

— Я че? Я еду себе на «байке», а она, бля, как выскочит из подворотни и прямо под колеса,— забормотал он подавленно.

— И что же, это повод, чтобы сбивать девушку, а потом еще и скрываться с места происшествия, не оказав помощи?

— Да выпивши он был,— не выдержала мать.— В нетрезвом виде. А за это бы точно в тюрьму угодил! Ну, пожалейте вы парня-то! Все лучше ему в армию, чем в колонию. Кем он оттуда вернется? Сгинет там, как его папаша, за одним сроком другой пойдет, а там и вся жизнь по этапам. Ну как мне вас убедить?

— Вроде как убедили,— Алексею искренне стало жаль измученную жизнью женщину. Вовка этот, надо полагать, и в самом деле наехал на Марину сдуру. Не было связи между этим мотоциклистом и тем ночным гостем.— Значит, так, Владимир, чтобы по первой же повестке явился вовремя. Чтобы наших сотрудников, значит, зря не гонять и тебя тут не отлавливать. Понял?

— А че? Все понял. Не тупой...

Да, этот след ни на что не вывел — как ни надеялся Алексей, что сможет ухватить хоть какую-то зацепку. Пока Марина лежала в больнице, почти не приходя в сознание, говорить с ней не было смысла. Не только из-за ее тяжелого состояния. Алексей не мог быть уверен в том, что стоит идти на открытый разговор: как знать, что за пташка эта Марина на самом деле? Что, если этот разговор только спугнул бы некую компанию, к которой она вполне могла принадлежать? Ничего нельзя было исключать. Реальная картина по-прежнему не складывалась...

Коллега из службы безопасности банка, которого он откомандировал в больницу для наблюдения за Мариной, уже изнывал от безделья — никаких визитов, никаких связей. Выбор пал на него как на старого сердечника — одна молодая супружеская пара доставила его ночью прямиком в корпус этого отделения: дескать,

110

упал человек на улице с приступом, как же было пройти мимо? В палате этот бывший майор из уголовки оказался самым здоровым мужиком, вот и таскал судна и утки из-под немощных паралитиков и инсультников. Петр, так звали майора, волком выл от больничного смрада и утверждал, что мысль запихнуть его сюда могла прийти в голову только отъявленному садюге. Алексей посылал строптивого «следака» подальше: за его-то зарплату, плюс пенсию можно было стерпеть и не такое. Однако пребывание Петра рядом с Мариной ничего не давало.

Тем временем Алексей продолжал искать сомнительные связи в окружении Марины. Они были, и не лучшие. Чего стоила ее самая близкая, по его сведениям, подруга Катерина — сожительница одного «тамбовца», бандита, ныне якобы перешедшего в легальный бизнес. Классическая девушка с прошлым: Катерина уже пару лет как сидела в компьютере ГУВД. Не секрет, что эта милицейская база данных в том или ином виде доступна едва ли не каждой охранной фирме, всем службам безопасности как уважающих себя, законных, так и бандитских структур. В Питере можно купить и не такое, а уж эта программа продается кому надо и кем надо по вполне приемлемой цене. Дай только знать, что желаешь приобрести — мигом принесут. Алексея эта база данных здорово выручала: без нее была бы немыслима та проверка всех контачивших с банком людей, что входила в круг обязанностей службы безопасности. Не было такого клиента или партнера, бэкграунд которого он не узнал бы буквально за три минуты. Утверждаете, что вы честный бизнесмен и добросовестный заемщик? Посмотрим, посмотрим... А как там насчет разбоев в прошлом, насчет ваших кидков? Вам-то мы о них не скажем. Но учтем. И вежливо расстанемся, желательно — навсегда. Кто скажет, что преступно пользоваться служебной информацией органов? Да мы же этим органам жизнь облегчаем: не создаем таких ситуаций, в которых их подопечные могли бы развернуть свои криминальные таланты. Не порицать — спасибо бы сказать нам надо.

За то, что в тесном сотрудничестве с органами мы помогаем предотвратить беспредел...

Короче, Катерина эта по всем параметрам выглядела весьма неблагонадежно, не говоря уж о ее сожителе. Марина, судя по всему, общалась с ними обоими. Неплохое общество для примерной студентки — барышня и хулиганы, так сказать. Если этот «тамбовец» и привлекал Марину для своих дел, то предстояло выяснить, на кого же он положил свой недобрый глаз нынче. «Тамбовец», как ему и было положено по негласному договору о разделе городских сфер влияния, занимался металлом: никель — сюда, медь — туда и так далее. Конкуренция в этой среде свирепая. Почему бы и не убрать ему кого-либо руками невинной интеллигентной девчушки, которую просто грех в чем заподозрить?

В том же случае, если Марина была чиста и ее вели «втемную», да еще и в первый раз (что скорее всего означало, что и в последний — конец таких киллеров известен: их убивают, даже не выплатив обещанной суммы), дело обстояло еще сложнее. Вряд ли решилась бы подставить ее под такое близкая подруга, эта Катерина. Хотя святых в этой среде не водится, но какие-то понятия о чести и дружбе все-таки существуют. При этом варианте заказчиком, скорее всего, выступил кто-то из другого круга, не Катькиного. По разумению Алексея, это был некто, желающий избежать прямых контактов с бандитскими и криминальными кругами. К чему засвечиваться, подписывать себя под обязательства? «Честному бизнесмену» не стоило связываться с «профессионалами». В том, что заказчик был скорее всего бизнесменом, коммерсантом или финансистом, Алексей почти не сомневался. За что у нас кого убивают? Не за идеи же. Даже если убивают политика или чиновника, всегда, в ста процентах случаев (иных примеров Алексей не знал) причиной ликвидации становятся деньги. Это только в учебниках остались убийства из любви, ненависти, мести — деловым людям было не до таких мелочей.

Итак, не исключается, что на роль киллера Марину присмотрел знающий ее бизнесмен. Вернее, человек,

112

информированный о ее недюжинных возможностях, но вряд ли — близкий ей человек или друг. Тут то же самое, что с ее подружкой Катей. Не стал бы близкий так подставлять девчонку! «Остается понять, — в который раз продолжал перебирать Алексей, — кто мог быть осведомлен о Марининых спортивных талантах. Кто-то из ее родного города, из Львова?» Вполне возможно. Однако Марина сама говорила ему о том, что со Львовом у нее все связи потеряны, что, уехав, стала отрезанным ломтем. Ни с кем из старых друзей она не знается. Что, если этот «осведомленный» принадлежит уже к ее питерским знакомым? Вместе работают, вместе учатся — мог ведь разузнать. Впрочем, Марина тогда еще, на пикнике, уверяла его, что первый раз берет в руки ружье — за долгие годы. Как-то так и выходит, что в Питере о ее талантах могли узнать только те, кто были тогда на пикнике. Неплохо, очень неплохо — уже довольно четко очерченный круг. А если учесть, что по посторонним у нас обычно не палят, что стреляют почти всегда свои по своим — компаньон в компаньона, то ли обидевшего, то ли не поделившегося, то ли кинувшего, то ли просто вставшего на пути к большим деньгам, то и жертва этого заказчика, вероятнее всего, бродит где-то рядом. Один пикничок, так сказать. Почему бы и нет?

Если идти от этой версии, то Алексею предстояло не просто быстренько прикинуть, кто там в их кругу ездит на «вольво-940» (в которой и должна была находиться заказанная жертва), а вычислить все конфликты, выявить того, кто мог бы быть заинтересован в устранении другого.

Алексей прекрасно понимал, что его доступ в святая святых — в тайны внутренних отношений и интересов, доступ к реальным мотивам и движущим силам этого сообщества компаньонов — весьма ограничен. Он многого еще не знал. Тем неприятнее были открытия, которые он делал время от времени.

Например, он лишь недавно услышал от отца — не чужого все-таки человека да к тому же лично забросившего его в плавание по довольно бурным водам всего этого бизнеса — историю его взаимоотношений с Андреем Артуровичем. Как оказались они вместе? Что их связывало? У этой истории было жутковатое начало.

* * *

Прежде Алексею всегда казалось, что он знал о своем отце все, и он не без основания им гордился. Тот вырос в деревне, где и школы-то толком не было — занимались ребятишки в комнате при местной почте. Первая парта — первый класс, вторая — второй, в общем, на каждый класс — как раз по одному человеку и единая учительница для всех. Однако после такой вот десятилетки отец, практически самоучка, сумел поступить в институт в Ленинграде. Закончил, вернулся к своим старикам, устроился главным инженером в совхоз. Оттуда его быстро забрали в райком партии. Дорос до секретаря — занимался промышленностью. Из райкома ушел на завод. В районе были свои залежи, которые здесь же и перерабатывались, на гиганте индустрии первых пятилеток. Правда, к семидесятым годам, когда отец пришел на завод одним из его руководителей, был этот гигант уже в плачевном состоянии. Директорствовать Юрия Алексеевича Нертова назначили еще до всех перестроек, реформ и приватизаций. То, что потом отец стал одним из владельцев этого завода, казалось Алексею совершенно справедливым: достаточно много его труда было вложено в эти старые цеха и стены. Чужого он не взял. Да и личной выгоды от не слишком-то прибыльного производства не имел. Выполнил госзаказ — получил премию. Ну, директорская зарплата — это само собой, тоже не маленькая, но не сказать, чтобы великая. Жили они довольно скромно, ни дачи, ни машины своей — только казенная. Мать, коренная ленинградка, поехавшая за отцом в деревню после пединститута, не потерпела бы никакой «нескромности». Она всегда подчеркивала Алексею, сколь замечательный человек его отец — настоящий «сэлфмэйдмэн». Она преподавала английский язык, и ей очень нравилось это понятие, которому не было аналога в русском: человек, сделавший себя сам.

Пока Алексей служил после университета двухгодичником в военной прокуратуре, в семье директора случилась трагедия, о которой ни мать, ни отец не сочли нужным даже обмолвиться сыну.

Как-то ранней осенью, поехав на выходные в Питер к своей родне, они воскресным вечером пошли в театр. Не сказать, чтобы числились они особыми театралами, но в тот день был юбилей этого театра, на который собралось все областное начальство, и Юрию Алексеевичу не удалось миновать этого мероприятия. Прямо из театра их обещали забрать дежурной машиной областного правительства и доставить в райцентр. Возил Нертова в таких случаях обычно один и тот же шофер, которого он знал с десяток лет. Но в этот раз в прикрепленной к нему «Волге» сидел незнакомый молодой бородатый парень:

— Замена, Юрий Алексеевич. Сменщик заболел, так что придется вам ехать со мной. Гожусь?

— Если водить умеешь, то отчего и нет? Будем знакомы,— и он протянул руку.

Еще раз распрощавшись со всеми, тронулись в путь. По дороге Юрий Алексеевич заметил шоферу:

— Вроде бы с Сергеем мы как-то иначе всегда из города выезжали.

— А там трассу асфальтируют. Новое начальство за дороги взялось. Обещают нам через год хайвеи тут устроить.

— Что ж, пусть себя проявляют. Дороги — дело неплохое.

Машину подбросило на ухабе.

— Да, я этого пути и сам не успел усвоить,— пояснил шофер.

Кружным путем они выбрались из города и вскоре подъехали к незнакомому Юрию Алексеевичу железнодорожному переезду. Куда это их занесло, только и успел подумать директор, как переваливавшаяся через рельсы машина внезапно заглохла. Только этого не хватало...

Шофер был явно не из расторопных ребят. С ленцой он вышел из машины, заглянул под капот. Жена Юрия Алексеевича, Ирина, начала нервничать. Славное дело — застрять в полпервого ночи на рельсах.

— Может, вызовете аварийку? — подсказала она молодому водителю.

— Посмотрим... Давайте-ка для начала подтолкнем машину. Не на рельсах же мне заводиться.

Юрий Алексеевич скинул пиджак и тоже вышел из машины. Жене сказал:

— Да ты сиди. Легонькая, не помешаешь.

— Я бы помогла.

Директор отмахнулся: какая от нее помощь?

По дороге, в том же направлении — из города — мчался милицейский «уазик» с мигалкой. Юрий Алексеевич принялся голосовать — чтобы остановились да помогли сидевшие в нем мужики. Машина, не останавливаясь, промчалась мимо них за переезд и вдруг, взвизгнув тормозами, развернулась поперек дороги.

— Еще одни мастера,— проворчал директор,— Вот народ...

Он не успел и договорить, как упал лицом вниз, сбитый с ног сильным ударом. Услышал, как громко вскрикнула жена. Шофер «Волги» защелкнул наручники на заломленных за спину руках. Схватив директора за волосы, он несколько раз с остервенением тряханул его головой прямо в грязь осенней дороги.

— Не поворачивай головы, сука! Лицом вниз, я тебе говорю!

Из «уазика» выскочили трое — группа захвата, что ли? — все в вязаных колпаках с прорезями на месте глаз.

— Мать вашу так! Что за маскарад?! Кто приказал? Что, нельзя было по-людски вызвать, если есть вопросы?

Двое из троицы схватили директора. Шофер уже вытаскивал из «Волги» ничего не понимающую упирающуюся Ирину.

Юрий Алексеевич был в ярости — никогда, никогда в жизни он еще не испытывал такого унижения... Он знал, что в областной прокуратуре на него копили компромат —

больно лакомым становился теперь этот кусок, завод, через который можно было прогонять заказы на цветной металл для дальнейшего транзита, через Калининград в Германию, например. Всегда вслед за тем, как отшивал он очередных бандитов с такими предложениями, на прокурора области обрушивался вал жалоб трудящихся завода на «прихватизацию» производства директором. Эти штучки Юрию Алексеевичу были хорошо знакомы. И ни разу ведь его не вызывали в прокуратуру — все только намеками, чтобы знал и трепетал.

И вот теперь устроили... Конспираторы, наверняка еще кто-нибудь сидит в этом «уазике» да снимает, чтобы потом ославить. Только поэтому он сдержал себя, чтобы не выплеснуть лишнего. Глядя на него, умолкла и жена, перестала кричать, подчинившись водителю.

Директора впихнули в милицейскую машину, на голову натянули что-то темное и душное — вязаный омоновский колпак. Следом в «уазик» зашвырнули и жену и точно так же силой напялили на нее черный колпак.

— С ума посходили?! — промычал сквозь грязную тряпку Юрий Алексеевич.— Где ваши ордера? Дайте мне телефон, позвонить. Там, в пиджаке... — у него больно защемило сердце, откликнувшись горячим жаром в спине, под лопаткой.

— А адвоката в камеру тебе не надо? — издевательски прозвучал голос давешнего шофера.— Щас доставим. И адвоката, и прокурора. Пиши им письма, дед.

— Ну вы, ребята, не правы,— тяжело проговорил директор.— Ой, не правы. Так не работают...

Ему никто ничего не ответил. Юрий Алексеевич стиснул зубы. Это что же, устроили ему питерцы показательный урок? Его всегда бесило, с каким превосходством смотрели здесь на областных, ни в грош не ставили...

Машина медленно тронулась с места, развернулась назад к городу. Ехали недолго, но понять, в какую сторону, Юрий Алексеевич не мог. Вначале была дорога. Потом пошли ухабы — вроде как поле. «Уазик» швыряло так, что жена то и дело стонала. Неужели и на нее подняли руку?

Наконец, машина будто врылась колесами в какой-то вал. Остановились. С задержанных с силой сдернули шлемы. Вытолкали директора и жену из машины — на залитое водой поле. Как только глаза привыкли к темноте, Юрий Алексеевич разглядел, что это была складская площадка: ящики, металлолом, крытые грузовики, нагроможденные друг на друга железнодорожные контейнеры.

— Юра... — он услышал неподдельный ужас в шепоте жены.— Направо повернись, смотри...

Направо за деревьями поднималась труба крематория. Это место он распознал без труда. Слишком часто приходилось ему бывать здесь в последние годы. Не так уж стары были его сверстники и друзья, но после пятидесяти пошло их косить — кого инфаркты, кого аварии. Последние всегда были странными — случались они чуть ли не на пустых дорогах.

— Юра... — голос жены дрожал. Не касаясь ее, он почувствовал, что всю ее колотило, и это состояние липкого ужаса вот-вот было готово передаться и мужу.

— Молчи! — властно приказал он.

С ржавым скрежетом распахнули один из контейнеров. Пахнуло чем-то затхлым и смрадным. Туда и втащили супругов. Сняли с обоих наручники. Захлопнули контейнер, не оставив не единого просвета. Полная темнота.

Жена ощутила, как по ее лицу вдруг проехались чьи-то босые холодные ноги. Она завизжала, близкая к истерике:

— Юра, кто здесь?

Никто не откликался. Подпольная тюрьма, что ли, в этом контейнере, раз где-то наверху устроены нары. Ноги качнулись, коснулись лица и Юрия Алексеевича.

— Эй, постоялец, теперь нас много, так что ты поосторожнее,— поприветствовал он молчаливого сокамерника. Жена нащупала в кармане плаща зажигалку. Спички директора остались в пиджаке, брошенном в машине. Как и телефон, а как бы пригодился он сейчас!

— Эй, парень, ты скажи нам, что здесь такое?

Жена посветила в сторону нар. Тех не оказалось.

Было иное, заставившее замолчать их обоих. Под крышей на крюке раскачивался окровавленный, истерзанный пытками труп. Жена потеряла сознание.

Сколько времени провели они в этом контейнере? Сутки, двое? Они уже ничего не понимали. Часы были сняты вместе с наручниками.

Юрий Алексеевич начал опасаться за разум своей жены. Провести даже и час в этом замкнутом пространстве ледяного контейнера, под начавшим разлагаться трупом...

Юрий Алексеевич понял: что бы там дальше с ними ни сделали, он должен спасать свою жену уже сейчас. И он начал говорить. Без остановки — желая только слышать хотя бы какой-то ее отклик: да, нет...

Странное дело: получалось так, что в последние годы им все как-то некогда было поговорить друг с другом — так, как могли они говорить в далекой молодости, когда, уложив спать Алешку, засиживались чуть не до утра на кухоньке своей райцентровской хрущевки и тихо, вполголоса, чтобы не разбудить сына, перебирали свои дела, вспоминали студенческие годы, стройотряд, их роман в яблоневом саду, сухие веточки, падавшие на обгорелые плечи Ирины... Потом сын как-то незаметно вырос, уехал в Ленинград учиться. Не стало забот о его оценках, о простуженном горле, тревог вокруг первых его влюбленностей — и исчезло нечто, объединявшее мужа и жену. Говорить ей о своих делах на заводе? Ему это и в голову не приходило. Она жила своей школой, он — своим производством. Ему казалось ненужным посвящать ее в свою жизнь. Чувства... Какие там чувства могли оставаться почти через тридцать лет общей жизни? А здесь, когда он держал Ирину на коленях, чтобы не дать ей замерзнуть в ее нервной тряске — маленькую и легкую, когда не видно было лиц, измененных беспощадным временем, что-то вдруг надломилось в самом Юрии Алексеевиче, властном и жестком человеке. Только он мог спасти сейчас свою Ирину. И он говорил, говорил. Не о том, как они выберутся — контейнер был закрыт снаружи на засов...

Он рассказывал ей о беспределе, творящемся в Питере. О бандитах, с которыми им, к их беде, пришлось иметь дело. Здесь, недалеко от крематория, была так называемая «металлическая площадка», на которой одна из мощных городских группировок, «тамбовская», готовила к вывозу калининградским транзитом добытый на петербургских предприятиях цветной металл. Не один Нертов знал об этой площадке. Как, впрочем, и обо всей бурной деятельности металлобандитов в городе. Не переставал удивляться: бандиты эти установили свои ларьки по скупке цветных металлов у проходных тех городских предприятий, где этот металл водился, прямо указывая работягам, куда и что тащить. Город этого в упор не видел... Почему? Что было толку задавать вопросы ГУВД и прокурору, если за контрабанду металла только что сел один из заместителей городского главы. Да и то, судя по всему, случайно — из-за каких-то там передряг между милицией и госбезопасностью. Так что вскоре и выкрутился, представ едва ли не национальным героем, решившим на контрабанде подзаработать на нужды бедного города. Никаких «почему»...

Странно, но Ирина ничего этого не знала. Она лишь тихо удивлялась:

— Юра, как же такое может быть?

Они по очереди засыпали, боясь пропустить хоть малейший шорох снаружи...

Через сутки, а может, и через двое засов заскрежетал. В контейнер запрыгнули двое. Узники вдохнули свежий воздух. От грязной одежды нестерпимо несло трупом. В полуобморочном состоянии их выволокли из контейнера. Ирина упала, споткнувшись, как будто давно не ходила по земле. Да и у него подгибались ноги.

Снова — черные колпаки. Кинули в машину, все в тот же «уазик». Снова — путь, но теперь совсем короткий. По поворотам Юрий Алексеевич пытался высчитать, куда же их везут. Выходило, что подъезжали к овощебазе. Месту, за которым тоже тянулась дурная слава. Сюда напрямую подходили пути железной дороги, по которой тоже известно что переправлялось и сплавлялось. От контрабандного металла до угнанных машин: оприходовали и в контейнеры — на Кавказ, в Среднюю Азию.

Чего от него хотели? С ними до сих пор никто не разговаривал. Их не били, ничего не просили. Их просто доводили до той кондиции, в которой человек способен пойти на что угодно, особенно если рядом с ним — и наравне с ним — страдает его жена, никак уж не заслужившая такой пытки.

На овощебазе их опять погнали к контейнеру. Кинули пару ватников — нравы смягчились. Явно к разговору. Через некоторое время за ним пришли. Директора увели, посадили в мягкий джип — прямо пятизвездочный отель, это после контейнера-то с разлагающимся трупом...

Говорили двое, опять в масках-колпаках:

— Юрий Алексеевич, мы, конечно, можем рассчитывать на ваше понимание?

— Проехали.

— Хорошо, без преамбул.— Директор отметил, что далеко не сельские парни работают на этих бандюганов. Юридический факультет, мальчики-чиновники — они могли выдерживать такие паузы да вворачивать такие словечки. Дала себя знать сословная ненависть — Нертов приложил этажами...

— А, славное партийное прошлое, три класса Вэ-Пэ-Ша. Знаем-знаем. Слышали-с. Теперь, Юрий Алексеевич, другие времена. Нам много-то от вас не надо. Подпись — личную. Жирненькую. Всего-то в двадцати экземплярах.

— Нет.

— Сколько наша директорская светлость ее ставить будет? Еще сутки? Неделю? Месяцок? А производство — побоку, да? Директора нет, пропал. За границу, должно быть, бежал Нертов. С наворованными миллионами. Еще не читали? Пожалуйста, вчерашний номерок свежего органа: пропал, но говорят, что после театра на казенной «Волге» был доставлен в аэропорт, откуда отбыл в известном направлении, в теплые края, где проживают родственники его национально угнетенной жены. Достаточно, а? Или еще чего хотим? Не ищут вас, Юрий

Алексеевич, не ищут, разве что сынка вашего в армии вдруг хватятся. Мало ли какой солдатик сдуру пальнет, а? Все-таки прокурор — мог обидеть кого. Ой, умора — вот и ОВИР подтверждает, что выдал вам паспорт новой серии.

Паспорта Нертовы и в самом деле недавно оформляли, но для того, чтобы хоть раз в жизни по-человечески отдохнуть. Ирина так мечтала о Греции, о теплом море...

— Ну что, кончаем базар? Подписи будем ставить или еще подождем? Что ты думаешь-то, козел старый? — сорвался один из них.— Нет тебя, нет. В асфальт тебя закатаем — никто не хватится. А сынка твоего, пожалуй, пожалеем. Лет десять дадим пацану пожить. На просторах тайги, а? Нравится? На жену твою тоже спрос найдем — еще не старая баба, неделю протянет. А после без очереди в крематорий, а? — «Братан» загоготал, сам довольный своей идеей...

Нертов рванулся с места.

— Куда, сука? — осадил его тот, что попроще.— Держи бумаги.

Толстая пачка бланков. Не копии на ксероксе — типографские. Печать...

— На печать пиши! Держи ручку.

Он понимал, что это катастрофа. Но все потом объяснит... Кому?! Прокурору? Кто поверит, если даже билеты на предстоящий День милиции они с женой получили с факсимильной подписью одного из питерских бандитов? Газеты, телевидение... Он вспомнил сообщение об аресте руководителя питерского телеканала, умыкнувшего в Штаты пару миллионов долларов.

Безнадежность... Он взял бланки и ручку. Холодная испарина выступила у него на лбу.

— То-то же, дед. Не таких обламывали. Умница. Соображаешь.— Парни довольно засмеялись.

* * *

Сквозь приоткрытые веки Юрий Алексеевич увидел, как в комнату вошла молодая, лет тридцати, женщина. Она остановилась перед зеркалом шифоньера, одер-

122

нула сложившийся гармошкой на животе белый халат. Начала раскладывать жидкие пряди челки на лбу. Следом в комнате появился невысокий парень в камуфляже. Женщина потянулась перед ним, зевнула, уперев руки в поясницу.

— Что эти? — кивнул в их сторону парень, и только тогда Юрий Алексеевич перевел взгляд на другую кровать и увидел спящую рядом жену.

— А что им сделается? Спят — после такой-то дозы.

— Когда будут готовы?

— Часа через три, четыре — не раньше.

Юрий Алексеевич закрыл глаза, чтобы не выдать себя перед говорившими. Хоть что-то да должен он был понять из их ленивых диалогов! Где они? Что с ними? Он ничего не помнил. Взял тогда в джипе пачку бланков, проставил подпись... А дальше — полный провал. Он, конечно, не мог знать о том, что, после того как его хватил сильнейший сердечный приступ, бандиты, сами перепуганные тем, что могут потерять такого ценного клиента, срочно рванули машину в Озерки, в оздоровительный комплекс, в который обычно и доставляли своих коллег, пострадавших в нелегком бизнесе. Здесь, в одном из неприметных домов, затерявшихся среди частных построек, у них были не только спортивный зал и сауна. Здесь была устроена даже операционная комната, и имелось все необходимое медицинское оборудование.

— Сегодня еще будет какая работа? — спросила женщина.— А то среди ночи подняли. Справились бы без меня. Мне в больницу пора. Отпускаешь?

— Точно знаешь, что с ними порядок?

— Говорю тебе... Сейчас только давление померю,— женщина опять зевнула.— А то вчера у дамочки-то больно низкое было, я чуть на инфаркт не подумала.

— А говоришь, с ними все в порядке!

— Так живы же. Не померли.

— Ладно-ладно, ты поговори! Что здесь происходит — тебя не касается. Твое дело — во... Как там у вас? Реанимация. Оживила клиента и гуляй, не задерживайся. Поняла? Чтобы без лишнего здесь!

— Ах, какие мы грозные,— томно улыбнулась женщина и тут же пихнула локтем парня в камуфляже, подметив, что Юрий Алексеевич шевельнулся. Она склонилась над ним, держа руки в карманах.— Жалобы, вопросы есть?

— Где мы находимся?

— В гостях. В хорошем месте, не волнуйтесь.

— Как мы сюда попали?

— А это не ко мне. Попали и попали, сегодня же уедете. Выглядите оба хорошо. Отдохнули — и домой.

В разговор вступил похожий на черепаху в своем пятнистом наряде парень:

— Полегче с вопросами. Сказано: сегодня уедете. Доставят вас прямо домой.

— Что с женой?

— Переутомление, наверное,— пожала плечами медичка.

Парочка вышла из комнаты. Юрий Алексеевич вскочил, бросился к окну — за занавеской были глухие деревянные ставни. Он принялся будить жену, но та не просыпалась.

— Ирина, Ирочка... — тряс он ее за плечи. Тело жены было безвольным и расслабленным.

Рванул дверь, выскочил в коридор — с дивана напротив тут же вскочил, расставив руки, приземистый охранник. Швырнув директора назад в комнату, запер дверь.

Оставалось одно: ждать. Часа через три щелкнул замок — за ними пришли.

— Будите женщину,— приказала медичка.

Ирина не просыпалась. Медичка вышла, принесла аппарат, измерила давление, выразительно посмотрела на охранника.

— Берите ее на руки. Идем,— скомандовал парень. Юрий Алексеевич подчинился.

Во дворе стоял фургон «скорой помощи». Он и доставил директора с женой прямо в райцентр, к их новому коттеджу на окраине городка — к дому над рекой с видом на металлургический комбинат.

* * *

Необъяснимое исчезновение и столь же загадочное появление Нертова наделали много шума не только в этом городке. В плену у бандитов они были целых четыре дня, и за это время газеты успели составить не одну версию происшедшего. Та версия, о которой сказали Юрию Алексеевичу сами бандиты, была не единственной. Каких только вымыслов не прочел потом директор. Самое странное для него заключалось в том, что его исчезновением были озабочены, похоже, только сами газеты. Все комментарии правоохранительных органов сводились к тому, что ничего особенного, собственно, и не случилось: заявлений об исчезновении директора и его жены никто не подавал, а потому нет и повода для беспокойства. Бегство за кордон, о котором одна из питерских газет с чьей-то подачи расторопно сообщила уже во вторник, не подтвердилось. В газетах же Юрий Алексеевич прочел о том, что он, оказывается, всего-навсего приболел в Питере и провел несколько дней у своей родни, о чем просто забыл сообщить своим сослуживцам. Что ж, эта придуманная за него финальная версия его вполне устраивала. Вернувшись в райцентр, он никому не стал рассказывать о том, что же произошло на самом деле.

Проблемы начались уже через месяц. Приносившая к нему бумаги на подпись бухгалтер Любовь Петровна с некоторым сомнением выложила факсы, пришедшие с одного северного металлургического комбината — сразу несколько требований проплаты поставок никеля в адрес его завода. В факсах же сообщалось, что никель уже отгружен и следует по адресу фирм, указанных в гарантийных письмах.

— Юрий Алексеевич, я что-то не припомню этих заказов. Никогда мы столько никеля не брали. Да и

125

гарантиек никаких не высылали — это уж точно, я проверила. Ерунда какая-то!

Любовь Петровна, конечно, не могла знать о том, что еще месяц назад на этот северный комбинат прибыл «откомандированный» Нертовым представитель их завода. Представитель, имевший на руках все необходимые — подписанные самим директором — подтверждения своих полномочий, разместил на комбинате заказы на поставки никеля, который в тот год мог отпускаться только ограниченному правительственными распоряжениями числу предприятий страны. Их завод как раз входил в этот перечень, так что вопросов не возникло. Руководство комбината, правда, было несколько озадачено слишком большими запросами завода — в прежние годы объемы поставок в этот райцентр были значительно ниже. Однако представитель Юрия Алексеевича решил эту проблему без труда: любопытство было пресечено обещанием оплаты некоторых задолженностей северного комбината. И в самом деле, вскоре некто оплатил его долги по электричеству...

Счета и требования предоплаты и оплаты за пошедший потоком на завод никель посыпались на бухгалтерию. Объяснить кому-либо их происхождение Юрий Алексеевич был не в состоянии, хотя прекрасно знал, в чем здесь дело. Суммы складывались фантастические, и надумай сейчас тот северный комбинат взыскать их через арбитраж, завод Юрия Алексеевича был бы просто разорен.

Единственное, что оставалось Юрию Алексеевичу, это обратиться за помощью в обслуживающий его завод банк. Это и был банк Андрея Артуровича Чеглокова.

Разговор с банкиром предстоял непростой. Как только в один из приездов в Питер Юрий Алексеевич намекнул Чеглокову, что у него есть одна крайне деликатная тема, Андрей Артурович предложил перенести встречу по этой теме куда-нибудь в спокойное место. «Не телефонный разговор»,— промолвил он, бросив понимающий взгляд Нертову. Директор и сам понимал, что кабинеты правления банка, расположившегося в уютном

старинном особняке в центре города, вполне могли прослушиваться. Андрей Артурович предложил поехать
вместе пообедать.

Через Петроградскую сторону они выехали к Черной речке, миновали квартал-другой приземистых до-
миков и остановились у небольшого ресторана. «Здесь
все свои»,— пояснил Андрей Артурович. Их встретила
симпатичная женщина, директор заведения, больше похожая на вузовскую преподавательницу. Как позднее
узнал Юрий Алексеевич, она была женой одного из
членов правления банка и еще недавно — доцентом эко-
номического института.

— Как бизнес, Наташа? — улыбнулся ей Чеглоков,
представляя гостя.

— Осваиваемся помаленьку. Вы здесь будете обедать
или в кабинете?

— Сегодня — приватно. А здесь шофера накорми.
И дай-ка нам чего-нибудь домашнего.

Через общий зал Наташа провела их в кабинет рядом
с кухней. Это была комната на один стол, крохотная
столовая в стиле ретро — со старинным массивным буфетом, гравюрами и медвежьей головой на стене. На
столе стояли серебряные приборы.

— Специально вот устроили себе этот уголок. Только
для приватных встреч. Полная конфиденциальность,—
сказал Андрей Артурович, довольный произведенным
впечатлением.

Развернув крахмальную салфетку на коленях, он вы-
жидательно посмотрел на Юрия Алексеевича:

— Ну-с, какие у нас проблемы?

Директор решился рассказать обо всем банкиру от
начала и до конца. А как еще было рассчитывать на
полное понимание?

— Да... — протянул банкир, помешивая ложкой
остывший рассольник, к которому он так и не притро-
нулся, пока слушал всю эту историю.— Влипли вы,
однако. Жену мне вашу жаль. Но, знаете, не вы первый
и не вы последний.

Юрий Алексеевич подумал, что зря он затеял весь этот разговор. Банкир внимательно посмотрел на него. Закурил.

— Здесь нужна комбинация. Просто кредит я вам не дам. Вы ведь его не выплатите?

— Не из чего.

— То-то же. Придется кое-чем поступиться. Как там у вас с народом?

— В смысле?

— В смысле обстановки.

— Да вроде спокойно. Народ-то у нас деревенский. Ему не до политики. Лето — на огородах, осенью — картошка да грибы. У нас и телевизор-то не смотрят. Некогда.

— Это хорошо. Значит, вывернутся, если что? Какая у вас сейчас задержка по зарплате?

— Недели две, не больше.

— А будет два месяца. Или больше. Осилите? Другого выхода я не вижу...

Комбинация, предложенная банкиром, была проста. Банк — за определенную долю, конечно — прокручивает заработную плату завода на одной из своих фирм, занятых экспортом-импортом. Детали этой прокрутки для Юрия Алексеевича несущественны, это уже не его заботы. Зато к Новому году все задолженности перед северным комбинатом будут погашены. Юрию Алексеевичу не оставалось ничего другого, как согласиться на такой вариант.

— Кстати,— добавил Чеглоков,— у нас тут есть одна немецкая фирма, с которой вы могли бы найти общие интересы. Ей нужно сырье.

— Но у меня ведь сплошной госзаказ...

— Об этом не беспокойтесь. Включим вас в программу сотрудничества с побратимами или что-нибудь в этом роде. Разберемся.

Наташа внесла блюдо с сочным жареным мясом и разваренной картошкой, густо посыпанной укропом. С огорчением убрала тарелки с остывшим рассольником.

— Дела, Наташа,— извинился Андрей Артурович.— Дай-ка нам еще чего-нибудь для релаксации.

Они выпили за успех предстоящей операции. Элегантный Андрей Артурович выглядел довольным, если не сказать беззаботным, и директор где-то даже позавидовал умению этого человека держать себя в такой великолепной форме. У Юрия Алексеевича все его проблемы всегда были написаны на его лице, сейчас особо сумрачном и тяжелом.

— Да бросьте вы так переживать,— подбодрил банкир Нертова.— С другими и не такое вытворяли. Живы остались, и слава богу. Остальное приложится.

Юрий Алексеевич не мог знать о том, что послужило причиной столь заметного оживления банкира. Благодаря его случаю у Андрея Артуровича всплывала еще одна «комбинация», о которой он, конечно, тоже не собирался распространяться попавшему в переделку директору.

Невыплаты денег рабочим этого райцентра приходились очень кстати накануне выборов областного губернатора. С нынешним у его банка отношения не сложились — Андрею Артуровичу не дали открыть ни единого филиала в области. Сейчас Андрей Артурович ставил на одного его соперника-тяжеловеса, уже пообещавшего в обмен на поддержку на выборах продвинуть банк в область. Андрей Артурович пошел на немалый риск: средства на предвыборную кампанию он выделил в обход «кассы» — черным налом, который не могла просечь ни избирательная комиссия, ни кто-либо в самом банке. Конечно, последнее обстоятельство было весьма щекотливым: возврат такого неофициального кредита был целиком на совести должника-кандидата. Выиграет — расплатится услугами и протекционизмом. Проиграет — будет вынужден каким-то образом возвращать долги. Негласным залогом под кредит были обещаны акции одного банка, зарегистрированного в никем не признанной Турецкой Республике Северного Кипра. Разумеется, не сам кандидат в губернаторы гарантировал Чеглокову осуществление такой заманчивой комбинации, а те, кто поставил на него из столицы, так что у Андрея

Артуровича была как бы двойная подстраховка. В любом случае, он был уверен в том, что снимет с кандидата в губернаторы этот должок — хотя бы долей в некоторых не столь уж безнадежных областных предприятиях.

Итак, помощь была щедрой, да тратилась, как уже заметил банкир, бездарно. Нужный ему соперник нынешнего губернатора завалил все райцентры и совхозы своими листовками, но только последний идиот стал бы читать эту макулатуру. Кучу средств пожирали десанты артистов, услуги каких-то нечесаных имиджмейкеров. Но все равно получался глупый агитпроп. Ударные вещи избирательному штабу упорно не давались. Как ни втолковывал Андрей Артурович Шкурупею (имечко у будущего губернатора было, конечно, не блеск!), что для него важнее всего раскрутить народ на недовольство нынешним отцом области, а значит, и на смену власти,— команда его ничего умнее новой порции листовок придумать не могла. А тут такой подарок: зарплату не платят — значит, долой власть! Народ у нас просто рассуждает. Он не будет разбираться, кто прав, кто виноват. Райцентр этот не маленький — под сто тысяч избирателей. Уже хорошо... А если запустить нынешнего губернатора на рабочее собрание, да показать это по областным кабельным сетям... Андрей Артурович был доволен своей находкой. Не слишком дорого, но эффективно. Победит новый — удастся открыть до пятнадцати филиалов. А если еще и перетянуть на себя хотя бы малую толику бюджетных операций...

— Как вам кухня? — прервал Андрей Артурович несколько затянувшуюся паузу собственных размышлений.

— Отличная.

— Вот и я такую люблю. Сколько ни ездил по заграницам, а все равно ничего лучше щей да картошки с мясом не знаю. Хотя говорят, что в нашем с вами возрасте все это вредно.

— Я — человек деревенский, к другому и не привык.

— А сынка своего куда думаете после армии определять?

— У него своя голова...

— У меня-то детей нет. А были бы, так, думаю, все бы вложил, чтобы поставить их на ноги. Какие сейчас возможности! За границей учатся, чего нам и не снилось. Бизнес разворачивают...

— Опасный у нас бизнес-то пока.

— Думаете, не наладится?

— Не верю я теперь в это. Да вы и сами лучше меня знаете. Неужели впустили бы своего ребенка во все эти дела?

— Был бы парень — да. А девчонку, конечно, отправил куда-нибудь учиться подальше, и пусть она там замуж выскакивает и сюда носа не показывает. Однако детьми меня Бог не наградил.

— А жена?

— Нет жены. Была одна, да давно. А теперь уже ни за что не женюсь. У любой один интерес — к моим деньгам. Правда ведь? — обратился он к Наташе, как раз вошедшей в кабинет-столовую.

— Не знаю, Андрюша. Ни от чего не зарекайся. Может, еще станешь у нас счастливым отцом.

— В пятьдесят-то лет?

— Пикассо и в семьдесят становился.

— Так то — гении.

— Ты у нас тоже гений. Только финансовый.

— Спасибо, родная. Утешила. Сегодня у тебя тут полное обжорство.

— Твоя тетушка учила, ей спасибо скажи.

* * *

Те месяцы, в которые потом осуществлялась предложенная Чеглоковым спасительная «комбинация», стали тяжелым испытанием для Нертова. Завод был на грани взрыва, рабочие грозились бросить работу. На собраниях он валил все беды на власти, устроившие «кризис неплатежей и дефицит налички»...

По вечерам его доставала Ирина, которую он не счел нужным посвящать в последствия их плена.

— Юра, я не могу зайти в магазин. Все сразу ко мне: мол, вы, Нертовы, что хотите покупаете, а нам не на что.

— Хорошо, будем возить продукты из города.

— Перестань паясничать. Как мне в школе детям в глаза смотреть? Они уже и завтраки с собой не приносят. А наши учительницы? У них у всех мужья на заводе работают. Со мной почти никто не разговаривает, демонстративно из учительской выходят, как я зайду.

— Потерпи. Наладится. По всей стране так. Ты же знаешь: кризис неплатежей. Нам должны — мы должны. У нас взаимозачеты, а денег живых нет.

Как-то, когда в очередной раз она начала рассказывать ему о голодных детях, он не выдержал, сорвался:

— Ты что же думаешь, мы с тобой тогда просто так от бандитов вырвались? За все приходится платить!

— Это правда?

— А ты что думала? Ну, отказался бы я тогда, а что бы с тобой было? С Лешкой?

— Я не знала...

— Не знала... Думать-то надо было! Ты вообще в каком-то другом мире живешь! Святая ты наша!..

* * *

Когда Алексей вернулся из армии, вся эта история как будто бы была подзабыта. Все наладилось, успокоилось. Операция с зарплатой завершилась удачно — деньги на север были перечислены. И, по подсчетам Юрия Алексеевича, бандиты уже больше не могли доставить ему неприятностей. Стоит ли говорить о том, что директор стал теперь вечным должником банкира? Так он, по крайней мере, думал сам.

Андрей Артурович тоже получил то, что хотел от этой комбинации. Правда, вся затея с выборами губернатора провалилась, и Шкурупей, будь он неладен, тянул с обещанным залогом, но банкир не сомневался, что деньги вернутся: не такое уж это мудреное дело — найти управу на зарвавшегося.

132

Когда Юрий Алексеевич попросил Андрея Артуровича принять к нему на работу его сына, тот согласился на это — как на свою плату еще за одну услугу, о которой директор и не ведал. Однако Алексей оказался и в самом деле толковым парнем. Кроме охранных забот, банкир поручал ему время от времени и разные дела по его прямой специальности — юридической...

* * *

В Алма-Ате их встретили с восточной пышностью, никак не подобавшей, на взгляд Алексея, масштабам той сделки по экспорту-импорту, на которую они отправились вместе с Андреем Артуровичем. Сделка проводилась через одну из фирм банка, и поехать на нее мог бы и кто попроще, личного присутствия шефа, в общем-то, не требовалось. Но, видимо, были у Андрея Артуровича в Алма-Ате некие особые интересы.

В аэропорту их ждал целый кортеж «фордов». Алексей наметанным глазом подметил вышколенность охраны — такой класс был вроде бы и ни к чему директору не слишком крупного завода, к которому направлялись питерские гости. Перед шефом распахнули дверцы бронированной машины, в которой сидел директор — выходить из нее местный промышленный князек не стал. Алексею указали на один из «фордов» сопровождения. Посадили на заднее сиденье с парнем его возраста — маленьким суховатым корейцем.

— Коллега,— представился тот, не называя своего имени.

«Ну, раз коллега, так и пообщаться с ним не грех,— подумал Алексей,— хоть слегка прокачать местных. Многого он, конечно, не скажет, но сориентироваться поможет. А то слишком уж туманно говорит об этой поездке шеф, все больше хмыкает...»

Коллега, видно, тоже решил не упустить случая и прощупать питерского гостя. И — не молчать же в дороге — охранники разговорились.

— Классные у вас ребята,— похвалил Алексей.— У нас директора обычно понабирают качков, так от них больше суеты, чем толка.

— У качка мозгов мало,— охотно подхватил тему парень.— Он, дурак, не оберегает клиента, а только провоцирует нападение. Силу, однако, свою показать хочет. Расшвыривает толпу вокруг клиента — вместо того чтобы вести его тихо, чтобы никто в толпе и не понял, что за важная птица рядом. Я вот в Финляндии на курсах телохранителей учился...

— Да ну? — удивился Алексей, подумав, что все дороги, как говорится, ведут в Рим: он тоже стажировался у северных соседей, в институте безопасности.

— Вот тебе и ну. Думаешь, мы тут такие дикари живем?

— Прости, парень. Я потому удивился, что и у нас-то в Питере не все себе это могут позволить. Или не понимают, что охрану надо не только в спортзалах накачивать, но и уму-разуму учить — по евростандарту, так сказать.

— Мне тоже европейский стиль больше нравится. Знаешь разницу? У американцев — мордовороты, эффект силового присутствия, так сказать. А Европа — это по-нашему. То есть по-восточному, ты уж извини. Охранник — он серый человек. Я есть, и меня одновременно нет. Если меня замечают — это уже плохо.

— Однако «колбасу» такую не заметить невозможно,— вставил Алексей, имея в виду кортеж.

— Традиции,— пояснил парень.— Каждому гостю свой почет. Если твой хозяин в одном весе с моим, то и примут его по полной форме.

Замечание об одном весе не прошло незамеченным — оно заставило насторожиться. К кому они, собственно, едут? Или тут, на Востоке, всяк директор мнит себя удельным князьком? Скорее всего, именно так. Байство здесь никто не отменял.

Промчавшись через весь город, они вновь оказались за его чертой. Подъезжали к заводу, издали заметному по трубам и кранам. Въехав на не такую уж большую территорию, тут же оказались у помпезного здания заводоуправления с непропорционально огромным входом. Машины остановились, но никто из них не выходил.

— Пока сидим,— мягко скомандовал кореец.

Бронированный джип директора въехал прямо на пандус заводоуправления, массивные двери раздвинулись, и автомобиль, к изумлению Алексея, зарулил прямо в здание.

— Да, такого я еще не видел,— признался он.

Кореец коротко объяснил, что после покушения хозяин и шага не ступает на открытом пространстве. Из джипа — прямо в лифт. Лифт свой, ведет в кабинет.

Перед поездкой Андрей Артурович сказал Алексею, что берет его с собою не только как охранника, но и в качестве юриста. Однако здесь, на месте, он почему-то старательно отмахивался от всех его советов.

Сделка — договор поставки — была, казалось бы, проста, как штыковая лопата. Но Алексей приметил в ней немало мелочевки, от которой впоследствии могли быть крупные неприятности.

В документах он выловил типичную штуку, которую порой пропускают мимо даже и не новички в бизнесе: «Споры между сторонами рассматриваются первоначально путем переговоров. В случае, если к соглашению прийти не удается, спор передается на рассмотрение третейского суда, избранного сторонами». Алексей-то знал, что обычно следует за такой формулировкой: спор разрешать вообще не удается. Любой суд, получив иск, не станет его рассматривать, услышав возражения ответчика: мол, мы еще не исчерпали все возможности для переговоров и готовы говорить дальше. То есть до бесконечности. А деньги пока где-то крутятся. А потом, глядишь, и ответчик благополучно «умирает» — или фирма исчезает, или ее хозяева, а тем более и деньги куда-то благополучно отбывают.

Алексей попытался объяснить опасность такой «мелочевки» Чеглокову, воспользовавшись паузой для перекура.

— Не бери в голову — со спорами мы разберемся сами,— сказал шеф.

— Надо бы и все приложения к договору изучить,— посоветовал Алексей.

— Я тебе говорю: не забивай голову. Это — мои проблемы...

Договор был торжественно подписан, несмотря на все сомнения Алексея и на его уязвленное профессиональное честолюбие. Плох он, значит, как юрист, если не сумел убедить своего клиента-хозяина.

После захода солнца (пить грешно, но спящий Аллах не приметит) все поехали на Медео обмывать сделку. Обещанная чайхана оказалась не чайханой, а маленькой крепостью — рестораном за укреплениями бетонного забора. Торжественно заявленным в качестве основного блюда пловом еще и не пахло — молчаливая обслуга только начинала разделывать мясо прямо перед гостями.

Кореец, ставший невольным гидом Алексея, пояснил:

— Традиция. У нас так принято: званые гости должны видеть, из чего приготовляется блюдо. Вот и сейчас ты видишь, из какого хорошего, свежего и молодого мяса будет сделан тот плов, что подадут твоему хозяину. Будет правильно, если ты подойдешь и похвалишь мясо.

Плов делали чуть ли не два часа.

— Высокогорье,— опять объяснил кореец, сам заметивший, что Алексей то и дело поглядывает на часы, удивляясь, почему так запаздывает ужин.— Вода закипает не при ста градусах. Все варится очень долго. Зато вкус особый.

Ожидание заполнялось тостами.

— За мудрость уважаемого господина Майтанова!

— За нашего гостя Андрея Артуровича!

— За светлую голову господина Ли!

— За вас, господин Керимбаев!

Алексей старался запоминать имена присутствовавших, по привычке пытаясь ассоциировать их с известными ранее: это был проверенный способ, помогавший накрепко удерживать имена в памяти. Вот одного мужчину зовут, как местного президента, этого — как одного киномастера карате, этого... Алексей внимательно посмотрел на тучного казаха, сидевшего напротив него.

Ассоциация была не из приятных. Фамилия «Керимбаев» никаких добрых воспоминаний не вызывала.

Перед глазами поплыло замедленное кино: падающий в темноту блиндажа солдатик, ухмылка на лице прапорщика Тишко, деловито ставящего автомат на предохранитель: «Сейчас бы выстрелил. Слава богу, не успел».— «Тишко, кто вам дал право стрелять?!» Как тогда объяснили родителям убитого, что сын их сам выбрал такую судьбу, расстреляв товарищей в карауле. Это был их сын — родной. Возможно, единственный. Почему же его не удержали? Несмотря на то что прошло уже немало времени с того злополучного утра, Алексей до сих пор не мог избавиться от тяжелых воспоминаний о том последнем своем деле в военной прокуратуре. Как-то, когда на 23 февраля он позвонил своим, чтобы поздравить, коллеги сообщили, что за ним уже никаких «хвостов» не числится: дело закрыто, эпизод по винтовке прекратили в связи со смертью подозреваемого. «Так что все у нас теперь хорошо»,— порадовали ребята.

Хорошо ли? Позднее Алексей случайно прочитал в одной из московских газет, что новый министр обороны уволил со службы группу старших офицеров и генералов, замешанных в делах о коррупции в армии. Среди прочих фамилий была и одна знакомая. «Ну, хоть чекисты доработали дело»,— с облегчением подумал тогда Алексей. Правильные ребята — здорово тогда сориентировались, перехватив его в поезде. И с информацией у них оказался порядок: вычислили его отбытие, выслали вовремя и удачно заглянувшего в поезд попутчика, «случайно» встретившегося с опальным помощником прокурора. Спасибо вам, ребята! Жалко, что не всегда знаешь, кому адресовать эти слова...

Тосты продолжались — гости соперничали в пышнословии.

— За наших детей, чтобы они были такими же умными, как их родители. А лучше — еще умнее!

Алексей заметил, как сосед очередного, явно неместного, бизнесмена-европейца, говорившего этот тост, запоздало толкнул его локтем в бок. Как окаменело лицо

Керимбаева, который вдруг молча поднялся из-за стола и вышел...

Кореец прошептал:

— У господина Керимбаева сын погиб в вашей русской армии. Нельзя было, не изучив партнера, говорить этот тост за детей. Тем более московскому человеку.

Алексей ошалело посмотрел на корейца, в свою очередь не понявшего, что же тут так изумило его питерского коллегу. То ли, что у Керимбаева сын погиб в армии. То ли, что был затронут нежелательный национальный момент. Нехорошо получилось. Прокол. Кореец взял этот эпизод на заметку, мысленно укорив себя за недостаток дипломатического чутья.

«Никогда не ведаешь, где и что встретишь, как и что аукнется»,— подумал тем временем Алексей.

* * *

После Алма-Аты Алексей иначе взглянул на своего шефа — интеллигентнейшего Андрея Артуровича Чеглокова. Умницу и мецената, до того разве в чем и замеченного Алексеем, так это в излишнем жизнелюбии — ну, был человек ловеласом, ну, доставляло это хлопоты службе безопасности, зато не водилось за ним никаких сомнительных связей с криминальным миром. Никогда он, кажется, не участвовал ни в каких разборках, никогда не позволял себе сомнительные спекуляции средствами банка. Более того, один из немногих в городе бойкотировал разные недобросовестные финансовые структуры типа «МММ». Не открывал счета подозрительным компаниям, не выделял им кредиты. К предоставляемой Алексеем проверочной информации относился крайне серьезно: репутация партнеров была для него на первом месте. Алексей уважал своего шефа, позволявшего себе и резкие публичные высказывания в адрес финансовых пирамид. Андрей Артурович казался ему честным и глубоко порядочным человеком. И вот те на — какие-то явно сомнительные связи на Востоке...

Вернувшись из командировки в Казахстан, Алексей как бы между прочим поделился своими наблюдениями с отцом. Но тот, к его изумлению, как-то слишком резко и нервно отреагировал на «наблюдения» Алексея.

— Знаешь слово такое: не въезжай? Каждому — свой шесток, и не твоего ума дело следить за Андреем. Не все из того, что происходит в банке, тебя касается. В любом бизнесе, между прочим, есть нечто, не предназначенное для всеобщего обсуждения. Это как в политике: есть явное, есть скрытое. И ради политики этой на какие только компромиссы не идут. Да, порой приходится не тому кланяться и не с тем якшаться, но иначе, между прочим, не уцелеть,— отец говорил сбивчиво и запальчиво.

— Батя, да ты чего? Я ж тебе про один конкретный случай. Про то, что не все мне там, в этой Алма-Ате, понравилось. Да, у меня появились некоторые сомнения, но ведь это не повод, чтобы отчитывать меня, как мальчишку. Тем более, что деньги твоего, между прочим, завода идут через наш банк. Ты, слава тебе, господи, член правления. Так не мешало бы и тебе слегка въехать...

— Ах, въехать, говоришь! Давай-давай, учи, Пинкертон ты наш...

Алексея покоробило от таких слов отца. Однако то, о чем отец поведал ему вслед за этой перепалкой, прозвучало столь неожиданно, что через полчаса Алексей и сам пожалел о своей категоричности. Он напрочь забыл о каких-либо обидах. Юрий Алексеевич рассказал ему историю своего похищения.

— Вот так-то, сынок,— закончил он.— Кем бы ты меня после этого ни считал, хоть преступником, а я и тебя с матерью спас, и завод свой. И кто знает, что бы сейчас со всеми нами было, не приди к нам тогда на помощь Чеглоков. Согласен: плохие методы. Ужасные — работяг своих зарплаты на три месяца лишил. Так ведь и не было бы такого, не продайся бандитам твои доблестные органы! Честные там у тебя друзья сидят — однокурснички, коллеги. Они-то куда смотрят? Не мальчик, сам знаешь. Сегодня твой страж порядка на прокурорской скамье, а завтра уже за решеткой. Что, скажешь, не так?

— Ты всех-то не порочь. В стаде не без паршивой овцы...

— Ну-ну, а как насчет паршивых пастырей? Скушают они всех твоих честных овечек, как тебя там в твоем Мухосранске сожрали. Не так, скажешь? Так что ты, Леха, шашкой-то не рубай. Сложное время у нас, непростое.

— Отец, а ты не боишься? — прервал последовавшее затем молчание Алексей.— Что, если бы тогда у твоих работяг нервы не выдержали, да заявился бы кто к тебе с охотничьей двустволкой: за детишек голодных отомстить?

— Как видишь, Бог миловал.

— Над пропастью, батя, ходишь,— подытожил Алексей свой непростой разговор с отцом.

— А я того не знаю! Ладно, только с матерью в эти разговоры не вступай. Видишь, в нашем бизнесе и семью-то нельзя иметь — все на близких аукается. Думаешь, отчего Андрей Артурович живет один — без жены, без детей? Соображает мужик, что могут они и не успеть стать его наследничками, вперед его на тот свет отправятся. Кстати,— отец перевел разговор на другую тему,— а ты-то у нас как? Все за Светку свою цепляешься или...

— Никак,— оборвал Алексей.

Не объяснять же было отцу, что женщины не вызывали у него сейчас ничего, кроме раздражения: ни одна из них не могла войти в его жизнь по-людски, каждая моментально брала на себя роль назойливой наставницы. Женщин смущала его роль скромного охранника, все они немедленно начинали подвигать Алексея к великой адвокатской карьере. Каждая желала вылепить из Нертова супермена, но при этом она не стремилась быть не то что подчиненным, но даже и равным созданием. Алексею же были милее те старомодные отношения, что царили в семье его родителей: жена, умеющая поступиться своими амбициями ради покоя, ради мужа.

140

Такой была его мать, и подсознательно он искал нечто похожее. Страстные, одолеваемые порывами девицы его тяготили. А иных вокруг и не было: не водилось почему-то рядом нежных и смешливых девочек, готовых опереться на его не слишком могучее, как понимал и он сам, плечо, не задумываясь при этом о его зарплате и положении в обществе.

Лишь один раз он приметил такую девочку — летом, на заливе, они бродили вместе по берегу... У девочки был обгоревший носик и растрепанные рыжие волосы, по ее обнаженным плечам, сквозь тень листвы, пробегали солнечные зайчики... Но, увы, и эта девочка была далеко не тем покорным ему созданием, образ которого давно родился в его фантазиях. Мало того, что она оказалась крепкой спортсменкой, так еще и любовницей одного не слишком молодого человека, известного актера. «Деньги и слава — они манят юных созданий»,— подумал тогда он. А та хватка, с которой это романтическое создание управлялось с оружием, и вовсе шокировала Алексея. В стреляющей женщине было какое-то неприятное ему противоречие. И все же... И все же Алексей время от времени вспоминал этот летний пикник, на котором судьба свела его с Мариной. Запомнилась не столько сама девочка, сколько вызванные ею ощущения.

* * *

К той поре, когда начали разворачиваться все события, связанные со смертью Македонского, все последовавшие за этим странности и загадки, Алексею уже окончательно удалось избавиться от этого образа-наваждения. Вновь появившаяся Марина уже не вызывала никаких нежных всплесков в его душе. Так, по крайней мере, хотел думать сам Алексей. А когда при взгляде на нее у него появлялись разные нехорошие симптомчики, вроде тех, что бывают у прыщавых старшеклассников — предательского дрожания рук или пульсирующей в висках крови, Алексей старательно принимался искать в Марине знакомые черты и пороки раздражавших его женщин. Биография девицы ему в том помогала: убитый любовник, сомнительные связи — все это было не в ее пользу, и Алексей с немалым удовлетворением складывал несимпатичный образ. Убедить себя в том, что Марина ему не нужна, удавалось только на расстоянии — при встрече он вновь впадал в состояние легкой эйфории, которую приходилось с трудом подавлять размышлениями о неразумности и неуместности связи с девицей, порученной ему в качестве объекта наблюдения.

А теперь, когда со всей очевидностью вырисовывалось, что девицу эту готовили на роль киллера, Нертов даже испытал некоторое злорадство: мол, докатилась, нарвалась. Он не испытывал к ней жалости, когда она пострадала под колесами мотоциклиста. Последняя прослушка заставила и вовсе ее возненавидеть: он четко услышал на пленке название города, в котором жили его родители. Значит, завтра Марина отправляется туда — с совершенно определенной целью...

«Отец!» — вдруг мелькнуло в его голове, когда он услышал прямое указание на жертву, якобы обобравшую людей и оставившую голодных ребятишек. Не о том ли случае с зарплатами шла речь? Он тотчас же припомнил почти годичной давности разговор, в котором отец не стал отрицать, что ходит по краю пропасти. Как же он, идиот, не доработал, не дожал эту историю с похищением, концы которой явно тянутся к шефу?! Почему за все прошедшие месяцы, а не только за три недели, вновь столкнувшие его со странностями вокруг Марины, ему не пришло в голову, что та история с похищением родителей вполне может иметь свое продолжение — еще более ужасное, чем плен, чем те подписанные бумаги? Конечно, ему давно было пора насторожиться и все четко просчитать. Почему же, перебирая возможных жертв киллера, он ни разу не подумал об отце?

«Успеть!» — вот то единственное слово, которое осталось у него сейчас. Его и повторял он до утра, пока вместе с сотрудниками службы безопасности Игорем и

142

Петром они не выехали из города вслед за красной «Нивой», увозившей Марину в уже известном им направлении. Утром отправились в путь двумя машинами — банковской «семеркой», в которой ехали Игорь и Петр, и «девяткой» Алексея. Первая машина, с тремя охранниками, была выслана в городок отца еще с ночи.

В «Ниве», заехавшей рано утром прямо во двор Марининого дома, сидел только один человек — пожилой грузный шофер, который со всей очевидностью никак не мог быть тем самым ночным гостем. У гостя, как уже знал Алексей, был тонкий силуэт и довольно молодой голос. Сейчас Алексею оставалось лишь одно: ждать, как развернутся события. И наблюдать. Ребята, отправленные в городок заранее, должны были обеспечить безопасность родителей.

Еще с вечера Алексей позвонил отцу. Объяснить по мобильному телефону, который мог прослушиваться кем угодно, ничего не стал. Только бросил хорошо понятное им обоим:

— Кажется, я встретил твоих театральных знакомых...

— Как?

— За завтраком расскажу. Ты уж без меня не начинай, дождись. Кстати, к тебе заедут на ночлег мои друзья. Прими их как следует. Понял, отец?

На время Юрию Алексеевичу предстояло стать домашним затворником. Как назло, новый дом директора был построен на высоком берегу и просматривался — а значит, и простреливался — со всех сторон. Никаких бетонных заборов, никакой сигнализации: в маленьком городке это стало бы неслыханным вызовом, знаком недоверия к его жителям.

Примчавшиеся среди ночи к растерянным родителям Алексея охранники отделались минимумом объяснений. Директору пришлось смириться с тем, что «так надо». Ребята, лица которых были знакомы ему по банку, первым делом наглухо зашторили окна и велели не выходить никому из дома: ни утром, ни весь следующий день. Один охранник остался с директором и женой. Двое других отправились колесить по городку, чтобы присмотреться к местности, вычислить те опасные точки, которые могли бы послужить убежищем киллера. Спать они устроились потом прямо во дворе, в машине, хотя какой там был сон — до рассвета оставались считанные часы. Весной в этих краях светает рано, в семь утра белым-бело, как в зимний полдень.

Алексей вырулил на улочки городка уже в девятом часу — оторвался от красной «Нивы» и банковской «семерки» еще на трассе. Заехал к родителям: все было спокойно, ничего подозрительного. Бросив отцу с матерью: «Потом все расскажу» и оставив их на попечение «бодигардов», отправился на поиски «Нивы» и «семерки». Однако ни одной из этих машин в городе он не встретил. Попытка связаться с ребятами по сотовому ничего не дала — телефон не отвечал. «Чертовщина какая-то! Куда же они подевались?» — не понимал Алексей. Вернувшись на пост ГАИ при въезде в город, он узнал, что красная «Нива» вроде бы как проезжала — с полчаса тому назад. А никакой зеленой «семерки» с питерскими номерами ребята, среди которых нашелся и его старый приятель-одноклассник, вроде бы не видели.

— Ты уверен? — переспросил его Алексей.— Понимаешь, друзья мои сегодня должны были к нам на рыбалку завернуть...

— В будний-то день? Неплохо вы там, в Питере, пристроились.

— Мы ж в охране. Работаем сутки через двое, вот и позвал я их проветриться.

— А... Места-то еще помнишь?

Алексей не успел ничего ответить — в этот момент зачихала рация, прикрепленная на груди у приятеля:

— Внимание! ДТП в Ильинке. Есть пострадавшие. Слышали вы там или нет?

— Что случилось?

— Зеленая «семерка», номера питерские, врезалась в столб электропередачи. В машине водитель и пассажир. Оба — жмурики... Та-акой, бля, фарш.

Гаишник отвел глаза.

— Твои?

144

— Мои...

— Друзья-то близкие были или так, по службе?

— Близкие!

— Да, съездили ребята на рыбалку...

Алексей, уже не слушая последних слов, вскочил в машину и резко рванул с места. До Ильинки было рукой подать.

Трасса, она же главная улица Ильинки, перерезала деревню пополам. Издалека он увидел скопление машин и людей. Проезжавшие мимо машины останавливались — водители выходили. Не всякому из них когда-нибудь доводилось видеть такое.

Из машины он увидел изогнутые прутья столба с повисшими на них кусками бетона, вздыбленную зеленую крышу «семерки», охватившей столб подковой искореженного металла... На негнущихся ногах он подошел к тому месту, на котором нашли свою судьбу его ребята... Переступил через грязный весенний ручей. Вода была смешана с кровью.

Алексей еле справился с дурнотой.

Женщина за спиной причитала:

— Ленка соседская, дрянь такая, выбежала на дорогу за своим котенком, а эти ребята, я сама видела, еле успели увернуться, чтобы ее не сбить. Эта котенка взяла и как ни в чем не бывало к себе домой — шмыг! Ты подумай, зараза какая! Такое устроила из-за какого-то вшивого котенка, топить его, понимаешь ли, не дала. Так лучше бы тогда еще утопили, как кошка окотилась. А теперь такое горе кому-то, такое горе! Ребята-то молодые, сирот, наверное, оставили. У, паршивка!.. — и женщина по которому кругу принялась рассказывать вновь подошедшим историю про Ленкиного котенка.

«Случайность, дикая и нелепая случайность,— подумал Алексей.— Хотя... Хотя,— остановил он себя, покорно причитающего о нелепой судьбе ребят,— это с какой же силой надо было врезаться в столб, чтобы разнести машину вдребезги?» Уж никак не на положенных сорока километрах ехали Игорек и Петр через деревню. Тут все сто были, не меньше. И что же это

145

означает? То, что «Нива» пыталась от них оторваться? Заметила слежку? Что-то произошло, но что — Алексей знать не мог.

«Ниву»-то он найдет, из-под земли достанет, а ребят уже не вернет. Последние, проговоренные про себя слова заставили его застонать вслух:

— Господи, какой я идиот! Все, все упустил!

Ведь утром он так и не успел поговорить с Петром и узнать, на что и на кого вывело его вчерашнее наружное наблюдение. Это была дикая ошибка, непростительная даже новичку, а не то что профессионалу, каким считал себя Алексей. Никогда нельзя откладывать в сторону, на потом, полученную свежую информацию, иначе каждый следующий шаг может оказаться не только ошибочным, но и роковым. «Петр тоже хорош»,— подумал Алексей, но тотчас же одернул себя, глянув на то, что было Петром... Вчера Петр вел ночного гостя Марины — ясно, не самого заказчика, но его посланника или посредника. Заказчик, скорее всего, был лично неизвестен этому человеку: так уж принято обделывать заказные убийства — никто никого не должен знать в лицо. Но Петр стал обладателем бесценной, надо полагать, информации: уже одно то, что он знал, как выглядит этот человек, куда пошел тот на ночь глядя, могло стать решающим в их дальнейшем поиске. А теперь такой облом — вновь все концы перерублены!

Впрочем, времени на размышления уже не оставалось. Назад — в городок, в дом отца...

На крыльце отцовского дома с облегчением увидел перекуривавших охранников. Значит, хоть здесь все в порядке. От души отлегло...

— Беда, ребята,— пробормотал он, не зная, как и начать.— Разбились наши.

— Как? — обычный в таких случаях вопрос, еще без особой тревоги — или с желанием отогнать эту тревогу от себя.

— Насмерть. Оба. Просто случайность... Дайте хоть закурить...

После долгой паузы рассказал, как было дело.

146

— Здесь-то что? Появлялись?

— Крутилась здесь эта красная «Нива». Водитель и два пассажира.

— Кто?!

— Девка — рыжая, в зеленом пальто, как ты и говорил. А второй — молодой мужик, лет тридцати, с нее ростом, в кожаной куртке коричневой, кепка суконная черная...

— А еще, еще что приметили?

— Не беспокойся, шеф. Ильюха зарисовал по памяти.— Илья, поднаторевший в свое время в сыске на составлении фотороботов, достал из кармана блокнот. На Алексея глянуло лицо, смутно напоминавшее одно, знакомое по службе в военной прокуратуре: узкие глубоко посаженные глаза, запалый рот под щетиной усов. Бывают же такие совпадения!

— Разглядели-то его хорошо? Масти он какой? — обратился Алексей к ребятам.

— Вроде как блондин. Да, скорее светлый, чем темный. Усы точно русые.

— А глаза?

— Ну, шеф, ты даешь. В глаза мы ему не заглядывали. Хорошо, хоть так рассмотрели.

Алексей задумчиво вырвал листок с изображением из блокнота, положил в карман и направился в дом.

Родителей он застал в полумраке гостиной. Они, как и было им велено, никуда не выходили, не отлучались. В комнате пахло валокордином. Мать сидела за столом, отец нервно вышагивал кругами.

— Закончилась конспирация? — с нарочитой, для матери, иронией спросил он вошедшего Алексея, сразу заметив по его лицу, что сыну было не до шуток. Таким мрачным и отчаявшимся он никогда своего Леху не видел.

— Сегодня свободны. Охрана остается. Чтобы не скучали вы здесь одни,— криво улыбнулся Алексей.— Что завтра, не знаю. Я буду звонить.

— Уже уезжаешь? — откликнулась мать.— Может, хоть пообедаешь?

Алексей подошел к ней, обнял за плечи:

— Прости, мам, сегодня не до этого. Ты как там, можешь какие-нибудь отгулы в школе взять?

— Неужели что-нибудь серьезное?

Маленькая, наивная мама...

— Мам, на всякий случай, ладно? Береженого Бог бережет. А валокордином кто тут из вас баловался? — он взял в руки пузырек со стола.

— Да это я на всякий случай Юрию Алексеевичу дала. У него нервишки, сам знаешь какие. Я тут у вас самый крепкий человек.

— Конечно, ма. Ты у нас молодец.

Отец вышел на крыльцо проводить Алексея.

— Расскажешь что или темнить будешь? — приступил он теперь со всей серьезностью.

— Пап, на сегодняшнее утро уже два трупа. Достаточно? Киллер к тебе уже выезжал — на рекогносцировку. Сегодня. Утром. Ты-то сам заметил здесь что-нибудь подозрительное?

— Ничего.

— Точно ничего?

— Только «Нива» какая-то красная к дому подъезжала. Круг сделали и уехали. Номера запомнил.

Алексей махнул рукой: не надо, и так знаем. Отец вроде бы как подобиделся:

— Меня-то будешь посвящать в то, что происходит?

— Знал бы сам, давно б соломки постелил... То, что сегодня все будет тихо, гарантирую. Завтра — не знаю. Вы тут не расслабляйтесь,— попросил Алексей отца, зная, что с этим-то киллером он уже сегодня разберется, тянуть дальше не имело смысла.— Этого киллера не будет. Но ты прекрасно понимаешь, что может появиться другой. Так что думай, отец, считай. Кто заказчик? Кому это может быть выгодно? Без твоей помощи нам в этом деле не разобраться. Думай, пап, думай. И будь осторожен — все наши неприятности еще впереди.

Он также хотел добавить, чтобы тот берег мать, но ясно было, что отец справится и без его советов...

148

За полтора часа домчавшись до города, Алексей поехал сразу на Васильевский. На его беспрерывный трезвон открыла сама Марина, она была одна в квартире в этот еще не поздний вечер. Кажется, она ожидала увидеть на пороге кого-то другого. Испуганно отпрянув, впустила Алексея в квартиру.

Увидев эти округленные невинные глаза, Нертов рявкнул:

— Дура, вот дура-то!

Он еле сдерживал себя, чтобы сразу не ударить Марину. Но, схватив ее за плечо и подталкивая в спину, молча повел к дверям ее комнаты, с силой распахнул их, швырнул Марину внутрь. Она упала на диван. Алексей медленно защелкнул замок, подергав на всякий случай ручку — дверь была заперта крепко.

Марина затравленно сползла на пол и вся сжалась, подтянув колени к подбородку. Алексей присел перед нею, взял ее руки в свои и, раскачивая ладони в такт словам, проговорил:

— Я все знаю. Я тоже был сегодня в этом городе. Я даже знаю, кого ты должна убить. Вот так. Теперь рассказывай ты. По порядку. Что происходит?

Марина мотнула головой, пытаясь сказать «нет», но вдруг разрыдалась — в голос, почти с детским ревом. Отпустив ее руки и тряхнув за плечи, Алексей пробормотал, стоя перед ней на коленях:

— Истеричка! Ты скажешь что-нибудь или нет? Ну, хоть слово?

Злость Алексея остановила рыдания. Марина бросила на него взгляд, полный ненависти:

— Господи, когда вы все от меня отстанете?! Почему я должна тебе верить? Откуда я знаю, кто ты и с кем? С ними, с другими? Кому ты служишь, Лешенька-охранник, любезный слуга...

— Дура!

— Пусть так. Мне все равно.

— Понятно: на себя ты давно наплевала. Что хотят, то с тобою и вытворяют...

При этих словах Марина вновь залилась слезами — теперь уже тихо и безнадежно. Она всхлипывала, опустив голову на колени. «И что дальше? Как с ней разговаривать? — отчаянно подумал Алексей. — Пойдут теперь сопли и вопли. Терпеть не могу». Злость на эту девицу уже не просто закипала в нем, она стучала в висках. Марина подняла зареванное лицо — такое несчастное и простодушное... В висках Алексея застучало нечто другое, что он обычно гнал от себя... Посмотрев на него, она вдруг обхватила его шею руками, уткнулась головой в его плечо и еще сильнее разрыдалась. «Вот влип, — успел подумать он. — С этим надо что-то делать: пора приводить в чувство и девчонку, и себя».

Марина еще крепче прижалась к нему, заливаясь слезами. Жалость, смешанная с желанием, вдруг пронзила его, и он, утешая, сначала нежно поцеловал ее волосы, потом распухшее лицо с мокрыми дорожками слез... Марина замерла, посмотрела на него долгим и как-будто невидящим взглядом, опустила веки и неожиданно потянулась к нему губами. Внезапный поцелуй — мягкий и чувственный — заставил Алексея одеревенеть. Он уже и не пытался понимать, что происходит.

Гулко заколотилось сердце. С улицы в комнату, несмотря на наглухо закрытые окна, доносился шум двора-колодца. Мальчишки гоняли мяч. Дворник со скрежетом скоблил остатки льда. Мяч ударился о решетку окна, задребезжали стекла. Окрик дворника — и все звуки стихли. Видно, мальчишки разбежались...

Тишина повисла в жаркой и душной комнате. Алексей оттянул ворот рубашки. Ледяная рука Марины обхватила шею — Алексей вздрогнул. Марина вновь прильнула к нему — он ответил таким же долгим, долгим поцелуем.

Они стояли на коленях друг напротив друга. Руки ее скользнули по его плечам, она все крепче прижимала его к себе, обхватывая за пояс. Он почувствовал, как рука Марины опустилась за ремень... Алексей застонал и отпрянул. Но было уже поздно: Марина выхватила заткнутый сзади за пояс пистолет, вскочила и двумя руками направила его прямо в лицо стоящему на коленях Алексею.

150

Алексей замер. Он увидел перед собою прекрасное и жестокое лицо убийцы. По лбу будто прошла волна холодка от вороненого ствола. Он онемел — пелена отрешенности начала застилать его глаза. Это было доли секунды — подступила расслабленность, потом ощущение полета в теплых струях летнего воздуха в ожидании того момента, когда будет выдернуто парашютное кольцо. «Поздно, поздно»,— плыла земля под Алексеем, боявшимся и пошелохнуться. Нет, не выдернуть ему сегодня это кольцо, не спастись... Далекий телефонный звонок в коридоре... Алексей очнулся и, не мигая, широко раскрытыми от ужаса безнадежности глазами посмотрел на Марину. Она еле выдержала его взгляд. Опустила руки перед собой и надменно улыбнулась:

— Что, Лешенька...

Нертов не дал ей договорить. Воспользовавшись этой секундной паузой, он резко выхватил пистолет из рук Марины и, вскочив с колен, навел на нее ствол. Жестко и размеренно приказал:

— Назад. К стене. Руки за голову! Делай, как я говорю...

Марина ошалело посмотрела на его перекошенное лицо, попятилась к стене. Но вдруг как-то странно фыркнула и расхохоталась.

— А ведь можешь выстрелить в меня, да? Я-то не смогла. Я лишь так, представила. Интересно, что чувствуешь, когда пускаешь пулю прямо в человека? Ну, пошутила я, пошутила! — выкрикнула она уже в истерике.

— Сумасшедшая! — приблизился к ней Алексей, все еще удерживая пистолет правой рукой. Левой он притянул ее к себе. Марина откинула лицо и посмотрела на него таким взглядом, который не мог обмануть.— Сумасшедшая... Бедная ты моя девочка...

Алексей осторожно дотянулся до письменного стола, избавился от металла, нагретого и влажного. И, увлекаемый Мариной, рухнул на диван. Он уже не слышал ни шума двора, ни громких разговоров соседей в коридоре, ни истошных выкриков: «Есть такая буква-а!», из телевизора, все это время бубнившего за стеной.

Алексей и подумать не мог о том, что это может произойти, мысль о близости с этой девочкой никогда и не приходила ему в голову.

Но все получилось само собой. Они вместе окунулись в стремительно уносивший их поток изнеможения, Алексей растворялся в этом сильном и горячем теле, отзывавшемся на каждое его движение, каждый стон...

Напряжение, близкое к мучительной боли, сменилось невесомостью — он опять плыл, парил в воздухе, опрокидываясь, теперь уже в безмятежный сон.

Сколько прошло времени? Он не помнил. Проснулся — уже светало. «Значит, часов шесть утра»,— подумал Нертов. Счастливо обернувшись к Марине, тепло которой он чувствовал всю эту безумную ночь, он увидел... Вернее, он не увидел — ничего, кроме гладкой простыни. Моментально вскочив, зажег ночник. Алексей был один. В комнате кое-что изменилось. Распахнутый шкаф, выдвинутые ящики стола — все явно носило следы спешных поисков. Он помотал головой, стряхивая с себя последний сон.

Осмотрелся в комнате. Так-так, с опустевшего письменного стола исчезла даже фотография Македонского. Конечно, здесь ничего не искали — здесь просто собирали вещи... Нертов подошел к окну, зачем-то выглянул наружу. «Пикапчик» прослушки по-прежнему стоял во дворе. Алексей обернулся и только тогда заметил лист бумаги на письменном столе. Крупными буквами на нем было выведено: «НЕ ИЩИ».

Алексей в отчаянии рубанул ребром ладони по столу: «Идиот! Опять попался, идиот!» Марина исчезла, заодно прихватив и его пистолет.

# ГЛАВА СЕДЬМАЯ
## ПО СЛЕДУ КИЛЛЕРА

Алексей сидел за столом своего банковского кабинета. На столе были разбросаны четвертушки бумаги, все испещренные именами и исчерченные стрелками.

152

Алексей машинально обводил те, что вели от слова «Марина». Уже в который раз, тупо и почти не глядя...

Шел третий день исчезновения Марины. Чувство опустошенности, навалившееся на него в то утро, когда он увидел записку с двумя короткими словами, не исчезало. Вновь войти в привычную рабочую форму не удавалось. Нертов курил сигарету за сигаретой, надеясь подхлестнуть себя хотя бы этим, но импульсы в маленьких серых клеточках не пробуждались. «Тоже мне, Пуаро!» — он сломал карандаш и швырнул его в корзину для бумаг.

Откатившись от стола на беззвучных роликах черного кожаного кресла, он вытянул вперед скрещенные ноги и откинул голову на холодную высокую спинку.

— Сеанс психоанализа начинается... — пробормотал Алексей. — Доктор, что вы думаете по этому поводу: девушка, одержимая желанием убить моего отца, отдается мне пылко и страстно, а потом исчезает, прихватив мой пистолет? Какой это комплекс? Она вообще странная девушка, несколько не в себе. Как говорится, «девушка с прошлым» или «смерть ей к лицу», что одно и то же. Мой предшественник уже мертв. Где ни пройдет — там трупы. И что бы это значило...

— Релаксируешь?

Нертов вздрогнул от бодрого женского голоса и мгновенно придвинулся к столу, принявшись сметать листки в одну стопку. Чертовы офисные штучки! Ковры — из-за них никаких шагов не услышишь. Цилиндры масляных амортизаторов вместо пружин — ни одна дверь не скрипнет.

Вошедшая, а ею была Леночка Ковалева, ценный банковский кадр, насмешливо посмотрела на него:

— Теряешь квалификацию, коллега! А что такой скисший?

— Да не выспался, — отговорился Алексей.

— О, это дело святое! Молодое. Давай просыпайся. Принесла я тебе, что просил.

153

— Ну, ты метеор,— он взвесил на руке толстую пачку отпечатанных страниц.— Ничего себе, аналитическая записка. Когда только успела?

— Старая выучка, Нертов,— Леночка польщенно улыбнулась. Высшим комплиментом для нее была похвала ее профессионализму. Она даже выгнула спину, и Алексею показалось, что Ковалева вот-вот щелкнет каблуками и возьмет под козырек.

Позавчера он попросил эту сотрудницу пресс-службы, одновременно выполнявшей функции аналитической службы банка, подготовить ему всю информацию по заказным убийствам и киллерам. Результат — налицо. Когда она только успела набрать столько материала? Видимо, спрашивать надо было не когда, а где...

Леночка Ковалева появилась в банке вслед за своим шефом — бывшим полковником одной спецслужбы, как ныне деликатно было принято называть ГБ. Полковник, сориентировавшийся в новой ситуации реформ, пару лет тому назад скоропостижно покинул чекистские ряды и был, к взаимному удовлетворению сторон, принят на новую работу. Наобещал он банкирам, видимо, немало: еще бы, такие связи, знание городской обстановки, выходы на нужных людей, контакты с бывшими коллегами, занявшими посты практически во всех органах власти — было за что ухватиться руководству банка, с распростертыми объятиями встретившего столь ценное пополнение. Но, увы, довольно быстро вскрылось, что отставник этот — бесполезнейшее из всех созданий. Как выяснилось, и в своей-то организации он работал всего-навсего в диссидентском управлении. Волей-неволей пришлось поставить его на пресс-службу банка, которую он благополучно заваливал, потому как кредо отставника укладывалось в двух словах — бдеть и не пущать. То есть отваживать от банковских дел всех любопытствующих журналистов. Очень быстро он умудрился перессорить банк со всей городской прессой.

Единственным и действительно ценным приобретением, связанным с этим бывшим полковником, стала ушедшая вместе с ним из органов Леночка Ковалева. Ей было уже хорошо под сорок. Оттрубив почти двадцать лет в ГБ, она бесповоротно слилась с казенным стилем своего учреждения, по коридорам которого вечно гуляли сквозняки, разносившие в обеденный час неистребимый запах тушеной капусты. Дух казармы явственно витал в этом заведении, и даже туалеты дислоцировались там под кодовыми табличками «Умывальня». Химическая завивка и цикламеновая помада однозначно выдавали прошлое этой особы, перечеркивая все нынешние достижения в виде отличных и очень дорогих костюмов, которые Леночка покупала исключительно во время загранкомандировок. Ковалева была одинокой дамой, востребованной исключительно на службе, и этой службе она отдавалась вся без остатка.

На прежней стезе она доросла до звания капитана, работая в одном из аналитических отделов. Как слышал Алексей, уволиться со службы ей пришлось из-за конфликтов с новым генералом. Новый генерал был выдвиженцем реформаторских сил, и Леночка, несмотря на весь свой хваткий аналитический ум, почему-то решила, что надо помочь ему навести порядок в прохудившихся органах. Говорили, что при личной встрече Ковалева изложила новому начальству все известные ей факты коррупции и злоупотреблений. Итог не заставил себя ждать: поизучав дела, генерал сам предложил Ковалевой подумать о гражданской карьере. Так Леночка и оказалась в банке, вскоре весьма высоко оценившем ее услуги. Рост ее оклада был прямо пропорционален росту слухов о банках-конкурентах, желающих переманить столь удачный кадр.

Ковалева могла достать любую информацию — хоть из-под земли. Видимо, уйдя из рядов, она сумела сохранить старые контакты и агентуру. Алексей уже понял, что, рано или поздно, в поисках Марины и заказчика убийства отца ему все равно придется обратиться к заслуженной капитанше. Но решил пока повременить — информации даже для первого разговора с Леночкой явно не хватало. Вот он и попросил ее подготовить аналитику по киллерским делам: стоит сперва хотя бы узнать о том, что творится в городе.

Конечно, пауза для размышлений не могла затягиваться — заказчик наверняка и не думал оставлять свой план... Но пока в городке все было спокойно — к отцу была приставлена усиленная охрана. Марина, судя по всему, сбежала не только от Алексея — прослушка выдавала запись регулярных телефонных звонков того самого гостя, назвавшего себя Шварцем. Первый его звонок раздался уже наутро после ее исчезновения: звонивший, крайне удивленный ответом соседа о том, что Марины нет дома, требовал разбудить, поднять — сосед старательно стучал в дверь, но ничего не добился. На следующий раз сосед сообщил Шварцу, что другая соседка, полуночница, оказывается, слышала, как Марина выходила из дома где-то в полшестого утра. Да, проснись тогда Алексей на полчаса раньше, не было бы сейчас этих поисков, и все события могли бы принять иной оборот. «Но что потеряно, то потеряно»,— с горечью думал он. Наблюдения за квартирой ничего не давали: ни одного нового лица среди входивших и выходивших из подъезда замечено не было. Не появлялся там и человек, портрет которого составил охранник Илья.

Никаких концов... Подруга Марины, Екатерина, загорала где-то в Турции — должна была вернуться только через неделю. Алексей надеялся на то, что разговор с этой девицей будет небесполезным.

Алексей позаботился о безопасности Марининого брата. Еще позавчера во Львов вылетела пара надежных ребят. Марина, как доложили они, не объявлялась ни в квартире отчима, ни в деревне, где у родни жил ее Петенька. Алексей велел своим не покидать пока деревню. Они, молодцы, даже сумели встать на постой прямо к ее родственнице, опекунше малыша, обрадованной возможностью получить твердый рубль с ранних питерских дачников. Так брат Марины оказался под охраной.

Львовская операция была проделана без ведома Андрея Артуровича — он как раз отбыл на несколько дней в Австрию, где у банка была одна из дочерних фирм.

К возвращению шефа надо было придумать убедительную версию, объясняющую необходимость поисков Марины. Как бы так подать ему события, не выдав самого существенного... Алексей, после некоторых колебаний, все-таки включил шефа в круг подозреваемых — тех людей, которым так или иначе могло быть выгодно убийство его отца. Да и замеченное Алексеем неравнодушие Андрея Артуровича к Марине по-прежнему озадачивало. Что, если интересовала она его именно как киллер? Хотя тут концы с концами не сходились: решись он использовать ее в роли убийцы Юрия Алексеевича — к чему было приставлять сына для «пригляда» за Мариной? Отвлекающий ход? Если так, то чересчур хитроумный.

Иное дело, размышлял Алексей, что Чеглоков мог и не знать, что именно Марине предназначено стать киллером, а интересовался ею просто-напросто из своего традиционного жизнелюбия. Заказчики, как известно, практически никогда не контактируют с киллерами напрямую — это слишком рискованно, ведь наемный убийца может повести двойную игру. Например, обратиться к будущей жертве с заманчивым предложением перекупить свои услуги и обратить их уже против заказчика.

Нертов запер в ящик стола подготовленные Леночкой бумаги вместе со своими листками-схемами, решив вернуться к ним во второй половине дня. Сейчас ему предстояло сделать два дела: поговорить с опером Фалеевым и наведаться на Камскую улицу. Перепоручать кому-либо из своих ребят эти дела он не хотел. Слишком много личного оказалось здесь теперь замешано.

* * *

Алексей уверенно набрал номер телефона опера. Никаких особых мотивировок для встречи придумывать не собирался: нет ничего странного или сомнительного в том, что руководитель службы безопасности банка интересуется обстоятельствами убийства человека, входившего в близкое окружение его босса. На самом деле он, конечно, надеялся на то, что с помощью этого Фалеева, о котором упоминала еще Марина, удастся выйти на ее связи, пока неизвестные Алексею.

На том конце провода переспросили:

— Фалеев? А кто спрашивает?

Алексей представился. Собеседник хохотнул:

— Ну, коллега, слабы вы там по части обстановки в городе! Так-то ничего и не знаете?

— Нет. А что такое?

— Да арестовали еще позавчера нашего Фалеева. Об этом уже и во всех газетах написали, а сегодня, говорят, его, козла, в «Криминальных новостях» покажут. У нас тут такой шухер стоит!

— Слушай, я ничего не слышал — как-то мимо прошло. Что он натворил? Спьяну что-нибудь?

— Ну, прям! Если бы спьяну. Оборотнем оказался. Квартирная мафия. А вам-то он по каким делам нужен? — перешел собеседник на официальный тон.

— Собственно, мне нужен тот, кто работает по делу об убийстве артиста Македонского. Убитый был близким другом главы банка...

— Считай, Нертов, что попал по адресу. На мне теперь этот «глухарь» висит. Если, конечно, тут сам Фалеев чего не напорол,— вдруг додумался человек на том конце провода.— Слушай, мысль, а? Может, и ты со мной чем поделишься, как коллега с коллегой. Жду. Поговорим за рюмкой чая. Спросишь следователя Карпова — это я.

Усвоив намек, Алексей купил в первом же ларьке упаковку жестянок джина с тоником и выехал на Васильевский остров.

Карпов оказался довольно нервным парнем, которому было не больше тридцатника, но дать можно и все сорок. Алексей еще в годы обитания на 22-й линии — юрфаке университета — прославился среди однокурсников своим умением безошибочно вычислять возраст любого человека. Дело это было нехитрое (ради него он специально изучил кое-какую медицинскую литературу, а потому знал, когда и какие морщины появляются на

158

лице, что происходит с осанкой и походкой с годами, как изменяется голос), но у других студентов руки до этой хитрости не доходили, и Алексей вместе с одним своим приятелем порой развлекался тем, что заключал весьма выгодные пари. Со скромной погрешностью до двух лет он мог определить даже возраст женщины, что всегда потрясало всех спорщиков, но, увы, не слишком радовало сам объект пари...

Карпова старили седые пряди в проборе и желтоватые мешки под глазами. Слабости этого «следака» Нертов определил безошибочно: у мента явно были немалые проблемы с алкоголем. Что ж, это только облегчало задачу: разговорить такого человека не составляло труда. Хуже было бы, если б на его месте сидел застегнутый на все пуговицы, чопорный и подозрительный, какой-нибудь румяный ветеран органов.

Рассказанное Карповым даже и не удивило Алексея. Ему ли было не знать, что за дела творятся в городе в ментовке, давным-давно сблизившейся с бандитами разных мастей. Милицейские «крыши», группировки «компроматчиков» и выжимал долгов — все это было в порядке вещей, как и участие милиционеров в темных квартирных делах. Ходячая истина бандитов и воров, гласящая, что «хороший мент — это мертвый мент», подверглась корректировке в последние годы. Теперь хорошим был свой и живой.

Фалеев, как выяснилось, был не таким уж дураком. На территории своего отделения он не засвечивался. Работал в Озерках — помогал расчищать площадки под строительство особняков «новым русским».

Озерки — душевное местечко на окраине города — уже несколько лет как было облюбовано богатыми людьми. Когда-то, еще в начале века, оно было застроено дачами литераторов, артистов и художников. Теперь этот былой приют богемы представлял собой скопище ветхих деревянных построек с садами и огородами. Обитались здесь в основном старики-пенсионеры. Одни из них охотно продали свои дома, как только на них пошел спрос, и перебрались в городские квартиры со всеми удобствами, а на их участках уже строились затейливые особняки красного кирпича. Другие же старики заартачились, никакими деньгами было не выжить их с насиженных мест. Самые большие битвы разворачивались за присоединение участков, соседствующих с замками новых русских — владельцам замков требовалось расширение площадей. Если не помогали деньги, в ход шло все — шантаж, поджоги, угрозы и даже пытки несчастных владельцев бесценной земли, под которыми те в лучшем случае должны были заключать сделку купли-продажи, в худшем — подписывать дарственную на участок с постройками на имя неведомого им любимого племянника.

Фалеева взяли прямо в деле — когда с подростками-«отморозками» он пытал старика, упорно отказывавшегося обменять свой дом на комнату в многонаселенной коммуналке где-то на гнилой Лиговке. Старик и поведал своим спасителям, что уже год он выдерживал осаду прытких молодых людей, вначале «по-доброму» уговаривавших его продать дом и участок, а потом перешедших к угрозам. Бедолага-пенсионер исправно носил заявления в свое отделение милиции, там их принимали к сведению. Разве знал он, что милиция повязана с бандитами? В этот роковой вечер к нему заявился человек в милицейской форме, представился, показал удостоверение — все честь по чести. Начал расспрашивать, что к чему. Принялся советовать: мол, не связывайся ты с этими богатеями, дед, переезжай. Домовладелец упирался на своем. Вот тогда к нему и ворвалась эта шпана и набросилась на беспомощного старика...

— Как уж застукали опера Фалеева за этим делом, прямо на месте преступления — вопрос не к следователю Карпову,— закончил тот свой рассказ.— Так что перебрался теперь наш друган в «Крестовскую» ментовку. Выпьем за его здоровье, чтобы ему там хорошо и долго сиделось,— Карпов откупорил сразу две банки.

— Не могу, за рулем,— развел руками Алексей.

— Ну, чисто символически...

Нертов улыбнулся словам «следака», напомнившим ему о давнем соседе по житью в коммуналке — о домогавшемся Светки менте. Пришлось немного отпить.

— Слушай, а что за парень этот Фалеев? — спросил он, сделав глоток.

Карпов поморщился:

— Какой там парень — мужик за сорок. Сам ничего не пойму: немного ему и до пенсии по выслуге оставалось, ушел бы себе спокойно, а там уже химичил на всякие охранные лавочки. А главное, ты смотри, как хитер оказался — нигде, никогда своих доходов не засвечивал. Хотя, ты ж понимаешь, бешеные «бабки», наверное, мужик делал. Но, с тех пор как я сюда поступил, а это четыре года тому назад было, он все в одном и том же свитерке на службу ходил, одни башмаки топтал, что зимой, что летом. Вечно плакался: денег нет...

— Логично,— согласился Алексей: на то он и оборотень, чтобы выглядеть, как все.

— И жил-то бирюком,— продолжал «следак».— С женой давно развелся, сын в армии. Я даже не припомню, чтобы у него хоть когда-нибудь какая подруга объявилась — зря тут наши бабцы перед ним расфуфыривались. Нет, ты мне скажи, куда же он, зараза, деньги девал? С этими, что ли, делился? — Карпов воздел палец к грязному потолку.— Да,— вздохнул он под щелчок еще одной голубой жестянки,— стоило бы покопать, не было ли у Фалеева какого-нибудь интереса к вашему Македонскому. Нельзя не исключать того, что братишка актера — сомнительная, надо сказать, личность — спланировал это убийство, чтобы завладеть квартирой, а Фалеев ему и помог. Других наследников у Македонского не было. Сожительница эта его последняя — с ней он отношения не регистрировал, так что никаких прав на квартиру она не имела. Хотя, скажу тебе, есть там одно озадачивающее обстоятельство.

— Какое? — с некоторым замиранием переспросил Алексей.

— А вот, смотри. Вскоре после убийства актера эта гражданка по фамилии Войцеховская, работающая, между прочим, всего-навсего санитаркой в больнице, вдруг делает одну весьма дорогостоящую покупку. Она приобретает почти за пять тысяч долларов — бешеные деньги для санитарки — комнату. Здесь же, на Васильевском. Откуда у нее такие средства? На проституции ее не привлекали — этот заработок вроде как отпадает. Да если бы и прирабатывала она этим делом, невелики там доходы: больше трат на одежду, чем прибыли. Наследства она в последнее время не получала. Мать умерла несколько лет назад во Львове. Там квартира даже не приватизирована, в ней прописан ее отчим — мы проверяли по случаю. Ясно, что жилье то львовское Войцеховская продать не могла. Что остается? Предположим, это деньги ее родного отца, так?

— Почему бы и нет?

— Однако отца у нее как бы и нет: записан в свидетельстве о рождении со слов матери. Трудно поверить в то, что через двадцать с лишним лет этот папаша вдруг объявился да подкинул состояние дочурке, если он, как я выяснил, даже не появлялся на похоронах ее матери.

— Смотрю, вы ее плотно разрабатываете...

— Что ж ты думал? У меня эта Войцеховская в черном списке. Она тут к нам приходила — красивая девка, за такими как раз и могут числиться самые темные дела. Ревела белугой, горе неутешное изображала. А как допрашивать ее по краденому стали — путается. Это, мол, особой ценности не имело, то — вообще безделка,— Карпов щелкнул еще одной жестянкой и доверительно наклонился к Алексею.— Нет, ты мне как мужик скажи: чего это молодая девка будет жить с человеком на двадцать лет старше ее? Любовь большая? Как бы не так, знаем мы эту любовь с приглядом на денежки.

— Ну, а зачем была нужна ей смерть актера? — отстранился Алексей.

— Правильно вопрос ставишь. Вот и дошли мы, наконец, до этого пункта. Бог ты мой, да сговорилась она с каким-нибудь своим дружком, чтобы обчистить квартиру любовника. Алиби она себе обеспечила: отчалила на этот вечер к своей подружке, Македонский ее сам

162

туда отвез. Я тут так думаю: дружок-то этот был их общим знакомым. Актер внезапно возвращается в квартиру — застает там этого человека, а дальше события развиваются по знакомой схеме. Вору не остается ничего другого, как убить Македонского. Так сказать, эксцесс исполнителя. Шел на одно дело да переборщил — повесил на себя еще дополнительную статью.

— И что, есть какие-то предположения по этому дружку?

— Хрен тебе! Честно скажу, только между нами, да? — джин уже оказал свое влияние на Карпова, и он не темнил перед Алексеем,— ни-ка-ких следов. Честная женщина — ни одной связи, мужской, я имею в виду. Что делать?

— Значит, тупиковая версия,— подсказал Нертов.

— Во-во, а на мне этот «глухарь» висит. Тяжелой такой гирей. Там,— он показал в потолок,— и знать не хотят о том, что у меня таких убитых Македонских — десятки. Сам знаешь, бытовуха, коммуналки. Драки пьяные, дебоши, из-за очереди в туалет убивают. Тоже поди раскрой — мол, шел сосед по коридору да височком об утюг ударился, так ведь? Сам-то ты в ментовку не пошел, побрезговал. Сразу, видать, в банк, на теплое местечко?

— Да нет, я же сказал тебе, что успел в военной прокуратуре поработать. «Следаком». А когда учился, стажировался в уголовке.

— Ну, тогда уважаю,— Карпов отхлебнул из новой банки.— А то терпеть не могу этих мальчиков после университета. Правильные все. Чистоплюи. Методы им наши не подходят. Тут один мне говорит: что это, мол, вы «жегловщину» развели? Да еще к шефу с рапортом.

Разговор начал буксовать. Следователь, как назло, захмелел совсем не в той кондиции, что требовалось. Алексей пытался вернуть его в нужную колею:

— Слушай, а может, этот ваш Фалеев специально не стал засвечивать какие-нибудь связи Войцеховской? Если учесть, что он мог быть заинтересованным лицом?

— Прям там. Я лично этими связями занимался, потому как больно важная птица этот убитый. Она как в новую квартиру въехала — мы и в ней наблюдение установили.

— Молодцы. Как вы только умудрились наружку-то организовать...

— А зачем? Коммунальная квартира — это и зло тебе, и благо. Я что, это наши опера — разве не договорятся с кем-нибудь из соседей? Всегда!

— И что же? — насторожился Алексей.

— А то, что хаживает-таки к нашей барышне какой-то тип, один и тот же. Голос мужской в ее комнате соседи слышали. И все на повышенных тонах. Так что как теперь этот дружок в квартире появится — мы туда. Ждем-с. Только я тебе ничего не говорил.

— Чего же раньше-то не собрались, когда он там был?

— Ой, я тебя прошу! У меня таких Македонских и Войцеховских — десятки. За всеми не набегаешься. Честно скажу, некогда было. А тут начальство опять приперло. Раз уж Фалеева арестовали — такое пятно на весь отдел! — срочно выдавай хорошие показатели. А кляузное дело у нас одно. Эти деятели культуры уже столько «телег» понаписали во все инстанции! Лауреаты-депутаты, понимаешь ли. Вот и приходится теперь шевелиться.

— Ну, удачи тебе.— Алексей поднялся, чтобы попрощаться.

— Слушай, а ты чего приходил? — вдруг задумался Карпов.

— Так у тебя начальство и у меня — начальство. Тоже трясет: смертный случай в близком окружении, проверяй, кровь из носу, нет ли тут какой угрозы для жизни шефа,— нашелся Нертов.

— А, понятно... Козлы они все. Ну, бывай. Заходи еще. Хорошо поговорили. За рюмкой-то чая, а? — Карпов рассмеялся своей остроте.

«Итак,— размышлял Алексей, выходя из райотдела милиции,— что мы имеем после разговора с Карповым?

164

Уже кое-что. Правильно он ставит вопрос о деньгах — видимо, это те самые деньги, которыми и шантажировал Марину Шварц, говоря при этом и о каком-то жмурике. Деньги связаны с трупом. Это очевидно. Чьим трупом? Как тут не крути, а речь могла идти об убийстве Македонского...»

Нет, одернул он себя, опять нестыковка: если Марина была задействована в этом убийстве, зачем ей потребовалось просить его, Алексея, установить истину, хоть что-то разузнать? Она же сама жаловалась ему на ментов, волокитящих это дело! А что, если этот неуловимый Шварц говорил о каком-то другом трупе? Каком — остается загадкой. В любом случае, деньги, на которые купила комнату Марина, имели криминальное происхождение. Видимо, они были авансом за предстоящий выстрел.

Далее, перебирал Алексей, стартуя от райотдела, появилась информация об отце Марины, которого как бы и нет. Стоило бы его все-таки установить. Жизнь — штука сложная. Может, и общались они все эти годы. Тогда Марине был бы прямой смысл скрываться у этого человека, которого не установила ментовка. Лучшего убежища не придумаешь.

Как понял Алексей, Карпов еще не в курсе того, что Марина исчезла. Не сегодня-завтра он узнает об этом от квартирного стукача и, несомненно, объявит ее в розыск. Бегство одной из подозреваемых — это то, что ему сейчас надо. Примется искать — работа по делу будет как бы вестись, и никто не упрекнет следователя в бездействии. Хорошо это или плохо, что он, Алексей, будет не одинок в своих поисках Марины? «Черт его знает»,— подумал он. Обнаружив, могут ведь и арестовать, церемониться не станут, а такого исхода Алексей никогда бы не пожелал...

Выехав с Малого проспекта на 17-ю линию, Алексей свернул на Камскую улицу. Остановился у нужного дома, про себя отметив мрачноватость этого местечка. Сразу три кладбища, несколько церквей — большой оригинал, должно быть, был этот артист, коли выбрал себе квартиру при таком соседстве. «Действительно, что же все-таки она нашла в этом немолодом человеке?» — задумался Алексей, сам неприятно пораженный вдруг возникшей ревностью. Ревновать к покойнику было сверхглупо, однако мысль о том, что Марина может теперь сравнивать... Да, именно это неизбежное сравнение было не слишком комфортным для Алексея. Прежний любовник — знаменитый и великий, — наверное, он был талантлив во всем. И Алексей — кем он мог быть для Марины? Так, случайный порыв расстроенных нервов. Он вспомнил, с каким презрением произнесла она тогда: «Лешенька-охранник»...

«Как бы там ни было, а я еще жив, и в этом мое решающее преимущество», — с черным юмором рассудил он, открывая тяжелые двери подъезда. На Камскую улицу он решил съездить, чтобы разузнать: кто же все-таки появлялся здесь в день убийства Македонского? Марина говорила ему о том, что с соседями на эту тему никто вроде бы не разговаривал, да и Карпов об этом эпизоде в ходе следствия почему-то умолчал. Видно, что эта часть работы по каким-то причинам (или вовсе без причин — от великого пофигизма) была провалена.

— Никого и ничего не видела, ничего не помню, — затараторила бабулька, любопытное лицо которой Алексей приметил в одном из окон, еще сидя в машине. Именно она открыла дверь, когда он, представившись опером из отделения милиции, позвонил в первую квартиру на лестнице. Уверения были слишком горячими, а потому насторожили Алексея. Не боится ли чего старуха? Уж не припугнули ли ее в тот роковой вечер?

Нертов подступился к бабульке издалека:

— Вы знаете, подходил я к дому, вас увидел и свою бабушку вспомнил. Она у меня тоже все время у окошка сидит. Когда к ней ни приеду — знаю, что издалека увижу. Так приятно, что тебя ждут и встречают...

— А что ж нам, старухам, остается делать? Ноги болят — вот и сидим, на улицу глазеем. Одно развлечение осталось.

— Что же, и телевизор не смотрите?

166

— Какой там телевизор! Уже давным-давно сломался, а на новый денег теперь нет. Ты-то, я вижу, внук хороший, свою бабку навещаешь, а мои, чтобы приехали — разве на похороны дождусь. Твоя бабушка какого года рождения?

— Двадцатого,— сказал наугад Алексей про вымышленную им бабушку, потому как обе его бабушки, увы, давно уже умерли.

— Совсем молодая, ей еще бегать и бегать. А я с девятьсот шестого,— с почтением к своим годам произнесла старушка.

— Никогда бы не подумал!

Галантность Алексея растопила сердце бабульки, и она все-таки впустила его в квартиру. Старушка была явно из тех, что сохраняют ясность и остроту ума даже и к девяноста годам. Прикинув, что у нее должна быть неплохая память о былых временах, Алексей решил поднажать на сознательность:

— Опытные следователи говорят мне, что тяжело теперь стало работать. Прежде люди перед милицией не ловчили, власть уважали, порядок был. Долг свой люди знали.

Старуха вопросительно посмотрела на Алексея, пожала плечами:

— Кто ж от долга-то отказывается?

— Помогать надо, бабушка, тем, кто вас охраняет и защищает. Не подскажете вы — помогут другие соседи, которые видели. А прознает про то мой начальник, а он у нас человек старой закалки, так заставит меня потом вас привлекать. Отчего это, мол, гражданка такая-то отказалась от сотрудничества со следствием, покрыла чужие темные делишки? Так ведь получается?

— А чего это ты меня пугаешь?

— Не виноват — служба у меня такая,— как можно располагающе улыбнулся Нертов.

Старуха поджала губы.

— Темень уже на улице-то была,— нехотя начала она,— но видела я кое-что в тот вечер. Входила сюда одна парочка под ручку.

— Погодите, бабушка, их двое было? Точно?

— Ну, говорю тебе: двое, незнакомые, объявились сразу же, как Пашка с этой своей рыжей на машине уехал. Потом Паша опять вернулся, но один.

— А эти?

— Не знаю.

— Ну, бабушка...

— Я тебе говорю: не знаю. При мне из дома они точно не выходили, за это я тебе ручаюсь. Потом-то я спать пошла, что было ночью — не знаю. Но сплю я, кстати, чутко — все шаги на лестнице слышу, потому что у меня кровать стоит прямо у той стены, что выходит на лестницу. Так я на каждый шорох просыпаюсь.

Алексей отметил добровольное мученичество любопытной старушки...

— И что же, уверены в том, что в эту ночь вниз никто не спускался?

— Считай, что уверена,— довольная своей наблюдательностью, ответила старуха.

— А почему вы не захотели говорить мне об этом сразу? Они вам грозили?

— Да нет, я с ними вовсе не разговаривала.

— Так в чем же дело?

— В чем, в чем? — вздохнула бабушка.— Ты вот не можешь понять, что значит быть такой одинокой старухой, как я. То и дело кто-нибудь наведывается.

— В смысле?

— Жилье мое всех интересует. То в почтовый ящик какую-нибудь гадкую листовку сунут: мол, завещайте нам вашу жилплощадь, а мы устроим вам пышные похороны. Нашли дуру! То, значит, один тут молодой человек все ходил: обещал уход и деньги, если я его пропишу. Боюсь я теперь всех этих незнакомцев. Ты-то что на это скажешь? Что ты там говорил насчет того, что вы нас охраняете и защищаете?

— Я одно могу сказать: гоните всех их в шею, листовку выбрасывайте и ни под чем не подписывайтесь. Лучшего не придумать.

— Ну-ну,— кивнула бабуля.— Сейчас, может, тоже обойдемся без протокола?

— Само собой. Только если вы, бабушка, такой наблюдательный человек, объясните мне, почему вы не услышали обратных шагов этой парочки на лестнице?

— Очень просто. Ты выйди во двор-то. Туда тоже Пашкины окна выходят. Да посмотри — сам все поймешь.

На прощание Алексей развернул перед старухой листок с портретом, сделанным Ильей.

— Этот человек? — Он почти был уверен в том, что старуха должна была приметить лица спутников в глазок двери.

— Что ж, похож. Но точно не скажу. Кепка, вроде, такого фасона. В усах он был — как этот твой.

— А что на нем было надето?

— Что-то темное. Кажется, кожанка.

— А женщина-то как выглядела?

— Не рассмотрела...

— Ну, бабушка,— в очередной раз едва не застонал Алексей: каждое слово приходилось тянуть из старухи как клещами.— У этого и усы разглядели, и кепку. А с женщиной, я смотрю, отчего-то морочите мне голову.

— Да не вру я тебе! Я как в глазок глянула, девка эта уже мимо промелькнула, по лестнице пошла. Значит, только парень на площадке и был — его и успела разглядеть.

— Так-так,— задумался Нертов.— И одежду ее не приметили? В чем она была? В куртке, в шубке, какого цвета?

— Господи, так прямо и спрашивай! А то — как женщина выглядела,— передразнила его интонацию хитрая бабуля.— Может, хорошо выглядела, может, плохо — этого я, конечно, заметить не успела. А вот какое пальто на ней было — это, пожалуйста, я тебе скажу.

— И?

— Знаешь, такое длинное, с большим капюшоном, как они теперь носят. Обшлага чуть не по локоть... Красивое пальто.

— А цвет?

— Что-то зеленое. Вроде, как у Пашкиной подруги было.

— Бабушка,— вдруг осенило Алексея,— а не она ли это и была?

— Здрасьте! Я же тебе говорила, что она как раз перед этим с Пашей и уехала,— старуха удивилась непонятливости Алексея.

— И все же? — переспросил он.

— Точно не она! Я же, милый мой, всех тутошних жильцов по походке знаю. Никогда не перепутаю, кто по лестнице поднимается или спускается, мне и в окно выглядывать не надо. Маринка та, Македонская, легко ходила, ее почти и не слышно было. Цок-цок, и нету. А эта, как лошадь своими каблучищами, еще и ногами шаркала...

— Ну, бабушка, вам бы в сыск идти работать! — невольно присвистнул Нертов.— Цены бы вам не было.

— Все, милый, больше я тебе ничего не скажу,— старуха вдруг посуровела.— А цену-то я себе знаю, обо мне не беспокойся,— бросила она ему на прощанье еще одну загадку, которую Нертов и не расслышал: дверь уже захлопнулась.

«Значит, не Марина,— угрюмо бормотал он, выходя из подъезда.— А кто-то другой, одетый под нее. Кому же это, спрашивается, понадобилось повесить на нее и это убийство? Чем дальше в лес — тем больше дров... Впрочем, нет. Убийство это, судя по всему, было случайным: актер вернулся незапланированно домой — застал нежеланных гостей, и вот результат. Повесить на Марину хотели, скорее всего, просто квартирную кражу: то ли для того, чтобы отмести следы, то ли, чтобы скомпрометировать перед Македонским, а почему бы и нет? Какая-нибудь его прежняя подружка проклюнулась, отомстила — запросто может быть... Еще один мотив!» Дело лишь осложнялось этим новым обстоятельством...

Алексей завернул во двор, чтобы увидеть то, на что ему посоветовали посмотреть. Так и есть: под окнами квартиры Македонского наискось шел крытый железом широкий козырек какой-то хозяйственной пристройки. Убийцам, если они только не были немощными калеками, не составило труда выпрыгнуть из окна и спуститься на землю по этому козырьку. Старуха и не должна была слышать шагов на лестнице — парочка, безусловно, покинула дом через двор.

Кем же они были? Девица — подстава, в этом Алексей почти и не сомневался, зачем же еще надо было нацеплять на нее пальто в точности как у Марины, и этот человек? Не тем ли вторым пассажиром, что сидел рядом с Мариной в наведывавшейся к его отцу «Ниве»? И не тем ли, кто навещал Марину под именем Шварца? Ответ на последний вопрос мог дать только Петр, вышедший за ним из Марининого дома в ночь перед поездкой. Но Петр был мертв. И назавтра как раз были назначены похороны разбившихся ребят. Алексей даже вспоминать не хотел о том, как наутро после исчезновения Марины он отправился в их семьи, чтобы сообщить о случившейся трагедии...

Картина не прояснялась — появились лишь два или три, самых первых, фрагмента головоломки, к причудливым очертаниям которых надо было подобрать стыкующиеся с ними эпизоды, лица... Знать бы еще — где подобрать, где найти...

Алексей вспомнил заповеди незабвенного отца Брауна.

Где прячут лист? В лесу.

Где прячут камень? На морском берегу.

Где можно спрятать труп? В куче других трупов...

Легко было выстраивать свои комбинации Честертону — в те времена, когда были лишь три мотива убийств: наследство, титул и месть. «Впрочем,— подумал Алексей, бросая прощальный взгляд на эти кладбища, обитатели которых наверняка унесли с собою в могилы тысячи и тысячи кровавых тайн и неразрешимых загадок,— что, собственно, изменилось? Мотивы — все те же».

Что же это он, Алексей, сосредоточился только на деньгах? Разве не мог кто-нибудь пожелать смерти его отца из мести, вовсе не связанной ни с делами завода, ни с деньгами? Месть... Нелепое, вроде, предположение, но как знать?

Он выехал уже на набережную Невы и все повторял: «Где прячут лист — в лесу. Где прячут камень — на морском берегу. А где прячут деньги? В куче других денег! Как же я не догадался прежде?» Если причиной попытки устранения его отца были деньги, то искать эти деньги, а значит, и мотивы убийства, надо в самом банке, и только там. К черту старомодную месть!

Алексей вернулся в офис и уже совсем в ином расположении духа, чем утром, уселся за рабочий стол. Решительно вынул подготовленные Ковалевой бумаги и углубился в чтение.

* * *

Первыми в папке лежали страницы статистики, из которых Алексей почерпнул, что только за последние три с половиной года в стране были совершены 84 вооруженных нападения на руководителей и работников российских коммерческих банков, 46 банкиров и служащих погибли. Леночка подбирала информацию явно в банковском разрезе, а потому не сочла нужным сообщить что-либо о покушении на директоров предприятий. Однако и этих цифр было достаточно. Стреляют, значит. А еще взрывают, топят, травят. Веселое это занятие — иметь дело с большими деньгами! Так сказать, современные гладиаторские бои.

Следом шел прейскурант киллерских услуг, последние данные по Питеру. Клиент, не пользующийся защитой телохранителей, — от 7 тысяч долларов. Клиент с охраной — от 12 до 15 тысяч баксов. Предоплата — 50 процентов, остаток суммы выплачивается по результату. Итак, если аванс Марины был равен 5 тысячам, цене этой ее комнаты, то речь, скорее всего, шла о клиенте с охраной. Его отец вполне подпадал под эту дорогую категорию. Марине никаких дополнительных денег, кажется, не обещали. Из чего и следовало, что остаток суммы должен был прикарманить скорее всего этот Шварц.

Так, работа наших питерцев за границей... Это нам не надо, но любопытно. Ого, куда добрались — до Австралии.

Заказчики... «Киллер редко знает непосредственного заказчика,— читал Алексей.— Как задание, так и средство исполнения заказа он обычно получает от посредника, фирменного специалиста по заказным убийствам. Слухи о существовании киллерских бирж не лишены основания».

Центры подготовки киллеров... Есть и такие. «Будущих профи, преимущественно бывших военнослужащих или спортсменов, обучают бывшие сотрудники спецслужб СССР, вышедшие в запас офицеры ГРУ и КГБ».

Преступные группировки, специализирующиеся на заказных убийствах... Так-так, это уже ближе к теме. Банда Савицкого — выпускника физкультурного института и бывшего опера одного из районных управлений внутренних дел, заинтересовала Алексея. Он внимательнее вчитался в страницы, до того лишь бегло перелистываемые. «Группировка занимает лидирующее положение в этой сфере, в качестве платы за услуги входит в долю бизнеса заказчика. Савицкий в совершенстве владеет принципами оперативно-розыскной деятельности и необходимой конспирации. На будущих жертв собираются подробные досье, за ними ведется наружное наблюдение, а также проводятся видеосъемка и запись телефонных разговоров...» Шел перечень фирм, руководители которых были устранены «братвой» бывшего опера-спортсмена — впечатляющий список. Убийство сразу нескольких лидеров одного преступного сообщества, тот нашумевший новогодний расстрел в сауне — тоже, оказывается, за людьми Савицкого. Все это — данные хорошо информированных источников...

«Почему это у органов наших нет таких источников, какие есть у Леночки Ковалевой? Или сидят доблестные правоохранители, ждут, пока бандиты сами уничтожат друг друга — перегрызутся, как пауки в банке?» — подумал Алексей. Он припомнил, как еще на первой стажировке его посвящали в методы работы с «барабанами», то бишь агентами-стукачами. Тогда, в конце восьмидесятых, опер получал на всю свою территорию по пятнадцать-двадцать рублей на поощрение агентуры. А что теперь? Если перевести те крепкие дореформенные рубли на нынешний курс, то и того меньше выходит. Вот и отплачивают агентам разным конфискатом — бабам шмотками, мужикам водочкой, а то и наркотой. Ценные, однако, «барабаны» — в лучшем случае алкаши, в худшем просто бандюганы, припертые к стенке старой прописной истиной, гласящей, что разумнее стучать, чем перестукиваться. Сегодня агента удерживают скорее компроматом, чем деньгами. Идейных сексотов днем с огнем не сыщешь. Старую агентуру — как ветром сдуло. Еще несколько лет тому назад, как только пошли первые разговорчики о том, что неплохо бы назвать всех поименно: пригвоздить к позорному столбу тайных помощников спецслужб. Мало ли что там говорится сегодня в законе об оперативно-розыскной деятельности, в той его части, где расписано насчет защиты агентуры. Всяк не дурак — соображает, что нет смысла работать на хозяина, который завтра тебя может и предать.

«Ну, Ковалева, ну, умница! — с долей понятной зависти отметил Алексей. — Чем же это она удерживает свои старые связи?»

Перелистнув страницу, он увидел и приведенный Леночкой номер пейджера людей Савицкого, по которому можно забросить свою заявку — оставить данные посредника в так называемом голосовом почтовом ящике и спокойно дожидаться, пока «братва» сама выйдет на тебя. Просто до гениальности!

Что там дальше? Портрет киллера-профессионала... Интересно... «Мужчина от тридцати и чуть старше, как правило, служивший в элитных армейских подразделениях или спецслужбах. Отличная физическая подготовка, владение различными видами огнестрельного оружия. Наркотики и алкоголь не употребляет. Эмоциональная чувствительность — пониженная. Отсутствие крепких связей с внешним миром. Как правило, происходит из

174

неполной семьи, с которой нет контакта в настоящее время. Не выяснено: использование получаемых средств киллером-профессионалом, обычно ведущим асоциальный образ жизни. Ликвидация киллера наступает после третьего-четвертого выполненного им заказа, если до того он не успевает скрыться, полностью изменив свою внешность и официальные данные».

«Примечание» — было вписано уже от руки аккуратной Леночкой. Что же там такого примечательного? Ах, вот что... «В последнее время на киллерских биржах появился особо ценимый товар — женщины. Последние, способные исполнить заказное убийство, ценятся дороже мужчин. Их участие в убийстве гарантирует стопроцентную конспирацию и успех, поскольку охрана традиционно ориентирована на то, что опасности следует ожидать исключительно со стороны мужчин. Женщина не вызывает подозрений, возможности ее маскировки намного шире (далее следовало упоминание ставших уже легендой заказных убийств, совершенных „колясочницей" и „челночницей"). Вербовка производится среди спортсменок и бывших военнослужащих. Цикл использования женщины-киллера примерно в три раза длиннее цикла использования мужчины-киллера — благодаря большому спектру ресурсов изменения внешности».

«И на том спасибо»,— подумал Алексей. Выходило, что его Марину еще только начинали втягивать в это опасное и безумное ремесло. Ее данные полностью подпадали под требуемый стандарт: бывшая спортсменка, одна, никаких крепких связей, полное перекати-поле. Эмоциональная чувствительность? Видимо, по прикидке вербовщиков, нулевая — спокойно пережила смерть матери, смерть любимого человека. Действительно, припомнил Алексей, он не заметил и следа слез на ее лице в день похорон актера Македонского. Стояла себе в сторонке со свечкой и даже не подошла к гробу попрощаться, когда его отпевали в Спасо-Преображенском соборе — похороны по высшему разряду организовал Чеглоков, зная нищету театральной элиты. Тогда эта холодность Марины прошла мимо внимания Алексея.

Сейчас, в воспоминаниях, озадачила. Слишком легко расставалась она со своим прошлым. Ведь и про Львов свой она еще на пикнике сказала ему коротко: уехала — и забыла. Странный она все-таки человек. Алексей уже не сомневался в том, что и его самого она точно так же вычеркнула из своей жизни, как свою юность во Львове, как покойного Македонского. Надо ли теперь ее искать — чтобы найти и натолкнуться на холодное безразличие?..

Такие вот мысли приходили в голову Алексею, пока он осиливал Леночкин талмуд и сопоставлял прочитанное с событиями, развернувшимися вокруг его семьи, вокруг Марины, волей-неволей втянувшей его в свои темные дела.

Следующие разделы «справки» были просто потрясающими. Список постоянных заказчиков питерской биржи, среди которых он нашел немало фамилий, бывших на слуху: это были не только бандиты, но и разные так называемые публичные фигуры — от руководителей предприятий до политиков. Этот список следовало основательно изучить, попытавшись вычислить и в нем того заказчика, которого он искал. Чем черт не шутит?

Далее на карте одного из промышленных районов города, раскинувшегося вдоль Московского проспекта, был помечен спортивный зал, в котором проходили тренировки киллеров — находился стенд для стрельбы. К удивлению Алексея, крестик был поставлен не на здании, а прямо на пустыре. С примечанием: зал подземный, спуск через люк. Алексей уже бывал на таких подземных стендах — еще в университетские годы, когда они ныряли в люк прямо на Менделеевской линии и оказывались в тире, расположенном где-то прямо под роддомом, то бишь Институтом акушерства и гинекологии. Забавное было соседство.

Посылать кого-нибудь на пустырь для наблюдения было делом сверхрискованным. Да и за чем, собственно, наблюдать? Не войдет ли туда человек, портрет которого набросал Ильюха? Несерьезно.

176

Нертов понимал, что обращение к Леночке Ковалевой стало теперь просто неизбежным. Его следовало обдумать до мельчайших деталей, вплоть до интонаций. Хотя Леночка и потрудилась на славу, составляя свой отчет — выдала, кажется, всю имеющуюся у нее информацию, Алексей относился к этой даме с понятной опаской. Зная нравы спецслужб, он не мог быть уверенным до конца, что Леночка — то создание, за которое она себя выдает. Слухи о вышвырнутой на панель капитанше могли быть всего лишь частью легенды, придуманной ради того, чтобы внедрить своего сотрудника в коммерческие структуры. Леночкина самоотверженность вполне могла предполагать ее согласие и с такой легендой. Короче, ценный банковский кадр был способен работать на два фронта.

Алексей посмотрел на часы — половина седьмого, рабочий день завершен. Немного поколебавшись, он набрал трехзначный местный номер. Трубку сняли.

— Елена Викторовна?

— На проводе,— доложился бодрый голос Ковалевой, казалось, только и ждавшей этого звонка.

— Лен, надо бы обменяться...

— У райкома двух мнений быть не может: спускаюсь,— пошутила она в старом аппаратном стиле, не совсем понятном Алексею. Подобными остротами щеголял его отец, наталкивая Алексея на размышления о пропасти поколений.

Вечерний свет, к счастью, поглотил весь ее несуразный грим. Она вошла в кабинет, изящная в своем итальянском фисташковом костюме. («Дает себя знать тяга к маскировочным цветам»,— отметил Алексей.) Под конец рабочего дня венчик завитых волос, наконец, опал, и Леночка приобрела вполне естественный вид — почти без следов казарменного шарма.

Отсыпав ей кучу комплиментов за проделанную работу, Алексей приступил к главному:

— Лена, мне надо вычислить одного человека. Я думаю, он обретается где-то там, где ты нарисовала.

— ? — весь вид Ковалевой изображал полную боевую готовность.

— Да присядь ты наконец.

— Привычка — стоять навытяжку перед начальством... — скокетничала она.

— Брось ты эти привычки. Мы же с тобой гражданские люди,— сказал он устало.

— Уяснила. Что за проблема?

Ковалева медленно села на высокий стул напротив его стола, красиво положила ногу на ногу. Алексей на секунду задержал свой взгляд на ее точеных ногах, крепко обтянутых плотными черными колготками. Где-то он уже видел такую картинку, в каком-то фильме. «Играет дамочка»,— отметил он.

— Проблема, Елена Викторовна,— как можно официальнее начал Нертов,— заключается в том, что есть один посредник по кличке «Шварц», нанявший киллера для заказного убийства директора одного предприятия, клиента нашего банка. Темнить перед тобой не буду, ты у нас женщина проницательная. Этот клиент — мой отец.

Леночка присвистнула.

— Догадываюсь я, что ты и сама уже кое-что знаешь. Разве не любопытствовала про посланную к нему охрану?

— В общем-то, да... — Прежде чем ответить, Ковалева немного помедлила.

— Ну, так помоги мне, прошу. Не в службу, а в дружбу. Самому мне это дело не поднять. Это у тебя — агентура, связи, а у меня кот наплакал.

— Чего же ты от меня хочешь? — уже по-деловому переспросила она, как-то слишком сухо и равнодушно, чем несколько даже озадачила Алексея: не было у этой Ковалевой никаких эмоций — просто машина какая-то, а не женщина.

— Немного: вычислить одного типа. Тогда и кое-что остальное встанет на свои места,— при этих словах Нертов виновато глянул на Леночку: он понимал, что это уже сверхпросьба...

Продолжая пристально смотреть на Алексея, Леночка потянулась к его сигаретам на столе. Алексей подал

178

зажигалку. Ковалева медленно выпустила струю дыма в потолок, прикрыла глаза. Вновь посмотрела на Алексея каким-то напряженным взглядом. Нертова всегда озадачивал этот ее взгляд, подкрепляемый сведенными к переносице бровями: то ли она была близорука, то ли у нее болела голова. Прижав ладонь к виску так, будто на этот раз ее и в самом деле изводила головная боль, Ковалева почти шепотом спросила:

— Девушку тоже искать будем?

В кабинете повисла пауза. На мгновение Нертов потерял дар речи.

— Какую девушку? — наконец, тихо спросил Алексей, не ожидавший, что Ковалева настолько въехала в его дела.

Она встала, подошла к окну и резко развернулась спиной к затрещавшим жалюзи. Теперь ее лицо было неразличимо. Алексей почувствовал себя пригвожденным к столу не столько ее неожиданным вопросом, сколько самой сменой ролей и обстановки. Кажется, сейчас следователем была она, а не он.

Ковалева вновь затянулась сигаретой и с явными нотками раздражения в голосе заговорила:

— Нертов, ты извини, конечно, но Питер — город маленький. Информация не залеживается. Если ты хочешь, чтобы я тебе помогла, как ты только что сказал, то тебе придется отвечать откровенностью на откровенность. Не думай, что это хороший вариант — использовать кого-либо «втемную». Так дела не делаются.

— Лен... — обратился он к размытому пятну на фоне окна, сам не зная, как сейчас ее назвать.

— Что, Лен? — перебила она.

— Ну, товарищ капитан,— попытался разрядить он обстановку,— я ведь не со зла. Клянусь: я просто обалдел, когда ты мне этот вопрос задала. Честное слово, растерялся. Знал, что ты хитрая штучка, но чтобы так? Как ты все это вычислила?

Леночка вздохнула и отошла от окна.

— Хочешь выведать у меня оперативные секреты? — с привычной насмешливостью, в которой не было уже и отголоска только что прозвучавших железных ноток, спросила она.

— Угу. Мечтаю повысить свою жалкую квалификацию.

— Да здесь и думать было не надо. Неужели не понятно тебе, что как только ты поставил ту квартиру на прослушку, этим не могли не заинтересоваться...

— Кто? — зачем-то задал неуместный вопрос Алексей.

— Кто-кто? Кому надо — тот и не дремал. Леша... — Леночка запнулась.— Мне очень жаль, что девочка исчезла. Такая красивая у вас ночь была — кино!

Алексея уже начала бесить эта дамочка.

— Ну, знаешь ли... — сказал он вслух, а про себя подумал, что стоило бы турнуть ее из банка.

— Да не волнуйся ты так, не переживай. Только я одна и слышала. Могу, кстати, выделить вещдок, пленочку — на память.

— Погоди, Ковалева, а зачем тебе это было надо?

— Что это? — Леночке явно не понравилась его интонация.

— Ночь-то эту ты зачем слушала?

— Из эстетического удовольствия, Нертов. Люблю красивые вещи,— ответила она уже безо всякой игривости.— Ладно, давай переходить к делу. Папаша твой, ты уж прости, по уши в дерьме оказался.

Алексея передернуло от слов Ковалевой.

— Ну и что же рекомендует твой аналитический ум?

— Ты уже и сам до всего дошел. Вычисляй, из-за чего отца твоего решили убить. А девушку эту я попозже возьму на себя. Согласен?

— Лен, мне кажется, что надо плясать от Шварца — с него и начинать поиски...

— Марину,— продолжала Ковалева, как будто и не расслышав его реплики,— я думаю, мы все равно не найдем. Пока. Особая штучка эта твоя Марина. Тебя еще ждут большие открытия с нею. Помяни мое слово. Ночка эта первая — только цветочки...

Алексей окончательно растерялся: Ковалева говорила какими-то загадками.

180

— Ладно, не буду смущать,— по-деловому отрезала Леночка, в очередной раз перевоплощаясь в капитана Ковалеву.

Алексей уже подустал от этой схватки с милой хамелеоншей — неизвестно было, как заговорит она с ним в следующую минуту.

Ковалева наклонилась над столом, обдав Алексея душным запахом терпкой смеси ванили и розы. Он припомнил, что его бывшая жена Светка, острая на язык, когда речь заходила о других особах, всегда называла такие духи ароматом старой женщины.

— Доставай свои листочки. Будем разбираться,— показала она на ящик, в котором были заперты схемы Алексея.

Колебаться не приходилось — и Алексей рассказал Леночке почти все, что знал.

Только ближе к полуночи Нертов смог добраться, наконец, до дома, где его заждалась с ужином Светлана. Это было еще одно осложнившее его жизнь обстоятельство, о котором пока никто, слава богу, не ведал — в том числе и сверхпроницательная Леночка. Даже Светкина мать не знала о том, что дочурка не далее как пару дней тому назад перебралась жить к Алексею, удрав от своего высокопоставленного Лишкова.

* * *

Светка появилась позавчера в это же время, будь она неладна. В последние полгода у нее начались какие-то проблемы с ее супругом, и она повадилась изливать душу своему бывшему мужу. Владимир Иванович Лишков, довольно высокопоставленный чиновник городского фонда госсобственности, представал в этих Светкиных рассказах безумным деспотом и тираном, вымещавшим на юной жене все свои жизненные неудачи и карьерные промахи. Как-то Алексей посоветовал Светке сделать решительный выбор да сдать это старье в утиль, но она поняла его по-своему и принялась намекать на возобновление былых отношений, что, конечно, вовсе не входило в планы Алексея. Что он и дал ей понять — к огромному неудовольствию Светланы, на пару недель даже исчезнувшей со своими традиционными ночными страданиями.

Радости от того, что бывшая супруга объявилась вновь, он не испытал. Не до нее сейчас было, не до этих горестных девичьих страданий, порядком утомлявших Алексея. Он сегодня, как и вчера, опять мотался в городок — его не оставляли подозрения, что Марина может объявиться там с его же оружием, он уже не знал, чему ему верить, а чему нет...

— Свет, ты прости, но я уже сплю. День был тяжелый,— начал Нертов без обиняков, когда она позвонила позавчера.

— Леша-а! — завыла Светлана на том конце провода.

— Господи, ну что там у тебя? Джакузи засорилась, солярий перегорел, Владимир Иванович тебе изменил?

— Леша-а! — Светка и в самом деле рыдала.— Ты можешь за мною приехать?

— Зачем?

— Можно, я у тебя поживу? Недолго. Потом сама что-нибудь найду, устроюсь...

— Что случилось-то?

— Приезжай, ты ведь любил меня когда-то?

— Ты можешь сперва объяснить, что за блажь такая?

— Нертов, мне, правда, очень, очень плохо,— проговорили она как-то заторможенно.

«Напилась, что ли?» — подумал Алексей, зная этот Светкин грех: в бездельи абсолютного жизненного комфорта Светлана, давно уже бросившая всякую работу, повадилась попивать. Только после того, как с нею случилась эта оказия, Алексей стал приглядываться к женам других заметных деятелей и сделал изумившее его открытие. Оказывается, едва ли не через одну они испытывали все те же проблемы. Советчица-Леночка, к которой он обратился со своим наблюдением, подсказала: «Это называется болезнью дипкорпуса. Приемы, банкеты — люди втягиваются, привыкают пить каждый день. Мужикам удается держать себя в форме, им работать надо, а бабы при таком образе жизни быстро сдаются. Дело известное».

— Светка, ты сколько сегодня выпила?

— Чуть-чуть. Только для расслабухи. Леха, я ведь не шучу. Забери меня отсюда. Он меня убьет,— абсолютно трезвым голосом выпалила Светлана.— Приезжай, сам все увидишь.

Она повесила трубку.

Как бы там ни было, а Алексей догадывался, что заурядная бытовуха бывает не только среди обитателей коммуналок, и потому он вполне серьезно отнесся к пьяным Светкиным словам. Он набрал ее номер:

— Ну что, не передумала?

— Леша! — в квартире Светланы и в самом деле раздавались какие-то крики.

За четверть часа он домчался до Невского. Растрепанная Светка стояла у подъезда — в тяжелой шубе не по погоде и с чемоданом. «О, боже,— подумал Алексей,— только этого сокровища мне сейчас и не хватало!» Светка нырнула в машину, закинув чемодан на заднее сиденье. Алексей не смог не заметить припухшую левую скулу.

— Что ты там натворила? — устало спросил он, выруливая на площадь Восстания, с которой когда-то и позвонил Светлане, едва прибыв в Питер после армейской службы. И двух лет с тех пор не прошло, а кажется, что так давно это было...

— Не я — он! Ну, услышала один разговор. Что-то спросила... А он на меня — с кулаками. Он чокнутый. Кричал, что это мои шубки да брюлики его погубили. Как бы не так! Он и до меня этим занимался!

— Свет, я ничего в ваших делах не понимаю. Кто, чем, когда, почему... Ты-то сама чего хочешь?

— Развода!

— А что тебе мешает? Детей нет, имущественных претензий нет — будто не помнишь, как у нас с тобой это было? Раз-два, и свободные люди.

— Наивный ты у меня человек! — Светлана засмеялась.— Он меня теперь не отпустит.

— В чем проблема-то? — Алексею уже надоел этот разговор, и он думал лишь о том, как бы спокойно доехать до дома. Он устал, смертельно устал, завтра его ждал тяжелый день, и Светкины страдания выглядели лишь досаждающим обстоятельством. Нертов прикидывал, как бы так пристроить ее в квартире, чтобы не мешала она ему, не вторгалась в заведенный порядок вещей. Он может устроиться на кухне — поставит там гостевую раскладушку, а она пусть располагается в комнате.

— Проблема,— откликнулась Светка, когда они уже переехали через мост и мчались по Свердловской набережной,— заключается в том, что на меня кое-что оформлено. Соображай, студент.

— Много?

— Как сказать... Парочка фирм в Литве, дом в Финляндии, какие-то акции. И не сосчитать, что я наподписывала за это время...

Алексей присвистнул:

— Ну ты и влипла! Не горячись с этим разводом.

Лучший совет был — оставить все как есть. Алексей напомнил Светке о печальной судьбе одной банкирской супруги, скончавшейся как раз накануне бракоразводного процесса.

Они уже подъехали к дому. Светка выволокла из машины свой тяжелый чемодан.

— Что это тут у тебя в сундуке, кирпичи, что ли? — невольно спросил Алексей.

— Ага. Те самые, что на голову падают.

— Не понял...

— Да так, прихватила кое-что. Исключительно для самообороны,— загадочно улыбнулась она, когда они вошли в лифт.

— Светка, ты не переиграй...

— Не бойся!

Лифт со скрежетом доставил их на нужный этаж. Войдя в квартиру, Светка, к счастью, не стала церемониться, а сразу рухнула на кровать и уснула. Алексей внес на кухню чемодан, без особых трудов вскрыл замки. Крышка откинулась, и перед ним предстало содержимое явно опустошенного Светкой сейфа чиновника. Акции, облигации, стопки чистых бланков фонда госсобственности с заранее проставленными печатями и подписями —

целое состояние, к которому лучше было бы и не прикасаться.

Алексей застыл в недоумении: опасную игру затеяла его женушка!

* * *

...Этот скандал в доме Лишковых вспыхнул вроде бы и без особого повода. Владимир Иванович вернулся поздно — был на приеме в одном консульстве. В прихожей супруг долго возился с замком. Потом, пыхтя, стаскивал с себя одежду. Плюхнувшись на диванчик, он никак не мог стянуть с себя ботинки, врезавшиеся в распухшие к вечеру ноги.

— Надрался,— с нескрываемой ненавистью процедила Светка, все это время мрачно наблюдавшая за перебравшим мужем.— Господи, когда это кончится?

Раскачиваясь, Владимир Иванович приоткрыл затекшие веки.

— Дура,— безразлично констатировал он.— Помогла бы лучше мужу разуться. Чего уставилась?

Светлана грохнула дверью в свою комнату и включила телевизор. Лишков что есть силы запустил ботинками в эту дверь. Светка не откликалась — она давно уже привыкла к выходкам мужа и уяснила для себя, что связываться с ним в таком состоянии не имеет смысла. Утром все равно как миленький прибежит на цыпочках и будет умолять не бросать старого доброго «папика». Однако на этот раз события развивались не по заведенному сценарию. Лишков ввалился в комнату, тяжело дыша и держась за стену.

— Светик! — осклабился он, еле удерживая равновесие.— Сейчас я буду тебя любить!

Светлана застонала: только этого ей не хватало — Лишков и по трезвости еле-еле управлялся со своими супружескими обязанностями.

— Так, значит, ты со мной. Отказываешь... А я здесь посплю. В ножках у любимой.

Лишков уселся прямо на пол, прислонившись к стене. На минуту задремав, он вдруг очнулся. Посмотрев на

Светлану уже иным, неожиданно жестким взглядом, он с расстановкой произнес:

— Это все ты.

— Что я? Шел бы спать, а?

— Это ты меня в этот блудняк втравила. Шубки, брюлики, Парижи, а расплачивайся дядя Лишков.

— Не заставляла.

— Суки все! — Лишков неожиданно проворно вскочил и рванул прямо к Светке. Она и опомниться не успела, как увесистая оплеуха отбросила ее с дивана. Следом на пол полетел только что купленный «Филипс», новенький телевизор. Светка взвизгнула и вылетела в спальню, где, закрывшись, начала названивать Алексею. Лишков барабанил в дверь, крича уже что-то нечленораздельное. Потом замолк.

В квартире установилась тишина. Осторожно выглянув в коридор, Светлана застала мужа спящим прямо на полу. На этот раз Светка была решительна в своем гневе на Лишкова, обманувшего все ее девичьи надежды: ни денег больших, ни карьеры — ничего этого юная супруга от мужа-чиновника не дождалась. Вместо этого она получила жизнь затворницы. Владимир Иванович панически боялся того, что Светлана одним своим видом — не таким уж плохим, надо сказать — засветит его доходы. Вот и на этот прием в консульство, как ни просила она, брать с собою не стал.

Светлана, еще сама не зная, зачем она это делает, потянулась к карману пиджака Лишкова и медленно вытянула из него связку ключей. «От квартиры, от машины, от кабинета, от сейфа»,— перебирала она. Последний ключ ее заинтересовал. «Покидать супруга — так с музыкой»,— злорадно решила она, еще не отдавая себе отчета в том, какие беды может накликать на себя.

Не разбирая особо, что за бумаги лежали в сейфе, она вывалила их в чемодан. Вытащила из плотно набитого гардероба последнее приобретение, сногсшибательную шубу, накинула ее на плечи и, обогнув спящего супруга, покинула квартиру.

Проснувшись поутру, Владимир Иванович зябко поежился от холода. «О, черт, как же я это на полу заснул?» —

пытался припомнить он свое ночное возвращение, но детали давались непросто.

— Светлана! — позвал он жену.

Та не откликалась. Видно, придется ему замаливать вчерашние грехи. Знать бы только какие?

— Свет, что вчера было-то? — с привычным в таких случаях вопросом он вошел в ее комнату. Супруги не было.

Лишков, еле удерживая затекшие глаза открытыми, пошел на обход квартиры. В кабинете его поджидало открытие.

— Дрянь! Стерва! — взвыл он, глянув на опустошенный сейф.— Додумалась... «Хорошо еще, если только сама,— стал лихорадочно соображать он.— Могла ведь и по чьей-то подсказке!»

* * *

«Кто же ей только такое насоветовал?» — думал Нертов, разглядывая содержимое Светкиного чемодана. Сказала ведь, еще в лифте, когда они поднимались в квартиру: мол, компромат. Вот дурища-то! Теперь и Алексея ввязала в свои дела. «Что же мне так с бабами не везет? — с тоской вздохнул он.— Одна — компроматчица, вторая — киллерша. Люди, ау! Где водятся нормальные женщины?» Тут он вспомнил еще и про гарнизонную майоршу с суицидальными наклонностями — бр-р! Пожалуй, из всех знакомых женщин на идеал походила только Леночка Ковалева. Никаких особо тяжких погрешностей за ней не числилось. Кроме одной — духов с ароматом старой женщины.

Сон на кухне, на раскладушке, не давался, и Алексей решил-таки покопаться в умыкнутых Светкой бумагах. Дала себя знать старая следовательская привычка: если на глаза попадается нечто написанное — лучше ознакомиться.

Бланки, облигации, акции... Ого, с не совсем приятным удивлением открыл для себя Алексей, чиновник имел какие-то дела и с их банком! Он принялся перебирать стопки бумаг — выходило, что дела эти были не такие уж малые. Акции были записаны в основном на

Светлану, на тещу Нину Семеновну да на всю их родню. Сам чиновник, понятное дело, пользоваться акциями не мог — не имел такого права. Стоили эти акции далеко не копейки. В чемодане было целое состояние. Законный вопрос: откуда это водились такие бешеные деньги у скромного госслужащего? На взятках столько не наберешь — десятилетий чиновничьей карьеры бы не хватило, справедливо рассудил Алексей, прекрасно осведомленный о существующих в городе таксах взяток за различные услуги, оказываемые, например, при приватизации госсобственности. Если предположить, что Лишков удачно играл на бирже, пользуясь той информацией, доступ к которой давала ему его должность... Нет, и этот вариант не проходил! Ценных бумаг в чемодане лежало никак не меньше, чем на сотни и сотни тысяч долларов — даже по самой первой прикидке, без особой поправки на нынешние расценки.

Чуть ли не миллион долларов у какого-то чиновника, одного из сотен в городе?! Только сейчас Алексей осознал всю немыслимую величину этой суммы. Этого просто не могло быть! Он еще раз принялся перелистывать и перебирать сложенные в стопки бумаги. Нет, Алексей не ошибся. Чтобы заполучить такие деньги, Лишков должен был или иметь какой-то дико прибыльный бизнес, или... Алексей был не в силах сообразить, что бы еще могло послужить источником невероятных доходов Владимира Ивановича.

Светкин тюфяк явно не числился среди крестных отцов питерской мафии. Помнится, она говорила что-то об оформленных на нее зарубежных фирмах... «Этот вопрос мы проясним, — решил Алексей, а потом сам себя остановил, — а зачем мне во все это въезжать? Стоит ли этим заниматься, тем более сейчас, когда надо сосредоточиться на отце да на Марине? С этими бы темными делами разобраться!» Однако интуиция подсказывала, что есть смысл заинтересоваться типом, завладевшим не малой долей акций его банка.

Не надо было быть великим детективом, чтобы просчитать, что между отцом, Чеглоковым и этим Лишковым существовала некая связь, абсолютно неизвестная Алексею.

Только сейчас он вспомнил, как отчитал его отец за то, что он поперся к Светке, едва прибыв в Питер. Что сказал тогда отец? Что Владимир Иванович — нужный человек. Тогда он не придал этим словам особого значения. Понятно, что чиновник фонда госсобственности не та фигура, с которой стоит ссориться,— большего в замечании отца он прочесть не смог. Теперь выходило, что был в словах отца еще какой-то смысл.

— Интересно, что бы сказала по этому поводу Леночка? — произнес Алексей вслух, добавив про себя, что Ковалева ему свою позицию уже изложила. Насчет дерьма, в котором по уши оказался Юрий Алексеевич...

* * *

Итак, сейф был пуст — Светка обчистила его почти до последнего листочка. Владимир Иванович взвыл, еще раз выматерился. Все, ради чего он рисковал эти последние годы, пошло прахом. Дернул его черт связаться с юной красавицей, с этой стервой. Куда он теперь денется, как восстановит нажитое? Он не сомневался в том, что Светка ни за что не расстанется со спертыми бумагами. Такой компромат на него, такое состояние! Акции-то он понаоформлял на всю ее родню да на каких-то неведомых ему подружек. А как было иначе? Как еще, спрашивается, если в компьютеры фонда госсобственности заносились данные обо всех покупателях, а госбезопасность с ментами и с налоговой полицией следили за всем рынком ценных бумаг? Кто приобрел, сколько, почем, на какие шиши? «Доверился, старый идиот!» — клял он себя.

Лишков остервенело вышвыривал из шкафов Светкины тряпки, на которые была грохнута немалая часть презентов-гонораров...

Ну, станет он вновь скромненьким чиновником, примется ездить на работу на троллейбусе, прижимая к себе свой потрепанный портфель.

Но кто же будет долго терпеть обремененного избыточной информацией бедного чиновника?

Лишков вдруг четко осознал, что стал той фигурой, которую просто требовалось ликвидировать.

— Ликвидировать... — беззвучно прошептал он, глядя на свое мертвецки бледное отражение в зеркале.— Не жилец я больше на этом свете.

Лишкова охватила паника. Паника подтолкнула его к самому безрассудному выводу. «Бежать, надо бежать»,— принялся причитать он, закидывая в первую попавшуюся сумку остатки бумаг, не спертых Светкой, загранпаспорт, кое-что из вещей. У чиновника была постоянная открытая виза в Финляндию. Рванет туда — потом разберется. «Господи,— осознал он с тоской,— ведь и дом-то финский записан на нее! Ничего не осталось — по миру пустила...»

Собрав вещи, Лишков еще раз обвел взглядом комнату. Присел на дорогу, но тут же вскочил как ошпаренный: какая-то новая мысль пронзила его лихорадочное сознание. Но додумать он не успел.

Тяжелое удушье вдруг навалилось на этого грузного старика. Лишков ощутил, как захлестывает его шею тугая петля. «Володенька»,— вдруг нежно и тихо сказал чей-то женский голос. Все закружилось перед глазами, чугунные тиски сжали его голову и потянули вслед за нею ставшее вдруг невесомым тело в длинный, сияющий летним радостным светом тоннель. Грохнулось вдребезги зеркало. Чиновник рухнул на пол, вниз посиневшим вмиг лицом.

# ГЛАВА ВОСЬМАЯ
## ПОДРУГИ

Звонок в дверь разбудил ее ни свет ни заря. Она потянулась, взглянула на часы. Не было и шести утра. Катька сонно растолкала «папика»:

— Борь, звонят. Твои, небось...

Он пробормотал что-то и отвернулся к стене.

Звонок повторился. Очнувшийся Боря обнял Катерину:

— Спи. Кто может быть в такую рань? Алкаш какой-нибудь заблудился.

Однако трели не прекращались. Катька, чертыхнувшись, сама поплелась к двери. Глянула в глазок. На площадке стояла Марина — растрепанная и с сумками.

— Ну ты, подруга, даешь! — присвистнула Катька, отпирая замки.— Со своим, что ли, поссорилась? Да ты охолони. Что случилось-то? — любопытство согнало сон с подруги.

— Катя... — голос Марины дрожал.— Борис дома?

— Спит.

— Катька, у меня к тебе дело. Он нас не слышит?

— Откуда я знаю? Пошли на кухню — там и поговорим.

Катька закрыла поплотнее дверь, уселась перед Мариной, принявшейся ходить из угла в угол. Марина все никак не могла начать — только нервно кусала губы и сжимала сложенные в замок руки.

— О господи! — протянула Катерина.— Давай-ка я тебе налью...

— Не надо,— мотнула головой Марина.

— А как с тобой еще разговаривать? Выпей немного — отпустит...

Марина глотнула налитого Катькой виски. Села.

— Катя,— пристально посмотрела она на подругу,— в то, что я тебе скажу, поверить невозможно. Но ты выслушай меня. Мне нужна твоя помощь.

Решившись, Марина рассказала Катерине все, или почти все — начиная с того ночного возвращения с дежурства и мертвеца перед дверьми их коммуналки и кончая вчерашней поездкой в один райцентр, на пристрелку жертвы. Об одной интересной ночи она говорить не стала — это, на ее взгляд, уже не имело к делу никакого отношения.

Катька выслушала всю историю с широко распахнутыми глазами.

— Да ты что? — время от времени прерывал ее шепот повествование подруги. Под самый конец она спросила: — Ты точно уверена, что это он?

— Кать, я что — невменяемая? — Марина вся дрожала, одним своим видом отвечая на этот вопрос...

— Но какого черта ты не пришла ко мне раньше? На хрен ты влезла во все эти дела? — Катерина задымила сигаретой, забыв по такому случаю о цвете лица.

— Все это выглядело просто невероятно! Я думала, что обойдется — шутка злая...

— Ну ты и вляпалась! И что теперь будешь делать?

Марина молча расстегнула молнию сумки и осторожно достала из нее пистолет. Катька так же молча уставилась.

— Ты что? — она судорожно прижала руку к груди.— Ты знаешь, что за такие дела бывает? У папика моего спроси! Нет! Нет,— Катька решительно встала.— Ты меня в такие дела не втягивай!

— Ты только скажи, как его найти — дальше я сама. Я уверена, что после этого все прекратится.

— Думай ты хоть немного! Как ты его поймаешь? Как выстрелишь?

— Ну, с этим у меня полный порядок. Я ведь мастер спорта,— усмехнулась Марина.— Из-за того и нарвалась.

— Ой ли? — живо откликнулась подруга, озадаченно вспоминая, не она ли и сама подставила Марину, наболтав лишнего своему дружку.— Хорошо, стрелять ты умеешь. Но как ты собираешься это делать? Подумала? Да на твой грохот тебя тут же и схватят.

— Да... — как бы в первый раз задумалась об этом Марина.

— Хорошо, скажу я тебе, где он ошивается. Выслеживай его сама! Только ты хотя бы глушак купила, мастерица!

— Где?

— Знать надо места. Город большой.

Катька вздохнула и отодвинула бокал:

— Ладно, отвезу я тебя куда надо... Слышала я кое-что. Говорят, если в Апрашке потолкаешься, все, что угодно, купить можно, хоть пулемет.

192

Марина приподнялась.

— Да ты сядь! Ты на часы посмотри — седьмой час... Господи, да хватит тут круги нарезать! Посмотри, на кого ты похожа.— Катерина уже кричала.— Давай сделаем тебе ванну, поспишь маленько, а потом уже поедем.

— Я все равно не засну.

Громкий разговор на кухне окончательно разбудил Боряшу. Он появился в проеме, протер глаза.

— Ты, что ли? — кивнул он Марине.— Ну вы, бабы, даете! Что за дела спозаранку? Клюкнули тут уже, я смотрю...

Марина ногой задвинула под стол сумку с пистолетом.

— Думаешь, ты один у нас такой развеселый? — на всякий случай перешла в наступление Катька.— Дружок ее разошелся, а куда ей еще ехать, как не ко мне?

— А, понимаю,— зевнул папик.— Все вы, бабы, хороши. Сама его, наверное, и допекла. Так, Маришка? Больше года с твоей подругой мучаюсь. Хоть бы раз она сказала, что сама в чем виновата. Всегда — Боряша крайний, а последнее слово за ней.

Марина улыбнулась и виновато пожала плечами, с готовностью поддержав Катькину игру.

— То-то же! — папик погрозил пальцем и скрылся в ванной, где долго фырчал и приходил в себя.

Выйдя оттуда уже посвежевшим и лоснящимся после бритья, он присоединился к подругам. Налив себе кофе, задумчиво посмотрел на Марину.

— Слышь, подруга, а я ведь как раз собирался тебя искать. Есть у меня к тебе кой-какой базар. Интересный, я тебе скажу!

Катерина с недоумением посмотрела на папика. Перехватив ее взгляд, он кивнул в сторону двери:

— Выйди, а?

— Борь, ты чего? — заныла она.

— Говорю тебе: выйди. Сколько раз тебе повторять, что не все из того, о чем говорится в этом доме, предназначено для твоих ушей,— лениво начал он отчитывать Катьку.— Ну что за дура мне попалась?

Катька обняла его за плечи и чмокнула в ухо, слизнув языком оставшуюся после бритья пенку.

— Куда ты без меня денешься? — потерлась она щекой о его волосы.

Папик смягчился:

— Глупышка, меньше знаешь — меньше спрос. Отвали на пару минут!

Она с нарочитой покорностью вышла из кухни, тихо прикрыв за собою дверь.

— Мариша, тут одна тема любопытная обозначилась. Только я тебе ничего не говорил, — понизив голос, начал Борис.

Марина насторожилась.

— Там по актеру-то твоему что-нибудь двигается?

— В смысле?

— Ну, как дела обстоят?

— Не знаю. Меня уже больше не вызывают. Все тихо. Я... Я просила одного хорошего знакомого разузнать...

— И что?

— Наверное, еще не успел. По лавкам антикварным я ходила, но ничего из наших вещей не видела.

— Так-так, — побарабанил Боба пальцами по столу. — А я вот слышал, что будут проблемы у опера, который этим делом занимается. Как там его фамилия?

— Фалеев.

— Вот-вот, у этого самого Фалеева. Может, и по какому-то другому случаю, я не знаю, — он развел руками. — Только подставят его. Вот ты бы и сделала ему звоночек. Подсказываю: поинтересуйся, как, мол, дела, есть ли подвижки. Может, он и вышел на какой след? Так ты мне потом скажи. Я, если что, подключусь...

«Опять загадки!» — с отчаяньем подумала Марина. Боря встал и поплотнее закрыл дверь.

— Если на Фалеева по этому делу наезжают, я помогу. Отмажем опера, пусть дальше копает. Не чужие ведь — славный мужик был твой актер. Я крючки по его антику забрасывал — и впрямь глухо, нигде ничего не объявлялось. Видно, не в безделушках там тема была.

— Фалеев говорил мне о младшем брате Павла Сергеевича. Что, если это он — ради квартиры?

— Тю! Да на хрена Витюхе этот сарай? — изумился папик.

— А вы что, знакомы? — в свою очередь удивилась Марина.

— Маня, Питер — город маленький. Если ты в деле — тебя знают. Виктор этот давно уже поднялся, сам крепко на ногах стоит. Было там по молодости лет — фарца и прочее, но кто ж с этого не начинал? Пашка твой — дурак, ты уж прости, что плохо о покойном, но зря он с ним тогда порвал. Надо было простить мальчишку. Сейчас Виктор Сергеевич — уважаемый человек. Кому надо, тот об этом знает.

— Вот как? — задумалась Марина.— Но не все можно знать... Не все семейные тайны...

— Да брось ты! — оборвал ее Боряша.— Что там было с твоего Пашки взять? Одна слава у него и была — вещь нематериальная! Ты уж мне на слово поверь! А с Фалеевым перекинься. Только так... чтобы ровно все было, поняла? Особо не въезжай,— посоветовал на конец разговора Борис...

Едва папик отправился по делам, засобирались в свой опасный путь и подруги. Все Маринины вещи они заперли в шкаф в спальне. Оставлять пистолет Марина не решилась. «Мало ли,— подумала она,— пригодится уже сегодня?» Пистолет обернули полотенцем, засунули в клеенчатую косметичку и положили на дно Марининого рюкзачка. Марина уже вышла в коридор с этим рюкзачком на плече, когда Катька вдруг остановила ее:

— Погоди. Давай-ка на всякий случай напишем заяву в ментовку.

— Что напишем?

— Ничего! — рассердилась Катька на непонятливость подруги.— Боряшины братки чуть ли не каждый день такие бумаги пишут, чтобы отмазаться от оружия. Если прихватят — они эту заяву, где черным по белому: мол, нашли ствол на улице, как раз и идем сдавать в милицию.

Составив бумагу, они вновь вышли в коридор. Натягивая сапоги, Катька опять о чем-то спохватилась.

— Ерунда! — оглядела она подругу, потянувшуюся к вешалке за пальто.

— Ты что, передумала? — оторопела Марина.

— Ерунда, говорю: ты бы еще бальное платье напялила!

— Не поняла...

— Что тут непонятного? Ты посмотри на себя в зеркало. Барыня! Да тебя любой запомнит. Пальтишко твое из бутика — таких несколько на весь город. В какие-нибудь тряпки тебя, что ли, замотать, чтобы никто не заприметил? Давай-ка, переодевайся!

— Во что? Все, что у меня есть, на мне.

— Значит, придется обновить твой гардеробчик.

Они спустились вниз. Катька велела подружке дождаться ее в подъезде. Вскоре она медленно подъехала на своей серой «восьмерке» — Марина шмыгнула из подъезда в машину.

Катька была «чайником», о чем неоспоримо свидетельствовала и картинка на заднем стекле. Она лишь недавно получила права и начала осваивать автомобиль, а потому ездила исключительно на малой скорости и с перепуганным видом... Потихоньку доехали до ближнего вещевого рынка.

— У меня тут одна подруга работает. Секонд-хэнд держит, — объяснила Катька. — Ты посиди. Я сама все подберу. Размерчик-то у нас один.

Не прошло и получаса, как она притащила внушительный мешок. Отъехав на пустырь, Катька велела:

— Переодевайся!

Марина перебралась на заднее сиденье. Катька принялась подавать ей нечто немыслимое: пестрые рейтузы, лиловый пуховик с капюшоном, какие-то боты-дутики. Последними поступили темные очки.

— Класс! — оценила Катерина. — Баба бабой. Только кошелки на колесиках тебе и не хватало. Натуральная челночница! Лохмы-то прибери.

Марина заплела косу и спрятала ее под вязаную шапку, тоже предусмотрительно приобретенную догадливой подругой. Теперь можно ехать.

К Апрашке — Апраксину двору, торговому месту в центре города — они добрались уже после одиннадцати. Здесь как раз разворачивалась торговля. Подруги с трудом проталкивались в узких рядах, то и дело спотыкаясь о тележки оптовиков, выгадывавших здесь лишний рубль на приобретение «сникерсов-тампаксов». Наконец, они добрались до того угла, о котором упоминала Катька. В торце прокопченного кирпичного здания был какой-то толчок, где с ноги на ногу переминались молодые ребята с табличками на груди. Катька пихнула Марину в бок:

— Ты молчи. Я сама разберусь.

Она подрулила к парню, торс которого украшала журнальная вырезка с фотографией пистолета. О чем-то пошептавшись с ним, она кивнула Марине, подозвав ее рукой.

Молча пошли за этим парнем. Он вывел их к другому пакгаузу и оставил у глухой стены без окон и дверей, велев не покидать места. Через некоторое время он вернулся и, осмотревшись по сторонам, вытянул из-за пазухи непроницаемый черный пакет. Катька без слов протянула его Марине. Прощупывая содержимое пакета, та пристально взглянула на парня, заставив его как-то нехорошо ухмыльнуться.

— Ты что, прямо здесь пересчитывать будешь? — невольно спросил он, оценив покупательниц по понятной одному ему шкале.

Вновь попав в торговые ряды, подруги перевели дух. Катька молча пожала Маринину руку... Первое дело было сделано: патроны и глушитель к пистолету уже лежали в рюкзаке.

Очень медленно они вырулили через центр на мост Лейтенанта Шмидта — их путь лежал в Гавань и дальше, в устье реки Смоленки, где можно было застать того, кого они искали. Или, точнее сказать, за кем охотились. Всю дорогу Марина что-то перебирала в своем рюкзачке — то расстегивала его, то вновь долго и старательно затягивала шнурок, звеня пряжками.

— Слушай, кончай дергаться,— не выдержала Катька.— Решилась так решилась! Или передумала?

Марина только вздохнула.

Миновав столпотворение около станции метро, машина вырулила во двор и остановилась у одного серого здания.

— Прибыли, Маня. Как дальше действовать будем?

Марина и сама не знала, что ответить. Ждать — пока он не объявится сам?

— Ладно, пойду что-нибудь проведаю,— решилась Катька после часа ожидания.

Взяв Маринины темные очки, она нырнула в здание.

— Значит, так,— сообщила она, вернувшись.— Сегодня мы свободны. Он появится здесь только завтра. Сказали, что в пять вечера у них будет какое-то собрание. Раньше нет смысла караулить. Ну, что скажешь?

— Завтра так завтра,— с облегчением произнесла Марина.

На следующий день они до самого выезда из дома прослонялись в тревожном ожидании по квартире. Подруги почти не говорили между собой. Папика, к счастью, не было — уехал до позднего вечера по делам.

Марина то разворачивала, то вновь убирала пистолет, пристраивала глушитель. Уверенности в своих силах у нее не было. Одно дело — стрелять по мишеням, другое — по живому человеку. Но иного выхода, как убеждала она себя, у нее не было.

Из пистолета она в последний раз стреляла бог знает сколько лет тому назад — когда отчим учил ее в своей спортивной секции. Слышала она, что на глушак надо делать поправку при прицеливании, чтобы не промазать, если нужна высокая точность. Конечно, хорошо было бы выехать на какой-нибудь пустырь да потренироваться. Но Катька категорически отмела это Маринино предложение: боялась, что их приметят. Да и времени было уже в обрез. Так что все, что оставалось Марине, это стоять вот так перед зеркалом, крепко сжимая оружие то двумя руками, то одной — она усмехнулась, припомнив выражение лица Алексея, насмерть перепуганного таким ее видом. «Что он там закричал? — Стоять, к стене, руки за голову!» Смешно — ведь и в самом деле поверил, что она может выстрелить...

Днем Катька, которой надоели Маринины шатания из комнаты в комнату, завалилась спать.

— Все,— сказала она,— или я сорвусь, или мне надо отключиться.

Марина продолжала нервно ходить по квартире. Несколько раз она останавливалась перед телефоном. Еле удерживала себя, чтобы не набрать номер Алексея: «Зачем? Сообщить, что его отец в безопасности? Но он и сам уже должен это понять».

На самом деле ей хотелось сказать ему одну очень простую вещь: как замечательно было то, что между ними произошло, и как было бы жаль, если бы этого никогда не случилось.

Марине только приходилось догадываться, что там сейчас предпринимает Алексей. Возможно, ищет ее — ради того, чтобы установить истину, разобраться в том, кто, за что и почему должен был убить его отца. Она и сама хотела бы теперь это знать...

Да, этого Лешу-охранника она больше никогда не увидит. В чем-в чем, а в этом Марина была уверена. Сегодня она сделает то, что задумала. Завтра наутро рванет во Львов, доберется до деревни. А дальше? А потом, как решила она, исчезнет, скроется ото всех, кто знал ее в этом городе. Ведь у нее не было уверенности в том, что Шварц, ее первый гость, был и последним. Кто знает, кому еще приглянулись ее весьма специфические способности? «Бежать, надо бежать»,— повторяла Марина.

Она вздрогнула от резкого и пронзительного звонка. Три часа дня — Катька поставила будильник на это время, опасаясь, что обе могут задремать и прозевать назначенное.

Катерина не просыпалась. Марина оделась по вчерашней форме — из зеркала на нее глянуло какое-то чучело. «И в самом деле, баба бабой»,— успокоилась она. Растолкала Катьку:

— Пора...

Катерина тоже облачилась в поношенные одежки, повязала платок, нацепила на нос темные очки.

— Хороша я, хороша,— припевала она перед зеркалом, размазывая по лицу бронзовый тональный крем.

— Не перестарайся! — засмеялась Марина.

— Что за смешки в строю? — грозно одернула подругу Катерина.

— А это у тебя откуда? — вновь фыркнула Марина.

— Суровый жизненный опыт. Помнишь: ах, какой был мужчина — настоящий полковник...

— Катька, ты неисправима! Скажи мне, что будет потом,— посерьезнела Марина.

— Когда потом?

— Когда я исчезну...

— Черт его знает! Я останусь с папиком, папик останется со мной. Летом мы навестим мою мамашу. Осенью поженимся. Скажи, он ведь душка?

— Вполне,— искренне согласилась Марина.

— К следующему лету обзаведемся младенцем. Годится? — столь же серьезно спросила она Марину.

— Завидую...

— А твой-то дружок куда денется?

— Кать, нет никакого дружка. Это я так, наплела — чтобы упростить ситуацию.

— Понятно. Я так и думала. Трудно тебе будет после твоего актера...

— Посмотрим. Кать, я тебе дам знать о себе. И... — Марина запнулась.— И, если кто-нибудь, когда-нибудь позвонит тебе и спросит что-нибудь обо мне — ты скажешь. Хорошо?

— На какой тембр ориентироваться?

— Ну, не на тенор! Что-то средне-баритональное.

— Герой-любовник, значится... Опять не басы! — заключила Катька.— А жаль, что все так кончается. Помнишь, как мы встретились тогда на филфаке? Две

200

девочки-провинциалочки... Слушай, а как же университет?

— Кать, ты чего? Какой тут университет? Выжить бы...

— Понятно. Ну, тронулись?

* * *

Сперва все пошло так, как они расписали. В восьмом часу вечера из дверей одного отделения милиции начали вываливаться, парами и небольшими группками, парни в сизых штанах, торчавших из-под обычных плащей и курток. Судя по всему, собрание, на которое должен был прийти и Шварц, закончилось.

— Только бы он не пошел дальше, к метро, или куда там ему надо, в компании с этими ментами,— сказала Катька.

Но поток выходивших иссяк. Подруги переглянулись. Шварц не появлялся.

Наконец, и он вышел из здания. Остановился на крыльце, закурил, облокотился на перила.

От напряжения у Марины начали неметь руки. Надо было выждать, пока Шварц отойдет от отделения. Шварц не торопился — он в задумчивости курил в кулак. Плюнув на окурок, бросил его вниз. Свесился над перилами. Потом, глянув на часы, подхватил свой пластиковый дипломат и бодро спустился со ступеней.

Катька повернулась к Марине — та кивнула. Катька медленно повернула ключ зажигания. В звук заводимого мотора вдруг вклинился другой — сухой шлепок отлетевшей на асфальт штукатурки...

Шварц резко развернулся к стене здания, где только что появилась свежая выбоина, не оставлявшая никаких сомнений в своем происхождении. Он мгновенно прыгнул вперед, на землю, и, откатившись в сторону, выхватил из наплечной кобуры табельный «ПМ». Вторая пуля срикошетила о брошенный дипломат. Где-то недалеко, наверное, в паре десятков метров, взревел мотор. Шварц боковым зрением успел заприметить вылетевшую со двора на улицу серую «восьмерку».

201

Шварц сел на асфальт, огляделся, подобрал две валявшиеся в ногах деформированные пули...

Всего этого, конечно, уже не увидели Катька с Мариной — подруги дернули с места, не задерживаясь ни на секунду.

— Глушитель! — кричала Марина через плечо Катьки.— Что я говорила! Надо было пристрелять этот пистолет, потренироваться. Дура я, дура...

— Да заткнись ты! — не оборачиваясь, процедила Катька.— Ты лучше подумай, куда нам теперь вдвоем валить. Мозги-то у него куриные, но он что, не догадается, что это мы с тобою на него вышли? Господи, ну, мы и влипли! Ты тоже хороша: объяснила бы мне толком про эту заглушку, а то все намеками: потренироваться хочу... Я что, всевидящая?

— Кать, разворачивайся назад! — вдруг твердо сказала Марина, когда они уже домчались до выставочного комплекса в Гавани.

— Зачем? — подруга сбавила скорость.

— Я поняла — надо было левее целиться...

— Ты что, совсем тронутая? Так он там и сидит у крылечка и ждет, пока ты вернешься. Да он и «тачку» нашу уже заприметил — это-то хоть понимаешь? Что толку, что мы замазали номера?

Марина разрыдалась, ее всю колотило.

Катя остановила машину. Задумалась. Стянула с головы платок и тряхнула рассыпавшимися по плечам вишневыми волосами — еще одним последним достижением.

— Значится, так,— сказала она уже уверенно.— Сейчас мы возвращаемся домой, и ты обо всем рассказываешь папику. Только не финти — в подробностях. Вот он у нас самый умный — пусть он и думает, что с тобою делать. Маришка, брось,— принялась она успокаивать свою подругу,— подумаешь, какого-то чмура задавить...

— Что-что? — подняла она зареванное лицо.

— Да то. Если и припрется к нам этот Шварц — неужели папик со своими ребятами с ним не разберется? Тьфу!

202

Про себя Катька с тоской подумала о том, что теперь неизбежно придется посвящать Боряшу в кое-какие свои дела давно минувших дней, рассказывать, как да почему связалась она с этим Шварцем — ментом Коляном, просившим называть его Шварценеггером. Кто ж знал, что этот замухрышка Коленька, подцепивший ее когда-то в «Невском Паласе», окажется такой дрянью, кипела злостью Катька. «Да и папик хорош,— переметнулась ее непредсказуемая девичья логика уже на Бориса.— Будто не знал, с кем связывается. Не сиротку из института благородных девиц взял — проститутку. Так что нечего теперь и комедию ломать».

С решимостью сказать ему именно эти слова Катерина и подъехала к дому. Марина, оцепенев, сидела позади, по-прежнему не выпуская пистолета из рук.

— Эй, подруга,— Катька потрясла ее за плечо, пытаясь привести в чувство.— Приехали! Да спрячь ты свою пушку-то, еще пальнешь в кого сдуру!

Марина тупо смотрела мимо нее, что-то тихо шепча губами.

— Конечно,— вдруг озвучила она свою мысль, где-то в самой ее середине,— он все поймет...

— Боряша-то? — переспросила Катя.

Марина очнулась и посмотрела, наконец, на подругу.

— Знаешь, что,— сказала она чуть громче,— мы сегодня вообще ничего ему не будем говорить, хорошо? Завтра утром я встречусь с одним человеком — я бы поехала к нему и сегодня, да не знаю ни адреса, ни домашнего телефона — и... Я уверена: он точно нам поможет.

Катька с сомнением глянула на Марину, все предложения и варианты которой пока не приводили ни к чему другому, кроме как к беде. Прямо заговоренная какая-то у нее подруга.

— Ну, если ты в нем так уверена, в этом своем человеке, чего тянуть до завтра? Нет проблем: узнать адрес и телефон. Об этом-то мы можем попросить Боряшу. Он свяжется с каким-нибудь своим ментом, запросят адресную службу, как это они обычно делают. Что за вопрос? Пошли!

— Борис нам не поможет. Кать, я не знаю, как его зовут...

— Кого?

— Да человека этого. Ни фамилии, ни отчества... Только рабочий телефон

— Здрасьте, приехали — очень, очень надежный вариант! Имя-то хоть запомнила? — Катьку уже начала выводить из себя эта Маринина задумчивость.

— Алексей...

— Ну-ну, а окажется каким-нибудь Гошей,— засмеялась Катерина.

Марина вспыхнула. Катька посмотрела на нее, покачала головой:

— Чокнутая ты, вот что я тебе скажу! Давай-ка, кончай свои подвиги — слушай теперь меня...

Подруги тихо открыли дверь квартиры — надо было сбросить все свое секонд-хэндовское великолепие еще до того, как Борис услышит, что кто-то вошел.

Однако он уже стоял на пороге — только что вылез из ванны и теперь растирал толстым полотенцем свой могучий волосатый торс.

Узрев бронзово-вишневую Катерину и бледную как смерть Марину, он присвистнул:

— Что за маскарад? Куда это вы, девки, ездили? Не понял...

Подруги молча раздевались, не глядя на Бориса. Тот был явно озадачен более чем странным обликом своей Катерины — в таких шмотках он никогда ее не видел. Марина нервно дергала замок молнии, застрявшей где-то посередине.

— Не понял,— вновь повторил он, уже не столь дружелюбно.— Что за дела в моем доме?

Марина рванула полы куртки в стороны, и тут из кармана на пол выпало нечто, вконец озадачившее папика. Подруги, замерев, подняли на него глаза — Боряша, внимательно посмотрев на одну и другую, перевел взгляд на это нечто, крутанувшееся и остановившееся рядом с его шлепанцем. Осторожно передвинул ногу и прижал ею пистолет.

204

Первой молчание нарушила запричитавшая Катька:

— Зайка, ты только не волнуйся! Я тебе сейчас все объясню! Оставь ты эту гадость в коридоре — пойдем, сядем...

— Во-во, с тобой, пожалуй, и сядешь. И надолго,— мрачно проговорил, наконец, папик.

Марина наклонилась, вытащила пистолет из-под шлепанца, положила его в свой рюкзачок и очень просто сказала:

— Это мой. Катя тут ни при чем. Но поговорить надо...

Далеко за полночь не гас свет в этой квартире.

Боряша, опорожняя очередную стопку, только сокрушенно качал головой. Алкоголь его не брал — надо было влить лошадиную дозу виски в человека такой комплекции, чтобы свалить его с ног. Не упуская ни одной детали, внимательно слушал долгий и подробный рассказ Марины. Не отмахивался он даже и от Катькиных замечаний, на которые обычно не обращал никакого внимания, как на пустую болтовню. Отношения между Катькой и папиком были грубовато-шутливыми, но, такие, они устраивали их обоих. В этот вечер Борис выглядел непривычно серьезным. И даже жестким.

— Где, говоришь, стоит дом этого клиента? — уточнил он у Марины, только что изложившей, как вместе со Шварцем они ездили на «пристрелку» в тот городок в полутора часах езды от Питера.

Марина повторила.

— Понял... Что еще заметила?

— Мы из машины не выходили. Так, покрутились, мне объяснили. Больше ничего особенного в этот день не было. Хотя... — вдруг запнулась она.

— Ты, давай, все выкладывай, ни одного эпизода не упускай, чтобы никаких непоняток не было,— в очередной раз повторил ей Борис.

— Не знаю, имеет ли это отношение к делу,— засомневалась Марина... — Когда уже назад ехали, встретили одну аварию. Жуть какая-то там была: все искорежено, кровища. Я из машины не выходила. Шварц с водителем пошли посмотреть. А когда они вернулись и...

— И что?

— Понимаешь, они себя как-то не так вели. Что обычно люди говорят, увидев такое? Ну, посочувствуют. Может, выругаются. Впечатляет все-таки. А Шварц с шофером почему-то развеселились. Довольные такие в машину вернулись.

— Да, дела... Странная выходит история, Мариша...

Катерина с некоторым неудовольствием посмотрела на своего Боряшу: с подругой он разговаривал совсем не так, как с ней. Видимо, тень славы актера не позволяла папику обращаться с Мариной, как с обычной девицей, заключила Катька.

— Мариша,— продолжил он,— в этой истории мне одно непонятно. Бред какой-то! Ну, нужна была им девка, чтобы пристрелить клиента. Я, кстати, понял, кто этот клиент — из твоего же описания. Хозяин города, Юрий Алексеевич Нертов.

— Как? — переспросила Марина.

— Нертов, директор металлургического комбината. Сама понимаешь: металл, туда-сюда — сплошной криминал. Не овечка невинная. Было, наверное, за что замочить. У него там город по полгода без зарплаты сидит. Ясно, не стесняется. С ним все ясно. Грохнула бы ты его — тебе бы население только в ножки поклонилось. Еще бы и памятник поставили! — Боря засмеялся сквозь кашель.

Он закурил очередную сигарету.

— Короче, с заказом все ясно: гуманно и по понятиям. Но, скажи ты мне, ради бога, на кой хрен тебе подкинули этого жмурика? Дичь какая-то! Никогда о таком не слыхал.

— Угу,— лаконично согласилась Марина.

— Девки, а он не псих — этот ваш Шварц или как его там?

— Нормальный он,— вставила Катька. Опасливо взглянув на Бориса, добавила: — Только полный импотент.

206

— Во-во, такие и маньячат! Ну, да это все шутки. А если по-серьезному... Маня, ты давай, подключайся: за что он мог повесить на тебя и этого чмура?

— Понятия не имею!

— Странный способ нанимать киллера, я тебе скажу. Из всего, что вы тут наговорили, я понял только одно: в киллеры ему нужна была именно ты. Вернее, не ему, а заказчику. Была там какая-то другая причина кроме твоих талантов, которые, как понял я, не слишком-то велики. Надо же так промазать, с двадцати-то метров! Меня бы, дуреха, спросила — я бы тебе рассказал, как на «волыне» играть... Партизанки хреновы! Дуры, ну и дуры, пойти мочить мента прямо у отделения! Захотели, чтобы по вам из табельного — и на поражение? А Катюху-то мою за что втянула в это дело?! Каким местом думала, если вам после этого одна дорожка была? Обе бы попилили в Саблино, в женскую колонию — пододеяльники строчить, а по выходным бы я вас, идиоток, навещал. Образин таких. Любовался бы, как вы там старитесь. Забыли бы про своих косметичек и бутики — напялили бы ватничек да ситцевый халат, и так на всю «пятнашку». Что, не так?

Марина подавленно кивнула, и не пытаясь возражать. Боряша исчерпался на тираде и опрокинул очередную рюмку.

— Шварц этот, понятно, был только посредником,— с расстановкой продолжил он.— Ни один заказчик напрямую на киллера не выходит. Не идиот, чтобы засвечиваться. Так что, Маня, вычисляй теперь сама: кому было выгодно так тебя подставить?

Марина и Катька переглянулись, только пожав плечами...

В этот момент и раздался долгий звонок в дверь.

— О господи! — воскликнули они в один голос.

Звонок не унимался.

Марина медленно протянула Борису рюкзак, все это время лежавший у него под ногами. Выхватив из него заряженный пистолет, он скомандовал:

— Быстро в спальню и под кровать! И не высовываться, что бы тут ни происходило! — крикнул он уже в захлопнувшуюся дверь спальни.

Встал. Засунул пистолет за спину — за пояс брюк. Одернул спортивную куртку, осмотрелся в комнате...

За дверью стояла незнакомая тетка.

— Откройте! — потребовала она, заметив тень в дверном глазке.

«Ну-ну, знаем мы эти штучки,— пробормотал Боряша,— соседка, „скорая“, телефон не работает, а там и братва в колпаках...»

— Я прошу,— умоляюще заговорила женщина.— Хотя бы выслушайте меня. Это очень важно!

Борис молчал.

— Я знаю, что вы и не должны мне открывать. Простите, уже поздно, два часа, но...

И тут она сказала кое-что, что заставило его открыть дверь.

С полчаса они шептались о чем-то на кухне. Все это время подружки в напряжении пытались вслушаться в происходящее в квартире, но ничего — кроме шагов в коридоре, переместившихся затем в кухню — расслышать им не удалось. Катька выползла из-под кровати, на цыпочках подкралась к двери. Тишина...

— Может, кто из его ребят? — тихо проговорила она Марине, тоже выбравшейся из укрытия. Они сели на пол у кровати.

Так прошло не меньше часа.

Наконец дверь приоткрылась.

— Ну? — встрепенулись обе навстречу Борису.

— Давай, выходи,— кивнул он Марине, зажигая свет.— А ты, Катёна, погоди.

Подхватив подружку под локоть, он повел ее в гостиную. Навстречу из кресла поднялась женщина лет сорока.

— Марина Андреевна? — то ли спрашивая, то ли утверждая, сказала она.

— Я... — ответила Марина, еще ничего не понимая. Она обернулась к Боре, но того уже не было в комнате.

208

— Марина Андреевна, мне надо поговорить с вами о Чеглокове,— понизив голос, сказала женщина.

— О ком? — переспросила она с искренним непониманием, не прошедшем мимо внимания ночной гостьи.

— Об Андрее Артуровиче Чеглокове. Разве вы с ним не знакомы?

— Ну да — знакома, но мельком, немного,— помедлив, кивнула Марина, еще больше озадаченная той таинственностью, с которой задавала свои вопросы эта важная дама.

— Меня послал к вам... Алексей Юрьевич Нертов. Надеюсь, вам достаточно этой рекомендации? — усмехнувшись, гостья еще раз внимательно заглянула ей в лицо. Марина не отреагировала.

— Послушай, девочка, я уже все знаю,— с непонятной торжественностью сообщила женщина, слово в слово повторив то, что еще в позапрошлую ночь Марина слышала в другом месте и при других обстоятельствах.

Марина села, оперлась подбородком на скрещенные замком руки, потом, внезапно оттолкнувшись ими от стола, откинулась на стуле и, наклонив в насмешке голову, переспросила гостью:

— Что все? Что вы можете знать? Кто вы, наконец, такая?

— Погоди... — Марина едва не вскочила от внезапно раздавшегося хриплого голоса. Это был папик — она и не слышала, как тот вошел в комнату.— Ты не кипятись. Выслушай. Ей-богу, узнаешь много интересного.

Женщина улыбнулась Марине. Налив той и другой по стаканчику виски, Боряша вышел, приговаривая на ходу:

— Ну, дела! Ну, вляпались! Черт меня дернул подцепить тогда эту Катьку...

Никто не знает, о чем проговорили они остаток этой ночи, но заглянувший поутру в гостиную Борис застал гостью и Марину над разложенными на столе фотографиями.

— Похож? — показала ему женщина на один из снимков, запечатлевших веселую компанию студентов.— Вот этот, второй слева.

Боряша долго рассматривал снимок и, отложив его в сторону, отпустил только один комментарий:

— Мыльная опера, бля!

Женщина встала.

— Нам, пожалуй, пора. Собирайся, Мариша.

Боря, спохватившись, вытащил пистолет из-за пояса. Шлепнул Марину по протянутой было руке.

— Куда? — засмеялся он.— Пусть уж она вернет теперь хозяину!

Катька проснулась только тогда, когда Марина и гостья уже уходили. Выглянув в коридор на клацанье закрываемых замков, она спросила с любопытством:

— Пап, что это было-то?

— Пока ничего особенного. Все еще только начинается...

— Ой,— невольно заканючила Катька.— А мы-то с тобой как будем?

— Никак! — отрезал Боряша.

И увлек Катьку в комнату, где еще долго в чем-то наставлял и что-то ей рассказывал.

# ГЛАВА ДЕВЯТАЯ

## КУРАТОР

В то утро, когда незваная гостья увела за собой Марину, Борис не сказал Катьке главного, из-за чего, собственно, и разгорелся весь сыр-бор в этой квартире. Он не поведал ей о том, что стало со Шварцем, после того как подруги в панике дернули от отделения милиции — рванули на полной скорости, невзирая на ничтожный водительский опыт Катьки, в другие новостройки и на другую окраину. Боряша и сам ничего не знал о судьбе Шварца.

В этом пункте своего повествования ночная гостья оказалась лаконична: «Он больше не будет вас беспокоить. Он уехал». «Куда?» — вскинулась Марина. Вместо ответа гостья изобразила на лице такую улыбочку, что мороз прошел по коже. Комментариев, кажется, не требовалось, хотя оба собеседника, конечно, хотели бы расспросить эту всезнающую даму об обстоятельствах «отъезда».

Ни Борис, ни Марина, конечно, не были посвящены ею во все детали того, что происходило между девятнадцатью тридцатью и двумя часами ночи — от того момента, как Катька нажала на педаль газа, и до внезапного появления гостьи, прервавшей зашедшие в тупик рассуждения всей троицы. Боряша понимал, что женщина эта поведала ровно столько, сколько нашла нужным сказать. Но и этого было достаточно, чтобы остаться в понятном потрясении и воскликнуть что-то там про «Санта-Барбару».

Что же все-таки случилось в тот день, под вечер которого Шварц с отнявшимися от страха ногами сидел на асфальте у своего родного отделения милиции и взвешивал на ладони просвистевшие мимо пули?

Утро этого более чем неприятного для Шварца дня началось с одной заурядной смерти, на которую никто бы и внимания не обратил, не случись она в известном доме на Невском проспекте.

\* \* \*

...Грохнулось вдребезги зеркало. Звон осыпающихся осколков заставил замереть в недоумении человека, подкравшегося рано поутру к дверям квартиры чиновника Лишкова. Человек выждал несколько минут — никаких иных звуков из квартиры на лестницу не проникало. Все было тихо. Чиновный и прочий номенклатурный люд, заселивший недавно этот специально отреставрированный для него дом, еще не просыпался.

Ранний гость еще раз прислушался. Не снимая перчаток, достал ключи из кармана и, не мешкая, как свои, отпер все замки. В квартире было тихо — ни звука, ни шороха. В коридоре вошедший не смог не заметить следов какого-то непорядка. Судя по всему, ночь в этой квартире была не слишком спокойной. Споткнувшись о разбросанные по полу вещи, гость миновал коридор и вошел в гостиную. Оттуда вела дверь еще в одну комнату. Легко подтолкнув ее плечом, человек заглянул внутрь, не переступая порог. Увиденное заставило его чертыхнуться — причем довольно энергично, если не сказать радостно. На полу, на осколках рассаднившего лицо зеркала, лежал, распластавшись, Владимир Иванович Лишков — тот самый, встреча с которым как раз и была намечена на это утро.

Гость несколько удивленно уставился на распахнутый пустой сейф, на раскиданные шубки и женское белье, на разбросанные по ковру обрывки бумаг. Осколки хрустнули под толстой рифленой подошвой. Вошедший осторожно поддел ботинком голову лежавшего на полу человека, развернул ее на бок, к себе лицом. Дыхание упавшего не замутняло осколков. Гость обшарил карманы чиновника, по-видимому, только что превратившегося в то, что сейчас можно было назвать лишь бесчувственным телом, подошел к сейфу, подхватил оставшиеся в нем бумаги и, не рассматривая их, покинул комнату. В гостиной он задумчиво остановился перед телефоном, что-то прошептал, но звонить не стал. Странно улыбаясь, он тихо покружил по всей квартире. Ничего не взяв, вернулся в коридор, выглянул на лестницу и выскользнул на площадку. Остановившись на миг у перил, глянул на верхние этажи, посмотрел вниз и опрометью, но мягко и бесшумно, как только позволяли ему грубые бутсы, ринулся на первый этаж, к входным дверям. На улице, слившись со спешившими из метро прохожими, дошел до телефона-автомата у троллейбусной остановки, набрал номер, но разговаривать не стал: моментально ретировался из-под пластикового колпака, увидев подваливающий троллейбус. Гость Лишкова вскочил на заднюю площадку, и его лицо исчезло за грязным стеклом. Он даже не обратил внимания на то, что все это время за ним внимательно наблюдал какой-то человечек, тоже стоявший на остановке. Затем этот, смуглый и маленький, проголосовал частнику, юркнул в притормозивший автомобиль и убыл в неизвестном направлении.

Встреться они этим утром лицом к лицу, лишковский гость и внимания бы не обратил на сухопарого азиата, только вчера прилетевшего в Питер поздним рейсом из Алма-Аты. Приятно удивиться гостю из Казахстана в этом городе мог только один человек, но прибывший еще не был уверен в том, нужна ли ему эта теплая встреча.

\* \* \*

...Еще немного, и по его вине взлетит на воздух не только весь этот засекреченный объект, но и сам городок. Последствия диверсии, с холодным и липким ужасом осознал Ким, будут похлеще чернобыльских. Он застонал сквозь сжатые зубы — прохлопали террористов! Целая группа диверсантов уже чешет к объекту, а он, капитан военной контрразведки мощнейшей спецслужбы, сидит в ловушке с оставшимися двенадцатью пистолетными патронами — против трех вышколенных спецов с совсем иным арсеналом...

Автоматная очередь выбила искры из бетонки. Прыгнуть с линии огня в сторону леска, попытаться поближе подобраться к одному из этих мощных парней? Не успеть... Что-то с чавкающим звуком въехало ему под ребра, стало нечем дышать.

С трех сторон на него навалились тени. Вспышка света озарила черные контуры обтянутых шлем-масками голов. Под одной из масок был тот, кого он давно искал. Ким, собрав последние силы, попытался рвануться к нему. Собственное тело не пускало. Вжатое в весеннюю грязь штык-лопатой, оно мешало сделать главное. Ким передернул затвор, плавно нажал на курок. Пули ушли в пустоту, сквозь тени. Троица сдернула шлемы и загоготала. Тот, кого он искал, склонился над ним и что-то сказал, обернувшись к другим. Ким ничего не слышал — его уже окружила ватная тишина. Слух вернулся через доли секунды. За спинами световолосой троицы раздался страшный грохот, хлопок, опять грохот. Диверсанты рухнули на землю рядом с ним. Радужные круги поплыли перед глазами, стало жарко, но руки не могли ни расстегнуть гимнастерку, ни стряхнуть с себя месиво из обломков и чужих тел...

Ласковое прикосновение холодных пальцев к его щеке вывело Кима из забытья.

— Пассажир, вам плохо? — участливо склонилась над ним стюардесса.— Где ваши лекарства? В багаже?

Ким кивком головы молча показал на полку над головой. Девушка протянула над ним руки, красный шелк ее форменной косынки накрыл его лицо. Он тяжело вздрогнул, сообразив, что вовсе ни к чему демонстрировать всем, налево и направо, его весьма специфические лекарства.

— Не надо... — он стряхнул вновь подступившую дурноту.— Уже хорошо. Просто сон приснился.

— Бывает,— улыбнулась стюардесса.— И помоложе вас плохо переносят взлеты и посадки. Ничего — осталось каких-то двадцать минут. Пристегивайтесь.

Ким покосился на нее, оставшись недовольным той бесцеремонностью, с которой юная девица указала ему на его возраст. Тридцать лет...

Всего-то! А нервы и в самом деле придется лечить. После той контузии в Таджикистане, с которой он счастливо выбрался из переделки, уложившей весь наряд пограничников, после полугода отлежки в госпитале Ким оказался в родной Алма-Ате уже гражданским человеком. «Годен к нестроевой службе в военное время» — этот окончательный диагноз перечеркивал всю дальнейшую карьеру особиста. Ким пытался спорить с врачами, но безуспешно. Лечивший его интеллигентный старичок-майор, за которым он по пятам ходил, умоляя замолвить словечко на военно-врачебной комиссии, не сдержался в конце концов: «Да тебя, Ким, на всю оставшуюся жизнь под надзор сажать надо, а не то что оружие тебе в руки давать!» На комиссии ему посоветовали найти работу в спокойной организации и без обиняков заявили, чтобы он не искал успокоения в алкоголе или наркотиках, дабы не съехать окончательно с катушек и не сесть на всю жизнь на ломающие волю нейролептики. Из вынесенного предупреждения Ким понял немногое.

Догадываться, что с ним не все ладно, начал позднее, когда уже поступил на работу, сосватанную ему все теми же контрразведчиками. Как-то ему позвонил один из бывших сослуживцев и назначил встречу: мол, так и так, надо бы возглавить службу безопасности одного заводика. Ким охотно согласился, расценив это как шанс на возвращение в органы. Однако прошло уже два года, а в органах о нем никто и не спохватился — ни просьб, ни вопросов... И он лишь старательно следовал тому, о чем сказал ему тогда этот бывший сослуживец: «Обустраивайся, капитан, работай — и наблюдай. Надо будет, выйдем на тебя сами. Так что без инициатив!»

Зарплата и командировочные на заводе были такими, о которых на службе Ким даже и мечтать не мог. Киму нравилось то, что на заводе он был единоличным начальником и никто даже не пытался указывать ему, как надо действовать в той или иной ситуации. Более того, когда по подсказке, подброшенной еще направлявшим его сюда коллегой, он попросил предоставить ему возможность постажироваться на курсах охранников в финском институте безопасности, все нужные документы и средства были выданы без промедления. Ким догадывался, что кто-то незримый все-таки его опекает. Но он был уверен в том, что и без этой опеки он представляет собой некую весьма немалую ценность. После того как ему удалось обезвредить киллера, засланного к директору завода, уважение и доверие начальства, подкрепленные соответствующей зарплатой, ощутимо выросли. Директор не перечил ни одной из его рекомендаций.

В общем, на новом месте, где у Кима никто и не спрашивал про его контузию, он чувствовал себя уверенно и уже почти перестал вспоминать о несостоявшейся чекистской карьере. Все было бы хорошо, если б только не эти ночные кошмары, один из которых и заставил его зайтись в крике — на весь салон.

Кошмары повторялись с необъяснимой очередностью. Если в одну ночь его преследовали, догоняли и бросали умирать, распластанного на каменистой земле, то в следующую к нему приходили те ребята с таджикской заставы. Они молча сидели вокруг его кровати и смотрели на него с отрешенным безразличием — так смотрят на похоронах на покойника, осчастливившего всех своим уходом из жизни. Он и хотел бы сказать им, что жив, уцелел, но ощущение собственной вины заставляло его лежать, не шелохнувшись, и гибель, которая только и могла бы спасти от позора, подступала близко-близко.

Бывший капитан пытался понять, догадываются ли его близкие — мать и сестры — о том, что происходит с ним по ночам. Он ни о чем им не рассказывал, однако в тех коротких фразах, которыми они встречали его пробуждение, ему слышались четко различимые намеки. Перехватывая бросаемые на него украдкой враждебные взгляды, он понимал, что не к нему одному приходят ночью эти ребята...

Ким взглянул в иллюминатор на раскинувшееся внизу море огней. Самолет уже подлетал к Петербургу, в котором начальнику службы безопасности одного алма-атинского завода предстояло исполнить более чем деликатное поручение своего хозяина.

Некоторое время тому назад тот вызвал его к себе для беседы «между двух».

— Ты помнишь Керимбаева, того, что был с нами на Медео, когда мы принимали гостей из Петербурга?

— Да, там еще неудачно вышло — когда про сына заговорили...

— Керимбаев — мой старый друг. Сына его я на руках носил. Сам не могу успокоиться: не верю в то, что на него наговорили. Не мог этот мальчишка расстрелять весь караул!

Хозяин помолчал.

— Отправишься в тот гарнизон. Сам. У тебя — старые связи. Узнаешь, в чем там было дело,— вернешься, тогда и примем решение. Оставлять все так, как есть, нельзя. Кто-то должен быть за это наказан!

Вот почему Киму и пришлось отправиться в Дивномайск, в котором так не посчастливилось сынку товарища, а теперь господина Керимбаева. Ким догадывался, что докопаться до истины будет непросто: армейские юристы — мастера по части камуфляжа. В одном повезло: войсковую часть, в которой служил Керимбаев-младший, нынче обслуживал один бывший коллега бывшего капитана, и не просто коллега, а даже знакомый ему человек, с которым в свое время были не такие уж плохие отношения. В принципе, этот особист ничем ему обязан не был, однако, к приятному удивлению Кима, охотно вызвался помочь. И кореец в который раз подумал о некой осеняющей его руке...

— Я и сам слышал что-то про это дело, когда сюда приехал,— поделился особист.— Странная возня вокруг него была. Чересчур много прыти тогда вояки проявили. Даже помпрокурора, что следствие вел, подставили, и довольно грубо. Хорошо еще, что парень не дурак оказался — сбросил сюда всю информацию, так что коллеги кое-что предпринять успели.

— Как бы выйти на этого помпрокурора? Он еще здесь? — с надеждой спросил Ким.

— Давно и след простыл. Двухгодичник был этот парень, питерский. Чего, поискать тебе на него что-нибудь?

— Само собой. Если можешь. Мой хозяин в долгу не останется,— напрямую пообещал Ким.

Уже через несколько часов он сидел в кабинете с пустыми столами — по традиции этого ведомства, ни одной бумажки не должно было быть на виду, даже если сюда и не мог войти абсолютно никто из посторонних: здесь, кажется, шарахались не столько от этих посторонних, сколько от собственной тени. Особист по очереди приносил и уносил из кабинета папки с документами, давая их просматривать Киму только из своих рук. Не успевая записывать, он наговаривал на диктофон. Особист расстарался: умудрился, связавшись с военной прокуратурой, взять там на время из архива даже прекращенное уголовное дело Керимбаева, протоколы допросов свидетелей, проведенных почти через месяц после ЧП...

— Слушай, а нет ли еще каких-нибудь записей помпрокурора? Ну, этого, подставленного? — оживился Ким.

— Тайна сия покрыта мраком,— неохотно отозвался особист.

— Ну, а про парня-то самого есть что-нибудь?

— Нет проблем. Сейчас доставим.— И отлучившись минут на десять, он принес копию личного дела прокурора-двухгодичника.

Пролистнув дело, Ким разулыбался.

— Ты чего такой счастливый? — поинтересовался особист.— Неужели вычислил что своим хитрющим умом?

— Хочешь верь, хочешь нет, но ведь я уже встречал этого парня! — невольно вырвалось у Кима, вовсе не намеревавшегося посвящать особиста в свои настоящие задачи.— Он сейчас в Питере в одном банке работает. Большой человек. Службу безопасности ведет,— с достоинством поведал Ким о своем знакомстве с таким человеком.

— Ну, так поздравляю! Поезжай к нему — он тебе все и расскажет. Он же там прямо на месте был. Это тебе не протоколы допросов. Сам видишь, сколько в них туфты: свидетели, как попки, что-то долдонят, будто вызубрили наизусть один и тот же текст!

— Однако я еще тут немного задержусь. С экспертизой хочу переброситься... — осторожно сообщил Ким.

Не будучи стесненным в средствах своим хозяином, Ким сумел договориться с местными экспертами о том, чтобы они провели неофициальное комплексное расследование.

Картина получилась небезынтересная. Мысль хозяина о том, что не мог, ну никак не мог этот мальчишка устроить такое светопреставление с расстрелом всего караула, кажется, получала подтверждение.

Эксперты уверенно заявили, что, судя по причиненным телесным повреждениям, стрельба по погибшим —

разводящему и караульному — велась с расстояния более полутора метров: сбоку и немного сзади. Одно это уже отчасти снимало подозрения с Керимбаева. Смена караула всегда ходит строем, в затылок друг другу. Следовательно, если бы Керимбаев открыл стрельбу, он бы не стал перемещаться в сторону. Зачем? Он должен был открыть огонь именно сзади, в спины своих товарищей — это было бы и проще, и безопасней для него самого. Был еще один нюанс — судя по положению трупов и оружия, жертвы никак не ожидали нападения. Но если бы Керимбаев отбежал в сторону, начал снимать автомат с плеча, с предохранителя — эти движения никак бы не прошли незамеченными и ребята хоть как-то да среагировали бы. Хотя бы развернулись в его сторону! Эти же, мгновенно сбитые с ног выстрелами, шли себе как ни в чем не бывало. «Странно»,— отметил Ким.

Но если не Керимбаев, а некто иной стрелял в караульного и разводящего, то отчего этот замыкавший шествие сынок уважаемого отца сам избежал пули убийцы? Почему оказался в стороне от места происшествия, да еще с автоматом?

Этот вопрос Ким с удовольствием задал бы экспертам. Но высказывать версии — вовсе не их дело, даже и для такого клиента, любознательность которого была подкреплена ощутимой щедростью. А потому Киму пришлось самостоятельно сформулировать очевиднейшую из версий: Керимбаев, возможно, просто-напросто оказался расторопней своих товарищей и успел-таки бежать с места расправы! Не случайно он потом забаррикадировался, не случайно просил вызвать своего отца: рассказать о том, как все было на самом деле, он мог решиться, видимо, только кому-то из высших чинов, не доверяя командованию своей части, и надеялся на то, что высокопоставленный папочка облегчит ему эту задачу.

По другой, тоже нехитрой версии, Керимбаев мог быть в сговоре с теми, кто совершил нападение на караул. Но и при первом, и при втором варианте выходило, что убили его вовсе не сдуру — не просто нервы сдали у одного прапорщика, добровольно вошедшего в команду «переговорщиков» с Керимбаевым в ту роковую ночь,— убрали парня как нежелательного свидетеля или как ненужного уже сообщника.

Выстрелил в Керимбаева некий прапорщик Тишко, с которым, безусловно, стоило поговорить. Выяснить, на самом ли деле прапор сорвался или же выполнял чью-то команду. Ким был не настолько наивен, чтобы ожидать от этого Тишко чистосердечного признания, но был уверен в том, что при так называемой плотной беседе Тишко этот, кем бы он ни оказался и каким бы ни было его участие в этой странной истории, выдаст себя сам. Бывший капитан все-таки склонялся к версии о том, что Тишко стрелял в солдата по чьему-то приказу, в соответствии со старым правилом, гласящим, что смерть все спишет.

Очень не понравилась директорскому посланнику и история с пропавшей винтовкой. В случайные совпадения он не верил. То, что Керимбаев охранял именно тот склад, с которого пропала эта винтовка, тоже наводило на размышления.

— И какие у тебя соображения по этому делу? — спросил корейца знакомый ему особист уже в самый последний день их бумажной работы.

— Да те же, что и у тебя,— ответил Ким.— Всех тут подставили: и помпрокурора, и Керимбаева этого.

— А раз ты у нас такой сообразительный, то глянь-ка еще одну... мульку. Я тебе ее специально на закуску оставил. Так сказать, для полноты впечатлений.

Особист раскрыл перед Кимом очередной бухгалтерский кондуит. На одной из его страниц от руки, с указанием даты, было выведено оперативное сообщение: мол, тогда-то и тогда-то, в присутствии... (далее шло перечисление кличек) некий Шварц, являющийся лицом неустановленным, в состоянии алкогольного опьянения сообщил о том, что вчера ему удалось «разжиться стволом и грохнуть дембеля». Далее следовало: неидентифицированный Шварц исчез в неизвестном направлении, связей к нему не выявлено. В качестве приложения следовал словесный портрет Шварца — Ким старательно передиктовал описание на свой миниатюрный магнитофон.

Перевода на обычный язык не требовалось. Ким уставился на приятеля-особиста и принялся раздувать ноздри:

— Что же ты в первый день мне это не показал?

— Да так,— особист захлопнул талмуд с донесениями,— хотел, чтобы ты сам до всего дошел.

Он подошел к зеркалу и принялся разглядывать свой тощий кадык. Особист желал выглядеть весомым мужчиной, но это ему не слишком удавалось.

— Экспериментатор хренов! — разозлился Ким.— Кто такой этот Шварц, ты мне только через год сообщишь?

— Увы, буду ждать этой новости от тебя самого. Здесь никто и понятия не имеет о вышеуказанном Шварце. Как говорится, твори, выдумывай, пробуй...

Особист, уже допекший Кима своими приколами, развел руками. Что ж, и на том спасибо.

Всю полученную в Дивномайске информацию Ким доложил своему хозяину, когда прилетел назад в Алма-Ату. Следовало копать эту историю дальше, однако Ким вначале должен был получить добро на следующие действия. Сомнения в вине Керимбаева-младшего выглядели теперь вполне обоснованными. Для выяснения всей картины происшедшего в Дивномайске предстояло отыскать Тишко — самого убийцу Керимбаева да потрясти его как следует: кто же все-таки приказал стрелять в безропотного казаха и что там, кстати, произошло с тем ночным караулом? Тишко, не продливший контракта в положенный срок — ясно отчего: после такой истории его увольнение из рядов было делом неизбежным,— отбыл, как узнал Ким, по месту призыва. В город Санкт-Петербург. Вычислить Тишко было теперь делом несложным.

Директор завода выслушал рассказ Кима молча.

— А сможешь доставить этого прапорщика прямо сюда, к Керимбаеву? — задал он единственный вопрос.

Ким пожал плечами: почему бы и нет? И в самом деле, пусть с ним тут и разбираются — по понятиям и обычаям, так сказать. Вот потому он вскоре и прибыл в Питер.

* * *

И еще один эпизод этой запутанной истории, правда, относящийся не к финалу, а к самому ее началу, остался неизвестен даже самым осведомленным. Никто так и не узнал еще об одном путешествии, на этот раз предпринятом уже из Питера. С полтора года тому назад, минувшим летом, тот человек, которого Ким повстречал сейчас, рано утром на Невском проспекте, никем не примеченный, вышел из поезда на одном южном вокзале, купил в первом же ларьке карту города и направился к стоянке такси. В город Львов он приехал не за достопримечательностями, а в командировку, которую трудно было назвать заурядной. Часто ли питерский опер может отправиться по делам куда-либо дальше, чем за пределы Ленобласти?

«Теперь,— думал он еще в душном купе поезда,— всякая поездка опера или следователя в другой город становится целым событием. Ни на что нет денег. Всех фондов, выделяемых в Питере на одно РУВД, едва хватит, чтобы раз в год отправить пару оперативников во Псков. Или одного — на день в Москву. Вот и вынуждены сыщики действовать по принципу „спасение утопающих — дело рук самих утопающих“. Потерпевшие сами мотаются по стране, прижимая к себе портфели с бланками разных протоколов и постановлений. Они-то — взять хотя бы тех, у кого угнали автомобиль,— люди заинтересованные, никуда не денутся, может быть, даже и сами оплатят поездку оперативника в чужой город. Хуже — со свидетелями, которые тоже должны за свой счет примчаться и к следователю, и на суд. Особенно хорошо тем, что живут на просторах бывших союзных...»

Сошедший с поезда пассажир не был ни потерпевшим, ни свидетелем. В Питере он служил опером в

222

одном из райотделов угрозыска, но во Львов прибыл по «частной просьбе», в свободное от службы время — так сказать, в командировку, спонсированную одним старым приятелем. Знакомство с этим приятелем тянулось еще со времен его учебы в Политехе, когда он был студентом, а тот — неприметным ассистентом, преподавателем одной из кафедр. Существовали некие обстоятельства, заставлявшие опера беспрекословно выполнять все просьбы и даже прихоти того преподавателя, вскоре, кстати, покинувшего кафедру — увлеченного новыми возможностями, открывшимися как раз в середине восьмидесятых, к тому времени, когда отношения между будущим опером и будущим работником коммерческих структур приняли, мягко говоря, нежелательный оборот, заставивший одного бросить институт и сдаться на милость военкомата, а другого, припертого к стене вероятностью столкновения со следствием, поискать счастья на стороне. Обстоятельства эти были вызваны возможностью нежелательной огласки...

Вернувшись из армии после долгой службы, продленной еще и контрактом, бывший студент, не особо того желая, стал исполнителем его деликатных, как сказали бы в старину, поручений. На этот раз патрон попросил о сущем пустяке — собрать информацию об одной девице: кто, что, откуда, какие родители, недвижимость и прочие пустяки, даже не требовавшие особых навыков оперативно-розыскной деятельности.

Местные опера командированного встретили, как водится, тепло. Пусть правительства там ссорятся, а коллегам на то начхать, солидарность сыщиков — дело святое, сказали прибывшему в интересующем его райотделе. И тут же предложили урегулировать москальско-украинские отношения, на что гость не возражал. Его даже одарили братской помощью в лице усатого водителя с внешностью героя Плевны, и вместе они отправились по ЗАГСам и школам.

Добыть информацию удалось буквально за два часа. В последнем пункте их маршрута дородная инспектриса, крашенная хной дама в ярком гриме, вполне удовлетворенная коробкой питерского шоколада, сняла копию с заявления о выдаче свидетельства о рождении, потом перевернула его на другую сторону и снова припечатала бумагу к ксероксу. С тихим жужжаньем выползла вторая копия, где не было написано ничего, кроме какой-то замысловатой фамилии.

— Зачем вверх ногами? — машинально поинтересовался откомандированный.

— То приватно, — с недоумением от такого неведения сообщила дама. — Здесь мать сообщает реальное имя отца.

Выйдя из ЗАГСа, командированный попросил шофера дуть в одно село. Наведавшись в сельсовет, велел вырулить на названную ему улицу. Там питерский оперативник вышел из машины, подобрался к одному из заборов и сфотографировал мальчишку, возившегося в саду. Мальчонка, приметив незнакомца с фотоаппаратом, испуганно вбежал в дом. Впрочем, опера он уже больше и не интересовал. Командированный лишь зачем-то подхватил валявшуюся у приоткрытых ворот игрушку — повертел в руках и, еще раз взглянув на окна дома, в которых не шелохнулась ни одна занавеска, сунул мохнатого медвежонка в свою наплечную сумку, а потом, как-то странно пригнувшись, добежал до машины. День клонился к вечеру — оперу надо было успеть на ночной поезд в Питер. Задание было выполнено — не оставалось причин для того, чтобы застревать в этом Львове.

В поезде питерскому командированному не спалось. Тетки-челночницы, заставившие все купе клетчатыми кутулями с товаром из Польши, дружно издавали богатырский храп. На верхней полке было жарко и душно. Обливаясь потом, он спустился вниз, с трудом лавируя между громоздкими сумками. Вышел в тамбур, прихватив с собою легкий пластиковый дипломат с раздобытыми документами. В тамбуре чадили помятые мужики в тренировочных костюмах. Он примостился у самой двери, не обращая внимания на грязь прокопченных стен. Дым разъедал глаза, и опер присел на корточки, прикрыв веки. «Как там тогда сказал куратор? — вспомнилось ему.— Вместе по жизни, значит, рука об руку пойдем?»

Куратор, теперь уже бывший, навестил его сразу же, едва он вернулся из армии. И как только, хитрый лис, узнал — не иначе как через военкомат, ведь у Лишкова, такой была фамилия этого экс-преподавателя, куратора их студенческой группы,— везде свои связи.

Он изменился за те пять лет, что они не виделись: лицо раздалось вширь, почти исчезли брови, ставшие вдруг узкими глаза оттенялись уже не пластмассовой оправой-штамповкой, а тонкими золотыми очочками. Былой куратор заявился к нему с бутылкой коньяка. К делу он перешел без предисловий — выждал лишь несколько минут, потребовавшихся на то, чтобы разлить по рюмкам коньяк: за встречу.

— Ну-с,— проговорил он, мелко отстукивая ногтями по незастланному скатертью столу,— какие теперь у нас планы? Коммерческие структуры, студенческая скамья или... — куратор выразительно посмотрел на молодого человека.

Тот заметно помрачнел.

— Зла не желаю,— продолжал куратор.— Просто хочу возобновить старое знакомство. Вместе по жизни, так сказать. Кассетка та еще цела — что с ней, собственно, сделается? Вещдоки не горят, как мудро заметил кто-то там, не помню, кто и где. А, старина? — он нежно потрепал парня по еще не заросшему затылку.

— Клоун! — невольно скривился его собеседник.

Пятидесятилетний Лишков нисколько не обиделся и продолжал весело расхаживать по комнате, будто в эйфории.

— Ах, какие мы чувствительные! — вдруг медленно проговорил он, усаживаясь напротив хозяина.— Не за то ли и службу покинули? Не из-за этого ли не вышли в генералы? Нервные перегрузки, говоришь? Забыл уже, от чего в армию мотанул? Так я тебе напомню: и стройотряд тот, и резиновую лодочку... Что, не надо?

— Слышь, куратор, кончай. Зачем пришел? — Парень широко положил руки на стол и тоже принялся выстукивать что-то свое.

— Вот это разговор! — разулыбался тот. — Вот это по понятиям! Как там у вас: упал — отжался?

— Кто не рискует, тот не пьет шампанское, — процедил собеседник. — Давай, переходи к делу. Что надо-то?

Куратор выставил тогда несколько условий, одним из которых было трудоустройство бывшего служивого на работу в органы внутренних дел, в милицию. Зачем, не сказал, но подчиняться ему приходилось беспрекословно — бывший преподаватель обладал бесценным компроматом на этого студента.

Опер застонал, припомнив все подробности того жуткого дня, в который все и произошло. Курившие в тамбуре невольно повернулись в сторону сидевшего в углу парня: напился, что ли, или как?

Как же это было? Стройотряд, колхоз, председатель, решивший на выходные организовать баньку для городских... Не сказать, чтобы много выпили, но повеселились изрядно. Все это шумное веселье и снимал на диковинную по тем временам видеокамеру куратор Лишков. Как выбегали, распаренные, из баньки и плюхались в темную гладь вечернего озера. Как собирали горстями малину тут же на берегу. Нарасхват шла резиновая лодка, одолженная у каких-то рыбаков. Он даже и не знал тогда, как звали ту девчонку в ситцевом вылинявшем купальнике, вместе с которой он почему-то отправился к одному из островков — она была из соседнего, девичьего стройотряда. Будущая училка — серьезная, с хвостиком и в стрекозьих очках. Добравшись до островка, они принялись первым делом объедать кусты малины, еще не столь пострадавшие от массового набега голодных студентов. Что было дальше? Да ничего особенного. Голоса там, на берегу, уже стихали. Народ потихоньку разбредался из баньки — по своим баракам. Девчонки дополаскивали белье на мостках.

Среди них продолжал выхаживать гоголем преподаватель — в шортах, болтающихся вокруг венозных ног, и с видеокамерой на плече. Он запечатлевал томный деревенский закат: мальчишек с удочками, коров, с мычанием разбредавшихся по домам на том берегу, березовый островок, погрузившийся в тень.

Лишков передвигался по берегу, пока не свернул за мысок, где уже и вовсе никого не было. В расплавленной, как ртуть, воде вдруг появилась плоская круглая лодка, отчалившая от этого островка, две темные фигуры в лодке... «Ого,— отметил он про себя,— шалят детишки!» В лодке шла какая-то возня, но продолжалась она едва ли не доли минуты — так, что снимавший даже не успел выключить камеру. Внезапно оба силуэта поднялись во весь рост, и один из них вдруг оттолкнулся от другого и опрокинулся, рухнув в воду. Это был женский силуэт — тонкая фигурка, вмиг вообще исчезнувшая из виду. Следом из лодки нырнул и парень. Раз, и еще раз — обе головы по очереди появлялись над водой. Ошибиться было невозможно: там шла нешуточная борьба, и парень явно топил женщину. Вдруг над водой осталась только одна голова — мужчина подплыл к лодке и перевалился через борт. Преподаватель с надеждой перевел видеокамеру на островок. Но на тот берег никто не выходил.

Лишков похолодел: ЧП в его отряде! Он, остолбенев, стоял со своей видеокамерой, не зная, куда ему броситься — то ли на подмогу к этому парню, но до лодки было далеко и, если девица и впрямь утонула, его помощь была уже бесполезна, то ли еще куда... Куратор застыл в ступоре, в голове у него начали мелькать все возможные и самые невозможные оргвыводы...

Лодка, наконец, причалила к мосткам. В ней с отрешенным видом сидел студент из его стройотряда и, хуже того, из его же группы.

— Кто? — подбежавший куратор еле выговорил свой вопрос.— Кто это был?

— Откуда я знаю?! — с понятной яростью отрезал парень.— Из пединститута, сказала.

Из рассказа студента куратор понял только одно: что в ответ на его незамысловатые ухаживанья, к которым вполне располагала вся эта ситуация (а на хрена еще было тащиться с ним на уединенный островок?), девчонка вдруг вспылила, потребовала отвезти ее назад, а когда в лодке он попробовал было уломать красотку, восприняв ее отказ как обычное при таких делах кокетство, та вскочила, но, не удержав равновесия, вдруг упала в воду — не умея, как нетрудно было теперь догадаться, плавать. Так оно было или нет, но тогда на берегу растерянный преподаватель и ошалевший студент договорились о том, что они ничего не видели, ничего не знают, что и вовсе не было рядом с ними этой неизвестной им студентки — той, которой в ее стройотряде хватились лишь к утру, полагая, что девчонка загуляла с кем-то из политехников. К великому облегчению свидетеля и виновника этого ЧП, никто из студентов не сказал о том, что видел девчонку в тот трагический вечер в лодке, отправляющуюся покататься к островку. Эта деталь и в самом деле осталась незамеченной.

Студентку искали неделю, и вторую, и лишь дней через десять к берегу одной дальней деревни прибило распухший и объеденный раками труп молодой женщины... Судмедэкспертиза в райцентре установила только то, что смерть девушки произошла в результате утопления — скорее всего, естественного. Никаких насильственных действий против нее, как высказались эксперты, совершено не было. Подруги по стройотряду подтвердили тот факт, что плавать эта девчонка не умела, а как уж она оказалась в воде, никто не смог предположить, сколько ни допрашивали потом всех студентов. Уголовного дела открывать не стали — списали происшествие в разряд последствий заурядной пьянки. Лишков сам посоветовал своему студенту валить как можно скорее из института, что он и исполнил — и оказался в армии, благо военкомат быстро оприходовал бесхозного парня призывного возраста, что и спасло его от весьма вероятных неприятностей. Куратор, тоже покинувший институт, эпизода этого не забыл и еще до отбытия студента в армию пару раз привлек его на нужные себе дела, ненавязчиво упомянув об оставшейся с того вечера пленочке...

Чувство неизбывной вины студента не терзало. Не ощущал он себя ни преступником, ни даже мерзавцем или негодяем. Господи, да потом, в армейской жизни, он уже мог убить кого угодно — вполне осознанно и легко, без лишних терзаний. А тогда вляпался просто в глупую историю — с кем не бывает? В его родной деревне в каждое лето было по утопленнику, все больше по пьянке, обстоятельств которой никто никогда не выяснял. Ничего ведь особенного не случилось, полагал бывший студент, нынешний опер, в которого он превратился по настоянию Лишкова. И, если бы не эта оставшаяся у куратора видеопленка, он бы уже давным-давно забыл тот неприятный эпизод своей молодости. И лицо бы этой пигалицы окончательно из памяти выветрилось — все пошедшее красными пятнами гнева, со сбитыми набок очками и растрепанной челкой.

— Стерва, сама ведь тогда меня завела! — пробормотал он вслух.

— Эй, братан, тебе не помочь? — участливо наклонился над ним один мужик.

— Порядок, дед! — отозвался, вставая, опер. Плюнув на папиросу, он бросил ее в щель между дверью и железной приступкой.

На верхней полке по-прежнему не спалось, но теперь уже не от храпа могучих теток, а от мыслей, постепенно приходивших в порядок в его голове. Опер понимал, что долго так продолжаться не может — сколько он еще будет бегать на побегушках у этого Лишкова? Знал бы сам куратор, с кем он имеет дело — но то-то же повеселились бы армейские братки, глянь они, по какой мелочи теперь приходится работать их былому другу. Ездить в чужую, считай, страну — только затем, чтобы узнать родословную какой-то там девки. «Тьфу!» — разозлился опер. Да, с этим надо было кончать. Но опер не имел понятия, как изъять ту видеопленку у куратора, да и смысла особого он в этом не видел — отберешь одну, а у него в запасе еще десять копий. От куратора можно было избавиться только двумя способами. Либо терминальным, к которому он не слишком-то склонялся, потому как очень уж заметным человеком стал в последние годы этот Лишков. Либо годилось то оружие, которым пользовался и сам куратор. Шантаж, компромат — вот что могло бы подтолкнуть его к мировой, но надо было заставить Лишкова заткнуться любыми средствами.

Вернувшись в Питер, оперативник, вопреки уговору, не стал первым делом названивать куратору. Отправился на почту рядом с домом, там был ксерокс, и снял копии со всех документов, привезенных из Львова. Тот, что был выдан дамочкой из ЗАГСа, заинтриговал его особо: больно уж знакома была ему та заковыристая фамилия на обороте, где мамаша интересующей Лишкова девицы в приватном порядке и не для огласки аккуратным почерком выписала имя реального отца своего ребенка. Опер не знал, на что ему может сгодиться эта информация, но какое-то чутье подсказало, что когда-нибудь, при каких-нибудь обстоятельствах она вдруг да сыграет свою роль. Девица, по поводу которой он и мотался в этот пыльный Львов, была, судя по всему, дочуркой одной важной шишки. И, ежели куратор чего-то от нее хотел, то часть этого «чего-то» вполне могла перепасть и оперу. «Делиться надо», — изрек он неизбывную мудрость, почерпнутую на армейской службе.

Важность добытых им документов он осознал, когда увидел реакцию куратора на разложенные на столе бумаги.

Лишков сам прибыл к нему на квартиру.

— Славненько, очень славненько, — куратор только что не приплясывал вокруг этих листков. — Хороший подарок ты мне сделал!

Владимир Иванович полез во внутренний карман пиджака, вынул объемистый бумажник и, раскрыв, вытянул две стодолларовые купюры. Подумав, присовокупил еще столько же.

— Это — премия к командировочным. У меня никто бесплатно не работает, — пояснил он несколько удивленному такими милостями оперу. — Бери-бери. На

230

представительские расходы. Купи себе что-нибудь из одежды, а то ходишь каким-то бомжем.

Опер помялся, всем своим видом показывая, что на такую сумму в Питере нынче не очень-то приоденешься.

— Остальное — по мере затраченных сил,— понял куратор не слишком-то благодарный отклик своего бывшего студента.— Дела предстоят большие, так что ты уж никуда не уезжай. Что ты мне, кстати, говорил когда-то про театральный?

— Поступал — провалился — озадачился опер непонятным вопросом.

— Вот-вот, упал — отжался. Готовь свои таланты!

Куратор вихрем вылетел из квартиры, оставив хозяина в недоумении.

— Вот и славненько, просто чудо,— приговаривал он в машине, уже мчавшей его с дальнего проспекта Ветеранов, где жил оперативник, в центр города. Еще раз переложив бумаги, он засунул одну из них на дно дипломата.— Сам, значит, подставился, старина...

Да, это было почти полтора года тому назад. В то лето у Владимира Ивановича Лишкова, ныне покойного, еще не было никаких проблем с его юной женой...

# ГЛАВА ДЕСЯТАЯ

## ВИЗИТЕРША

Но вернемся к тому дню, который последовал за озадачившей Алексея вечерней беседой с Леночкой Ковалевой.

На утро были назначены похороны ребят, разбившихся в Ильинке во время маловразумительного и ничего не давшего преследования «Нивы», той самой, в которой некто, подсевший в машину уже за пределами Питера, вывозил Марину на знакомство с ее будущей жертвой.

Смерть Игорька и Петрухи была бессмысленной — как все такие смерти... Авария — дикая, нелепая случайность, но Нертов понимал, что вина за нее останется с ним на всю его жизнь. Он корил себя за то, что сам не дал ребятам выспаться, потащил их ни свет ни заря на преследование девчонки, с которой потом, к вечеру, как ни в чем не бывало, будто бы и не было этой жуткой трагедии... «Что я наделал!» — говорил он сам себе, когда на другой только день, а не в тот, день их гибели, отправился навещать жен да родителей, бормотать им что-то несусветное про выполненный до конца долг. Ребят-то он подставил, как выходило теперь, под свои личные делишки — это у него был запутавшийся в каком-то криминале отец, у него эта сумасбродная девка, еще неизвестно, с кем и чем связанная. Все это были его, а ничьи другие хлопоты, в которые он и втянул людей.

При чем здесь были Игорек и Петруха, которые даже и не ведали дальних целей той своей поездки? Чем они-то были ему обязаны?

Нертов, конечно, помнил, как они появились в службе безопасности. Вначале один из старожилов привел Петра — вышедшего на пенсию майора милиции. Петр, которому и было-то немногим за сорок, ему понравился — своей основательностью, отличным послужным списком, каким-то внутренним спокойствием и достоинством. Чуть позднее Петруха сосватал им на службу своего соседа — вместе жили в одном из пригородных поселков. Игорек, веселый парень, но был человеком толковым, из тех, кого стоило учить уму-разуму, рассчитывая на скорый результат. Но недолго успели они поработать вместе...

У Игорька даже еще не было детей — лишь недавно женился. А мальчишки-погодки Петра стояли теперь у гроба отца, рядом с молодой еще женщиной в черном платке, шмыгали носами. Что уж там делали в морге, Нертов не интересовался, он лишь платил столько, сколько запрашивали, но сейчас в гробах, на атласных подушках, покоились ясные и умиротворенные лица. Он ожидал увидеть закрытые гробы — но только не этот маскарад, не этот грим, оскорбивший его, как и сам он оскорбил память ребят, поддавшись тогда на Маринино наваждение...

Службу в старом деревянном бараке, лишь недавно освященном и отделанном под церковь в этом рабочем поселке, вел батюшка, специально заказанный в городе — в одном из главных соборов. Отец Павел мягко ступал вокруг гробов по раскиданным по полу еловым ветвям, тихо подсказывая родным, когда и что им делать. Алексей был благодарен этому батюшке за то, с каким тактом и искренней скорбью помогал он провожать в последний путь Игоря и Петра.

Вместе со всеми он вышел на улицу, едва проталкиваясь меж многочисленными родственниками, друзьями-соседями и просто любопытными. До кладбища было недалеко, но при солнечном небе вдруг полил дождь, и Нертов взял к себе в машину семью Петра. Мальчишки, уже перестав реветь, вдруг живо заинтересовались автомобилем, а усевшийся на заднее сиденье младший и вовсе принялся подражать Алексею, крутя воображаемую баранку. Они уже забыли свое горе, увлеченные новыми впечатлениями. Алексей подумал о немыслимом — о похоронах своего отца. Смог бы он вот так же отойти от гроба и в минуту позабыть свое горе, все простив? Он опять вспомнил о Марине.

Сами похороны вышли какими-то торопливыми, так что зря Алексей опасался, что на них уйдет весь день. Кладбище было расположено в самом центре поселка, и траурный кортеж остановился у его ворот едва ли не через пять минут, как отъехал от церкви-барака. За эти несколько минут дождь перешел в ливень, первый весенний — небо затянуло окончательно. Ждать у кладбища погоды не приходилось, как и говорить поминальных речей. Маленькая мокрая процессия пробралась среди вросших в просторные ограды, какие только и бывают на таких сельских кладбищах, сосен. Могильщики побыстрее забросали гробы желтым песком, не слишком церемонясь с желанием родных еще что-то сказать на прощание, еще раз прикоснуться к обтянувшей крышку ткани.

233

«Как умерли ребята — так их и похоронили, наспех и несуразно»,— думал про себя Нертов, спускаясь с кладбищенского косогора по тропинке, петлявшей среди старых оград, вросших в землю покосившихся крестов и столбиков. Подошвы мягко продавливали песок, смешанный с прошлогодними листьями и сосновыми иголками. Дождь не прекращался. Батюшка, шедший впереди, сказал кому-то назидательно, что это сама природа плачет по безвременно усопшим...

На поминки Алексей не остался — тревога гнала его в город. Шел четвертый день исчезновения Марины — несостоявшейся пока киллерши, непонятной особы, бродившей где-то рядом — в этом он не сомневался — вместе с его же собственным оружием. Никакой ясности вокруг всех событий так до сих пор и не было. Обещавшая всю возможную помощь Ковалева тоже куда-то испарилась.

С похорон Нертов поехал прямо в банк. Едва он поднялся к себе, как растрезвонился местный телефон.

— Алексей Юрьевич, тут у нас одна мадам разбушевалась,— доложилась охрана снизу, с главного входа.— Требует во что бы то ни стало встречи с Чеглоковым. Пришла с утра, сама — ей никто не назначал. Объясняем, что Андрей Артурович в отъезде — не верит. Короче, надо что-то с ней делать. Знакомый вариант: причитает, плачет.

Нертов давно уже привык к самым странным посетителям, то и дело забредавшим в здание правления банка, благо расположено оно было не только в центре города, но еще и по соседству с горсоветом, все улочки вокруг которого были напичканы самыми разными управлениями и департаментами. И случалось, что, не найдя понимания в чиновных лавочках, визитеры прямиком шпарили к ним в банк — даже не слишком отдавая себе отчет в том, куда их занесло. В охране это так и называлось: знакомый вариант.

— Вы что там, сдурели? — закричал Нертов в трубку.— Самим не справиться? С каких пор я буду бегать к вам из-за всяких тронутых? Ребята, в такой день — и так худо...

— Алексей Юрьевич, но тут, похоже, особый случай,— паренек внизу гнул свое.— Я стал ее расспрашивать, зачем ей Чеглоков. Она сначала стала говорить, что пришла к нему за деньгами.

— Гони ее в шею! — не сдержался Алексей.— Еще не насмотрелся, что ли, этих сумасшедших?

— Подождите,— педантично продолжал подчиненный,— не вешайте трубку. А только что она сказала, что у нее есть очень важные сведения по убийству того артиста, Македонского. Алексей Юрьевич, я потому вас и потревожил. Кто его знает, с чем она пришла? Давайте-ка мы ее к вам доставим.

— Хорошо. Как ее зовут? — спросил Алексей еще без особого интереса.

— Фалеева, Галина Михайловна.

«Фалеева? — изумился он.— Вот это номер! Жена, что ли, того опера?» Такую фамилию Нертов встречал в своей жизни лишь во второй раз, а потому не мог не связать между собой эту странную посетительницу и арестованного мента.

Не прошло и нескольких минут, как парень-охранник ввел к нему в кабинет женщину лет сорока, усталую и измможденную, столь же бледную и отрешенную, как те вдовы, с которыми он только что простился. Вид женщины вызывал жалость, но у Нертова не было ни времени, ни сил на разные там сострадания. Однако он придерживался старого доброго правила: прежде чем послать кого-либо куда-либо, а тем более заявителя, надо выслушать его внимательно, ибо никогда не исключен слив ценной информации.

Из этой ситуации само собой, конечно, просматривалось, что настырная визитерша примется сейчас талдычить про невиновность своего супруга (или брата там, дяди), а потом попросит денег, за которыми она, как уже известно, и пришла в банк. Непонятным для Алексея было лишь одно обстоятельство: отчего эта мадам Фалеева притащилась именно к Чеглокову, а не в какой-нибудь фонд защиты родственников пострадавших милиционеров?

Как бы предупреждая его основной вопрос, вошедшая с порога выкрикнула, прижав кулачки к застежке плаща на груди:

— Я пришла к вам не случайно!

Тоскливый и мрачный взгляд, которым встретил ее слова Нертов, был истолкован скандальной визитершей по-своему. Она в отчаяньи закрыла лицо руками и разрыдалась.

— Да вы сядьте, успокойтесь! — Алексей едва ли не силой приземлил ссутулившуюся женщину на стул.— Я вас прошу: поговорим спокойно, по порядку. Я выслушаю вас внимательно, обещаю вам...

Женщина перестала плакать и вытянула из кармана маловатого ей кожаного плаща мокрый и скомканный носовой платок. Она тяжело вздохнула, сглотнула вновь подступившее было рыдание... Алексей успел подумать, что эти плачущие женщины — просто сущее бедствие последних дней. Марина, Светка, эта... Как ее там?

— Галина Михайловна,— вновь предупредила его вопрос Фалеева.— Меня зовут Галина Михайловна. Меня тут приняли за сумасшедшую. Наверное, я и сама виновата — неправильно что-то объяснила.

— Возможно,— не смог не согласиться Алексей.

— У меня непростое положение. Я понимаю тех, кто мне не верит,— она говорила прерывисто, но уже спокойно. Кажется, сумела взять себя в руки — или сказалась доза успокоительного лекарства, поднесенного ей, наконец, в кабинете Нертова.

Фалеева объяснила Нертову, все-таки слегка заинтригованному ее появлением, кто она такая и что толкнуло ее обивать разные пороги. Это была та самая бывшая жена опера Фалеева, о которой упоминал следователь Карпов. Сама она себя чужим человеком этому оперу не считала: оказалось, что они по-прежнему жили под одной крышей, только по разные стороны коридора коммунальной квартиры. Сын их служил в армии. Галина Михайловна, конечно, была убеждена в том, что ее

236

бывшего супруга арестовали по ошибке. Она надеялась — более того, верила, — что следствие и суд во всем разберутся, что Фалеев будет оправдан. Следователь прокуратуры, с которым она уже успела поговорить, тоже ее обнадежил. Он и сказал ей, что сможет посоветовать нужного адвоката, человека, состоящего в хороших отношениях с районным прокурором, а потому и способного выиграть это дело. Вопрос лишь в одном — в тех деньгах, которые надо было передать адвокату через следователя, чтобы он уже сейчас приступил к делу. Следователь запросил две тысячи долларов — совершенно неподъемную для Галины Михайловны сумму. Вот за ней-то она и решила прийти в банк — попросить кредит на оплату адвоката. Таким был короткий рассказ Фалеевой.

«О боже!» — ошалевал Алексей, выслушивая эту святую сорокалетнюю невинность, попавшуюся на традиционный трюк какого-то грязного «следака». Как она клюнула-то на эту классику, неужели ее супруг никогда не посвящал свою благоверную в эти юридические шалости? Любопытно, что не далее как на прошлой неделе по всем теленовостям прошел сюжет о следователе одного из питерских РУВД: тот выставлял подозреваемым по тысяче долларов за каждый год грозящего тюремного заключения и ненавязчиво рекомендовал бедолагам крепкого адвоката — своего доброго знакомого, якобы имеющего надежные связи что в прокуратуре, что в суде. Следователь лично сводил этого адвоката с клиентом. Но если клиент был подлинным, то адвокат — приятелем «следака» по учебе в средней школе милиции, вполне сносно владевшим кое-какой необходимой юридической терминологией в той степени, что была необходима, чтобы не перепутать статьи УК. Конечно, Фалеевой могли подсунуть и настоящего адвоката, но все равно это было чистой воды мошенничество и вымогательство.

Алексей лишь присвистнул, не зная, как бы так деликатно, но однозначно растолковать этой наивной женщине то действительно глупое положение, в котором она оказалась. Может ведь и не поверить его словам, коли уж так проста... К тому же, вон, как растеряна — на что только не пойдет ради спасения бывшего супруга, отца своего ребенка...

Женщину насторожила долгая пауза, повисшая в кабинете после ее рассказа.

— Вы не верите в то, что он действительно невиновен? — тихо спросила она у сидевшего перед нею молодого человека в черном костюме, придающем особую мрачность его и так-то не слишком дружелюбному виду.— Но разве я пришла бы просить денег, если бы было иначе? Поймите, его просто подставили...

Алексей невольно поморщился от этих слов, при этом оставшись недовольным собой: нельзя же так выдавать свои чувства перед собеседником! «Непрофессионально»,— машинально выставил он оценку самому себе. Желая загладить неловкость, он перевел разговор на другую тему:

— Галина Михайловна, отчего вы все-таки решили обратиться именно в наш банк? Просьба достаточно необычна, у нас ведь не выдают кредиты частным лицам, да еще под такие... м-м... мероприятия, если можно это так назвать.

Фалеева, все это время затравленно сидевшая на стуле как курчонок на насесте — растрепанная и нелепая в своем тесном, вытертом плаще — вдруг вскочила как ужаленная и, заправив седоватые пряди длинных волос за уши, в гневе закричала на Алексея:

— Молодой человек, я, что, опять не туда попала? Видно, зря я здесь с вами битый час говорила. Господи, где ваш Чеглоков!

— Так, спокойно,— сделал к ней шаг Алексей, приподняв убеждающие ладони.— Снова и по порядку. Ну, тупой я. Не понял. Помогите мне разобраться. Да, мы имеем право задать вам вопрос, почему вы выбрали именно наш банк. И нет в этом вопросе никакого криминала!

— Вы что, издеваетесь надо мной? О чем говорил ваш Чеглоков, когда убили этого артиста? Это-то вы хоть помните?

Нертов и сам задумался: что же тогда было?

— Я напомню,— подсказала Фалеева, все еще тяжело переводившая дыхание.— Так вот, он сам тогда заявил, что никаких денег не пожалеет на то, чтобы найти убийцу Македонского. Чуть ли не премию обещал тому, кто укажет на него. Было такое?

— Было,— согласился Алексей, все еще не понимавший, к чему же клонит эта Фалеева.— Ну и...

— Ну и то, что, когда мой муж,— мой бывший муж, но эти наши отношения никого не касаются,— когда он выяснил, наконец, кто же убил Македонского, вы тут не можете раскошелиться на какие-то жалкие две тысячи, чтобы вытащить его из тюрьмы! К чему тогда были все эти обещания? Он, идиот, из-за этого сел, да пропади пропадом этот артист! Вы хоть понимаете, каково теперь мне? Что я сыну скажу, когда он вернется из армии?

Из всех сумбурных слов, выкрикиваемых этой женщиной, Алексей четко понял лишь одно: Фалеев якобы вышел на убийцу Македонского — если это, конечно, не было бреднями его бывшей супруги, явно находившейся не в себе.

— Галина Михайловна,— попытался остановить он ее словесный поток,— давайте вернемся к убийству. Вы только что сказали, что вашему мужу стало кое-что известно...

— Не кое-что! Поймите, он мне все рассказывал — мы оставались друзьями. Он даже спрашивал моих советов, особенно если дела были связаны с женщинами. Вернется вечером со службы и начинается: Галя, подскажи, как бы ты вела себя в той или иной ситуации, что бы сделала, что сказала? Когда актера убили, он сначала эту его девчонку подозревал, думал, что она наводчица, а потом, как нарисовал мне всю картинку про нее, я ему сказала: нет, она его точно любила. И он поверил, отстал от нее.

Нертов посмотрел на эту женщину уже иным взглядом.

— Галина Михайловна, да вы садитесь. Давайте-ка организуем кофе, поговорим спокойно,— он набрал номер одной из секретарш Чеглокова и попросил принести чего-нибудь перекусить: на двоих. Когда кофе и кое-какие бутерброды уже стояли на столе, он кивнул Фалеевой: — Присоединяйтесь, я сам с утра голоден.

— Что ж так? — спросила она.

— На похоронах был. Разбились у нас тут ребята — ДТП...

— Значит, я некстати... Простите, что так на вас вскинулась — накипело,— Галина Михайловна посмотрела на него виновато и с какой-то непонятной ему жалостью.— Вы ведь немногим старше моего сына. Представила его на вашем месте: разве мог бы он понять с налету, о чем речь? Вваливается какая-то растрепанная баба, кричит что-то про своего мужа-арестанта, денег просит...

— Ну зачем вы так? Не такой уж я зверь лесной, чтобы ничего не соображать... Вы только поймите, что не могу я вас зря обнадеживать... Я и сам хочу установить истину в этом деле! Мы очень и очень в этом заинтересованы,— поправился он.— Помогите нам. Давайте все-таки по порядку: что установил ваш муж? Кто и почему его посадил, как вы полагаете? Вы не обижайтесь, но пока это только ваши предположения, а факты, увы, против Фалеева. Тот случай в Озерках — как к нему относиться? Был ведь, ничего не попишешь, а? Вы извините, но я тоже немного в курсе. Так сказать, по долгу службы.

— Тогда нам будет легче разговаривать. Простите, как вас зовут? Я немного рассеянная была, не запомнила...

— Алексей Юрьевич.

— Ну вот, как нашего сына, он тоже Леша. Можно, я вас по имени, без отчества буду звать, мне так проще с вами говорить.

— Хорошо.

— Вы намного моложе моего мужа и, наверное, к счастью, еще не успели посталкиваться с теми подлостями, которые устраивают людям, если они и в самом деле приближаются к чему-то такому, из-за чего летят звездочки и погоны...

— Как сказать,— невольно вставил Алексей.— Всякое случалось: после университета я служил в военной прокуратуре. Но милицию, конечно, знаю меньше: был там только на практике, студентом.

— Хватило этого? — Фалеева пристально посмотрела на него.— У моего мужа тоже всякое бывало. И подставляли его не раз, недаром он и в операх до пенсии засиделся...

— Галина Михайловна, давайте вернемся к нашему делу! — Алексей догадался, что собеседница уже приготовилась рассказать ему всю свою жизнь, от замужества за перспективным выпускником чего-то там до развода с опером-неудачником.

— Да, вы правы. Не будем отвлекаться. Так вот, я уже сказала вам о том, что Фалеев всегда был со мною откровенен, спрашивал моего совета и так далее. Это не ушло и после того, как мы развелись, тем более, что мы фактически продолжали жить вместе. Одну плиту на кухне делили... — она усмехнулась.

— Галина Михайловна!

— Алексей, вы слушайте — вам это должно быть интересно. Так вот, как я уже сказала, у него не было никаких секретов от меня. Он меня расспрашивал — я подсказывала. Вы, конечно, полагаете, что перед вами тут какое-то помело сидит, баба-яга в медной ступе, а я педагогический институт закончила. С Фалеевым мы как раз студентами и познакомились, только он не смог тогда доучиться на юридическом факультете — ребенок родился, надо было идти работать.

— А сейчас-то вы где?

— Так, социальный работник кризисной службы. Будут проблемы — обращайтесь, хоть всем вашим банком. Телефон оставлю. Чем смогу — помогу.

— Чужую беду — руками разведу?

— Вот-вот. А свою, увы, просмотрела. Так вот, я уже сказала вам, что у Фалеева не было от меня никаких секретов. Я работаю в анонимной службе — привыкла хранить чужие тайны. Сказал мне — все равно, что похоронил. А посмотреть на дело незамыленным взглядом — сами понимаете, иногда просто необходимо. Случай с Македонским меня, конечно, и саму заинтересовал, все-таки такой известный человек. К тому же слишком много было несоответствий, хотя поначалу муж и полагал, что речь идет об обычной квартирной краже, обернувшейся убийством лишь из-за того, что хозяин квартиры вернулся домой раньше времени. Сам убеждал меня в том, что это — дремучая бытовуха. Но дальше пошли вопросы, ответа на которые он так найти и не успел.

— Вы сказали о том, что он вышел на след убийцы... — мягко подсказал Алексей.

— Да-да. Вначале все жильцы этого дома отпирались: ничего, мол, подозрительного в вечер убийства не видели и не слышали. А потом вдруг — вы не поверите, какая удача свалилась,— женщина выдержала торжественную паузу.

Алексей посмотрел на нее с неподдельным любопытством. Фалеева усмехнулась, заметив, наконец, искренний интерес своего собеседника, и продолжила:

— Видите ли, Фалеев всегда убеждал меня в том, что большинство преступлений, да почти сто процентов, раскрываются не через какие-то там сверхгениальные способности сыщиков, а по воле случая или, пардон, через обычное стукачество. Всегда, мол, найдется кто-нибудь, кто захочет заложить соседа, завалить конкурента и так далее. Вы, Алексей, как к этому относитесь, к такой идее?

— Думаю, что ваш муж во многом прав,— отозвался Нертов, припомнив свой опыт военной прокуратуры.

— Вот-вот,— обрадовалась Галина Михайловна такому взаимопониманию,— это только в кино детектив бродит, сопоставляет улики, всюду свой нос сует, а в жизни к нему просто кто-то приходит да рассказывает, как было дело! А потом уж он, извиняюсь, под этот донос свои улики подгоняет...

Алексей не стал спорить, опасаясь пресечь откровенность женщины. Он лишь задумчиво кивнул.

— Короче, приходит как-то муж со службы довольный и говорит мне: Галя, ты не поверишь, но нашелся-таки герой-пионер, Павлик Морозов! Я спрашиваю:

ты о чем? А он мне — о том, что, мол, восполнен самый главный пробел. Короче, доставили к ему в отделение какого-то мальчишку за кражу из ларька, а мальчишка этот, этакий пройдоха, и предложил Фалееву сделку — да, так и сказал. Мол, если гражданин начальник его с миром отпускает — а пареньку больно уж в спецшколу не хочется, не первый это у него привод, — то он в обмен на это поделится кое-чем интересным, касающимся одного убийства на Васильевском острове. Ну, давай, отвечает мой муж, по рукам. И тогда мальчишка сообщает, что знает, кто грабанул квартиру Македонского в тот вечер, когда его, судя по всему, и убили. Муж, конечно, не поверил, но тот божится: мол, это моя мамка была с одним своим дружком, она в тот день еще едва ногу не сломала — только подвернула, но домой кое-что притащила, какую-то вазу и фотографию этого артиста. Дескать, дружок ее за эту фотографию сильно ругал, чуть не побил, кричал, что улика.

— Галина Михайловна! — Алексей опешил от неожиданности; от такой быстрой и простой разгадки убийства, до сих пор почему-то считавшегося «глухарем» в этом отделении милиции. — И что же было дальше?

— Понятно, что Фалеев — прямиком на квартиру к этой мамке. А мальчишка-то этот дома почти и не живет, все больше по подвалам ночует да у ларьков кормится. Такая, значит, мамаша — иначе зачем бы он ее заложил, спрашивается? Ну, соседи говорят, что уже неделю она дома не появлялась, где-то загуляла. Так мой муж ее, кстати, и не нашел, сколько ни искал потом по разным притонам. Она наркоманка. Но! В травмпункте подтвердили, что она туда в те дни, когда и убийство было, обращалась — я не точно помню диагноз: какой-то перелом мелкой косточки стопы, который бывает при падении с высоты. Ну, как вам эта история? Верите теперь мне, что муж действительно вышел на след?

Алексей виновато посмотрел на Фалееву и вздохнул. Действительно, все сходилось: и женщина в тот вечер из окна квартиры Македонского выпрыгнуть могла, как подсказала ему та бабушка с первого этажа, и мужчина с нею был...

— Слушайте меня, молодой человек, дальше. Мать мальчика исчезла. Что делать?

— Искать дружка... Успел ваш муж предпринять что-нибудь в этом направлении?

— Спрашиваете! И успел, и нашел. Мальчик сам на него показал, хотя Фалеев вначале и отнесся к этому скептически. Мало ли на кого ребенок зол? Подставит любого дядю — из тех, что к матери шастали.

— Несомненно,— согласился Нертов.— В таких делах надо быть осторожным, с выводами не торопиться.

— Вот-вот, тут и повод был не поверить. Мальчишка стал утверждать, что дружок этот — мент. Милиционер,— поправилась Галина Михайловна.— Короче, отвел он мужа к одному отделению милиции, не нашему, слава богу, и показал на этого дядю. Вот и весь рассказ.

— А дальше-то что было? Дальше! Кто это был? Удалось найти хоть какие-нибудь доказательства? — заторопил повествование Нертов, понимая, что надо выжать максимум информации из этой женщины, пока она расположена говорить начистоту.

— Как социальный работник я могу вам сказать, что эти показания мальчика, малолетки, не имели особого веса. Муж ведь даже ничего официально и не протоколировал. Дальше и в самом деле надо было искать улики. Но... Сами понимаете, там пошли всякие оперативные дела, говорить не буду, не знаю. Сказал мне только Фалеев, что на квартире у подружки того милиционера ничего не обнаружено — из тех вещей, что были украдены у Македонского.

— Да, дела... — отозвался не сразу Алексей.— Я только одного не пойму, Галина Михайловна, как же он ничего не запротоколировал, хотя бы в черновую, не подшивая в дело? Сейчас бы это могло его выручить!

— О, господи,— нервно вскинулась Фалеева.— Я же, кажется, говорила, что этот пацан, хоть и малолетка, но категорически отказался что-либо подписывать! Это раз. А второе... Может, не было у мужа гарантий, что этого

244

милиционера не покрывают и в нашем отделении? Хотя, скорее всего, Фалеев просто не хотел, чтобы все это всплывало раньше времени. Это вы понимаете? И он не зря опасался — ведь подставил его в конце концов тот опер, на которого показал мальчик. Я не сомневаюсь, что это сделал именно он — кому еще было?

Нертов промолчал. Потом спросил:

— Галина Михайловна, но каким же образом этот милиционер, как вы говорите, подставивший вашего мужа, узнал, что им интересуются? Если это нигде не задокументировано? Что, было какое-то нежелательное пересечение?

— Не думаю, муж работает аккуратно, у него такой опыт... — Фалеева отпила уже остывший кофе.— Все эти дни я пытаюсь разобраться, как же это могло произойти...

— Постойте,— как можно спокойнее начал Алексей, которому пока все казалось логичным и убедительным в этом рассказе Фалеевой, кроме одного, о чем она пока умалчивала — этого эпизода с избиением старика-домовладельца в Озерках, за которое и посадили Фалеева.— Но взяли-то вашего мужа, вы уж извините, с поличным! При чем здесь этот милиционер?

Фалеева вскочила и удивленно уставилась на Нертова:

— Как, разве непонятно?

— Нет!

— Так послушайте, что там было! Вы хоть знаете, почему он оказался в этих чертовых Озерках? — крикнула она растерянно.

— Без понятия. Это вы мне должны об этом сказать, если хотите помочь мужу,— уже умоляюще проговорил Алексей.

— Так вот: в Озерки-то он поехал по просьбе этого поганца, этого мальчишки!

— То есть как так?

— А так! Муж ведь к нему по-человечески отнесся. Обихаживал его, понимаете ли. Я даже одежду ему кое-какую от сына передала. Ясно, что, когда из армии придет, все равно мало будет.

— И что из этого следует? — Алексей и в самом деле запутался.

— Рассказываю,— вздохнула она устало.— На прошлой неделе мальчишка этот попросил помочь его деду, о котором он прежде и не говорил. Ну, всякое бывает — дети есть дети, вдруг вспомнил о дедушке. Сказал, что дед живет один в Озерках, в частном доме, и что будто бы на него постоянно наезжают, хотят отобрать его участок, чтобы там строился какой-то новый русский. Мол, некому больше защитить этого дедулю. Что мужу оставалось делать? Решил поехать, проверить, как там все на самом деле обстоит. Про Озерки-то, сами знаете, что говорят и пишут, какие там дела вытворяют с этими стариками. Думал, посмотрит, а потом решит, что дальше предпринимать. В отделение местное сообщать или еще как... А дальше вы все и сами знаете. Самое ужасное, что мне-то никто ничего не сообщил. Я знала, что он поехал к этому деду. Жду его вечером — не возвращается. Я в отделение звонить — мало ли, по каким делам туда пошел,— а там он не появлялся. И на следующий день тоже ничего не говорят. Действительно, кто я ему — разведенная жена! Потом звонит одна... не буду говорить, как я ее называю, и смеется: мол, включай вечером телевизор, твоего Фалеева во всей красе покажут. Только из этих новостей я и узнала! Вы можете представить мое состояние?

— И все-таки, Галина Михайловна, то, что вы сказали, не дает оснований утверждать, что это каким-либо образом было подстроено именно тем милиционером, тем подозреваемым,— осторожно подсказал Нертов.

— Я тоже вначале не сопоставила всю эту историю с тем милиционером,— призналась Фалеева.— Но потом стала прикидывать, просчитывать и... И поняла. Леша, давайте вместе думать, и тогда вы согласитесь со мной, я уверена.

— Что ж, попробуем.

— Я подумала так: что, если этот мальчишка каким-либо образом дал знать или своей матери, или ее любовнику-милиционеру, что ими интересуются? Почему бы и нет? Парнишка-то этот — истеричный, как говорил мне муж. Сегодня он мать свою заложил, рассердившись на нее за что-то или просто себя от этой спецшколы спасая, а назавтра уже и пожалел. Раскаялся. Почему бы и нет? Дети, знаете ли, часто любят и самых что ни на есть падших родителей. А тем более, мальчик — свою мать. Это нормально. Он сам мог испугаться того, что натворил — не такой уж маленький, чтобы не сообразить, сколько лет тюрьмы светит его мамаше за то, что он тут решил в Павлика Морозова поиграть. А может, и кто-то из друзей подсказал: мальчишка ведь мог и похвастаться своей дружбой с опером, а ему и указали, к чему это приведет. Согласны, Алексей?

— Пожалуй... Все может быть...

— Ну, а если не жалость к матери тут свою роль сыграла,— продолжала перебирать варианты Галина Михайловна,— то мог ведь быть и простой расчет. Предположим, мальчик отправился к этому милиционеру, чтобы вытянуть из него деньги в обмен на обещание молчать или просто за то, что он назвал ему фамилию Фалеева. Такое тоже бывает. И вряд ли ребенок соображал, насколько это рискованно для него самого — ведь дружок матери мог бы запросто и убрать его. Он был нежелательным свидетелем. Но, как видим, то есть, как я предполагаю, через мальчишку этот милиционер и решил вначале устранить главную угрозу — моего мужа. По-моему, все очень просто, не так ли? Тут, кстати, еще одно любопытное обстоятельство всплывает: выходит, что этот милиционер сам задействован и в какие-то бандитские дела. Так что попытайтесь, Алексей, заново осмыслить всю эту историю — с учетом того, что я вам рассказала,— продолжила Фалеева.— Не знаю, смогла ли я вас хоть как-то убедить или так и останусь в ваших глазах разбушевавшейся мадам, а? — напомнила она ему реплику охранника.

— Галина Михайловна, я гарантирую, что у вас не будет проблем с адвокатом для вашего мужа — я сам об этом позабочусь,— он встретил ее благодарный взгляд.— Но я думаю, я надеюсь, что какие-то шаги удастся предпринять уже сейчас, немедленно. Вы мне только скажите, ваш муж назвал вам имя этого милиционера?

— Нет. Увы, нет. Доверял мне, но не настолько... — Фалеева неожиданно замкнулась.

— Галина Михайловна, но все-таки? Кто, кроме вас, может сказать сейчас об этом? Только вы!

Нертов, подметивший перемену настроения женщины, решил, что она принялась темнить. Как там она про себя в самом начале их разговора сказала: могила? Понятное дело, и не могла, и не должна она была называть Алексею имя главного подозреваемого, сообщенное ей бывшим супругом.

— Мне очень жаль, что вы не хотите помочь,— с неподдельным огорчением произнес Алексей.— Хотя сейчас это было бы в первую очередь в ваших интересах. Кстати! — спохватился он.— А следователю-то вы называли имя этого подозреваемого?! Вообще: рассказывали ли ему эту историю так, как рассказали ее мне? Во всех подробностях?

— Нет, Алексей. Он еще со мною толком и не разговаривал. У нас всего одна встреча была, очень короткая. Он торопился.

— Простите, но деньги-то он с вас уже запросил. Вы же сами, Галина Михайловна, сказали мне, что он вас обнадежил — поверил в невиновность Фалеева и так далее. Но как же он в ней уверился-то, если вы ему ничего, как утверждаете сами, не сообщили?

Фалеева вдруг опустила голову и принялась чертить что-то на ковре кончиком стоптанной туфли.

— Да, интересный вопрос вы задали. Действительно, как же он мне пообещал, еще ничего не зная? Вопрос на засыпку, что называется,— усмехнулась Галина Михайловна.

— Да деньги он просто с вас хотел снять — вот и весь разговор,— закончил за собеседницу Нертов.

— Думаете? — живо отозвалась женщина.— Постойте, я припоминаю: он сказал мне, что верит в невиновность мужа, потому что много наслышан о нем как о честном и принципиальном сотруднике. Вот так это было подано. Я тогда еще, к слову, удивилась: что о муже знают даже в другом районе. Озерки — это ведь Выборгский район, а наше отделение — Василеостровский.

Впрочем, для Алексея вся эта интрига с нечистым на руку «следаком» была не слишком интересной: женщина, наконец, и сама догадалась, что из нее попросту вытягивали немалые деньги, и тут уже нечего было обсуждать. Нертов вернулся к вопросу о главном подозреваемом, об этом якобы неведомом Галине Михайловне милиционере.

— А теперь,— доверительно предложил ей Алексей,— подумайте сами, стоит ли надеяться на такого следователя? Конечно, надо сделать все для того, чтобы его заменили. Вы должны обратиться в... Я подскажу потом куда. Но уйдет время — на подтверждение того, что он вымогал у вас взятку, на задержание его с поличным. На это, возможно, не одна неделя потребуется. И только после этого появятся веские основания для замены — без доказательств ваши слова будут восприняты как оговор честного человека.

Нертов, конечно, несколько слукавил перед этой женщиной. Скорее всего, как знал он из прецедентов подобных вымогательств, дело против Фалеева трещало по всем швам и вот-вот должно было закончиться прекращением «за отсутствием состава преступления». Вот следователь наверняка и решил подзаработать, рекомендуя некоего великого адвоката, способного вытянуть подзащитного. Однако Фалеевой пока об этом говорить не следовало — о том, в каких случаях «следаки» идут на подобные штучки.

— О господи, теперь еще и в таких делах участвовать! — невольно воскликнула Фалеева.— Нет, никуда я не пойду! Я просто расскажу потом об этом на суде,— нашлась она.

— Ну, ваше право — затевать все это или оставить как есть. В том числе и Фалеева — там сидеть. Не понимаю только, зачем же вы тогда сюда пришли, если так спокойно приплюсовываете своему супругу дополнительные месяцы тюрьмы? Бывшему супругу, прошу прощения. Конечно, не настолько он близкий вам человек, чтобы ради него такие хлопоты на себя брать. Конечно, вы не обязаны знать, что за условия в этих «Крестах» и что там в камерах люди мрут как мухи,— Нертов говорил намеренно грубо и жестко. Ему надо было оказать психологическое давление на женщину, заставить ее произнести, наконец, имя этого милиционера.

Фалеева опешила от напора собеседника. Только что слушал ее со спокойной и ровной заинтересованностью — вежливый молодой человек, задававший вполне квалифицированные и профессионально поставленные вопросы. А тут вдруг — такая вспышка ярости! Как будто речь шла о его собственных, глубоко личных делах, а не о судьбе оперативника неведомого ему отделения милиции.

— Послушайте, Алексей,— опасливо остановила она его,— я думаю, мир не рухнет, если вы узнаете эту фамилию не сегодня, а через несколько дней. Не так ли?

— Галина Михайловна, да вы что?! Вы что же, полагаете, что надо позволить убийце пошастать еще несколько дней на свободе? Вот он, образец мышления интеллигентной женщины: хочу остаться порядочной — даже неважно, если ценою еще нескольких трупов. Чего я, кстати, не исключаю... — Нертов пристально посмотрел на нее.— Послушайте, если вы не желаете связываться со мной — пишите официальное заявление прокурору. Так сказать, о вновь открывшихся обстоятельствах...

Алексей, конечно, не мог объяснить этой женщине причину своей горячности, с которой он явно перебрал. Но трудно было отставить эмоции в сторону: близкая разгадка опять ускользала. Всего лишь одно имя — и ключ к поискам был бы у него в руках.

В один из моментов этого разговора у него едва не перехватило дыхание — от слов Фалеевой о «дружке мамки». Дело в том, что еще вчера, когда старуха с первого этажа прикладбищенского дома опознала на протянутом Алексеем рисунке человека, входившего в тот роковой для Македонского вечер в парадную их дома вместе с некой шаркающей женщиной в зеленом пальто, Нертов, услышав ее ответ, лишь получил подтверждение одной своей версии, поначалу показавшейся и ему самому абсолютно шальной, но, после долгих сопоставлений и размышлений — весьма и весьма вероятной.

Еще до всех этих бурно развившихся в последние дни событий Алексей выловил в одном из подслушанных разговоров Шварца с Мариной некий намек, позволявший предполагать, что этот шантажист располагал довольно точной информацией об убийстве актера — большей, чем можно было бы иметь, ведай он о происшедшем только из многочисленных газетных репортажей или, предположим,— и вот это-то и было самое настораживающее — из рассказанного ему Мариной, попавшей на место трагедии, в квартиру актера, лишь несколько дней спустя после его смерти. Угрожая Марине, он сказал ей, что, мол, «висеть тебе привязанной, как твоему Паше», при этом точно указав, как именно... Но именно это «как» нигде в публикациях не проходило, сколько ни проверял потом Алексей. Не упоминала об этом и первой заставшая мертвого Македонского артистка Ольга Круглова. Он специально ездил к ней, расспрашивал, что она видела, что заметила. Круглова, по ее словам, опрометью выбежала тогда из комнаты, не в силах смотреть на то, что перед нею предстало. Следовательно, у Шварца могли быть только два источника, из которых он был бы способен почерпнуть такую важную деталь. Первый — это оперативники, побывавшие на месте происшествия (либо составленные ими протоколы осмотра трупа и квартиры). И второй источник — сам Шварц, собственной персоной, неким образом попавший в квартиру вперед прочих. А что это означало, было понятно и без комментариев...

Итак, еще за несколько дней до разговора со старухой Алексей начал подозревать, что этот Шварц, кем бы он ни был на самом деле, может быть причастен к убийству Македонского. Он сам выдал себя той деталью. Странно только, что Марина тогда никак на это не отреагировала. Алексею это определенно не понравилось. Но это было тогда — когда он еще мог позволить себе сомневаться в ней. Вариант участия Марины

251

в убийстве Македонского Нертов рассматривал в то время как вполне вероятный.

Сообразительная бабуля подтвердила версию Алексея — вот отчего он и был готов расцеловать ее в тот момент. Шварц и некто, поднимавшийся по лестнице в квартиру Македонского как раз незадолго перед его незапланированным возвращением, были одним и тем же лицом. Алексей, конечно, был ошарашен приоткрывающимся ему неведомым пластом.

Он был неспособен понять: какая связь существует между его отцом и любовником Марины, почему один и тот же человек фактически участвует в убийстве обоих — в одном, уже совершившемся, й в другом — запланированном? Не суть важно, что убийство это он собирается осуществить не своими руками. Но он заставляет Марину действовать — опять же от имени кого-то. Значит, был некто третий, стоявший над всей этой схваткой: тот самый, кому была выгодна и смерть актера, и смерть директора завода. Получалась несусветная чушь, в которой никак не мог разобраться Алексей. Ну, какая может быть связь между его отцом и покойным любовником его любовницы? Сам он уже не мог в этом разобраться. Выходило, что ответы на все вопросы можно искать только у самого Шварца, роль которого Алексей определил как роль посредника в чьем-то безумном мероприятии.

Оставалось немногое — вычислить этого Шварца да вытрясти из него все, что он знал. Гуманность методов, понятное дело, не предусматривалась: Нертов приготовился к тому, чтобы действовать в соответствующих ситуации понятиях. И вот сейчас Алексей был так близок к тому, чтобы узнать, кто же скрывается под этим именем, и — такой облом, как сказал он сам себе.

Он вновь с тоской посмотрел на Фалееву. «Эх, Галина Михайловна,— хотел бы сказать он ей,— кончайте ломаться, выкладывайте все начистоту». Но вместо этого он посмотрел на часы, давая понять визитерше, что разговор исчерпан.

— А что дальше? — усвоила Фалеева его намек.

— А дальше вы оставляете меня одного — с накиданными вами запутками да загадками,— устало сказал Нертов.

Фалеева встала, чтобы идти к дверям. Но, сделав несколько шагов, вдруг повернулась к нему и посмотрела умоляющим взглядом.

— Леша, я вижу, что вы мне не верите. Но поймите, я и в самом деле ничего не знаю. Ни фамилии этого мальчика, который бы мог вам что-то подсказать. Я его и в глаза-то не видела, все только со слов мужа вам говорю. Так что и парнишку, и мамашу его через меня вы не найдете. И как зовут этого милиционера, тоже не знаю. Ну, не называл мне его имени Фалеев. А я, само собой, не спрашивала. Отделение — пожалуйста, назову. Вдруг это вам поможет...

— Нам! — поправил ее Алексей.— Нам, Галина Михайловна. Как вы заинтересованы спасти своего бывшего супруга, так и мы — намерены разобраться в обстоятельствах смерти Македонского.

Фалеева опять посмотрела на него виновато. И вновь как будто что вспомнила.

— Впрочем,— спохватилась она,— муж описывал мне его внешность...

Алексей внимательно выслушал изложенные Галиной Михайловной приметы. Противоречия с хранившимся у него эскизом не было, и одно это было уже хорошо.

— Да, еще кое-что вспомнила,— постаралась не упустить ни одного штриха Фалеева.— Когда муж описывал мне этого опера, он сказал, что у него фамилия под стать ему самому. Мол, тихий, неприметный и белесый, из тех, кто шуршит да свое дело делает.

— Ценная информация,— язвительно заметил Алексей.

— Другой нет,— отрезала Фалеева.— Вы бы уж, Алексей, и сами подумали, поотгадывали, что это может быть за фамилия. Неприметный и белесый... — еще раз перебрала она слова, подсказанные ей мужем.— Самой интересно, что бы это могло быть?

— Невзоров? — усмехнулся Алексей.

— Ну, о такой бы муж иначе сказал — это как раз фамилия заметная, — не откликнулась на иронию Фалеева. — Давайте думать! Если белесый, то Белоусов или Беленький. Если тихий... Пожалуйста, готовы варианты: Тихонравов, Тихонов, Молчанов...

— В общем, широкий спектр, — заключил Алексей, вставая из-за стола.

— И что же вы будете делать? — сочувственно спросила Фалеева.

— Пройдусь по отделению милиции, где, по вашим словам, служит этот злодей, поизучаю таблички на дверях, доску приказов. Глядишь, какая-нибудь фамилия и осенит. Говорите, значит, что лет тридцать ему?

— Вроде, так.

— Что ж, Галина Михайловна, в любом случае то, что вы мне сказали, — это уже ценная информация. До вашего прихода у меня не было и такой. Так что, ей-богу, спасибо. Кроме шуток.

— Какие уж у нас с вами шутки! — горько добавила Фалеева.

Простившись с этой внезапной во всех смыслах слова посетительницей, Нертов бросился к телефону: надо было срочно отыскать Ковалеву — ведь наверняка эта хитрая штучка могла бы что-нибудь подсказать или даже добавить к полученной информации. Однако оба ее телефона — и служебный, и домашний — молчали. «Чертова баба!» — бросил в сердцах Алексей. Наобещав вплотную заняться его непростой ситуацией, Леночка исчезла — как в воду канула. «Уж не случилось ли с ней чего?» — погасив раздражительность, подумал Алексей. Он еще раз набрал телефон пресс-службы, на этот раз Леночкиного шефа, незабвенного отставника-бездельника. К счастью, глава аналитиков снял трубку. Отчего-то хихикнув на вопрос Алексея о Ковалевой — видно, уже доложили любознательному, что засиживаются они с Леночкой в его кабинете допоздна, — ветеран сыска сообщил, что интересующая его особа приболела. Но, раз дома ее не было, Нертову не составило труда дога-

254

даться, что Ковалева тоже не дремлет — значит, где-то чем-то занята, и, скорее всего, его делами. Если бы еще отзвонилась, хоть что-то сообщила... Алексей ругнул себя: отчего не догадался снабдить Ковалеву трубкой? Вообще об этом не подумал — так же, как и о безопасности Леночки! Еще раз припечатав себя как положено, Нертов на пару минут присел за рабочий стол и набросал страницу коротких записей-пунктов, которую тут же запер в одну из ячеек стоявшего под ногами сейфа. Второй ключ от этой ячейки был у Ковалевой — в случае чего она смогла бы узнать, что произошло в этот день и куда именно, а также зачем направился Нертов ровно в четыре часа пополудни. Хорошо еще, что кабинет Алексея находился в самом конце длинного загибающегося коридора. Ковалева могла практически незаметно открыть его дверь, не слишком привлекая внимание любопытных сослуживцев.

План у Нертова был сейчас один — подсказанный всем повествованием бывшей жены Фалеева. Конечно, ему надо было мчаться в это отделение милиции и каким-то непостижимым образом вычислять там Шварца. Впрочем, эта несчастная женщина, сама того не подозревая, облегчила Алексею задачу: несколько раз она уточнила, что подставивший ее мужа человек был не просто неким милиционером, а оперативником. Что ж, оставалось только пробежаться по кабинетам угрозыска и отдела по борьбе с экономическими преступлениями, где, видно, и обретался этот товарищ: оперативниками называли только сотрудников этих подразделений.

Путь на Васильевский остров в этот час дня был непростым испытанием. Машина Нертова застряла в пробке на мосту через Неву. «Что ж,— сказал он себе безо всякого раздражения,— посидим да подумаем. Шварц — это, понятное дело, кличка,— опять перебирал Алексей варианты его фамилии.— Может быть, он на самом деле какой-нибудь Чернов — перевели когда-нибудь, еще в школе, его фамилию на немецкий, да так и закрепилась кличка, почему бы и нет, очень распространено. Или — Темнов, тоже подходит...»

Размышления были прерваны гудками сзади — зазевался, не заметил, что путь впереди уже расчищен. «Нехорошо, — подумал Алексей, — надо бы сконцентрироваться, а я что-то подраскис. Все в один день: похороны, Фалеева со своими откровениями, а теперь поиски этого Шварца. Лед тронулся — погоня начинается», — уже в некотором возбуждении сказал он сам себе.

Дальше путь был короток — через десять минут он уже выходил из машины, на всякий случай припарковав ее не у самого отделения милиции, находившегося во дворах, а на улице. Ему бы не хотелось, чтобы этот человек, состоись с ним встреча, смог вычислить его потом по номерам.

В отделение Алексей вошел обычным посетителем — мало ли кто может здесь бродить по коридорам, выискивая на табличках фамилию вызвавшего его повесткой следователя или просто участкового. В холле на первом этаже Нертов остановился у доски почета, несколько удивившись, что сохранились еще со старых времен такие выставки лучших кадров. С фотографий на него смотрели близнецы-братья: все в погонах и все в усах, этом непременном атрибуте младшего офицерского состава, своеобразной визитке каждого опера, желающего выглядеть неотразимым гусаром. Алексей перебегал глазами от одной карточки к другой — как назло, каждый из этих отличников службы вполне мог сойти за того, кто был начертан на рисунке Ильюхи. Он стал вчитываться в написанные мелким курсивом фамилии, еле различимые в полумраке холла. Сплошной монолит Ивановых-Петровых-Сидоровых — действительно, неприметные фамилии для неприметных людей. Вдруг среди них он заметил короткую, заставившую его встать на цыпочки, чтобы разглядеть имя-отчество и звание. «Вот это номер!» — прошептал Алексей.

— Вы кого-то ищете? — громкий командный голос заставил его обернуться.

Человек в штатском был суров.

— Да, — посмотрел на него Алексей, — я ищу...

И запнулся, но тут же с улыбкой воскликнул:

— Леонид Павлович?

Перед Нертовым стоял несколько раздобревший за те годы, что они не виделись, его бывший наставник по милицейской практике. Еще на третьем курсе Алексей самодеятельно заявился в то РУВД, рядом с которым они жили со Светланой, дабы попытаться узнать, куда следует обратиться будущему правоведу, чтобы набраться ума-разума. Долго тыкался по кабинетам, однако их обитатели только озабоченно посылали парня куда-нибудь этажом выше или ниже. Ни у кого не было желания возиться со студентом. И вот тогда, так же, как сегодня, Алексей услышал в одном из коридоров за своей спиной: «Вы кого-то ищете?» Конечно, перед ним стоял тот самый старший оперуполномоченный Фрунзенского РУВД Леонид Павлович Расков! Тот самый человек, который когда-то первым вычислил в нем данные неплохого опера и заставил Алексея поверить в свои возможности. Теперь он был уже в чине подполковника и, как нетрудно было догадаться, работал в этом здании.

Расков несколько отстранился и тоже переспросил:

— Леха, ты что ли?

— Он самый! — отрапортовал Нертов, крепко пожимая руку своего былого наставника.

— А к нам какими судьбами? — с любопытством взглянул на него Леонид Павлович.

— Разыскиваю старшего лейтенанта Тишко,— указал он кивком головы на карточку в верхнем ряду.

Эта фотография и заставила его только что остолбенеть: он опознал на ней того самого прапорщика Тишко, с которым они когда-то схлестнулись в Дивномайске! Совпадение было просто невероятным: мало того, что это был старый знакомец, так еще именно он носил ту тихую и шуршащую фамилию, о которой сказала ему Фалеева. Других таких фамилий на этой выставке достижений не было. У Алексея вновь дыхание перехватило, и слово «погоня» застучало в висках: он вышел на след, еще немного — и Шварц, он же Тишко, в чем уже нет сомнений, не случайно таким знакомым казался

Алексею голос в прослушке, так узнаваемо было начертанное Ильей лицо, этот Шварц будет в его руках, а дальше распутается и весь клубок, встанут на место разбросанные в беспорядке фрагменты замысловатой головоломки.

— Да, я ищу Николая Тишко,— уже с радостью сообщил Алексей подполковнику.

— А по какому вопросу? — переспросил ветеран.

— По личному, Леонид Павлович,— уклончиво ответил Нертов.

— Темнишь, Алексей. Я тебя конкретно спрашиваю: он тебе, что, назначал?

— Не совсем. Так, зашел поговорить к старому приятелю,— как можно беспечнее ответил Алексей, которому что-то такое почудилось в этих суровых интонациях. Чего это он так вскинулся, будто не старый знакомый перед ним стоял, а какой-нибудь подозреваемый?

— Тогда пойдем, поговорим,— немного помедлив, задумчиво сказал Расков.

Алексею пришлось подчиниться. Он слишком хорошо знал Леонида Павловича и уже не сомневался, что опытный оперативник что-то вычислил там своей хитрющей головой, а потому и не зря принялся задавать вопросы.

Вслед за наставником он вошел в кабинет без опознавательных знаков.

— Присаживайся,— указал ему подполковник на стул напротив стола, за которым стояло пухлое начальническое кресло.— Давно не слышал о тебе. Где сейчас трудишься? Ушел из системы или все тянешь лямку?

— Как сказать,— Алексей полез во внутренний карман куртки и достал закатанную в пластик карту-удостоверение начальника службы безопасности банка. Просмотрев документы, Расков смягчился:

— Почти коллега, значит,— закивал он головой и вновь внимательно глянул на Алексея, по инерции будто бы сличая фотографию с подлинником. Оставалось только догадываться, чем же было вызвано интригующее поведение Раскова, ныне начальника отдела угрозыска,

258

как успел он сообщить о себе еще при первом рукопожатье.

— Алексей Юрьевич, а ты все-таки по каким делам к Тишко?

— Да, собственно, мы с ним старые знакомые, вместе в армии служили, в Сибири,— нашелся Алексей: ответ был простым и правдивым.— Давно не виделись. Тут случайно узнал, где нынче Колян. Дай, думаю, зайду, наведаюсь...

— Давно не виделись, значит,— сумрачно проговорил Расков.— Вот что, парень...

Наставник вдруг выбрался из-за стола, встал и подошел к Алексею.

— Нет больше твоего Коляна. Поздно ты к нему пришел. Убили нашего Тишко.

— Как же это произошло? Когда?

— Труп обнаружили в Озерках,— принялся пояснять Расков.— Сегодня утром, на кладбище. Служитель, обходивший дальние участки, вначале решил, что ему померещилось. В одной из оград лежало тело.— Он вновь тяжело вздохнул.— Прямо на могиле.

— Как он оказался в этих Озерках? Как его убили? — вставил Алексей. То и дело всплывающие в последнее время Озерки должны были бы навести на размышления и сопоставления.

— Сами бы хотели знать! Вчера Тишко не работал, был в отгуле, так что про вчерашний его день никто ничего не знает. Позавчера Николай был вечером здесь, у нас сходка по личному составу проводилась. Куда и зачем он пошел потом, никто, сколько ни спрашивали всех наших, не знает. Он, вообще, такой парень был... Как тебе сказать, ты же, говоришь, и сам с ним служил...

— Ну, немного замкнутый,— подсказал Алексей.

Расков, подняв брови, кивнул:

— Да, немного своеобразный человек, но у нас такие часто попадаются. Сам знаешь эту нашу поговорку: принимают в милицию по анализам, а спрашивают как с умных... С кадрами-то у нас сейчас — известно, какое дело. Любому рады, только бы армию отслужил да не пьяница был или дебошир. А Николай — немного мы о нем и знали, хотя он уже больше года в отделении проработал. Бывает такое, что человек — полное соответствие своей фамилии. Тишко, он и есть Тишко. Точнее, был! Жаль парня, конечно, да и смерть плохая: зарезали ножом, как поросенка. Хорошо еще, что хоть семьи за ним не осталось. Чем бы мы сейчас могли помочь очередной вдове с детишками? Склоняли бы только нас все, кто ни попадя. Жил он одиноко. Пришел — ушел. Совсем непьющий был, что несколько... м-м... не на командный дух работало. Никогда, ни с кем — никакой откровенности. Короче, про его личную жизнь мы ничего не ведаем. А по делам его последним — так, ничего особенного, обычная бытовуха, за такую не мстят.

Нертов подавленно молчал: опять все обрывается!

— Алексей Юрьевич, скажи, — прервал его молчание Леонид Павлович, — а не могут ли тянуться за Тишко какие-нибудь, как бы получше сказать, обиды из армии?

Нертов задумался: говорить или нет? Имя Керимбаева уже промелькнуло в его голове. Месть за убитого сына — отчего бы и нет? Почему бы этому не стать мотивом убийства бывшего прапорщика, когда-то хладнокровно застрелившего солдата Керимбаева? Трудно ли было Керимбаеву-старшему снарядить гонцов в Сибирь, в то армейское соединение, да выяснить, кто же был убийцей, а потом разыскать виновника гибели своего сына?

Итак, сообщать об этом подполковнику или нет? В конце концов, закончил Алексей свои недолгие размышления, установление истины нужно сейчас всем, и есть смысл рассказать кое о чем следствию, дабы не плуталось оно в своих далеких от этой истины версиях. К тому же убийство милиционера — вещь экстраординарная, копать примутся во всех направлениях, не исключено, что поинтересуются и армейским прошлым Тишко, если не найдут никаких концов в его нынешней питерской жизни. Похоже, что останется Тишко в памяти товарищей безупречным героем... Кто сможет доказать, что был он оборотнем? «Та же организованная Тишко подстава Фалеева — сложно на ней теперь будет настоять, — с сожалением подумал Алексей. — Трудно

260

спорить с мертвым человеком: доказывать его вину, располагая лишь оправданиями Фалеева, замазанного в глазах всех опера». Алексей отчетливо понял, что его молчание будет сейчас ни чем иным, как большой подлостью. А потому решился и начал свой рассказ:

— Да, был там один эпизод в армии. Мог он аукнуться...

Так Алексею пришлось поведать Раскову о своей более чем странной истории, начавшейся еще несколько лет тому назад одной морозной зимней ночью в далеком Дивномайске.

Отделение милиции Алексей покинул нескоро. Спустившись со ступенек крыльца, прикурил, отвернувшись от ветра. Взгляд невольно задержался на освещенной фонарем стене здания — на уровне глаз Алексей приметил характерную выбоину. Надо же, покачал он головой, чего тут только не происходит: пальба какая-то недавно была, а ему подполковник и слова о ней не сказал. Видно, гибель Тишко перечеркнула предыдущие впечатления. «Веселая у них работа, в этой ментовке»,— вздохнул Алексей и быстрым шагом вышел из двора на улицу.

Заведя машину, положил руки на руль и замер в понятной задумчивости. Ясное дело, что теперь ему надо было искать Ковалеву — то-то изумится она, когда узнает, что Шварц уже ликвидирован...

Последнее слово, произнесенное вслух им же самим, вдруг потянуло за собой новые ассоциации. Ликвидация — это из той, киллерской оперы. Ликвидируют киллера, выполнившего заявку клиента. Что, если убийство Тишко было всего-навсего инсценировкой, попыткой запутать будущее следствие, а на самом деле Тишко убрали после того, как он успешно убил еще кого-то? Но отец Алексея был цел и невредим — к великому счастью, все эти дни к нему, находящемуся под усиленной охраной, никто не заявлялся, так же как не примечали и подозрительных лиц в окружности дома и завода. С кем же еще мог успеть разделаться Шварц-Тишко? «Марина!» — уже в который раз за сегодняшний день промелькнуло в размышлениях Алексея. Вот она-то как

раз и могла стать последней жертвой этого человека...
В ярости Нертов рванул с места, еще даже не понимая,
куда теперь направляться. Искать, что ли, по всему городу Ковалеву? Что же она упорно не отзывается на
телефонные звонки?

* * *

Алексей едва успел взять в руки трубку мобильника,
как мелодичный зуммер оповестил его о поступившем
звонке.

— Алло, слушаю! — на том конце провода был тихий
женский голос.— Говорите громче, я нахожусь в пути, и
мне плохо слышно. Лен, ты, что ли? — уловил он знакомую интонацию.

— Леша, ты чего, своих не признаешь? Какая я тебе
Лена,— звонившая, а ею была Светлана, осталась недовольна тем, что ее не признали.

— А, ты... — протянул он, приготовившись выслушать выговор за стынущий ужин.

— Леша, срочно приезжай!

— Свет, спасибо, но я сегодня опять задержусь.
Правда, дела.

Бывшая супруга была неисправима, подумал он. Она
уже успела утомить его за эти несколько дней внезапно
возобновившейся совместной жизни — чрезмерные стара-
ния Светланы вокруг Алексея ненавязчиво выдавали ее
мечты о бурном ренессансе прежних семейных радостей, что, по понятным причинам, вовсе не вписывалось
в планы Алексея.

— Тут такое случилось! — Светлана зарыдала в трубку.— Приезжай!

«За этой Светкиной командой всегда могут следовать очередные неприятности»,— успел подумать он.

— Леша,— сказала она каким-то загробным голосом.— Владимир Иванович умер.

— Что?! Ты где?

— Дома. У себя дома. На Невском. Я тебя жду и пока
ничего не предпринимаю.

— Погоди, ты... — Алексей даже не решался спросить ее о том, что вертелось на языке.

— Я пришла за вещами, а тут уже... не продохнуть... — Светлана вновь завыла.

— Так,— опешил Алексей.— Сиди, ничего не трогай. Никуда не звони. Поняла? Я еду!

Не помня, как вел машину, Алексей проскочил через Неву, домчался до дома на Невском. Во всех окнах лишковской квартиры горел свет. Времени на размышления и предположения о том, что же там могло произойти, у Нертова не было. Он опрометью взлетел по лестнице. Светка сидела на ступеньке возле дверей в квартиру. Ее всю трясло и колотило. Увидев Алексея, она посмотрела на него с застывшим в глазах ужасом, попыталась сказать что-то дрожащими губами, но не смогла. Кажется, у нее даже не было сил на то, чтобы встать. Он схватил ее за плечи, помог открыть замок и, втащив в квартиру, первым делом спросил:

— Тебя видел кто-нибудь? На лестнице,— кивнул он головой на площадку.

— Н-нет...

Алексея тотчас же замутило от запаха, разлитого по всей квартире. Он ринулся на кухню и открыл окно, а в придачу и вытяжку над плитой.

— Сядь,— шепотом велела ему Светлана.

— Светка, погоди,— перебил он ее, тоже почему-то вполголоса.— Ты что, мне тогда не все сказала?

— Когда тогда? — вскинулась она.

— Да когда дернула от своего Лишкова! Ты на что надеялась? Ты хоть понимаешь, что натворила? А зачем поперлась сюда опять?

— Леша,— умоляюще плюхнулась она перед ним на колени,— я тебе говорю, я ни при чем! Ну, чем перед тобой поклясться?

Он вскочил с неожиданной яростью — Светлана уцепилась ему за брюки и заревела в полный голос. Он оттолкнул ее:

— Ты соображаешь, во что меня втравила?

— Господи, да ты сначала пойди, посмотри! Нет,— передумала она,— ты сперва выслушай меня.

Светлана перестала реветь и взяла себя в руки, подошла к окну и, вдыхая ртом свежий воздух, принялась рассказывать о том, что застала сегодня в этой квартире, когда решила наведаться в нее за вещами и кое-какими ценностями, надаренными Лишковым. Оказывается, она даже была готова поговорить со своим супругом и предложить ему мировую — спокойный и интеллигентный развод с достойным разделом имущества, потому как она все равно не могла понять, как ей управиться одной с этим чемоданом бумаг и акций. Ее способностей на осмысление килограммов компромата все равно не хватало, а на условиях выдачи содержимого чемодана вполне можно было культурно расстаться с Лишковым. Посвящать в этот свой план Алексея Светлана не захотела — она подумала, что пора бы ей принимать и самостоятельные решения.

— И что же было дальше? — тяжело спросил Алексей, выслушав всю эту дурь.

— Ничего! — отрезала Светка.— Пришла, а он мертвый там лежит.

— Так, погоди,— Нертов пристально посмотрел в ее лицо.— Ты мне, давай, не крути. Честно и спокойно: когда ты от него сбегала, он... Он в каком состоянии был?

— По пунктам, ясно. Так вот, я тебе точно скажу: Лишков спал здесь в коридоре, на полу. С ним это было не в первый раз. Ну, алкоголик он, понимаешь? Напился и рухнул там, где его свалило. Вот и все.

— А ты? Ты что с ним сделала?

— Абсолютно ничего. Я собрала вещи, бумаги эти, а потом вышла в коридор, оделась и ушла.

— И все? Он не заметил? Ну-ка, пойдем, покажешь, как это было,— велел Алексей и вытолкал Светлану в коридор.

Она показала, где лежал Лишков, как выходила из гостиной она сама...

— Переступила через труп, значит? — Нертов мрачно засмеялся.

— Он был жив, я тебе ручаюсь. Клянусь,— поправила себя Светлана.

— Ты уверена? — переспросил Алексей.

— Ну да! На сто процентов уверена. Он же еще что-то бормотал во сне. Храпел.

Ее опять заколотило.

Задерживая дыхание, Нертов направился прямо в кабинет Лишкова. Светка испуганно жалась за его спиной.

— Дай какие-нибудь перчатки,— велел он ей.— И больше по квартире не ползай, стой смирно. Черт, здесь и в самом деле не продохнуть!

Под ногами хрустнули осколки. Чиновник лежал на полу, странно откинув в сторону распухшее и посиневшее лицо.

— Ну? — тихо спросила Светка, как бы желая сразу услышать от Алексея подтверждение всем своим словам.

— Что ну? — его и самого уже начала пробирать дрожь.— Давай-ка, смотри, оценивай: изменилось что-нибудь в комнате?

— Зеркало разбилось,— пробормотала Светлана.

— Черт с ним, с твоим зеркалом. Я не про то. Обстановку смотри. Господи, чему ты пять лет в университете училась?

— А... — протянула она.— Вроде бы все на месте. Ой! — она вдруг поскользнулась и едва не упала на покойника.

— Осторожней ты! — цыкнул на нее Алексей.

Светка наклонилась, чтобы поднять то, на чем проехала ее туфля.

— Ничего не трогай, тебе говорю! — одернул ее Алексей.

\* \* \*

Уже через час оперативники, прибывшие по вызову Алексея в «02», развели Светлану и Алексея в разные комнаты и снимали с них показания. И с каким бы недоверием ни выслушивали опера из Центрального района бывших супругов, показания, как сличили они потом, сошлись во всех деталях.

Алексей убедил Светку в том, что темнить нет смысла: их передвижения по лестнице этого дома вряд ли прошли мимо внимания соседей, да и в доме Алексея вполне могли заприметить вернувшуюся к нему бывшую супругу. А потому оперативникам пришлось выслушивать долгую историю семейной размолвки, произошедшей в этой квартире высокопоставленного чиновника. Нагрузив оперов избыточными деталями, оба свидетеля, однако, не стали распространяться о самом существенном обстоятельстве — об очищенном Светкой сейфе. К моменту прибытия милиции сейф уже был заперт, а остатки бумаг Светка предусмотрительно припрятала в пухлый подлокотник одного кресла, расстегнув неприметную молнию под деревянной планкой. «Есть тут у нас укромные местечки»,— пояснила она Алексею, поймав его удивленный взгляд.

К облегчению сомневающегося Нертова, вскрытие, проведенное уже наутро, показало: смерть Лишкова наступила от обширного инфаркта. У покойного были старое слабое сердце и безнадежная печень. Жить ему, как сказал, сочувствуя молодой вдове, некто, выдававший им бумаги в судебно-медицинском морге, оставалось и так немного. Годом раньше — годом позже... Не заметив и следа слез на холеном личике Лишковой, эксперт сплел на прощание что-то двусмысленное о тяжелых перегрузках, эффективно отправляющих на тот свет мужчин цветущего возраста. Светка сделала вид, что не услышала отпущенной в ее адрес колкости. Алексей, взявшийся съездить с ней в этот морг, намек расслышал: возможно, подумал он, и в самом деле в ту ночь не одна лишь молодая жена устроила тяжкий стресс чиновнику.

Но это было только на следующий день — этот наводящий разговор в морге судмедэкспертизы. А весь остаток ночи, после их возвращения из квартиры Лишкова в нертовскую берлогу, как почему-то прозвала Светлана жилище Алексея, он провел у телефона. Пытал-

266

ся дозвониться до Ковалевой — но ее телефон молчал. Дотянув до шести утра — вполне приличного, по нынешней ситуации, времени, Нертов спустился вниз, завел машину и поехал к Леночке сам.

# ГЛАВА ОДИННАДЦАТАЯ
## РАЗВЯЗКА

Ковалева жила в одном из тех старых домов у Техноложки, за вычищенными и свежевыкрашенными фасадами которых скрывались жутковатые трущобы. Когда-то, в студенчестве, Алексея отправляли на практику в тот райотдел, на территорию которого как раз и приходилась Леночкина улица. Кажется, припоминал он, тормозя у ее дома, он даже бывал в этой парадной — выезжал сюда на семейный скандал, или дебош, как принято говорить на милицейском языке. Ну да, конечно, вот там, на последнем этаже, в комнате без обоев, они вытаскивали из кучи грязного тряпья отбивавшегося от них пропитого клиента, только что носившегося с ножом по квартире. «Надо же, где ее угораздило жить,— покачал головой Алексей.— Вот тебе и роковая дамочка!»

Он вошел в разбитый подъезд. Утреннее солнце беспощадно освещало выщербленные ступени, желтые подсыхающие лужицы в углах площадок и клочья собачьей шерсти на чугунных балясинах перил. Номера квартир шли вразброс, и Алексей с трудом выбрел на цифру «четыре», значившуюся на единственной в этом подъезде железной двери. Квартира Ковалевой была расположена как-то особняком — дверь перекрывала проход в небольшой аппендикс, всего в три окошка, как смог убедиться Нертов, перевесившись во двор из незастекленного переплета лестничной площадки. Эти три окна отличались от других свежей краской и одинаковыми занавесками. Похоже, это была единственная отдельная квартира на всей лестнице. «Конечно,— припомнил Нертов,— Ковалева говорила, что живет одна».

Еще раз осмотрев лестницу, Алексей нажал на кнопку. Сразу вслед за его коротким звонком желтым светом вспыхнул дверной глазок. Дверь медленно поддалась, и из нее выглянула Леночка — с самым безмятежным видом.

— Ты? Хотя бы позвонил, прежде чем заявляться в такую рань,— равнодушно и как-то рассеянно встретила она его.

— Господи, да я же с ума схожу, куда ты пропала! — набросился на нее Алексей, шагнув за порог.

Леночка внезапно перегородила вход, ухватившись одной рукой за косяк, а другой за дверь. Нертов невольно отвел взгляд от шикарного черного белья, оказавшегося под взметнувшимися в стороны полами длинного шелкового халата. Где-то в глубине квартиры тяжело скрипнули пружины. Ковалева в мгновение ока выскочила на площадку, увлекая за собою Алексея.

— Ты что? — прошипела она.— Я не одна!

— Да звонил я тебе, хотел предупредить, но ты же к телефону не подходишь!

— А по какому телефону ты звонил?

Нертов назвал номер.

— А,— поморщилась Леночка,— это не тот... В любом случае — кто же так прямо заявляется?

— Послушай,— Алексей тяжело задышал,— мне дела нет до твоих тихих девичьих радостей! Но мы или договаривались работать вместе, или как? Тут уже столько произошло — ум за разум заходит. А у тебя, понимаешь, бабье лето...

Ковалева откинула голову к холодному металлу двери и торжествующе улыбнулась. Алексей вконец растерялся. «Чтоб я еще раз связался с бабами!» — со злостью подумал он. А вслух произнес с вежливым огорчением:

— Мне очень жаль, что так получилось. Правда, Лена,— и он развернулся, чтобы уйти.

— Погоди,— схватила за руку Ковалева, цепко оплетя его холодные пальцы.

Алексей уставился на нее с недоумением.

— Ты иди в машину. Я сейчас спущусь. Мы поговорим. Не обижайся — разные бывают жизненные ситуации... — торопливо начала оправдываться она.

— Не тупой,— только и оставалось кивнуть Нертову.

Ждать Ковалеву пришлось невероятно долго. Только через полчаса она вышла как ни в чем не бывало — уже в гриме, с волосами, уложенными неизбывным бараном, и в отглаженном плащике неизменного защитного цвета.

— Ну, докладывай, коллега,— Леночка плюхнулась на переднее сиденье.

Алексей просто ошалел от такой безмятежной наглости.

— Послушай, ты чем занималась все это время? — вновь набросился он на этот сверхценный банковский кадр.— Я бы тебе все про тебя сказал, будь ты мужиком! Ты понимаешь, что мы в глухой заднице — полный тупик!

— Что так? — чуть ли не игриво осведомилась Ковалева.

По мере того как Алексей рассказывал ей все то, чем был отмечен вчерашний день, лицо ее делалось все серьезней и серьезней, так что к концу своего повествования он видел уже привычный, стандартно-напряженный взгляд, обративший Ковалеву из неюной кокетки в ту женщину, которой она и была на самом деле,— в тяжеловеса-профессионала.

Они уже давно отъехали от ее дома и сейчас просто колесили вокруг одного парка. Боковым зрением Алексей подметил тяжелую складку, пересекшую нахмуренный лоб Леночки.

— Пойдем-ка чего-нибудь перекусим,— вдруг сказала она.

Алексей остановил машину у ларька с кебабом, непонятно почему работавшим в столь ранний час. За столиками под развевающимися на ветру тентами жались пьяные девицы-малолетки.

— Толчок проституток,— кивнула Ковалева в их сторону.— Но я даже люблю такие места. Много чего интересного увидишь,— улыбнулась она.

Алексей взял пару внушительных шаверм и пластиковые стаканчики с кофе.

— Знаешь, как можно вычислить, что женщина нервничает? — с набитым ртом спросила Леночка.

— Ну, разные там есть признаки...

— Самый достоверный: она без остановки ест, — Ковалева проглотила свой кусок. — Вот и я что-то проголодалась.

Нертов недоверчиво посмотрел на нее, припомнив тот видок, в котором только что фигуряла Леночка, встретив его баррикадой на пороге квартиры. Но, ничего не сказав, лишь ухмыльнулся.

— Кушай-кушай, — подбодрила она.

Покончив с шавермой, Лена вернулась к начатому в машине разговору.

— Значит, ты твердо убежден в том, что погибший лейтенант Тишко, этот твой армейский прапорщик, и есть Шварц?

— Ну, скажем так, на девяносто девять процентов. Уже одно то, что случилось с этим опером Фалеевым, вся эта подстава — разве не доказательство того, что за ментом водился криминал?

— Да, Фалееву надо помочь. И поскорее — не гноить же человека в тюрьме.

Алексей вопросительно посмотрел на Ковалеву.

— Это предоставь мне. Я доведу до сведения, не беспокойся... Интересная история получается с этими Озерками, а? Прямо-таки все концы туда сходятся, — пробормотала она, отпивая кофе.

— Все не все, но два эпизода — точно, — согласился Алексей.

Ковалева вздохнула и поежилась от утренней холодной сырости. Плащик ее явно не подходил для таких ранних свиданий. Они вновь забрались в машину.

— Слушай, — вдруг спохватилась она, — а расскажи-ка мне поподробнее про этого солдата, которого застрелил твой Тишко.

Алексей вновь вернулся к старой армейской истории, не забыв выложить Леночке все свои сомнения, в конце концов подтвержденные и полетевшими с кое-чьих голов папахами.

— А номер той снайперской винтовки помнишь? — переспросила она его про оружие, которое они не смогли обнаружить вместе с Тишко тогда на складе.

— Как сейчас — четыре двойки.

— Это хорошо... — Ковалева имела обыкновение вслух выражать свои мысли сверхкратко — обрывками фраз, в целости произносимых лишь про себя. — Так, а что там насчет твоей встречи с Керимбаевым-старшим?

Алексей еще раз вернулся к поездке в Алма-Ату, впрочем, не слишком посвящая Леночку в сугубо банковские дела, в которых он и сам толком не разобрался. Судя по всему, гоняли тогда через тот заводик какие-то деньги, используя разницу в курсе российского и советского рубля, все еще имевшего хождение в те времена в Казахстане. Но Ковалева расспрашивала подробно — она желала знать всякую мелочь, вплоть до того, кто как выглядел и во что был одет, а также какой плов был подан гостям, чего Алексей уже и вовсе не помнил. Ковалева тем временем принялась за обсуждение всего окружения Керимбаева-старшего. Заинтересовали ее и детали того, как была организована охрана на заводе. Алексей вспомнил исполненного собственного достоинства корейца, своего добровольного гида — он бы, конечно, разложил все сейчас по полочкам. И про плов, и про традиции.

— А кто был этот кореец? — задала очередной вопрос Леночка, услышав еще об одном персонаже той давней истории.

— Какой-то парень из охраны, с оригинальной фамилией Ким. Важный такой, — улыбнулся Алексей. — Профессиональный паренек, сразу видно, несмотря на всю его хрупкую внешность. Да, кстати, он и в Финляндии стажировался — там, где и я. Я еще тогда удивился, когда он мне об этом рассказал. Завод — тьфу, три гектара да пара труб, а директор в крутого такого босса играет. Ким этот, кстати, на меня даже подобиделся. Всю дорогу потом сидел да ноздри раздувал. Восток — дело тонкое.

271

— Несомненно,— согласилась Леночка.— Слушай, а ты мог бы сейчас взять да по-простому так звякнуть ему? Мол, как жизнь, как дела?

— А зачем? — удивился Алексей, не понимая, к чему клонит Ковалева.

— Ну, вдруг он как-нибудь проговорится...

Нертов с сомнением посмотрел на Ковалеву. Если даже и убили Тишко люди Керимбаева-старшего, так они и станут докладывать об этом в Питер...

— И все-таки,— настаивала она.

— Приду на работу — разыщу его телефон. Он у меня вроде бы в компьютере торчит.

— Не забудь,— мягко повторила Леночка.

На сегодня она опять исчезала, как смог понять Алексей.

— Займусь твоей Мариной. Но — не обнадеживаю. Пока,— коротко пояснила она, заметив, как он вскинулся на эти слова.— А ты давай там, выясняй финансовую сторону. Ты с отцом напрямую разговаривал? Он-то сам что думает? Неужели у него нет никаких предположений? Быть такого не может, Леша!

— Темнит мой папуля,— откровенно признался Алексей.— Хотя странную фразу тут недавно забросил то ли случайно, то ли намеренно. Сказал, что в последнее время вообще перестал зарабатывать. Мол, теперь все деньги уходят на войну.

— Как-как?

— На борьбу за выживание, значит.

— А еще что говорит?

— Говорит, что боится. Как бы я, дескать, не предпринял чего решительного от великой сыновней любви...

Леночка покачала головой:

— Значит, ищи пока по другим источникам.

На этом они и закончили свой утренний разбор полетов. Алексей вернул Ковалеву в ее хрустальный замок на свалке, как он определил для себя местоположение ее квартирки, а сам поехал к Светлане. Уже с утра им надо было заниматься тяжкими похоронными делами, о ко-

272

торых он не упоминал при Леночке. Не все личное должно было становиться достоянием этой дамочки-аналитички, рассудил Алексей.

* * *

«Киму позвонить успею»,— решил Нертов, а потому не стал заворачивать в банк. Он бы немало удивился, скажи кто ему о том, что еще не далее как позавчера он встретил этого типа прямо на улице, у дверей банка, из которых затемно выходил вместе с Ковалевой, закончив тот непростой разговор. Он и не заметил стоявшего подле самой машины человека невысокого роста, стремительно зашагавшего прочь, едва он сел за руль.

Киму тоже надо было переговорить с Нертовым — чтобы вытянуть из него детали тех давних событий в Дивномайске. Но разговор не состоялся. Половину позавчерашнего дня гонец из Алма-Аты промаялся в хождениях вокруг здания банка, в надежде перехватить бывшего помпрокурора. Заявляться в сам банк он не решался, дабы не засвечиваться. А «случайная встреча» на улице никак не складывалась: Нертов несколько раз покидал здание, куда-то уезжал, но все время рядом с ним кто-то был. Иван Антонович, таким было полное имя этого человека, Ким рассчитывал подойти к Алексею вечером, в темноте, когда тот будет уходить с работы. Но и поздно вечером он вышел из банка не один, а с женщиной. Ким все-таки рванулся к нему, но женщина эта посмотрела на него таким пристальным взглядом, что он, будто подчиняясь безмолвной команде, внезапно для себя сделал поворот кругом и на негнущихся ногах зашагал прочь, даже не оглядываясь на того, встречи с кем искал целый день. С Иваном Антоновичем произошло нечто неладное: из памяти неожиданно выветрилось даже имя помпрокурора, не говоря уже о лице. Правильно сказал тот старенький доктор, не без помощи которого Кима комиссовали на гражданку: место ему — под надзором, в больничной палате усиленного режима.

На свободе он способен к самым неожиданным и даже безрассудным поступкам.

Именно об этом и думал теперь Иван Антонович, добираясь на перекладных до Алма-Аты. Он не стал возвращаться самолетом — чтобы лишний раз не подставляться под проверку документов. Ехал домой, меняя поезда дальнего следования и петляя. Все-таки он умудрился изрядно наследить в северной столице.

Ким не смог выполнить то, за чем его посылали в Питер. Да, он пообещал своему хозяину, что доставит бывшего прапорщика Тишко прямиком к Керимбаеву — чтобы тот сам разобрался с убийцей своего сына и узнал, кто же все-таки дал команду стрелять по безвинному мальчишке. Но, давая это обещание, он прекрасно знал, что блефует. В одиночку можно выкрасть разве дворовую жучку, да и с той потом возникнут проблемы: как перевезти накачанное снотворным тельце через границу? А здорового мужика, да еще милиционера, да еще при оружии — тут нужна целая десантная операция. Разворачивать ее Ким и не собирался. Он счел, что будет достаточным просто вытряхнуть из милиционера имя того, кто распорядился жизнью солдатика. А дальше — по обстоятельствам, как карта ляжет.

Карты в Питере с самого начала шли прямо в руки. Вычислить адрес Тишко, место службы — все это удалось сделать без проблем, благо были у Кима в этом северном городе проверенные земляки и родичи, без лишних вопросов выполнявшие даже самые непростые просьбы. И слежка за Тишко тоже удалась вполне. Милиционер явно не страдал ни манией преследования, ни даже повышенным чувством опасности. Ким хвостом ходил, плелся и ездил за ним целый день по городу, но бывший прапорщик не чуял беды. Этот день у милиционера был нерабочий, но к вечеру он должен был появиться в своем отделении, на собрании личного состава, о чем кореец узнал опять же не без подсказки «земляков». Но уж без их помощи он выведал то, что после собрания милиционер отправится к своей приятельнице, в некие Озерки — услышал, как днем он договаривался с ней из телефона-автомата. Делом техники было подскочить к автомату следующим и нажать кнопку повтора, а потом уже вычислить и адрес по телефонному номеру. Так и пришло решение подкараулить вечером Тишко прямо у частного дома его приятельницы. Мелькать у отделения милиции было ни к чему — Ким туда и не поехал. А потому и знать не знал об очень и очень странном инциденте, случившемся по завершении собрания.

Знал бы — сразу бы понял, отчего вдруг стала путаться карта. Но Ким не ведал о том, что в Озерки Тишко прибыл уже далеко не в том беспечном состоянии, в котором он пробыл до того весь день.

Вначале милиционер как будто легко поддался на нехитрую уловку корейца, подвалившего к нему на темной улочке с приветом из Дивномайска, от одного из «братков», сведения о котором Ким почерпнул из бесед с «особистом». Привет принял — отойти в уединенное место для обсуждения одной интересной темки согласился. Чтобы не маячить на улице, пусть даже темной, сам предложил пройти на кладбище — оно в двух минутах ходьбы, совершенно безлюдное в поздний час. Шли рядом, плечом к плечу, как солдаты — зачем же зря спину подставлять? Но у калитки, кладбищенской, все-таки вышла заминка. Тишко пропустил Кима вперед. Ким ступил за ограду...

И сразу понял, что это был непоправимый шаг. Непоправимый и непростительный: милиционер напал первым. Доля секунды — и кореец уже лежал лицом в снег, с руками, заломленными за спину...

Что было дальше — помнил плохо. Теперь он ехал домой, оставив Тишко лежать в снегу, на кладбище, и пытался воссоздать в мозгу картину: что же произошло? Но все смазалось и распалось на нестыкующиеся фрагменты. Боль от удушающего захвата, потом слова Тишко о каких-то пулях, о мести со стороны кого-то по кличке «Батя». Потом он, Ким, стряхнувший с себя секундное оцепенение, валит в снег прапорщика, но тот уже ничего не скажет, он мертв. На кладбище темно: Ким даже не видит, во что вошел нож. И откуда он взялся. Кажется, нож был в руке самого мента. Точно не сказать. Все происходит молниеносно. Кореец помнит лишь то, как бросил нож и побежал. Помнит, что потом оказался в метро, на станции «Озерки». Что переночевал у одного из своих родственников, коих в Питере несть числа. Там ему сменили всю одежду, ни о чем не расспрашивая. С утра пошел к банку, караулить Нертова, но переговорить с бывшим помпрокурора так и не удалось...

Теперь, в поезде, он боялся заснуть: во сне к нему могут прийти те парни с пограничной заставы, что навещают его с непонятным упорством и постоянством почти каждую ночь. И тогда он за себя не ручается. Он изнурен и измучен, голова раскалывается, а печень разрывается от боли. Одно слово: тревога. Неизбывная и непреходящая. Та самая, о которой предупреждал старенький доктор.

* * *

У каждого — свой ночной кошмар. Кошмар Нертова — это нечто, не имеющее конца и завершения, такое же изнуряющее и мучительное. Это скрежещущий лифт, который никак не может остановиться на нужном этаже, а тащится и тащится куда-то вверх, по страшной и запутанной спирали... Это его собственная квартира, из однокомнатной вдруг превращающаяся в анфиладу залов, в которых толкаются и топчутся чужие, незнакомые люди, сплошные образины... Это любовь, которую никак не вывести на финишную черту...

Именно такой, наваливающийся ночной ужас и припомнился Алексею на обратном пути — из городка, где живут родители, в Питер. Масса деталей, множество фрагментов, а конца и края расследованию нет. Ковалева замечательно сказала: выясняй, ищи и разбирайся. Хорошо насоветовала: говори с отцом напрямую. Но разговор с отцом опять ровным счетом ничего не дал.

Юрий Алексеевич Нертов оказался настолько подавлен известием о смерти Лишкова, что вообще не был способен что-либо обсуждать. Алексею опять оставалось только догадываться, что же за тесная связь была между его отцом и этим несуразным муженьком Светки. Алексей отлично помнил самый первый отзыв отца о Лишкове: мужик пакостный, но нужный. Именно так сказал он об этом чиновнике, когда отчитал сына за то, что по возвращении из армии тот не к родителям поехал, а попёрся прямо к своей бывшей жене. В чём заключалась нужность Лишкова, понять было трудно: он работал в городской структуре, а отец был связан только с областными и федеральными. Этот чиновник не имел никакого отношения к тому, что происходило внутри и вокруг комбината отца, он ничего не визировал и не регистрировал. Чем он был так нужен Юрию Алексеевичу? Загадка. Почему он каким-то образом вошёл в долю к отцу и стал владельцем небольшого пакета акций комбината? Тоже вопрос...

Мать, к которой Алексей заехал пообедать, и та огорчилась, узнав о смерти Светкиного супруга. Впрочем, она-таки кое о чём проговорилась. Как понял Алексей, где-то с полгода тому назад Лишков мощно нагрел отца: наобещал посредничество в одном вопросе, взял за это деньги, а потом стал тянуть, филонить. Аванс получил немалый — ту сумму, за возврат которой нельзя не драться. Что это была за договорённость? На этом месте своего рассказа мать принялась темнить: мол, сама толком не знает, слышала только обрывками, Юрий Алексеевич вообще не любит, когда она вникает в его дела. Короче, отнекивалась, как могла. Но эпитафию на смерть Лишкова выдала самую неожиданную: «Он умер — и это лучшее из того, что он мог сделать».

Интересная всё-таки история вырисовывалась с этим Светкиным муженьком, тихим чиновником и долларовым миллионером. Дело любопытное, но, как принято говорить в профессиональной среде, не имеющее перспективы. Его прояснение — вопрос времени. Либо сам отец когда-нибудь сподобится да расскажет, что там была за интрига, либо объявится очередной подарок судьбы, вроде Фалеевой, и прольёт свет на все обстоятельства загадочных отношений директора металлурги- ческого комбината и чиновника фонда госсобственнос- ти. Сейчас Алексею уже совершенно некогда вникать во все это — завтра заканчивается его относительно воль- ная жизнь в отсутствие шефа. Завтра Чеглоков прилетает из Австрии, и Нертову еще надо придумать убедитель- ные оправдания по поводу проведения тех операций вокруг Марины и своего темнилы-отца, в которые он вовлек службу безопасности банка. Неделю шефа не было в городе, и за эту неделю — четыре покойничка. Два своих, погибших отчасти и по вине Алексея. Один сопредельный — компаньон, партнер и просто нужный человек, то бишь Лишков. Плюс этот Тишко, который к Чеглокову никакого отношения, конечно, не имеет, но все равно проходит по касательной и к его делам, по- скольку дела у него с Нертовым-старшим общие. В общем, кошмар какой-то.

Вернулся в банк — вспомнил о том, что надо связать- ся с Кимом. Мудро насоветовала Ковалева: звякни по- простому. Но о чем его спрашивать? Алексей затормозил у телефона в понятной задумчивости. Из этого состоя- ния его вывел внезапно и резко прозвучавший звонок.

— Алексей Юрьевич,— это был Расков,— у нас тут возникла пара вопросиков к тебе, по делу Тишко.

— Да, Леонид Павлович, слушаю.

— Не телефонный разговор. Завтра утром мог бы подъехать?

— Завтра — никак. Шеф прибывает из загранкоман- дировки. Может, все-таки по телефону решим? — не слиш- ком охотно отозвался Алексей.

— Видишь ли, мы тут провели осмотр квартиры на- шего... хм, пострадавшего,— состорожничал Расков,— и нашли кое-что интересное. Какой там был номер у про- павшей снайперской винтовки — ну, той, о которой ты мне говорил? Помнишь или выветрилось?

— Еще бы не помнить,— уже с некоторым замирани- ем ответил Нертов.— Четыре двойки. И что же?

— А то же, что совпадает! Нашли мы эту снайперскую винтовочку...

278

— У Тишко? — Алексей переспросил, а сам поймал себя на том, что даже не удивился находке: будто и ожидал, что списанное на погибшего Керимбаева оружие окажется у этого бывшего прапорщика!

— В общем, ты не тяни. Подъезжай. Снимем с тебя свидетельские показания. Если, конечно, не возражаешь,— несколько вопросительно заметил подполковник.— Кроме винтовочки этой нашли и еще кое-что. Тоже хотели бы получить твою консультацию.

— Что нашли?

— Нечто, проливающее дополнительный свет на ту армейскую историю. Понял?

— Не совсем. Но еду. Прямо сейчас,— решил на ходу Алексей.

* * *

Леонид Павлович Расков, подполковник милиции, не стал предаваться патетике рассуждений о бедных органах и об оборотнях, проникающих в них как раз по причине бедности и неразборчивости первых. Он лишь констатировал без всяких эмоций: погибший милиционер Тишко был, судя по всему, связан с криминальными структурами, по этим связям теперь и двинется следствие, дабы выяснить мотивы убийства. При осмотре квартиры Тишко было обнаружено немало любопытного. Начиная с этой снайперской винтовки, показания по которой даст сейчас Нертов, и кончая многочисленными документами; работа по ним еще только предстоит. Так, уже есть основания полагать, что Тишко был причастен к махинациям с жильем, принадлежащим одиноким старикам: у него обнаружили больше двух десятков выписанных на его имя генеральных доверенностей по проведению всех сделок с такими квартирами, разбросанными в разных концах города, и даже с частными домами, расположенными в тех самых Озерках, где он и нашел свою смерть.

Разбираться в этих бумагах Тишко — не разобраться, добавил Расков. Только сегодня сделали их выемку: привезли из квартиры убитого сразу несколько коробок, просмотреть успели лишь одну. Но и в этой, кроме папки с генеральными доверенностями, нашли еще кое-что — как раз для Алексея, пояснил полковник. В том смысле, что лишь Нертов сможет разобраться, о чем идет речь в этой писанине. Алексей, еще не понимающий, что за бумаги ему придется просматривать, все равно согласился помочь Раскову: все-таки подполковник — его старый учитель и наставник. Так Нертов и оказался в пустом кабинете, наедине с несколькими коробками-вещдоками. Леонид Павлович Расков был опытным человеком, но тут он допустил непонятную вольность в обращении с вещественными доказательствами.

Итак, Нертова попросили помочь разобраться — в неформальном порядке, в качестве дружеской консультации — с некими бумагами из коробки под номером один. То, что в ней оказалось, превзошло все ожидания. В довершение всех своих грехов и пороков бывший прапорщик Тишко был еще и плодовитым графоманом! Перед Алексеем лежала толстая стопка рукописей — ученических тетрадей в клетку, по девяносто шесть листов, сплошь исписанных нервным, неразборчивым почерком. Его задача — проштудировать и дать комментарии к труду под названием «Операция „Мститель"». Придется осваивать бред прапорщика... Алексей невольно зевнул: начала наваливаться усталость, потому что позади — почти бессонная ночь, потом дорога в городок отца, триста километров за рулем туда и обратно. Он молод и здоров как бык, он в прекрасной физической форме, чем законно гордится, но всему есть предел, и сейчас ноги просто наливаются свинцом, а позвоночник деревенеет, как у дряхлого деда.

«Либретто романа»,— прочитал он на первой странице и усмехнулся: хорошо, что не партитура. Еще раз зевнул — и сразу невольно сосредоточился, глянув на перечень действующих лиц. В списке значились солдат Баев и супермен по кличке Мститель, временно скрывающийся на армейской службе от преследования врагов.

Краткое изложение писанины, именованное словом «либретто», давало представление о том, что герой романа, он же Мститель, в одиночку вступает в противоборство с мафией, для чего проникает в ее ряды и даже участвует в разборках на стороне бандитов. Мститель служит в армии на должности завскладом вооружения и потихоньку таскает оттуда оружие, которое передает бандитам, дабы еще плотнее втереться в доверие. Однажды за этим делом его застает солдат по фамилии Баев. Мститель проходит через мучительные душевные терзания и психологическую драму, но в конце концов решается осуществить жертвоприношение — ликвидировать этого нежелательного свидетеля, способного помешать его священной борьбе с мафией. План ликвидации прост: инсценировка нападения на всю смену караула. Пользуясь темнотой таежной ночи, Мститель открывает огонь по смене — двое солдат, идущих впереди, падают замертво, а на третьем и последнем, на Баеве, у Мстителя заклинивает патрон в патроннике. Вырубив солдата отработанным приемом, он вкладывает ему в руки автомат и убегает. Очнувшийся солдат в ужасе мчится по снегу с места убийства. Он знает, что здесь, в гарнизоне, ему никто не поверит. Но занимает оборону в караулке и требует вызвать его отца, надеясь с помощью папаши-шишки восстановить истину. Затем Мститель пользуется какой-то заминкой в переговорах и убивает Баева...

Да, возможно, это и есть сценарий того, что на самом деле произошло в Дивномайске, но к уголовному делу эту литературу не пришьешь, подумал Алексей и даже не стал читать дальше. Гораздо больше его интересовало содержимое остальных коробок: не обнаружится ли там нечто, что пролило бы свет на связь Тишко с Мариной, а значит, и на загадку заказа на убийство Юрия Алексеевича Нертова? У Алексея не было возможности перебрать бумаги из всех коробок: в любой момент в кабинет может вернуться Расков и застать его за этим дурным занятием. Нертов предусмотрительно загородил собою коробку номер два; она, как и остальные, стояла на подоконнике. В этой коробке оказались альбомы с фотографиями: со студенческими снимками и с армейскими. Смотреть некогда да и ни к чему — Нертов захлопнул коробку. Сунуться в номер три уже не удалось — в коридоре послышались шаги, и Алексей вернулся за стол, к стопке тетрадок с «либретто».

«Смерть ей к лицу»,— прочел он название следующего труда. В этом романе Мститель делает послушной игрушкой в своих руках незаконнорожденную дочь крестного отца мафии. Получив команду убить одного проштрафившегося бизнесмена, он вкладывает оружие в руки этой дочери. Он рискует, он даже теряет на этом деньги, но это — его шанс поставить под свой контроль самого папашу, повязав того преступлением, совершенным его дочерью.

Сложно, но вполне понятно, подумал Алексей. Вот он, перечень всех действующих лиц: Бизнесмен — это его отец, Дочь — это Марина, некто Крестный Отец — лицо неидентифицированное... «И что мы будем со всем этим делать?» — несколько растерянно спросил себя Нертов.

Точно такой же вопрос, уже вслух, задал ему и Леонид Павлович Расков, совершенно бесшумно оказавшийся в кабинете. И Алексей, как мог, расшифровал ему иносказание об армейских подвигах Мстителя, а сам думал в это время совсем о другом сюжете...

Расков — старый и въедливый опер, вцепился в Нертова как клещ. Покончили с «Мстителем» — перешли к альбомам с армейскими фотографиями. Понятное дело, хочет раскрутить Алексея на дополнительные детали, которые могли и ускользнуть при обсуждении того, что написано в тетрадочке. Но что может сказать ему Нертов об этих дивномайских карточках? Он и был-то в этом гарнизоне всего ничего. Нет, он не знает никого из тех, кто тут запечатлен. Да и знал бы — все равно ничего не разглядеть, сплошные тусклые физиономии, размытые контуры.

Покончили с армейскими снимками — подполковник решил зачем-то просмотреть с Алексеем и студенческие альбомы Тишко. Просто чума какая-то этот Расков. Поздно уже, а Нертову успеть бы восстановиться, чтобы утром катапультироваться с раскладушки на кухне в самой безупречной форме... Он не особо и всматривался в эти студенческие фотографии: какие-то пьянки в общаге, аудитория, стройотряд... Еще раз стройотряд...

— Кого-нибудь узнаешь? — Расков внимательно смотрел на него.

— Нет,— твердым, абсолютно бессонным голосом произнес Нертов, а сам почувствовал, как доза адреналина стремительно погнала кровь к запульсировавшим вискам.

Конечно, он никого не узнал. Кроме самого Тишко. И еще одного человека — самого Владимира Ивановича Лишкова. Вот ведь как: оказывается, они давние знакомцы, еще со студенческих времен первого и преподавательских второго. Алексей едва не застонал вслух от этого вновь открывшегося обстоятельства. Вдруг его осенило, что Лишков-то как раз и может быть тем самым «крестным папашей», а Марина, следовательно, его дочерью, то есть падчерицей Светки, и тут уже такой фрейдизм закручивается, что даже думать тошно! Ему и больно, и смешно, а версия складывалась такая гладенькая, что и не подкопаешься. Был у Лишкова мотив убить его отца, Юрия Алексеевича Нертова? Был: мать говорила Алексею, что речь шла об очень и очень крупной сумме, замыленной чиновником. Выделить из этой суммы скромный процент на ликвидацию кредитора, то есть Юрия Алексеевича Нертова,— вариант, сам собой приходящий в голову. Да, версия причастности Лишкова к неудавшемуся убийству Нертова выглядела теперь более чем убедительной...

* * *

Светка, сама того не ведая, стала автором завершающего штриха и финального аккорда этой версии. Вернувшись от Раскова домой, Алексей первым делом озадачил ее вопросом об отношениях Лишкова с отцом. И Светка, простота, только тут сообщила то, о чем знала давно...

Оказывается, еще в сентябре Лишков ее, покойный ныне Владимир Иванович, пообещал директору Нертову, что сможет организовать ему некие очень солидные льготы по экспорту продукции комбината — в том случае, если Нертов сделает ощутимый взнос в партийную кассу одного известного всем движения, возглавляемого самим председателем правительства. Юрий Алексеевич Нертов, прекрасно осведомленный о том, что именно Лишков является одним из теневых и неявных координаторов этого движения в Питере, на сделку пошел легко и недолго раздумывая. Так поступали все. Нечто подобное он и сам уже неоднократно проделывал. Но на этот раз номер не вышел. Деньги, триста тысяч долларов чистым налом, Лишков-посредник принял, а льгот директор так и не дождался. Буквально через неделю после того, как был сделан «добровольный взнос», вышел внезапный указ, запрещающий все льготы подобного рода. Лишков уверял Светлану, что это не он нагрел Нертова, а предсовмина тире глава движения. Но Светка почти уверена в том, что Владимир Иванович прикарманил деньги себе. Потому что именно к этому времени, к сентябрю, относится покупка их дома в южной Финляндии, в одном милом местечке у Сайменского водопада.

Итак, бывшая жена косвенно подтвердила Нертову: мотив у Лишкова был. Когда же Алексей принялся расспрашивать ее о родственных связях покойного муженька, Светлана промычала только нечто неопределенное: мол, посмотрим на эти связи на похоронах. Лично она ни с кем из лишковской родни никогда в жизни не встречалась. В том, что детей у Владимира Ивановича нет, была уверена. Ни разу о таких не слышала. Ни сном ни духом. Не слышала — это первый аргумент в пользу его бездетности. Второй — тот, что сейчас, после его смерти, не объявилось никаких наследников. Если бы они были — разве прошли бы мимо такого удачного случая?..

В сон Алексей рухнул уже просто никаким, измочаленным и отупевшим. Залег на дно, на продавленную раскладушку, без всякой надежды катапультироваться с утра в свежем и работоспособном состоянии. Во сне к нему на кухню притащился Расков. Они сидели, балансируя, на табуретках, и снимали стресс водкой. «Слышь, Алексей, — бубнил подполковник, — бросай свой банк, все равно лопнет. Возвращайся в систему. Мы с тобой такой тандем, брат, сделаем! Станешь сыщиком от бога. Забудешь свою Марину Андреевну». И вот на этом-то месте Нертов и проснулся. За окном уже светало, наступало утро. Утро и прояснило, что все вчерашние размышления о возможном отцовстве Лишкова были полным бредом. Как же это Алексей забыл, что отчество Марины — Андреевна, а вовсе не Владимировна? Марина Андреевна Войцеховская — родилась в городе Львове, в семье учительницы русского языка и русской литературы. Отчим — бывший военнослужащий. Брат Петр. Об отце Марины сведений у Нертова нет. Но, будь этим отцом Лишков, тайный долларовый миллионер, разве смог бы он допустить, чтобы его дочурка жила по коммуналкам с алкашами и работала санитаркой в больнице, вынося судна за немощными старикам? Нестыковочка выходила с этой версией отцовства Лишкова. Нертов тоже хорош: поддался на вымысел бывшего прапорщика...

Додумать свои мысли до конца он не успел. Пришлось отставить их в сторону: надо было собираться на работу. Уже в полдень ему предстояло встречать в аэропорту Чеглокова. Тот, конечно, будет ворчать: к чему такие почести и предосторожности, если можно было прислать просто машину с водителем, по совместительству освоившим функции охранника. Но Нертов заранее решил усилить меры безопасности на это тревожное время. Пока ситуация не прояснена — угроза существует для всех, кто крутится в орбите дел его отца. Неважно, что Тишко уже мертв. Это ровным счетом ничего не означает. Тишко мог быть только посредником, а заказчик до сих пор ждет исполнения своих желаний. К тому же готовый киллер по имени Марина до сих пор пребывала неизвестно где и с оружием. Снайперская винтовочка — у Раскова. А пистолет Нертова — у Войцеховской. Может быть, и бродит она с ним где-то рядом, кто ее знает? Ковалева, эта ушлая штучка, наобещала с три короба, а сама, кажется, так ничего и не предприняла для поисков и обезвреживания Марины.

\* \* \*

Как и следовало ожидать, в аэропорту Чеглоков недовольно воззрился на прибывший его встречать эскорт — сразу две машины. Недельное пребывание за границей напитало его той особой беспечностью, что вовсе неуместна здесь, в Питере, да еще в такие дни. Конечно, веселости у шефа быстро поубавилось — после того как Нертов сообщил ему о смерти Лишкова. Кому приятно слышать о смерти своего сверстника?

— Пакостный был мужик этот Лишков,— вдруг слово в слово повторил Чеглоков слова Нертова-старшего. Как раз в тот момент, когда они миновали Пулковское шоссе и выехали на Московский проспект.

— Но нужный,— осторожно вставил Алексей.

— Несомненно,— подтвердил шеф.— Вложились мы в него — будь здоров. Теперь новая печаль: придется прикармливать преемника.

Алексей не стал задавать никаких вопросов о характере этих «вложений». Во-первых, ему это не положено по рангу. Во-вторых, он и сам уже знает, сколько поимел Лишков с их банка.

Путь с Московского проспекта — на Фонтанку. Андрей Артурович всегда после дальних поездок первым делом заглядывает к себе домой, к своей тетушке, а потом уже отправляется в банк. Андрей Артурович — образцовый племянник. Случая не было, чтобы он не привозил тете Наташе из-за границы какой-нибудь забавный сувенир, подарочек. Из Англии заварной чайник в виде замка. Из Франции — любимый ею камамбер в особой упаковке. На этот раз Чеглоков вышел из машины наперевес с пакетом, на котором золотом по темно-синему мерцало название парфюмерной фирмы. Нертов подметил очередную нестыковочку: к чему дорогие духи — пожилой женщине? Но это его уже не касалось.

Тетя Наташа — сама доброта и отзывчивость, образец хлопотливой тетушки, целиком посвятившей себя любимому племяннику. Как всегда, встречает радостно и оживленно. Лицо сияет, губки подкрашены. Прическа — волосок к волоску, будто на вернисаж или в театр собралась. Леночка Ковалева — а она, к удивлению Нертова, тоже оказалась в квартире Чеглокова в этот час — смотрелась просто замарашкой на фоне тетушки: бледна, под глазами темные круги. Тетя Наташа ненадолго увлекла в другую комнату Чеглокова, а Нертов с Ковалевой остались одни в столовой, за массивным овальным столом.

— Лена, — устало и сумрачно произнес Нертов, — я что-то перестаю понимать, что здесь происходит. Вижу: нечто. Но не въезжаю. Давай, гони комментарии. Почему ты здесь? Где, в конце концов, эта девица?

— Видишь ли, — задумчиво начала Ковалева, но закончить ей не удалось, потому что в столовую вернулись Чеглоков и тетушка.

Тетя Наташа в приказном порядке потребовала, чтобы Алексей отправился на кухню и поставил чайник. Тетя Наташа — главная в этом доме. Тут она и начальник охраны, и шеф-повар, никаких возражений быть не может. Алексей машинально взял проклятый чайник и побрел на кухню через анфиладу комнат. Квартирка у Чеглокова такая, что заблудиться можно. Не она ли и навевает по ночам один из самых кошмарных снов: нечто, что не имеет завершения? Кухня — в самом конце этой анфилады.

Алексей вошел — и остолбенел. У раскрытого настежь окна стояла Марина. Первая реакция: тревога. Как она здесь оказалась? Что делает или только собирается сделать? Марина смотрела на него пристально и с усмешкой. Не отводя взгляда, сделала несколько шагов навстречу, забрала чайник и поставила на плиту. И вновь как-то странно улыбнулась. Алексей не понимал ничего, и свежий весенний воздух, врывавшийся в раскрытое окно, вовсе не прояснял голову.

— Я искал тебя, — зачем-то проговорил он.

Марина молча показала глазами на рюкзачок, лежавший на подоконнике. Опять пауза. Потом расстегнула рюкзачок, вынула пистолет и протянула Алексею.

— Инцидент исчерпан?

На Нертова вдруг навалилась невероятная легкость, как будто пришел долгожданный конец его ночному кошмару. Он привлек к себе Марину, сильно и ласково. В это мгновение не осталось уже никаких мыслей ни о ее прошлом, ни о ее загадках. Думал он только о том, какая она нежная и какая хрупкая. А еще о том, какая она, в сущности дуреха. И какая милая, маленькая и славная девочка. Он уже не отдавал себе отчета в том, что делает, а Марина с тихим смехом шептала, что в этой квартире можно не только заблудиться! ... Сколько прошло времени? Минут двадцать или полчаса. Неудачный чайник: так долго кипел...

В гостиную Марина и Алексей входят уже вместе и ждут на пороге, пока тетя Наташа закончит какое-то свое повествование: «Аналогичный случай был у нашего соседа. У него сын объявился, где-то в Саратове. Трудно поверить, но правда. Представьте себе, мать мальчика молчала об этом, пока ему не исполнилось восемнадцать лет. Просто уму непостижимо, какие бывают легкомысленные и безответственные женщины!..»

Тетушка осеклась под страшным взглядом Ковалевой и обернулась в сторону дверей...

* * *

— Не могу сказать, что Чеглоков с ходу обрадовался известию о том, что у него есть взрослая дочь. Вначале он просто отказывался в это верить,— Ковалева закурила очередную сигарету.

Разговаривали уже поздно вечером, в кабинете Нертова. Леночка сидела перед Алексеем нога на ногу, беспрерывно курила и пила кофе и рассказывала долгую историю о том, как еще минувшим летом шеф обратился к ней с одной личной просьбой: навести справки о некой Марине Андреевне Войцеховской, подруге актера Македонского и уроженке города Львова. Шеф не стал темнить перед Ковалевой. Прямо и откровенно поведал о том, что некогда был знаком с матерью этой девушки: они вместе, в одном сборном студенческом интеротряде ездили в начале семидесятых годов в Польшу. Там у них

288

случился самый мимолетный роман, и Андрей Чеглоков никогда бы и не вспоминал о той Анечке из Львова, если бы через некоторое время — то ли месяц, то ли два — она вдруг не позвонила ему в Ленинград и самым слезливым голосом не начала выпытывать, что он думает и чувствует по поводу тех дней, которые они провели вместе в Варшаве. Чеглоков, конечно, честно ляпнул, что он уже давно и думать забыл про эту Варшаву. Он, как и всякий молодой человек, терпеть не мог затягивающиеся интрижки, а также девичьи сопли и вопли. Всем домашним было приказано не звать его к телефону, если будут звонить по межгороду. Но когда однажды эта чувствительная Анечка все-таки прорвалась к нему — звонила поздравить с Новым годом,— он на пределе возможной вежливости сообщил ей, что она для него уже давно позапрошлогодний снег. На том все звонки из Львова и прекратились. Разумеется, впоследствии Андрей Артурович никогда не интересовался тем, как сложилась жизнь этой особы. Никаких пересечений с людьми из интеротряда у него больше не было, так что и сообщить что-нибудь новенькое ему никто не мог. Кажется, лет пять тому назад он получил новогоднее поздравление из Львова, но сразу даже и не смог понять, от кого оно пришло. Фамилия «Войцеховская» ровным счетом ничего не говорила, он ведь и не знал фамилию этой Анюты. То, что написала открытку именно она, догадался по фразе об общих счастливых днях, проведенных в Варшаве. Дама по имени Анна Леопольдовна сообщала, что преподает в школе, что у нее прекрасный муж, взрослая дочь и маленький сын, также она приглашала Чеглокова заглянуть к ней в гости, коли доведется ему проездом побывать в ее славном городе. Чеглоков в ужасе подумал о том, в какую «Леопольдовну» могла превратиться та Анечка, о которой он помнил лишь то, что она была худенькая и веснушчатая. Открытку он порвал и выбросил, но фамилию отчего-то запомнил.

Марину шеф впервые встретил около года назад на какой-то вечеринке, увидел рядом с актером Македонским. Лицо ее показалось Андрею Артуровичу знакомым, а потому он решил, что девушка скорее всего тоже относится к актерской тусовке. Потом, минувшим летом, Македонский привез ее к Чеглокову на дачу, в роли своей новой подружки. Тогда-то Андрей Артурович ее хорошенько разглядел. А разглядев, да еще и узнав ее имя, отчество и фамилию, впал в нехорошую задумчивость. Более всего его поразило то, что юная любовница актера была потрясающе похожа... Нет, не на ту Анечку, дочкой которой она судя по всему и была: Чеглоков уже и позабыл, как Анечка выглядела. А похожа эта Марина оказалась на мать Андрея Артуровича, скончавшуюся несколько лет тому назад. Внучки очень часто бывают копиями своих бабушек...

Чеглоков, конечно, был вне себя от этого открывшегося обстоятельства: неужели та глупая Аня умудрилась родить от него ребенка? Ковалева, с которой у него существуют особо доверительные отношения (в разговоре с Нертовым она не стала расшифровывать, какие именно), была срочно снаряжена в город Львов. Она сама подсказала шефу удачный ход: пройтись по приятельницам покойной Анны Леопольдовны, под видом некой питерской родственницы, потерявшей следы горячо любимой племянницы Мариши. У родственницы есть предположение: Мариночка могла переехать жить к отцу. Но питерская родственница, увы, не знает, кто же отец девочки: Анечка ужасно не любила распространяться на эту тему. Кто-нибудь из подруг покойной Войцеховской да должен о нем знать! Поездка во Львов удалась: подруги, из числа однокурсниц, сразу и сообщили, что Марина была плодом некой скоротечной стройотрядовской любви. Более того, одна из них, самая близкая, даже сообщила Ковалевой полные данные: имя, фамилию, адрес папаши. Анна Леопольдовна выдала их ей перед самой смертью. Все-таки догадывалась, что дела ее плохи, а потому попросила связаться с отцом Марины — в случае, если ее уже не будет, а у дочери вдруг случится какая беда.

С такими новостями Ковалева и вернулась из Львова. Не сказать, чтобы шеф им очень обрадовался. Он был в растерянности. Он не знал, как ему теперь поступить. Ситуация была — глупее некуда. Чеглоков даже выдвинул предположение, что Анечка могла что-нибудь и напутать или зафантазироваться, но Ковалева педантично указала ему на слишком большое число совпадений...

— После этого,— Леночка уже подходила к завершению своего рассказа,— он повел себя ужасно. Трусливо. Залег на дно. Сугубо в своем стиле. Ты этот стиль знаешь: если шеф не способен решить какой-нибудь вопрос, он начинает просто тянуть время. Замыливает. Ждет, пока все само собой рассосется. Вот и дождался в итоге! Даже не представляю, как он теперь будет перед ней оправдываться, что станет говорить. Мне кажется, он ее просто боится. Девочка-то с таким прошлым, что только держись. Когда я сегодня днем посвятила его во все эти ее киллерские забавы, он чуть сознание не потерял.

— Не оттого ли, что он имеет к ним прямое отношение? — вставил Нертов.

Все-таки еще ничто не разубедило его в том, что и Чеглоков, а не только Лишков, вполне мог быть заказчиком убийства его отца.

— Чеглоков? Не гневи бога,— Ковалева даже поперхнулась кофе.— Заказчик уже известен. Это Лишков.

Долгая пауза, во время которой Леночка очень внимательно смотрела на Алексея. Следила за реакцией на сенсационное сообщение.

— Откуда такие сведения? — не понял Нертов.

Он ведь еще не посвящал ее во все то, что ему удалось узнать за вчерашний день. Елена Викторовна глянула на него в очевидной задумчивости: говорить или нет?

— Видишь ли, Лешенька, ты ведь еще не в курсе одного вновь открывшегося обстоятельства...

— Лен, не тяни!

— Хорошо, слушай внимательно. Тишко этот, наше общее проклятие, был очень осторожным человеком. До того осторожным, что на все свои грешки и темные делишки, которые все-таки могли быть вычислены, писал заранее или явки с повинной, или что-то вроде доносов. Ну, сам знаешь, как это делается: задерживают бандюгана с оружием, а у него в кармане уже лежит заява в милицию. Мол, шел по улице и нашел, несу добровольно сдавать. У Тишко тоже, на случай, если его обнаружат, было кое-что понаписано. В том числе и заявление прокурору о том, что Владимир Иванович Лишков имел умысел на убийство Юрия Алексеевича Нертова и даже склонял честного милиционера к этому преступлению. Оказывается, они были знакомы. Интересный факт, но я еще в нем не разобралась. Он, конечно, сумасшедший, этот Тишко. Все это у него дома в письменном столе и лежало...

— Подожди,— перебил ее Алексей. Он даже не стал расспрашивать Ковалеву, откуда та узнала о том, что «Шварц» — это и есть Тишко. Подумал лишь о коробках с бумагами, вывезенных в отделение милиции,— так в этих заявлениях и Маринино имя фигурирует?

— Фигурировало, Леша. Ты вот сейчас об этих заявах от меня услышал — и забудь. Я тебе ничего не говорила.

— Не понимаю...

— Не выйдет из тебя сыщика, Нертов,— усмехнулась Ковалева.— Ты сам посуди: разве кому-нибудь из вас надо, чтобы выплыла на свет божий вся эта история? Никому не надо. Пусть ваше прошлое останется с вами. Это еще счастье, что я успела побывать в квартире Тишко до того момента, как туда приехали с осмотром из следственной бригады. Успела-таки провести титаническую работу.

— Ну, ты даешь! — присвистнул Алексей и не стал распространяться о том, что и он кое-что почитал, из тишковского наследия... — Может быть,— с надеждой спросил он,— ты узнала и то, почему он решил использовать Марину?

— Нет, Леша. Не узнала. И есть у меня все основания констатировать, что эта тема не имеет перспективы. Марина уверяет, что у нее самой нет никаких идей. Хотя и предполагает, что милиционер использовал то неудавшееся ограбление квартиры Македонского для того, чтобы потом на нее все свалить. А затем шантажировать. Но что он хотел получить с этого шантажа? Загадка. Конечно, все значительно бы упростилось, знай мы, что Лишков и Тишко имели представление о том, чья она дочка. Тогда понятно: делают игрушкой в своих руках девчонку, а через нее цепляют на крючок папашу. Но это каким же монстром должен быть Лишков! Ты, кстати, имеешь представление о том, что он был за человек?

— Имею. Светка уверяет, что он был тайный алкаш и явный тюфяк. Однако, как она сама же говорит, активно точил на свой карман. Мой отец и Чеглоков отзываются о нем едино, будто сговорясь. Мол, пакостный был мужик, но нужный.

— Мне говорили, что он был склонен к интриганству, к многоходовым комбинациям,— добавила Ковалева.

— Еще бы,— кивнул Алексей.— Ты только прикинь, сколько лет он провел в этих коридорах власти. Вначале депутат — всплыл на первой волне перестройки. Потом чиновник. Затем стянул на себя некие партийные дела. Это сколько же надо интриговать, чтобы так долго быть на плаву!

— Вот, собственно, и все, что мы о нем знаем,— заключила Елена Викторовна, а Алексей Юрьевич не стал расширять ее познания.

* * *

Оба дружно вздохнули. И замолчали. Потом так же синхронно перевели взгляд в одну сторону. Из окон Нертова — прямой вид на кабинет Чеглокова. Андрей Артурович не так давно переселился в этот кабинет, по совету службы безопасности: спокойнее, если окна выходят не на улицу, а в глухой охраняемый двор-колодец, в который не может проникнуть посторонний. После того как недавно и по Москве и по Питеру прокатилась волна покушений на банкиров, решили пойти на дополнительные меры предосторожности.

Сейчас, в десять вечера, окна кабинета Чеглокова ярко светились. Отсюда, из нертовского окна, было отлично видно, что шеф еще на месте. Точнее, на этом месте ему не сиделось. Он ходил по кабинету из угла в угол и вокруг стола.

— Бедняга,— опять вздохнула Елена Викторовна,— боится идти домой, остаться наедине с Мариной...

— Глупости,— оборвал ее Алексей.

— Ты еще молод, ничего не понимаешь,— назидательно сказала Ковалева.— Ты даже не в состоянии представить себя на его месте. Ждал бы тебя сейчас такой сюрприз — ты бы тоже мерил шагами кабинет и не мог ни на что решиться.

— Вот я и говорю, что все это глупости. Никто Чеглокова дома не ждет...

Она даже не успела переспросить, куда это Алексей клонит: призывно зазвонил телефон и Нертов схватил трубку.

— Да. Еду. Немедленно,— он почему-то начал кричать, хотя обычно говорил по телефону вполголоса.— Ах, ужин стынет? Ах, я даже не представляю, который час?

«Светлана,— решила Ковалева.— А свистел, что она вернулась жить к матери».

— С ума можно сойти с этими женщинами,— Нертов бросил телефонную трубку.— Приготовила там какую-то вкуснотищу, праздничный ужин... Сгорю от желания, испепелюсь, не доехав до дома...

— Ну, вы даете,— оторопела Леночка.— У нее ведь завтра похороны!

— У кого? У Марины?

* * *

И тогда они, наконец, рассмеялись. Здоровым смехом людей, у которых больше нет проблем. До слез.

— Нертов,— шмыгала носом Леночка, промакая потекшую тушь носовым платком,— скажи мне хоть что-нибудь доброе, пока ты не умчался, сгорая от желания. Я осчастливила вас всех, я воссоединила семью, я отвела от вас кучу бед, заработала себе новые морщины в тяжелых думах...

— А еще ты сменила духи,— Нертов потянул носом.— Париж?

— Вена,— с чувством собственного достоинства поправила Ковалева.

И, вскинув кудрявую голову, удалилась за своей долей счастья. В тот кабинет, окна которого зазывно горели напротив.

294

# СЕМЬ МУЖСКИХ ФИГУР

# ЧАСТЬ ПЕРВАЯ

Март в Питере — безнадежная пора, способная вывести из себя даже оголтелого оптимиста.

Уж не зима, но еще не весна, день по-прежнему короток и сер, под ногами слякоть непролазная, в метро задохнешься от испарений прелой и грязной одежды. Под глазами — желтые никотино-кофеиновые мешки, грим забивается в мелкие зимние морщинки, тушь сыплется в эту паутину черной мошкарой. Даже в тридцать четыре года, в самом что ни на есть расцвете сил и зрелой молодости, лучше не попадаться никому в таком виде на глаза.

Именно об этом думала Светлана Алексеевна Киселева, когда не самым ранним утром шла на работу от своего Таврического сада в контору (или офис, как предпочитал говорить ее шеф), расположенную прямо у Литейного проспекта. Путь был близкий — рукой подать, десять минут быстрой ходьбы, однако сегодня она преодолевала его еле-еле.

«Лета, безумно хочется лета, — шептала она про себя. — Моря. Солнца. Запахов южной сосны и магнолий». Светлана Алексеевна, которую на службе не называли иначе, как по имени-отчеству — никому бы и в голову не пришло звать ее Светой или Светочкой — была на редкость рассудительным человеком. Она всегда владела ситуацией и самой собой. Она знала, как взять себя в руки, как победить. Светлане Алексеевне

·Киселевой, главному менеджеру фирмы, занятой выпуском рекламной продукции, не были свойственны никакие душевные метания. Но в последние дни марта она сдалась перед серой весенней хандрой.

Она опаздывала на работу уже на полчаса и понимала, что в таком состоянии разумнее развернуться и пойти назад, домой. Сказаться больной, сослаться на неотложные семейные дела — только не представать перед всеми разбитой и усталой женщиной. Однако именно сегодня к ней должны были прийти несколько принципиальных для фирмы клиентов, и она наступила на горло своей заунывной песне, встряхнулась и уже бодрее зашагала в сторону Литейного. Бросив взгляд на знаменитую оранжерею Таврического сада, она последний раз подумала о лете и тепле и окончательно переключила свои мысли на работу.

День оказался не хуже и не лучше других. Разговоры, бумаги, телефонные звонки, снова разговоры, визит клиентов, кажется, перспективный.

К концу дня, когда народ — все семь сидящих в общей комнате человек — начал поглядывать на часы, шеф вывалился из своего отсека и, глядя куда-то в сторону, коротко распорядился: «Киселева, загляни ко мне». Светлана Алексеевна подхватила для уверенности первую попавшуюся под руку папку — она всегда так делала — и прошла в кабинет шефа, сопровождаемая пытливым взглядом секретарши Ирочки. Может, ей только показалось, но спиной она ощутила волну напряжения, пробежавшую по комнате.

Всеобщая пауза. Что бы это значило? «Сядь. Что нависла над столом?» — это шеф, у него оригинальный стиль общения со Светланой Алексеевной. Она, погруженная в рутину дня, еще не успела осознать резкую перемену в настроении начальника. Шеф был мрачен. Видно, разыгралась язва, всегда прихватывавшая его под конец зимы.

— Не поняла, зачем позвал?

— Нет.

— О тебе разговор, дорогуша. О тебе родной. Люди на тебя жалуются...

— Толкают на тропу войны с тобой,— вполголоса пояснила Светлана Алексеевна.

— Возможно,— согласился он.— Но у меня коллектив, мне со всеми надо ладить. И так уже разговоры пошли, что у нас здесь конфликты, что люди от нас вот-вот побегут. Не мне тебе объяснять, чем это может закончиться! Не при ты как танк со своей принципиальностью! Подумай о нашей деловой репутации. Промолчи хоть иногда. Чего-то не заметь!

Светлана Алексеевна, обычно редко сомневающаяся в правильности того, что она делает, возмущенно вскочила с места.

— Сядь, говорю я тебе! — приказал шеф.

Да, у нее и в самом деле за последний месяц набежали некоторые конфликты внутри коллектива. Но она и не думала, что эти трения могут вызвать такой гнев шефа.

— Светлана Алексеевна,— перешел он в решительное наступление,— а не надумала ли ты от нас отчалить? Перебежать в какой-нибудь «Фобос», а на дорожку подорвать наш коллектив изнутри?

«Фобосами» они называют всех конкурентов, коих в Питере — легион. Самое забавное заключается в том, что так действительно именуется одна мелкая рекламная фирмочка, которой не досталось большого звездного названия. Когда она объявилась на рынке, все приличные астральные тела были давно разобраны, вот она и зарегистрировалась под именем одного из спутников планеты Марс. А добрые люди не стали подсказывать неофитам, что «фобос» означает не больше и не меньше чем «страх»...

— И что ты, Светлана Алексеевна, скажешь насчет этого слуха? — вернул ее к теме шеф.

— Чушь собачья. Куда я от тебя, Петров, денусь?

Тем не менее, она подозрительно замигала, едва не хлюпнула носом, а потом смахнула со щеки, прямо пальцами, тушь, предательски посыпавшуюся с ресниц.

— Я просто устала,— выдохнула, наконец, она.

— Вот так номер,— развел он руками.— Вот так придумала...

— Что же я — не человек? Не имею права на эмоции?

— Светлана Алексеевна,— чистосердечно удивился шеф,— о какой усталости может идти речь? У тебя что, детишки малые, муж голодный, с авоськами в руках в метро таскаешься? Была бы как все — я бы тебя понял! А ты у нас — одинокая баба. Пришла с работы — ноги вытянула, кофе себе налила, сигареткой затянулась... Ох, и бессовестная ты! Да на тебе пахать надо, а не жалеть тебя!

Светлана Алексеевна улыбнулась сквозь силу:

— Александр Иванович, у меня ведь еще мама-пенсионерка, братец-бездельник, на мне — все их счета. Которые, между прочим, надо оплачивать по ноль второе число месяца, следующего за текущим. За их квартиру я не платила с самого Нового года. Считай сам: январь, февраль, на подходе счет за март — итого набегает почти тысяча,— она уже освоилась с новым масштабом цен и по привычке называла тысячами то, что другие все еще называли миллионами.— Самой, в общем-то тоже жить надо... Ты хоть заметил, что я уже месяц в брюках хожу? На колготках, черт побери, экономлю!

— А тебе идет,— хмыкнул шеф.— Стройненькая такая стала.

— Усохла,— мрачно отпустила Светлана Алексеевна.

В глазах шефа, наконец, появилось некое сострадание:

— Светланочка,— ласково погладил он ее по щеке, смахивая оставшиеся крупицы туши,— а ты возьми недельку за свой счет. Отдохни. Съезди куда-нибудь. Развейся.

Киселева глянула на него с иронией.

— Ну, и здесь страсти улягутся,— как бы между прочим пробормотал шеф.

— А по бартеру, Александр Иванович? — заканючила она, преданно заглядывая ему в глаза.— Я сама вариант найду. Скромненький. Сама и всю работу выполню...

— Только через мой труп,— отрезал шеф.— Ты что, хочешь подлить масла в огонь? Чтобы тут трепались, что моя подружка за счет фирмы по заграницам разъезжает? Вот Ирку, секретаршу, куда угодно отправлю. Хоть в Таиланд, хоть на Бали!

— Там переворот,— подсказала Киселева.

«Туда ей и дорога»,— добавила она про себя. Шеф хохотнул. Видно, подумал о том же самом.

Хи-хи да ха-ха, а по сути это был ультиматум. Или исправляйся коренным образом, или увольняйся, чтобы не подрывать обстановку в коллективе. Светлана Алексеевна Киселева отлично знала, что ради интересов дела ее начальник, ее старый приятель Александр Иванович Петров, запросто выкинет ее за борт как ненужный балласт. Спишет как морально устаревшее оборудование. Она — квалифицированный менеджер и незаменимый работник? Чепуха. Абсолютная ерунда. Таких, как она, пруд пруди в большом городе. И когда-нибудь шеф возьмет да и решится произнести это умозаключение вслух...

Выйдя от него, Светлана Алексеевна мрачно глянула на сослуживцев, резко прильнувших к мониторам компьютеров. Она в курсе, что они ее недолюбливают. Конечно: ведь она так требовательна ко всем. Она гордится своей дисциплинированностью и пунктуальностью. В рабочей обстановке сохраняет дистанцию даже с теми людьми, которые ей симпатичны. Ей кажется, что это — оптимальный стиль общения с подчиненными. Киселева прониклась им в одной долгой командировке в Германии, была там на стажировке. Ей этот стиль представляется безупречным. Но сослуживцы считают ее занудой. И, наверняка, были бы рады избавиться от Светланы Алексеевны...

В комнате воцарилась тишина, нарушаемая только шумом вентиляторов и щелканьем клавиш.

«Интересно знать, кому из этих ребятишек припекло занять мое место?» — задалась она вопросом, ответ на который знала уже с осени.

300

Вот он, славный и правильный мальчик, взятый менеджером по продажам прямо с институтской скамьи, через рекрутерскую фирму. Рафинированный конторский служащий — Виктор. У Витюши — полное соответствие современным параметрам. Высшее образование, интеллигентность, коммуникабельность, владение персональным компьютером, водительские права и наличие автомашины, плюс возраст до 25 лет. Он в меру инициативен, действует в рамках «от» и «до», предан фирме и шефу. Первым приходит на работу и последним уходит. Культурен, матом не выражается, рубашки и галстуки меняет каждый день. Вежлив. Молчалив. Не пьет и не курит. Анекдотов не травит. К секретарше Ирочке с двусмысленными предложениями не подваливает. Золото, чистое золото. Где только таких выводят? На другой планете, что ли? Киселева нервно закурила.

— Светлана Алексеевна,— с мягким упреком обернулся Витюша,— мы ведь договаривались!

Она молча затянулась, даже не подумав унять дрожь рук.

— В конце концов, это просто несовременно! — облил он ее презрением.

«Мерзавец»,— чуть не сказала она вслух.

Все это можно пережить. Надо просто взять себя в руки... Она прикрыла глаза, чтобы никто не приметил навернувшихся слез... Кто бы мог подумать, как легко вылететь в жизни на обочину! С ней это уже случалось. Не раз и не два. В последний сама еле уцелела, а расхлебывает до сих пор. Хорошо, хоть эти мерзавцы не знают о ее проблемах — ни сном ни духом... Додумать мысль до конца она не сумела. Не успела.

* * *

— Светлана Алексеевна! — донесся до нее истошный вопль секретарши Ирочки.

Вопль шел из приемной.

— Что там еще? — тихо спросила она.

Витюша воспринял вопрос как сигнал к действию и шустро вскочил со стула. Однако дойти до приемной не успел — на пороге комнаты, сияя округлившимися от восторга глазами, уже стояла Иришка.

— Ой, Светлана Алексеевна,— благоговейно и приторно пропела секретарша,— к вам посетительница... Вы не поверите! Сама Наталья Енгалычева!

На сегодня статус-кво Киселевой был восстановлен.

Тут при фамилии «Енгалычева», все, конечно, закрутилось-завертелось. Через несколько минут, несмотря на драконовский сухой закон, установленный Петровым, хлопнула пробка шампанского. Киселева четко засекла: это Витюша выскользнул из комнаты, чтобы вновь появиться уже с бутылкой и букетом цветов. Успел, услужливый, за каких-то пару мгновений домчаться вниз, к ларькам, и прискакать обратно.

Хорошо иметь такую подругу — именитую и знаменитую! Никому не надо ведать, каково на самом деле живется знаменитости. Знать, откуда у нее этот тропический загар — среди зимы. Откуда неиссякаемый оптимизм, лучезарная улыбка и легкий характер — мечта всех мужчин. Светлана знала о Енгалычевой все. Знала, где заканчивается правда, а где начинается игра. Но за двадцать лет, а ровно столько они были знакомы с Натальей — как-никак, за одной партой сидели и с одними мальчиками целовались — она научилась поддерживать ореол восхищения вокруг подруги. Это было их общее, увлекательное, занятие.

Витюша робко запросил автограф — конечно, для невесты.

Александр Иванович подхватил Наталью под ручку. Слаб человек — честолюбив. Не смог удержаться от того, чтобы не продемонстрировать подчиненным свою самую тесную близость к звезде.

Иринка, секретарша, уже окончательно лишилась дара речи и только сверлила Енгалычеву глазенками, пытаясь охватить и запомнить все детали ее гардероба и макияжа.

Наталья небрежно скинула свое умопомрачительное манто, причем на самый грязный стул, уселась на Светланин стол нога на ногу, закурила и, не обращая ни на кого внимания, наконец, изрекла:

— Доконали они тебя здесь, блин. Слышь, Петров? Заездили...

Светлана не сразу смогла вспомнить, из какой роли эта интонация. Раскрасневшийся от удовольствия Витюша блаженно хрюкнул и протянул пепельницу.

— Петров, жопа старая! — зычно, на весь офис, призвала Наталья.

Александр Иванович приосанился и совсем расцвел.

— Слышь, что говорю? Отпусти Светку на недельку в Турцию. А то у нее колер просто похоронный. Бледна и бестелесна, как будто ты людям зарплату по полгода не платишь!

Так все и решилось.

* * *

— В субботу вылетаешь из Пулково-2. Виза не нужна, посадочный талон прямо в аэропорту получишь. Просто подойдешь к руководительнице группы, я их там в турагентстве предупрежу,— инструктировала Наталья подругу уже у себя дома, куда они заехали обсудить все детали путешествия.— И никаких проблем. Оттянешься, отдохнешь. Если не считать дни прилета и отлета, получается целых пять суток чистого блаженства! Море, первая клубника, по утрам петухи поют, загоришь, как тропиканка...

— Я не люблю загорать. Я все-таки белая женщина,— машинально отметила Светка.

— Три порции шашлыка всего за десять долларов! — привела последний аргумент Наталья.

Она мечтательно закатила глаза. Поехала бы и сама — ей этот тур достался по бартеру, за какие-то выступления. Но внезапно подвернулось предложение поучаствовать в одном московском проекте, отказаться от которого никак невозможно.

Светлана понимающе кивала головой, выслушивая пулеметную по скорости речь Енгалычевой.

— Для тебя все это бесплатно. Полная халява. Если не поедешь — будешь просто дурой! Ты там со своим Петровым совсем задеревенела, он превратил тебя в старую рабочую клячу!

— Другого Петрова у меня нет,— грустно вставила Киселева.

— Глупости! У нас с тобой еще вся жизнь впереди!

Наталья и в самом деле была воодушевлена некими новыми перспективами, о подробностях которых пока не хотела распространяться — чтоб не сглазить.

Она была корпоративно суеверна. Как и все ее коллеги, она трепетно относилась к приметам, гороскопам, предзнаменованиям и прочей чепухе. Например, она всерьез верила в то, что текст пьесы, упавший на пол во время репетиции, может принести несчастье. Чтобы снять с него порчу, на нем надо было посидеть. И она добросовестно грела попкой страницы пьесы или сценария...

Немудрено, что сейчас Наталья ни в коем разе не могла раскрыть суть полученного предложения! Светлана человеком суеверным не слыла, но понимала, что болтать о таких вещах и в самом деле не стоит. Иначе своей откровенностью накличешь конкурентов. Светлана была искренне рада за старую и самую близкую подругу, ведь в последнее время дела ее шли совсем неважно.

Говорят, что хорошие актрисы — как хорошее вино, от возраста только выигрывают. На Наталью Енгалычеву это правило, увы, не распространялось. С годами она совсем закисла. Конечно, прежняя слава за ней еще тянулась, для публики она оставалась звездой, но настоящей, творческой работы для нее сейчас практически не было. В театре ее оттеснили молодые конкурентки, в кино ролей не давали, концертами по стране можно было заработать не деньги — слезы. За появление на телеэкране требовалось выкладывать безумные по питерским масштабам суммы, а для этого надо было искать

304

спонсоров. Наталья же не умела и не хотела бить поклоны.

Кончилось все тем, что она стала просто выступать и петь в круизах — за еду, не более того. Из круизов она и привозила бесподобный круглогодичный загар и кое-какие шмотки, прикупленные на развалах портовых рынков. Не одна она была такая. Светлана тихо ахала, когда после очередного круиза Наталья перечисляла ей имена былых звезд, ныне поющих и пляшущих за трехразовое питание на теплоходе.

Вся эта история с круизами тянулась уже давно. Насколько помнила Светлана, первый раз Енгалычева стартовала от причала Балтийского морского пароходства году так в девяностом. Тогда ей было всего двадцать шесть лет и она была кинозвездой в зените славы. В морских путешествиях Наталья скоротала свои годочки, но окончательно прозевала, как росла и взрослела ее дочь, всякий раз оставляемая на попечение бабушек и тетушек.

Милочке Енгалычевой исполнилось уже семнадцать. Сейчас она была как раз в том возрасте, в каком Наталья произвела ее на свет. Для Светланы Алексеевны эта разница в семнадцать лет была столь невелика (успеваешь ли замечать, как пролетают годы?), что она считала своими подружками обеих Енгалычевых. А порой и выступала арбитром в их конфликтах, хотя характеры и у той и у другой были на удивление легкими, и мать с дочерью практически никогда не ссорились. Однако сейчас между ними пробежала какая-то кошка.

— Светуль, ты когда вернешься — ты поговори с Милкой,— попросила Наталья.— Не нравится она мне в последнее время. Скрытная стала, а иногда на меня таким волком смотрит, что просто выть хочется! Не могу понять, что с ней происходит...

— Взрослеет,— пожала плечами Светлана.— Вспомни себя в эти годы. Ой, прости!

Обе промолчали, не упоминая, что там было на самом деле с Натальей, в ее семнадцать лет. Об этом было лучше не вспоминать...

— Вот я и боюсь,— осторожно заикнулась Наталья.— С кем она общается, с кем дружит — ничего не знаю. Мальчики, которые раньше названивали, все куда-то испарились. Девчонок-подруг у нее никогда особо не было. Уже несколько месяцев как посещает компьютерные курсы. Якобы посещает. Я деньги отдаю. А что там с этих курсов выйдет — понятия не имею! Хожу, как дура, по квартире: «Людк, а Людк!» Она и не откликается. Совсем как в том фильме...

— Я поговорю с ней,— пообещала Светлана.

— Может, Софочку приобщить?

Соня, бывшая жена Александра Ивановича Петрова, была известным в городе психиатром. Иногда они обращались к ней за помощью. Очень редко — в самые отчаянные моменты жизни. Кажется, таких моментов за все годы их знакомства набралось всего два или три.

— Да, Светуль,— перескочила на другую тему Енгалычева, потому что все в этот день перед ее отъездом в Москву было хаотично и на скорую руку: разговоры, сборы, наставления,— тебе ведь, наверное, и ехать не в чем?

— Прошвырнусь по секонд-хэндам...

— Не придумывай! Глянь мои круизные шмотки. У меня отличные летние вещи, да и размер у нас с тобой один.

«Чудеса»,— прошептала Светлана, приложив к себе перед зеркалом длинное вечернее платье. Еще утром она и мечтать не могла о лете, солнце, море и отдыхе, а теперь добрая фея Наталья снаряжала ее на бал.

— Ты знаешь,— рассмеялась Светлана,— есть такая пословица: «Будь осторожен в желаниях — вдруг они сбудутся?» Мои сбываются так легко, что мне даже не по себе... Я так тебе признательна...

— Светка, вечно ты мудришь! Поезжай и ни о чем не думай! Да, кстати,— вдруг спохватилась Наталья,— тебе еще придется выполнить одно небольшое поручение. Я бы тебе его не навязывала, но теперь уже никак не отыграть назад.

Поручение было пустяковое — передать в аэропорту Стамбула, по прилете, один пакет тому человеку, который должен встретить «почтового голубя» из Питера, то есть Наталью. Он будет ждать сразу за таможенной зоной, с табличкой «Наташа», написанной по-русски. В пакете — иллюстрированный альбом о Петербурге.

Наталья сама сгоряча взяла на себя это поручение. Попросила ее об этом одна приятельница, Даша, она некоторое время назад работала художницей в их театре. Договаривались с Дашей еще на прошлой неделе, а теперь ее никак не отыскать и не дать отбой. А человек уже предупрежден.

— Может, проигнорировать? — подсказала Светлана.

Сама она никогда не стеснялась отказываться от таких глупых поручений. Она вообще очень успешно справлялась со словом «нет». Будь иначе — половина времени в загранпоездках у нее уходила бы на доставку сувениров и плиток шоколада.

— Неудобно,— с укоризной заметила Наталья. Наталья всегда была человеком, удивительно преданным своим друзьям.

— Да и веса в этом пакете никакого, не больше килограмма. А с Дашкой мне никак не связаться. Она — хорошая девка, но странная. Вернее, не она, а ее муж. Вышла замуж за нового русского, а он помешан на собственной безопасности. Я даже их домашнего телефона не знаю и дома у нее ни разу не была. Догадываюсь, что там Эрмитаж. На связь выходим исключительно по пейджеру. Я ей сигналю — она перезванивает. А сейчас, зараза, не хочет откликаться. Или куда уехала? Черт ее знает. Жопа эта Дашка,— ввернула Наталья свое любимое определение. У нее оно было многогранно.

Рейс на Стамбул был ранний — неурочный чартерный. Чтобы не разоряться на такси, а в аэропорт надо было прибыть за два часа до вылета, когда еще не работает метро, Светлана Алексеевна решила переночевать у матери. Та жила как раз в самом конце Московского проспекта, на выезде из города, откуда до Пулково-2, до международного аэропорта, не больше десяти минут на маршрутке. Правда, ночевка у мамы, Ольги Павловны, сулила муторные разговоры за жизнь, но с этим надо было смириться.

* * *

— Светик, деточка, вставай скорее! — мама теребила ее за плечо.

Что? Где? Очнувшись, она не сразу сообразила, где находится.

— Который час? — уставилась она в ужасе на мать.

— Мы проспали, проспали, — в отчаянии лепетала Ольга Павловна. — Прости меня, старую дуру! Извела тебя вчера своими глупыми разговорами!

— Который час? — тихо переспросила Светлана.

Оказалось, что уже через полтора часа — самолет. Быстро оделась, кое-как причесалась и, не слушая причитаний Ольги Павловны, пулей вылетела из квартиры. В Пулково-2 она примчалась на частнике. До вылета оставался целый час, и руководительница группы еще поджидала ее у входа в таможенную зону. Сунув Киселевой какой-то квиток, она помахала рукой и удалилась оформлять свой багаж.

Таможня оставалась последним пунктом на пути к вожделенному счастью — солнцу, морю и отдыху. Таможенник с темными кругами под глазами — судя по ним, он простоял на посту всю ночь — никуда не торопился. Светлана нервно переминалась с ноги на ногу, но подгонять его не решалась. У него — своя служба, у нее — свои удовольствия. Какое ему дело до того, что она едва не опоздала на рейс? В вопросах компетенции и разделения сфер ответственности Светлана Алексеевна разбиралась отлично, а потому лишь тихо вздыхала, отвечая на его вопросы.

— Деньги предъявите.

— Вот, пожалуйста.

Она достала из внутреннего кармана куртки тощую пачку — ровно столько, сколько было указано в декларации и сколько у нее было на самом деле.

— Больше нет?

— Нет.

Хотя кто поверит в то, что взрослая девушка выезжает на курорт с такой мизерной суммой? Таможенник глянул на нее быстро и пристально. Она явно не вызывала у него доверия. Светлана Алексеевна этот факт приметила и постаралась вызвать расположение улыбкой. Она это сделала машинально — изобразила дежурное радушие менеджера, привечающего клиентов фирмы.

— Что это? — он ткнул в хаотическое нутро ее сумки, обнаженное на экране монитора.

— Фен,— подсказала Светлана Алексеевна.

— А это?

— Футляр для очков.

Еще одно «это»...

— Прокладки,— она цинично глянула ему прямо в глаза.

— Что за прокладки? — деловито осведомился он.

— С крылышками...

На юмор досматриваемых граждан таможенник не реагировал.

— Откройте сумку!

— Пожалуйста. Это просто гигиенические прокладки.

Киселева попыталась сгладить зародившееся противоречие. Дернула замок «молнии». Сделала это слишком резко — оттого, что сумка была чужая, да и сама уже начала нервничать. Замок заклинило. Светлана с тоской посмотрела на парня-таможенника. Тот взирал на ее возню с самым безразличным видом.

— Послушайте,— взмолилась она,— ведь я могу и опоздать на свой рейс!

— Откройте сумку,— коротко повторил он.

«Молния», к счастью, сдалась, и инспектор, будь он неладен со своим внезапно проснувшимся служебным рвением и маниакальным интересом к прокладкам, принялся аккуратно изучать содержимое багажа. Видимо, подозревал, что в предметах дамской гигиены запрятана по меньшей мере партия героина. «Не слишком приятно, когда копаются в твоем белье. Хорошо, хоть пока еще чистом»,— подумала Светлана Алексеевна.

— Что это? — парень, перелопатив все шмотки, дошел до пакета с книгой. До знака внимания незнакомой Даши неведомому турку.

Светлана Алексеевна пожала плечами.

— Это ваше?

— Как сказать...

— Девушка, вы предъявили эту сумку в качестве личного багажа. Он указан в вашей декларации,— словно читая инструкцию, занудел инспектор таможни.— Этот пакет ваш? Откройте его.

Светлана Алексеевна взяла в руки тяжелый фолиант, обернутый в красивую бумагу. Некая Даша старалась, тратилась на упаковку, хотя могла бы и сообразить, что на таможне этих красот не оценят...

Инспектор уцепился за альбом как за добычу. Светлана Алексеевна иронично улыбнулась. До чего же не любила она таких усердных юношей, всеми силами старающихся продемонстрировать свое служебное рвение. Она не выдержала и громко вздохнула: мол, что еще ты такое придумаешь, чтобы показать, что не зря стоишь на своем посту?

Инспектор посмотрел на нее со странной усмешкой. Ей показалось, в его взгляде был вопрос: мол, ищем или не ищем? Киселева уже нервно взглянула на часы: сколько будет продолжаться этот цирк?

И тогда таможенник ловким жестом карточного фокусника листанул страницы... А потом, как кролика из цилиндра, выудил из альбома тонкую пластиковую папку... Светлана Алексеевна была готова изобразить почтительные аплодисменты. Ее уже стало веселить усердие парня. Она чуть не сказала опрометчиво: «Але-оп». Но удержалась.

— Что это?

«Заладил как попугай»,— в сердцах подумала Светлана Алексеевна, а вслух произнесла то, что было на самом деле:

— Понятия не имею!

* * *

После того как таможенник извлек из пластика то, что в нем было запечатано, пассажирке неурочного, чартерного рейса на Стамбул Светлане Алексеевне Киселевой дали ясно понять: никуда она сегодня не улетит. Да и вообще в самое обозримое время вряд ли сможет покинуть любимый город Санкт-Петербург. В лучшем случае свобода ее передвижения будет ограничена подпиской о невыезде. В худшем... Об этом, намекнули, ей даже не стоит и думать, чтобы не поседеть раньше времени!

А дальше Светлана Алексеевна наблюдала за происходящим будто со стороны. Движение неслось само по себе, по своим правилам и законам. Остановить движение было невозможно. Самой нажать на тормоза или уйти в сторону — тоже. Попал в поток — терпи. Не паникуй и не оправдывайся. Это только запутает ситуацию. Жди, пока она разрешится сама собой.

Действие разыгрывалось по правилам игры «Задержание контрабандиста». Сюжет был увлекательный, его здесь только и ждали. Откуда-то в этот ранний час объявился телеоператор с профессиональной видеокамерой. Светлана узнала этого пожилого человека, он работал на одном из кабельных телеканалов, в программе криминальных новостей. Увидев ее, он вроде бы озадачился. Конечно, не слишком приятно снимать для такой программы своих знакомых. Совестливый человек — Киселева углядела, что камеру свою он на нее не наводил. И на том спасибо.

Дальше пошли формальности. Ожидание эксперта, акт таможенного досмотра, задушевное увещевание: «Девушка, вам светит от двух до семи лет»... То, что с ней произошло, назвали, кажется, покушением на контрабанду неразрешенных к вывозу произведений искусства. Они-то и были упакованы в ту пластиковую папку, которую извлек из альбома бдительный инспектор таможни.

Две небольшие картинки...

Эксперт-искусствовед, плохо проснувшаяся дама с рыхлым подбородком, дремотно диктовала для протокола первичные признаки работ:

— Сто девяносто на двести тридцать восемь миллиметров, бумага белая, акварель и карандаш, по верхнему полю надпись на немецком языке: «Испанский жеребец». По нижнему полю дата: май 1825 года. В левом нижнем углу штемпель, указывающий на принадлежность к коллекции. На обороте — комбинация из цифрового обозначения. Возможно, инвентарный номер коллекции. Работа, судя по всему, хранилась в ненадлежащих условиях. Выгорание, мушиный засид...

— Хорошая акварель, — зевнула она в сторону. — Выглядит прямо как подлинник. Хотя... Наверняка подделка.

Светлана Алексеевна схватилась за эти слова как за спасительную ниточку...

— Вещь номер два, — вернулась дама к протоколу. — Триста пятьдесят на двести двадцать пять миллиметров, бумага... Перо? Да, конечно, перо. Изображены семь стоящих мужских фигур. В левом нижнем углу штемпель неизвестной коллекции. На обороте — карандашный набросок двух сидящих женских фигур, обозначений нет. Обе работы требуют дальнейшей атрибуции и сверки штемпелей...

— Вы думаете, они украдены из какого-нибудь музея? — тихо спросила Светлана Алексеевна у дамы-эксперта.

Та пожала плечами и еще раз зевнула:

— Я вообще ни о чем не думаю. Я работаю только здесь, по факту. Другие будут выяснять, не находятся ли эти вещи в розыске. Хотя музеи редко сознаются в кражах из своих фондов. Зачем им это надо?

С формальностями было покончено только через три часа, когда ее самолет летел уже где-то над Крымским полуостровом... Светлана Алексеевна, приготовившаяся к самому худшему, неожиданно для себя услышала, что теперь она свободна. Компетенция органов таможенного досмотра была исчерпана. Дальше с ней будут общаться другие органы. Из здания аэропорта Киселева вышла в самых растрепанных чувствах и мрачных мыслях.

«Решение номер один: нет решения» — такая строчка обычно загоралась на мониторе ее компьютера, когда она случайно залезала в те его немыслимые дебри, в которые ей не надо было заглядывать. Вот и на этот раз решение явно не просматривалось.

Строить версии — дело профессионалов. Киселева профессионалом в сыскном деле не была, а потому из всего, что произошло, смогла понять только одно: что попала в переплет, предназначавшийся вовсе не ей, а Наталье Енгалычевой. О том, что Наталья ее подставила, Светлана Алексеевна даже не могла подумать. Не надо быть семи пядей во лбу, чтобы сообразить: вся эта ситуация с контрабандой организована для того, чтобы добить актрису Енгалычеву.

Слишком уверенно извлек таможенник из альбома папочку с картинками... Слишком быстро появился рядом телеоператор с камерой... Таможня была явно предупреждена, что в сумке одной из пассажирок авиарейса на Стамбул будет лежать нечто из разряда криминала... Скорее всего, таможня знала и о том, на какую пассажирку ей придется обратить внимание.

Не случайно телеоператор так растерялся, когда вместо Енгалычевой увидел свою старую коллегу — Киселеву. Конечно, спохватилась Светлана, поэтому он и не стал ее снимать! Сенсация не состоялась. Неведомая Даша просто не успела узнать, что в последний момент произошла замена состава и вместо Наташки в Турцию отправилась ее подруга — личность мало кому интересная.

Картинки, которые подсунула в альбом художница Даша, наверняка были куплены по десятке в обычной антикварной лавке. Много ли надо сообразительности, чтобы потом их проштемпелевать, пометить инвентарными номерами и представить дело так, будто они похищены из какой-нибудь музейной коллекции? Зато какой бы шум поднялся, если бы по телевидению, пусть даже и по захудалому кабельному, был передан сюжет о задержании на таможне с контрабандой известной актрисы Натальи Енгалычевой! «Енгалычева — курьер мафии!» — Светлана представила приблизительно такие заголовки в газетах.

Бедная Наташка, как бы она все это вынесла! Ведь Наталья совсем не такая, как непробиваемая Киселева. Тонкая, уязвимая, ее легко выбить из колеи. Не то что словом, даже косым взглядом. Массированная травля может просто свести ее с ума. И тот, кто подстроил подлянку, конечно, отлично это знает...

Светлана Алексеевна больше переживала сейчас за свою подругу, чем за себя. Она уже смирилась с тем, что не улетела ни в какую Турцию, что моря, солнца и тепла ей по-прежнему не видать. Все это отошло на второй план. Как женщина здравомыслящая и к тому же обремененная опытом журналистского прошлого, она разумно рассудила, что, раз скандала не вышло, случай с этой «контрабандой» спустят на тормозах. Экспертиза, конечно, покажет, что вещички не представляют никакой ценности. Состав преступления улетучится. Таможня тихо заткнется. И лично за Киселевой останется только маленькое и невинное прегрешение: попытка вывоза художественных работ без надлежащего оформления. С кем не может случиться такой казус — по неведению там или из-за незнания таможенных правил? Глупо было так пугаться и принимать близко к сердцу слова инспектора таможни — о сроке от двух до семи лет. Блефовал инспектор.

Светлана встала в очередь на маршрутное такси. Похоже, на сегодня все приключения завершены. В ее распоряжении остаются два выходных дня. До понедельника, подумала она, будет время сообразить, как вести себя со следователями, если таковые объявятся. Как оправдываться. И оправдываться ли вообще? Или просто взять да отыскать за субботу-воскресенье эту Дашу, поставить ее перед фактом, и пусть уж она сама разбирается со своим испанским жеребцом и семью мужскими фигурами! Почему бы и нет? И тут, когда решение, наконец, созрело, ее крепко подхватили под локоток...

* * *

— День добрый,— задушевно поприветствовал Светлану мужчина весьма представительного вида. Довелось же встретить кого-то в этот не самый удачный день!

— Вы меня не узнаете?

314

— Не припоминаю,— честно ответила Киселева.

— Отойдемте в сторонку,— коротко распорядился незнакомец.

Светлана сердито выдернула локоть из его объятья.

— Отойдемте,— тихо и настойчиво повторил незнакомый тип и вновь больно сжал предплечье.

В его голосе было кое-что такое, что заставило ее подчиниться. Светлана Алексеевна, человек опытный, сразу распознала ту вкрадчивую интонацию, которая отличает сотрудников органов.

В стороне от очереди на такси он молча показал ей служебное удостоверение, прикованное цепочкой к нагрудному карману куртки. Все в порядке: слева фотография — с оригиналом совпадала, справа — место службы и звание майора. Фамилию и имя-отчество она прочитать не успела. Майор быстро захлопнул красную корочку и убрал удостоверение в карман. Мол, не стоит привлекать внимания.

— Ну, и что вы хотите этим сказать? — безразлично спросила Киселева.

— Только то, что мечтаю пообщаться с такой красивой женщиной, как вы!

— Ну, насчет красивой женщины вы загнули. А вообще-то я никогда не слышала о подобном способе знакомства.

Майор ухмыльнулся:

— Светлана Алексеевна, мы, конечно, понимаем, что вы хотели бы отложить этот разговор хотя бы до понедельника, но служба есть служба!

Он знал, как ее зовут, и он говорил «мы»... Этого было достаточно, чтобы понять: на сегодня ее приключения не завершены.

— Поздновато вы объявились,— с усмешкой отметила она.

— Пока вызвали, пока выезжали, к тому же выходной день... Опоздали, Светлана Алексеевна. Не успели. Вы уж не обессудьте,— съерничал майор,— самого волнительного момента не застали. Но это не страшно. Вы за нас не переживайте.

— Что дальше? — оборвала его Киселева.

— А дальше то, что вам придется с нами проехать и дать кое-какие показания. Протокол, сударыня. Сущие формальности. Просто пустяки.

— Никуда я с вами не поеду,— ответила Киселева.— Вернемся в таможенный терминал, там и поговорим.

— У нас — разные ведомства,— подсказал майор.

— А инцидент — один. Общий. Я никуда не поеду,— повторила Светлана.

Она заметила, как помрачнело лицо мужчины.

— Светлана Алексеевна, вам очень нужны неприятности? — с вернувшейся к нему вкрадчивостью вопросил он.

— Мои неприятности еще не очевидны, а ваши вполне проглядывают...

Закончить фразу она не успела, потому что ее подхватили и под другой локоток. Крепко, цепко и больно. Объятье шло со стороны второго, неизвестно как оказавшегося рядом мужчины, лысого крепыша.

— Гражданка, не скандальте! — велел он тихим и противным голосом.— Вам что, нужна еще одна статья? За оскорбление и сопротивление при исполнении?

— Так бы сразу и сказали,— вздохнула Светлана Алексеевна.

* * *

Она оказалась заперта в странной комнате, в полуподвальном этаже. Ирония судьбы заключалась в том, что дом, в который ее доставили, находился неподалеку от Таврического сада. От того самого места, где она сейчас жила. Каких-то пять минут ходьбы, и она могла бы сидеть сейчас в своей квартире, отогреваться и пить кофе. А вместо этого приходится ждать майора в сыром, холодном и полутемном кабинете.

Светлана Алексеевна осмотрелась. Странная комната, сказала она себе еще раз. Темная — свет мартовского позднего утра почти не проникал в нее сквозь грязное зарешеченное оконце, находящееся под самым потолком. Сырая — здесь не было даже отопления.

316

У стены стоял ряд откидных кресел, позаимствованных как будто в сельском клубе. Под окном — массивный письменный стол с зеленым сукном и толстыми резными ножками. Ни единой бумажки на столе, пусто и голо. Серый металлический сейф. На гвозде, вбитом в стену, розовая куртка-дутик, образца двадцатилетней давности.

От сырости и холода зуб на зуб не попадал. Хотя бы напоили чаем. Вместо этого — заперли в комнате и исчезли.

В сумке со шмотками не было даже теплого свитера. Кто же берет теплые вещи на южный курорт?

Светлана Алексеевна не стала долго раздумывать и накинула на себя грязноватую розовую куртку. Нет чая — можно согреться сигаретой. Но зажигалку она, как назло, оставила у мамы на столе. Утром в суматохе спешных сборов о ней и не вспомнила.

Киселева настойчиво постучала в дверь. Никто и не думал откликаться. Ни звука, ни шага. Машинально похлопала по карманам куртки. В нагрудном оказался спасительный коробок спичек. Светлана машинально запустила руку в карман и, кроме спичек, нащупала еще и плотные корочки. Так же машинально выудила удостоверение. Тоже на цепочке, как у того майора.

Удостоверение принадлежало прапорщику по имени Мадлен Ивановна. С фотокарточки смотрело плоское лицо, пришлепнутое мертвым ежиком химической завивки.

Перекурив, Светлана вновь забарабанила в дверь.

Никого. Полная тишина.

Все это уже начинало надоедать. Позвали поговорить — говорите, но не ссылайтесь на внезапно возникшие неотложные дела. Киселева сидела в этой комнате уже второй час, время шло к полудню, а никто о ней и не вспоминал.

Она еще раз постучала кулаком по черному дерматину. Заперли, казалось, не только эту комнату, но и весь этаж.

Куда она попала? Ей сказали, что они едут в тринадцатый, занимающийся антиквариатом, отдел главка — Главного управления внутренних дел. С Литейного проспекта, где находится здание ГУВД, они выехали на Захарьевскую, бывшую улицу Каляева, на которой под вывесками и без вывесок располагаются многочисленные милицейские службы, Светлана Алексеевна об этом хорошо знала. Но Захарьевскую миновали, проскочили несколько перекрестков, помчались дальше, завернули под арку, проехали дворами... И в итоге въехали в тупик этого, самого последнего в анфиладе, двора-колодца, узкого и темного.Где она сейчас находится — дело совсем не очевидное.

Прошел еще один томительный час.

Наконец, объявился этот тип — представительный и высокий майор.

— Я должен извиниться. Дела...

Он плюхнул на стол толстую папку лилового картона, раскрыл. Затем посмотрел на Киселеву немигающим взглядом:

— Рассказывайте, что там у вас!

— Вы уже забыли, ради чего меня привезли? — удивилась Светлана.

— Гражданка Киселева, вам объяснили, как квалифицируется ваш эпизод?

— Объяснили...

— Ну, так и излагайте. По порядку. От кого вы получили эти вещи, кому должны были передать. Не для протокола. У нас — предварительная беседа.

— Никогда не слышала о такой процедуре,— осторожно вставила Светлана.

— А вы подкованы,— усмехнулся майор.— Уже имели столкновения с законом?

Он выдал короткую дробь пальцами по столу, захлопнул папку, резко встал и улетучился из кабинета так же стремительно, как в него вошел. В замке лязгнул ключ.

Понять что-либо из этой сцены было трудно.

Прошел еще час. И другой. Светлана Алексеевна жалела, что не успела перехватить утром хотя бы бутерброд. К четырнадцати ноль-ноль, к обеденному времени, в желудке начало нестерпимо ныть.

Она вновь принялась стучать в дверь. Звук получился глухой и бессильный. Она что есть силы подергала ручку. К двери подошли.

— Чего вы хотите? — спросил мужской голос.

Он принадлежал явно не этому майору.

— Вы меня слышите? — уточнила Киселева.

— Я вас слушаю.

— Передайте вашему майору, что все это начинает мне не нравиться. Если я задержана — я имею право на один телефонный звонок. К тому же я имею право хоть раз сходить в туалет. Не говоря уже о стакане чая и адвокате!

— Вы там что, права качаете? — лениво переспросил насмешливый голос.

— В процессуальные дискуссии не вступаю. Я вас прошу лишь передать то, что все это мне не нравится!

— А кому может понравиться перспектива оказаться на нарах? Ждите, женщина. За вами придут.

«Спасибо за обещания»,— сказала сама себе Светлана. С таким идиотизмом она в своей жизни еще не сталкивалась. Изменить ситуацию было невозможно. Значит, следовало изменить свое отношение к ней. Как там пишут в таких случаях в гороскопах?

«Небольшая полоса светлых дней, похоже, завершилась. Теперь вам лучше всего пустить все дела на самотек и ждать, когда положение изменится к лучшему. Стараться что-то сделать или изменить совершенно бесполезно. Исход всех событий предрешен заранее».

Шеф Киселевой, Александр Иванович Петров, относился к этим предсказаниям с суеверным трепетом. Секретарша Иришка всегда подсовывала ему с утра гороскоп из «Коммерсанта». Посоветоваться бы сейчас с Петровым... Уж он бы точно подсказал, как изменить ход событий... Но телефона в комнате не было. А если бы и был, Светлана сто раз бы подумала, стоит ли посвящать в свою передрягу шефа. Разве начальство любит подчиненных с подмоченной репутацией?

День медленно подваливал к вечеру. Узница выстуженного кабинета включила свет. С грязного потолка полилось пытошное зудение ртутной лампы. Светлана в сердцах хлопнула по выключателю. Звук получился вполне приличный, и она взялась лупить кулаком. На этот раз по коридору застучали каблуки, дверь приняли́сь открывать...

На пороге появилась дама с нарисованными бровями и губами, замазанными непристойной красной краской. Светлана опознала ее — по мертвой химии на голове.

— Вы не подскажете, куда подевался майор? — вежливо поинтересовалась Киселева у прапорщицы.— Я тут уже несколько часов сижу. А он никак не появляется...

— Вас что, даже чаем не напоили?

— И даже наоборот не дали сделать,— Светлана попереминалась с ноги на ногу.

— Мужчины,— вздохнула дама-прапорщик.— Что с них взять?

Через десять минут, после экскурсии по длинному коленчатому коридору, Светлана блаженно пила приторно-горький растворимый кофе и усваивала все то, о чем ей бессистемно сообщала Мадлен Ивановна.

— У нас тут холодно. Здание сырое. Говорят, ремонта не было с самых тридцатых годов. Курточку-то не снимайте, потом отдадите. Вы на ребят наших не обижайтесь, их срочно сорвали. По вызову,— со значением произнесла она.

— Майор с ними тоже уехал?

— Кирилл Владимирович?

— Я имени не запомнила...

Женщина улыбнулась:

— Кирилл Владимирович — гордость нашего отдела. Один из лучших оперов управления. Опер от бога, как мы говорим. Если вы к нему попали, то вы в хороших руках. Вам просто повезло.

Светлана Алексеевна едва не поперхнулась кофе.

— Повезло — это не про меня...

— Ну что вы говорите! Вы бы рыдали здесь, расскажи я вам, какой у нас остальной оперативный состав! Кого теперь только не принимают в органы. Профессионалов днем с огнем не сыщешь. Руководят — и то пожарники.

Дамочка была словоохотлива. Как и все работники нижнего звена, она, судя по всему, любила перемывать косточки начальству.

— Я вашего дела не знаю,— Мадлен Ивановна понизила голос.— Но я вам так скажу: всегда лучше быть свидетелем, чем подозреваемым.

— ?

— Ну что вы на меня так смотрите? Я лишь про то, что... если Кирилл Владимирович предложит пойти ему навстречу — вы не раздумывайте. Делайте то, что он скажет.

— Я бы и рада была, если бы знала, чего он от меня хочет. Пока он только пальцами барабанит да в потолок смотрит.

— И еще запомните,— невпопад продолжила прапорщица,— какого бы адвоката вы ни наняли, но уже из одного только СИЗО выйдете разоренной, с подорванным здоровьем. Рады будете, что выбрались живой!

Дамочка допила кофе и улетучилась, не позабыв закрыть дверь на ключ.

«Классическая игра в злого и доброго следователя,— подумала Светлана.— Один грозит, другой утешает...»

Вскоре объявился и сам гениальный Кирилл Владимирович.

— Я открыта для ваших выгодных предложений,— приветствовала его Киселева.

— Вот и чудненько,— майор потер руки.

Сделку он предложил самую немудреную: Светлану Алексеевну окончательно оставят в покое, если она назовет имя человека, передавшего вещи для контрабандного провоза через границу. При таможенном досмотре Киселева заявила, что с лицом этим незнакома. Однако теперь ей есть смысл освежить память и сообщить следствию, кто же на самом деле является владельцем вещичек.

Светлана Алексеевна была не такая уж мстительная. Но тут она здраво рассудила, что неведомая Даша заслуживает того, чтобы быть примерно наказанной. И она без сомнений и душевных терзаний согласилась приложить

все силы к тому, чтобы найти эту форменную него-
дяйку.

Время для поисков было отпущено самое сжатое — до
утра понедельника. На утро Кирилл Владимирович назначил встречу в городе, в одном из фаст-фудов у «Гостиного двора». В том аппендиксе забегаловки, что выходит
окнами в переулок с отделением милиции.

* * *

Весь остаток субботнего вечера был убит на бесплод-
ные поиски следов художницы. Пришлось обзвонить
тьму общих с Енгалычевой знакомых. Как это обычно
бывает, когда позарез надо кого-то отыскать, у трети
народа просто не отвечали телефоны. Еще у трети были
включены автоответчики — вещь, которая вообще не
должна попадать в руки неделовых людей.

Светлане пришлось пропустить через свои уши кучу
немыслимой чепухи. От смурного: «Это мой автоответчик, а дальше вы сами знаете, что с ним делать» до
разлюбезнейшего: «Нетленный член союза театральных
деятелей на проводе». Последнее непотребство было
произнесено голосом благородной старухи.

— А зачем тебе нужна Дашка?

Актер по имени Антон, первым задавший этот вопрос, попал в треть тех, кто подошел к телефону.

— Да так, хочу переговорить с ней насчет работы.
Нам срочно нужны люди для выполнения одного большого заказа.

Это был самый понятный ответ. Светлана заранее
приготовила его для всех любопытных. Нормально, если
менеджер фирмы, занятой изготовлением рекламной продукции, разыскивает художника.

— Ой,— манерно протянул Антон.— Скажите, пожалуйста...

— Что такое? — насторожилась Киселева.

— Светланочка, зайка моя, эта Дашка такая бестол-
ковая, такая необязательная, что потом ты сама не будешь знать, как от нее избавиться. Только время потеряешь!

322

— А мне ее хвалили...

— Глупости! — принялся интриговать Антоша.— Вот у меня есть один отличный парень, художник-график, он сейчас как раз в передышке между большими заказами. Он, между прочим, нарасхват. Хочешь, подкину телефончик?

Киселева изобразила, что записывает, и повторила продиктованный номер.

Все остальные, с кем ей удалось переговорить, ничего конкретного о художнице Даше сообщить не могли, но зато не забывали посплетничать, а также замолвить словечко за себя и своих знакомых. Как говорил один великий режиссер, актеры — это дети. Но очень паршивые дети.

Суммированная, информация выглядела так: Дарья эта работала для театра очень недолго, не больше года, последний раз с ней общались в «иудин день» — день открытия сезона, когда после отпуска все приходят в театр на общее собрание труппы, целуются, обнимаются, а дальше разбегаются кучками дружить друг против друга.

Никто не мог точно вспомнить, видел ли он Дашу после «иудушкиного дня». Все слышали, что она вышла замуж. Но не от нее лично, а от кого-то другого. За кого вышла — толком не знали. По этой теме выдвигались самые разные версии, но суть всех сводилась к тому, что мужем ее стал человек небедный. Иначе зачем ей было бросать работу в театре?

В связи с этим замужеством, как поняла Светлана, на Дашу таили глухую обиду. Она, вопреки всем традициям и непреложным законам, «проставляться» не стала, банкетика для коллектива не устроила и на свадьбу никого не позвала.

Киселева уяснила, что все отношения в театре были исполнены самого мудреного и затейливого лукавства. Впрочем, об этом она уже и так сто раз слышала от Наташи Енгалычевой. Енгалычева, кстати, очень уверенно говорила Светлане о том, что Даша вышла замуж за нового русского...

11*

У Светланы была хорошая память — она почти дословно помнила весь их сумбурный разговор перед Наташкиным отбытием в Москву. Подруга еще упомянула, что муж художницы помешан на собственной безопасности и именно поэтому было пресечено все общение Даши с безалаберной актерской братией. Исключительно из-за этого никого она не звала к себе в гости и никому не давала номер своего телефона. Иначе бы к ней запросто стали заваливаться хоть среди ночи, хоть ранним утром. Люди творчества — они как капризные дети. Народ стихийный, плохо понимающий условности внешнего, взрослого мира.

Наташка заикнулась, что с Дашей они связываются через ее пейджер. О котором, кстати, никто больше не упоминал... Киселева смогла сделать вывод, что Наталья, возможно, оставалась единственным человеком из театра, с которым не порвала отношений эта художница.

Дело запутывалось на глазах. Почему Наташку подставила девица, еще осенью исчезнувшая из ее театральной тусовки? Разве у нее мог оставаться интерес к интригам вокруг Енгалычевой? Или это был сугубо личный мотив? Или участвовала девица в каких-то иных сюжетах, о которых не имела понятия не только Светлана, но и сама Наташка?

Как бы там ни было, а выйти на ее след теперь можно только через Енгалычеву... Замкнутый круг получался! Домашний телефон Натальи не отвечал вообще. Ясно: Милка, дочка, где-то шляется, раз мать в отъезде. А только Милочка и могла бы подсказать, куда именно отчалила на этот раз мать. Или прямо сообщить Светлане номер пейджера художницы.

\* \* \*

Последний отклик на ее короткую просьбу перезвонить, оставленную на добром десятке автоответчиков, поступил в четыре утра. На этот телефонный звонок в

324

коридор высунулся ее единственный сосед, Харитон Логгинович.

— Вы уже приехали, — спокойно заметил он. — Сейчас утро или вечер?

— Утро, и очень раннее... Извините...

— Удивительно, как быстро пролетела неделя, — пробормотал сосед, удаляясь в свою комнату.

Вчера вечером она даже забыла заглянуть к нему и сообщить, что никуда не улетела. Теперь он будет расспрашивать ее о Турции. Если, конечно, вообще вспомнит через день о том, что она куда-то уезжала.

У соседа, восьмидесяти восьмилетнего Харитона Логгиновича, избирательная память. Он отлично, в деталях и самых мелких подробностях, помнит о том, что с ним происходило лет так шестьдесят-семьдесят назад, но часто не в силах припомнить событие, случившееся вчера.

Светлана определяет это как перегруз файлов. Все клеточки мозга старика настолько напичканы информацией, что места для создания новых ячеек в этом хранилище уже не осталось...

Она глянула на часы: чуть больше четырех. Заснуть ей уже не удастся. Голова начала работать, проворачивать события вчерашнего субботнего дня, мысли о том, как разумнее распорядиться воскресеньем — временем, оставшимся до встречи с майором.

Последний звонок — от подгулявшего полуночника, вообще не слышавшего ни о какой Даше, — навел ее на мысль, что публика, тусующаяся в ночных клубах и на дискотеках, сейчас как раз возвращается по домам. Значит, и Милочка Енгалычева вот-вот должна появиться в своей квартире.

Светлана неплохо знала привычки этой девчушки. Как и все другие великовозрастные чада ее знакомых и коллег, та вела сумеречный образ жизни. Спала до двух часов дня, к пяти слегка очухивалась, к семи прорисовывала глазки и оживляла румянами личико, потом болталась у подружек, а к одиннадцати вечера заваливалась с ними в один из ночных клубов, коим в городе

Санкт-Петербурге нынче, в конце девяностых, несть числа.

У самой Киселевой, конечно, не было такого счастливого детства. Она после занятий в университете трубила ночные дежурства санитаркой в больнице, меняла подстилки парализованным старикам. Но что теперь об этом вспоминать? Тогда были другие времена.

На взгляд Светланы Алексеевны, Наталья просто развращала Милку этой сытой и бесхлопотной жизнью. Сама Енгалычева с семнадцати лет пахала как лошадь, а дочка росла без забот о хлебе насущном, об учебе, о будущей карьере...

Наверняка Милочка заявится сегодня домой не одна, а с каким-нибудь кавалером — постарается использовать отъезд матери на полную катушку. Придется спугнуть молодежь.

* * *

— На Брюсовскую улицу,— назвала Светлана адрес частнику.

— Сорок рублей,— загнул он цену, но в половине пятого утра торговаться не приходилось.

Светлана принялась заранее объяснять, где и какой поворот сделать.

Водитель оборвал:

— Девушка, я знаю эти места!

— Да? — иногда даже профессионалы-таксисты не сразу въезжали, как свернуть на Брюсовскую.

— У меня там отец недалеко...

— А на какой улице? — машинально спросила она.

— В крематории,— уточнил шофер.

* * *

В кирпичной точке, на третьем этаже, темнели четыре окна ее бывшей квартиры. На окнах висели чужие занавески, в квартире спали чужие люди... Она проглотила ком застарелой обиды и набрала код на двери парадного подъезда. Оба лифта, к счастью, работали, и грузовой и пассажирский. Иначе пришлось бы спотыкаться во мраке и смраде черной лестницы, поднимаясь на одиннадцатый этаж, где в такой же, как когда-то была у нее, в трехкомнатной квартире живет маленькая семья Енгалычевых — мать и дочь.

Звонить в дверь долго не пришлось. Минут через пять, не больше, Милочка открыла Светлане и радостно бросилась на шею. Как будто только ее и ждала. Как будто, направляясь к двери в трусиках и футболке, знала, что нежданным утренним гостем будет именно Светлана Алексеевна!

В ванной комнате текла вода, некто шумно плескался под душем. Светлана понимающе глянула в сторону ванной и сказала, что не будет мешать — она только на минуточку, чтобы узнать московский адрес и телефон Натальи.

Тому, что такие сведения потребовались в беспросветную рань, Милочка не удивилась. А вот при слове «Москва» сморщила хорошенький носик. У нее это означало глубокую задумчивость.

— Мила, проснись! Неужели мать не оставила никаких координат?

Они продолжали топтаться в коридоре.

— А я вообще ничего не слышала про эту Москву,— с сомнением произнесла, наконец, дочь Енгалычевой.

— Постой,— попыталась внести ясность Киселева,— а вы с матерью-то перед отъездом разговаривали или не успели?

— Ну, разговаривали....

— И что?

— Я так поняла, что она опять в какой-то круиз отчалила.

— В круиз! — не удивилась Светлана.

Выходит, Наталья опять отправилась на заработки и вся эта история про московский проект и великие планы на новую жизнь оказалась выдумкой. Теперь ясно, почему она отказалась от поездки в Турцию. Халява-халявой, а работа — на первом месте...

— Значит, в круиз,— с горечью повторила Киселева.

— Ну да. Мы с ней еще поругались. Я сказала ей, что со всем этим надо завязывать. Что хватит таскаться побирушкой у этих новых русских!

В речи Милочки появились незнакомые, гневные нотки. Прежде она так не разговаривала. Своим умом, что ли, до всего дошла или кто надоумил?

«Взрослеет девочка,— подумала Светлана Алексеевна.— Умнеет. А Наташку, дуру, только могила исправит».

— А почему вы решили, что она в Москве? — очень серьезно спросила Людмила.

— Да так, кто-то мне сказал,— замялась Киселева.

Она поняла, что за мысль могла посетить Милочку. В Москве жил ее отец.

— Собственно, я слышала, что в Москве уже стартует новогодний телевизионный проект. Там кого только не будет, каждой твари по паре, из всех эпох. Очень престижный проект, шикарный промоушен. Я так понимаю, что без Наташки там не обойтись,— начала фантазировать Светлана на ходу.

Ей все-таки очень хотелось поддержать хорошую репутацию Натальи. Куда это годится, чтобы дочь презирала мать? Неважно за что — за круизы ли, в которых, между прочим, зарабатываются деньги на счастливое и беззаботное детство дочери, или за связь с отцом Милы — что называется, вспыхивающую раз в несколько лет и толкающую подругу на самые безрассудные поступки. Светлана сама терпеть не могла этого папулю. В свое время она приложила немало сил, чтобы заставить Наташку посмотреть на него трезво и выкарабкаться из добровольного рабства. Но — чувствам не прикажешь...

\* \* \*

Вода в ванной перестала течь, и до Светланы донеслось безбожно фальшивое девичье пение: «Чужие губы тебя ласкают! Чужая стала себе сама!»

— Это кто у тебя так надрывается? — невольно фыркнула она.— Я-то думала, ты с кавалером...

328

Людмила вспыхнула всем лицом и даже шеей, пошла красными пятнами.

— Это моя подружка,— с вызовом оправдалась Милочка.— Ее Лерой зовут. Она из области.

— А ты где с ней познакомилась? — автоматом перешла на строгий материнский тон Киселева.

Вспомнила, наконец, что Наталья просила ее присмотреться к дочери.

— На курсах,— полушепотом уточнила девчушка.— Не будем обсуждать, ладно? А то перед ней — неудобно...

Светлана согласилась. И даже спохватилась, что перебрала со своей суровостью.

Та, что звалась Лерой, вывалилась из ванной пышнотелой мокрой русалкой с пахнущими ароматным шампунем длинными волосами и уставилась на гостью, объявившуюся в столь ранний час.

— Знакомься. Это подруга моей мамы, Светлана Алексеевна,— представила Мила,— а это Лера...

Лера посмотрела волком.

— Девоньки, может, вы меня хоть на кухню пригласите? Долго мне у вас в коридоре топтаться? На комнатах не настаиваю,— до Киселевой дошло, что в комнатах вполне могли быть и другие гости.

— Конечно-конечно,— засуетилась Милочка.— Вы проходите! Это я просто спросонок плохо соображаю, вот и не пригласила.

— Я ненадолго,— повторила Светлана то, с чего начала, когда переступала порог квартиры.— Лера, я вашу подругу особо не задержу,— улыбнулась она русалке.

Девица схватила крошечную джезву и принялась готовить себе кофе. Светлане надо было выудить из дочери Натальи хоть что-нибудь про эту Дашу...

Мила смогла сообщить немногое. Мол, да, есть такая приятельница у ее матери. Странная — то внезапно объявляется и липнет к ней, торчит здесь целыми днями, то исчезает на месяцы. Последний раз Даша заглядывала к ним недели две назад. Мать засела с ней на кухне. Обе напились, а потом вместе плакали.

Светлана знала этот грех за Наташкой: как выпьет, даже самую малость, так в слезы. Подруга была склонна к таким тихим истерикам. А потому она, кстати, никогда и не пила на публике, в любом ресторане и на любом приеме заказывала и брала только апельсиновый сок. На публике старалась быть образцом здорового образа жизни и уравновешенного психического здоровья. Но в тесном, самом тесном, девичьем кругу, с кем-нибудь один на один, могла и сорваться, да еще как!

Значит, Даша была для Натальи больше, чем просто случайной приятельницей...

Телефона художницы Милочка не знала. Она только слово в слово повторила Светлане Алексеевне то, что та уже и так слышала от ее матери. О маниакально подозрительном муже, о его нежелании общаться с друзьями жены, а также о неком пейджере, через который Наталья только и могла обращаться к Даше. Номер пейджера Мила, конечно, не знала. Записную книжку мать, конечно, увезла с собой.

— Вот что, девуля,— нашла решение Светлана,— принеси-ка ты мне мамкин ежедневник.— Он у нее в спальне, на комоде у телефона,— подсказала она. Потому что точно видела его там в тот суматошный день. В четверг, когда принимала от Енгалычевой ее шмотки и эту подлую посылку.

Несмотря на то что почти все, происходящее в жизни артистки Енгалычевой, выглядело хаотичным и стихийным, свои дела она умела организовывать прекрасно. И каждый день обычно был расписан у нее четко и подробно: места встреч, время, номера телефонов. Если с Дашей Наталья общалась за неделю до предполагавшегося отъезда, то номер ее пейджера наверняка и был зафиксирован на страницах прошлой недели.

Однако номеров, начинавшихся на знакомые цифровые комбинации питерских пейджинговых компаний, на минувшей неделе оказалось записано сразу несколько: 468... 327...329...

Светлана переписала все номера, огорчившись, что рядом с ними не стояли не только имена и фамилии, но даже и инициалы. Вообще все последние исписанные страницы были в полном беспорядке, не типичном для Натальи.

Толстая Лера с откровенным любопытством наблюдала за расследованием Светланы Алексеевны.

— У вас красивое имя, — улыбнулась та девушке, подняв голову от страниц ежедневника.

Когда нечего сказать или не за что похвалить, всегда говорят первое попавшееся, пустые банальности.

— Представляете, дедушка с бабушкой назвали ее так в честь Валерии Гнаровской! — обрадованно сообщила Милочка, не заметив, что подруга уже начала дуться.

— А кто такая Валерия Гнаровская? Актриса их молодости?

— Герой Советского Союза, — процедила неприветливая Лера.

— Легендарная личность, — с неубывающим восторгом продолжала Мила. — Обвязала себя гранатами и бросилась под фашистский танк!

— Какой ужас! — совершенно искренне воскликнула Светлана Алексеевна.

* * *

Несколько пейджинговых номеров выписаны в столбик на листке. С девяти утра начинается обзвон. Текст для всех сообщений заготовлен один: «Привет, это я. Я сейчас по номеру... — далее следует номер домашнего телефона Киселевой. — Срочно перезвони. Целую».

Кто бы там ни был при этом пейджере, а откликнуться должен. Ясное дело: вызывает некто свой.

Ответ на первое послание не заставляет себя ждать.

— Меня просили перезвонить по этому номеру, — с сомнением говорит глухой мужской баритон. — Я слушаю.

— Собственно, мне нужна Даша...

— Даша? А вы, девушка, на какой номер передавали?

Киселева называет комбинацию, которой нет на листке. Ошибка только в одной цифре.

— Вы ошиблись, у меня номер...

Мужчина аккуратно диктует тот, что идет у нее первым по списку...

Такая же история повторяется и со вторым номером.

На третьем проблескивает надежда.

Третий — тот единственный, что без оператора — приветствует приятным женским голосом: «Добрый день. Я жду сообщения после сигнала. Если не уложитесь по времени, я жду продолжения. Спасибо».

Перезванивают молниеносно, едва Светлана успевает повесить трубку, надиктовав свой текст.

— Слушаю,— четко рапортует голос на том конце провода.

Увы, опять мужской.

— Вообще-то у меня сообщение для Даши,— наудачу говорит Светлана.

— Записываю.

— Срочно перезвони мне... — она еще раз повторяет свой телефонный номер.

— По этому же?

— Конечно,— радостно подтверждает Киселева.

— Принято,— отвечают ей.

Вот это уже на что-то похоже. Вот как, значит, выходят на связь с супругой богатого человека, подверженного мании преследования!

Откликаются только через полчаса.

— Але! Я на проводе,— глушит некто свое приветствие в зевке.

— Мне вообще-то нужна Даша,— максимально ласково вещает Киселева этому плохо проснувшемуся мужчине.

— А ты с кем, блин, говоришь?!

Затем идет мат-перемат, из которого она понимает только то, что ее рассвирепевший собеседник и есть та самая Даша, а лично ей советуют никогда впредь на нее не наезжать. В нормативной лексике форматированы только фразы «закатаю в асфальт» и «менты поганые». Дальше в трубке идут гудки.

Все ясно: методом тыка она попала на номер диспетчера неких криминальных элементов. А потом вышла на связь с каким-то «папиком»...

Конечно, ее номер, начинающийся на «278», не мог понравиться этому «папику». Именно с этой цифровой комбинации начинаются номера телефонов, принадлежащих службам Главного управления внутренних дел и ФСБ. Они — соседи, Киселева и эти службы.

Светлана обводит бандитский номер кружком и ставит знак вопроса. На черта Наташка связывается с такой публикой?

Четвертый пейджер не откликается вообще: номер временно отключен.

Остается последний, пятый.

Киселева еще раз повторяет отработанную на первых номерах процедуру. В принципе уже ясно, что эксперимент с вызовом Даши на связь через пейджер — провалился. Но надо использовать и этот последний шанс.

Светлана грустно бредет на кухню ставить чайник. Тараканы врассыпную разбегаются от огня газовой плиты. Дела насущные берут верх. Она думает о том, что сегодня ей опять не успеть осуществить давно запланированное — генеральную уборку запущенной кухни ее очередной коммунальной квартиры...

В тот момент, когда чайник закипает, в коридоре звонит телефон. Она даже не торопится к нему подойти. Ждет, когда рулада финального свистка чайника достигнет своего апогея.

Шесть раз прозвенел звонок или восемь, какая разница? После десяти утра по воскресеньям всегда звонит племянница Харитона Логгиновича, чтобы осведомиться, пребывает ли еще в добром здравии ее старик. Племянница подождет, лениво думает Светлана. На нее внезапно наваливается дремота — сказывается плохо проведенная ночь.

Наконец, она, не спеша, перемещается в коридор и поднимает трубку:

— Я вас слушаю.

333

В трубке — только шум транспорта. Конечно, это родственница соседа. У нее нет своего телефона, она всегда звонит из уличного автомата.

— Алло, перезвоните! Ничего не слышно!

Вновь — звонок.

Теперь в трубке — переливчатый зуммер.

— Перезвоните, пожалуйста! — еще раз просит Светлана.

— Девушка,— вторгается в зуммер отчетливый мужской голос,— это вы передали сообщение на пейджер моей жены?

Киселева автоматически смотрит на список, лежащий на телефонном столике. И с вопросом называет последний оставшийся номер. Мол, этот номер у пейджера вашей жены или нет?

Все цифры совпадают.

— У вас что-то срочное? — переспрашивает мужчина.

— В общем-то, да,— окончательно стряхивает она с себя дремоту.

— В общем или да? Послушайте, я сейчас говорю из машины, с мобильного. Я перезвоню, когда буду у городского. Через четверть часика. Годится? Подождете?

Нельзя сказать, что она, наконец, попала в точку. Но хилая надежда на то, что это — тот самый искомый номер пейджера, появилась. Обязательный мужчина с приветливым голосом перезванивает ровно через пятнадцать минут, как и обещал...

Даже за эти пятнадцать долгих минут Киселева так и не успевает сообразить, как же к нему подступиться, если это действительно муж художницы. Достоверно она не знает о нем ничего. Все, что она слышала о супруге Даши от других,— это только слухи. Правда, во всех слухах был один лейтмотив: мужик этот рехнулся на собственной безопасности. Может, его уже взрывали? Может, он вообще калека убогий, вот Даша и прячет его от публики, зная злые языки театральной братии? А картинки за границу контрабандой передает, чтобы раздобыть мужу-инвалиду грошиков на лекарства? Эта версия показалась Светлане свежей и оригинальной. Но она была из сферы черного юмора.

Собственно, попыталась собраться с мыслями Киселева, что ей от него надо? Всего-навсего узнать, какая нынче у Даши фамилия. Неплохо бы еще получить ее домашней адрес. А также проверить, в действительности ли она передавала Енгалычевой пакет для переправки за границу. Вот и все.

Этих двух сведений будет вполне достаточно, чтобы отчитаться перед майором: большего тот и не требовал. Конечно, было бы еще замечательно уговорить Дашиного мужа отправиться на таможню и взять на себя всю вину за невольную контрабанду... Но это было уже из области наивных мечтаний!

Мужчина с приятным баритоном уже неотвратимо был на проводе. Он ждал, когда сообщат нечто для его жены.

— Видите ли,— промямлила Светлана,— мне надо бы поговорить с самой Дарьей.

— Даши сейчас нет в городе. Она будет через десять дней.

Прямое попадание, обрадовалась Светлана. Имя жены этого человека совпало с именем художницы! Но что делать с этим дальше?

— Я передам, что вы звонили,— бросает муж Даши. Судя по всему, он говорит на бегу и торопится.— Как вас зовут?

— Мм...

Она замялась.

— Девушка, я записываю!

Ему некогда выслушивать ее мычание.

Он явно в цейтноте, несмотря на то, что сегодня нерабочий день. Все совпадает: муж Даши — деловой человек.

— Понимаете, я не могу ждать десять дней,— неожиданно для себя самой решается Светлана.— У меня очень срочное дело. Оно касается вашей жены. И не только...

Эту фразу она произносит самым гнусным голосом.

Почему бы и не рискнуть? Отчего бы и не подтолкнуть его к тому, чтобы он сам захотел с ней встретиться, а дальше вывести его на тот вариант, который и сама Светлана признавала однозначно наивным: заставить взять на себя эти две картинки и окончательно избавить ее от тех неприятностей, что ей светят?

Мало ли, что обещал ей вчера тот майор? Сегодня с тобой общается один следователь, завтра придет другой, и плевать ему будет на все договоренности, достигнутые до него! Тем более, на сделки незапротоколированные и никем не учтенные...

— Что-то случилось? — очень серьезно и вместе с тем осторожно переспрашивает муж Даши в ответ на откровенно интриганский тон женщины.

— Еще как...

Она даже присвистывает.

— Хорошо, я с вами встречусь,— устало говорит он.

Отчего это он столь моментально, не раздумывая, соглашается? Может, богемная супруга постоянно обеспечивает ему разнообразные неприятности? Если это так, то для Киселевой эксцентричное поведение Даши будет только на руку. Ясно, что в подобных случаях муж всегда заинтересован в том, чтобы покрывать выходки и прегрешения жены. Тем более, деловой человек.

Все это просто замечательно. Все, кроме одного: как бы не принял он Светлану за какую-нибудь шантажистку. Если он — простой новый русский, то разговор у него с шантажисткой должен быть лапидарный. По-бандитски короткий.

Дойдя до этого параграфа своих размышлений, Светлана Алексеевна едва ли не смертельно перепугалась. Господи, какие могут быть встречи с бандитом!

— Мм... — она сознательно взяла паузу.

— Вы знаете, я бы не хотел вести подобные разговоры на работе. У нас просто невозможно сосредоточиться на чем-то постороннем. Нам не дадут уединиться,— как ни в чем не бывало продолжил он.— Давайте встретимся где-нибудь в городе. Или, хотите, я сам к вам подъеду?

Это уже отдавало коварством, и Светлана Алексеевна резко решила сузить свои желания до первоначальных потребностей: узнать его фамилию и на этом поставить точку и в разговоре, и в своих изысканиях.

— Как мне лучше вас называть: традиционно или только по имени? — проворковала она ему с кокетством.

Скулы может свести от таких фальшивых интонаций! Как только Енгалычева выдерживает постоянные актерские перевоплощения?

— Я предпочитаю традиционное русское обращение: Вадим Андреевич,— ответил мужчина.

— А я бы хотела называть вас просто Вадиком... — скапризничала Киселева.

— Девушка, если вам уж очень хочется соригинальничать, зовите меня просто: господин Еремеев. Годится?

* * *

До чего же легко попадаются голубчики-мужчины в те силки, что расставляют им женщины! Однако и сама Киселева угодила сейчас прямо в капкан.

— Вадим Андреевич... — не поверила она своим ушам и телефонной трубке, но вопрос оставила за рамками этой задумчивой реплики.

— Ну, да. Еремеев,— мужчина, видно, уже и сам был озадачен затянувшимся пинг-понгом в имена.

Ей хотелось спросить: «Тот самый Еремеев?!», но она удержалась.

— Девушка,— перешел он в наступление,— не тяните резину. У меня сегодня и без вас дел невпроворот. Называйте время, место.

— Я подъеду к вам в офис. Буду, самое позднее, через полчаса.

— Адрес знаете?

— Конечно! — выпалила Светлана.

Но на всякий случай адрес ему назвала. Он подтвердил: так точно, Апраксин двор, корпус номер такой-то...

* * *

Итак, муж Даши — тот самый Еремеев, Вадим Андреевич...

Одно лишь упоминание этого имени всегда вызывает или выражение почтительности, или гримасу презрения на физиономиях деловых людей. В зависимости от менталитета и отношения к жизни. Одни деловые люди живут и работают по принципу «деньги любят тишину». Таких — подавляющее большинство. Другие, их в этом городе не больше трех дюжин, трубят о себе на каждом перекрестке. Они вбухивают немеряные деньги в поддержание своего имиджа, они прожить не могут без того, чтобы не блистать. Они меценатствуют, избираются в органы власти, с помпой объявляют о всех своих проектах, их имена у всех на устах.

Еремеев — как раз из этой, второй и немногочисленной, категории деловых людей. И он не просто известное в городе лицо, он еще и один из самых выгодных клиентов той фирмы, в которой в качестве правой руки шефа заправляет Светлана Алексеевна Киселева. Такими клиентами дорожат. Их готовы носить на руках и стряхивать с них пылинки, исполняя любые их прихоти. Еремеев — это курочка, которая несет золотые яйца. За многие выполняемые для него работы он расплачивается наличными. Только прошлые выборы в городское законодательное собрание, на которых он, кстати, проиграл, позволили пару месяцев безбедно выплачивать зарплату и премиальные всему штату их «Имидж-сервиса».

Сама Светлана Алексеевна с Еремеевым никогда не общалась, знакомы они не были, все связи шли через его рекламный отдел. Однако она отлично знала Еремеева в лицо, поскольку лицо это, растиражированное в миллионах экземпляров, ежедневно смотрело на нее из каждого ларька. Портрет этого благообразного господина с южным обаянием богатого человека был лейблом всего его бизнеса. Он отпечатан на каждой упаковке товара, продаваемого его фирмой. На пакетах риса и гречки, на бутылках водки, разве что не на рулонах туалетной бумаги. «Еремеев — это надежно», таков слоган его мощной рекламной кампании.

Фирма Еремеева ничего не выпускала. Она размещала заказы по всей стране, обеспечивала производителей упаковкой и гарантировала им сбыт под раскрученную марку. Находчивых людей, вовремя освоивших этот выгодный бизнес, именуемый «франчайзингом по-русски», в стране можно было пересчитать по пальцам. В городе Санкт-Петербурге такой Еремеев был один.

Поговаривали, и небезосновательно, что богатеет он на том, что под своей маркой время от времени сбывает самый дрянной товар — огромные партии продуктов с истекающими сроками хранения, разные там чипсы-йогурты и куриные окорочка. Партии эти приобретаются за границей разве что не даром, на условиях «лишь бы вывезли и освободили склады». Таможенных формальностей господин Еремеев старается избегать. Газеты писали, что его фирма провозит товар из-за границы контрабандой — военными судами в город Кронштадт, где расположена военно-морская база Балтийского флота. Такие вот слухи роились вокруг бизнеса Еремеева.

Но что бы там ни говорили об этом бизнесе и о самом Еремееве, фигурой он был, безусловно, крупной. Влиятельной, с большими связями и несомненным прикрытием на самом высшем уровне.

На этом мощном фоне невразумительная интрига с двумя картинками смотрелась просто нелепо. Засиженный мухами испанский жеребец и семь мужских фигур... Зачем? Если бы эти работы имели даже самую фантастическую ценность, ни Еремеев, ни жена его Даша, надумавшие нелегально переправить их за границу, никак не должны были прибегать к такому странному способу контрабанды. Зачем им было использовать Енгалычеву, если в распоряжении Еремеева — доблестный Балтийский флот и, как опять же поговаривают, несколько военно-транспортных самолетов, стоящих в ангарах под Гатчиной, на аэродроме одной из летных частей военного округа?

* * *

Из всего этого, быстро прокрученного Киселевой в ее уже уставшей от перебора вариантов голове, следовало только одно: историю с контрабандой затеяли отнюдь не ради картинок. Впрочем, этот вывод лишь подтверждал то, о чем она начала думать еще в Пулково-2, когда отметила очевидную заданность происходящего.

Итак, кому-то был нужен шумный скандал вокруг Натальи Енгалычевой. Подставила Наташку под этот скандал ее близкая приятельница Даша... Но что может сказать в таком случае ее муж?

— Если все, что вы мне тут наговорили, правда, то я могу сказать только одно: моя жена сделала страшную глупость,— подвел черту Еремеев, когда Киселева изложила ему все обстоятельства происшествия на Пулковской таможне.

Он, конечно, и понятия не имел об этой проделке Даши. Он знать не знал ничего ни о жеребце, ни о семи мужских фигурах. О картинках он слышал первый раз.

Штампы коллекций, инвентарные номера, предположение о том, что обе вещи были похищены из какого-то музея — все это звучало для него новостью. Изумление Еремеева выглядело вполне искренним.

— Однако из-за вашей непутевой жены, Вадим Андреевич, я попала в очень неприятный переплет,— Светлана Алексеевна тоже подвела итог.— Что будет со мной, если экспертиза покажет, что эти вещи являются ценными оригиналами?

— Абсолютно ничего! Это легко улаживается,— уверенно произнес Еремеев.

— А если выяснится, что они украдены из государственного хранилища?

— Могут возникнуть проблемы,— согласился он.

* * *

В жизни он выглядел совсем иначе, чем на своем лейбле или на обложках журналов. Он оказался моложе и проще. Светлана прикинула, что ему никак не больше тридцати лет.

Еремеев перехватил оценивающий взгляд Киселевой.

— Что вы на меня так смотрите?

— Да так... Я представляла вас совсем другим. В рекламе у вас имидж магната, богатого человека,— улыбнулась она.

— Я далеко не так богат, как думают.

— И все-таки у вас хватило бы средств и влияния, чтобы самому уладить эту историю...

— Если бы что?

— Если бы на таможне была задержана не я, а ваша жена.

— И что вы хотите этим сказать?

— Только то, что завтра мне надо встречаться со следователем. И мне придется говорить ему о том, кому принадлежат эти картинки. Вот, собственно, и все, что я хочу сказать. Я просто ставлю вас перед фактом. А дальше вы уж сами соображайте, что вам делать. Наталья Енгалычева, разумеется, подтвердит, как было дело. Ей вряд ли захочется выгораживать вашу супругу. Меня она знает уже двадцать лет, а с Дарьей вашей у нее, как я понимаю, очень недолгое знакомство.

Еремеев помрачнел.

— Светлана Алексеевна,— сказал он неожиданно въедливым голосом,— а вам не приходило в голову, что эти, как вы выражаетесь, картинки могла подсунуть вам и ваша артисточка? Артисты — люди небогатые. Раздобыла она где-то антик по дешевке, нашла покупателя за границей, а вас использовала вместо курьера. Как вам этот вариант? Абстрагируйтесь от того, что Енгалычева — ваша давняя подруга. Я по себе знаю: предают даже те друзья, с которыми лепил куличики в песочнице.

На это у Светланы был железный аргумент: зачем Наталье курьер, если она уже восемь лет не вылезает из заграничных круизов, а в Балтийском морском пароходстве у нее — широчайший круг знакомых самого разного ранга? Какие у нее могут быть проблемы с досмотром на таможне?

— Да, этого я не учел,— признал Еремеев.— Значит, вы полагаете, что вопрос в моей жене?

— Я это знаю, Вадим Андреевич!

— Да, здесь все сходится,— не слишком понятно сказал он.— Все совпадает...

— ?

— Кроме одного, Светлана Алексеевна.

— А именно?

— А именно — то, что не вписывается сюда эпизод с этим следователем. Странно все это выглядит. Или вы мне чего-то не договариваете... Как, вы сказали, его зовут?

— Кирилл Владимирович, фамилию я не запоминала, он из тринадцатого отдела ГУВД, майор.

Вадим Андреевич сделал пометку на календаре.

— Завтра вам не надо идти ни на какую встречу,— как о решенном деле, сообщил он.

— Вы успеете до завтра все уладить?

— Возможно...

— Честное слово делового человека? — с улыбкой переспросила Киселева.

— Еремеев — это надежно,— подтвердил носитель фирменной фамилии.

Разговор был как будто завершен.

— Кстати,— вдруг совсем невпопад спохватился Вадим Андреевич,— а откуда вы знали адрес нашего офиса?

Светлана вспомнила, что абсолютно все, кто говорил о Дашином муже, упоминали о его маниакальной подозрительности.

— Очень просто, Вадим Андреевич. Вы — крупнейший заказчик нашей фирмы, а через меня проходят все договоры. Они у меня вот где, перед глазами стоят!

— Интересное совпадение,— протянул Еремеев.— И что же вы такое для нас делаете?

— Я из «Имидж-сервиса». У нас почти вся символика и сувениры вашей фирмы. Ручки и кружки, наклейки и календари, бейсболки и футболки...

Светлана была уже на пороге его кабинета, когда он задал ей в спину не самый оригинальный вопрос. Она знала свои выгодные стороны, а потому вопросу не удивилась. Итак, что она делает сегодня вечером?

— Намерена приводить в порядок свои растрепанные чувства,— сказала чистую правду Светлана Алексеевна.

— Будете плакаться в жилетку мужу?

— Мужа у меня нет, если вас интересует эта подробность. Так что можете не опасаться: дальше этого кабинета наш разговор не пойдет. Если, конечно, меня потом не вызовут официально...

— Бог мой, какая вы подозрительная! — рассмеялся Еремеев.— Я вовсе не хотел вас проверять! Я просто подумал: почему бы нам не поужинать сегодня вместе? Все-таки мы с вами теперь не чужие люди. Нас объединяет сразу столько общих тем. Партнеры по бизнесу, партнеры по несчастью... Судя по вашему номеру телефона, вы живете у Таврического сада?

— Угадали.

— Так вы не против, если я вечером за вами заеду?

Светлана пожала плечами: почему бы и нет?

* * *

Погоня за двумя зайцами — занятие увлекательное. Тем более, если оно еще и полезное.

До «Имидж-сервиса» доходили слухи о том, что Еремеев вновь собирается идти на местные выборы. Выборы не скоро, только в декабре. Однако все, кто ими кормится, уже пребывают в трепетном ожидании события — официального старта избирательной кампании. Заранее известно, что на одно место в городское собрание будет не меньше тридцати претендентов. Только в прошлые выборы некоторые из кандидатов вложили в свой успех до двухсот тысяч долларов. В этот раз цена избрания будет еще круче. Ведь ставки очень высоки: будущий глава городского законодательного собрания получит очень удобную позицию в борьбе за место губернатора, которая предстоит всего-то через два с небольшим года.

С этой точки зрения Еремеев-политик смотрится еще более перспективным клиентом, чем Еремеев-бизнесмен. А менеджер Киселева желает своей фирме только процветания...

* * *

— Светлана Алексеевна, я вами категорически недоволен! — единственный сосед по коммуналке, Харитон Логгинович, был в это воскресенье не в духе или встал не с той ноги.

Он демонстративно позвякал крышкой пустой кастрюльки, стоявшей на плите.

Киселева еще только открыла дверь, а вход в эту квартиру был с кухни, но уже поняла, что старик по своей рассеянности наверняка истощил все запасы еды, которую она наготовила ему впрок — на всю неделю своего предполагавшегося отсутствия. Уход за стариком и был платой за проживание в коммуналке в центре города.

Вариант с этой квартирой случайно разыскал для нее осенью шеф, Александр Иванович. Тогда все очень удачно совпало. После отпуска она как раз подсчитала свои скудные ресурсы и едва не прослезилась: поняла, что от ее заработков, стремительно распыляемых между всеми членами семьи, уже не остается денег не только на то, чтобы снимать однокомнатную квартиру, но даже и на аренду приличной комнаты в малонаселенной коммуналке в хорошем месте и у метро.

А тут к Петрову вдруг обратился кто-то из знакомых его знакомых, так часто бывает. Его вечно кто-то о чем-то просит. На этот раз обратились с вопросом: нет ли у него на примете нуждающейся в жилье порядочной и хозяйственной женщины, согласившейся бы ухаживать за одиноким престарелым дядюшкой? Прежде за этим дядюшкой присматривала соседка — добрая душа. Но она, сердечница, не вынесла летней жары и в августе скоропостижно скончалась. Так дядя и оказался последним из выживших жильцов этой квартиры — не

344

считая еще одной кошки, особы также очень почтенных лет. Подселять к нему, к счастью, никого не станут. Все четыре комнаты коммуналки давно приватизированы предусмотрительными родственниками усопших. Пока жив этот дед, квартиру они продавать не будут — между ними существует некое джентльменское соглашение. Петров в подробности, конечно, не посвящен, его это не касается. Его просили только порекомендовать какую-нибудь аккуратную девушку, не авантюристку, которая взяла бы на себя уход за стариком: поселилась бы в любой из трех пустующих комнат квартиры, готовила бы ему еду, подстирывала вещички и вызывала врача, случись такая надобность.

Старикан, сказали, спокойный и не буйный. Остроту ума сохранил, здоровье у него отменное, сам себя обслуживает. Когда говорят, что старый человек сам себя обслуживает и у него отличное здоровье, обычно подразумевают одно: по крайней мере, не ходит под себя.

Светлана долго раздумывать не стала, она была негордая, к тому же еще со студенческих времен у нее имелся опыт ухода за пожилыми людьми. Поэтому она согласилась с вариантом Петрова — почти сразу, как только он ей его предложил.

Но, когда Петров назвал адрес, по которому жил старик, Киселева посмотрела на шефа круглыми глазами и сказала:

— Ты что, хочешь приблизить мою смерть? Да к этому дому нельзя подходить даже на пушечный выстрел! Ты хоть знаешь, что это за адресок?

— Мне сказали — элитный дом, строился еще до войны как кооператив работников искусств. Весь в мемориальных досках, прям как кремлевская стена...

— Вот именно! Я про этот дом сто раз от Наташки слышала,— сослалась она на Енгалычеву.— У нее там парочка последних могиканш живет, ее наставниц.

— Кто такие?

— Те самые: великие и смешные, Матильда и Азалия...

— Сестры Брук?

Петров умудрился вспомнить фамилию этих двух комических старух.

— Они самые. Такие же сестры, как братья Васильевы, но не в этом суть. Сидят там в страхе и трясутся. То взрыв в парадной — все стекла вынесет. То пожар на верхнем этаже. В мае у них весь архив бесценный пропал — наверху огонь заливали, затопили заодно и их мемориальную квартиру. Потом выяснили, что был там поджог. Бизнесмен один не хотел с женой разводиться — уехал в командировку, а квартирку в тот день случайно и подожгли. Погибла, бедняга, в огне. Трагическая случайность...

— Веселый дом,— согласился шеф.

— Вот именно. Место престижное, одно из самых дорогих в Питере. Старые жильцы дома почти все умерли, их дети и внуки куда-то испарились, и почти все квартиры раскуплены теперь новыми русскими. Там что ни месяц — то ЧП.

— Скучно с тобой, Киселева,— отчего-то вздохнул тогда шеф.— Все ты на свете знаешь... Но сходи-таки туда, глянь эту квартиру. Может, и понравится? Выбирать-то тебе, как я понимаю, не из чего.

Шеф всегда был прав.

* * *

Дом, который Светлана знала только с фасада, выходящего прямо на парк, оказался пэ-образной громадиной, ее тылы тонули во дворах. Киселева долго ходила от парадной к парадной, пытаясь обнаружить на синих эмалевых табличках номер квартиры, указанный Петровым. Набор цифр на этих табличках был хаотичный, разгадать его алгоритм было невозможно. В одном подъезде этого четырехэтажного дома было обозначено всего три квартиры, под номерами пять, сорок и шестнадцать...

Светлана вспомнила: Наташка говорила, что здесь есть даже двухуровневые квартиры. Конечно, стоило бы взять ее проводником по этому дому, но подруга, как обычно, была в отъезде.

Киселевой была нужна квартира номер девять. Она обошла букву «П» четыре раза, дважды по внешней стороне и дважды по внутренней, но обнаружить этой

346

цифры не смогла. Наконец, когда она уже собралась идти искать телефон-автомат, чтобы позвонить Петрову и уточнить адрес, она заметила ржавый прямоугольник, похожий на вход в подсобку, на котором розовым мелом была обозначена девятка. Дверь была в торце здания, в той его части, что выходила на Таврический. Девятка была свежей и незамытой первыми осенними дождями. Судя по всему, ее начертали именно для Светланы. Дверь оказалась открытой. Хотя дом был четырехэтажный, узкая черная лестница неожиданно привела ее на пятый этаж.

Светлана много раз ходила мимо этого дома прежде, но, конечно, никогда не обращала внимания на то, что на его крыше есть надстройка. Именно надстройка, а не мансарда. Несуразная, вроде голубятни. Такие в Ленинграде сооружали на крышах некоторых старых домов сразу после войны. С улицы они почти всегда были глухими, окна выходили во двор.

Квартира номер девять как раз и располагалась в такой надстройке. Она была приятным исключением — ее окна оказались обращены на улицу и на Таврический сад. Из всех окон был роскошный вид на багрец и золото осенних деревьев, старый парк лежал перед Светланой как на ладони... И она решила, что есть смысл остановиться на этой квартире.

Тем более, что дедуля, за которым надо было присматривать, оказался вполне ухоженным стариком. У него было диковинное старинное отчество, о котором он прочел ей целую лекцию, едва она переступила порог. Светлана запомнила, что в отчестве — две буквы «г», совсем как у Горемыкина, одного из последних и самых престарелых премьеров Российской Империи.

Кулинарные запросы Харитона Логгиновича оказались скромными. Кашка на завтрак, овощной бульон с гренками на обед и свекла с черносливом на ужин. Куриная грудка на пару или судак по-польски — только по воскресеньям. У него это называлось загрузочным днем, в который он мог позволить себе лишнее. С его постирушками вполне могла справиться верная спутница скитаний Светланы — машина «Малютка». Заботы были необременительны.

Старик был действительно тихий и в жизнь новой соседки не вникал. Он был весь обращен внутрь себя. Между перерывами на сон, завтрак, обед и ужин он часами сидел в своей комнате в одиночестве и глядел в одну точку. Он не смотрел телевизор, у него его попросту не было. Не включал радио. Не читал газет и журналов, хотя на первых порах Светлана и пыталась ему их подсовывать.

Первое время Светлану изумляло, как может человек вот так сидеть на стуле часами и днями, по нескольку дней ничего не делать, ни с кем не разговаривать и почти не двигаться. Он бы не ел и не пил, если бы ухаживающие за ним люди не напоминали ему об этом! В итоге легкий и необременительный уход за стариком превратился в пытку для Киселевой: ей всегда надо было искать кого-то, кто подстраховывал бы ее во время командировок, перепоручать старика то подругам, то матушке.

Светлана не была бы сама собой, если бы не попробовала изменить положение вещей. Она срочно кликнула Сонечку, чтобы приятельница-психиатр внесла ясность: возможно ли привести старика в чувства или разумнее махнуть на него рукой и забыть об этом выгодном, но слишком уж хлопотном варианте с жильем?

Что бы она делала порой без Сонечки? В самые сложные и запутанные моменты жизни только та и могла взять да разложить все по полочкам, найти простые и очевидные решения самых сложных проблем.

Соня приехала, пошепталась о чем-то со стариком, затем сунулась на кухню, изучила его стол, сказала, что назавтра пришлет медсестру для забора крови на анализы, и исчезла. Сестричка, действительно приехавшая утром следующего дня, взяла не только кровь, но и состригла у соседа еще и клок волос, а также несколько ногтей. Светлана с интересом наблюдала за всей этой магией.

Не прошло и нескольких дней, как Соня позвонила и выдала основные рекомендации. Первым делом она велела отнести на помойку все кастрюльки и вилки-ложки старика. Анализы показали, что организм деда перенасыщен алюминием. Из-за этого Харитон Логгинович вроде бы и скатывался в слабоумие. Светлана вспомнила, что отравление металлами — через свинцовый водопровод — ввергло в деменцию и упадок весь Древний Рим, а потому не только приняла на веру версию Сони, но еще и провела ревизию собственной кухонной утвари.

Потом Соня начала пичкать соседа какими-то порошками, их старик пил до самого Нового года. При этом подруга-психиатр просила не распространяться никому о том лечении, что она проводит старику. Для нее это был своего рода медицинский эксперимент.

Светлана разумно рассудила, что хуже от этого эксперимента соседу уже не станет... А стало только лучше: через пару месяцев застойные сидения на стуле пошли на убыль, сосед начал даже выходить на улицу. С памятью у него по-прежнему было неважно, однако интерес к жизни появился. К концу зимы дедуля заметно окреп. Сонино лечение дало результаты — Харитон Логгинович ожил.

У Киселевой вся эта история вызвала тяжелый стресс. От какой, оказывается, малости может зависеть вся наша жизнь — наше душевное спокойствие, успех, карьера, здоровье. Не той вилкой шкрябал старик по своей миске — и вот тебе, пожалуйста: полный жизненный крах! Слабоумие, обусловленное накоплением алюминия в центральной нервной системе...

Вернувшись в жизнь, старик обрел аппетит и воспоминания о прошлом. В дне сегодняшнем он по-прежнему путался, но зато в мельчайших деталях стал вновь, по второму разу, переживать все то, что случалось с ним в давно миновавшие эпохи. Оказалось, что голова его хранила память о самых невероятных историях и событиях. Светлана, по старой журналистской привычке, стала их записывать. Интуиция подсказала ей, что нельзя упускать эту уходящую натуру. «Уходящей натурой» киношники называют ускользающее на глазах сочетание света и тени, предательски исчезающие краски лета и осени... Старик, Харитон Логгинович, был именно такой натурой. Сегодня он есть — завтра нет, а с ним уйдут и все его воспоминания...

Все кончилось тем, что теперь едва ли не каждый свободный вечер Светлана устраивалась поудобнее на его необъятной тахте, включала диктофон, а сосед принимался рассказывать истории о знаменитых жильцах своего необычного дома. По очереди обо всех, по этажам и квартирам. В прошлый раз они остановились на одной из самых великих, имя которой ныне было известно только нескольким эстетам и аспирантам. На той звезде немого кинематографа, что до самых шестидесятых годов жила в третьей парадной, на втором этаже.

...Как выяснилось, сегодняшнее категорическое недовольство соседа Светланой заключалось вовсе не в пустых кастрюлях, а как раз в том, что на минувшей неделе она так и не удосужилась зафиксировать эту историю до конца.

— Вы помните, о чем мы говорили с вами в среду? — обиженно и капризно протянул старик. Он уже начал опознавать дни недели.

— Конечно, помню! «Она отрывала билетики на входе в зрительный зал кинотеатра „Новости дня“, и никто из входящих не догадывался, что эта скромно одетая седая женщина и есть та самая великая Дора Штурман, что в начале века сводила с ума толпы мужчин и женщин!» — трагическим голосом процитировала Киселева.

— Не Дора Штурман, а Ольга Эгерштром, — старик заметно обиделся.

— Харитон Логгинович, родненький, все равно я сегодня никак не могу! — взмолилась Светлана. — Отложим все наши дела на завтра, честное слово!

Сосед поджал губы, отвернулся и ушел в свою комнату. Старые люди — что малые дети.

\* \* \*

— Как вас занесло на такую верхотуру? — спросил Еремеев, когда она открыла дверь на его звонок.

— А как вы ее нашли? — в свою очередь удивилась Светлана.

Она была хуже, чем не готова: с недоделанным макияжем, который срочно пришлось замаскировать большими дымчатыми очками.

— Я-то думала, вы позвоните мне с дороги и я сама спущусь на улицу...

Они договаривались именно о таком варианте. Она точно помнила, что назвала ему только улицу и номер дома, но никак не номер квартиры, ведь последний все равно не обозначен ни на одном подъезде, а былая надпись мелом на железной двери давным-давно смыта снегом и дождями.

— Для Еремеева нет невозможного,— улыбнулся Вадим Андреевич.

— Принимаю к сведению!

Гость стоял посреди коридора, явно опасаясь присесть на стул или прислониться к стене. Он был свеж и благоухающ, улыбка открывала отличные белые зубы, а распахнутый плащ — темно-синий клубный пиджак с мерцающими тусклой медью пуговицами. На ботинках не было не то что следов мартовской грязи и слякоти, но и пылинки. Гладкие черные волосы, зачесанные назад, добавляли в облик Еремеева терпкую южную ноту...

«Вот оно, скромное обаяние молодой буржуазии»,— с неожиданным расстройством подумала Светлана. Раздосадовала ее не столько буржуазность, сколько молодость Вадима Андреевича. Новое поколение активно наступало на пятки — Киселева припомнила Виктора из ее конторы. Чем-то он был похож на Еремеева. Или все они, юные и энергичные, подражают таким, как этот Вадим Андреевич — преуспевающим, великим и могучим, для которых нет невозможного...

От Киселевой не укрылось то откровенное любопытство, с которым гость осматривал квартиру.

— Никогда не бывал в таких мансардах,— пояснил Еремеев.

— Это надстройка,— уточнила Киселева.— Послевоенное сооружение.

— И давно вы здесь обитаете?

— Полгода, с октября.

— Соседи не обижают?

— Сосед всего один. Очень милый дедуля. Вы все-таки подождите меня внизу!

...Светлана Алексеевна глянула на себя в зеркало и осталась недовольна. Как там говорят в таких случаях в гангстерских фильмах? «Эй, крошка, распусти волосы, сними очки и посмотри мне в глаза! Вау, никогда не думал, что ты такая красотка!»... Ей лучше оставить все так, как есть: дымчатые очки и зачесанные назад волнистые белые волосы. После вчерашнего происшествия на лице остался только скорбный интеллект — и никаких следов зрелой красоты. Интеллект и скорбь будут подчеркнуты маленьким черным платьем с вырезом каре. Скромненько и со вкусом.

* * *

— Светлана Алексеевна, расскажите мне о себе,— мягко и сердечно произнес Вадим Андреевич, когда ужин был заказан.

Ресторанов в Питере — море, но Еремеев умудрился привезти ее в один из самых бездарных, где, судя по одному лишь взгляду на меню, шеф-поваром был человек очень старой школы. Салат оливье, фаршированный судак, котлета по-киевски и пломбир на десерт — она даже не подозревала, что в городе остались такие реликтовые островки. Днем здесь, наверное, подавали еще и рассольник по-ленинградски с украинским борщом на добавку. Неужели великий и могучий Еремеев столь равнодушен к еде и прочим радостям жизни?

— Что именно вас интересует? — переспросила Светлана, вернувшись к вопросу о ней самой.

— Ну, например, то, почему вы снимаете комнату в коммунальной квартире. Неужели у вашей фирмы так плохо идут дела, что она не может купить вам жилье?

«Ах, вот оно что,— подумала Киселева.— Сто первый способ проверить надежность партнера...»

— Жилье у меня было да сплыло,— очень просто ответила она.

352

— Что так?

— Не думаю, что вам это будет интересно. Банальная история. Мужа подставил его компаньон, образовался огромный долг, на нас круто наехали — квартиру пришлось отдать за долги. Вот и все. Неприятно, но поправимо. По шкале стрессогенных факторов Холмса-Рея большой долг всего в три раза превышает напряжение, вызванное необходимостью организовать празднование Рождества.

Вадим Андреевич не постеснялся спросить, что такое шкала Холмса-Рея.

— Да так, одна моя любимая игрушка,— с улыбкой пояснила Светлана.— Хорошо успокаивает нервы. Помните, это у Чехова было: если тебе изменила жена, то радуйся, что она изменила именно тебе, а не Родине. По этой шкале за сто баллов берется смерть супруга. И дальше — градация на понижение. Смотришь и радуешься: разве у меня проблемы? Оказывается, даже финансовый кризис легче перенести, чем беременность или чем смерть близкого друга. Ну, а Рождество — оно на последнем месте, 10 баллов по шкале.

— А что там с разводом, по этой шкале Рихтера?

— На втором месте. Переживается тяжелее, чем тюремное заключение, оно на третьем...

— Кстати, вы сказали о муже: то он у вас есть, то нет...

— Разошлись.

— После этой истории?

— Вадим Андреевич,— решила остановить неприятный поворот в разговоре Светлана,— не будем углубляться в личное.

— И все-таки мне, мужчине, интересно знать, как поступают в таких случаях женщины. Вдруг разорюсь?

— Женщины — разные. И поступают тоже по-разному, в зависимости от поведения мужчин. Мой муж оказался слабым человеком. Драться за наши деньги он не стал. Просто взял да запил. А это уже непоправимо — пьющий человек. Вам это трудно представить. В итоге я расхлебывала всю эту историю одна.

— Простите, что влез...

— Ничего страшного,— усмехнулась Киселева.— Тем больше у меня теперь будет прав задать вам вопросы о вашей жене. Откровенность — за откровенность, не так ли?

Лицо Еремеева, только что вполне открытое, стало жестким и непроницаемым.

— Светлана Алексеевна,— очень тихо, но отчетливо сказал он,— порядочный человек никогда не будет говорить плохо о своей жене. Ни о бывшей, ни о нынешней.

— Я разве прошу вас говорить о Даше плохо? Меня интересует только одна конкретная история с ее участием. Всего один поступок.

— Все равно. Я уже сказал вам: моя жена сделала глупость. Этого признания вполне достаточно. Глупость будем исправлять.

Оба замолчали. Разговор вовсе перестал клеиться. У Киселевой комом встала в горле сухая и невкусная еда.

Еремеев вдруг совершенно искренне рассмеялся:

— Вы знаете, что мне сейчас пришло в голову?

— Нет. Даже и не пытаюсь догадаться.

— А то, что мы с вами оба — полные идиоты!

— ?

— Судите сами. Вот сидим мы с вами сейчас в прекрасном месте. Отличная кухня. Отменное вино. Хотя и говорят, что этого мозельского рислинга по всему миру продают больше, чем в Мозеле есть виноградников. Мы — красивые люди. Не спорьте, вы шикарно выглядите! А насладиться жизнью не можем. С нашей стороны это — большая взаимная глупость. Согласны?

— Как сказать...

— Я ведь по восточному календарю — петух. Я обожаю распускать хвост перед красивыми женщинами! А кто вы?

— Не знаю. Все время забываю. Не отношусь к этому серьезно.

— И гороскопы не изучаете?

— Конечно, нет.

— Значит, вы очень серьезный человек?

— Серьезный и скучный,— честно ответила Киселева.

— Не авантюрный, в отличие от меня?

— Абсолютно нет.

— Тогда зачем я позвал вас поужинать?

— Вынуждена сказать, что не знаю.

Они оба рассмеялись.

— В таком случае расскажите мне о себе,— с его же интонацией, мягкой и шутливой, предложила Киселева.— Вы очень молоды, вы честолюбивы, вы старательно раскручиваете свое имя... Зачем?

— Ну, это просто способ продвижения товара на рынке. Вам ли не знать?

Киселева сделала понимающее лицо.

— Я, честно говоря, пропустила тот момент, когда вы появились на этом рынке...

— Давно, Светлана Алексеевна. Десять лет — немалый срок.

— Неужели уже десять?

— В нынешнем виде — конечно, меньше. Я начинал еще студентом. У нас была компания однокурсников, хорошие ребята. Держали несколько ларьков по городу. Я развозил продукты по ларькам, потому что у моего отца был старенький «Москвич». Потом у нас появились конкуренты. Я на «Москвиче» — совершенно случайно, надо понимать,— попал в очень серьезную аварию. Оказался в больнице, и надолго. Машина разбита, снабжать ларьки больше некому — за это время набежали проблемы и с компаньонами, и с бандитами. Сами понимаете, долги. На нас стали наезжать. Обычное начало, Светлана Алексеевна. Не думаю, что у меня есть существенные различия с вашим бывшим мужем. Я впал в депрессию. А где депрессия — там и алкоголь. Основательно запил. Кстати, я тогда уже был женат... Но жена вытащила меня из этого состояния. Я лечился. Не буду говорить, чего ей все это стоило... Я ее до сих пор боготворю. Она удивительная женщина. Жизнь с ней была сплошным романтическим приключением, легким и веселым. Я больше всего не люблю сварливых, скучных и мелочных женщин. А она была широкой и азартной натурой.

— Была? — осторожно переспросила Светлана.

— Я говорю о первой жене, о Ларисе. Она потом перебралась в Москву. В один прекрасный день сказала: извини, дорогой, но с тобой я не вижу перспективы собственного роста. Теперь у нее все прекрасно. Она топ-менеджер, менеджер высшего класса. Управляет сразу несколькими компаниями. Я горд тем, что не стал ей мешать. Иногда в самом кошмарном сне мне снится, будто я прихожу к ней на собеседование — наниматься на работу. Вам все еще интересно то, что я говорю?

— Конечно!

Светлана уточнила:

— Вы сказали, что жена вытащила вас... Как, Вадим Андреевич?

— Ну, это целая детективная история, о которой я не хотел бы распространяться. Если коротко: она нашла деньги, на которые я смог вылечиться, подняться и встать на ноги. В нынешнем своем виде.

— И все-таки потом ушла?

— Да. Но только после того, как вытянула меня со дна.

Светлана невольно вспыхнула. После рассказа Еремеева она закономерно ощутила себя жуткой дрянью.

— Она ушла, потому что... — помедлил Еремеев, подбирая слова.

Он не обратил внимания на растревоженное состояние собеседницы и продолжал свое:

— Ушла, потому что захотела иметь самостоятельную жизнь. Свою карьеру, свое положение в деловом мире. Со мной ей было тесно. А тут появилось это предложение перебраться в Москву. Я ей сказал: поезжай. Грустная история?

— Но вскоре вы женились на Даше...

— Вовсе не вскоре! Я долго ждал. Скажу честно: надеялся, что у Лариски ничего не получится, что она вернется. А она попёрла там в гору.

— Именно поэтому в следующий раз вы женились на женщине абсолютно неделовой! — догадалась Киселева.

— Очень может быть, что поэтому,— согласился Еремеев.— И молю бога, чтобы у нее не проявилось никаких амбиций. Даша — просто красивая женщина. Тонкая, понимающая. И очень уязвимая. Она — не такая, как все...

356

Светлана невольно улыбнулась.

— А как она относится к вашим амбициям?

— Что вы имеете в виду? — не понял Еремеев.

— Ну, ваши планы... Я слышала, вы опять собираетесь идти на выборы? И далеко теперь метите...

— Глупости! Во-первых, мне это самому уже не надо. Лучше иметь свой надежный бизнес, чем вступать в чужие политические игры. А во-вторых, у меня для этого просто нет денег. Вы хоть представляете, какие средства будут задействованы на этот раз?

— Более-менее. Говорят, что даже полумиллионом долларов не обойтись.

— Вот именно! Откуда у меня такие свободные деньги? Где их взять?

— А если бы были — вы бы могли переменить свое решение?

— Светлана Алексеевна, ну что вы, ей-богу, заладили как следователь! Если бы да кабы!

— Простите, просто раньше я работала в журналистике. Остались некоторые автоматические привычки...

— Ну, так бы сразу и сказали! Кстати, на какое издание вы работали?

Она назвала газету, которой уже не существует.

— Хорошая была газета,— подтвердил Еремеев.— Между прочим, в ней публиковали большое интервью с моей Лариской. Давно. Она там рассказывала о своей семье, тогда это было в моде. Лет семь или восемь назад? Точно не помню, газета куда-то подевалась.

— Рассказывала о вас? — уточнила Светлана, подумав, что стоит найти это интервью.

— Нет-нет, не обо мне. О своей семье. Она ведь — племянница Нины Коган.

— Нины Коган? — переспросила Светлана.

— Вам что-нибудь говорит это имя? Советский авангард, сподвижница и ученица Татлина и Малевича... Слышали?

Светлане было неудобно признаться, что не слышала, и она неопределенно издала нечто, похожее на возглас искреннего восхищения.

Обратный путь к Таврическому саду был не очень долгим, но движение машины — убаюкивающим, а музыка — обволакивающей... Именно поэтому Светлана Алексеевна довольно резко попросила Еремеева не провожать ее до двери квартиры. Она понимала, что это провожание неизбежно перейдет в вопрос о чашечке кофе. Мужчины редко бывают оригинальны.

* * *

Длинный ригельный ключ с трудом вошел в замок железной двери. Светлана громко чертыхнулась. Вот он, «мастеровой русский народ»! Выклянчивает за час работы полтинник, за месяц может зарабатывать столько, сколько ей самой и не снилось, причем денег левых, не облагаемых никакими налогами. Но все, к чему ни прикоснется, превращает в прах и тлен.

Так и есть, обычная история последних двух недель: прощай, маникюр, а пальцы уже саднит — костяшки разодраны в кровь. Слесарь-сантехник-электрик этого дома, дядя Вова Кузькин, он же — «мастеровой русский народ» согласно его самоидентификации, а то и вообще уже Владимир Иванович, если Кузькин выпивши, ничего не умел и не хотел делать по-людски.

Замок внизу пришлось поставить из-за Харитона Логгиновича. Отправляясь на свои прогулки по Таврическому саду, а они у него теперь повелись едва ли не каждый день, сосед то и дело забывал запирать квартиру. Вспоминал он об этом обычно только внизу, когда грохала железная дверь, но подниматься на пятый этаж, чтобы перепроверять себя, был, конечно, не в силах. Тогда Светлана и решила внедрить замок на входе в подъезд. Его Харитон Логгинович стал закрывать исправно: скрежет и грохот железной двери служили ему сигналом для отправления этой несложной обязанности.

Правда, на лестнице были еще и двери черных ходов тех квартир, парадный подъезд которых выходил на улицу, на Таврический сад. Четыре двери, по одной на каждой площадке. Но ими, кажется, уже давно никто не пользовался. Всезнающий пролетарий дядя Вова Кузькин утверждал, что двери эти и вовсе замурованы.

Именно в квартирах фасадной части дома уже несколько лет, как поселился новый класс, пришедший на смену творческой интеллигенции. Фасад был осовременен чистейшими белыми рамами стеклопакетов. Над парадной дверью появился глазок видеокамеры, охрана день и ночь стала держать в поле зрения подходы к дому и прохожих.

Понятное дело, что никому из жильцов этой части дома не были нужны незащищенные тылы. Скорее всего, двери, выходящие на черную лестницу, оставались и в самом деле лишь декорацией. Если это было и не так, то все равно трудно было заподозрить новых обитателей фасада, обладателей БМВ и вольво, в желании заглядывать в незапертую коммунальную квартиру пятого этажа и рыскать в ней в поисках сокровищ, упрятанных в перепревших кухонных тряпках.

Поэтому теперь, уже с две недели, Светлана могла спокойно оставлять квартиру, уходя на работу. А закрытая на замок торцовая дверь так, кстати, никому и не помешала. Светлана специально предупредила охрану о нововведении, но никто за дубликатами ключей не пришел.

Как ни была сейчас занята своими мыслями Светлана, а успела подумать о том, что завтра надо бы с утра пораньше разыскать этого мерзавца Кузькина. «Мастеровой русский народ» был способен к координированным движениям только в первые два-три часа своего рабочего дня. Конечно, она могла бы призвать на помощь и другого мастера. Но это был вопрос принципа. Педантичная Светлана Алексеевна не была бы самой собой, если бы не заставила работника переделывать его халтуру.

Фонари в этом дворе гасли рано, еще до полуночи наступала тьма непролазная. На лестнице лампочек никогда и не водилось, однако сегодня она была полуосвещена — залита мертвенным синим светом луны, отражавшимся от заснеженных крыш гаражей. Гаражи стояли в длинный ряд, как раз напротив окон лестничных площадок, выходивших во двор.

Светлана Алексеевна не причисляла себя к боязливым натурам, трусихой она никогда не была, однако в эту ночь нехорошее предчувствие подкатило к ней сразу, как только она закрыла за собой железную дверь.

Что-то на этой лестнице ей сегодня определенно не нравилось. Конечно, в голове слегка шумело от выпитого вина. Само-собой, легкое гудение осталось и от той скорости, с которой ее только что промчали по ночным улицам города. Сказывалось и волнение от вечера, проведенного с Еремеевым: адреналинчик напряжения только начинал улетучиваться. Но ко всему этому добавлялся еще и некий внешний шорох, лишний звук — необычный для этой лестницы.

Лестничные пролеты обычно выдавали лишь гулкое эхо шагов, а в эту ночь откуда-то сверху шло еще одно, незнакомое сопровождение. Даже не шорох, а... Что же это было? Будто тихое, шелестящее хихиканье.

Светлана остановилась на площадке третьего этажа — хихиканье замерло. Рука в кармане пальто до судороги впилась в длинный ригельный ключ. Какое-никакое, а все-таки оружие, иного при ней сейчас не было. Она успела подумать о том, что для самозащиты пора бы приобрести зонт-трость с острым металлическим наконечником...

Тонкий нервный смешок исчез, но звенящая тишина не наступила. Киселева, вся обратившаяся в слух, теперь уловила спускающееся сверху шаркание.

В животе стало противно и муторно, как при взлете в скоростном лифте. Она вжалась спиной в дверь. Затылком ощутила твердый выступ на косяке. Кнопка звонка! Что делать: нажимать на нее и ждать отзыва, который не раздастся, потому что дверь замурована, или мчаться вниз сломя голову, чтобы рвануть от торца к парадному подъезду, где охрана не может не открыть, потому что знает ее в лицо?

Светлана замерла еще на долю секунды, чтобы собраться с силами для молниеносного рывка вниз.

И тут ее позвал тихий елейный голос:

— Светланушка! — дребезжаще пропели ей уже на подступах, где-то над самой головой. Кто-то, кто звал ее, был уже на площадке, перед дверью четвертого этажа...

Как говорят в таких случаях, если бы она умела, она бы молилась. Но Светлана Алексеевна оставалась самой собой и выдала такую тираду, вспоминать о которой потом не могла без содрогания. Подсознание, помнившее, что преступника надо ошарашить и ввергнуть в шок, подсунуло самый крутой вариант...

— Светлана Алексеевна,— предстало перед ней изумленное старческое лицо, белое, как кусок савана,— такое я последний раз слышал, когда нас гнали из окопов в атаку!..

Она не сразу очнулась от своего ужаса.

— Харитон Логгинович? — наконец, поверила своим глазам Светлана.— Почему вы на лестнице? Вы хотя бы представляете, который час?

Вместо ответа старик принялся махать на нее руками: мол, тише, услышат! И многозначительно приложил палец к губам. А потом начал подзывать ее к себе кивками головы...

Что рекомендует в таких случаях всезнающая Соня? Соня говорит: не перечь и поддакивай. Универсальный совет для общения с мужчинами вне зависимости от их возраста и степени вменяемости.

Киселева была в курсе, что с невменяемыми вообще не спорят. Не только Соня просветила — имелся у нее и свой печальный опыт. Главное в таких случаях: не подбрасывать поленьев в костер возбуждения и держать психа подальше от окон. Иначе или стекла перебьет, или сам выбросится. Этот опыт обуздания невменяемых относился ко временам борьбы с запойным пьянством Светланиного мужа.

— Светланушка! — чуть слышно зашептал сосед.— Сегодня нас ждет увлекательное приключение!

— Конечно,— громко и внятно согласилась она.— Отличная идея, Харитон Логгинович!

Сейчас они поднимутся на пятый этаж, она переоденется в теплый домашний халат, найдет диктофон, вставит в него новые батарейки, самые новые и самые свежие, а также новую пленку, что тоже очень важно, а потом они примутся вновь переживать те приключения, свидетелем и участником которых был наш замечательный сосед, наш лучший на свете Харитон Логгинович...

Светлана пыталась убаюкать старика своим бормотанием. И довольно успешно увлекла его под это бормотание на площадку пятого этажа.

Но перед самой дверью квартиры Харитон Логгинович с внезапной силой выдернул локоть, а она продолжала удерживать старика весь их недолгий путь, и с еще большей энергией возбуждения заговорил: сбивчиво, горячо и путано.

Вновь прозвучало слово «приключение». Затем слово «воры». Она тем временем открывала дверь, не слушая никаких возражений соседа. Главное сейчас — доставить его в постель, хорошенько обогреть, влить в него крепкого сладкого чая, очень горячего и очень сладкого, такого, чтобы старик не почувствовал дозу причитающегося ему успокоительного. Утром можно будет проконсультироваться с Соней и определиться, что делать дальше...

Старик вцепился в нее железной хваткой:

— Туда нельзя! Надо вызвать милицию!

Если послушать соседа, в квартире был по меньшей мере труп.

— Там — воры,— зашептал он совсем лихорадочно.— Я их там сам запер!

— Отличное решение,— одобрила Светлана.— И сколько их там у нас набежало?

— Двое,— чуть задумался сосед, как бы проверяя самого себя,— два вора.

С его слов выходило следующее... Как только Светлана ушла куда-то с зашедшим за нею мужчиной, Харитон Логгинович осознал, что сегодня ему придется коротать вечер в абсолютном одиночестве и взялся за чтение. В начале недели Светлана как раз подкинула ему очередную порцию легкоусвояемого чтива. У него на одну

362

книжку уходило всего по два дня, но к выходным все равно кое-что осталось. Харитон Логгинович только и успел углубиться в интригу детектива, как ему послышались шаги в коридоре. Шаги принадлежали сразу нескольким людям. Он по привычке прильнул к замочной скважине...

— Не обессудьте, Светлана, но есть за мной такой грех. Вот видите, я сам в нем признаюсь! — с вызовом сообщил он.

В коридоре якобы метнулись две фигуры — прямо к ее двери. Харитон Логгинович не растерялся: дождался, когда воры проникнут в комнату соседки, затихарился, удостоверился, что пара грабителей все еще на месте преступления — паркет скрипел под их ногами. Он выскользнул на лестничную площадку и тихо-тихо закрыл дверь, благо успел прихватить ключи...

Он был горд собой и своей находчивостью: запер воров прямо в квартире, и теперь им никуда не деться.

— Отличное решение,— еще раз одобрила Светлана, а про себя подумала: сколько же времени проторчал сосед на холоде? Полчаса, час или все четыре, пока ее не было? Вот тебе и легкое приятное чтение, которое насоветовала давать соседу Сонечка! Вошел в ткань повествования, а вышел из нее прямо на лестницу. В пижаме, халате и тапочках на босу ногу. Не избежать теперь долгой, затяжной простуды, а то и воспаления легких.

Киселева открыла квартиру и силой затащила в нее старика. На кухне ярко горел свет, на плите хриплым свистом исходил чайник. Значит, не так уж долго пребывал Харитон Логгинович в своих бдениях на лестнице, никак не больше часа, раз вода не успела выкипеть до конца. И то хорошо...

Он растерянно и виновато глянул на Светлану — в квартире, конечно, никого не было. Лишь сквозняк с силой хлопнул дверью ее комнаты.

— Ей-богу, я видел этих двоих,— уже не слишком уверенно произнес сосед.— Я ведь еще не выжил из ума?

— Конечно, нет,— успокоила его Светлана.— У вас острый ум, у вас отличная память! Хотите, мы попьем вместе чайку, поговорим... На чем мы, кстати, остановились? На романах Ольги Эгерштром? Ужасно хочу дослушать эту историю до конца!

История, как она помнила, была прервана в прошлый раз на самом интересном месте — на неком многолетнем воздыхателе актрисы. Художнике, тайно любившем ее на протяжении десятилетий. Тридцать лет подряд художник дарил ей на день рождения ее очередной портрет. Художник сам не отдавал себе отчета в том, что делает черное дело: год за годом он фиксировал процесс угасания звезды...

Что произошло с ними дальше и был ли счастливый конец у такого грустного романа — в эту ночь узнать не удалось. Сосед, согретый чаем и заботой, расслабился и блаженно засопел на своей тахте. Хорошее успокоительное, домашнее тепло и покой сделали свое доброе дело.

* * *

С вечера Светлана так и не смогла определиться, как же ей поступить утром. Идти ли на встречу с Кириллом Владимировичем? Или довериться Еремееву и махнуть рукой на все свои договоренности с этим майором? Точнее, поверить ли Еремееву — в то, что он уладит это «неприятное недоразумение» на таможне?

Вадим Андреевич Еремеев, внезапно ставший ее добрым, как она надеялась, знакомым, ей определенно понравился. В отношениях с людьми Светлана Алексеевна, как и все женщины, больше полагалась на свою интуицию, чем на те мнения или суждения, которые она слышала от других. О Еремееве-бизнесмене говорили много неприятных вещей, но она увидела живого человека, и он вызвал у нее симпатию. Просто симпатию — ее трудно проанализировать. Хотя, если постараться, можно и подыскать аргументы. Светлане Алексеевне понравилось, как говорил Вадим Андреевич о своих женах,— ей вообще не очень часто приходилось сталкиваться с тем, чтобы мужчины уважительно говорили о женщинах. Обычным тоном был пренебрежительный.

Шеф, Александр Иванович, при упоминании о Сонечке, своей бывшей жене, только фыркал. Остальные сотрудники ее фирмы, если и говорили о женах, то исключительно в негативном контексте: вроде того, что «опять достала» и «опять всю плешь проела». За всю свою жизнь она ни разу не слышала ни от одного мужчины тех слов, которые произнес о своей бывшей жене Еремеев. Мол, это была не женщина, а сплошное романтическое приключение... Светлану Алексеевну это впечатлило. Такой мужчина вызывал у нее доверие...

Утром Киселеву разбудил настойчивый стук в дверь. На пороге комнаты стоял, разумеется, сосед. Вид у него был не лучше, чем ночью,— вновь бледный и растерянный.

— Что, Харитон Логгинович? — спросонок спросила Светлана.

Что еще могло случиться?

Сосед совсем по-детски всхлипнул, и только тогда она заметила, как дрожит его подбородок. На глазах соседа были слезы — не старческие, от яркого электрического света, а искренние слезы горя.

— Она умерла,— прошептал Харитон.

— Кто она? — не поняла Светлана.

«Господи,— подумала она про себя,— что еще может произойти в этой квартире, ниспосланной мне любимым шефом? Сколько еще приключений должно выпасть на мою голову?»

— Кто умер-то, Харитон Логгинович? — не удержала зевок Киселева.

— Она,— печально пояснил сосед,— она околела от холода.

Если «околела» и «она», то этой жертвой может быть только кошка Муська, авитаминозное рыжее создание, причинявшее Светлане одни неприятности. Тварь эта была сплошным наказанием. Ее линючая длинная шерсть обнаруживалась на темном офисном костюме в самые ответственные моменты. Царство ей небесное и земля пухом, с облегчением заключила Киселева.

— Она околела,— еще раз повторил старик.— Там, в комнате Анны Аркадьевны. Она замерзла. Пойдемте, я вам покажу... Это ужасно!

То, что застала Светлана в комнате Анны Аркадьевны, той самой соседки-сердечницы, что скончалась еще летом, выглядело и в самом деле удручающе. Околела все-таки не Муська — от холода замерзла большая роскошная пальма, стоявшая у окна.

Старик годами ухаживал за цветами своих умерших соседей. Людей уже не было — их цветы продолжали жить. Харитон Логгинович видел в этом особый смысл и, наверное, верил в то, что в растениях остается бессмертная душа их хозяев. Гибель пальмы, выращенной покойной ныне соседкой, произвела на него тяжелейшее впечатление. Ночью ветер распахнул окно — в комнату проник холод, весь подоконник замело снегом. Много ли было надо для южного дерева, чтобы листья его стали прозрачными, а потом почернели и сникли? Пальму уже не оживить...

— Вот видите,— сказал сосед за спиной Светланы,— а вы мне вчера не поверили, что в квартире кто-то был. Я уверен: они выпрыгнули как раз из этого окна. Его не мог распахнуть ветер, оно было закрыто на все шпингалеты!

Светлана вспомнила: действительно, это окно было закрыто наглухо. Она сама, еще осенью, проверила окна всех пустующих комнат, утеплила их, чтобы зимой по квартире не гуляли сквозняки. Утеплила по старинке, основательно: заткнула все щели ватой и заклеила лентами плотной белой бумаги. Теперь вата и бумага висели рваными клочьями на раме. Какой же силы был ветер этой ночью? Светлана спала некрепко — но не от свиста или завываний, а от своего беспокойного состояния. Никакого урагана она не слышала. Выходит, не привиделось вчерашнее происшествие старику?

— Теперь-то вы мне поверили? — с надеждой спросил тот.

Светлана и сама не знала, что ответить.

Выглянула в окно, перегнувшись через занесенный снегом подоконник. Следы, если они и были, теперь не возьмет ни одна собака. Милиция, вызови ты ее, даже не станет слушать никаких предположений. Слишком поздно о чем бы то ни было говорить.

— Харитон Логгинович,— на всякий случай перепроверила Светлана,— а вы сами вчера не заглядывали в эту комнату?

Сосед энергично замотал головой: нет и нет.

Итак, вчера поздно вечером в квартире действительно что-то произошло. И, если кто здесь и побывал, то ушел отсюда именно через это окно, иного пути к отступлению не было. Из этого окна легко попасть на крышу. Не надо быть альпинистом или верхолазом, чтобы спрыгнуть на узкую, но безопасную площадку внизу — она огорожена перилами. А потом перебраться на другую часть крыши, где есть спускающаяся во двор пожарная лестница...

В любом случае, истину уже не установить, а обращение в милицию ничего не даст. Разодранная бумага в качестве доказательства вторжения в квартиру — это просто несерьезно. Будь Светлана на месте того, кто приедет проверять сигнал, она первой решила бы, что все происшедшее — плод фантазии престарелого жильца. Зачитался за полночь детективом, задремал, не разобрал, где сон и где явь, и на первый же шорох в квартире — может, та же Муська беспредельничала на кухне — выскочил в коридор, погнался за ворами. Скажут, сам и распахнул это окно.

— Это был редчайший экземпляр,— тихо вернулся старик к своему горю.— Таких, говорила Анна Аркадьевна, нет даже в ботаническом саду.

— Достанем,— успокоила его Светлана.— У меня есть друзья, для которых нет ничего невозможного!

Она еще не произнесла эту фразу до конца, а в душе уже зашевелилось первое неприятное сомнение...

Вчера о том, что для него нет ничего невозможного, сказал Еремеев. Почти на том же самом месте, в коридоре этой квартиры, номер которой Светлана ему не называла. Бог с ним, с номером. Полный адрес действительно нетрудно вычислить, зная номер телефона. Но как Вадим Андреевич умудрился попасть на лестницу, ведущую в квартиру номер девять, если дверь внизу закрыта на замок? Светлану только сейчас озадачило это обстоятельство. Почему она вчера не обратила на него внимания?

* * *

Так начался у Киселевой следующий, третий, день сплошных вопросов. На работе она твердо решила не объявляться. Пусть там отдохнут от ее руководящего присутствия, столь досаждающего сослуживцам. А заодно поймут, что в фирме есть и незаменимые. Светлана Алексеевна уверена: некоторые вопросы без нее просто застопорятся. Пусть в этом убедится и сам Александр Иванович Петров, пусть с трудом переживет ее «Турцию». Петрову, кстати, вовсе не обязательно знать обо всех неурядицах и проблемах своей правой руки, Киселевой. Она и не станет посвящать шефа в то, что приключилось с ней в воскресенье в аэропорту Пулково-2. А вот от мамы скрываться глупо. Рассказывать ей о том, что же на самом деле помешало турпоездке, ни к чему. Придется придумать что-нибудь о переносе рейса в Москву, о путанице между турфирмами и о своем бесславном возвращении назад, через столицу. Иначе будет трудно объяснить, почему она не удосужилась позвонить матери сразу же, еще в субботу.

Мама Светланы — героическая женщина. Чтобы поменьше бывать дома, пенсионерка Ольга Павловна Киселева уже год как вернулась на работу. В музей, в котором она провела всю жизнь. Трудовая книжка с записью об одном-единственном месте работы — предмет гордости Ольги Павловны. Еще до войны она пришла в историко-бытовой отдел музея — ее взяли туда за золотые ручки. Из тлена и ветхости, из жуткой старой рухляди она восстанавливала великолепие костюмов и аксессуаров былых времен. Немыслимая патриотка своего музея, она сама разыскивала будущие экспонаты на городских помойках, на чердаках и антресолях расселенных домов.

Одни лишь названия возрожденных Ольгой Павловной шедевров звучат, как музыка. Платье вечернее из шифона цвета чайной розы, платье из панбархата цвета слоновой кости, атласный чехол цвета сливы... Платье вечернее, орнамент из гвоздик на длинных стеблях... Каково! А чулки шелковые алые? А туфли из лилового атласа и перчатки белой лайки? Мама, искусная мастерица, глаза протерла на этой работе, реставрируя рюши из атласа, вышивки канителью и боа из страусовых перьев. Именно страусовых, а не страусиных — настоящий профессионал никогда не позволит себе сказать последнее. Страусовое звучит гордо, а страусиное — что-то очень так себе, вроде гусиного или утиного.

У Ольги Павловны — масса заслуг перед музеем. Ее работы солируют на выставках, гастролирующих по всему миру. Однако, когда после долгих лет сидения на пенсии она надумала вернуться на работу, ничего иного, кроме места бабушки на стуле, ей предложить на смогли. По понятиям Светланы Алексеевны, со стороны дирекции музея это и так было актом милосердия. Бюджет не резиновый, в богадельню музей превращать недопустимо. Но Ольгу Павловну все же пожалели и назначили смотреть за теми темными посетителями, что тычут пальцами в бесценные экспонаты. Деньги ей платят крохотные, чисто символические, но Ольга Павловна все равно на седьмом небе от этой работы. Во-первых, она вновь ощущает свою причастность к высокому искусству. Во-вторых, она опять в коллективе. В-третьих, она теперь не столь интенсивно общается с невесткой, а последнюю она терпеть не может.

Понедельник у мамы — выходной день. Музей закрыт для посетителей, и Ольга Павловна совершенно свободна. У Ольги Павловны — своя философия выходного, а это означает, что в понедельник она делает исключительно то, что хочет, и то, чего не надо делать. В свой выходной она ни за что не примется за нужные дела — не пойдет в поликлинику, не будет стирать белье, мыть места общего пользования, она даже в магазин не заглянет. Понедельник у нее — день абсолютного безделья. Во-первых, она встанет поздно. Во-вторых, устроит себе немыслимо длинный завтрак из категорически запрещенной для нее еды. Запреты придуманы ею самой — особая диета для укрепления сердечной мышцы и сосудов мозга, вся прелесть диеты заключается в том, чтобы ее нарушать. После завтрака она будет пить кофе и курить сигарету за сигаретой. К полудню в ее комнатенке наступит Хиросима. Только тогда она сдвинется с места и предастся каким-нибудь иным порокам, уже за порогом квартиры. Скорее всего, отправится через весь город сплетничать к своей приятельнице Таисье Андреевне. Тете Тае — соседке по покинутому Киселевыми дому на Брюсовской.

Светлана решила ехать прямо к матери, чтобы не тратить время на разговоры по телефону. Говорить по телефону коротко и по-деловому Ольга Павловна, как и все пожилые люди, не умеет. До полудня еще масса времени — сосед разбудил Светлану в семь утра. На десять ноль-ноль назначена встреча с майором. «Идти или не идти?» — вновь взялась за свои сомнения Киселева.

Она и не хотела, и не собиралась этого делать, но на станции метро «Гостиный двор», где у нее пересадка на станцию «Невский проспект», ноги сами повели ее к эскалатору на выход. Вариант «посмотрим на ситуацию со стороны, а там решим» показался вдруг самым разумным.

Она только пройдется по переулку, в который выходят окна кафе. Она глянет, появится ли вообще этот Кирилл Владимирович. Если не придет — значит, все в порядке: Еремеев сдержал свое слово и инцидент исчерпан. Если же майор объявится, то все окажется не так оптимистично. Но еще поправимо. В конце концов, можно будет к нему подойти, наплести что-нибудь про неудачу и наобещать продолжение самых интенсивных поисков. Выдавать следователю имя Еремеевых Светлане все-таки не хотелось.

Кафе — напротив Гостиного Двора, на другой стороне Садовой улицы. При хорошем зрении головы посетителей этого «фаст-фуда» можно разглядеть и от универмага, но только не тех, кто сидит в загибающемся в переулок Крылова аппендиксе, в правом зале. А встреча с майором назначена именно там.

Светлана вынырнула из подземного перехода на другую сторону Садовой и пошла на обходной маневр. Если обойти вокруг здание Публички, национальной библиотеки, то в переулке Крылова можно оказаться с другого конца. Пройдя вдоль цоколя Публички, Киселева неторопливо завернула с площади Островского в переулок и пошла по той его стороне, где находится отделение милиции. Там всегда стоят служебные машины, «уазики» патрульно-постовой службы. За ними она скроется, чтобы понаблюдать за окнами кафе. Из кафе ее не заметят, а у входа в отделение на нее и вовсе не обратят внимания: мало ли кто и кого здесь может поджидать?

Было уже почти десять часов, до появления Кирилла Владимировича, объявись он сейчас, оставались считанные минуты. Вне поля зрения Светланы оставался только один столик — тот, что справа, в углу кафе. Она точно знала, что там этот столик есть: сама иногда любила заглянуть сюда и с удовольствием перекусить куском жареной свинины с грибами или хорошим рыбным филе. Удовольствие забирало ровно весь дневной бюджет, отведенный на еду, но оно того стоило. Столик в углу, кстати, самый уютный. В сторонке ото всех.

Посетителей в кафе в этот час было раз, два и обчелся. Молоденькая девушка углубилась в чтение какой-то газеты. Бабушка с ребенком, поедающим десерт. Вот в зал входит парочка с подносами, уставленными пакетами и стаканами с пепси-колой. Светлана едва не охнула вслух... Парень, которого вначале было не разглядеть из-за высокой девицы, поставил поднос на стол, подошел к вешалке, стал снимать куртку... И тут Киселева сделала открытие: спутником девицы был один из сотрудников ее фирмы!

Не узнать человека, с которым полгода сидишь в одной комнате, невозможно. Даже если смотришь на него через переулок и сквозь пелену мартовской метели. Открытие — не самое приятное. Вовсе не потому, что еще в девять утра этот сотрудник должен находиться на своем рабочем месте, где он обычно и пребывает. Это, конечно, плохо, что он здесь. Но гораздо хуже то, что в этот неурочный для него час и неподходящий для нее день они вполне могли бы столкнуться в кафе. Для Киселевой это была бы встреча с далеко идущими последствиями: нос к носу с тем самым Виктором, в котором уже давно, с полгода, она подозревает своего врага. Юный конкурент. Молодое поколение, наступающее на пятки старой гвардии. О, ужас! Перед лицом Киселевой всплыл исполненный укоризны взгляд шефа. Наверняка бы этот Виктор на нее настучал.

Только добрый и безвестный ангел-хранитель уберег ее от встречи с недругом. Как хорошо, что Киселева нашла Еремеева, послушалась Еремеева и его совета не идти на явку с майором в этом кафе... Бывают же такие совпадения по месту, времени и фатальности! Скажи кому — не поверят. Хотела избежать одной истории — чуть не влипла в другую.

Виктор аккуратно поглощал свой биг-мак, самый большой и самый дорогой гамбургер, девица со скучным видом ковырялась в коробочке с салатом и потягивала через соломинку пепси. Новое поколение, совсем правильное. То ли не умеют встретить день с радостью, то ли просто плохо провели ночь. Счастливыми влюбленными они явно не выглядели. Как не походили и на партнеров, встретившихся в кафе за деловым завтраком. Вид у девушки был довольно небрежный, студенческий и отнюдь не офисный. Кое-как подколотые на макушке длинные волосы, растянутый черный свитер, фенечки-амулеты на кожаных шнурках.

В душе Светлана ощутила слабый укол — то ли зависти, то ли ревности. Права была Наташка: на своей работе сама она давно заматерела и превратилась в тягловую лошадь. Никому и в голову не придет сказать ей: «Эй, крошка, сними очки и распусти волосы. Ух, какая же ты красотка!» К тому же бесполезно распускать волосы, если из них уже никогда не создать того очаровательного художественного беспорядка, что царит на голове у этой спутницы Витюши.

Киселева печально шмыгнула носом. Март в Питере — холодная и сырая пора, не лучшее время стоять в добровольном наружном наблюдении, если только не хочешь подхватить легкий насморк, переходящий в тяжелый синусит. В славненьком виде вернется она через неделю на работу: вся в простуде после «солнечного Средиземноморья». Светлана Алексеевна выждала еще пятнадцать минут, заметила, что на нее уже посматривают водители милицейских машин, а потом с легким сердцем оставила свой пост и вернулась в метро тем же маршрутом — вокруг Публички, через подземный переход. Майор Кирилл Владимирович, этот «опер от бога», как отрекомендовала его добрая прапорщица Мадлен, в кафе не объявился. Значит, Еремееву можно верить. И это была первая хорошая новость за все три последних дня.

* * *

«Нет, он никогда бы не стал таким, если бы не эта ужасная женщина»,— Ольга Павловна с ходу переключилась на свою больную тему, не слишком внимательно вняв рассказу дочери о ее злоключениях с турфирмой и несостоявшейся поездке в Турцию. Светлана уже слышать не могла о брате Владимире и жене его Тамаре, но приходилось терпеть. В конце концов, именно она виновата в том, что матери приходится жить у брата. Она выбрала себе такого мужа, из-за которого они с матерью лишились самого ценного в жизни — недвижимости, трехкомнатной квартиры.

— Ты понимаешь,— затянулась очередной сигаретой Ольга Павловна,— вначале она привлекала меня отсутствием делового подхода к жизни. Но тогда были другие времена! А что теперь? Оба сидят дома, не работают,

373

ждут манны небесной, прибавки к его пенсии военнослужащего. Никаких интересов, никакого кругозора... Просто кошмар!

— Мамуль, у тебя сегодня выходной,— напомнила Светлана.— Выкинь из головы все проблемы.

— Черт с ними, ты права,— неожиданно весело согласилась Ольга Павловна.— Сегодня немножко можно все, что запрещено! Кстати, ты не помнишь, кто первым произнес эту замечательную фразу? Кто-то из твоих бывших коллег? Или какой-то политик?

— Один политик. Только наоборот: можно все, что не запрещено,— подсказала Светлана.

— Надо же, как давно это было — другая эпоха. А я все иначе запомнила. В любом случае: пей кофе и наслаждайся отдыхом.

— Кстати, мам,— не совсем впопад сказала о своем Светлана.— Ты слышала когда-нибудь такое имя: Нина Коган?

Собственно, за этим она и приехала к матери — чтобы расспросить ее об этой художнице, тетке бывшей жены Еремеева. Светлана не могла еще точно определить, для чего ей нужна информация об этой очень известной всем и неведомой лично ей Коган. Вчера в ресторане Еремеев лишь бросил фразу о том, что его бывшая жена Лариса, она же племянница Нины Коган, сумела раздобыть деньги неким невероятным образом, и это, мол, была целая детективная история.

Киселева считала нужным распутывать каждую историю до конца, а уж тем более «детективную». Это была старая профессиональная привычка. Как говорил ей когда-то самый первый редактор, «выбирай всю руду — авось наткнешься на самородок». Никогда не знаешь, зачем и когда может пригодиться какая-нибудь даже самая пустяковая деталь или подробность. Но обязательно — пригодится и будет пущена в дело. Киселева твердо уверена: фирма «Имидж-сервис» процветает благодаря тому, что ее главный менеджер — просто ходячий компьютер. Именно Светлана Алексеевна держала в памяти необъятный перечень лиц и интриг этого города, в активе — широчайший круг знакомств. И с помощью этого багажа безошибочно прицеливалась в потенциальных клиентов фирмы, а затем очень четко выполняла то, что им требовалось. Еремеев-клиент, к сожалению, не был ее приобретением. Он появился как-то сам по себе. Тем более, интересно изучить его потенциал, коли теперь представилась такая возможность...

— Нина Коган? — переспросила Ольга Павловна. Она привыкла к тому, что дочь все время задает самые неожиданные вопросы, и нисколько не интересовалась, зачем и к чему ей это надо. Она лишь всегда старалась помочь Светлане.

— Ну да, какая-то художница. Была где-то рядом с твоим музеем, проходила по касательной.

— А в какие годы?

— Как я понимаю, еще до войны. Мне сказали, что она дружила с Малевичем и Татлиным, была из их круга. Ты слышала о такой?

— Чушь какая-то,— остановила ее мать.— Или ты неправильно запомнила, или тот, кто тебе это сказал, ни черта не понимает в искусстве! Девочка моя, никогда не говори, что некто Эн был из круга Татлина и Малевича одновременно.

Ольга Павловна всегда находила нужным указывать дочери на ее ошибки...

— Во-первых,— уточнила она,— Татлин жил в Москве, Малевич в Ленинграде, а соперничество между Москвой и Питером не утихало никогда. Во-вторых, они оба были жуткими врагами и у них категорически не могло быть общих друзей! Татлин был просто маньяк: он все время боялся, что Малевич украдет его профессиональные секреты. Поэтому, какие там могли быть общие друзья, какие общие ученики? Татлин ненавидел Малевича, он ему страшно завидовал. Ужасный был человек!

Светлана справедливо подумала, что весь артистический мир — это тот самый театр, в котором служит ее подруга Наташка. Интриги, лукавство, сведение счетов. Сколько бы лет и эпох ни проходило, а нравы все те же.

Бог наградил людей талантом, а взамен забрал у них здравый смысл...

— У Татлина был чудовищный характер,— продолжала Ольга Павловна.— Но и Малевич тоже был не подарок, я тебе о нем сто раз рассказывала. Ты слышала самую отвратительную историю об этой двоице? Ее обязательно надо знать! Чтобы окончательно понять, кто такой Татлин, и больше не путаться. Представь себе, когда Малевич умер, его тело зачем-то повезли кремировать в Москву. Я подробностей не знаю. То ли такова была его последняя воля, то ли хотели что-то скрыть. Устроили в столице прощание с телом, как положено. Татлин пришел. Чтобы посмотреть на мертвого врага. Приблизился к гробу и громко, чтобы все слышали, сказал: «Притворяется!»

— Тяжелый случай!

— Не то слово! А ты мне говоришь о какой-то Коган из их общего окружения. Быть такой Коган не могло!

— И все-таки она была... Жила в Ленинграде. Судя по твоему рассказу, могла быть только из круга Малевича. Вспоминай, мамуль. Что за девушка была рядом с Малевичем?

— Девочка моя, рядом с великими художниками всегда рой спутниц и учениц, вереницы девушек! Я даже не знаю, кого бы расспросить об этой Коган. Если только кого из довоенных коллег... Так ведь нас мало осталось. Все старые, больные. С ними противно общаться. Хорошие люди еще в блокаду умерли, а выжила всякая дрянь! Ей-богу, не знаю, как тебе помочь... Тебе это срочно надо? И что это ты вдруг заинтересовалась этой Коган? — задала Ольга Павловна внезапный вопрос. Обычно она выполняла просьбы дочери, не вникая.

— Да так, случай свел с ее родней.

— И что, они что-то из нее продают?

— Они продают окорочка, но я не хочу выглядеть профаном, когда буду с ними общаться. Это наши клиенты.

— Тоже Коганы?

376

— Нет, у них другая фамилия. А почему ты вдруг спрашиваешь?

— Да так, не люблю я этих потомков и наследников. Если человек начинает представлять хоть малейшую ценность, у него обязательно тут же находятся братья, кузены, племянники и дюжина внуков, я уже не говорю о женах и мужьях. У Таисьи Андреевны внучка подрабатывает в «Баскине энд Робинсе», в мороженице на Невском. Ты представляешь, у них через день объявляется какой-нибудь посетитель, который заявляет, что он — Баскин. Они уже устали от этих самозванцев!

— Спасибо за консультацию,— Светлана чмокнула мать в щеку.— Я, пожалуй, пойду?

— Беги-беги, мне самой уже нечем здесь дышать. Поеду-ка я к Таисье Андреевне...

— Только не зацикливайся с ней на Тамаре! — напутствовала Светлана.

— Можно подумать, у нас нет иных тем для разговоров и других дел,— обиделась Ольга Павловна.— У нее как раз сука ощенилась. Рожает и рожает, зараза. Таисья Андреевна звала меня поехать с ней на Кондратьевский рынок, продать этот помет. Если у двух благородных старух есть свободное время и есть лишние щенки, то отчего бы им и не пристроить их в надежные руки? В прошлый раз мы, между прочим, наторговали на триста тысяч. Это больше, чем Таечкина пенсия. Единственное, что меня смущает, это если я встречу на рынке кого-нибудь из наших сотрудников. Ленинград — город маленький, сама понимаешь.

* * *

«Ленинград — город маленький»,— припомнила Светлана Алексеевна эту фразочку из одного любимого старого фильма, когда ее окликнули на Московском проспекте. Не успела пройти и нескольких шагов от дома брата, как уже кого-то встретила. Обернулась — и оторопела. Точно так же, как еще утром, в переулке у кафе. Что за день? Просто наваждение какое-то. Может, ее фирма лопнула или разорилась? Чем еще объяснить, что сотрудники «Имидж-сервиса» в массовом порядке бродят по городу в самых разных его концах? Сейчас на нее смотрели круглые и изумленные глаза Иришки — секретарши шефа. Киселева застонала про себя, но сделала самое непроницаемое лицо.

— Ой, Светлана Алексеевна! — пропела Ирина.

«Сейчас она спросит: какими судьбами? И что я буду ей плести? Придумывать внезапную болезнь матушки? Никогда не врала столько, сколько сегодня!» — с отчаянием подумала Светлана Алексеевна. И уже пожалела, что не пошла с утра на работу — была бы тогда чиста и невинна, как младенец.

— Светлана Алексеевна? — смотрела на нее, как на привидение, секретарша.— А вы разве не уехали?

Пришлось врать ту же историю про путаницу в турах, которую она только что рассказывала Ольге Павловне.

— Ой,— ни с того ни с сего вдруг всхлипнула девушка.— Так вы еще ничего не знаете?

У Киселевой все похолодело внутри. Только сейчас она заметила, что Иришка не столько ошарашена их встречей, сколько поглощена каким-то несчастьем. Что же это произошло в их «Имидж-сервисе»? Светлана ничего не могла понять. Кажется, эта неспособность что-либо понимать становилась ее стабильным состоянием в последние три дня...

— Что-то случилось? — переспросила она девушку, заранее боясь услышать ответ. Что бы там ни произошло, а уже ясно: хорошего мало, коли секретарша шефа готова пуститься в рев посреди Московского проспекта.

— Ну же? — Светлана с тревогой заглянула в глаза Иришке.— Что-то с Александром Ивановичем?

Иришка закивала и всхлипнула.

— Что?!

— Он меня уволил! Я никогда не думала, что он такая скотина. Ой, отойдемте куда-нибудь, я даже не могу говорить...

378

Спазм перехватил ее голос. Светлана Алексеевна тоже не могла вымолвить ни слова. Вообще-то ей казалось, что между Петровым и его секретаршей существуют весьма определенные отношения. Традиционные, так сказать. Которыми руководителей никогда не попрекают. Шеф — в разводе. Иришка — очень даже миленькая девица, со своим стилем... Почему бы и нет? Какая же муха его сегодня укусила? А главное, когда успела? Еще и половины рабочего дня не прошло, а уже такие перестановки в кадрах. Точно: в их «Имидж-сервисе» нечто стряслось...

Светлана затащила Ирину в первый попавшийся двор, усадила на скамейку, дождалась, пока та проревется и обретет дар речи.

— Значит, так,— мрачно констатировала секретарша, уже бывшая.— Петров — жуткая свинья.

— Возможно,— не стала возражать Киселева.

— Сегодня он с утра был не в духе. Сами понимаете — вас нет, он как без рук. У всех — отдельные аспекты, а в целом никто картиной не владеет. А тут, как назло, потерялся один договор. Найти никто не может. Полезли в ваш компьютер — компьютер завис. Приходит этот Алик, который нас обслуживает, и нагло заявляет, что это я виновата. Мол, есть такие особые люди, от которых киснет любое железо, а «клаву», клавиатуру, вообще парализует. Ну, я вся такая заведенная стала...

Она опять всхлипнула.

— Только без слез,— остановила ее Киселева,— дальше-то что было?

— Ну, я и сказала, что вопрос не во мне, а в этом Алике. Что у нас какие-то экспонаты музейные стоят, а не компьютеры. В «Лидере» уже давно таких нет. У меня там подружка секретарем-референтом работает, Анечка. Она ко мне заходила, ткнулась в мой компьютер и просто обомлела: как, говорит, ты только можешь на этой рухляди работать? Ну, я как сказала о подружке, так Петров и рассвирепел. Стал орать — я такого от него никогда не слышала. Мол, «Лидер» — наш главный конкурент. Мол, у меня мозгов нет, если я допускаю эту

Анечку к нашему делопроизводству. Дурой деревенской меня назвал. Ну в чем я виновата? А он — про промышленный шпионаж... Сказал убираться на все четыре стороны, чтобы духу моего больше рядом не было... И куда я теперь пойду? Какое у меня будет резюме? Светлана Алексеевна, я, конечно, дура, что ему про Аньку сказала. Нас ведь еще на курсах предупреждали: начальники не любят, когда секретарши между собой знакомства водят. Нам даже говорили: девочки, не становитесь подружками, не обменивайтесь телефонами, не заводите общих мальчиков, вашему будущему шефу это может не понравиться. Так оно и вышло...

Светлана ничем не смогла утешить Ирину. Шеф, конечно, был прав. Как всегда. И шеф сегодня с самого утра был без нее как без рук... Из всего горестного плача Ирины она извлекла для себя только эту полезную информацию. На все прочие подробности рассказа Светлана просто не обратила внимания. Так уж устроен человек: он всегда слышит только то, что хочет услышать, остальное пропускает мимо себя. И напрасно. Ведь в рассказе секретарши было и еще кое-что. То, что могло немного прояснить хотя бы одно загадочное происшествие, случившееся рядом со Светланой Алексеевной в эти дни. Но Светлана еще не была способна воспринять это «кое-что».

\* \* \*

«Никто не звонил?» — постучалась Светлана в дверь соседа, даже не успев разуться и скинуть пальто.

Ей не терпелось узнать: объявлялся ли Еремеев? Вчера он не стал оставлять ей номеров своих телефонов. Лишь коротко сказал, что позвонит сам в течение дня. И сообщит результат. Для Еремеева, повторил он свою дежурную фразу, нет ничего невозможного: результат был обязан получиться только положительный. В этом Вадим Андреевич, в отличие от Светланы Алексеевны, нисколько не сомневался.

— Нет, никто,— оторвался от книжки сосед.— Хотя, погодите... Я, кажется, что-то записал. Там, в вашем блокноте.

В последнее время Харитон Логгинович уже был близок к тому, чтобы научиться выполнять самые простые поручения. Например, принимать звонки. Блокнот с ручкой всегда лежал на телефонном столике в коридоре, и иногда старик даже не забывал помечать, кто звонил. Конечно, Светлане надо было бы купить телефон с автоответчиком, но лишние деньги на эту трату никак не выкраивались. Поэтому единственная надежда была на соседа.

— Харитон Логгинович,— с мягким упреком крикнула она ему из коридора.— Сегодня вы опять ничего не записали! Вы мне категорически не нравитесь!

— Не может быть! Я помню, что записывал. Звонил мужчина...

— И что он сказал?

— Чтобы вы ему обязательно перезвонили!

— Фамилию и номер телефона он оставил?

— Нет. Этого я не записывал.

— Попытайтесь вспомнить, Харитон Логгинович!

— Погодите, Светочка, не так быстро... Неужели там ничего не помечено? Посмотрите как следует! Я точно помню, что брал ручку в руки.

— Там ничего нет.

— Как это нет? Я ведь записал: Антон. Антон! — обрадовался старик.— А вы уже готовы утверждать, что я окончательно выжил из ума. Теперь вспомнил. Целиком и полностью. Я принял звонок от мужчины по имени Антон. Он просил, чтобы вы сразу же перезвонили ему, как только придете домой. У него что-то срочное. Приятный голос, очень вежливый. Хотя и не в моем вкусе — тенорок.

И такие выяснения — почти каждый день. Медленно, по всем звеньям цепочки, но иногда удается добраться до истины. И в самом деле, проще потратиться на автоответчик, чем по часу пытать старика.

Интересно знать, что за срочное дело появилось у Антона? Наверняка опять примется склонять ее к тому, чтобы она дала работу его приятелю-художнику. В любом случае, перезвонить ему надо. Вдруг сообщит еще что-нибудь? «Светланочка, зайка моя»,— с этого трепета начинаются все его сомнительные новости. Антоша — жуткий сплетник, однако в том, что он способен наговорить, порой кроется и нечто небесполезное.

— А больше ничего не записывали? — с надеждой переспросила Светлана.

— Нет-нет, я выходил из комнаты только один раз. Значит, принял один звонок.

Светлана с отвращением стянула свои раскисшие ботинки. Мягкий коричневый нубук — весь в белых соляных разводах. Светлое пальто — в грязи. Вот она, жизнь большого города, в котором месишь уличную слякоть с миллионами, и с тысячами соприкасаешься плечом в толпе метро. Кто она такая, Светлана Алексеевна Киселева? Обычный городской крот. Из подземелья — на улицу, с улицы — вновь в тоннель. Ни света, ни тепла. Только рой ходы на работе и будь привязан к телефонному проводу. Интересно подсчитать когда-нибудь, сколько времени проводит она в транспорте и сколько на этом проклятом телефоне. Сейчас бы, в эту свободную от службы неделю, взять бы да заняться только собой. Сходить к косметичке, в парикмахерскую. Но как бы не так! Все равно надо сидеть на привязи. Она с ненавистью глянула на телефон и пошла в комнату за записной книжкой.

Еще один сюрприз... Записная книжка как сквозь землю провалилась. Ее не было ни на письменном столе, ни на подоконнике, на котором свалены газеты и журналы. Ни в той сумке, с которой она ходит на работу. Просто чудеса. Светлана не могла припомнить, куда же она ее положила. А еще пеняет на память Харитона Логгиновича! Кажется, последний раз в эту книжку она заглядывала в субботу, вечером, когда обзванивала Наташкиных коллег и знакомых. В воскресенье она сидела у телефона уже с листком бумаги, на который были выписаны номера пейджеров из Наташкиного еженедельника. Но сейчас она не могла найти ни этой книжки, ни листка. Оба дематериализовались.

Когда-нибудь да отыщутся, безразлично рассудила Киселева. Все личные телефоны она помнила наизусть, а нужные рабочие были занесены в память компьютера в офисе. Антоша же перебьется со своим зудом обмена информацией. Сам перезвонит, если ему так приспичило.

Как только она пришла к этому выводу, в коридоре раздался долгожданный звонок...

Звонил, увы, не Еремеев. Это была Милочка. Дочка Енгалычевой коротко сказала, что им надо срочно встретиться, а потом Светлана долго объясняла, как отыскать ее дом у Таврического и где находится та заветная дверь, что ведет в надстройку на крыше.

\* \* \*

Милочку, оказывается, никак не оставляла мысль о том, что мать отбыла вовсе не в круиз, а в Москву. К отцу, в чем она была однозначно уверена.

Киселева никак не могла взять в толк, почему ее это так обеспокоило. Будь это даже правдой, в чем Светлана все-таки сомневалась, раз Енгалычева об этом не сказала. Ну, поработает на него Наталья. Ну, вернется домой с расшатанными нервами, не без этого. Можно подумать, это как-то отразится на ее отношениях с дочерью. Напрасно думают, что актрисы любят свои роли и свою работу больше, чем своих детей. Наталья — прекрасная мамаша. Просто она другая. Иная, чем исступленные домоседки-матери, женщины, добровольно взвалившие на себя амплуа загнанных домохозяек. Мила даже не понимает, как ей повезло. Никакого домашнего террора и диктата, никакого назойливого воспитания.

Сегодня Людмила была непохожа на саму себя. Бледная, нервная, руки дрожат. На месте усидеть не может. То и дело вскакивает и начинает ходить кругами по комнате.

— Светлана Алексеевна, скажите мне всю правду!

Она уже в третий раз повторила эту просьбу.

— Какую правду, моя девочка?

— Ради бога, не называйте меня так. Я уже взрослая.

— Конечно,— согласилась Светлана.— Когда ты была маленькая, мы звали друг друга проще. Ты меня — просто Светой, а не Светланой Алексеевной. Я тебя — «моя девочка». Кажется, теперь мы обе повзрослели...

— Я имею право знать или нет,— перебила ее Милочка,— почему мать к нему так привязана? Он ведь старый. Он отвратительный. Он просто шут гороховый. Вы видели этот его юбилей по телевизору?

— Во-первых, он не старый, ему всего пятьдесят. Когда ты родилась, было тридцать три. Мальчишка по нынешним временам. А насчет шута...

Милочка, конечно, попала в точку. Юбилей режиссера Игоря Тормасова, освещенный в новостях всех московских телеканалов, оставил и у нее очень тягостное впечатление. Тормасова поздравляло самое первое лицо из всех возможных. Предвкушая его прибытие, Игорь Леонидович лично бегал трусцой по всем этажам театра в паре со специально обученным спаниелем: искал взрывчатку. Никто не прошел мимо этого кадра. И еще одного, столь же ужасного: ожидая рукопожатия на сцене, Игорь Леонидович очень нервничал, мелко тряс бородкой и то и дело вытирал ладони о полы смокинга. Пожав руку президенту, заметно успокоился и расцвел. Светлана не запомнила, каким орденом его наградили. Что-то за заслуги перед отечеством. Тормасов был модным режиссером. Любая нормальная дочь должна была бы гордиться таким отцом.

— Чем он все-таки ее держит? Уже столько лет!

— Сядь ты, наконец,— не выдержала Светлана,— у меня от тебя уже голова закружилась! Ты хочешь, чтобы я вот так, на бегу, взяла да рассказала тебе все тайны твоего семейства. А ведь это безумно долгая история. Длинная, сложная и запутанная. Неужели ты думаешь, что правду можно сообщить в двух словах?

До Милочки дошло, что сейчас ей, возможно, что-то и поведают. Она послушно присела на краешек стула.

— Куришь?

— Вообще-то, да,— смутилась Мила.— Но скоро брошу: когда найду работу. Нас на курсах предупреждали, что теперь нигде этого не любят.

— Кури,— Киселева перекинула пачку через стол.

— А наркотики? С этим у тебя как? — попёрла она напрямую.

— Ни в коем случае!

— Замечательно, если не врешь. Ну, а как насчет Кастанеды?

— Не для меня. Хотя мать и уверяет, что у нас в семье наследственная склонность к мистицизму.

— Наталья зря не скажет,— усмехнулась Светлана.— Ты кури, кури, а я пока с мыслями соберусь...

С чего же начать? С того, что Наташка с детства была очень преданным человеком — таким, что в лепешку расшибется ради своих друзей? Или с того, что она всегда со слепым энтузиазмом загоралась идеями этих друзей, а потому к четырнадцати годам перепробовала весь коктейль из Кастанеды, учений о магии и восточных религий? Сама Киселева никогда ни к чему такому не тяготела: она лишь примерно училась и готовилась к поступлению в университет. Вся ее потенциальная независимость и неуправляемость была исчерпана одним инцидентом в восьмом классе: она выкрасила ногти в зеленый цвет. Целую четверть проходила с такими ногтями, победила классную руководительницу по кличке Гестаповна и на этом остановилась. У Киселевой, не в пример Наташке, никогда не было авантюрного и увлекающегося характера. Да, конечно, все дело в этом увлекающемся характере...

— Начнем? — потушила окурок Милочка.

Светлана тяжело вздохнула и закурила.

— Видишь ли,— приступила она осторожно,— у твоей матери всегда был крен в сторону преданности. В детстве она была безумно предана друзьям. А потом ей потребовались другие фигуры... Ты немного понимаешь, о чем я говорю?

— Вообще-то не очень,— честно захлопала глазами Милка.

— Ну, она стала увлекаться разными теориями, всякой мистикой. Ходила в одну спортивную секцию. Сама понимаешь: восточные единоборства, тренер, он требовал называть его Учителем. Кажется, чуть-чуть наркотиков. Учитель имел свои взгляды на этот «чистый кайф». Ничего страшного: там была только анаша, я знаю. Короче, в четырнадцать лет Наташка была готовым субъектом для какой-нибудь секты. Мне все это казалось чистым безумием. Я была очень правильной девочкой и занималась в клубе юного журналиста, потому что хотела поступить на факультет журналистики. Вот...

Светлана взяла еще одну сигарету и продолжила:

— Однажды, это было еще в восьмом классе, я отправилась писать материал об одной известной театральной студии для подростков. Можешь не гадать — это была та самая студия Тормасова — новатора, подвижника и прочее, прочее. Мне там безумно понравилось. Я познакомилась с Игорем и сама чуть в него не влюбилась. Если точнее, даже влюбилась. В юности такие фигуры производят неизгладимое впечатление. Кого я до этого видела и знала? Своих школьных учителей, среди которых не было мужчин, потому что военрук, трудовик и физкультурник, эти мышиные жеребчики, вообще не в счет? А тут такая звезда на тусклом небосклоне. И эта звезда общается с тобой по-взрослому. Умереть и не встать: тебе говорят немыслимое количество пошлостей в единицу времени, а ты слушаешь как завороженная... Как-то раз я рассказала Тормасову, а мы с ним уже дошли к тому времени до самой тесной откровенности, о своей школьной подруге. Мол, так и так, завелись у нее тараканы в голове и никто не знает, как их оттуда вытравить. Он, конечно, говорит: приводите вашу подружку, мы ее исцелим великим искусством театра. Это, собственно, и есть начало нашей грустной истории.

— Значит, это вы их познакомили? — вспыхнула Милочка.

— А почему тебе это не нравится?

— А потому, Светлана Алексеевна, что вы всегда принимаете решения за других. Во все встреваете! А другие потом расхлебывают...

— Ладно-ладно, не ворчи. Между прочим, если бы не я, ты бы вообще не появилась на свет! Могла бы когда-нибудь мне и спасибо сказать. Но — шутки в сторону. Слушай дальше.

— Дальше я знаю,— вздохнула Мила.— Мама начала его обожествлять и считать своим Учителем. Я это слышала от бабушки сто раз.

— Совершенно верно. Ради него она была готова на все. Он же требовал безграничной преданности. Он поссорил ее с родителями, с друзьями, заставлял выполнять самую бессмысленную работу. У них там оказалась не студия, а какая-то секта. Жесткая иерархия, монашеское послушание. Режиссер — он же Учитель и диктатор, вещает с пеной у рта дикие банальности, а они ему внимают. Как сказала бы Софья Александровна, сплошная мания исключительности и тотальный невроз превосходства.

Мила вновь вскочила и заходила по комнате.

— Послушай, девочка, ты точно уверена в том, что хочешь слышать все эти вещи про своего отца? Мы можем остановиться...

— Нет, говорите!

— Короче, там была обстановка коллективного экстаза. На сцене это смотрелось прекрасно. Зал рукоплескал. А в жизни это был сплошной кошмар. Тормасов постоянно провоцировал своих учеников, искал среди них изгоев и отступников. Однажды, это уже в десятом классе случилось, когда Наталья была окончательно им сломлена, она якобы что-то не так сделала во время спектакля — он с ней перестал разговаривать. Просто в упор не видел. Она не могла понять, что произошло, в чем она провинилась. Не замечает и все. Соответственно, и остальные его копируют. Она — коллективный изгой, никто с ней в студии не разговаривает. Давно сказано: актеры — это дети, но только очень паршивые дети...

— Это я уже давно усвоила,— вставила Мила.— По-этому мне и в голову не пришло поступать в театральный.

— Так вот, слушай, что было дальше. У Наташки началась жуткая депрессия. Она чуть руки на себя не наложила. Потом письма ему взялась строчить — исписала несколько тетрадок по сорок восемь листов. Он не реагировал. И тогда она решила вымолить у него прощение. В прямом смысле слова. Собственно, именно я и навела ее на эту дикую мысль. Я не хотела — так получилось. Да, я сама сказала ей одну вещь, в нашем споре, но не сумела предвидеть, как она ее трансформирует...

— И что же вы ей такое сказали?

— Погоди, тут опять — немного истории. У меня ведь мама всю жизнь в музее проработала. Я не приблизительно, я на своей шкуре знала, что такое — люди искусства. Как и ты. Поэтому я, кстати, тоже никогда и не хотела идти по матушкиным стопам. Я очень рано, лет в пятнадцать, поняла, что искусство — это страшная вещь. Там так людей ломают, как остальным и не снилось ни в одном кошмаре. Искусство — это религия. Это церковь. Там — та же забота об иерархии. Та же система поощрения и наказания. Церкви не нужны еретики — она их сжигает, но что бы она без них делала? Они — гарантия преданности остальных. Ты меня понимаешь?

— Вполне.

— Вот и Наталья поняла. Но по-своему. Я ей сказала тогда прописную истину: мол, для церкви один раскаявшийся еретик ценнее сотни самых правоверных католиков. Она буквально схватилась за эти слова!

— И что же она сделала?

— Ей-богу, тебе бы лучше этого и не знать! — вдруг рассердилась Светлана.

До этого она говорила спокойно и вовсе не запальчиво — это были давным-давно обдуманные мысли, изложенные ею еще в старых студенческих работах.

— И все-таки? — тихо и умоляюще попросила девочка.

Светлана глянула на нее в сомнении. Была не была! В конце концов, и сама Наташка, хотела, чтобы дочка знала эту историю. Наталья много раз говорила: «Пора

388

рассказать, но не знаю, как подступиться». Придется взять на себя эту миссию. Киселева вздохнула, зажгла спичку, но прикуривать не стала, а только молча смотрела на огонь. Пламя быстро обожгло пальцы. Светлана решилась и продолжила тяжелый разговор:

— Так вот, моя девочка...

На этот раз Милу не передернуло от этого обращения. Она была вся внимание.

— Наташка взялась вымаливать прощение по ночам под его окнами. Ты учти, это было зимой. Она стояла босая на снегу и со свечой. Только на четвертую ночь он высунулся из окна и позвал ее мириться.

— И что же дальше?

— Дальше — тайна твоего рождения,— перевела дух Светлана.— Я точно знаю: Наталья давно хочет тебе об этом рассказать. Но стесняется. Я думаю, она не назовет предательством мою откровенность. Иначе бы я тебе ничего не говорила.

— Ну, да. По срокам я поняла. День рождения — в октябре... А что было потом? Почему родители не поженились?

— О женитьбе вообще речи не было. Во-первых, у Игоря Леонидовича была жена. Та же самая, что и сейчас. У них какие-то очень высокие отношения, она ему все прощает. Во-вторых, все это было названо личной инициативой Натальи. Считалось, что она должна быть безумно признательна своему Учителю — за то, что он одарил ее счастьем материнства. Именно так сформулировала это тогда жена Тормасова. Она сама приходила к Наташке выяснять отношения и вдолбила ей в голову эту жуть. Она же и убедила Наталью молчать и никому не говорить, от кого ее будущий ребенок. И Наташка врала, что от какого-то студента, которого забрали в армию. Иначе, сама понимаешь, разразился бы страшный скандал: руководитель студии развращает своих несовершеннолетних учениц! Его могли не только выкинуть отовсюду, но еще и посадить. Такие случаи в те времена были. Это сейчас всем на все наплевать. Тем не менее, слух пошел. И эта сладкая парочка спешно эвакуировалась из Ленинграда. Вначале они объявились где-то в Сибири. Там тоже была студия, был шумный успех. А потом Игорь перебрался в Москву и очень быстро завоевал то положение, в котором пребывает и до сих пор. Он в один момент стал модным режиссером. Тебе было уже почти пять лет, ты была самостоятельная и серьезная девочка, с тобой не приходилось нянчиться. На праздниках в детском саду тебе доверяли читать самые длинные стихи,— Светлана улыбнулась, вспомнив тот первомайский утренник, на котором они с Наташкой с учащенным пульсом следили за тем, чтобы Милочка не сбилась с текста!

— Да,— продолжала Светлана,— Наташка к этому времени как раз заканчивала институт и собиралась ехать работать по направлению в Курганский драмтеатр. В общем, бояться твоему папуле уже было нечего, и тогда он объявился здесь. В роли благородного и страдающего отца, разлученного с дочерью. Вцепился в вас как клещ. И пошло-поехало все по новому кругу! Но...

Светлана запнулась, чтобы выбрать верные и убедительные слова.

— Но! — с особым значением произнесла она.— Мы все-таки должны быть к нему справедливы. Именно то, что твой папочка вновь объявился, помогло состояться профессиональной карьере Натальи. Именно он ее продвинул. Он ввел ее в нужный круг. Забросил на те высоты, к которым самой бы пришлось карабкаться годы и годы. Так что ни в какой Курган она не поехала, а сразу оказалась на съемках первого своего фильма. Затем был ошеломляющий успех. Ей просто сказочно повезло! Это счастье, что она не прошла через нравы областного драмтеатра, не испортила себе характер. И вообще... Что там говорить!

— Я ничего не понимаю,— пробормотала Милочка, возвращаясь к своему, наболевшему.— Ничего! Это какой-то перевернутый мир.

— Вот именно. Это просто другой мир,— подтвердила Светлана.— А ты говоришь, что не понимаешь. Да, это — мир отчасти невменяемых людей. Разве нормальный тридцатитрехлетний человек скажет семнадцатилет-

390

ней девочке: ты должна быть благодарна мне за то, что я сделал тебя матерью? А потом исчезнет и вообще не будет общаться с этой девочкой? Не говоря уже о том, чтобы помогать ей растить своего ребенка? Наталье огромного труда стоило преодолеть это рабство, эту внутреннюю зависимость от твоего отца. Огромного,— повторила Светлана.— Она года два после его исчезновения была в тяжелом, гнетущем гневе. Все-таки она не ожидала, что он даже не станет интересоваться, кто у него родился. Любой разговор с ней выруливал на одну тему: на «учителя-мучителя».

— Почему же мать не перестает с ним общаться? Вы говорите: она преодолела, она освободилась...

— Как ты не понимаешь! Она сама знает, что как человек Тормасов — полное дерьмо. Как человек он ей и не нужен. А нужен как режиссер. Только с ним она — большая актриса, он один способен ее раскрыть. Только он может вдохновить, дать эту безумную подзарядку. Раз в три года, раз в пять лет, но ей без него не обойтись. Если Енгалычева не будет хотя бы иногда работать с Тормасовым, она перестанет быть Енгалычевой! По нулям, конечно, не пойдет, но очень многое потеряет. То же самое можно сказать и о твоем отце. Всех своих настоящих творческих пиков Игорь достигал только вместе с Натальей. Такая вот у них плодотворная вражда-притяжение...

— Значит, это никогда не прекратится,— сделала свой вывод Милочка.

— Я тоже так думаю.

— И нет такой силы, которая бы это остановила?

— Как ты сказала? — схватилась Светлана за ее слова. Милочка повторила...

\* \* \*

Сегодня Наташкина дочка не понравилась ей еще больше, чем вчера. Чересчур много гнева было в милой и хорошенькой головке. А гнев — плохой советчик, он способен толкать на самые необдуманные решения. Светлана по себе это знала.

Мила ее очень озадачила. В конце разговора она вообще выдала нечто.

— Светлана Алексеевна,— спросила она совсем не в тему,— а вы могли бы причинить боль?

— Кому и в каком смысле? — не поняла Киселева.

— В самом буквальном. Физическую боль.

— Я что-то не пойму, о чем ты говоришь...

— Ну, сильную боль. Не укол там в попку сделать. А настоящую — садистскую. В собаку, например, выстрелить — смогли бы? Просто взять и убить собаку.

— Нет, конечно. Никогда бы не смогла.

— А моя подруга Лерка говорит, что она бы не только убила, но еще бы зажарила и съела.

— Ужас какой-то в ваших головах!

— Это только слова,— успокоила ее Людмила.— Вы вот и сами все время повторяете, что таких, как ваш бывший супруг, надо душить еще в колыбели. Вы что, и в самом деле способны убить невинного младенца?

— Милка, что ты городишь?!

— Ой,— глянула та на огорченную подругу матери.— Я, пожалуй, пойду. А то еще чего-нибудь ляпну!

Странный получился разговор — под занавес.

Сейчас Милочка нервной и взвинченной походочкой, почти бегом, шла вдоль ограды Таврического сада. Светлана смотрела сверху на ее удаляющуюся фигурку и думала о том, что Наталья, пожалуй, права. С Людмилой точно что-то происходит.

Она еще долго глядела ей вслед, облокотившись на подоконник. Пока фигурка окончательно не скрылась.

Только после этого Светлана заметила у себя под рукой ту самую записную книжку, поисками которой занималась еще днем. Книжка лежала на самом видном месте. Вот так всегда. Ищешь, ищешь, а то, что нужно, лежит прямо под носом. Все дело в освещении. То, что было незаметно при тусклом дневном свете, стало явным в ярком электрическом.

Проговорили-то они, оказывается, несколько часов. Уже совсем вечер. Киселева почувствовала себя вымотанной и уставшей.

И все равно она пошла звонить Антону: вдруг и у того что-нибудь серьезное? Телефон актера молчал. Конечно, Антоши в это время и не должно быть дома.

А Еремеев не объявился ни в напряженный рабочий день, ни даже вечером. Кажется, понедельник завершился ничем.

\* \* \*

Вторник был посвящен одному Еремееву. Точнее, Нине Коган. Светлана Алексеевна еще и сама не могла определить, почему ее так заинтересовала эта история о художнице из окружения то ли Татлина, то ли Малевича. Просто интуиция подсказывала ей, что в этой истории может крыться некая разгадка самого Еремеева. Опять же, она не могла точно сказать, к чему ей самой эта разгадка. Интуиция диктовала лишь то, что ее стоит поискать...

С утра пораньше ей позвонила матушка. Ольга Павловна приступила с места в карьер, без предисловий.

— Ланочка,— только она одна так ее и называла,— ночью мне пришла в голову гениальная мысль. Тебе надо пообщаться с Лавровским.

— Кто это?

Светлана даже не стала спрашивать, с чем именно было связано ночное озарение. Все вещие сны Ольги Павловны всегда четко привязаны к текущему моменту.

— Лавровский? Евгений Ипполитович, бывший хранитель рам. Ты его помнишь — главный сердцеед,— это определение относилось исключительно к аппетиту Лавровского.

— Вспомнила. Жуткий обжора. Сметал все без разбора.

— Тот самый. Сейчас он очень болен. Живет один. Жена умерла. Он так обрадовался моему звонку!

Светлана догадалась, что вчера мать усердно выполняла ее задание, обзванивала всех старых знакомых, вычисляя тех, кто может знать хоть что-нибудь о Нине Коган.

— Он ждет тебя сегодня. У него, Ланочка, феноменальная память. Он помнит всех и вся. Он всегда нас этим изумлял. Рассказывал о нас такие истории, в которые мы сами отказывались верить.

Мать продиктовала адрес. Лавровский жил на улице Красного Курсанта, недалеко от метро «Чкаловская».

\* \* \*

Найти нужный дом оказалось непросто. Под одним номером тянулись целые кварталы. Вначале военное заведение без вывески, потом еще какие-то кирпичные корпуса.

— Вам, девушка, на фабрику? — переспросил первый же прохожий, к которому Киселева обратилась за помощью.

Светлана вспомнила, что улица Красного Курсанта — это не только место дислокации одной военной академии, но еще и адрес трикотажной фабрики.

Кажется, она и в самом деле была похожа на девчонку из провинции, приехавшую искать работу в Питер. Тем лучше, подумала Светлана. Ей даже стало весело. Это напоминало детектив.

Военные, а их было много, ничем помочь не могли. Они знали лишь то, что им положено знать, только собственные координаты.

Идея поступила от десятого из опрошенных встречных. Дама в вытертом пальто изрекла с обидой:

— Девушка, вы хотя бы представляете, где находится центр города?

Светлана неопределенно махнула рукой.

— От центра в Петербурге и идет вся нумерация домов,— пояснила дама.

— Благодарю!

Чем отличается встречная женщина от встречного мужчины? Женщина почти всегда читает мораль, а мужчина, в каком бы он возрасте ни был, обычно проявляет интерес: куда направляетесь и кто такая? Сам мужчина никогда не спросит дорогу. Если он за рулем, он вообще готов проехать несколько лишних километров, только бы не показать никому свою некомпетентность. А женщине все равно, что о ней подумают: она никогда не стесняется приставать ко всем со своими расспросами. И это, что приятно, никого не удивляет... Чем Светлана и пользуется...

* * *

Лавровский, бывший хранитель рам, оказался маленьким желчным человечком, похожим на вьетнамца. Светлана отметила: он действительно болен. Следа не осталось от того пузатого здоровяка, который когда-то веселил компании маминых сослуживиц. Сколько ему лет? Ясно, что никак не меньше восьмидесяти.

Он провел ее на кухню и усадил в грязное кресло. Из гобеленовой обивки торчали клочья поролона. Извинился: в комнаты и сам не заходит. В одной умерла жена, в другой сложены вещи и книги. Вещи и память вытеснили его из комнат. Теперь он живет в пространстве между газовой плитой и окном. Спит здесь же, на раскладушке.

— Ольга Павловна предупредила меня, что у нас будет частный разговор. Он, надеюсь, никуда не пойдет? Это не интервью? — приступил Евгений Ипполитович.

Светлана закивала и замотала головой.

— Еще она сказала, что именно поэтому вы не стали обращаться к искусствоведам и экспертам. Чтобы не запускать никакой волны и молвы в этой мафии. Я правильно понял?

— Абсолютно верно,— подтвердила Светлана, хотя ничего подобного матери не говорила. Ольге Павловне виднее, как найти подход к своему старинному знакомому.

— Итак, вас интересует личность Нины Коган...

— Вот именно: только личность. Меня озадачили некоторые противоречия в ее биографии.

Реплика о противоречиях была заброшена наугад — лишь бы расшевелить собеседника. Как и все пожилые люди, которые подозревают подвох там, где им и не пахнет, Евгений Ипполитович был напряжен и насторожен. Теперь во взгляде Лавровского и вовсе промелькнул испуг. Интересно, чего может бояться бывший хранитель рам?

— Говорят, у вас феноменальная память,— подмастила Светлана старичку.

— Есть вещи, о которых опасно помнить,— перешел он на громкий шепот.— И ваше любопытство по поводу этой Коган, оно тоже, того...

Он запнулся, чтобы подобрать нужное слово.

Светлана уже и не знала, как подступиться к собеседнику. То он был рад с ней встретиться, как уверяла мать. То, кажется, передумал разговаривать. Успел, что ли, с кем-то посоветоваться, пока она к нему ехала?

— Хорошо,— сказал Лавровский внезапно громко и взвинченно.— Я вам все расскажу. Мне, в конце концов, нечего терять. Я человек старый и больной, а истина когда-нибудь да должна выплыть наружу. Вы говорите: «противоречия в биографии». Какие там противоречия? Сплошное вранье! Мне тут подкинули недавно один каталог. Читаю: своим глазам не верю. Оказывается, Нина Коган погибла в сталинских лагерях. Это кто же такое придумал? Я вам скажу кто. Те торгаши, что наживаются на русском авангарде. Просто бред какой-то. Грубейшие подделки, топорнейшие чертежные вариации умудряются так подать, что на аукционах их покупают дороже византийских икон. Мафия, моя дорогая. Ма-фи-я!

— Евгений Ипполитович,— перебила его Светлана, надеясь хоть как-то упорядочить эту сбивчивую речь,— давайте по порядку... Может, кофейку выпьем?

Она и без предупреждений со стороны Ольги Павловны купила в ларьке у метро баночку растворимого кофе и большую упаковку кексов. Какой бы ни была пенсия у старика, а сам он вряд ли позволяет себе подобные лакомства. И точно: при виде этой роскоши Лавровский смягчился. А потом засуетился. Чайник, поиск спичек и чистых чашек, розыски сахарницы, оказавшейся, конечно, пустой, затем извинения, что не может принять гостью как следует, самым наилучшим образом... Когда густой черный кофе был разлит по чашкам, а кексы нежно дразнили рассыпчатой желтой плотью, разговор перешел в спокойное и размеренное русло.

— Итак, она была из круга Малевича. Я правильно сказала?

— Не совсем из круга. Она была рядом, одной из многочисленных учениц. Вокруг Малевича, как вы, моя дорогая, понимаете, крутилось много всякого народа. Девушки, ученики. Само-собой, разные мутные аферисты. Коган была не очень талантливой, но способной. Из тех, кто легко схватывает и легко обучается. Энергичная девушка, очень жизнерадостная. Компанейская, но не назойливая. А больше о ней и сказать нечего. Ничего выдающегося за ней не водилось. Так, ученические образцы, не более того. Зато замуж вышла за гениального человека. За одного сумасшедшего художника — феноменального рисовальщика. Вот он-то и был интересной, яркой фигурой. Увы, оба они не успели ничего сделать. Они рано ушли. Как и многие другие.

— Что с ними случилось?

— То же, что и со всеми. Блокада. Оба умерли от голода.

Евгений Ипполитович умолк.

— Пейте кофе. Стынет,— подтолкнула его к продолжению Светлана.

— О чем же я хотел сказать? Ах, да... О Малевиче и его учениках. С ним у них были очень тяжелые отношения. Все-таки он их здорово тиранил. Когда умер — все вздохнули свободно. Из песни слова не выкинешь. Я помню особое просветление на их лицах, радость вызволения из рабства. Некоторые ученики, кстати, очень способные были, не в пример этой Коган. Но они исчезли потом, неизвестно куда. Время, сами понимаете, было непростое. Не надо рассказывать, как тогда устраняли соперников. Один донос в Большой дом — и соперник выбывает. А потом — война, блокада. Люди просто сгинули. Я убежден в том, что и работы их все пропали. Ну кто там будет в войну хранить какие-то картоны? В печку все летело, в буржуйку! Поэтому я был страшно удивлен, когда на Западе вдруг стали всплывать работы под именами учеников Малевича. Это ведь старый как мир трюк, чистый обман. Классика мистификации: подделка целых школ или направлений. Пускаются в ход легенды о художниках, додумываются их биографии...

— Кто этим занимается?

— Милая моя, я с этого и начал! Ма-фи-я. И не одна,— желтое лицо Лавровского посерело от негодования.— У нее свои искусствоведы, свои эксперты, свои подкупленные родственники, которые вдруг опознают работы дяди-тети. Подделывают абсолютно все. От самой картины до какого-нибудь архивного документа, свидетельствующего о том, что в нужные годы, еще при жизни художника, она выставлялась, оценивалась, перевозилась через таможню и так далее. Подделывается провенанс. Вы знаете это слово?

— Конечно. Происхождение вещи.

— Это у вашей матушки, у драгоценной Ольги Павловны, невозможно ничего подделать. Даже полный профан заметит новодел. А в живописи, в графике — никаких проблем. Я тут где-то вычитал, что по миру сейчас гуляют около восьми тысяч подделок русского авангарда. Занизили цифирь. Гораздо больше. И все об этом знают!

— И молчат,— подсказала Светлана.

— Разумеется. Я ведь знаю кое-кого из тех, кто подделывал эту Нину Коган! Вот пример. Разнорабочий один у нас в музее шнырял, это еще в семидесятых годах было. Дайте, говорит, на память то, что у вас на выброс. Всегда есть какой-то хлам, не без этого. Потом смотрю репродукцию в каталоге одного аукциона. Нина Коган в раме из нашего хранилища! Мне-то ясно, откуда ветер дует. Конечно, я никому об этом не сказал. Я не хочу, чтобы мне проломили голову в подъезде. На липовой Коган зарабатывают такие деньги, за которые будут драться!

— Я думала, мода на авангард уже прошла...

— Мода, моя дорогая, создается торгашами. Им надо продать — они и устраивают ажиотаж вокруг каких-нибудь фигур или целого направления. Реализовали эти подделки — вперед на новые рубежи. Авангард продавали в семидесятых и восьмидесятых. А почему, спрашивается? Разве вы не догадываетесь?

Светлана пожала плечами.

— Потому что очень легко было сочинять разные небылицы, которые никто не мог проверить. Тогда для подделок была идеальная ситуация! Выезжает, скажем, на Запад некий страдалец. Диссидент там, или по пятому пункту, а по мне все едино: колбасный эмигрант. И везет с собой чемодан с дядюшкиными работами. Мол, таили их и хранили, прятали от коммунистов на секретной даче под Ленинградом. А теперь — вот вам, наслаждайтесь и вводите в мировой культурный оборот. Эксперты поддакивают: ах, это именно то, что считалось пропавшим, вы только посмотрите, какая стилистическая безупречность... И так далее. Проще простого было обтяпывать такие трюки. Нет точной информации о происхождении вещи и даже о фигуре художника? Помилуйте: она ведь нелегально вывезена из Союза, а мастер был гоним и помер в лагерях. И прочая пошлятина.

Лавровского передернуло. Судя по тому, как он распалился, Светлана наступила на его больную мозоль — с этим интересом к фигуре Нины Коган.

— В принципе,— продолжил Евгений Ипполитович,— я уже догадываюсь, что придет теперь на смену этому так называемому авангарду. Есть еще одно золотое дно для подделок. Неисчерпаемое. Но там иной уровень мастерства нужен. Там размалеванными чертежами, всеми этими квадратами и треугольниками, не обойдешься... Ко мне уже наведывались разные... За консультациями, так сказать...

— И что же это за неисчерпаемое золотое дно?

— А вот этого я вам, моя дорогая, не скажу! — сердито отрезал Лавровский.

Светлане вполне хватило и того, о чем нашел нужным сообщить бывший хранитель рам.

* * *

...Что говорил Еремеев о своей бывшей жене? Не женщина, а сплошное романтическое приключение. Нашла деньги, чтобы поставить его на ноги. А как нашла — это целая детективная история...

399

Светлана Алексеевна уже, кажется, начала подбирать ключ к разгадке этой истории. Но знание это было как будто и лишним. Что добавляло оно к пониманию интриги, завязавшейся вокруг Наташи Енгалычевой? Ровным счетом ничего.

Светлана раскладывала на кухне покупки и заставляла себя думать не о больших интригах, а о мелких насущных делах. Сегодня ей это удавалось с трудом: сосредоточиться на том, что надо бы прибрать квартиру, вывести тараканов и приготовить еду для соседа. Вот мама, Ольга Павловна — та всегда гениально умеет концентрироваться на стопроцентных пустяках. Может полчаса обсуждать предстоящую покупку пачки стирального порошка и час созерцать свою узумбарскую фиалку на подоконнике. Брат — тот вообще не видит ничего дальше бытового горизонта...

Да, все равно надо заняться готовкой для Харитона Логгиновича. Старик, ставший вдруг невероятно прожорливым, умудрился покончить со всеми недельными запасами еще вчера. Сейчас он с детским любопытством рассматривал яркие упаковки. Маргарин, по пачке гречки, риса и овсянки, нарезанный тонкими ломтиками батон в целлофане, янтарный бекон.

Шесть портретов господина с приятной южной наружностью выстроились в ряд на кухонном столе. Светлана порылась в большой хозяйственной сумке и клонировала седьмого Еремеева. Баночкой с прозрачным джемом был удачно придавлен шальной таракан. В нормальных домах тараканов коты ловят, а в этой надстройке все не по-людски...

— Что это означает? — изумился Харитон Логгинович, глядя на выставленный иконостас.

— Имиджевая реклама, «Еремеев-холдинг»,— непонятно пояснила Киселева.— А джем малиновый.

— Банку потом не выбрасывайте. Оставьте для анализов!

Старик взял в руки стеклянную тару с ценной завинчивающейся крышкой, повертел ее так и сяк, а потом изрек с радостью и энтузиазмом первооткрывателя:

— Послушайте, я где-то уже видел этого человека!

— Еще бы, это лучший друг бедняка.

— Как-как?

— О, господи, вы ведь не смотрите телевизор! «Кальве» — приданое невесты, «Чаппи» — друг собаководов, корм «Еремеев» — надежный спутник бедняка. Качественные продукты по разумным ценам. В каждом ларьке эта физиономия.

— Красивый мужчина. Наверное, еврей.

— Это замечание снимается без возражений! Видите, что на обороте гречки написано? «Еремеев — древняя русская фамилия. Дворянские роды Еремеевых издавна служили на благо Отечества».

— О! — не нашел возражений сосед.

— Смотрите-ка, сама никогда не обращала внимания: тут целая историческая справка! «Еремеевы известны с шестнадцатого века. Иван Борисович Еремеев убит в Казанском походе 1550 г. Яков Тихонович Еремеев убит в 1634 г. при осаде Смоленска». Брокгауз...

— А этот-то Еремеев еще жив? — он осторожно кивнул на портреты, исполненные в стилистике эмалевых овальчиков на кладбищенских крестах.

— Вадим Андреевич? Вовсю!

— Вот я и говорю вам, что где-то его видел. А вы мне не верите!

«Мерзавец этот Еремеев»,— в сердцах подумала про себя Киселева.

\* \* \*

Вадим Андреевич был легок на помине. Наконец-то. Соизволил сделать долгожданный для нее звонок.

— Светлана Алексеевна, у меня для вас очень интересные новости,— начал он без оправданий и объяснений.

— Я слушаю,— буркнула Светлана в трубку.

— Слушайте внимательно,— странным голосом, неожиданно неприятным и вкрадчивым, сказал он.— Мы тут навели справки о вашем майоре. Вы, кстати, с ним встретились?

— Нет,— подробностями она делиться не стала, а он и не спросил.

— Так вот, в тринадцатом отделе главка нет майора по имени Кирилл Владимирович,— уже весело сообщил Еремеев.

— Я могла перепутать номер отдела...

— Прекрасно. Но и во всем личном составе главка нет человека с таким именем.

— М-мм...

— Как вам это нравится, Светлана Алексеевна? Вы не находите,— его голос вновь изменил тембр,— что некто морочит мне голову?

— Я не знаю, что вам ответить,— она растерялась.— Погодите...

Он что же, намекает на то, будто Светлана Алексеевна — самая банальная шантажистка?

— У меня есть объяснение,— нашлась она.— Эти люди иногда действуют под псевдонимами. Разве вы не знаете? Вот глава Петроградской районной администрации, Павел Кошелев. Он раньше был опером Коршуновым. Об этом только ленивый не написал.

— Еще интересней! — Вадим Андреевич даже хохотнул.— Ладно, пощажу ваши расстроенные нервы. Не буду вас интриговать. Вы здесь ни при чем.

— Вот как?

— Да, я вас ни в чем не подозреваю. Более того,— он понизил голос,— я вам скажу, что по тому адресу, на который вас возил этот Кирилл Владимирович... Придумал же себе великокняжеское имя! Так вот, по этому адресу не находится никаких служб главка. А расположена там одна фирмочка, занимающаяся скупкой старинных вещей у населения. Как вам это нравится?

— Не может быть! И что все это значит?

— А означать это может лишь то, что в аэропорту вас перехватили некие аферисты и мошенники. Охотники за антиквариатом. Вполне вписывается. У них — свои контакты с таможней. Значит, получили сигнал. Решили проверить, откуда ноги у картинок растут. Прижали растерянную тетку, то есть вас. Что вы там молчите?

402

— Пытаюсь переварить информацию,— Светлана сглотнула нервный ком в горле.— Я ничего не понимаю! Там все было по-настоящему. Я ведь вам говорила: помещение, дамочка такая милицейская, утрированная... Совершенно натуральная! Такую даже невозможно сыграть: никто не поверит. Я и удостоверение ее в руках держала. Мадлен Ивановна, прапорщик.

— А фамилию и номер удостоверения вы не переписали?

— Конечно, нет!

Еремеев нехорошо хмыкнул и скороговоркой отрезал:

— Светлана Алексеевна, я все сказал.

— Как это все?

— Рад был с вами познакомиться,— не стал больше слушать ее Еремеев.— Как говорится, до свидания и до встреч по другим, более приятным поводам!

Она даже не успела спросить о главном — о том, уладил ли он дело с самими картинками, изъятыми у нее таможней.

Еремеев просто повесил трубку. «Мерзавец и сукин сын»,— громко прошептала Киселева. К кому именно это относилось, осталось неизвестным.

Светлана Алексеевна ощутила, как ее захлестывает волна гнева...

* * *

Гречневой каше в этот вечер было суждено пригореть, сгореть, а потом испепелиться. Посвятить себя мелким домашним заботам было просто нереально. Следом за озадачивающим звонком Еремеева раздался еще один.

Звонил Антон. Мера сдержанности актерского голоса была равна мере наполнения его самыми глубинными смыслами. Игра была на уровне этюда для первого курса.

— Светланочка, зайка моя, тебя все еще интересует та особа, о которой мы говорили? — бархатным голоском проворковал он.

— Безусловно.

Светлане не пришлось изображать сухость тона. Вышло само собой. Трудно было поддерживать игру — после разговора с Еремеевым, выбившим ее из колеи.

— Я выведал то, о чем ты меня просила. Новую фамилию этой Дарьи и телефон. Диктовать?

— Спасибо, Антошенька, только...

Зачем ей все это теперь?

— Ты будто и не рада? Жестокая,— с обычной манерностью протянул Антон.— Из-за тебя я поднял на ноги полгорода! Неужели мне за это ничего не будет?

Ах, вот оно что! Антон просто так ничего не делает. Только услуга за услугу.

— Светик, душечка,— прояснил он,— я многого и не прошу. Ты мне только скажи, вот честно-честно и между нами, в каком направлении двинула Енгалычева?

— Наташка? Она ненадолго уехала в Москву, всего на несколько дней. А что это ты вдруг так заинтересовался?

У Антона не бывает интереса просто так.

— Ну, я не знаю, говорить тебе об этом или нет... Идет молва, что у нее грядут большие изменения. Нечто охо-хо. Ты в курсе?

— Как на духу: нет. Наталья — человек суеверный, раньше времени распространяться не станет.

— Значит, нечто все-таки предвидится...

— А ты, откуда, Антошенька, знаешь?

— Из самых конфиденциальных источников. Неожиданных, но надежных. Я пообщался тут кое с кем, из кулуаров областного управления культуры. Они мне тоже подтвердили...

— Подожди минутку, я выключу плиту!

Так и есть: опять убытки. Каша сгорела вместе с новой эмалированной кастрюлей.

— Антон, ты поконкретнее не можешь? Я что-то не въезжаю.

— Я говорю, что еще ничего не происходит, но все уже пребывают в трепетном ожидании катастрофы.

— Какой катастрофы?!

— Ой, ну какая ты прямолинейная! Тебе это не идет.

— Слушай, сказал А — говори и Б! — уже разозлилась Светлана.

— Да это я так, усилил — про катастрофу. Это реплика из одной роли. Честное пионерское. Мне только намекнули: намечается нечто интересное.

Совсем запутал!

— Антон, я ни о чем таком не слышала. Наташка просто уехала в Москву. Вот и все. По своим делам.

— Ну, как знаешь,— обиделся актер.— А Дашин телефончик-то запиши. Зря я, что ли, старался?

Он продиктовал телефон. Фамилия художницы совпала с ожидаемой — Еремеева. А номер телефона... Такого просто не могло быть!

— Судя по номеру, вы с ней соседки,— интригующе подсказал Антон.

Он был прав: не совпадала только одна, последняя, цифра...

* * *

Не раздумывая, Светлана набрала домашний телефон бывшего супруга, Лампсакова. Экс-супруг уже давно существовал для нее только по фамилии. Спросили бы у нее его имя — она бы задумалась, не сразу вспомнила.

С домашним очагом у Лампсакова был полный порядок: он своего жилья не потерял. Просто вернулся туда, где был прописан до женитьбы. К родителям. Их квартира ни за какие долги не ушла. Не мог же он, примерный сын, продать жилье своих стариков и сам вдобавок оказаться на улице? Как само собой разумеющееся было сочтено, что энергичная Светлана и ее мать, Ольга Павловна, легче и проще смогут пережить утрату крова. Ольга Павловна переберется жить к любящим ее сыну и невестке, а Светлана уж как-нибудь да о себе позаботится. Родители бывшего супруга и сам экс-супруг искренне полагали, и даже говорили об этом вслух, что «Светлана с ее данными вполне способна очень быстро и удачно вновь выйти замуж». А того, кого по ошибке не задушили еще в колыбели, вряд ли кто захочет подобрать, не говоря уже о женщине с квартирой. Последнее утверждение принадлежало, конечно, только Светлане...

— Лампсаков, я слышала, у тебя есть база данных городской телефонной сети,— начала она без приветствий и предисловий.

— А ты откуда знаешь? — с той же степенью любезности вопросил он.

— Ты сам моей матери об этом сказал, когда она изумилась, что ты так быстро смог вычислить их новый телефон!

Из-за Лампсакова его и меняли: тот достал Ольгу Павловну своими пьяно-слезными звонками по ночам. Однако номер не вышел...

— Светлана Алексеевна, эта база данных продается на любом рынке. Дискета стоит четвертак. Пойди и разорись. Ты женщина состоятельная, для тебя это не деньги.

— Лампсаков, не хами,— оборвала Светлана.— Мне срочно надо узнать один адрес по номеру телефона.

— У меня сейчас нет этой дискеты. Она на работе, в лаборатории.

Провалившись в бизнесе, экс-супруг вернулся в свой НИИ, где денег не платили, зато давали вволю играть на компьютере.

— Ты можешь сейчас туда поехать?

— У нас режимное предприятие,— важно сказал Лампсаков.

— Ну и что?

— А ты посмотри на часы!

Она и сама удивилась: был уже час ночи.

— Хорошо,— согласилась Светлана.— Ты ко скольки утром на работу приезжаешь?

— Ну, часам к двенадцати...

— Раньше не можешь?

— Попробую. Ко скольки тебе надо-то?

— Мне надо сейчас. Ты это понимаешь?

— Уговорила, Светлана Алексеевна. Приеду к десяти. Нет, даже к девяти. Давай, диктуй, что тебе надо узнать.

— Приедешь — перезвонишь мне, я тебе скажу. И чтоб потом забыл, о чем я тебя спрашивала. Понял?

— Как не понять,— экс-супруг вздохнул.— Опять, значит, старая боевая лошадь бьет копытами... Опять влезаешь в какую-нибудь историю?

— Лампсаков, не хами! Я за себя не отвечаю. Я тебе такого тогда наговорю...

— Светик, я тебя люблю,— голос бывшего супруга был абсолютно трезвым.— Светик, ведь тебе со мной было хорошо, да? Ну, вспомни. Будь честной сама с собой. Мы прожили вместе шесть счастливых лет...

— Лампсаков, не выводи меня из себя! Еще раз услышу эту старую песню — приеду и убью,— эти слова она произнесла с твердой убежденностью.

— А кому ты тогда будешь звонить в час ночи со своими дурацкими просьбами?

— Балда ты, Лампсаков! — рассмеялась Светлана.— Не проспи завтра утром. Тебя, кстати, разбудить?

Самое удивительное, что она действительно прожила с этим человеком целых шесть лет и о том, прежнем Лампсакове не может сказать ни одного дурного слова. Это были самые лучшие годы в ее жизни. Только кто теперь об этом помнит?

* * *

Бывший супруг превзошел сам себя. В восемь утра он позвонил, разбудил и сообщил, что компьютер уже загружен. На то, чтобы вызвать нужные данные, у него ушли считанные секунды.

В итоге уже в восемь утра Светлана узнала нечто, в корне перевернувшее весь ее взгляд на те события, что начали приключаться с ней в эти странные мартовские дни.

Соседство с Вадимом Андреевичем и Дашей оказалось более чем тесным. Настолько тесным, насколько Светлана даже не могла представить. Выяснилось, что Еремеевы и Киселева проживают почти по одному адресу. В одном доме. Только ее квартира в надстройке, на пятом этаже. А их — чуть ниже, на третьем. Но прямехонько в той же, фасадной, части дома.

Лампсаков, впрочем, сути этого открытия оценить не мог. Мама Светланы, Ольга Павловна, категорически отказывалась выдавать ему номер домашнего телефона дочери. Так что адреса бывшей жены он не знал.

* * *

— Седьмая квартира? — переспросил Харитон Логинович. К счастью, он уже встал. Старики вообще просыпаются рано, независимо от времени года.

— Седьмая,— подтвердила Светлана.

Та самая, на третьем этаже, к дверному косяку которой она прижималась в ночной темноте в воскресенье, напуганная идущим сверху шорохом,— после того, как Еремеев доставил ее из ресторана к дому. А до ресторана, как вдруг четко вспомнила Светлана, он появился здесь, на пятом этаже, в чистейших ботинках, без единой пылинки и брызг слякоти. Точно: тогда ее удивили именно эти ботинки! В тот момент ее почему-то не озадачило даже то, как именно Еремеев проник на запертую лестницу, ведущую в надстройку. А вот ботинки невольно привлекли внимание. Милое пересечение событий: жилец из седьмой квартиры вывозит ее на ужин в ресторан, а в это самое время в девятую квартиру вторгаются некие типы. Пугают старика, морозят пальму, шныряют здесь в поисках неизвестно чего...

Ее предупреждали: муж Даши зверски подозрителен. Выходит, именно он организовал этот обыск. Ради чего? Зачем? И что же, она должна спускать ему это с рук? Она должна молча проглотить, что ей морочат голову? Вначале псевдо-майор с великокняжеским именем, потом этот проходимец Еремеев, потомок древних дворянских родов...

«Дура, ох, и дура же я! — справедливо подумала про себя Светлана Алексеевна.— Маленькое черное платье для коктейля, шикарно выглядите, ох и ах, котлеты по-киевски и фальшивый рислинг... Вот мерзавец! А я-то, я-то куда смотрела? Расслабилась, поддалась на его обаяние. Это же надо быть такой идиоткой!»

408

Киселева была уязвлена: в ней всколыхнулась обида на всех мужчин сразу. На тех, кто хоть раз да обманывал ее в жизни. Неважно, по-мелкому или по-крупному.

Она не принадлежала к числу тех женщин, что обожают взвинчиваться с нуля. Растравливать себя, как какая-нибудь Анна Каренина. Но тут она припомнила одним скопом всех: слизняка-супруга и тунеядца-брата, эксплуататора-шефа и юного конкурента-карьериста, этих двух последних мерзавцев, Вадима Андреевича и Кирилла Владимировича, и еще кое-кого, но это уже не относилось к делу, а проходило по разряду давних студенческих воспоминаний. Вереница из семи мужских фигур вмиг промелькнула перед глазами. Да, именно семь мужских фигур, как на той картинке, с которой начались ее нынешние неприятности! Еще одно милое совпадение. Была бы суеверной, как Наталья, сказала бы, что это — знак судьбы. И квартира-то у Еремеева — под номером семь...

— Седьмая квартира,— горячо повторила она старику.— Вы знакомы с ее жильцами?

— Был когда-то знаком. Но нынче там уже никто не живет.

— Вы уверены?

— Целиком и полностью. В ней все умерли. Еще прежде тех, что жили в нашей, девятой, квартире.

Конечно: память старика была обращена только в прошлое. Харитон Логгинович был знаком с предыдущими жильцами. А новые — те самые новые русские, что заселили весь фасад дома, даже и не могли попасть в круг его внимания. Они никогда не пересекаются: люди, входящие в дом через охраняемый парадный подъезд, и обитатели надстройки. Сама Светлана знала лишь марки их машин и породы собак, запомнила нескольких женщин — теток и девиц в немыслимо дорогих шубах. Более или менее она была знакома только с охранниками: несколько раз заходила к ним, предлагала дубликаты ключей от черного хода. На мужчин, живущих в этом подъезде, она вовсе не обращала внимания.

Она ни разу не сталкивалась здесь с Еремеевым. И этому есть объяснение. В новом для нее доме она провела самые тусклые месяцы года. Уходила на работу в сумерках, возвращалась тоже — впотьмах. Дам и собак видела в основном по выходным, когда они отправлялись на выгул в Таврический сад. Так и есть: у нее просто не было времени для пересечений с местными мужчинами — при свете дня. Она до сегодняшнего дня не ведала о том, что Еремеев — ее сосед, а Еремеев не знал об этом до воскресенья, пока не получил ее сообщение на пейджер своей жены. Интересно, когда же он вычислил адрес Киселевой: до того, как она заявилась к нему в офис, или после? Конечно, после, подумала Светлана. Она назвала ему улицу и номер дома, к которому надо подъехать, а он не смог не удивиться. И не смог не уточнить номер квартиры. Светлана бы поступила точно так же. Но почему Еремеев позвал ее на ужин еще в офисе? Ей тогда показалось, что это было импульсивное решение... Конечно: вначале позвал, потом уточнил подробности, затем решил использовать отсутствие Светланы в квартире и проверить свою новоявленную соседку. Неспроста он столь основательно расспрашивал ее об этом жилье: как давно она снимает комнату, почему и зачем.

Перебирая варианты, Киселева совсем запуталась: ей никак не удавалось выстроить в ряд причины и следствия. Ясно было только то, что события мчались по многорядной трассе, а не по тихой сельской дороге типа «туда-сюда».

— Светланушка,— прервал ее размышления сосед,— у вас больше нет ко мне вопросов?

— Что, Харитон Логгинович?

— Я говорю: вас еще что-нибудь интересует об этой квартире? Если нет — я пойду почитаю. Последний детективчик очень даже ничего. Хотя много ошибок — поступки и мотивация часто не совпадают, но сюжет любопытный...

— Конечно, Харитон Логгинович. Это нормально,— машинально проговорила Светлана.— Ошибки, допущенные автором, это и есть еще одна внутренняя интрига, которую с интересом изучают читатели...

— Что вы сказали?

— Да это я так, о своем... Значит, вы точно убеждены в том, что в седьмой квартире все умерли?

— Разумеется. Под нами — полная тишина. А раньше там жила очень шумная семья.

— Спасибо. Да, только не забудьте позавтракать! Ваша любимая гречка вчера сгорела. Возьмите на столе творожок, он свежий, с Кузнечного рынка.

* * *

Решение номер один? Нет решения, подумала Киселева. В таких случаях надо или выжидать, или сразу действовать, надеясь на удачу и на счастливый случай. Не повезет — ничего страшного. В конце концов, за это ошибочное решение ее никто не четвертует и не повесит.

И Светлана без тени сомнения набрала номер Еремеева. Возможно, этот тип еще не уехал на работу.

— Вадим Андреевич? — по его примеру, она начала без предисловий.— Мне кажется, мы с вами не завершили еще одно дело.

— Светлана Алексеевна? — неприятно удивился он.— Вы что, решили меня преследовать? Я вам уже сказал: наш разговор закончен. И где вы, кстати, раздобыли мой номер телефона?

— Узнала по-соседски.

— Ах, даже так! Да вы авантюристка...

— Вадим Андреевич!

— Вы просто наглая и нахрапистая тетка!

Гудки в трубке. Перезванивать бесполезно, все равно не подойдет к телефону. Ничего, она достанет его в офисе. Основные номера «Еремеев-холдинга» она знает наизусть — все договоры и исходные данные клиентов стоят у нее перед глазами.

В девять ноль-ноль она набрала номер приемной. Секретарша стартовала с дежурного вопроса: «А кто его спрашивает?» Киселева сказала, что из «Фобоса». «Он появится только после часа. Поехал на склады, в таможенный терминал.— Спасибо, я перезвоню». Странно, что она так подробно распространяется. Первая заповедь тех, кто заботится о собственной безопасности: никогда и никому не сообщать свои маршруты. «Еще одна тупица,— автоматом отметила Киселева, вспомнив бестолковую Иришку.— У этих девиц просто патологическая неспособность к обучению».

До часа ей надо было выплеснуть гнев, успокоиться и собраться с мыслями. «Больше — никаких импульсивных поступков наугад и наудачу»,— отрезвила себя Киселева.

Все-таки Светлана Алексеевна считала себя здравомыслящей женщиной. Обычно ей удавалось брать ситуацию под контроль и справляться со своими чувствами.

«Контроль над ситуацией»,— пробормотала она, подходя к письменному столу. Гороскопы Светлана Алексеевна не изучала, но у нее всегда под рукой лежало одно насоветованное Соней психологическое пособие: «Семь правил для выживания в мире мужчин». Ценная вещь. Вроде «доктора Вебера» для компьютера: перечень ошибок и пути их исправления. Компьютерный «Вебер» вытаскивает даже из катастрофы. Правда, ценой этого спасения иногда становятся полностью уничтоженные файлы. Вот оно, отличие виртуальной реальности от реальной жизни. В жизни назад не отыграть и опрометчивых поступков просто так не выкинуть. Никаких «делетов» и никакого «о'кей» на подтверждение...

Сонечкино пособие было гибче «Вебера». Оно придавало Киселевой уверенность в себе, оптимизм и агрессивность в самом нормальном смысле этого слова. Агрессивность — это ведь просто наступательность, а не то, что все думают.

«Итак, что скажут Штирлицу инструкции из центра?» — деловито уткнулась Светлана в указатель. Через несколько минут она уже знала, что ей делать. Инструкция гласила:

*«Непростительно даже не пытаться изменить то, что вам не нравится. Прямо и открыто* выскажите человеку, что его поведение вас обижает. *Прямо и открыто*

412

потребуйте должного к себе отношения. *Прямо и открыто* требуйте то, что вам необходимо. Вы будете приятно удивлены тем, как часто вам будут идти навстречу».

Это вам не гороскопы, по которым надо сидеть сложа руки всю неделю и ждать искрометного любовного приключения на закуску в уик-энд!

«Прямо и открыто»... Что она и делает...

Уже к полудню Светлана Алексеевна четко выполнила весь тот перечень мероприятий для улучшения настроения, что был оглашен «инструкциями из центра». Для начала она около часа поотдавалась исключительно мрачным и безнадежным думам. И про супруга, и про маму, и про шефа, и про Еремеева в том числе. Дойдя до пика неконструктивного отчаяния, Киселева резко встала из-за стола, оделась и рванула в Таврический сад. Теперь гнев, по всем правилам, должен был улетучиться в быстрой ходьбе. К оранжерее она подошла уже спокойной и улыбающейся. Уверенной в себе девушкой в самом расцвете зрелой красоты. За эту дорогу — оранжерея как раз наискосок от дома — она даже изобрела единицу измерения гнева: «один Таврический». От умеренного гнева можно избавиться одной пробежкой через сад, от сильного — двумя. С безумным, наверное, сложнее. Там другой порядок цифр.

В оранжерее стояло бурное кипение цветущих азалий. Тоже то, что надо. Радует глаз и без запаха. Светлана Алексеевна совсем успокоилась, легко распрямила спину и уже с юмором стала думать о Еремееве. Как он сказал про нее? Наглая и нахрапистая тетка? А вот за тетку он и ответит... Он и сам будет удивлен тем, сколь быстро ему придется пойти ей навстречу...

\* \* \*

Дневной натиск на Еремеева был реализован легко и без проблем. Это дома человек может быть последним трамвайным хамом, а на работе — если это действительно работа, а не чер-те что, как у ее Лампсакова, — он держит себя в руках и в форме. Этот нюанс Светлана знает отлично: обстановка диктует стиль поведения.

Еремеев молча выслушал все, что она ему высказала. Она говорила так, как положено. Просто, прямо и открыто. Обо всем, что ей не понравилось. О выманивании ее из квартиры, о вторжении в надстройку, о перепуганном соседе-старике. А также о невинно пострадавшем растении, что и есть самый вопиющий факт...

Вадим Андреевич не проронил ни слова, слушая взвешенную речь Светланы Алексеевны.

— Да, нам действительно необходимо встретиться,— уверенно сказал он после того, как Светлана поставила многоточие.

Эта реплика стала заключительным актом всей сцены.

Как говорится, ищите и обрящете. И будете приятно удивлены тем, сколь охотно идут вам навстречу.

Ровно в девять вечера она спустилась на третий этаж и позвонила в дверь, ведущую в квартиру Еремеева. В самом лучшем виде: мягкие туфли, вытертые голубые джинсы, вязаный мамой пуловер и распущенные по-домашнему волосы. Плюс открытый и отчасти наивный взгляд, потому как без очков. Вадим Андреевич был столь же прост. В шлепанцах, фланелевой рубашке навыпуск и с бутылкой «Балтики № 3» в руках. Самая что ни на есть конфиденциальная встреча соседей.

Что там говорила Наталья об этой квартире Дашиного мужа? Эрмитаж? Как бы не так! Длинный, узкий и выстуженный коридор, тусклый свет, единственная лампочка на засиженном мухами, допотопном переплетенном шнуре. Открытые полки со старыми книгами, коричневые кожаные корешки — смерть аллергикам. Пыль, прах и тлен. В носу щекочет, а уши закладывает. Затертые обои, антресоли над головой. С антресолей торчат древние костыли.

Еремеев перехватил изучающий взгляд Светланы и усмехнулся:

— Вы ожидали увидеть нечто другое?

— В общем-то, да...

— Это квартира моего отца, я не хочу ее трогать. Обе жены склоняли меня к тому, чтобы сделать здесь ремонт. Я — не могу. Иначе придется все разрушить, а это — воспоминания детства.

414

— Так и живете?

— Не совсем. Выпал удачный случай — переместился в соседнюю. Там люди уезжали, продавали, я и купил. А эта... Так, на память. Очень редко сюда захожу. Иногда что-то понадобится. Иногда кто-то из старых друзей по привычке прямо сюда забредет, звонит с черного хода. Дарья, та просто боится этой квартиры. Я ее как-то в шутку напугал, когда мы еще только поженились. Она пристала: что там, на антресолях? Семейные тайны, говорю. Мол, мумия помершей в блокаду тетушки. Потом она все-таки сунулась на эти антресоли... Собственно, это и есть наша с вами история...

— Что? — Светлана не была способна понять это не слишком вразумительное предисловие.

— Я говорю, что с этих антресолей все и началось,— бросил он загадку.

— Кстати, ваша жена еще не вернулась?

Светлана решила уточнить самое существенное: больше, чем с Еремеевым, она хотела бы встретиться с Дашей. Встретиться и переговорить с глазу на глаз. Она почти не сомневалась в том, что ей бы удалось раскрутить художницу на откровенность. У Киселевой есть свои подходы не только к мужчинам, но и к женщинам. Собеседники всегда сами удивляются тому, сколь охотно они идут на откровенные разговоры с ней. При этом она ведет с ними только честную игру. Не провоцирует, не нажимает. Они сами раскрываются. Потому что Светлана подводит их к этому мягко и ненавязчиво...

— Моя жена? — повторил вопрос Вадим Андреевич.— Вы мне не поверите, но я и сам не знаю, где она. Хотите, выдам страшную семейную тайну?

Светлана пожала плечами. Они все еще стояли в коридоре. Как раз под засиженной мухами лампочкой. Видок у Еремеева был просто сатанинский. Свет падал сверху, бросая резкие тени на его смуглое лицо. Светлана на всякий случай переместилась поближе к стене, чтобы не выглядеть старушкой-смертью, в этом-то освещении.

— Моя жена в очередной раз куда-то свалила. Поэтому я и пошел с вами на контакт в воскресенье, когда вы заявили, что у вас некое дело, касающееся Даши. Полагал, что вы знаете. Или эта ваша подружка в курсе ее задвигов.

Светлана молчала. Она не ожидала такого поворота в разговоре. Ей небезосновательно казалось, что Вадим Андреевич принадлежит к тем уверенным людям, которые никогда и ни перед кем не распространяются ни о своих проблемах, ни о промахах. Их откровенность пролегает только до определенной черты, за которой они становятся холодными, неприступными и отстраненными.

— А страшная семейная тайна заключается в том, что я отбил Дашу у своего племянника,— как ни в чем не бывало поведал Еремеев.— Не удержался. Вы сами меня поймете, когда с ней познакомитесь. Она необыкновенная женщина. Предпочла, конечно, меня. Но с тех пор так и мечется. То у меня живет, то к нему возвращается. Объяснить это трудно. Вам, как женщине, наверное, легче понять. Вы с таким сталкивались?

Светлана посмотрела на него с сочувствием. И с непониманием: зачем он все это рассказывает ей, постороннему человеку?

— Да,— Еремеев и не собирался дожидаться ответа,— а теперь она вообще непонятно куда подевалась. У мамы ее нет, у племянника тоже не объявлялась, я это проверял. Сплошные импульсивные поступки. Одни эмоции. В следующий раз женюсь только на сорокалетней тетке, умеющей вить семейное гнездо.

Светлане совсем не хотелось влезать в чужую семейную драму. Семейные истории — самые скучные. Он, она, соперник — любовный треугольник. К чему вникать в эти банальности?

— Вадим Андреевич,— подтолкнула она его к нужной теме,— мы с вами хотели кое-что обсудить...

— Да-да, конечно,— как-то растерянно сказал он и будто только сейчас заметил, что они все еще стоят в полутемном и холодном коридоре.— Пойдемте туда, где можно нормально поговорить.

Он провел ее на мрачную кухню, копию всех кухонь старых коммунальных квартир. Потрескавшаяся штукатурка стен, закрашенная коричневой масляной краской,

416

ржавые трубы, стол и пенал образца шестидесятых — по ним можно было определить, что именно в это время жильцы квартиры, наконец, достигли заветного финансового благополучия, но так на нем и остановились.

Дверь из этой кухни как раз и вела в смежную квартиру. Ту, в которой на самом деле жила чета Еремеевых.

Вадим Андреевич распахнул — и перед Светланой предстал большой зал с колоннами неведомо какого ордера. Глаз резанул кич новодела. Позолоченная лепнина на потолке и бюсты в нишах, белый камин и наборный паркет, а в довершение всего еще и фонтанчик перед диваном. Не хватало только овальных портретов хозяина. Одно слово: Эрмитаж. Светлана тоже свалила бы отсюда — сбежала куда глаза глядят.

Еремеев усадил ее на белый кожаный диван и молча раскрыл папку, лежавшую на низком столике. Акварель и эскиз — те самые, что были изъяты у Киселевой на таможне. Теперь они лежали здесь на расстоянии вытянутой руки. Их даже не надо было подносить к глазам, чтобы убедиться, что это — очень старые вещи. Старые и настоящие...

— Что это? — зачем-то спросила Светлана.

— Опыты моей жены. Невинная мистификация.

Вадим Андреевич беспечно поставил открытую бутылку с пивом прямо на тот же столик. Светлана осторожно переместила ее подальше от работ.

— Вы правы,— одобрил Еремеев.— Это объяснение для таможни. А я вам сейчас расскажу, что это такое на самом деле. Вы ведь никуда уже не торопитесь?

Она глянула на затейливые часы на каминной полке. Было всего полдесятого.


# ЧАСТЬ ВТОРАЯ

«Запомни: свой труп — это самый хороший труп»,— в полдесятого вечера пожилой милицейский прапорщик, больше похожий на полковника, просвещал стажера, неделю назад свалившегося на отделение как снег на голову.

Стажера сразу окрестили Ботаником. Он был худ, долговяз, с тонкой шеей, большие очки в толстой пластмассовой оправе довершали недокормленный образ. Ботаник прилежно записывал в тетрадь для конспектов все, что слышал и видел. Личный состав отделения милиции был с ним осторожен — по новому стажеру сразу возникли вопросы. Если студент юрфака, как сказало начальство, то почему объявился среди учебного года? Были и другие сомнительные моменты. За неделю Ботаник достал всех своими расспросами, влезал в каждое дело и повсюду ходил со своей тетрадочкой в клетку, ловя всякую мысль и любое слово. К тому же он так и норовил сунуть нос в бумаги, опрометчиво оставленные на столе. В тот же день, как он появился, возникло разумное предположение, что парень этот — не просто так, а из подразделения главка, занимающегося внутренним надзором и контролем. Один лишь прапорщик Зварыкин, пересидевший на своей скромной должности нескольких начальников и не один состав отделения, отнесся к стажеру с доверием и добровольно взял на себя роль его опекуна и наставника.

— Свой труп — это как? — педантично переспросил стажер.

— Местный. Здесь прописанный и здесь проживающий,— охотно пояснил прапорщик.— По такому легко работать. Всегда есть соседи, которые что-то видели, что-то слышали. Знают о знакомствах и привычках. В прошлом месяце у нас хороший был случай. Убили одного мужчину, пенсионера, он проживал на Брюсовской улице. Нашли его у железнодорожной насыпи. Горло перерезано «звездочкой», разбитая бутылка тут же валяется, а больше вроде как ничего и нет, даже отпечатков пальцев на этой «звездочке». Сразу проверили убитого: несудимый, холост, никаких криминальных связей, квартира не приватизирована, работает контролером на трамвайной линии. Чист как стеклышко, и никаких зацепок. Была бы хоть квартира приватизирована — тогда

418

был бы смысл его убивать, если до этого он успел выписать на чье-нибудь имя генеральную доверенность. Итак, где и что искать? Казалось бы, глухарь. Однако раскрыли убийство в четыре часа. Хочешь верь — хочешь нет. Сосчитай до трех, как вычислили убийцу?

Ботаник оторвался от тетрадки. Задумался так, что запотели очки.

— Ограбление? Наследство? Страховка? Национальная рознь? Религиозные мотивы? — выдвинул он сразу несколько версий.

— Бери ближе к жизни. Будь проще. Задай в первую очередь вопрос: с кем распивал убитый?

— Как это вычисляется?

— Если он местный, то здесь же обязательно должен найтись кто-нибудь, кто это будет знать. Так было и в этом случае. Одна бабулька видела, как он шел в сторону железной дороги вместе со своим жильцом — у него квартировал один армейский капитан. Другая подсказала, что этот капитан днем покупал бутылку в ларьке — ларечница тут же подтвердила. Еще одна соседка из этого дома знала, что капитан задолжал хозяину за квартиру. Жена военнослужащего, с которой эта четвертая свидетельница часто встречалась на детской площадке,— они обе молодые мамочки — недавно жаловалась ей, что у них нет денег даже заплатить за комнату. Вот тебе сразу все концы, личность подозреваемого и мотив убийства. Пошли в квартиру убитого, а там жена подозреваемого как раз шинель замывает. Для эксперта это — пара пустяков. Как ни застирывай, а следы все равно останутся. Так и вычислили убийцу, по горячим следам. Уяснил, студент? А был бы труп не наш, да еще дня два полежавший — ни хрена бы мы не нашли. Висел бы на нас года два как неопознанный...

На самом интересном месте разговор был прерван. Зварыкину поступила команда ехать на вызов — проверить один сигнал. Некая, не назвавшая своих координат, гражданка позвонила по «02» и сообщила, что слышит истошные женские крики о помощи, доносящиеся, кажется, с запасного хода — черной лестницы ее дома.

Номер своей квартиры звонившая не назвала, однако указала, что крики раздаются на десятом этаже.

— Вот, обрати внимание! — прапорщик назидательно поднял указательный палец.— Еще одна особенность здешнего контингента. Двери открывают кому ни попадя, всем мошенникам и аферистам, а будут люди на помощь звать — никто не высунется. Тем более, если крики с черной лестницы. Как человек рассуждает? Мол, там или подростки озоруют, или бомжи свои дела выясняют.

— Бомжей теперь нет,— подсказал студент,— есть лица, ведущие скитальческий образ жизни.

— По мне все едино, как бы их ни велели называть. Ладно, прячь свою тетрадку, поехали. Мы обязаны реагировать на все сигналы. Уяснил?

Шел уже одиннадцатый час вечера, когда у дома, из которого поступил вызов, остановилась патрульная машина местного отделения милиции.

Оба лифта в этой многоэтажной точке, как назло, не работали. И грузовой, и пассажирский. Прапорщик громко выматерился в адрес скитальцев. Ясное дело: бомжи опять уперли какие-нибудь агрегаты из цветного металла, это они практиковали с завидным постоянством. Подниматься на последние этажи придется по крутым маршам черной лестницы... Зварыкин еще раз выматерился, теперь по адресу строителей дома. Это ж надо было додуматься — вовсе не предусмотреть освещения на запасной лестнице. Как выходят из строя лифты — так наступает звездный час для грабителей и насильников. Было бы даже странно, если бы сегодня в этом доме ничего не стряслось...

Прапорщик и студент вяло поплелись наверх, освещая фонарем узкие и крутые марши. Их шаги были единственными в этот не самый поздний час. На лестнице стояла глухая тишина. То ли на восьмом, то ли на девятом этаже — они уже сбились со счета, а нумерации на площадках, конечно, не было — Ботаник вдруг вцепился в рукав шинели Зварыкина и помертвевшим голосом выдавил из себя одно слово: «кровь».

420

Прапорщик машинально прижал его к стене и даже в свете фонаря приметил, как исказилось лицо парня.

— Ты что, студент?

— Тихо! Чувствую запах крови. Не выношу.

— А ты где его нюхал?

— Был на родах жены. Решил, что обязан перерезать пуповину сыну. С тех пор мутит от этого запаха. За несколько метров чувствую, даже самую малость. У меня обостренное обоняние.

— Ну, ты даешь, блин! Никогда с таким не встречался. Придумал тоже: идти на роды жены. Я читал, что после этого — полный финал. А у тебя как с этим делом?

— Совсем финал...

— Вот, дурак! Никогда бы и не подумал, что ты уже женат.

Перебранка гулко заполонила всю лестницу...

Зварыкин успел пожалеть, что приголубил чувствительного Ботаника. Сам прапорщик давно привык ко всему — за двадцать-то с лишним лет милицейской службы. Пульс уже давно не учащался, руки не дрожали, а сердце не колотилось. Но сейчас и ему передался тот нехороший страх, что шел от студента. Прапорщик в сердцах ругнул себя за впечатлительность, но шаг ускорил. Еще два пролета, и еще пролет, почти бегом. Теперь уже и сам Зварыкин ощутил тот запах, который нельзя перепутать ни с каким другим.

Рассеянный луч фонаря высветил лежащую на площадке женщину. Она лежала в неестественно изогнутой позе, как будто падала до этого с лестницы, навзничь, спиной. Взгляд широко открытых глаз уже застыл, вокруг головы растеклась небольшая лужица крови. Десять или пятнадцать минут назад — возможно, в то самое время, когда они выезжали из отделения на вызов — эта женщина была молодой и красивой... Скончалась она, видимо, почти сразу после падения: крови успело натечь немного...

Прапорщик Зварыкин привык, конечно, ко всему, но и у него иногда начинало щемить сердце. В самых редких случаях: когда он видел убитых детей и убитых молодых женщин.

Ботаник, стоявший за спиной, даже не дышал.

— Накаркали мы с тобой, студент, а? Это ты меня завел сегодня на разговор о трупах! Вот и сглазили...

Ботаник будто одеревенел.

— Дуй вниз, — коротко распорядился Зварыкин, — скажи водителю, он дальше сам знает, что делать.

— А вы? — стажер сглотнул, наконец, горловой спазм.

— А я останусь охранять место происшествия. Сейчас приедут дежурный следователь и эксперт, будут производить необходимые в таких случаях действия. Описание ситуации, опрос жильцов. Все, как положено. Судя по всему, тут ограбление. Заметь, сумочки при женщине нет. Видно, из рук вырывали да толкнули. Да, неудачно дамочка упала...

— Ее ударили по голове, — подсказал студент. — Кровь из ушей — это признак перелома основания черепа.

— Ты, блин, прямо готовый эксперт, — усмехнулся Зварыкин.

Прапорщик сфокусировал луч фонарика на лице и руках убитой. В темноте блеснули бриллианты сережек и обручальное кольцо.

— Жалко бабу, — перекрестился Зварыкин. — Молодая, красивая, состоятельная. Небось, и ребеночек есть... Вот гады! Готовы убить человека из-за толики малой. Сумочку хапнули — им и хватило. Глянь, даже украшений не сняли. Видно, что-то их спугнуло...

— Такая у нас работа, студент. — Прапорщик поставил точку на не относящихся к делу сантиментах. — Давай-давай, не тяни время. Я тебе объяснял: такие преступления лучше всего раскрываются по горячим следам!

Стажер исчез. Зварыкин прислонился к стене, поежился от холода и закурил. На лестнице по-прежнему стояла глухая тишина...

Внезапно ее нарушили крики, хлопанье дверей. Звуки раздавались прямо над головой, но чуть правее. Нечто, похожее на семейный скандал. Прапорщик обогнул труп и сделал несколько шагов наверх. Крики прекратились, но за ними последовал топот ног. Резко хлопнула дверь, ведущая с общего балкона на запасную лестницу.

Кто-то несся вниз, прямо на милиционера. Он переметнул луч фонаря и увидел растрепанную женщину, она прижимала к лицу окровавленное полотенце.

Зварыкин моментально схватился за кобуру. Женщина остановилась как вкопанная. Теперь она переводила сумасшедший взгляд с милиционера на лежащее тело, с тела — на милиционера... И вдруг осела на ступеньки, пытаясь удержаться за перила. Прапорщик догадался, что женщина, кажется, близка к потере сознания. Он подскочил к ней и что есть силы стал трясти за плечо, чтобы вернуть в чувства.

Не надо было слыть гениальным сыщиком, чтобы догадаться: есть некая связь между лежащим на площадке трупом и этой теткой. Зварыкину лицо тетки показалось знакомым. Примелькавшимся. То ли в ларьке каком она торгует, то ли еще где постоянно встречается, но явно где-то на пересечении тех маршрутов, по которым ежедневно пролегает путь Зварыкина. Он сфокусировал луч фонаря на этой полуобморочной физиономии. Женщина очнулась и резко увернулась от милиционера. Потом вдруг так же стремительно прижалась лицом к его плечу и громко, горько разрыдалась.

* * *

В полночь на месте происшествия работали уже несколько команд самого разного подчинения. Дежурная бригада из местного отделения милиции. Бригада из главка. Плюс неизвестно кем оповещенная команда телевизионщиков: оператор с видеокамерой и корреспондент.

Событие было из ряда вон: нападение на известную актрису Наталью Енгалычеву, возвращавшуюся поздно вечером домой вместе с одной своей знакомой. Из-за того, что лифты в доме не работали, подругам пришлось подниматься на одиннадцатый этаж по запасной лестнице. На площадке между десятым и одиннадцатым этажами на них напали неизвестные, в черных масках. Это была то ли попытка, то ли имитация ограбления. Если имитация — то акция, направленная на то, чтобы припугнуть артистку.

«Итак, акт устрашения из пока неизвестной нам пьесы», — выводы в эту полночь принадлежали корреспондентке, деловой телевизионной барышне, старательно освещавшей событие. Формулировки отскакивали от ее уст. Она стояла с микрофоном у дверей, ведущих в квартиру артистки.

Потерпевшая, хотя и была сильно расстроена, но проявила твердость характера и не пустила телевизионщиков на порог. Дверь артистки была закрыта, а высыпавшие на лестничную площадку соседи с недоумением взирали на разворачивающееся среди ночи действие. Соседи явно утратили чувство реальности. Некоторые бросали реплики, что это всего лишь съемки.

Кстати, никто из жильцов этой площадки, опрошенных чуть позднее, не сознался в том, что звонил по «02». И на десятом этаже следователей ждало такое же упорное отрицание. Никто в милицию не звонил, криков о помощи тоже никто не слышал... Объяснение этому нашлось позднее, но пока следователи разумно рассудили, что причина — в страхе соседей за самих себя и в нежелании выступать свидетелями по делу об убийстве.

Наталья Енгалычева каменным изваянием сидела на табурете, на кухне, и была не способна отвечать ни на какие вопросы следователей. В той же кондиции находилась и ее дочь, семнадцатилетняя Людмила Енгалычева. Дочка, правда, всхлипывала и мотала головой. В довершение всей сумятицы по квартире бродил стажер по кличке Ботаник, он спотыкался обо все углы и пороги, за ним летели вещи, но хозяйки квартиры — мать и дочь — не обращали на него никакого внимания. Вздрогнули и невольно переглянулись лишь тогда, когда он с грохотом уронил на кафельный пол кухни еще и массивную разделочную доску.

Обе женщины были в шоке от происшедшего, и следователи терпеливо ждали, пока они придут в себя.

«Шок»,— в который раз пояснил Зварыкин стажеру и, не спрашивая разрешения у хозяек, открыл холодильник. До этого он все озирался по кухонным полкам. В холодильнике, наконец, увидел то, что искал. Бутылку водки. Лучшее средство борьбы со стрессом и шоком. Он плеснул из бутылки сразу в два стакана и почти насильно заставил женщин выпить. Выпив, они, как и следовало ожидать, разрыдались. Теперь с ними можно было разговаривать.

— Наталья Владимировна, вам нужна медицинская помощь?

— Нет. Справлюсь сама...

Голоса милиционеров доносились до нее как сквозь вату. Своя речь звучала чужой. Рассеченная губа и подбородок все сильнее отекали, язык был будто заморожен новокаином.

Боли она не ощущала.

— Наталья Владимировна, мы понимаем ваше состояние. Но эту беседу невозможно отложить. Вы должны понять: большинство убийств раскрываются именно по горячим следам. Вы нас слышите?

Енгалычева вновь судорожно разрыдалась.

— Во-первых, вы должны помочь в идентификации личности убитой. Кто эта женщина? Имя, адрес?

— Я не знаю ее адреса... У меня есть только номер пейджера... Мила, принеси записную книжку!

Номер нашли. Одна из мужских фигур тотчас исчезла из кухни, начались переговоры по телефону в соседней комнате.

— Нам важно знать все подробности. Как произошло нападение? Как выглядели нападавшие?

— Не знаю. Темно было. Они — в масках...

— Вы успели это заметить?

— Нет. Я уже говорила об этом. Просто я...

Тут она подняла дрожащую руку.

— Я вцепилась одному в лицо. Там оказалось что-то мягкое, вязаное...

— Наталья Владимировна! — это был уже голос под-
скочившего к ней эксперта. Тому надо было взять образцы волокон и кожи, оказавшиеся под ногтями.

Енгалычева сердито выдернула руку и закричала в
отчаянии:

— Послушайте, вы можете говорить и ходить по
одному?

— Нет!

Общий ответ прозвучал синхронно.

— Это перекрестный допрос, — со знанием дела подсказал стажер.

Сконцентрироваться на вопросах было невозможно.
Они сыпались на Енгалычеву один за одним, мелька-
ли, как вагоны встречного поезда. Кто знал о том, что
она придет домой не одна, а с убитой? Есть ли у нее
недоброжелатели? Водились ли такие у подруги? Как
действовали нападавшие? Почему ни она, ни ее дочь не
вызвали «скорую помощь»? Что говорила убитая о своих
отношениях с мужем?

Енгалычева не выдержала:

— Хватит! Пусть спрашивает кто-нибудь один!

Шок, рыдания и растерянность актрисы все равно
не смогли помешать тому, чтобы с ее слов, а также со
слов дочери довольно быстро была восстановлена картина того, что произошло в этом доме на Брюсовской
улице, в ночь на второе апреля.

* * *

Описанию трагического происшествия предшест-
вовал пролог — необходимое предисловие. Еще на
прошлой неделе Наталья Владимировна Енгалычева, известная и популярная артистка, отбыла по своим делам
в столицу. С делами в Москве ей удалось управиться
раньше времени. И, вместо того, чтобы вернуться, как
было запланировано, то есть в четверг, она решила прибыть в Петербург в среду. Итак, она отбыла из Москвы
еще днем, «Авророй». Утром, кстати, позвонила из гостиницы домой и оповестила дочь Людмилу о том, что

планы переменились. Енгалычева не хотела, чтобы ее преждевременное возвращение застало дочь врасплох. Она — человек либеральный. Понимает, что в семнадцать лет у девочки вполне может быть своя, личная жизнь.

О том, что мать прибудет уже этим вечером в среду, а не утром в четверг, Людмила Енгалычева сообщила в течение дня, наверное, дюжине самых разных людей. Разумеется, в первую очередь — тем своим приятельницам, с которыми учится на курсах секретарей-референтов. Точное число оповещенных девушек Людмила назвать не смогла. Вначале громко крикнула об этом некой Тане — дело было в спортзале, в перерыве. Затем послала записочку самой близкой подружке, Лере, это было уже на занятии.

— Кому еще вы сказали о том, во сколько вернется домой ваша мать?

Людмила в задумчивости сморщила миниатюрный носик. Она, кажется, уже вполне контролировала свои эмоции и машинально начинала втягиваться в обычное женское кокетство.

— Ну, не помню,— протянула она.— Не все ведь представляются, кто звонит. Бывает, что просто поклонники...

— И вы докладываете расписание вашей матери всем, кто ее спрашивает, даже незнакомым людям?

Дочка Енгалычевой с интересом посмотрела на следователей.

— В самом деле,— пробормотала она,— забавная мысль... Мне и в голову не приходило...

— Вспомните, это очень важно: кто все-таки звонил и справлялся о вашей матери?

— Хорошо, постараюсь...

Но смогла определенно сказать лишь то, что все это были знакомые, точнее, узнаваемые голоса.

Одной из звонивших и была та, что все еще лежала там, на запасной лестнице. В милицейском протоколе этот эпизод зафиксировали так: «Убитая позвонила, а затем встретила потерпевшую на вокзале, по прибытии поезда из Москвы». Имя убитой было записано исключительно со слов матери и дочери — никаких документов при жертве не обнаружили. Обе женщины сказали, что их знакомую зовут Дарьей, фамилию они точно не знают. Прежде Даша была Долинина, но после замужества сменила девичью фамилию на фамилию мужа. Даша, возможно, когда-нибудь и называла новую, но Наталья Владимировна не запомнила. Она в своей жизни контактирует с невероятно широким кругом лиц: актерская профессия перенасыщена общением и словами. А потому Енгалычева запоминает только то, что представляет для нее интерес — как для актрисы. Чувства, эмоции, жесты и так далее. А вот фамилии ее память почти не удерживает. Впрочем, актриса подсказала следователям, как те могут выйти на точные данные Даши: «Загляните в бухгалтерию нашего театра, там наверняка есть договоры на выполненные ею работы».

\* \* \*

Итак, всего три с половиной часа назад Даша, так звали эту женщину — знакомую Натальи Енгалычевой по ее работе в театре, встретила актрису на перроне Московского вокзала и сообщила, что у нее имеется дело крайней важности. Однако говорить об этом деле она не стала ни в метро, ни потом в маршрутном такси. Почему? «Всюду были люди, это понятно»,— удивилась вопросу Енгалычева. О чем же они в таком случае говорили? «Так, о всяких пустяках. Просто треп по ерунде, как это обычно бывает у женщин...»

— А о чем обычно говорят женщины? — вдруг встрял стажер. До этого он молчал.

Актриса глянула на него, как на последнего идиота: им что, больше нечего здесь обсуждать в такую жуткую ночь?

— Действительно, Наталья Владимировна,— неожиданно подхватил слова студента следователь из местного отделения милиции,— о чем?

— Плачутся друг другу на мужей, разве не понятно?

— У вашей подруги что, были неприязненные отношения с мужем? — заметно ожил следователь из главка.

— Откуда я знаю, какие у них были отношения? — воскликнула актриса.— Люди говорят одно, а на самом деле может быть совсем другое. То, о чем сплетничают женщины, всегда надо делить на сто!

Тем не менее, следствие очень заинтересовалось тем, что сообщила Енгалычева об отношениях своей знакомой с мужем. В протокол были вписаны такие слова: «Он ее страшно оскорблял».

Чуть позже, когда актриса начала вычитывать свои показания и дошла до этих слов, она, до того как будто пребывавшая в дремоте, вдруг вспыхнула, скомкала страницу и без комментариев отправила ее в мусорное ведро.

Оба следователя переглянулись.

— Вы передернули мои слова,— коротко бросила Енгалычева.

— Какие именно?

— Я не говорила вам о том, что муж ее оскорблял. Я упомянула только то, что ее оскорбляли, бесили и выводили из себя кое-какие бестактности ее мужа.

— Разве это не одно и то же?

— Господи, как вы можете расследовать убийства, если ни черта не понимаете в жизни?

Актрису уже начало раздражать тупоумие следователей — она и не стала этого скрывать. Следователи пропустили ее нервозную реплику с самым ледяным равнодушием. Во-первых, потерпевшая была в расстроенных чувствах. Во-вторых, это была не простая потерпевшая. Одно дело — поставить на место какую-нибудь гражданку Иванову, которую только что, и заслуженно, отдубасили в пьяном семейном дебоше. Совсем иное — цыкнуть на особу такого сорта. Еще неизвестно, каким боком это выйдет. У дамочки наверняка самые обширные связи. Следователь из главка, совсем не молодой человек, очень своевременно припомнил, что эта артистка уже несколько лет подряд выступает на их ведомственных концертах в честь Дня милиции. Значит, может водить тесное знакомство с начальством. Он выдавил из себя улыбку — демонстративно виноватую и заискивающую, блеснул железом протезов и прокуренными гнилушками.

Енгалычева спохватилась, что перегнула палку. В конце концов, люди хотят установить истину. Если они не так поняли слова Натальи Владимировны — значит, это целиком ее вина. Невнятно объяснила, плохо растолковала. В конце концов, они — мужчины. Да еще вон какие пришибленные: мешки под глазами, грязные ногти, обтрепанные воротнички рубашек, лоснящиеся штаны плюс запах плохо выстиранного белья. Что с них взять? Муж Даши, и тот никак не мог уяснить, откуда растут ноги у всех метаний и душевных срывов жены. Даша говорила, что его просто выводили из себя ее слезы. Он был не в состоянии понять, что она ищет его сочувствия и поддержки...

Вернулись к отношениям убитой с мужем. Теперь актриса была терпелива.

— Есть разница в мужской и женской психологии. Вы согласны? — предварила она свое пояснение.

— Неоспоримо,— подтвердили оба следователя.

— Так вот: конфликт Даши с мужем заключался как раз в том, что он категорически не признавал этого различия. Это я говорю со слов Даши. Я думаю, она нисколько не фантазировала. Так оно и было.

«Загнула!» — с тоской подумал следователь из района. Все это время он перебирал в голове тех, кто озоровал на их территории темными ночами. Он нисколько не сомневался в том, что имеет дело с обычным ограблением. А потому с иронией наблюдал за коллегой из главка, старательно фиксировавшим едва ли не каждое слово артистки.

Даже стажер, и тот имел аналогичное мнение. Он тоже не стал вникать в глубины психоанализа. Сонный Ботаник пристроился на диванчике в коридоре и ритмично раскачивался в такт музыке. Дочка артистки бросала сердитые взгляды: парень бесцеремонно позаимствовал ее сидишный плейер. Стажеру стоило прочистить мозги, но сейчас он все равно ничего не слышал: в уши вставил крохотные наушники. И не видел: очки надел на потертое колено.

Внимание к словам потерпевшей проявлял лишь следователь из главка, но она этого обстоятельства не замечала, а потому поочередно обращалась ко всем, и даже к стажеру. В конце концов, она ничего не смыслила в милицейской иерархии.

Коротко суть пояснений актрисы сводилась к следующему: уже через месяц-другой после замужества ее подруга, Даша, стала страдать от того, что превратилась в самую заурядную домохозяйку, красивую вещицу при богатом человеке. А муж ее, как назло, не понимал этих переживаний. И был настолько бестактен, что позволял себе, прямо в ее присутствии, с восхищением отзываться о женщинах, добившихся потрясающих успехов в бизнесе. Особенно бесило Дашу то, с каким восторгом и уважением говорил муж о своей бывшей жене — топ-менеджере какой-то столичной компании.

— И это все? — осторожно спросил следователь из главка.

— А разве этого мало? — изумилась Енгалычева.— Вы покажите мне такую женщину, которая без эмоций перенесет похвалы любимого человека в адрес ее соперницы! В доме повешенного не говорят о веревке, при закатившейся звезде не упоминают о восходящей. Это азы. Он в это не въезжал. Господи, все теперь — в прошедшем времени! — Она вновь разрыдалась.

— Женщины,— констатировал следователь из района. Мол, что с них взять?

Второй час ночи. Все устали. Все вымотаны. Наталья Владимировна Енгалычева и ее дочь, Людмила Игоревна Енгалычева, уже автоматически подписывают каждую страницу протоколов. С их слов записано верно — они ознакомились и возражений не имеют. К многоэтажной точке на Брюсовской улице подъезжает, наконец, тот фургон, что в просторечии именуется трупововозкой. Происшествие запротоколировано, следы его с утра пораньше будут уничтожены дворничихой. Был человек — и нет...

Все ушли. В квартире остались двое — мать и дочь. Наталья Владимировна добралась до спальни, рухнула на тахту и провалилась в сон, не ощущая боли от рассеченной губы и почему-то начавшей пухнуть и отекать переносицы.

Людмила еще долго курила на балконе, не замечая холода и озноба. Она впервые столкнулась со смертью. Говорят, страшно бывает только в первый раз. Потом человек — тварь дрожащая и свинья всеядная — ко всему привыкает. Смирится когда-нибудь и она... Такие вот мысли были в этой хорошенькой, в этой аккуратной головке. И кое-что еще, в том же самом стиле.

* * *

Светлана Алексеевна Киселева была патологической полуночницей. Любое «нечто из ряда вон» приводило к тому, что она блуждала по квартире до трех, до четырех утра. Ругала себя: знала заранее, сколько морщинок прибавится завтра под глазами. Но справиться с собой не могла. Ходила, курила, звонила Наталье, когда та не была в отъезде. Подруга любила телефонные разговоры далеко за полночь. Пила кофе, смотрела в окно, чего-нибудь жевала, неважно что. Вся эта процедура была неотвратима и неизбежна даже в том случае, если с вечера Киселеву растревожила самая сущая малость: новая информация, свежая эмоция, особое впечатление и прочее.

Сегодня, в ночь с первого на второе апреля, ей, судя по всему, не уснуть до утра. Только ближе к часу она поднялась к себе на пятый этаж от Еремеева. Распахнула окно в комнате, вдохнула настоянный на звуках шуршащих шин городской воздух. В воздухе, что за чудо долгожданное, начали, наконец, ощущаться слабые весенние дуновения. Свежий воздух вносит ясность в голову, а весна — в чувства. Когда, еще днем, Светлана мерила скорым шагом дорожки Таврического сада, она ощутила именно эту приятную незамутненность восприятия и сознания. А тут еще Вадим Андреевич, совсем к ночи, вдруг взял да растолковал эту историю с картинками, с Дашей и с Наташей. Все вышло очень просто и даже мило. Не было никакого заговора темных сил —

432

произошло лишь бестолковое стечение самых разных обстоятельств. Если что и не вписывалось в эту простую схему невинной бестолковости, так это только ночное вторжение в ее квартиру. Оно более чем озадачило Еремеева. Вадим Андреевич любимой женой Дашей поклялся: он сам не имеет ни малейшего отношения к обыску в надстройке. Подумав и погадав, Киселева и Еремеев выдвинули единую версию: а что, если это — происки все того же неуемного псевдо-майора? Да, один только этот эпизод и остался непроясненным...

Итак, Вадим Андреевич Еремеев поведал ей удивительную историю, похожую на... Нет, не на сказку. Сказке Киселева просто бы не поверила. Его история весьма походила на те, что она еще в детстве слышала от мамы, Ольги Павловны. О тех загадках, тайниках и сокровищах, что хранят в себе старые петербургские квартиры. Сколько подобных загадок еще ждут своего часа — никому неведомо. Уходит из жизни какой-нибудь древний и дряхлый владелец сокровищ, обладатель жгучей тайны, и разгадка навсегда исчезает вместе с ним. Умирает старик — после него остается старый и никому не нужный хлам. Родственникам даже лень в нем копаться, в этом прахе и тлене, представлявшем ценность только для своего хозяина. Так и оказывается на свалке и на помойке то, за что должны бы были драться наследники, как за кость, брошенную стае бездомных собак. Да, Светлана Алексеевна, дочь музейного работника, отлично знала такие истории о невостребованных и попросту выброшенных сокровищах. А потому рассказ Еремеева она слушала не просто с интересом, а с вниманием профессионала.

Отец Еремеева, Андрей Николаевич, умер достаточно давно, десять лет назад. Вадим тогда еще учился в институте. Он — поздний ребенок, как и Светлана. Пока отец был жив, Вадим Еремеев, естественно, был еще не в том возрасте, чтобы интересоваться его прошлым. Собственно, он не проявлял интереса и к самому отцу. Тот был стар, не в пример энергичным и молодым отцам его приятелей. Стар, болен и брюзглив, несносный человек с тяжелым характером. Еремеев его стеснялся и всегда скрывал от папы-мамы дни проведения родительских собраний в школе. Мама, кстати, осталась в его рассказе за кадром. Светлана поняла только то, что она еще жива.

Отца похоронили, а после него остались какие-то архивы. Коробки и чемоданы с письмами, фотографиями, бумагами. Вначале у Вадима была мысль сжечь все это на даче, но мать не разрешила. В итоге весь хлам, все материальные свидетельства существования его папы были отправлены на антресоли. Еремееву даже в голову не приходило копаться в этом барахле.

Архивы Еремеева-старшего так бы и лежали неразобранными, если бы не новая жена Вадима Андреевича, Даша. Даша еще осенью загорелась идеей ремонта старой квартиры. Она — художница, применения ее силам все равно нет, не красить же ей картинки, чтобы продавать их в сувенирной лавке за жалкие двести-триста долларов. Кстати, на том, чтобы она бросила и работу декоратора в театре, настоял сам Вадим Андреевич. Самолюбие не позволяло ему смотреть спокойно на то, как жена почти бесплатно делает гигантскую по затратам времени и сил работу.

Так вот, Даше все равно было нечем заняться, и тогда у нее появились интересные идеи по организации пространства в этой старой квартире. Новая, смежная, ей категорически не нравится. Она просто оскорбляет ее вкус, хотя дизайнер этой квартиры, которому столь неудачно доверился Еремеев,— человек с достаточно известным и даже громким именем.

Жена занялась проектом — Еремеев и не стал возражать против этого невинного занятия. Проект — это еще не ремонт. Попутно Даше надо было установить кое-какие особенности устройства квартиры: где находятся балки, где несущие стены и прочее, в чем Вадим Андреевич не слишком хорошо разбирается. Встал вопрос о том, чтобы обследовать потолок в коридоре, но для этого надо было разобрать антресоли. Те самые, с которых до сих пор торчат костыли — светлая память о давнымдавно умершем брате отца. Толком на эти антресоли Вадим Андреевич никогда не заглядывал. Просто запихнул на них, с самого края, архив покойного отца, а тем, что лежит в глубине, интересоваться не стал. У них с мамой когда-то была даже шутка о том, что на антресолях вполне может покоиться и чья-нибудь мумия — любовницы папы, умершей в блокаду тетушки или еще невесть кого. Варианты были один веселее другого. Даша, кстати, всегда побаивалась этих антресолей. До той поры, пока сама на них не залезла и не изучила содержимое...

Хранилось там (и хранится до сих пор — куда же это деть?) много самых диковинных вещей: от елочных игрушек с революционной символикой до старой отцовской шинели. Но самой интересной находкой стал один «сундучок Кощея Бессмертного», как окрестила его потом Даша. Банальный с виду фанерный чемоданчик, с ним Еремеев-старший демобилизовался из армии и вернулся после войны в Ленинград. А в чемоданчике этом, на самом дне, обнаружилась папочка. И подробная пояснительная записка Еремеева-старшего. Целая школьная тетрадь в клетку, на двенадцати страницах которой крупным и неровным старческим почерком была выведена история о том, откуда и как попала эта папочка в руки Андрея Николаевича Еремеева. Записка, следовательно, была составлена уже через несколько десятилетий после окончания войны.

Папочка — не сказать, чтобы объемная. Тощая, толщиной с личное дело в отделе кадров. Лежали в ней несколько картинок. Всего несколько, но зато каких — они сразу привели Дашу в состояние невероятного возбуждения! Так сказал Светлане сам Вадим Андреевич.

Из записки Еремеева-старшего следовало, что привез он эти картинки из Германии в 1945 году. Он, капитан, руководил там уже после окончания войны, частью работ по разбору неких сокровищ, упрятанных фашистами в одной соляной шахте в горах. Каких именно сокровищ, Андрей Николаевич в этой записке не пояснил. Приписал только, что это составляет государственную тайну (даже если уже несколько десятилетий и не составляло, то кто же будет оповещать о том бывшего капитана?).

Работы в шахте, как следовало из записки, велись все лето и всю осень сорок пятого года, до самой демобилизации Андрея Николаевича. Все это время подразделение капитана Еремеева находилось в распоряжении особой трофейной бригады — команды, состоящей из военных и искусствоведов. По окончании работ один из военных, лейтенант, оказавшийся земляком Андрея Николаевича, попросил молодого капитана навестить в Ленинграде его семью. Семья лейтенанта вот-вот должна была вернуться из эвакуации, из Казахстана. Земляк хотел передать жене кое-какие трофеи, чтобы та смогла обменять их на продукты. Просьба была самой обыкновенной, Еремеев отказываться не стал. Тем более, что и выдал ему лейтенант всего один пакет, а не тюк барахла.

Однако выполнить его просьбу Андрей Николаевич не смог. По адресу, указанному лейтенантом, проживала совсем другая женщина: ей с месяц как выдали ордер на эту комнату, а больше она ничего не знала. Еремеев переговорил с управдомом — тот подтвердил: прежние жильцы из эвакуации не вернулись, вот в комнату и переселили, из подвала, одну вдову с детьми. Капитан Еремеев честно изложил всю эту ситуацию в письме к лейтенанту. Указал, что пакет по-прежнему у него, в надежных руках. Затем убрал пакет на антресоли и принялся ждать, когда лейтенант сам заглянет к нему по возвращении из Германии. Однако парень так никогда и не объявился. Перед новым, 1946-м, годом Андрей Николаевич еще раз, на всякий случай, заглянул к управдому, но тот так и не получил никаких вестей от прежних жильцов — ни от лейтенанта, ни от его жены. А потом, как поведал в своей записке Еремеев-старший, он и вовсе забыл думать об этом пакете. Только перед самой своей смертью — а некоторые старые люди удивительно точно чувствуют ее приближение — отец Вадима Андреевича стал приводить в порядок все свои бумаги и дела. Дошел до покрывшегося пылью и паутиной пакета. Вскрыл его, наконец. Без любопытства — просто потому, что перебирал все подряд. И обнаружил несколько ничем не примечательных пожелтевших картинок. Он переложил их в новую папку, сопроводил все подробным пояснением, а имя и адрес того лейтенанта указать почему-то забыл. Так они и сгинули в вечность...

Даша, умница, тотчас смогла оценить, что за картинки передал Еремееву-отцу тот безымянный лейтенант. Она пришла в невероятное волнение, и несколько дней после находки только и могла, что кружить у стола, на котором разложила рисунки из папки. «Три акварели, подписанные Клейном, и два эскиза Делакруа!» — повторяла она как заведенная.

Про Делакруа Вадим Андреевич что-то слышал и даже вспомнил, что тот Эжен. Кто такой этот Клейн, объяснила Даша. Иоганн Адам Клейн — известный рисовальщик лошадей и прочей живности, тоже начало прошлого века. Даша также растолковала, что эти картинки — несметное сокровище, на аукционах такие вещи идут за многие сотни тысяч долларов.

Вадим Андреевич, человек практичный, сразу прикинул, как бы их реализовать. Стал наводить справки по своим каналам и понял, что задача не столь проста, как выглядит на первый взгляд. Вещицы эти — по сути дела краденые тем самым лейтенантом. Кому они принадлежали, кто упрятал их в шахту — неизвестно. Может, они из частной коллекции, может, из музейной, что еще хуже. Как передали Вадиму Андреевичу слова одного эксперта (на него он вышел через третьих лиц, чтобы не светиться), легально выставить трофейную вещь на международный аукцион практически невозможно. Все солидные аукционные дома и фирмы тщательно сверяют предлагаемые им работы со списками произведений искусства, краденых и пропавших из музеев и частных коллекций. Немцы — педантичный народ, они уже давным-давно описали все свои послевоенные пропажи. Искать покупателя трофеев можно только на черном рынке. Либо надо вступать в конфиденциальные переговоры с настоящим хозяином вещей и вести речь об условиях выкупа. Так сказал некий очень квалифицированный эксперт.

Еремеев, человек реалистичный, понял одно: дешевле и бесхлопотней будет положить эти картинки туда, где они лежали. На антресоли. У него нет желания идти на авантюры и связываться с незнакомым ему рынком, сказал он сегодня Светлане Алексеевне. К тому же это только Дашино мнение, что каждая картинка стоит сотни тысяч долларов. Еремеев не поленился: вышел через «Интернет» на каталоги крупнейших международных аукционов, изучил вопрос. Суммы получились пустяковые — если смотреть по масштабам его собственного бизнеса. Нет, за такие деньги он не станет рисковать и вторгаться на чужие, тем более криминальные, территории. Об этом он твердо сказал и самой Даше: нет, никогда и ни за что. Или когда-нибудь, но только в самый черный день.

Однако жена Еремеева — существо непокорное. Взяла и учудила, отправилась в самостоятельное плавание. Нашла, видимо, какого-то покупателя. Почему картинки артистке подсунула — дело понятное. Наталья Енгалычева — личность известная, не станут же таможенники рыться в вещах звезды. Таможенники должны были взять под козырек и вообще не заглядывать в ее багаж.

Как только Даша объявится, Вадим Андреевич растолкует ей, сколько неприятностей причинила она невинным людям и что за дурь сидит у нее в голове!

* * *

В этом рассказе Еремеева Светлане было понятно все. Кроме одного: отчего это Даше так приспичило продавать картинки? Еремеев десять раз повторил, что он ни в чем жене не отказывает, и за ним она как за каменной стеной. Именно так и сказал: «Захотелось Дашеньке полететь в Рим, зарисовывать руины — пожалуйста. В январе покупаться потянуло — ради бога, отправил ее на Канары. В феврале ездила за натуральным загаром в Турцию. Ни в чем не отказываю. Дурь у нее в голове, просто дурь»,— сокрушенно повторил он.

...Сейчас, в три часа ночи, Светлана Алексеевна задумчиво жарила на кухне рыбу под элегантным названием «путассу». Вообще-то эта рыба была собственностью кошки, но среди ночи Киселевой зверски захотелось есть: организм запросил восполнения энергии, затра-

438

ченной на эмоции и на интенсивную умственную деятельность.

Кошка, рыжая тварь и всеядное чудовище, урчала под ногами, всей своей ненасытной утробой, с хрустом перемалывала хищными челюстями изящные, большеглазые головки рыбок, в скорби своей напоминающие головки оттанцевавших пятидесятилетних балерин. «Пусть привыкает тварь, не все коту масленица»,— беззлобно и уже сонно подумала Светлана. Вон, у ее брата, кошке даже и таких малых черепушек не перепадет, брат из них еще и уху наваристую сварит. Как-то, когда она призвала того поиметь совесть и перестать тиранить супругу Тамару мелочной экономией и придирками, братец Владимир тоже припомнил «кота и масленицу». Что-то он тогда еще такое забавное сказал, совсем нелепое, этот брат Владимир, самый безвольный и самый безнадежный мужчина, которого она когда-либо встречала в своей жизни, если не считать ее бывшего мужа... Вот Еремеев — энергия так и хлещет, приятно посмотреть. Он еще станет губернатором, она готова держать пари...

«Господи,— остановила себя Киселева,— какая ерунда только не приходит в голову в этих ночных бдениях!» И тут же вспомнила, какую такую нелепицу выдал недавно Вовик: брат накаркал, что и ее хорошие времена не будут продолжаться вечно. Так и сказал: мол, все под одним богом ходим и не исключено, что через полгода она выйдет на панель — менять свой костюмчик от Версаче на картошку и постное масло... «Брат родной, а такую чушь мелет! Все-таки умственные способности не даны нам природой. Мы развиваем их в себе сами»,— с сознанием собственного достоинства пробормотала над рыбкой Светлана.

У нее хватает умственных способностей, чтобы понять, ради чего затеяла авантюру с картинками жена Еремеева... Вот он, вызрел итог ночных бдений! Все очень просто. Все укладывается в два параграфа. Параграф первый: первая жена Еремеева поставила его на ноги как бизнесмена. Параграф второй: вторая жена Еремеева, даже из чисто женского честолюбия, не говоря уже об иных мотивах, должна стараться поставить его на ноги в каком-нибудь следующем и восходящем качестве.

Первая раздобыла денег, удачно продав некие вошедшие в моду квадратики — возможно, что и настоящие работы своей тетушки. Неважно, что наплел вчера Светлане этот злюка Лавровский насчет сомнительного происхождения работ Нины Коган. Он старый, больной и желчный. Что от такого ожидать?

Теперь вторая жена Еремеева просто-напросто хочет повторить подвиг первой. Взять и раздобыть денег, продав вещицы, свалившиеся на нее с антресолей. Еремеев сам, еще в ресторане, в их первый вечер, говорил Светлане, что у него нет лишних средств, чтобы идти на выборы. Конечно, нет. В эти выборы ставки как никогда высоки, успех сможет означать прямой путь к губернаторскому креслу. Неужели Даша, жена Вадима Андреевича, не желает поспособствовать тому, чтобы муж ее получил этот шанс? Она, Светлана Алексеевна Киселева, на месте супруги Еремеева поступила бы аналогичным образом! Продала бы всех жеребцов работы Иоганна Адама Клейна, а также все семь мужских фигур, начертанных пером великого Эжена Делакруа. Светлана об заклад готова побиться, что те частые заграничные поездки Даши, о которых упомянул Еремеев, были связаны именно с поисками покупателя! События совпадают: в феврале летала в Турцию, в марте уже должна была передать там кому-то эти картинки. Тут очень кстати подвернулась и Наташка со своей халявной поездкой. Беда только в том, что Киселева, Светлана Алексеевна, сорвала этот блестящий план: сразу вызвала подозрения таможенника этой жалкой и тощей пачкой долларов. Ужасно неудачное стечение обстоятельств, а такой был славный план — безо всякого напряга...

Заснула Светлана Алексеевна уже под самое-самое утро. С улыбкой на лице — следуя известному правилу о том, как проснуться в отличном настроении и прекрасной форме. Она, конечно, и представить не могла того, что уже произошло в эту ночь в ее прежнем доме, на Брюсовской улице. Даже в самом кошмарном сне. Она,

440

само-собой, знать не знала, что как раз в этот час, в одном отделении милиции, и совсем недалеко от этого дома, десятки раз поминали ту Дашу, о которой она думала всю ночь. Несуразный стажер по кличке Ботаник кружил у облезлого стула, на котором восседал пожилой прапорщик, и излагал свое видение происшествия на Брюсовской. Прапорщика кое-что заинтересовало. Особенно одна деталька, связанная с сидишным плейером.

* * *

У нормальных людей родственники — это подарок судьбы. У Киселевой — испытание, ниспосланное всевышним. «Бросай все и приезжай» — команда номер один в уставе общения Ольги Павловны с дочерью.

Мать говорила с одышкой и тяжело кашляла в телефонную трубку. Конечно, надо было быть именно Ольгой Павловной, чтобы в понедельник выпить целую банку растворимого кофе, вперемешку с пачкой сигарет, и все это еще до полудня, затем потащиться на другой конец города, проторчать несколько часов на непогоде, распродавая щенков Таисьи Андреевны, потом во вторник и среду удивляться своему легкому недомоганию, продолжая при этом сидеть на сквозняке в музее, а в четверг, в восемь утра, поднять, наконец, по пожарной тревоге дочь и потребовать аспирина с валокордином. Попросить об этом своего сынулю и его жену она категорически не может. Она с ними в ссоре. Целиком и полностью. Как говорила незабвенная глухонемая бабушка у покойного Венички Ерофеева, это ж надо так далеко зайти в поисках собственного «я»...

— Ничего мне не говори,— прохрипела Ольга Павловна с порога.— Я знаю все, что ты можешь сказать. У тебя ужасная манера читать морали. Безумец Лампсаков! Он единственный, кто мог тебя терпеть!

Светлана еле удержалась от реплики о том, что матушку исправит только могила. Однако не смогла не заметить, что надо хотя бы держать лекарства в доме.

— Ты сама ругала меня за то, что я делаю запасы,— нашлась Ольга Павловна.— Вот я, наконец, и исправилась.

Мать была раздражена, расстроена и встревожена — обычное состояние для пожилого сердечника. Как это всегда бывало у нее при приступах, она вывела разговор на тему тяжелых предчувствий. В эту ночь ей приснился какой-то особо мерзкий сон: снился их старый дом, будто она поднимается в темноте по черной лестнице и ей совсем нечем дышать, а наверху семейный скандал, крики, хлопанье дверей.

— Мамуль, это сон о пережитом, — успокоила ее Светлана, — ты переживаешь потерю квартиры, вспоминаешь мой развод. Все закономерно. А то, что тебе дышать было нечем, так ты бы меньше курила! Нормальные женщины твоих лет пьют на ночь, между прочим, только молоко с медом, прихлебывают им душевные сериалы с красивой любовью, а потом им снятся ошеломительные эротические сны. Втянись в это дело — самой понравится.

Чтобы отвлечь мать, щелкнула кнопкой телевизора. Было как раз время завершения утренних новостей, за ними наступал час сериала.

«И последнее, сенсационное, сообщение пришло к нам только что из Петербурга!» — выпалила дикторша.

Светлана не любила эту крикливую ведущую. Ей всегда казалось, что за нею, сзади, сидит некто и пихает ее в спину палкой: мол, еще веселее, еще задорнее!

«Сегодня ночью, в подъезде собственного дома, здесь было совершено дерзкое нападение на известную актрису Наталью Енгалычеву. О подробностях этого инцидента мы проинформируем вас в следующих выпусках, — очаровательно улыбнулась ведущая. — Смотрите нас днем, с вами была я!»

Мать и дочь замерли. Ольга Павловна схватилась за сердце.

— Вот видишь, а ты мне не верила, — проговорила она упавшим голосом. Дальше Светлана уже не стала слушать ее причитаний о предчувствиях и вещих снах.

— Людмила, что там у вас стряслось? — кричала она через минуту в трубку. Кричала так, что даже брат вылез в коридор. — Где Наталья? Да, я только что услышала в новостях! Почему вы мне сразу не позвонили? Как это она ни с кем не хочет разговаривать? Даже со мной?! Что значит: ото всех прячется? Что ты городишь? А в травму-то она ездила? Нет? Так: пусть ждет меня. Я сейчас. Нет, через час. Черт возьми, я у мамы, на Московском, на другом конце города!

Пронеслась мимо растерянной матушки и открывшего рот братца. На выходе была тормознута Тамарой.

— Светочка, ты к Енгалычевой? — пропела та неожиданно тихим голоском.— Светочка, я давно хотела узнать... Ты спроси, раз такой случай...

— Что: спроси?!

— Почему она с волосами своими ничего не делает? Ходит — прямо так,— глупенькая Тамара изобразила ладонями прямые и распущенные волосы. Звякнула дешевенькими браслетиками и сережками, она всегда блестит и бренчит, как новогодняя елка...

«Господи, злюка ты старая, за что мне такие испытания?» — Киселева поймала себя на том, что начинает входить во вкус молитв.

* * *

В дом на Брюсовской улице она примчалась не первая. В квартире уже была Соня, их общая подруга, женщина-врач. Она о несчастье узнала чуть раньше. Сказал кто-то из коллег в клинике, что услышал по радио в машине, когда ехал на работу.

Соня спокойно осматривала распухшую физиономию Натальи и, безучастным ко всем ужасам, командным докторским голосом покрикивала: «Убрать руки! Не дотрагиваться до носа!»

Киселева обмерла, увидев, во что превратилось лицо Натальи. Она, как только что это делала и Соня, взялась задавать самые первичные вопросы: что, как, да когда? И за что? Ни та, ни другая еще понятия не имели о том, что ушибы, фингалы и даже сломанный нос — вовсе не трагедия для их подруги. Все это просто пустяк — в сравнении с тем, что стряслось с Дашей.

О Даше в новостях ничего не сообщали... «Ее убили, когда на нас напали. Ночью. Вместо меня»,— очень убежденным и самым мрачным голосом выдавила Наталья.

— Не может быть! — это с ужасом воскликнула Соня. Оказывается, и она знала Дашу.— Какая ужасная, какая несправедливая смерть,— несколько раз повторила она и заплакала.

* * *

Уже совсем вечером, когда было покончено со всеми обследованиями, со всеми болезненными процедурами, когда на нос Натальи наложили мощную повязку — там все-таки оказался перелом, и обломки пришлось ставить на место, а теперь Соня буквально молила подругу, чтобы та не дотрагивалась до повязки, дабы не остаться на всю жизнь с боксерской вдавленной переносицей. Так вот, этим самым вечером три подруги плюс Мила, а также присоединившийся к ним шеф Светланы и бывший муж Сони, Александр Иванович Петров, сидели на кухне енгалычевской квартиры и пытались составить из осколков историю последних месяцев и недель жизни Даши. Наталья никак не могла простить себе нелепую гибель подруги. Ее успокаивали: при чем здесь она? И все-таки пытались понять: что же произошло ночью на лестнице — случайность, то есть просто выходка грабителей, или вполне продуманное убийство? Вот потому-то и стали говорить о самой Даше: кому она, интересно, могла помешать?

Светлане пришлось бегло пересказать все свои эпизоды участия в странной истории Даши — от случая на таможне до вчерашнего посещения квартиры Еремеевых. Слушая Киселеву, шеф Петров только горестно вздыхал: отчего не дала ему знать об этих темных делах сразу же, еще в субботу?

Соня, очень скудно, выдала свою порцию наблюдений за художницей и ее проблемами. Оказывается, в пик непонимания между Дашей и мужем, та, по совету Натальи, имела душеспасительную беседу с ней, с психиатром.

Софья Александровна и Наталья Владимировна знали о Даше то, что рассказывала им сама Даша. Светлана

444

Алексеевна имела информацию с другой стороны — со слов ее мужа. Александр Иванович ни о каких семейных проблемах Еремеевых не ведал, зато был знаком с самим Вадимом Андреевичем. Но очень пунктирно, как сказал он сам. У них было всего несколько встреч по сугубо деловым вопросам.

Впечатления Милы никто в расчет не брал. Хотя именно дочка Енгалычевой, первая, произнесла вслух то, о чем уже целый вечер нехорошо и про себя подумывали и подруги, и Петров. Их всех не оставляла в покое мысль о том, что Еремеев вполне мог возжелать избавления от своей второй жены. Женился по романтическому порыву — потом выяснил, что за артистической натурой скрывается обычная баба с истеричным характером. Жена к тому же оказалась неверна. На честное предложение развестись ответила целым представлением, грозила тяжелой и непоправимой местью. О последнем Светлана, конечно, не знала: Еремеев ее в это не посвящал. Но отлично были осведомлены и Наталья, и Сонечка: Даша им сама говорила.

— Конечно, он и подстроил это нападение! — первой изрекла умненькая Милочка.

— Нет,— все-таки засомневалась Светлана, она уже устала менять свои мнения о Еремееве.— Я была с ним как раз в это время, вчера вечером. Он был спокоен, как стог сена.

— Ну вот: прямой и расчетливый умысел. Взял муженек и упенькал женушку,— выдвинула свою версию Наталья. Она владела терминологией: имела когда-то роли в детективах.

Петров и Соня от выводов вслух воздержались. Но, видимо, подумали о том же самом, потому что лишь согласно переглянулись.

* * *

Когда на людей сваливается несчастье — они готовы до бесконечности пережевывать его детали и подробности, утомляя всех окружающих. Енгалычева мазохисткой

445

не слыла, однако в этот вечер она еще и еще раз повторяла одно и то же: как Даша встретила ее на вокзале, как они поехали на Брюсовскую, как стали подниматься в темноте по черной лестнице, не предчувствуя никакой беды, как потом кричали, звали на помощь... И как Даша, бедолага, оступилась и полетела вниз спиной через целый лестничный марш, упала на площадку плашмя затылком и получила такую травму, которую медики зовут несовместимой с жизнью...

Повторялась Наталья и по телефону, потому что бесконечно звонили родственники, однокурсники, друзья: к ночи до всех дошла весть о происшествии, тем более что кадры с места события прокрутили сразу по нескольким телеканалам. Для людей на том конце провода многое из того, о чем говорила Енгалычева, звучало новостью: все телеканалы показали происшествие в самом усеченном виде — сообщили о нападении на актрису, но ни словом не обмолвились о смерти ее знакомой. К чему им было тратить лишние эфирные секунды на смерть какой-то несущественной молодой женщины? Потому Енгалычевой и приходилось говорить долго, говорить подробно...

Соня, Светлана и Петров уже не в силах были слушать один и тот же рассказ. В принципе, их миссия была выполнена: в травму подругу отвезли, душу ей успокоили, кое-какие предположения повыстраивали. Чем еще можно помочь?

Наталья сама бессильно развела руками, продолжая слушать чьи-то сочувствия в трубке. Соня еще раз показала ей на нос и строго погрозила пальцем. Светлана сделала то же самое, а Петров подхватил под ручку Милу, чтобы та вышла с ними в коридор — закрыть дверь. Заодно дали ей последние наставления по уходу за больной и только после этого распрощались.

Уже выйдя за порог, Киселева вдруг спохватилась:

— Людмила, а ведь я хотела узнать у тебя одну вещь, да при Наташке было неудобно!

— Какую? — улыбнулась сразу всем троим Милочка.

— Одну вещь насчет тебя самой...

— Да? — она деланно округлила глаза.

— Милка,— горестно сказала Светлана.— Я тебе не в упрек, я по факту: как же ты не услышала, что мать звала на помощь?

— Действительно, Людмила,— поддержал Александр Иванович.

— Господи, да отстаньте вы от ребенка! — встряла Сонечка.— У девочки и так такой сильный стресс!

Соня увлекла за собой Петрова — вызывать лифт. А Светлана задержалась.

— И все-таки? — не отступала она.

— Не знаю... Просто не слышала. Я в наушниках была, плейер слушала, «Продиджи».

— Что слушала?

— «Продиджи», музыка такая. Мне Лерка как раз завезла.

— Стоп,— оторопела Светлана.

Только сейчас она сообразила: ведь та подружка, по имени Лера, жила у Милки все дни, пока Наталья была в Москве. Куда же она подевалась после происшествия?

— Стоп,— повторила Киселева.— А где была Лера? Она что, тоже ничего не слышала?

— Лерка свалила еще до этого,— спокойно пояснила Милочка.— Она как раз в этот вечер согласилась пойти к одному парню. Он такой липучка — достал... Ну, она вся намылась, намакияжилась и пошла...

— Когда это было?

— Не знаю. Ну как только он позвонил, что ли? Или она ему позвонила, точно не помню. У него мобильник, он крутой, сам за ней заехал...

— Людочка, девочка моя, ведь это очень важно. Вспомни! Ты пойми, они оба могли кого-то приметить около нашего дома,— в волнении Светлана назвала этот дом своим.— Ты сказала об этом милиции?

— Нет. А что, надо было?

— Господи, какая ты еще наивная! Надо срочно позвонить Лере!

— Куда?

— Ле-ре.

— Я в курсе, как ее зовут. Я бы и сама позвонила,— вздохнула Милочка.— Но тут облом, Светлана Алексеевна. Я не знаю ее телефона. Я не знаю, где она живет. Вчера у нас с ней закончились общие занятия. Я вообще не уверена, что когда-нибудь ее увижу...

— Ничего не понимаю!

— Конечно, не понимаете. Мне и самой все это надоело. Но это — принцип наших курсов. Каждый день вдалбливают: девочки, вы не должны дружить, не должны обмениваться телефонами и не должны заводить общих мальчиков. Это, говорят, может не понравиться нашим будущим начальникам: когда в подружках ходят секретарши конкурирующих фирм. Вдруг мы выболтаем друг другу секреты шефов? Кредо наших курсов: не доверяй никому!

Светлана напряглась: где-то она уже слышала именно эти слова. Точно в таком же перечислении. Но не вспомнила.

— Лерка — карьеристка,— пояснила Милочка.— Она выполняет все заповеди. Оч-чень даже может быть, что она больше вообще никогда не появится... Еще одна драма, Светлана Алексеевна...

— Светка, отстань от ребенка! — крикнула Соня.

Светлана Алексеевна задумчиво поплелась к лифту.

* * *

— Обе что-то недоговаривают,— резюмировала Соня, когда они уже сели в машину Петрова.— Я не в упрек, я по факту. Не могу сказать, что Наталья и Милка врут, но о чем-то умалчивают...

— Откуда такие мрачные выводы? — поинтересовался Петров.

— Не выводы — наблюдения,— уточнила Сонечка.— В каждом заболевании есть нечто, что может быть увидено или измерено, и это нечто используется при диагностике болезни. Вот это нечто я и приметила.

Соня — психиатр, она умеет разбираться в самых тонких штучках...

— Брось ты свои умствования,— оборвал ее Петров. И подсказал:

— Просто женщины. Расстроены.

Чтобы отвлечь всех от мрачных мыслей, Александр Иванович перескочил на общие с Киселевой дела. На то, что произошло в «Имидж-сервисе» за короткое время ее отсутствия. Светлана слушала вполуха: про увольнение Иришки, секретарши, она и так знала от нее самой.

— Сонь,— зевнула Светлана.— Я думала, у него с ней «ля-ля-ля», а он вышвырнул бедную девушку на улицу. Петров, мне она тоже не нравилась, но где ты новую-то возьмешь?

— Ой, где угодно! На улице подберу. Знаешь старую восточную поговорку: найди сиротку, воспитай ее и женись на ней. Будет по гроб жизни признательна, что дал работу. А с курсами с этими никогда больше связываться не буду. Там одни понты: она у нас такая-разэдакая, трудоголик до мозга костей, хоть кофе в постель. И вот что вышло: растрындела о наших делах во всех этих «Фобосах». Ты ее не жалей и о ней не думай, пусть теперь сама в жизни устраивается!

Она и не жалела. Но — думала об Иришке. Правда, совсем по другому поводу. Она вдруг сопоставила жалобы их бывшей секретарши с тем, что наговорила ей Милочка. Вот оно: то, что озадачило ее, когда она стояла на пороге квартиры Енгалычевых! Слова Милочки в точности повторили то, что Светлана слышала об этих курсах — от Ирины. Не заводите знакомств и дружбы, не обменивайтесь домашними телефонами и мальчиками... Это что, единая методика подготовки секретарш?

Спросила у Петрова название курсов — тот сразу вспомнил. Приехала домой, прорвалась через сплошные короткие гудки к Енгалычевым. Милочка вопросу немного удивилась, но название и телефон курсов сообщила. Киселевой понравилось, что названия совпали. Она была на верном пути. Завтра, утром, она попытается отыскать эту партизанку Леру и вытрясти из нее все, что та могла приметить у дома на Брюсовской.

Киселева вдруг уверовала в то, что именно она сможет разгадать загадку смерти Даши. Интуиция подсказывала ей: Еремеев — не виноват. Бывший супруг Киселевой, Лампсаков, непременно охладил бы сейчас ее пыл. Сказал бы: «Светка, ты опять влезаешь в чужие дела!» Но такой уж у нее характер. Если ей что-то не нравится, она не находит нужным с этим смиряться. Иначе потом может не простить себе пассивности и бездеятельности. Ее кредо: требовать установления истины — прямо и открыто.

\* \* \*

По номеру телефона курсов установлен автоответчик. Глухой, но приятный мужской голос. Голос предлагает сообщить свой номер телефона и базовые данные — рост, возраст, вес и спортивный разряд. Светлана оставляет щекотливые темы за рамками ответа, говорит, что у нее личное дело и диктует номер домашнего телефона. Перезвонят — она сама объяснит, что ей требуется.

Пятница, самое начало рабочего дня. Петров предупрежден, что на работе она не объявится. Причина уважительная: стресс и разобранное состояние, плюс вероятность того, что опять придется ехать к Наталье и приводить в порядок ее расстроенные нервы. Вчера Александр Иванович был — сплошное понимание...

Только сейчас, в пятницу утром, Светлана подумала, наконец, о самом Еремееве. Как он там, бедняга, все это переживает? Смерть жены — сто баллов по шкале стрессогенных факторов Холмса-Рея. Абсолютная величина, стопроцентная катастрофа, за которой, на отметке семьдесят пять баллов, стоит только развод. Нужны ли мужу покойной Даши слова ее искреннего сочувствия? Она подумала-подумала, но звонить Вадиму Андреевичу так и не решилась. Что она может ему сказать? Одни банальности.

\* \* \*

Еремеев тем временем пребывал в абсолютном неведении о судьбе своей жены. Никто не известил его о трагическом происшествии на Брюсовской улице, хотя все реквизиты покойницы стали известны следователю из главка уже в четверг: на ее имя был оформлен тот пейд-

450

жинговый номер, который упомянула Енгалычева, а адрес и паспортные данные подсказали в бухгалтерии театра (кое-какие выплаты ей делали уже и после замужества, после того как она получила паспорт с новой фамилией).

Но следователь никуда не торопился. На нем, кроме дела об убийстве Еремеевой, висело еще несколько других убийств, и требовалось время, чтобы руки дошли до беседы с родственниками убитой. Второй следователь, из района, был озабочен и озадачен другими моментами этого дела. Он выяснял местную обстановку и вообще был не более чем на подхвате у командовавшего парадом следователя из главка.

В итоге тело Даши лежало в морге городской судмедэкспертизы как «труп неизвестной женщины». История — обыкновенная для неразберихи большого города. Когда Киселева узнала об этом от возмущенной Натальи, она ничуть не удивилась. Как рассказывал когда-то один ее приятель, работающий в городской судмедэкспертизе, родственники могут с ног сбиваться в поисках пропавшего человека, могут обзванивать все больницы, морги и справочные бюро по происшествиям в городе, и все напрасно. Труп через месяц будет похоронен как неопознанный, в траншее пригородного Ковалевского кладбища. Установят над этим местом табличку с номером. Был человек — и нет, даже могилы нормальной не осталось. И только потому, что какому-нибудь следователю все — до фени.

О смерти жены Еремеев узнал лишь во второй половине дня, в вечер пятницы, когда на пейджер пришло послание с просьбой сообщить дату, время и место похорон Даши. Послание было от Натальи Енгалычевой.

* * *

Всю эту пятницу Киселева ждала ответного звонка с курсов. Звонок так и не последовал. Пятница, конец рабочей недели. Может, никто и вовсе не удосужился подойти к автоответчику. А других телефонных номеров «Берегини», таким было название курсов, раздобыть не удалось. «Берегиня» не фигурировала ни в каких базах данных справочных служб города. Даже Лампсаков не смог помочь на этот раз: на его дискете такого номера не оказалось. Светлана не поленилась — обзвонила районные отделы народного образования, но нигде не признались, что выдавали лицензию учебному заведению с подобным названием. Правда, почти во всех роно подсказывали, что «Берегиня» может быть не самостоятельным учебным заведением, а филиалом других курсов или просто платным отделением любого государственного профтехучилища, техникума или лицея.

Петров об этих курсах, как ни странно, ничего толком не знал. Он даже не помнил, кто насоветовал ему взять в секретарши именно выпускницу «Берегини». У него всегда так: кто-то порекомендовал, кто-то замолвил словечко, город полон родственников и друзей, и все чуть ли не каждый день просят пристроить племянниц, тетушек и бабушек. Обычная история. Когда Ирина, ныне с треском уволенная, устраивалась в «Имидж-сервис» на работу, она принесла очень хорошее резюме, подписанное руководством курсов, и это показалось Александру Ивановичу вполне достаточным. Проверять, что за курсы она окончила, шеф не нашел нужным.

Милочка Енгалычева ясности в это дело тоже не внесла, а только еще больше запутала. Когда Светлана перезвонила ей, она начала говорить нечто бестолковое и сумбурное. По ее словам, от лица руководства курсов с девушками общается только их директор, замечательный человек, а все занятия раздроблены по самым разным городским адресам и по другим учебным заведениям. Делопроизводство — в одном месте, компьютеры — в другом, этикет — в третьем. Деньги, десять долларов за час обучения, платятся лично директору, причем он никогда не принимает девушек и деньги в одном и том же месте. Каждый месяц это место меняется: то спортивный клуб, то частная квартира, то совершенно новый и незаселенный офис. Поэтому местонахождение руководства «Берегини» остается тайной не только для Светланы.

Из всего этого Киселева поняла лишь то, что Людмила прибилась к какой-то левой системе обучения, а со-

452

сватала ее туда все та же Лера, с которой они познакомились в одном ночном клубе. Светлане это очень не понравилось. Однако осмыслить новую информацию она не успела, потому что в пятницу на нее свалились и другие известия. А касались они как раз квартиры номер семь — семейного гнезда Еремеевых.

\* \* \*

Светлана сама завела с соседом разговор об этой квартире, памятуя его слова: мол, давным-давно там жила большая и очень шумная семья. Интересно, что еще может припомнить Харитон Логгинович? Сосед, похожий на старого орла, вытянул морщинистую шею, развернулся к Светлане профилем. То он слышит все подряд, то становится подозрительно тугоух.

— О чем вы спросили?

— О седьмой квартире, это под нами, на третьем этаже. Вообще-то мы с вами в прошлый раз остановились на великой Ольге Эгерштром,— подсказала Светлана.— Но предлагаю вернуться к ней потом.

— Почему потом? Это ведь одна история, с седьмой квартирой. Разве я не говорил? Вы, Светлана, видимо, не очень старательно записываете,— упрекнул сосед.— Помните, я рассказывал вам о сумасшедшем художнике из нашего дома? Ну, о том самом, что рисовал каждый год портреты Ольги целых тридцать лет, а она страшно на него за это сердилась? Женщина: ей очень не нравилось, что она с каждым годом выглядела на этих портретах все хуже и хуже, пока совсем не состарилась. Но разве он был виноват?

— Так вот,— продолжил старик,— этот художник как раз и жил в седьмой квартире. Замечательный был человек. Но — горький пьяница. Такой, знаете ли, непросыхающий гений. Сам о себе говорил, что он просто копировальщик. Но — феноменальный. Тем он и зарабатывал: копиями. Тогда ведь повсюду портреты вождей висели. В каждом начальственном кабинете: холст, масло — настоящие картины, голова вождя или там вождь на фоне. Художник, автор, один образец нарису-

453

ет — дальше нашему гению несет. А копировальщик потом десять, двадцать таких же намалюет. Сколько надо, столько и сделает, хоть сто. Подпись — автора, а непросыхающему — ящик водки. Он, кстати, никогда не халтурил. Очень тщательно копировал. Хвастался: мол, сами творцы оригиналов не могут отличить, где — их, а где — его работа. Светлый был человек, невзирая на то, что горький пьяница. Семья от него страдала, но царство ему небесное, хотя я и убежденный атеист.

Харитон Логгинович перекрестился вполне квалифицированно.

— В этой седьмой квартире два брата жили,— уточнил он.— Первый, художник, был хороший, это я уже сказал. А второй — жуткая дрянь, буржуазный такой господин. Первый умер рано, вскоре после войны, а второй еще долго жил. Художник-то в блокаду в Ленинграде был, на фронт его не взяли даже добровольцем. Все-таки с головой у него было не все в порядке, буквально сумасшедший был человек. А вот брат его сразу взял бронь, как началась война, и еще в октябре сорок первого года удрал в глубокий тыл. Всю войну в Алма-Ате просидел. Он с кино был связан, а туда как раз эвакуировали их студию.

— Стоп,— прервала она Харитона Логгиновича,— не так быстро! Где, вы говорите, был в войну этот второй брат?

— В эвакуации. Он в кино снимался. Очень известный был артист, только я фамилию его забыл. Мы всем домом ходили к Оленьке в «Новости дня» на него смотреть. Я сам видел несколько фильмов с его участием. Он там не главный, конечно, был. В эпизодах играл: грузин, армян. Очень красивый был мужчина. Высокий, черноволосый. Оба этих брата были вроде как нацмены, не русские.

— Кто-кто?

— Представители национальных меньшинств. Тогда это не ругательство было, а вполне официально говорили, вроде как сейчас: лица кавказской национальности. Нацмены и все тут. Это и грузины, и евреи, и чухна, и вообще все нерусские.

454

Соседу была неведома политическая корректность — он давно отстал от жизни...

— Значит, фамилию братьев не помните?

Харитон Логгинович глянул на Светлану виновато и даже как-то застенчиво: все помнит, а эта деталь выпала из памяти. Чудна память стариков: сплошные пробоины на жестком диске. Фамилию «Эгерштром» он говорит без заминки. Местного умельца, дядю Вову Кузькина, назовет как угодно, хоть Петром Ильичем Чайковским, но никогда — его натуральным именем.

Сосед и сам рассердился на свою забывчивость, свернул тему: ушел на кухню.

— Светлана,— раздался оттуда, через мгновение, его капризный фальцет.— Вы не держите своего слова! Обещали мне превосходную банку для анализов, а где она?

— Кажется, в помойном ведре... Где ей еще быть? Джем вы съели, банку я выбросила.

Харитон полез в мусор.

— Нашел! — разнесся радостный клич.— Нашел то, что искал. Я вам уже говорил, что где-то видел лицо этого товарища с банки? Вот это и есть тот актер, брат художника. Еремеев его фамилия! Я помнил, что она какая-то замысловатая, вроде татарской... Конечно, это он! Его звали Андреем. А художника — Виктором. А Эгерштром, я уже вам это диктовал, звали Оленькой.

— Не так быстро,— упавшим голосом ответила Светлана.

Опять — все перепуталось, опять — поменялось местами...

* * *

— Хочешь, еще один штришок к портрету Еремеева? — это уже Александр Иванович, шеф Киселевой.

— Валяй, я готова услышать что угодно,— голос Светланы тускл и безучастен.

Она не выносит ничего из того, что связано с завершающими этапами земного бытия. Она — человек информированный. Сведущий. И знает, что покойник — это ничто. Над ним нельзя ни рыдать, ни убиваться, даже и на кладбище ходить не стоит. С кем там разговаривать, кому цветы носить? Покойник — загримированное чучело, оболочка, набитая тряпками и опилками. То, что обследовано экспертами, что составляло суть и боль жизни, все это шмякнуто в секционной в цинковый бак. Мозг, сердце...

Тема смерти — табу для всех тех, кто ее окружает. Все правильно: о том, что за чертой, лучше никогда не знать. Главное, убедить заранее родственников, чтобы они тебя кремировали, а потом пусть развеют пепел по ветру, пусть даже вовсе не забирают его из крематория. Но — никаких поклонений гниющей груде косточек...

Светлану передернуло. Ей было очень и очень плохо. Она бы ни за что не поехала в этот крематорий, если бы не Наталья!

Енгалычева была на нервах, она сказала, что не вынесет прощания с телом Даши — глупых и пошлых речей в траурном зале, завываний и фальши штатной плакальщицы. Она не сможет, она сорвется. К тому же... и это, конечно, не было произнесено вслух... немыслимо появляться на публике с расквашенным носом и с разбитой физиономией. Поэтому Светлана, незаменимая подружка, должна была отправиться на это прощание с телом покойной — положить на гроб цветы от Натальи Енгалычевой.

Петров, все-таки старый и верный друг, взялся помочь в этой миссии. Прибыли раньше назначенного часа, а теперь сидели в машине, поджидали, пока соберутся все, кто придет проститься с Дашей.

* * *

— Мне рассказали интересную хохмочку про твоего Еремеева.

Светлана не стала реагировать на слово «твоего».

— Так вот, слушай. В январе он обратился в один не самый мелкий банк — в питерский филиал московского

456

банка — за весьма крупным кредитом. Врать не буду, сумму не знаю. Но мне сказали, что именно за такими деньгами, за возврат которых банк будет драться до последнего. Видимо, речь шла не об одной сотне тысяч, в долларах. А в качестве залога твой Вадим Андреевич предложил некую скромную коллекцию произведений искусства — всего несколько картинок, но под очень громкими именами начала прошлого века. Сама понимаешь: решения о выдаче денег принимаются не просто так, не одним человеком, будь он даже президент банка. Заявка подается в кредитный комитет: полный пакет документов, обоснования и прочее. Если в залог принимают произведения искусства, требуют искусствоведческой экспертизы. Залог берут по заведомо заниженной цене, но там и заниженная была выставлена такая, что будь здоров. Короче, стали проверять состоятельность этой заявки и вышли на самые неприятные вещи. Во-первых, экспертиза оказалась сомнительной. Представь себе: одни эксперты моментально отказались от своих подписей, других и вовсе не смогли найти — это были неведомые в этой сфере или вовсе малозначительные фигуры, а кто-то из третьей части экспертной группы и вовсе помер. Заявку отклонили.

— Ну, и какой здесь криминал?

— А криминал в том, что возникли, вероятно, сомнения насчет подлинности произведений искусства, представленных в качестве залога.

— Не знаю, кто тебе это рассказал, а потому не верю...

— И зря. Рассказал, между прочим, начальник службы безопасности банка, мой старый приятель. Его ребята как раз и проверяли этих экспертов.

— Ну, и что? Твой приятель, какой-нибудь пыльный отставник, все равно не может быть в курсе того, почему отклонили еремеевскую заявку. А я вот просто знаю: банки вообще не любят иметь дел с искусством. С тех самых пор, как на нем погорел «Технохимбанк». Ну, помнишь ту шумную историю несколько лет назад? Они дали кредит галерее «Ариадна» на ремонт. Гарантией возврата галерейщики выставили немереное количество картин. Кажется, больше двух сотен. Кредит

«Ариадна» не вернула, а залог этот — бесценные творения современников — банк реализовать не смог. Не нашел покупателей. Поэтому все нормально: банки с эфемерными вещами не связываются. Не мудри, Петров.

— И все равно: темная тут история, с этими картинками. Тебе Еремеев двинул легенду о папаше — армейском капитане. О соляной шахте, о трофеях и о жене, якобы обнаружившей целый клад на пыльных антресолях. Ни слова правды, сплошные фантазии! А потом еще и жену его убивают, вдруг и случайно. А до этого он, что тоже небезынтересно, делает все для того, чтобы отсечь свою жену от всех ее старых друзей и знакомых. Зачем, спрашивается? Я тебе отвечу: чтобы она не выболтала им чего лишнего. Чтобы не рассказала кому-нибудь сдуру или спьяну, что сама и нарисовала все те картинки, за которые он намерен получить бешеные деньги. Или, что тоже не исключаю, подделал их тот самый брат отца, феноменальный копировальщик по имени Виктор Еремеев. Светочка, детка, ты лично сообщила мне весь этот сюжет. Там все белыми нитками шито. Я даже теперь начинаю думать, что и Енгалычевой они не зря свои картинки подбросили. Нехитрая такая комбинация: через скандал с актрисой обнародовать, что у них есть эти трофеи, заинтересовать потенциальных покупателей! Ты же сама мне говорила, что на таможне как будто только и ждали этой контрабанды. Значит, были предупреждены. Кем, спрашивается? Да все тем же Еремеевым, пусть там и через третьих лиц. И к экспертам он не напрасно обращался — опять же хотел погнать волну. Создать молву, что у него кое-что имеется. Я ничего не придумываю. Я перечисляю только то, что ты мне сама и говорила. Твои сведения!

— Но в самой фантастической интерпретации...

— Светка, ты в упор не хочешь замечать абсолютно очевидных вещей! Ты будто ослепла! Я просто не понимаю, что с тобою происходит. Еремеев заморочил тебе голову. Это ты и сама прекрасно понимаешь, но продолжаешь считать этого жука порядочным человеком.

— Сань,— не выдержала Светлана,— ради бога, не изводи ты меня своими версиями! Я и сама все это уже сто раз передумала. Общаюсь с Еремеевым — верю ему безгранично, он ведь обаятельный, сукин сын. Симпатия к нему — прямо на биохимическом уровне. Чуть в сторону отойду — слышу про него такие вещи, такие леденящие душу истории, что тоже: верю. Сегодня с утра сказала себе: все, хватит, не буду я больше в это дело въезжать! Что нам с тобой Еремеев? Что — мы ему?

— Смотри, приехали,— оборвал ее стенания Александр Иванович.

К крематорию подъехал весьма пестрый кортеж, в котором «мерседесы» и «вольво» чередовались с самыми простенькими «жигулями». Отличить, где родня Даши, а где Вадима Андреевича, было трудно. Все прибывшие выглядели людьми благополучными и состоятельными. Чуть в стороне от родственников держалась группка молодых женщин — наверное, школьных или студенческих подруг.

— Пойдем? — кивнула Светлана.

— Нет, не могу. Не выношу я этих прощаний. Кстати, там одна плита перед входом хлюпает. Шестая от лестницы. Не наступи. Слышать не могу этот звук!

Петров уже в том самом возрасте, когда человек хотя бы раз в месяц наведывается куда-нибудь с цветами — или в крематорий, или на кладбище.

Светлана не стала настаивать, у шефа и так больное сердце. Заторопилась по лестнице вслед за остальными и, конечно, ступила на ту самую, незакрепленную, плиту... Быстро, ни на кого не глядя — ни на родственников, ни на покойницу — положила цветы от Наташки в открытый гроб и ушла...

* * *

— Светик,— не унимается обратной дорогой Петров,— ты поговори с моей бывшей супругой. Пусть она вступит в контакт со следователем, пускай расскажет, какой такой местью грозила Еремееву покойная жена. Вдруг там какая-нибудь зацепка? Ни в коем слу-

459

чае нельзя отказываться от сотрудничества со следствием.

— С этим следствием? — Светлана жестко акцентирует слово «этим».

Сколько можно повторять Александру Ивановичу: и у Натальи, и у Сони нет никакого желания разговаривать со следователями — последними мерзавцами, даже не удосужившимися сообщить мужу о гибели жены. Правильно сделала Наташка, что вовсе не сообщила им о визите Даши к Соне-психиатру. У Петрова, конечно, иное мнение. Он законопослушный гражданин, поэтому и продолжает настаивать на том, чтобы Сонечка открыла следствию тайны исповеди своей пациентки. Соня, естественно, посылает Петрова подальше. Теперь он решил натравить на нее Светлану. Но Киселева умеет говорить слово «нет».

— Нет и еще раз нет,— спокойно говорит она.

Петрову остается лишь пророчествовать: он предрекает, что не сегодня-завтра вдовец Еремеев сбежит — еще до вызова к следователю. Сегодня — понедельник, день кремации Даши. Никто не решится трогать его в такой день. Значит, о вызове для дачи показаний сообщат завтра. Если Еремеев виновен — сбежит уже сегодня вечером, в крайнем случае — завтра рано утром. Пусть Киселева сама убедится в том, что так оно и будет. И дальше Александр Иванович продолжает ворчать на нее, все в том же духе.

Светлана знает, как прекратить этот словесный поток. Она способна камня на камне не оставить от всей аналитики шефа, ошеломив его иной — совершенно убийственной — версией происшествия на Брюсовской. До версии этой они своим умом дошли в выходные вместе с Соней. Соня ведь еще тогда, в квартире Енгалычевых, приметила кое-что, что не могло пройти незамеченным и мимо Светланы. Петров — простой и прямодушный человек. Он видит только лежащие на поверхности факты. Но он совершенно не разбирается в тех мотивах, что предопределяют женские поступки. К тому же он знает далеко не все факты. Пусть пока и пребывает в

460

своем неведении. Время покажет: может быть, он так в нем и останется. И не он один.

* * *

Звонок из «Берегини», раздавшийся как раз в понедельник, застает Светлану вечером врасплох. Она совершенно не готова к разговору. К четким ответам на простые вопросы: кто она такая и что ей надо? Собственно, все, что ей требуется, это координаты одной толстушки по имени Валерия. Но кредо этих курсов, как докладывала Милочка, это недоверие и еще раз недоверие. Ясно, что никто не станет сообщать по телефону информацию о тех, кто учится на этих странных курсах. Жаль, они с Соней совершенно не продумали, как вести себя Светлане в этой ситуации. Что делать потом, после встречи с Лерой, знают. Ну, хотя бы пунктирно. А вот к этому, первому, разговору не подготовились.

Что там советуют правила выживания в мире мужчин? «Действуйте прямо и открыто, и вы будете приятно удивлены тем, сколь охотно пойдут вам навстречу...» Действительно, если сейчас она начнет путаться, городить околесицу, у собеседника на том конце провода просто лопнет терпение. И он вряд ли согласится пойти навстречу ее просьбе.

«Прямо и открыто»,— задала себе команду Киселева, а дальше на ходу стала плести короткую и убедительную историю.

Она, Светлана Алексеевна, желает навести справки об одной новой знакомой своей семнадцатилетней дочери. Светлана Алексеевна — ответственная мать, а потому внимательно относится ко всем контактам дочери, пребывающей в самом опасном для неопытной девушки возрасте. Ей небезразлично, с кем общается дочь и кто вхож в их дом, тем более во время отсутствия матери. У нее создалось впечатление, что новая знакомая оказывает определенное влияние на дочь. В частности, дочь заявила, что хотела бы поступить учиться на те же курсы, на которые ходит эта новая знакомая. Следовательно, сразу два этих аспекта заставили Светлану Алексеевну обратиться напрямую к руководству курсов: во-первых, она хочет навести справки о девушке, во-вторых, желает получить информацию о процессе обучения и перспективах выпускниц. Она — ответственная мать, еще раз повторила Светлана Алексеевна, и считает своим долгом вкладывать почти все свои средства в обучение ребенка. Но оставляет за собой право контролировать выбор дочери, поскольку, как она поняла, в данном случае речь идет о действительно немалых средствах.

Речитатив обеспокоенной матери занял буквально одну минуту. У Киселевой — хорошая скорость и техника речи.

Собеседник отреагировал на ее напор именно так, как она ожидала. Руководство курсов будет радо встретиться с родителями своей потенциальной ученицы... Руководство охотно расскажет Светлане Алексеевне об учебных планах и программах, ознакомит, хотя и заочно, с преподавательским составом... Руководство ждет ее в любое удобное для нее время, хоть завтра... «Мне будет удобно в девять утра»,— назначила время Киселева. Такие встречи никогда нельзя откладывать. Иначе уже к десяти утра руководство может передумать.

* * *

«Вторник, 7 апреля, девять утра по московскому времени. Штирлиц понял, что он как никогда близок к провалу»,— сказал Киселевой замогильный голос Копеляна...

Провал был неминуем. «Мюллер» — высокий плотный мужчина с толстым затылком — в первую очередь попросил ее показать документы. В сумочке — только паспорт. Сейчас «Мюллер» откроет его на одиннадцатой странице и убедится в том, что она морочит ему голову...

А ведь она все так замечательно предусмотрела! В спортзал, расположенный в подвале какого-то бывшего НИИ, на Петроградской стороне, она пришла именно в таком виде, в каком обязана быть женщина лет сорока, мать семнадцатилетней дочери, озабоченная

462

судьбой своего ребенка, как раз в этом году заканчивающего школу. Как выглядят такие мамочки, Светлана знает. Сколько раз посещала вместо Наташки родительские собрания в Милочкиной школе — насмотрелась. Измученные, уставшие, с неизбывной тревогой и недосыпом на лице. Возрастом — чуть старше Киселевой, а никогда не скажешь, что они в самом расцвете зрелой молодости. Она, бездетная и не отягощенная семейными заботами женщина, смотрелась рядом с ними неприлично молодо. Да и гардеробчики у них были такие, что — одни слезы. Вязаные кофточки, спортивные курточки, дешевые кроссовки с рынка. Все деньги, наверное, вылетают на то, чтобы платить репетиторам, чтобы одевать дочерей по их запросам. А сами мамочки так и ходят в том, в чем выгуливали своих чад еще на детской площадке.

Собираясь утром на встречу с «руководством курсов», Светлана Алексеевна учла свой многолетний опыт посещения родительских собраний. Надела джинсы, джемперок, старые кроссовки. С вечера приготовила спортивную куртку. К счастью, припомнила, что есть такая, невостребованная, в одном из тех чемоданов со старыми вещами, что она таскает с квартиры на квартиру. И выбросить жалко, и отдать некому. А тут вдруг и пригодилась. Покупала куртку года четыре назад, когда они с Лампсаковым решили жить полноценной жизнью: ездить за город, в лес, отдыхать на уик-эндах от напряженных рабочих дней. Тогда супруг еще вовсю пахал, и они как раз купили почти новую «девятку». Когда рухнуло все, «девятка» ушла за долги вместе с квартирой. А курточка осталась. Вот и славно, обрадовалась Светлана и вывесила ее на ночь на плечики, чтобы распрямились заломы.

Выглядит Светлана Алексеевна, как надо. Только вот одиннадцатая страница ее паспорта пуста, нет у нее записей в графе «ДЕТИ».

Киселева машинально затеребила длинный ремень, на котором висела сумочка. «Мюллер» ждал, с самой иезуитской улыбочкой. Но на то и создан Штирлиц, чтобы никогда не проваливаться... Под рукой, в нагрудном кармане, была какая-то плотная карточка... Конечно, в одну из поездок за город она положила в этот карман свои водительские права! Удача сама пришла в руки.

— Прошу не обижаться, что я к вам с формальностями,— уведомил мужчина, изучив водительское удостоверение.— Кстати, какая у вас машина?

— Обычная, «копейка»...

Интересно знать, а что она еще может ответить?

— А вы вчера расспрашивали, как добраться сюда на метро,— подозрительно бросил «Мюллер».

— Я редко вожу машину. В основном муж. Я получила права только для того, чтобы его подстраховывать. Мало ли, заболеет — надо будет выручить.

Полезно запоминать самые разные житейские истории: сейчас ей очень пригодится та, что рассказывал в ресторане Еремеев.

— У наших друзей несколько ларьков. Мы развозим по этим ларькам продукты. Все-таки приработок, сами понимаете. На ребенка сейчас надо столько денег! Но мы с мужем твердо решили, что даже самое последнее будем вкладывать именно в образование дочери. Потом это все окупится.

Самой понравилось: душевно придумала. «Мюллер» поверил.

— Конечно, Светлана Алексеевна. А документы я потому попросил, что, думаю, мало ли — из налоговой кто или с другой проверкой, а прикидываются родителями. Такое ведь не исключено.

Да, этому «Мюллеру» никогда не работать в разведке... Сразу и выдал, что имеет проблемы с законом. Мужчина протянул свою визитную карточку. Немыслимых расцветок, с голограммой — клиентам их «Имидж-сервиса» никогда бы и в голову не пришло заказывать подобные образцы кича. Текст был просто умопомрачительный. Киселева ощутила в себе подзабытый азарт журналиста: сейчас она точно вышла на нечто из ряда вон... «Международная ассоциация бывших офицеров госбезопасности. Российская секция. Санкт-Петербургское отделение. Директор-координатор. Копылов

464

Олег Иванович». И больше — ничего. Ни факса, ни адреса. Еле удержала себя от улыбки, но восхищение — оно, видимо, промелькнуло на ее лице...

— Продолжаем работать. Невидимый фронт,— со значением произнес Олег Иванович, он же — «руководство курсов».— Я, между нами, полковник запаса. Длительное время работал в загранкомандировках. И на Западе, и на Востоке. Только не спрашивайте меня о том, чем я занимался! Офицер — это не профессия, это образ жизни.

— Понимаю,— поддержала Светлана.— Вижу, что вы человек интересной судьбы.

— Ну что вы,— скромно улыбнулся «Мюллер».— Открыли вот с товарищами эти курсы, несем свои знания, как можем...

— Кстати, я бы хотела ознакомиться с лицензией.

— Она в офисе. На стенке, в рамочке. Если бы вы назначили встречу на другой час, мы бы, конечно, пообщались там, а не в этом спортзале. Но у меня утром здесь занятия, скоро девочки придут, отложить было невозможно...

— Хорошо-хорошо, это только чистая проформа,— извиняющимся голосом произнесла Светлана.— Просто нам классная руководительница посоветовала всегда и на всякий случай спрашивать лицензию. Но я и так вижу, с кем имею дело. Олег Иванович, раз у вас мало времени, давайте сразу перейдем к сути нашего вопроса. Меня интересуют обучение, плата, перспективы. Дочь сказала, что десять долларов за час. Она ничего не перепутала? Я, конечно, еще не изучала расценки других курсов в городе...

— Во-первых, Светлана Алексеевна, других таких курсов в городе нет,— очень серьезно сказал Олег Иванович.— Это я вам ответственно заявляю. Во-вторых, в сравнении с мировыми расценками мы берем сущие копейки. Мы делаем скидку на то, что зарплаты у родителей наших учениц — отнюдь не в мировых стандартах. И, кстати, у нас даже дешевле, чем в Москве. В Израиле за десять дней подобного обучения берут две тысячи восемьсот долларов. В Финляндии за девятнадцать дней — две с половины тысячи. Но какая может быть подготовка там, за границей? Смешно сравнивать. Это общепризнанно. У нас и в средней школе детям дают такие знания, каких там, на Западе, даже в институтах не получить. Поездил я по этим заграницам, посмотрел,— «Мюллер» изобразил презрительную гримасу.

Оспаривать слова «руководства курсов» Киселева не стала. Дальше она аккуратно подбрасывала наводящие вопросы — Олег Иванович, не чуя подвоха, подробно отвечал. Выдавал он вещи совершенно фантастические — удача сама шла в руки Светланы Алексеевны. Она боялась пошевельнуться, чтобы не спугнуть...

Светлане Алексеевне было доложено, что на этих «компьютерных курсах по подготовке секретарей-референтов» девушкам на самом деле дают две специальности, о чем догадываются не все. Секретарь — это вторично, а первично — это телохранитель.

Светлане Алексеевне был поведан секрет, ее приобщили к узкому кругу посвященных: оказывается, многие деловые люди города, руководители крупнейших фирм, президенты банков уже давно отказались от услуг таких телохранителей, которых видно за версту. Им больше не нужны тупые качки — охранники, под пиджаками которых бугрятся мускулы и кобура. Им требуются особо засекреченные боди-гарды. Конечно, на эту роль лучше всего подходят женщины. Нынче женщина-телохранительница — товар повышенного спроса. Соответственно, бизнесмены в очередь стоят за выпускницами курсов. Разбирают нарасхват. Но! Когда девочки приходят в офис на работу, никто, конечно, не знает об их подлинных функциях. Никто — кроме самого босса. Официально девушек нанимают в качестве секретарш. Хотя возможны и другие варианты, о которых Олег Иванович обязан предупредить Светлану Алексеевну. Щекотливый момент, но встречаются и такие клиенты, которые желают, чтобы женщины-телохранительницы выступали в роли их любовниц. В прошлый выпуск как раз поступили две такие заявки, и обе — от тех, кого принято называть «олигархами». Одна — от магната, владеющего несколькими телекомпаниями, другая — от крупного политика, не будем называть их имен. Теперь

466

Олег Иванович часто видит лица двух своих выпускниц в светской хронике, и только он да еще несколько посвященных знают, кем на самом деле являются те, что сопровождают олигархов на приемах и кинофестивалях...

Светлана Алексеевна слушала, как завороженная. Собственно, именно так и должна была слушать слова Олега Ивановича бедная мать семнадцатилетней дочери...

Дальше директор-координатор перешел к конкретике. Первые три месяца — общая подготовка, обучение работе на компьютере, делопроизводству, этикету. Девушки по двое-трое направляются на профильные курсы, с которыми существует договор у «Берегини». На этих курсах они, разумеется, соблюдают необходимую конспирацию и никому не распространяются о том, к какой карьере их будут готовить в «Берегине» на самом деле. Никому не дают номеров телефонов, адресов, не заводят дружеских отношений и общих молодых людей. Утечка информации означает автоматическое отчисление, без возврата сумм, проплаченных за обучение авансом — за полгода вперед. Этот финансовый прессинг руководство курсов считает самой надежной гарантией сохранения секретности, а также гарантией перспективного трудоустройства самой девушки. Ведь никто не возьмет ее к себе телохранительницей, если даже десяток человек в городе будет знать, какова на самом деле профессия новенькой секретарши босса.

— Вы согласны? — переспросил Олег Иванович.

— Безусловно,— кивнула Киселева.— Целиком и полностью.

— Но это означает, что обет молчания берут на себя и родители девушки! Это очень непросто. Но необходимо,— со значением подчеркнул «Мюллер».— Иначе будет сломана не одна судьба. Ваша дочь покинет курсы, но подставит под удар всех тех, кто учился с ней в одном потоке. И не просто под удар. Не исключено, что и под пулю. Вы понимаете? Кстати, когда мы находим учениц для наших курсов сами, мы стараемся убедить их в том, чтобы они не раскрывали суть подготовки даже своим родителям. Для всех будет лучше, если родители станут думать, что девочки посещают просто компьютерные курсы.

— Конечно. В целях безопасности,— поддакнула Светлана.

— Я рад, что нашел у вас понимание. Сразу вижу интеллигентного человека!

— Кстати,— вставила Светлана,— а где вы находите ваших потенциальных учениц?

— В самых разных местах. От спортивной секции до ночного клуба. Мы ищем таких девушек, которые соответствуют параметрам, указанным в заявках наших клиентов. Одному нужна мощная телохранительница с черным поясом по каратэ. Другой, напротив, хочет видеть в скрытой телохранительнице изящную и утонченную девушку с личиком фотомодели. У нас есть персонал, который занимается только поиском. Проверенные кадры, тоже офицеры, владеют методикой вербовки. Вы понимаете?

Светлана подняла брови и кивнула: как не понять? Наверняка эта Лера, Милкина подружка, и есть тот проверенный кадр, что вербует в ночных клубах глупеньких и романтически настроенных дочек состоятельных родителей.

— Кстати,— в очередной раз произнесла она,— моя дочка услышала о ваших курсах от своей новой подружки, Леры. Я бы хотела узнать что-нибудь об этой девочке, я вам еще вчера говорила. Вы понимаете, мне ведь небезразлично, кто бывает в нашем доме. Я не имею в виду ничего дурного, но все-таки...

— Светлана Алексеевна, не просите невозможного! Я ведь только что посвятил вас в то, сколь опасны могут быть такие знания,— «Мюллер» прижал ладонь к тому пухлому месту, за которым билось честное и горячее сердце бывшего офицера госбезопасности.— И потом... Я могу просто и понятия не иметь, о какой Лере вы говорите. Когда наши девочки общаются с кем-либо из внешнего мира, они обязаны представляться вымышленными именами. Я вам уже говорил: им категорически запрещено перед кем-либо раскрываться. Категорически. Мы, уж открою вам еще один секрет, даже постоянно провоцируем их на то, чтобы они раскрывались. Они всегда готовы к таким проверкам и четко следуют правилу: не доверять никому. Выдать себя можно ведь не только болтливым языком, но и еще кое-чем... кое-какими умениями... даже особым взглядом, присущим людям такой рискованной профессии... особой походкой... Согласны?

— Ой, как все это интересно! Прямо фильм «Никита»! — подбросила Светлана пару восторгов, чтобы окончательно убедить «Мюллера» в том, что ему внимает непробиваемая в своей глупости мамаша-наседка.— Но я иногда не совсем понимаю, что вы говорите. Все-таки я вращаюсь в среде, очень далекой от таких сфер... Как, вы сказали, можно себя выдать?

— Объясняю,— снисходительно улыбнулся Олег Иванович,— после трех месяцев общего секретарского обучения у нас начинается уже сама подготовка по основной специальности. Доходят до этого второго этапа не все, процентов пятьдесят. Из этих пятидесяти еще пятьдесят отсеются: не выдержат физических нагрузок. Ведь на втором этапе идут и изнуряющие ночные кроссы, и альпинистская подготовка, и освоение навыков борьбы: болевые и удушающие приемы, рукопашный бой, тактика действий в условиях интенсивной перестрелки. Наша курсантка не имеет права демонстрировать полученные навыки в обычных, бытовых ситуациях. Грубо говоря, если на улице началась перестрелка, она не должна упасть на асфальт лицом вниз, руки за голову — самой первой, чтобы не выдать своего профессионального поведения, профессионального понимания ситуации. Разумеется, такие ситуации, как с перестрелкой, мы создавать не можем... Но что-нибудь самое простенькое... Типа нападения в подъезде... На мамочку с дочкой, чтобы понять: выдаст ли девчонка свои навыки перед мамашей...

\* \* \*

«Стоп»,— сказала сама себе Светлана. Вот он и произнес то, что она уже ожидала услышать...

За все время разговора она так и не могла определить, кто же сидит перед ней — изобретательный мошенник или свихнувшийся офицер? С равным успехом он мог быть и тем и другим. Или тем и другим, вместе взятым. Мошенничество, связанное с зачислением-отчислением, было очевидным: деньги берет за полгода вперед, а потом находит предлог, чтобы разорвать отношения и оставить себе кругленькую сумму. Заманивает дурех на эти курсы самым бесчестным образом: рассказывает золушкам сказки о принцах, уже приславших заявки. Завеса секретности — она тоже сюда вписывается: вылетающие с курсов не идут драться за потерянные денежки.

Да, чистое и довольно оригинальное мошенничество. Так бы она ко всему рассказанному и отнеслась. Пожалела бы Наталью, грохнувшую немалые деньги на это Милочкино обучение. Но при этом добавила бы, что и поделом Наталье: надо все-таки не быть такой беспечной разиней. Надо контролировать то, чем занимается ребенок, с кем он водится и кто промывает ему мозги.

Но фраза о простенькой провокации типа нападения в подъезде заставила посмотреть на все под иным углом зрения... Точнее, вначале от этой фразы защемило сердце... Что он такое сказал, этот «Мюллер»? Пусть повторит...

— Минуточку, — прямо и открыто посмотрела ему в глаза Светлана, — я что-то потеряла нить...

— Я говорил о провокациях, — подсказал он. — Девушки предупреждены, что они в любой момент могут столкнуться с нештатной ситуацией. Для них это даже увлекательная игра. У нас есть и несколько спаринг-партнеров, хороших ребят, они прошли Чечню, для них это тоже прекрасная разминка. Конечно, бывает, что девушки и срываются в этих ситуациях. У нас тут, при нападении в подъезде, одна недавно так свою мамочку схватила, да так с ней наверх рванула — как волчица с детенышем. Здоровых мужиков измолотила, прямо озверела! Ребята, те до сих пор в себя прийти не могут, они ведь не были готовы к такому отпору.

470

— А эта девушка? — как бы между прочим переспросила Светлана.

— Мы с ней расстались.

— Неужели вы ее отчислили?

— Нет, она сама приняла это решение. Сломалась. Женщины ведь чаще всего ломаются именно на боли. Не на умственном перенапряжении, не на физических нагрузках, а именно на том, что они не могут причинить боль другому. До того эта девушка, кстати, прекрасно справлялась со всеми провокациями. Ни разу себя не обнаружила. Ей, между прочим, таких молодых людей подсылали, таких жеребцов, а она — могила, ни в какую: ни телефона не выдаст, ни имени не назовет,— Олег Иванович сокрушенно вздохнул.

— Да, девочка была с потенциалом,— как будто бы с искренним сожалением продолжил он.— Но мы и сами недавно стали подозревать, что она сломается. Вначале кто-то чужой прорвался в нашу диспетчерскую сеть. Провели внутреннее расследование — выяснили, что утечка пошла от нее. Она, понимаете ли, беспечно записала наш пейджинговый номер в общем домашнем блокноте, затем номер этот совершенно случайно был переписан посторонней женщиной. А девушка вообще не имела права фиксировать его на бумаге — только запоминать. Ну, этот вопрос уладили. Хотя и непросто было, я вам скажу. Заставили ее саму исправлять эту ошибку... Так сказать, используя альпинистские навыки...

Светлана сидела уже ни жива ни мертва. Теперь ей стало ясно, кто делал тот ночной обыск в ее квартире, кто изъял листок с выписанными номерами пейджеров, а потом подкинул ей записную книжку. Конечно, это сама Милочка! Плюс ее подружка Лера. Сосед ведь говорил о двух фигурах, копошившихся около ее двери...

Директор-координатор тем временем продолжал:

— Сразу после этого она провалила тест на нанесение болевых ощущений. В принципе уже вырисовывалось, что она не годится в телохранители. Телохранитель должен без всяких сомнений стрелять по живому объекту!

471

— А что это за тест? В нем нет ничего такого... незаконного?

— Между нами, Светлана Алексеевна?

— Само собой...

— Тест очень простой: застрелить невинную собаку. Ну, не смотрите вы на меня такими ужасными глазами! Если вы желаете, чтобы ваша дочь сделала хорошую карьеру, вы должны готовить ее к самым разным испытаниям!

— И что же эта девушка?

— Она отказалась. А вот подружка ее, молодец, сказала, что не только застрелит псину, но после этого еще и зажарит ее, и съест. Вот эта девушка далеко пойдет!

«Мюллер» сам пришел в восторг от своего примера:

— Идея испытания с мамочкой, как вы понимаете, не на пустом месте появилась. Девушка не справилась с тестом на нанесение болевых ощущений. И это была последняя капля, после которой мы были вынуждены пойти на такую провоцирующую ситуацию....

* * *

Именно на этом месте хвастливых речей «Мюллера» Светлана Алексеевна поняла, что ей надо срочно уходить.

Десять ноль-ноль... Сейчас Штирлиц уже точно как никогда близок к провалу: в любой момент может щелкнуть кнопка диктофона, миниатюрный микрофон которого хитро упрятан в манжете толстой вязаной кофточки. Сам диктофон, шпионский осколок ее журналистского прошлого, прицеплен на поясе брюк.

Это Соня, светлая голова, надоумила Светлану сделать запись: сказала, что стоит послушать голос человека, наверняка имеющего влияние на Милочку. В выходные они обе пришли к выводу, что в этом влиянии тоже может быть зарыта какая-то собака. А тут уже больше, чем одна застреленная собака... «Господи, сделай так, чтобы не погибла запись»,— взмолилась Светлана перед тем, кого она прежде называла только злюкой старым... Всевышний оценил то, что она творит праведное дело, и

472

дал ей успешно покинуть спортзал и самодовольного директора-координатора. То ли мошенника, то ли просто свихнувшегося офицера.

* * *

Милиционер Зварыкин считал рекордом раскрытие убийства за четыре часа. Обыкновенная женщина Светлана Алексеевна Киселева полагала, что ей это удалось сделать всего за час.

Она была довольна собой: все так легко и просто прояснилось. Нашелся один человек, один безумец — взял и рассказал. Она много раз слышала о том, что даже самые тяжкие и самые хитроумные преступления раскрываются именно так: всего по одной, неосторожно брошенной преступником или случайно оброненной свидетелем фразе. А тут была целая исповедь, готовый протокол с показаниями, зафиксированными на кассете ее диктофона. Все изложено по параграфам: что, где, почему и как.

Однако Соня, а Светлана тут же примчалась к ней на работу, в клинику неврозов, упорно не желала приходить в восторг от всего того, что сообщала ей подруга. Она слушала запись, курила, чесала в голове, заваривала чай, потом разбалтывала кофе, потом грустно смотрела на вестника победы Киселеву. Просто тянула время. И все для того, чтобы в конце концов сказать: «Все оказалось гораздо хуже, чем мы думали». И повторить опять: «Гораздо хуже. Ты даже представить не можешь».

Но растолковывать ничего не стала. Лишь взяла со Светланы клятвенное обещание, что та никому не скажет об этой встрече с «руководством курсов». Не проговорится ни Петрову, ни тем более Енгалычевым и вообще исчезнет с горизонта, утихомирив свою активность. По крайней мере, до вечера. О том, что они со Светланой заглянут вечером в дом на Брюсовской, Соня еще с утра договорилась с Натальей.

Сейчас, в полдень, у подруги-психиатра — масса неотложных дел. Ей надо срочно привести в порядок истории болезней пациентов, потому что в клинике ожидают нашествия какой-то важной комиссии. Так объяснила она Киселевой. И попросила оставить у нее диктофон с пленкой, чтобы, освободившись, прослушать ее еще раз.

У Сони явно что-то на уме. Нечто совсем новенькое, во что она не хочет посвящать Киселеву. Нельзя сказать, чтобы «старенькое» — версия, составленная подругами в выходные дни,— не имело теперь никакого смысла. В принципе, думала Киселева, выходя из клиники, они выбрали верную отправную точку. Чтобы подобраться к ней, они разгребли и отбросили в сторону все ложные ходы.

Соня перечеркнула Светланино предположение о том, что нападение было организовано добрыми коллегами Наташки. Коллеги ее, безусловно, самые паршивые дети на этом свете. Но в последнее время Енгалычева-актриса никому не мешала. Даже ее участие в неком московском проекте, о котором она сообщила Киселевой,— чистая фантазия. Соне пришлось выдать тайну исповеди: Наталья в очередной раз моталась в Москву к своему Тормасову. Перед этим долго сомневалась, изводила себя, но сама подруга-психиатр посоветовала ей не перечить своей натуре. Так что версию далеко зашедшего интриганства коллег похоронили сразу.

Затем отмели как беспочвенную версию о причастности Еремеева. Даже не обсуждая тех мотивов, по которым он мог или не мог желать смерти жены. Если инцидент на Брюсовской был задуман только для того, чтобы убить Дашу, то это было бы убийство, слишком сложное в чисто организационном плане. В нем было бы задействовано чересчур много людей, минимум трое, а это в подобных вещах просто немыслимо. Кто-то должен был следить за женой Еремеева, кто-то высылать группу «нападающих» в то место, в которое она прибудет, к тому же знать заранее устройство дома на Брюсовской... Даже чисто технически это выглядело неудачно. Обычно жен так не убивают. Обычно им подстраивают автокатастрофы, организуют передозировку наркотиков или алкоголя, или другие пакости, из которых следует, что женщина сама нарвалась на свою погибель. Исходя из всего этого, Светлана и Соня заключили, что Даша просто попала под горячую руку — в этой стычке на лестнице. Оказалась случайной жертвой — и не более того. А потому они вообще ушли в сторону от Даши и сосредоточились на Наталье. Точнее, на Милочке, которая проявила странное замешательство в ответах на вопросы о Лере. Эти две подружки, Мила и Лера, и стали отправной точкой.

По мнению Светланы, тут все было ясно как дважды два. Некая подружка, которая неизвестно откуда родом и непонятно где живет, отирается в квартире известной артистки в отсутствие хозяйки. Зная приблизительное время ее возвращения, исчезает буквально за полчаса до него, предварительно связавшись со своим дружком. А потом некие двое нападают на эту артистку на лестнице: именно на площадке ее этажа. И доказывают тем самым, что они знают, кого поджидают. Нападение — далеко не случайное, а прекрасно спланированное. С какой целью? Элементарной: грабежа.

Нападение на артистов, возвращающихся с гастролей и выступлений, — один из традиционных промыслов последних лет. В криминальных теленовостях такие сюжеты — едва не каждую неделю. Прилетает оркестр с гастролей, садится в автобус в аэропорту — по пути, прямо на оживленном Пулковском шоссе, автобус тормозят и грабят. Возвращается артист с концерта, проходит от машины несколько шагов пешочком — в подъезде или лифте его уже поджидают. Все знают, что после выступлений и гастрольных поездок актер, певец и музыкант несет у себя в багаже или за пазухой солидную сумму долларовой наличности. И, коли уж об этом знают все, то почему бы не могли воспользоваться этим знанием Лера и ее дружок или некие два дружка Леры? Как говорит матушка Светланы, Ольга Павловна, если у двух благородных старух есть свободное время и есть лишние щенки, то отчего бы им и не заработать?

Лера и ее приятели вполне могли полагать, что Енгалычева возвращается из круиза — значит, в ее багаже есть не только деньги, но еще и кое-какие новые шмотки, вполне реализуемый товар. Только по чистой случайности они не успели выхватить сумку у Натальи — помешало ее сопротивление. Зато прибрали к рукам то, что было у ее спутницы, которая, оступившись, упала вниз, прямиком через лестничный марш, где и встретила свою ужасную смерть. Эти подробности гибели Даши Наталья сама повторяла в присутствии своих друзей, и не один раз.

Такой была версия подруг, сложившаяся в двудневных рассуждениях. Еще в выходные они решили, что теперь им необходимо выйти на след Леры. Самим. На этом особо настаивала Соня — она даже слышать не хотела о том, чтобы вступать в какой-либо контакт со следствием. В адрес этой милицейской публики у нее не находилось никаких слов, кроме одного: мерзавцы.

* * *

Теперь, во вторник, на следующий день после прощания с телом Даши, они знают уже гораздо больше того, что предполагали. Знают также, что Милочка не сидела растяпой, а спасала мать. Могут понять, почему она не стала в этом сознаваться, а плела какую-то историю о музыке и наушниках, в которую, конечно, было невозможно поверить. Достаточно одного взгляда на эти хилые наушники: не музыка в них, а комариный писк. Теперь они знают: Мила скована идиотскими обетами, а потому вынуждена врать, что ничего не слышала и ни в чем не участвовала. Получается, что и Наталья с ней заодно. Видимо, дочь успела убедить ее в том, что никому не надо знать о ее опыте применения неких приемчиков. Не случайно Соня сказала, когда они вышли в четверг от Енгалычевых: «Обе что-то недоговаривают!»

Но теперь, когда все выяснилось, когда все встало на свои места, Соня отчего-то заявляет, что все гораздо хуже, чем они могут предположить!

От Сониной клиники к станции метро, по Среднему проспекту Васильевского острова, Киселева шла в полнейшем недоумении. В таком же растерянном и разобранном виде она заявилась и на работу, в офис «Имидж-сервиса». Только там глянула в зеркало на тол-

476

стую вязаную кофточку, на старые джинсы и драные кроссовки, сообразила, что стоило бы зайти домой переодеться, тем более что от дома до офиса — рукой подать...

Сотрудники встретили ее совсем никак. Здесь, в конторе, она — только функция. Никому даже в голову не пришло поздравить Светлану Алексеевну с возвращением из краткосрочного отпуска. Все лишь молча прошлись взглядами по ее странному наряду. Хуже всех на нее посмотрел Виктор — молодой и перспективный конкурент. Глянул очень быстро и странно и отвернулся.

Светлана на биохимическом, как она любит говорить, уровне ощутила, какое напряжение неприязни идет в ее сторону от этого аккуратного молодого человека. Сидит к ней спиной и просто источает волны бешенства. Киселева тяжело вздохнула и подумала о нем традиционное: «Мерзавец». Затем сделала то, что захотела: закурила.

Всю работу она выполняла сегодня машинально. На автомате. Думала лишь об одном: о лаконичной реплике Сони. Что может быть «еще гораздо хуже» того, что уже произошло?

* * *

Разбирая накопившиеся за неделю с лишним бумаги — они были свалены на столе в полном беспорядке, ведь уже нет Иришки, следящей за тем, чтобы вся документация рассортировывалась по папкам с фамилиями сотрудников — так вот, разгребая эти завалы, она наткнулась на конверт с логотипом фирмы Еремеева. В данный период они не выполняли никаких работ для этой фирмы. «Черт возьми,— в сердцах произнесла Киселева прямо вслух,— откуда взялся этот конверт?» Она имела в виду, что кто-то из сотрудников «Имидж-сервиса» самым наглым образом пользуется конвертами, изготовленными для клиентов. Вопрос не нашел отклика. Светлана отложила конверт на подоконник, куда всегда отсортировывала то, что сейчас не нужно, но потом может пригодиться.

Лишь минут через пятнадцать — она как раз успела выкурить две сигареты подряд — к ней соизволил развернуться Виктор и сообщить, что конверт с логотипом фирмы Еремеева принесли еще в полдень, лично ей. Кто? Он пожал плечами. Нет Иришки — нет и ответов на такие вопросы. Пока не появится новая секретарша, в офисе будет царить полный беспредел.

В конверте лежал сложенный вчетверо лист бумаги. Короткая записка со стремительным росчерком подписи — «В. Еремеев». Светлана никогда его почерка не видела, но роспись эту, по документам, знала. Все было в одном стиле. Светлана прочла записку. И — едва не разрыдалась от отчаяния: господи, сказала она себе, зачем он это сделал?! И не о том ли самом проговорилась Соня, бросив в клинике реплику: «Все оказалось гораздо хуже, чем мы думали»? Значит, она хотела сообщить ей это известие вечером... Почему не сразу?

* * *

Добрейший человек, шеф Киселевой — Александр Иванович Петров. Известие о срочном отъезде Еремеева он встретил с нескрываемым злорадством. Еще бы: подтвердилось его пророчество. Он ведь еще вчера предупреждал: виновный сбежит, чтобы не стать подозреваемым. Не дожидаясь вызова в следственные органы.

Он глянул на записку, Светлана ему ее показала, и коротко бросил: «Уничтожь!»

В записке было всего несколько строк: «Вынужден уехать. Вы были правы: все сто баллов. Вернусь, когда прояснится. Ради бога, не делайте больше ничего прямо и открыто». Последние слова, «прямо и открыто» были подчеркнуты волнистой линией. Курсив.

— Уничтожь! — еще раз зашипел на Светлану Петров.— Знать ничего не хочу о твоих с ним отношениях, но это — улика. Тебе первый постовой скажет. Ах, Светка-Светка, что же ты наделала!

— Петров, ты о чем? — оторопела Киселева.

478

— Ничего не хочу знать! Ничего мне не говори! — лицом он изобразил полнейшую панику.— Ты живешь с ним в одном доме, и вы очень тесно общаетесь. У него вдруг погибает жена, да еще в твоем бывшем доме, по пути к твоей подруге. До этого вы ходите с ним по ресторанам. До этого он выручает тебя из неприятностей на таможне, наговаривая при этом на свою жену. Перед бегством дает тебе инструкции, как дальше действовать: криво и закрыто...

— Петров, ты городишь чудовищные вещи!

— Ага, испугалась?! — совсем нехорошо расхохотался Александр Иванович. Прямо-таки в оперном стиле.

— Я ничего не горожу,— сказал он, выдержав паузу для аплодисментов, уже спокойно и даже холодно.— Просто, как изрек бы прокурор, я склонен констатировать, что испытываю некоторые сомнения.

Оба молча и долго посмотрели друг другу в глаза.

— Виновен он или нет, но он сбежал,— шеф проговорил это совсем уставшим голосом. Эмоции истощили его силы.

— У него сильнейший стресс, как ты не понимаешь! — заступилась Светлана за Еремеева.— Смерть жены! В таком состоянии человек способен на самые безрассудные поступки!

— Ага, сто баллов по шкале Холмса-Рея. Он это предусмотрительно зафиксировал в своей записочке,— усмехнулся Петров.— Светка, не смеши ты меня! Это все сказки для женщин. Дамские романы: «слезы горным ручьем хлынули из его глаз, а по шевелюре пробежала ранняя проседь». Тьфу! Поверь, я видел мужиков, которые хоронили жен. Никто так не убивался, чтобы бросать из-за этого свой бизнес и бежать куда глаза глядят. Через полгода-год все переженились заново, а то и сразу, только никому об этом не говорили. Уяснила? А с тобой вопрос ясен, лично мне.

— То есть?

— То и есть, что сейчас он, из-за своего отъезда, неизбежно подпадет под подозрение. Начнут устанавливать связи Еремеева. Ты выплывешь первым номером.

Как видишь, все оказалось гораздо хуже, чем мы думали. Гораздо.

Он точь-в-точь повторил слова Сони.

*　*　*

Вечером в квартире Енгалычевых — все тот же состав, но без Петрова. Несчастная Наталья — на нее просто страшно смотреть: каждый ушиб и кровоподтек живет на ее лице автономной жизнью и умирает по своим законам, поэтому одни фингалы уже пожелтели, другие зеленеют, а третьи по-прежнему держат стойкую синеву. Приветливая и улыбающаяся Милочка — скоро это личико будет серее больничной простынки. Светлана — в ее глазах блеск оголтелого оптимиста. И Соня — собранная и деловая, как будто она не у друзей, а на утренней конференции в клинике.

Соня произносит ту же фразу, на которой они расстались с Киселевой:

— Итак, все оказалось гораздо хуже, чем мы думали...

— Ты не тяни,— перебивает ее с энтузиазмом Киселева и показывает глазами на сумочку, лежащую на коленях Сони,— доставай диктофон! Пусть девчонки сами послушают.

Мать и дочь переглядываются...

Сонечка достает диктофон и молча протягивает его Киселевой. В нем нет никакой кассеты.

— Да. Именно так,— тихо говорит она.

— Соня?! — Светлана выжимает из себя вопрос каким-то чужим и замогильным голосом.

Мать и дочь по-прежнему ничего не понимают...

— Так будет лучше,— вымученно улыбается Сонечка.— Для всех.

— Подожди! — это вскрикивает Киселева.

— Светка,— оборачивается психиатр к деловой женщине из «Имидж-сервиса»,— ты напоминаешь мне паровоз без тормозов и без машиниста. Я тебя просила: остановись. Сбрось скорость, а? Ну, хоть десять минут помолчи. Мне больше и не надо. Дай я спокойно договорю.

480

— А где кассета?!

— Девочки, — встревает Наталья, — у вас какой-то диалог двух комических старух!

— Сестры Брук, — с улыбочкой поддакивает Милочка, — Матильда и Азалия.

Соня выдерживает паузу.

— Людмила, — теперь она обращается только к ней. — То, о чем мы сейчас будем говорить, останется между нами. Я тебе это обещаю. Но поговорить нам надо. Нельзя ведь жить с таким грузом на душе! Тебе станет легче. Поверь мне. Все-таки я врач...

Все трое обмирают. Светлана — оттого, что по-прежнему ничего не понимает, но слышит в словах Сони какую-то грозную убежденность. Наталья и Людмила — оттого, что...

— Господи, как ты узнала? — шепчет в ужасе Енгалычева и прижимает ладони к лицу.

— Только не дотрагивайся до носа!

Это уже решительный голос Киселевой: кто-то же должен взять эту невразумительную ситуацию под контроль!

Милочка резко бледнеет, а Соня спокойно достает из сумочки пузырек с нашатырем. К разговору в квартире Енгалычевых она подготовилась вполне профессионально.

\* \* \*

Итак, все действительно оказалось гораздо хуже, чем думала Светлана Алексеевна. Она, в отличие от Софьи Александровны, не смогла сегодня, сразу же, понять, что нападение на Наталью и нападение на Дашу — это не один инцидент, как было зафиксировано в милицейском протоколе, составлявшемся со слов матери и дочери, а два совершенно разных эпизода.

Сейчас Светлана Алексеевна сидела совершенно никакая. Опустошенная и молчащая. И с ужасом слушала то, о чем по очереди говорили подруга-психиатр и дочка Енгалычевой. С ужасом — оттого, что до нее постепенно начинало доходить, какую страшную и решающую роль сыграла во всех этих эпизодах она сама со своим неуемным желанием устанавливать истину *прямо и открыто*.

Не поехала бы она тогда, спозаранок, прямо к Милочке, чтобы узнать номер пейджера Даши — и не подтолкнула бы ситуацию с безумными провокациями, устраиваемыми свихнувшимся директором-координатором. Не рассказала бы открыто Милке о том, как бежал в Сибирь от беременной Натальи ее Тормасов — и не пришла бы той в голову мысль положить решительный конец этой вражде-любви. Ведь из комнаты Киселевой после ее страстного, прямого и открытого монолога Людмила вышла с самым нехорошим умозаключением: если ее мать нужна Игорю Тормасову только как актриса, а самой Наталье Игорь Тормасов нужен только как режиссер, то следует сделать так, чтобы кто-либо из них, хотя бы на время, перестал быть таковым.

Как именно это сделать, дочка Енгалычевой не знала. Но случай подвернулся сам (опять же потому, что в это дело сунулась Киселева). Один из спаринг-партнеров, очень симпатичный и неровно дышащий к ней парень, предупредил ее в среду о том, что «хозяин» велел припугнуть ее мамочку, дабы проверить: не бросится ли Людмила на ее защиту, не выдаст ли себя тем самым? Как узнал директор-координатор о времени возвращения Енгалычевой-старшей домой — это понятно. На курсах культивируется не только секретность, но и невероятная система стукачества: девушки обязаны составлять для «руководства» отчеты о поведении друг друга, о привычках, о разговорах и так далее. Им говорят, что это хорошая тренировка — позднее, когда они станут «бодигардессами», им придется заниматься этим постоянно: наблюдать, изучать и докладывать.

Итак, когда один из спаринг-партнеров предупредил Людмилу о провокации, ее буквально озарило: вот он, удачный случай сделать так, чтобы мамуля на время выбыла из строя. Хотя, по мнению «руководства», Милочка и провалила тест на нанесение болевых ощущений, доля жестокости в ее характере уже имелась. Она, как и Наталья в юности, оказалась человеком легко внушаемым: директор-координатор успел промыть ей мозги за эти несколько месяцев обучения. Прививка жестокости, как определила это Соня, была сделана... А потому Людмила не стала отговаривать парня. Напротив, сама попросила...

На этом месте своего рассказа Мила взглянула на мать с самым последним отчаяньем...

— Да,— твердо произнесла она,— я сама сказала ему, чтобы он не церемонился. Чтобы выбил тебе зубы, сломал нос. Все, что угодно! Но только чтобы после этого ты потом целый год лечилась и на люди не показывалась. Я тебя в тот момент просто ненавидела. Я как невменяемая была — представляла, что вы сейчас там, в Москве, вместе с отцом...

Тут она разрыдалась, а пузырек с нашатырем перекочевал к Наталье, которой хуже чем поплохело от такого известия.

— А потом, когда я поняла, что наделала,— всхлипнула Людмила,— а я поняла это в ту минуту, когда он позвонил мне вечером из автомата уже с Брюсовской: мол, не передумала ли я? Он-то — человек, а не такая свинья, как я. Но я сказала: нет, не передумала... Он трубку повесил. И тут до меня как дошло!

Людмила вновь пустилась в рев. Проплакавшись, тяжело вздохнула и продолжила:

— Лифты, оба, не работали. Еще со вторника, так что наши ребята ни при чем — не они их отрубали. А мне срочно надо было добежать до первого этажа, в подъезд, где тебя поджидали... Я уже вся озверевшая была, просто задыхалась от гнева... И тогда... Нет, я больше не могу!

— Что: тогда? — не выдержала Киселева.

— Господи, но вы же сами уже все знаете! Зачем вы спрашиваете? — она сорвалась на крик.— Я понеслась вниз по лестнице. Я была машина, а не человек. А ее... Ее я просто не заметила — сразу. Там — полная темнота, я налетела на что-то, на какую-то преграду, оттолкнула от себя со всей силы... Если какие-то приемчики и использовала, то чисто машинально... Вот и все. Я не видела, что это — человек, ей-богу!

— Хороши приемчики,— вставила Соня, успевшая по своим каналам навести справки в судмедэкспертизе и узнать, что Даша скончалась от перелома основания черепа — от мощнейшего удара по голове.— А доску-то дубовую ты куда потом дела?

— Спрятала на антресолях,— упавшим голосом ответила Наталья за дочку.— Уже после того, как ушла милиция. Это был какой-то ужас: один из ментов на нее даже наткнулся. Но, слава богу, не сообразил, к чему относится эта доска.

— Какая доска? — вовсе не поняла Киселева.

— Та самая, разделочная, что вы нам подарили,— со злостью сказала Милочка.— Ей-богу, я и сама не помню, как ее схватила. Просто этот ваш подарок всегда попадался под руку на кухне!

— Опять я виновата! — выдохнула Светлана.

\* \* \*

О тело, лежащее на площадке, уже мертвое, Мила споткнулась только тогда, когда вновь домчалась до этого же этажа, увлекая за собой мать. Матери она сказала правду сразу же. Но не всю: только малую толику. Зная суеверный характер Натальи, Милочка наврала ей, что помчалась вниз по лестнице, гонимая неким тяжелым предчувствием. Наталья поверила... Сумочку, Дашину, они взяли из рук покойницы, чтобы создать видимость грабежа. Затем Наталья сама позвонила по «02» и измененным, старческим голосом сообщила, что слышит крики о помощи, идущие с черной лестницы. Все это мать и дочь делали на автомате, не глядя друг на друга и еще не осознавая, что же натворила Людмила.

Да, вот и вся история.

Два совершенно разных эпизода: один с убийством Даши, второй — с нападением на Наталью. То, что они — разные, Соня поняла сразу же, как только прослушала запись разговора с директором-координатором. Он упоминал только «нападение в подъезде» — это раз. Он вовсе не знал о том, что в эти же минуты в этом же доме погиб человек — это два. Имел бы о том понятие, ни за что не стал бы рассказывать о провокации, да еще с таким удовольствием. Впрочем, он бы ни с кем и не

484

встречался, ни с какими мамашами великовозрастных дочерей: давно бы и след его простыл в этом городе. Это ясно как дважды два. Но во всех теленовостях смерть Даши обошли стороной. «Мюллер» просто не узнал, что же еще произошло в этот вечер в доме на Брюсовской улице, а никто из своих его об этом не проинформировал. Так Соня и заключила, что он не имеет никакого отношения к инциденту, произошедшему на последних этажах дома. Его работа — это только нападение в подъезде.

* * *

— Нет,— замотала головой Светлана,— здесь что-то не так! Все равно не сходится!

Соня глянула на нее с досадой.

— Послушайте,— взмолилась Светлана,— я уже отлично поняла, что эти два эпизода — разные. Но что-то у вас тут не стыкуется! Почему Даша была наверху, уже почти на одиннадцатом этаже, а ты, Наташка, в это время оставалась внизу? Стояла на крылечке и поджидала, когда на тебя нападут. Так, что ли, получается? Девочки, мне уже начинает казаться, что вы все вместе морочите мне голову.

Однако Наталья сумела прояснить и это обстоятельство. Объяснение было самым невероятным, но, зная Енгалычеву, в него пришлось поверить.

Енгалычева — мистик по натуре, об этом все знают. А в этот страшный вечер судьба просто сигналила ей непрерывными знаками опасности. От помойки, что у самого дома, прошла баба с пустыми ведрами. Тут же дорогу перебежала черная кошка. Наталья упросила Дашу остановиться. Та над ее страхами только посмеялась. Сказала, что ночью все кошки черные, а лично ей эти твари приносят только счастье. Еще добавила, что она — девушка не боязливая, может ночью пройтись по кладбищу, а в студенческие годы и вовсе ездила на раскопки захоронений с антропологической экспедицией — за черепами. Енгалычева много раз слышала об этой истории. Даша очень любила ее вспоминать, потому что в экспедиции она познакомилась с племянником Еремеева, а потом, через этого племянника — со своим будущим мужем. Экспедиция принесла ей самое большое счастье в жизни. Впрочем, у всех студенческие воспоминания — самые светлые... Итак, Даша посмеялась над тем, какая трусиха Наталья, и сказала, что в таком случае ей придется подниматься на одиннадцатый этаж одной. Позвать Милу или, что еще лучше, захватить фонарик, а затем спуститься за подругой. Енгалычева не стала возражать... Теперь она убеждена в том, что это судьба ее уберегла, послав ей Дашу. Ведь она могла в этот вечер возвращаться домой и одна. И, опереди она парней, собравшихся напасть на нее в подъезде (не исключено, что она проскочила бы наверх, пока они еще не объявились), тогда бы на темной лестнице Мила сбила с ног не Дашу — Наталью...

— Ой, девочки! — выдохнула Киселева, выслушав все, о чем поведала Наталья.

Соня глянула на нее сердито: мол, не знаешь, что сказать — лучше промолчи.

— А мне ведь,— произнесла вдруг Светлана, каким-то не своим голосом,— тоже был знак. Самой первой. Вы не поверите...

\* \* \*

И она рассказала историю о том, как ехала сюда, на Брюсовскую, с ночным визитом к Милочке. И как водитель-частник озадачил ее самой немыслимой из всех фраз, которые она когда-либо слышала в жизни: «Он сказал, что у него папа тоже в этих местах. Я переспросила, где именно, а он уточнил: в крематории. Господи, что же это я сразу не развернулась назад?»

Тут уже остолбенели все и даже Соня.

\* \* \*

Прав был старый и мудрый прапорщик Зварыкин: убийства раскрываются только по горячим следам. Убийство Еремеевой, жены влиятельного в городе делового человека, так и повисло на «органах» — глухим и бесперспективным, как принято говорить в этой среде.

Сам Еремеев вернулся в Питер уже через пару недель после своего исчезновения. Где он был — знает только он сам, но Светлана совершенно неожиданно столкнулась с ним около их дома, он выходил из машины, уже улыбающийся и даже загоревший. Петров Александр Иванович напрасно паниковал, предрекая большие беды из-за его исчезновения. Вадим Андреевич сообщил Киселевой, что вернулся в город раньше, чем планировал, потому что его как раз назавтра вызывают к следователю: уже новому. Предыдущий был отстранен от дела, по вполне понятным причинам: питерская пресса не прошла мимо этого скандала с неоповещением мужа о гибели жены. Короткое отсутствие Еремеева никто бегством не счел. Вероятно, следствие об этом факте даже и не ведало.

К Светлане Алексеевне Киселевой следствие вообще никакого интереса не проявило. Видимо, Еремеев не вошел в число подозреваемых в убийстве, а потому не стали поднимать и эту его «связь». С Енгалычевыми, матерью и дочерью, новый следователь встретился, но они не смогли сообщить ему ничего нового. Дело просто заглохло. И не сказать, чтобы Вадим Андреевич очень из-за этого огорчался. Он сам сказал Светлане: как будет, так и будет. Телефоны руководства главка и прокуратуры он не обрывал. Он понимал, что хулиганов могли поймать только в ту же ночь, по горячим следам. А раз этого не сделали, то поезд уже ушел.

Петров Александр Иванович был прав в одном: Еремеев быстро справился со своим горем. Уже в июне Светлана встретила его, опять же у дома, с одной весьма симпатичной особой. В конце концов, что такое смерть жены? Стресс от этого события всего в десять раз превышает напряжение, вызванное необходимостью организовать празднование Рождества.

В одном надо отдать должное Вадиму Андреевичу: он позаботился о том, чтобы имя Даши-художницы не ушло в небытие. Все лето он занимался организацией персональной выставки ее работ, причем не в какой-нибудь безвестной галерее, а как раз в том музее, в котором трудилась сиделкой матушка Киселевой, Ольга Павловна. Сама Ольга Павловна отзывалась о готовящейся выставке с восторгом: предрекала, что она станет ведущим событием нового сезона. Светлана сходила в музей, глянула экспозицию, еще до официального открытия — ей не понравилось. Все темное, мрачное и безжизненное — хотя и не абстрактное, а вполне фигуративное. Но что ни лицо — то скорбь и боль, что ни дом — то руины. Так, впрочем, и отозвалась потом критика об этих работах: эстетика тлена и разрушения. Заголовки отзывов в прессе были в одном духе: «Юдифь в предчувствии смерти» и тому подобное. Юдифь — это было полное имя художницы. Юдифь — Юдаша — Даша. Последним, самым коротким, и звали ее все друзья и знакомые.

Только две вещи показались Киселевой интересными. Автопортрет художницы — он притягивал к себе непонятной узнаваемостью лица. И одно, совершенно неожиданное в общем беспросветном мраке, светлое пятно. Цветной диссонанс на черно-белом фоне. На первый взгляд, самый бесхитростный натюрморт. Что-то из серии летних деревенских впечатлений. Просто бытовой этюд. Но около этой картинки она замерла: вдруг, внезапно как будто нашла ключ к разгадке той хитрой головоломки, что не оставляла ее мыслей еще с тех самых печальных дней конца марта и начала апреля... С тех дней минуло пять месяцев, сейчас был конец августа... Кажется, само провидение послало этот ключ к шифру именно сейчас...

\* \* \*

В хранилище отдела антропологии одного из академических институтов города чрезвычайно удивились этому телефонному звонку. Здесь уже давно были уверены в том, что они забыты и богом, и людьми. Кого сейчас интересует академическая наука? Хранилище, еще в атеистические времена размещенное в одном соборе на Васильевском острове, теперь делило свой жалкий кров с православным приходом. На одной половине церкви под самые купола уходили стеллажи, заставленные черепами, принадлежащими покойным представителям всех популяций — здесь была преисподняя. На другой половине под куполами парили горние ангелы, внизу крестили, венчали и отпевали — здесь вполне еще теплилась жизнь. У батюшки-пастыря имелся даже городской телефон, в отличие от хранителя уникальной коллекции черепов, которому уже отрубили все и вся, а сам он питался, кажется, одним лишь святым духом.

Батюшка и позвал хранителя к телефону зычным баритоном и на весь собор: «Сергей Васильевич, там вас одна дама спрашивает. Говорит, что из газеты. Хочет написать заметку про ваши экспедиции!» — «Скажите ей, что я умер. Что еще вчера меня отпели» — «Она просит воскресить» — «А, черт с ней!»

— Голубушка, я бы и рад вам помочь,— говорил он спустя несколько минут некой настырной девице уже в третий раз,— но повторяю: нет у нас сейчас никаких экспедиций. У нас ничего нет, финансирование давно прекращено. Сам я вскоре возьму грех на душу и отправлюсь на Сенную менять черепа аборигенов Новой Зеландии на картошку и постное масло. Да, представьте себе! Или выйду на паперть, но мне тут подсказывают, что в этом случае меня задушат налогами за сбор милостыни. Последняя экспедиция была два года назад... Что вы сказали? Вы слышали, что в Йемен? Ха-ха-ха, вот вам мой ответ. Какой Йемен? Какая Сокотра? На Валдай мы, голубушка, ездили. Да, два года назад. В Померанцево. Собирали, так сказать, останки местной расы... Нет, этой деревни нет на карте. Там одни руины. Да, бывший колхоз. Хотите, я вас повеселю? Теперь он называется АО «Заветы Ильича». Как вы предлагаете? Холдинг «Ветхий Завет»? Ой, девушка, какая вы веселая! Давайте с вами встретимся! Ах, вам в ясли за ребенком надо бежать? Жаль, очень жаль...

— Ну вот, я больше не интересую молодых женщин,— печально проговорил хранитель черепов, положив трубку.— Нет мне в жизни счастья!

— Давай я тебя крещу,— отозвался поп.

— Хвала господу, что в наш собор не подселили синагогу! — Сергей Васильевич вознес взор к куполам.— Не то бы за мной бегал раввин с ножиком.

— Не хочешь креститься — так пойдем выпьем водки. У меня и сало есть. Только давай на твою половину, не то на меня опять наступят...

И батюшка пошел слушать исповедь о проблемах академической науки. А потом, в урочный час, пришли добрые прихожане и сообщили, что в Москве доллар идет с рук уже за пятьдесят рублей. Этот август подкинул всем самые черные дни: наступил финансовый кризис, стремительно переходящий в крах...

\* \* \*

Для «Имидж-сервиса» этот август стал хуже, чем катастрофой. Рушилось все, что было наработано с самого основания фирмы. На Петрова было страшно смотреть, он ходил весь черный и с запавшими глазами. Светланина неудачная шутка о том, что изменение финансового статуса — это всего лишь в четыре раза неприятнее Рождества, привела его в бешенство, и Киселева вовсе старалась не попадаться ему на глаза. Все, что она ни говорила ему в эти дни, было невпопад. Вчера он так же ужасно отреагировал, когда она попыталась дать ему совет насчет того, что надо держать себя в руках. Всего-то и произнесла: «Петров, быть хозяином своей психики — это значит быть хозяином своей судьбы». У Сони, между прочим, подцепила эту фразочку. Но он в нее чуть стулом не запустил...

Светлана положила трубку, поговорив с хранителем черепов, и поймала на себе изумленный взгляд Виктора. Со стороны и в самом деле было трудно понять, что за абракадабру она несет. Сокотра, ясли, экспедиции... Но у Светланы нет времени, чтобы ждать, пока комната опустеет, или бежать для этих разговоров домой. Из музея, от мамы, она махнула прямо на работу, к Петрову. Даша, покойница, подала ей знак, кинула подсказку, и теперь она знает, что они спасутся и выживут. Только что по телефону ей назвали и место, где зарыт заветный и спасительный ларчик.

* * *

Петров слушал Киселеву молча и не перебивая. Вначале он вообще не мог понять ничего из того, что она говорит. Какие-то черепа, какая-то деревня, Юдифь, трофеи и вообще мушиный засид...

— Света,— остановил он ее в конце концов,— я не доживу до того момента, когда ты дойдешь до сути своего повествования. Упорядочь. Первое, второе, третье, резюме. Прошу...

— Хорошо,— согласилась Киселева.— Начну по порядку. Первое: общий кризис, клиенты умирают, рекламы нет, мы остаемся без работы и без средств к существованию. Это уже не обсуждаем. Второе: мы все равно должны остаться и удержаться на рынке. Это также ясно как дважды два. Третье, но ты это пока оспариваешь: фирма обязана сохранить свою структуру. Мы не имеем права распускать и увольнять людей. Мы обязаны сохранить коллектив, чтобы через некоторое время, когда все образуется, воспрять и снова встать на ноги.

— Света, я умоляю! — застонал шеф.— Вот список: семь сотрудников и восьмой я. Денег на зарплату нет и не будет. Начинаем вычеркивать. Сегодня же. Менеджер по продажам — вылетает первым. Продавать нам уже нечего. Согласна? Тем более ты Виктора терпеть не можешь, я не слепой.

— Петров, я встану грудью на защиту каждого сотрудника, даже Виктора!

— Чем встанешь?

— Грудью.

— Ну вот, значит, и все твои остальные предложения столь же беспочвенны,— даже развеселился шеф.

— Повторяю: я знаю, где взять деньги на то, чтобы сохранить коллектив, сохранить этот офис, это оборудование и так далее. Я гарантирую тебе полгода существования в прежнем режиме!

— Полгода? Нет, эта женщина просто сошла с ума! А чем будут заниматься люди? В шарики на компьютере играть?

— Это я тоже продумала: мы будем совершенствоваться. Мы потратим время на самих себя. Подучим английский. Добавим новые знания к прежним.

— Ой, Света! — совсем нехорошо посмотрел на нее Петров Александр Иванович.— Давай-ка я тебя определю к Соне на недельку, пока еще не выстроилась очередь в ее клинику неврозов. Соня — хороший специалист. Очень скоро она начнет зарабатывать огромные деньги. Огромные,— повторил он.— Беги к ней, пока она не зазналась!

Не обращая внимания на убийственную иронию шефа, Светлана Алексеевна взяла и разложила ему все по полочкам: первое, второе, третье, резюме. И все это опять же было связано с Дашей...

\* \* \*

— Первое — это мушиный засид!

Петров застонал — она пропустила мимо.

— Эту фразу произнесла та экспертша на таможне. Я ее запомнила, все-таки нестандартное выражение. Потом, когда уже Еремеев показал мне картинки, я вспомнила эти два слова. Он уверял, что картинки вывезены из Германии, там хранились в шахте, потом пятьдесят с лишним лет лежали нетронутыми на антресолях. А я тогда, у него дома, случайно мазнула по одной картинке пальцем, и засид этот растушевался. Понимаешь? Это означает, что он был не таким уж старым. Все картинки так загажены мухами, будто их в деревенском клубе выставляли по соседству с фермой. Висели бы у Еремеева в квартире — там бы ничего такого не появилось. Я посмотрела: у него стеклопакеты и воздухоочистители.

— Да, проницательное наблюдение,— промямлил Петров.

— Короче, я сопоставила и поняла, что врет он про эти антресоли. Вскоре мне это и Харитон, косвенно, подтвердил, когда сказал, что Еремеев-старший всю войну проторчал в Алма-Ате, а значит, ни в какой Германии он не был. Следовательно, и картинки у Еремеева появились откуда-то из иного места. Дальше: по углам картинок были следы от кнопок, ржавые такие точечки. Значит, кто-то где-то их совершенно варварски пришпиливал к стене. В доме Еремеева такое опять же было бы невозможно. Следующий момент, и это для нас самое главное! Слушай внимательно, здесь и зарыта собака, то есть наш с тобой клад. На всех работах были штемпели коллекций, были инвентарные номера. В такой музейной манере. Слава богу, я ее знаю: дробные числа, комбинации из цифр и букв, вроде шифра в библиотеке. Плюс все это — каллиграфическим почерком. Но! На каждом рисунке были проставлены еще и номера обычным химическим карандашом, таким конторским — помнишь, раньше были? — в правом нижнем углу. И очень корявым почерком малограмотного человека.

— Все-то ты знаешь...

— Не все, но многое! Я десять лет в редакции газеты проработала. Ты хоть представляешь, сколько раньше писем в газеты писали? Жуть, мешками. У каждого сотрудника была норма по ответам на письма, приходилось все читать и на каждое отвечать. Поэтому уж я-то эти почерки как орешки щелкаю. Не хвастаюсь — я по факту. И, кстати, чаще-то всего нам писали пенсионеры, ветераны, инвалиды — люди с проблемами. Именно старые и малограмотные. Какие-то базовые вещи, вроде цифр, они писали в одном стандарте: как их еще в начальной школе учили. Короче, цифры на этих картинках были проставлены пожилым человеком заскорузлыми такими пальцами. Из всего этого опять же следует, что картинки побывали в руках полного профана, не понимающего их ценности. Профан сделал плохо для вещей, но хорошо — для нас. «Жеребец» у Еремеева был под номером четыре, а «Семь мужских фигур» — под номером сорок два. Сорок два! — повторила со значением Светлана.

— Ого! — внезапно просветлело лицо Петрова.

— Там было всего пять вещей, у Еремеева. Отчего же не запомнить? Слушай дальше. Итак, мы можем предположить, что где-то должны находиться и другие работы, помеченные химическим карандашом. Где-то должен лежать клад. То есть я это для себя выяснила еще в апреле, когда стала сопоставлять легенду Еремеева и реальный видок картинок, который не соответствовал этой легенде. Параграф второй: в мае я установила, откуда на самом деле украдены эти вещи. Опять же — случайное везение. У мамы в музее весной как раз работал один немец, очень узкий эксперт, но именно по матушкиному профилю. Что-то там по веерам и боа, боюсь соврать — не буду говорить точно. Естественно, он потом одарил ее разными сувенирами, альбомами по своему музею и — вот тут-то и была моя удача — полным каталогом вещей, пропавших из их музея сразу после второй мировой войны, а в этом каталоге и были приведены те работы, что я видела у Еремеева! Часть коллекций этого музея, в основном рисунки, была во время войны вывезена в один княжеский мавзолей-склеп. Но не в соляную шахту, как наплел мне Еремеев. Он-то взял то, что лежало на поверхности. Видимо, слышал что-то о Дрезденской галерее — самые общеизвестные факты. Но эти вещи всю войну пролежали в склепе в самом лучшем виде. В мае сорок пятого тот округ, в котором был склеп-хранилище, попал в советскую зону оккупации. После там поработали не только наши трофейные бригады, но еще и мародеры. Так масса вещей и пропала. Исчезла бесследно.

— Так вот, представь себе,— повторила Светлана,— я вижу все те пять картинок, что показывал мне Еремеев, в этом каталоге! Мысли у меня возникают самые разные. Вплоть до таких, что эти пять вещей — умелые подделки, выполненные уже сейчас именно по этому каталогу или по каким иным источникам, раз Еремеев так прокололся в вопросе о месте их обнаружения в Германии. Запросто такое может быть. Я ведь еще когда

494

к Лавровскому ходила, к тому хранителю рам, он намекнул мне на то, что сейчас открылся безграничный простор для следующей, после авангарда, волны подделок. Я потом на него все-таки поднажала: что он имел в виду? Он, оказывается, говорил именно о трофейном искусстве. О том, что предстоит еще масса мистификаций с разными, якобы случайно обнаруженными, шедеврами, считавшимися погибшими в войну. Так что этот вариант — мистификации и фальсификации — я держу в голове по-прежнему.

— Параграф номер три,— перешла Киселева.— Хожу я, понимаешь ли, все лето отягощенная этими размышлениями. Такие истории быстро из головы не вылетают: гибель Даши, вранье Еремеева и неразгаданная загадка этих картинок — у меня самой от этого был сильнейший стресс... А сегодня пошла я к маме на работу — глянуть на готовящуюся экспозицию. И вижу там среди всех работ Даши одну, от которой просто обмираю. Не натюрморт — а целое зашифрованное послание. Представь: изображен просто освещенный солнцем шкаф с посудой. Видно, что лето, но позднее: тут же на полке гроздь красной рябины с еще зелеными листьями, и веточка дуба с незрелыми желудями. Просто указатель на конкретное время — август. Посуда нарисована — самая разномастная, от фарфора до граненых стаканов. Все в пыли, паутине и дохлых мухах. Качественно так изображено, полный реализм. А на задней стенке шкафа прикноплены картинки, как это делают в деревенских домах. Только, понимаешь ли, не старые репродукции из «Огонька» и не календари с Аленушками, а те самые картинки, что показывал мне Еремеев! В точности они. Впечатляет?

— Да как сказать,— протянул Петров,— может, просто фантазия художественной натуры?

— Еще штришок хочешь? Название картины. Какое, думаешь? — Киселева приняла самый торжественный вид.

— Без понятия.

— «Антропология»!

— И что это значит?

— А означает это то, что два года назад, в августе девяносто шестого года, Даша ездила с антропологической экспедицией в одну деревеньку, они там черепа на заброшенных кладбищах выкапывали. Она как-то очень удачно эти кладбища находила, за что ее и ценили. Идет по лесу — видит какие-то неровности, провалы. Говорит: копайте здесь. Это мне Наташка рассказывала. Мол, у Даши был особый нюх на тлен. Теперь она, конечно, думает, что это — неспроста... Ну, да ладно. Давай по делу. Получается, что в экспедиции она нашла и еще кое-что, кроме этих черепов: те самые картинки. Я после выставки пришла и сразу навела справки об этой экспедиции...

— Светка, а не организовать ли нам с тобой сыскное бюро? — подбросил идею Петров.

— Отстань!

— Нет, правда, у тебя феноменальные способности! Пришла — увидела — победила. Посыл — вывод. Щелкаешь задачки как орешки. Легко тебе жить, Киселева!

— Еще раз: отстань со своей неуместной иронией. Я просто владею методикой сбора информации. Для этого в университете и училась. Все это элементарно.

— Пардон, ничего элементарного! Объясни мне, тупому человеку, как ты через двадцать минут после возвращения на работу умудрилась получить справки о некой экспедиции, если тебе было известно только одно ключевое слово: «антропология»?

— Петров, все студенческие годы я ходила в пирожковую, расположенную наискосок от одной церквухи. Представляешь, зябким осенним утром — да по пирожку с горячим бульоном, да всего на четырнадцать копеек? Шикарные были времена! Так вот, в эти времена в той церкви хранилась коллекция черепов, принадлежащая одному антропологическому подразделению Академии наук СССР. Правда, потом это хранилище потеснили — подселили к ним приход. Но это уже другой вопрос. Суть в том, что я знала, куда звонить и о чем спрашивать, вот и все. Теперь мы с тобой знаем, где зарыт ларчик. Учти, клад наверняка не тронут. Юдаша эта взяла себе лишь пять картинок! Не больше: пять показывал мне Еремеев, пять он пытался заложить в банк, пять изображено на этом натюрморте.

— И из-за них столько кровищи,— вставил Петров.

— Обойдем эту тему, это спорный вопрос... Короче, Сань, где-то в деревне Померанцево Тверской области лежит клад и ждет, когда мы за ним приедем. И мы сами себе не простим, если местная популяция возьмет и пустит ненужные ей бумаги на самокрутки. Я не исключаю того, что мы с тобой и не сможем реализовать все эти вещи. Найти покупателя на краденое — дело щекотливое. В любом случае, за кладом надо ехать!

— Светка,— осенило Петрова,— сейчас в тебе говорит твоя мать! Ты просто хочешь спасти неведомые шедевры! Я все понял.

— Петров,— призналась Киселева,— во мне борются самые противоречивые чувства. Мы получим много денег, если выйдем с этими вещами на черный рынок. Мы получим гораздо меньше, если вступим в конфиденциальные переговоры с тем германским музеем и предложим выкупить у нас их вещи. Такое немцы практикуют. Мое резюме: ехать в Померанцево надо срочно. Выставка откроется через пять дней, а в городе не одна я такая умная. Возможно, что у кого-то уже зреют параллельные умозаключения.

— У меня машина совсем не на ходу,— констатировал Петров, уже не обсуждая, безумна или нет затея Киселевой.— Да и отсюда мне нельзя отлучаться. Что будем делать?

Они посмотрели друг на друга и произнесли одно слово. Точнее, имя: Виктор. Виктор безотказен. Он раньше всех приходит и позже всех уходит, он предан фирме, к тому же у него свой автотранспорт: хоть и старенький, но отличный «Жигуленок».

Выезд отложили на утро завтрашнего дня. На самое раннее утро. Виктор, которому назвали лишь общее направление, не обозначив, разумеется, цель поездки, попросил время на подготовку машины. Что-то подтянуть, сменить масло и так далее — на все это требуется время, сегодня никак не отправиться в такой дальний путь. Киселевой, тоже, нужны были еще часы и часы на подготовку к поездке. За это время она сумела дозвониться до «Заветов Ильича», сумела выяснить, где имен-

497

но останавливалась два года назад антропологическая экспедиция из Питера. Узнанное, к сожалению, было не слишком обнадеживающим: ей сообщили, что хозяин того дома, в котором всегда останавливались питерцы, уже год как умер и что вдова его продала очень неплохой кирпичный флигелек неким новым русским, а сама переехала жить к детям, в районный центр. Светлана-то надеялась, что именно хозяева дома прояснят, откуда взялись картинки в том шкафу с посудой, что был изображен Дашей... Или, если это не их шкаф, подскажут, где подглядела его художница... К вечеру Светлана уяснила, что все нити поиска на девяносто девять процентов оборваны, но все равно решила ехать: в надежде на удачу. Она обязана использовать каждый шанс, дабы не корить потом себя за бездействие.

* * *

Голубой «Жигуленок», сизый от дорожной пыли, мчался по трассе Петербург—Москва. Путь оказался на удивление легким. Кризис есть кризис: движение на этой трассе, обычно очень напряженное, заметно сократилось за последние две недели. Почти исчезло главное зло для водителей легковушек — колонны дальнобойщиков. Ехали спокойно и без нервов. Почти всю дорогу Светлана молчала. Во-первых, она была погружена в свои размышления. Во-вторых, она знала: не бывает ничего хуже тех попутчиков, что говорят под руку водителю, отвлекают его своими разговорами и замечаниями. Сейчас Виктор за рулем — и он здесь босс. Ее дело — подавать ему время от времени чашку крепчайшего кофе и бутерброды. Бутерброды в дорогу она наготовила самые разные — зная, что тому, кто за рулем, для бодрости нужны не только калории, но и перепады вкусовых ощущений.

— Светлана Алексеевна, а вы мне сегодня нравитесь,— проявил, наконец, благодарность Виктор с набитым индюшатиной ртом.— Вы качественный попутчик... Шикарные бутерброды... Никто и никогда так меня не кормил.

498

— Ну что вы! Я просто знаю, какое значение имеет в жизни мужчин еда.

— Вы — самая разумная из всех женщин, которых я когда-либо встречал,— хмыкнул Виктор.

— А вы — самый правильный молодой человек на моем пути. Вы не обижайтесь, но когда я смотрю на вас на работе, я все время думаю, что вы из какой-то специально выведенной породы.

Разговорились, что называется. На пятом часу пути.

— Что вы, Светлана Алексеевна, какая там порода! Хотите, выдам страшную тайну?

Разговор пошел и вовсе дурашливый...

— Я — из семьи потомственных алкоголиков. Дед пил, отец пил, а я вот решил стать человеком. А вам это не нравится. Не отрицайте. Вы мне за год моей службы в «Имидж-сервисе» всю спину глазами прожгли!

— Я?!

Оба рассмеялись: что правда — то правда. Это ж надо было так далеко заехать, чтобы выяснить, кто и как к кому относится.

Еще час прошел в полном молчании. Светлана Алексеевна мрачно взвешивала свои шансы на успех и методично прорабатывала варианты действий на месте.

Было одно обстоятельство, о котором она не обмолвилась вчера Петрову ни словом. Киселева, увы, не исключала, что именно это обстоятельство уже давным-давно свело к нулю все ее шансы. Вчера она сумела убедить шефа в том, что Еремеевы были (и остаются, только теперь один Вадим Андреевич) обладателями всего пяти картинок из «ларчика». Но сама она вовсе не была в этом так уверена. Дело в том, что в экспедиции Даша была не с кем-нибудь, а с тем самым племянником Вадима Андреевича, через которого она позднее и познакомилась со своим будущим мужем! Даша все время повторяла, что эта экспедиция принесла ей самое большое счастье в жизни... Киселева вспомнила об этом обстоятельстве только в полночь, хотя знала о нем с весны! Это был непростительный промах. Припомни она чуть раньше, еще днем, она бы, конечно, сумела навести справки о племяннике через того же хранителя черепов (но, конечно, не через Еремеева!). А сейчас он оставался для нее самой темной и загадочной фигурой. Что, если этот племянник уже давным-давно, еще два года назад, смог обнаружить весь «ларчик»? Что, если Даше достались лишь крохи от находки? В общем, вчера к ночи дело запуталось и затуманилось — и все из-за этого неведомого племянника. Из-за одной мужской фигуры, не поддающейся вычислению. Сосед, Харитон Логгинович, ничем помочь не смог: он ничего не помнил ни о детях, ни о внуках жильцов седьмой квартиры...

Да, именно в это внезапно всплывшее обстоятельство и была погружена всю дорогу Светлана Алексеевна.

Виктор вел машину молча, лишь изредка уточняя маршрут — и то начал задавать вопросы только после того, как они свернули с трассы. Когда вчера Светлана дозвонилась в местную администрацию, ей подробно объяснили, где и какие повороты делать, каких ориентиров держаться. Легенда у кладоискателей была самая безупречная: парочка горожан хочет срочно приобрести дом в этих сказочных местах — пока кризис окончательно не обесценил все их сбережения. О самих местах парочка прослышала от одного знакомого археолога.

* * *

К старинному парку — к руинам не обозначенной на карте деревни Померанцево, они подъехали в три часа дня. Уже на месте Светлане пришлось коротко объяснить задачу Виктору: необходимо выведать у новых хозяев, куда они дели все вещи, принадлежавшие прежним обитателям стоящего в парке кирпичного флигеля.

«Прикиньтесь дальним родственником. Скажите, что у вас там на чердаке лежали семейные фотоальбомы, они дороги вам как память. Больше ничего не фантазируйте, этого вполне достаточно»,— выдала инструкцию Киселева. Виктор — хороший исполнитель, он всегда действует в рамках поставленных задач. Она может не сомневаться в том, что сейчас он сделает все именно так, как она просит.

500

Витюша исчез за оградой парка, направляясь к флигелю. Залаяла собака, хлопнула дверь... Полчаса прошли так, будто все три. Хуже нет, чем ждать...

Вернулся — с самым неутешительным известием: все оставшиеся от старых хозяев вещи были еще год назад свалены в выгребную яму, на пустыре, там же облиты бензином и сожжены, чтобы воровки-вороны не растаскивали их по окрестностям и по парку, облагороженному новыми хозяевами флигеля.

\* \* \*

— Все оставшиеся вещи? — печально переспросила Светлана.

— Именно так,— улыбнулся Виктор. Ему-то какая печаль?

— Вдова бывшего хозяина,— продолжил он после паузы неожиданно интриганским тоном,— оставила в доме только абсолютный хлам. А все, что представляло хоть какую-то ценность, вплоть до калош покойника, перевезла в один дом на центральной усадьбе «Заветов Ильича». Мне даже сказали, в какой именно.

Светлана перевела дух и с укоризной посмотрела на Виктора: что же он ей сразу не сказал? Впрочем, он ведь и не подозревает, о каких судьбоносных вещах идет речь...

В здание местной администрации она зашла одна. Здесь ей не нужна помощь спутника. К тому же он уже засветился в другом месте и в другой роли.

Ответ на вопрос о продаже домов на центральной усадьбе получила. Стопроцентно отрицательный: нет, никто не продает, и даже в окрестных деревнях остались нераспроданными только полностью сгнившие и завалившиеся домишки. Места здесь — дачные, нет отбоя от москвичей и питерцев. Ах, ей приглянулся именно один, конкретный дом? Тот зеленый, что с видом на озеро? С окнами, закрытыми ставнями? Да, там действительно никого нет, но только сейчас. Хозяева держат этот дом как дачу, летом жила бабушка, баба Маня, с городскими внучатами. Конец августа — уже уехали, вернутся лишь весной. Их городской адрес? Где-то был, сразу не найти... Хотя, ей бы не советовали даже начинать торговаться: ничего хорошего в этом доме нет, лет через пять завалится. Его строили еще после войны для колхозного ветеринара. Где ветеринар? Умер. Да, дядя Леша Кочкарев — хороший был человек, воевал, до Берлина дошел. Жена и его пережила, и второго мужа, тот был из Волчаниновки, а потом и третьего похоронила. Всего-то год и прожила с ним, в Померанцево. Веселая вдова, эта тетя Маня. Легкая на подъем. Того и гляди, в четвертый раз замуж выскочит, опять будет перебираться к жениху со своим приданым — с буфетом. Ее буфет — это просто местный анекдот. Что-то вроде приметы. Куда его внесут — там вскоре жди старуху с косой. Ах, вот и адрес Кочкаревых, в райцентре... Улица Урицкого, пять «А», это совсем рядом с автовокзалом, на пересечении с Воровского...

Секретарь местной администрации — милая и моложавая женщина лет пятидесяти — сообщила Светлане больше чем достаточно.

Днем голубой «Жигуленок» выехал с центральной усадьбы «Заветов Ильича» — в направлении райцентра, а в темную и глухую полночь вновь вернулся, только уже с другой, самой малонаселенной, стороны села. Не въезжая в «Заветы», припарковался за длинным кирпичным сараем. Немыслимо было подруливать прямо к дому Кочкаревых — на шум машины непременно выглянули бы соседи.

Еще днем, блуждая вокруг этого дома с видом потенциальной покупательницы, Светлана приметила, что тесаная дверца, ведущая в подвал, закрыта неплотно. Стоит лишь приподнять тот крюк, на который она заперта изнутри, как дом окажется распахнут для ночного воришки...

Виктор оставлен в машине — дожидаться ее возвращения. Святой человек — ни о чем не спрашивает. Поехали туда — вернулись сюда — встали у какого-то амбара: будто ничего и не происходит, будто он выполняет обычные поручения в офисе. Она вышла из машины в

502

ночь, с кофром, в котором звякнул металл инструментов, — тоже ноль внимания. Качественный исполнитель, весь в рамках «от» и «до».

* * *

В лицо пахнуло холодной сыростью и удушающим запахом плесени. Подвал этот был не для слабонервных. Луч фонаря выхватывал жалкие фрагменты чьих-то долгих жизней: корзина с галошами, истлевший ватник, пыльные трехлитровые банки, кадушка и масса посылочных ящиков, все с обратным адресом «ул. Урицкого, 5 А». Луч скользил по белым и мохнатым пятнам плесени на сваях, по паутине, выше... Надо было найти тот лаз, что ведет из подпола в дом. Светлана не очень хорошо разбиралась в устройстве деревенских домов, но не сомневалась в том, что такой лаз есть... Наконец, за сваями в углу, самом дальнем, левом, она выхватила лучом ступеньки. Только бы ход не был заставлен чем-нибудь, с той стороны... Вылезла — уперлась рукой во что-то шершавое, расчихалась от пыли и запаха мела. Люк в подпол — за печкой на кухне, это она уже поняла. Высветила выключатель, счетчик с пробками, но свет в доме зажигать не решилась. Ни к чему вызывать подозрения соседей. Эти бдительные старички и старушки быстро сопоставят дневную любопытствующую дамочку и ночной свет, идущий из щелей между ставнями...

Устройство дома — самое бесхитростное. Большой зал, занавеской выгорожена кухня. Буфет с посудой (тот самый, что на натюрморте у Даши!) и еще одна занавеска делят оставшееся пространство на две комнаты. Окна задернуты белыми полотняными шторками с ручной вышивкой ришелье. Обои местами лопнули, местами погрызены мышами. На стенах — портреты, обычные такие для деревенской гостиной. Рамка, овал, отретушированное лицо. В большой прямоугольной раме — целая коллекция черно-белых карточек: солдаты, школьники, девушки, голенькие младенцы и брачующиеся пары, весь жизненный цикл. Диссонансом — один яркий цвет-

503

ной снимок, на нем сразу несколько фигур. Луч бежит дальше. Ничего, кроме фотографий, на стенах нет. В комоде — запах лежалого белья, стопки влажных простыней и полотенец. Под кроватями — цинковые тазы, корыта, закатившиеся детские игрушки и пыль. На этажерке — погнутые алюминиевые бигуди и флакон одеколона «Гвоздика». Больше в комнатах искать негде и нечего.

Остается чердак. Когда надо действовать — страха нет. Светлана щелкнула выключателем на пакетнике: в сенях свет зажечь уже можно, здесь только глухие бревна стен и снопы почерневшего укропа. Просто беда какая-то, смерть аллергикам. Глаза чешутся, чих за чихом, уже и уши заложило... И еще одно препятствие на пути: та дверь, за которой должна быть лестница, ведущая на чердак,— поперек нее, да еще плотно придвинутый, стоит тяжеленный комод. Ясное дело: перегородили, чтобы малышня на чердак не лазила, не ломала себе головы и ноги. Подтолкнула — ни с места, куда там ее пятьдесят килограммов против такой махины. Тут только заметила, что дверь открывается внутрь. Вместо ручки или скобы — кольцо, такое же — на косяке, оба соединены побуревшей от грязи бельевой веревкой. Рубанула по веревке туристским топориком, оставив отметину на двери. Путь почти расчищен. Перемахнула через комод, припомнив ненавистное перепрыгивание через коня на школьных уроках физкультуры... Оказалась в небольшом тамбуре, из него уже — лестница, ведущая на чердак. Единственная на все сени тусклая лампочка бросает свет как раз до этой лестницы. Дальше опять будет выручать фонарик.

На старых чердаках главное — ступать по балке, это ей еще мама когда-то рассказывала. Мама знает: она в свое время обследовала, наверное, десятки старых питерских чердаков — в поисках сокровищ для своего музея. Итак, только по балке... Гнилые старые доски могут провалиться, и прощайся тогда со всеми видами на клад...

Господи, подумала она, недели не хватит, чтобы разобраться с завалами старых вещей, сложенных на этом чердаке! Опять кадушки, как в подвале, опять ведра и тазы, швейная машинка, подольская, опять ящики из-под посылок... Как уныл и однообразен этот деревенский мир... Наконец, пирамида чемоданов. Пора замереть в ожидании чуда. Матушка говорила: клад — в самом неприметном чемодане, в том, что задавлен и заставлен другими вещами, сундуками и ларчиками.

Она сразу положила глаз на один черный кофр... Кожаный, обитый полосками настоящей стали, не проржавевшей от времени и сырости. Вот тут Светлана замерла. Нечто, очень похожее, она видела однажды в Берлине. В одном квартале, в котором квартируют студенты, турки и троцкисты, а также жила она сама во время своей долгой стажировки в Германии. В одной маленькой подворотне, над самой головой, висел почти такой же чемоданчик. Милая студенческая хохмочка, которую в Питере могли бы подать и как художественную инсталяцию. Чемодан над головой, а рядом педантичное уведомление: «Кофр в Берлине». Кофр по-немецки — это и есть чемодан...

Вот этот кофр, родной брат того берлинского, она сразу его опознала! Ломая ногти (не привыкать), разгребла завалы стандартных изделий фабрик кожгалантереи и вытащила, наконец, свое сокровище. Замочки даже не пришлось сбивать топориком. Крышка кофра поддалась легко. Пружинисто откинулась...

И тут Светлана, уже со стороны, услышала свой собственный, дикий и истошный, вопль ужаса... Голову сдавило цепким стальным обручем, кислород окончательно улетучился из земной атмосферы, а сама она понеслась вдаль по черному мрачному тоннелю, к сияющему вдали просвету...

Обморок. Было от чего лишиться последних чувств!

* * *

Очнулась. Рядом — Виктор. Ноль внимания на нее саму. Копошится в чемодане, высвечивая его нутро ее же фонариком. Светлану захлестнула волна гнева и обиды. Она искала сокровища. Он, получается, шел по ее следу. Маскировался, изображая полное безразличие,

505

а сам, наверняка, еще в офисе подслушал ее разговор с Петровым. Подкрался именно в тот момент, когда она уже была у цели. Перепугал до смерти — она ведь не слышала его шагов, уши заложило от пыли и плесени. А теперь вцепился в этот кофр, как хищник в добычу, совсем как тот учуявший контрабанду таможенник. Интересно, сама она потеряла сознание или он помог? Хотела повернуть голову в его сторону, но не смогла — затылок затек, одеревенел...

Витюша приметил ее тихое шевеление — ринулся сразу, метнулся на нее черной тенью. У Светланы еще хватило чувства юмора на то, чтобы об окончательном провале оповестить себя загробным голосом артиста Ефима Копеляна...

Сознание опять ушло.

* * *

— Светлана Алексеевна! — это уже голос Виктора.

Нет черноты ночи — есть серый промозглый рассвет, проникающий сюда через крохотное чердачное окно. Над головой — странный, нехороший, ритмичный стук. Дождь так бить по крыше не может. Значит, стучит у нее в голове.

— Очнулись? — это опять он. — Всю ночь борюсь за вашу жизнь. Слава богу, сам такой же аллергик, но я все свое ношу с собой.

— Что это? — чужим и не слушающимся ее языком выговорила она.

— Первый раз вы плюхнулись в обморок, когда увидели меня. Я, конечно, виноват, — зашелестел он. — Но вас так долго не было — я начал беспокоиться, пошел искать, подростки подсказали, что одна тетка тут в подвал лезла.

Пропустила «тетку» мимо ушей...

— Второй раз, — как ни в чем не бывало продолжил он, — вы лишились чувств моментом после того, как я вас в них привел, опрыскав всем, что у меня имеется. Какая вы, ей-богу, сенсибилизированная. Удача для вас, что я за вами пошел! Без меня вы здесь вообще бы загнулись!

«Врет»,— подумала она. Говорит торопливо и вообще суетится. Слова отскакивают от него, как стук от крыши над головой. Заметил, что она смотрит наверх. «Это вороны»,— пояснил с готовностью, хотя его и не спрашивали.

Она перевела взгляд на открытый кофр. Виктор и его перехватил. Оправдался:

— Представьте себе, сижу рядом с вами всю ночь. От нечего делать начал изучать содержимое этого сундука. Видимо, об него вы головой и ударились. Не саднит? Давайте осмотрю.

Светлана оттолкнула его руку и осторожно попыталась встать.

— Только не ступайте по доскам, не то провалитесь! — опять его предупредительный голос...

Она отвернулась, чтобы он не видел: на глаза наворачивались слезы обиды. Решение номер один? Нет решения. Еще неизвестно, спустится ли она вообще с этого чердака. Находка была почти в ее руках. А теперь ускользнула. Ей уже ясно, что вся эта сцена закончится чем-то самым непредсказуемым.

Виктор — он как ни в чем не бывало. Продолжает что-то плести, так же возбужденно и торопливо:

— Светлана Алексеевна, вы меня слушаете? Обалдеть можно, что я здесь нашел!

Сколько можно прикидываться? Она развернулась к нему. Чтобы спросить его об этом — прямо и открыто... Он протянул ей какой-то листок. Пожелтевший, в клетку, вырванный из школьной тетради.

— Вы только посмотрите, что здесь написано!

Она взяла. Увидела уже знакомый химический карандаш. Корявым почерком выведено: «Коллекция образцов пород скота, собранная сержантом Алексеем Ниловичем Кочкаревым в округе Кириц Бранденбургской земли».

— Что это? — не сразу поняла Светлана.

— Лежало в этом бранденбургском чемодане. Очень интересно: сопроводительный документ к папочке с рисунками,— пояснил Виктор.— Папочка, кстати, внушительная. На шестьдесят листов, они пронумерованы. Всю ночь сижу и наслаждаюсь. Боюсь дыхнуть, все-таки я в этом кое-что понимаю, у меня дедушка был художник. Постепенно доходит, зачем потащился с вами в эти края. Трофейное искусство. Мародерство простого русского солдата-освободителя. Судя по всему, этот сержант был зоотехником или ветеринаром. Треть рисунков — крупный рогатый скот, парнокопытные и пастухи с пастушками. Остальное — так, по мелочи. Немного Дюрера, немного Тулуз-Лотрека... Поделим, Светлана Алексеевна? — спросил он совсем простодушно и дурашливо.

— Вы ничего не видели и ничего не знаете,— Светлана оборвала его железным голосом. Сейчас ее спасет только решительность. Никаких разговоров о содержимом чемодана. Никаких объяснений. Она даст понять этому примерному мальчику, что его рамки — только «от» и «до». Никаких доверительных с ним отношений!

Вырвала из рук листок, кинула к рисункам, захлопнула накидные замки и самым решительным образом подхватила кофр. Но не пробалансировала с ним и нескольких шагов по балке — была сбита с ног. Резко и стремительно.

А дальше произошло нечто — невообразимое и вовсе не поддающееся никаким объяснениям... То, о чем она не стала рассказывать ни Петрову Александру Ивановичу, ни даже Соне и Наташке, когда вернулась в Питер победителем и с чемоданом, на дне которого лежала папка с заветными рисунками. Ни к чему было посвящать всех в одно дополнительное происшествие, случившееся под занавес поездки. К делу оно не имело никакого отношения...

* * *

Дом Кочкаревых они покидали уже совсем в послерассветный час. Тем же путем: чердак — сени — гостиная и кухня — подвал. В гостиной Светлана Алексеевна задержалась. Ее озадачила одна маленькая перемена в обстановке. Но думать над этим было некогда, и она сказала себе: «Померещилось».

## ВМЕСТО ЭПИЛОГА

Обратная дорога, по трассе Москва—Петербург. В салоне «Жигуленка» — гробовое молчание. Час, другой, третий... Молча — среди полей, мимо деревень. В конце концов, Светлана Алексеевна — женщина, которая любит ясность — не выдерживает и задает вопрос: когда все-таки Виктору пришло в голову... Он, даже не дослушав вопроса, сам начинает говорить: о том, что только глухой мог не услышать ее пламенной речи, произнесенной позавчера перед Петровым. Сотрудники были тронуты тем, что она болеет за коллектив, что готова драться за каждого и до последнего...

Он говорит, говорит. Как-то вполголоса, слова тонут в шуме машины — стекло с его водительской стороны опущено. Впрочем, Светлана и не слушает. Она думает: не о том, совсем не о том... Похоже, он и не собирается обсуждать то, что случилось на чердаке. Права всезнающая Соня: ни один мужчина никогда не против искрометного любовного приключения — в том случае, если он твердо уверен, что приключение будет легким и стремительным, ограниченным четкими временными рамками. Этот Виктор — он вообще весь «от» и «до». Ему даже не приходит в голову перейти с ней на «ты». К вечеру, когда они вернутся в Питер, искрометное приключение на чердаке окончательно забудется. Она вернется в свою комнатку, к своему Харитону Логгиновичу. Виктор — видимо, к той девице, с которой она его однажды видела в «Кэролсе», у Гостиного двора.

— Кстати! — совсем невпопад к тому, о чем говорит сейчас Виктор, вставляет Светлана. И задает свой прямой и открытый вопрос об этой девице.

— Нет, ты меня совершенно не слушаешь! — кричит он сквозь шум. — Я как раз и подхожу к этому месту:

к тому, как однажды рано утром мне позвонила Даша, жена моего дяди, и срочно попросила пойти с ней в «Кэролс». А с Дашкой мы были знакомы еще с экспедиции в Померанцево, но я и понятия не имел о том, что именно там она сперла эти картинки: мне оба они, она и Вадим, говорили, что нашли их на антресолях и что это мой дедун, известный копировальщик...

— Стоп,— обмирает Светлана.— Стоп. Не так быстро...

Виктор, он ведет машину по правому ряду, выруливает на грунтовую обочину и останавливается.

— Я тебе и говорю,— продолжает он свой рассказ как ни в чем не бывало,— она славная была девица, эта Дашка.

Он протягивает фотографию: тот самый цветной снимок, что не был обнаружен ею утром на стене в гостиной...

— Взял на память,— попросту объясняет Виктор.— У меня такого не было. Здесь вся наша компания, слева направо. Вот это наш руководитель, Сергей Васильевич. Это я. Это уже знакомый тебе «Жигуль». А это Даша.

— Красивая,— шепчет Светлана.

— Обалденно красивая,— поправляет он.— Только очень беспокойная. Все время пыталась что-то собой доказать, абсолютно всем. А потому, как говорила одна глухонемая бабушка, чудовищно далеко зашла в этих поисках своего «я».

Светлана, онемев, смотрит на своего нового друга и осознает, что вот тут-то в ее собственной жизни все окончательно и перепуталось...

# ОГЛАВЛЕНИЕ

## ДЕВУШКА С ПРОШЛЫМ

## СЕМЬ МУЖСКИХ ФИГУР

Алла Репина

## ДЕВУШКА С ПРОШЛЫМ
(при участии А. В. Воробьева)
## СЕМЬ МУЖСКИХ ФИГУР

Повести

*Серия «Русский проект» — «Женский клуб»*

Ответственные за выпуск
Л. Б. Лаврова, Я. Ю. Матвеева

Верстка
Ю. А. Жихарев

Корректор
И. Г. Иванова


Подписано в печать 19.01.99. Формат $84 \times 108^{1}/_{32}$.
Гарнитура «Таймс». Печать офсетная. Бумага газетная.
Усл. печ. л. 26,88.
Тираж 16 000 экз. Заказ № 3930.

Лицензия ЛР № 064020 от 14.04.95.

Лицензия ЛР № 070099 от 03.09.96.

«Издательский Дом „Нева“»
198013, Санкт-Петербург, ул. Можайская, д. 18, оф. 3

Издательство «ОЛМА-ПРЕСС»
129075, Москва, Звездный бульвар, д. 23

Книга подготовлена в ООО Издательство «Терция»
193036, Санкт-Петербург, Лиговский пр., д. 29, пом. 16-н

Отпечатано с готовых диапозитивов
в полиграфической фирме
«КРАСНЫЙ ПРОЛЕТАРИЙ»
103473, Москва, Краснопролетарская, д. 16